KATHINKA ENGEL

Love is LOUD

ICH HÖRE NUR DICH

ROMAN

PIPER

Mehr über unsere Autoren und Bücher:
www.piper.de

Wenn Ihnen dieser Roman gefallen hat, schreiben Sie uns unter Nennung des Titels »Love is Loud – Ich höre nur dich« an *empfehlungen@piper.de*, und wir empfehlen Ihnen gerne vergleichbare Bücher.

Von Kathinka Engel liegen im Piper Verlag vor:

Finde-mich-Reihe:
Band 1: Finde mich. Jetzt
Band 2: Halte mich. Hier
Band 3: Liebe mich. Für immer

Love-is-Reihe:
Band 1: Love is Loud – Ich höre nur dich
Band 2: Love is Bold – Du gibst mir Mut
Band 3: Love is Wild – Uns gehört die Welt

FSC
www.fsc.org
MIX
Papier aus verantwortungsvollen Quellen
FSC® C083411

Originalausgabe
ISBN 978-3-492-06224-4
2. Auflage 2020

Dieses Werk wurde vermittelt durch die
Michael Meller Literary Agency GmbH, München.
Redaktion: Anita Hirtreiter
Satz: Tobias Wantzen, Bremen
Gesetzt aus der Legacy Serif ITC
Druck und Bindung: CPI books GmbH, Leck
Printed in the EU

Für all die Lauten. Für all die Leisen.
Und für Maxi.

1

Franzi

Eins.
Zwei.
Drei.
Vier.
Fünf.
Sechs.
Sieben.
Acht.
Neun.
Zehn.

Das »Nichts zu verzollen«-Schild am Louis-Armstrong-Flughafen in New Orleans blickt mich an wie eine stille Ermahnung. *Wir sehen alles,* sagt es. *Du wirkst verdächtig.* Ich starre zurück und zähle erst einmal langsam im Kopf bis zehn, obwohl ich weiß, dass keiner der Gegenstände in meinem Gepäck verzollt werden muss. Aber so hat es mir meine Mutter beigebracht. Wenn man bei *zehn* immer noch von seiner Entscheidung überzeugt ist, kann nichts mehr schiefgehen. Denn während dieser Sekunden erlangt man Gewissheit, dass eine Entscheidung rational ist und man sich nicht nur von seinen Gefühlen leiten lässt. Mit meinen vor lauter Nervosität schwitzigen Händen umfasse ich den Griff meines Rollkoffers und mache mich auf den Weg zum Ausgang – und in mein Abenteuer.

In der letzten Zeit fand ich mich viel zu oft in Situationen wieder, in denen ich im Kopf bis zehn zählen musste. Bevor ich meine Bewerbung an das Programm »Care for a Living« rausschickte, habe ich gezählt. Bevor ich meiner Mutter und meinem Bruder davon erzählte, dass ich angenommen wurde und wirklich ein Jahr in den USA verbringen würde, habe ich gezählt. Bevor ich auf den »Jetzt buchen«-Button der Flugsuche-Webseite klickte, habe ich gezählt.

Die amerikanischen Zollbeamten, an denen ich vorbeilaufe, unterhalten sich halbwegs angeregt und sind dennoch die ganze Zeit wachsam. Es ist jedes Mal das Gleiche mit mir. Ich weiß zwar, dass ich nichts Verbotenes tue, trotzdem werde ich leicht panisch, wenn ich Leute in Uniform sehe. Die Zollbeamten beäugen mich kritisch, und ich bin mir sicher, dass sie mir meine Nervosität ansehen können. *Cool bleiben,* weise ich mich selbst an. *Tu einfach so, als wäre das hier ganz normal.* Sogleich fällt mir auf, dass dies vermutlich genau das Mantra ist, das Schmuggler vor sich hin sagen, und ich fühle mich vollkommen grundlos noch verdächtiger.

Ich lasse die Beamten hinter mir und bemühe mich, meine Schritte nicht zu beschleunigen, damit sie mich nicht aus der Menge herausgreifen und wieder zurückrufen. Allerdings bin ich mir in diesem Moment nicht mehr sicher, wie hoch meine Schrittfrequenz war. Ich orientiere mich an der Dame vor mir, versuche jedoch zu vermeiden, in einen Gleichschritt zu verfallen, weil das sicher albern wirken würde. Dies ist eine meiner größten Schwächen, etwas, von dem ich glaube, dass es mich bislang in meinem Leben zurückgehalten hat. Die Tatsache, dass ich mir in den meisten Momenten meines Körpers, meiner selbst viel zu bewusst bin, hemmt mich. Beinahe kommt es mir vor, als würde ich die ganze Zeit neben mir schweben und mir bei meinem eigenen Leben zusehen und darüber urteilen. *Es sieht komisch aus, wenn deine*

Hände so baumeln. Wenn du die Arme verschränkst, weiß doch jeder, dass du unsicher bist. Deine Tanzbewegungen sind viel zu steif. Warum ist es nur so schwer, in der Masse einfach unterzugehen?

Die Glasschiebetüren öffnen sich, und ich trete hinter der Dame vor mir hindurch. Im Gleichschritt natürlich, aber jetzt ist es ohnehin schon egal. Schnell taste ich in meinem Brustbeutel, den meine Mutter mir aufgeschwatzt hat, obwohl er der beste Beweis dafür ist, dass Funktionalität nicht über Schönheit gehen sollte, nach meinem Pass. Nur zur Sicherheit. Er liegt natürlich an Ort und Stelle, und ich blicke auf. Das hier ist mein erster Moment in New Orleans. Und ich hätte ihn fast verpasst, nur weil ich mal wieder alles richtig machen wollte und viel zu sehr damit beschäftigt war, mich auf mich selbst zu fokussieren.

Aus den Lautsprechern dringt leise Jazzmusik an mein Ohr, und ich lasse den Anblick der verschiedenen fremden Restaurantketten und Geschäfte kurz auf mich wirken. Es riecht nach Kaffee und Frittiertem. Auf großen Leuchtschildern werden Pretzels in allen möglichen Geschmacksvariationen angeboten. Hallende Durchsagen unterbrechen die Musik, aber ich kann mich nicht auf den Inhalt konzentrieren, dafür bin ich viel zu aufgeregt. Denn das hier ist der Start in mein Abenteuer. Mein eigenes grandioses Abenteuer – ein ganzes Jahr, bevor ich mich wieder auf meine Zukunft konzentriere und in irgendeinem Büro versauere. Ein Abenteuer ohne die großen Hemmungen, die ich zu Hause so oft verspürt habe. Ich schließe kurz die Augen, atme einmal tief ein.

Als ich sie wieder öffne, wird mein Blick auf die Wartenden gelenkt. Geschäftsmäßig aussehende Männer in Anzügen mit laminierten Schildern, Familien mit winkenden kleinen Kindern, Köpfe, die in die Luft gereckt werden, um besser sehen zu können.

In der zweiten Reihe erkenne ich sie von dem Foto, das sie mir per Mail geschickt hat: Faye, die Schwiegertochter von Hugo, um den ich mich im kommenden Jahr kümmern werde und dafür Kost, Logis und etwas Taschengeld erhalte.

»Hi, Franziska«, ruft sie und winkt. Fayes blonde, wellige Haare fallen über ihre linke Schulter und werden von einer Sonnenbrille gekrönt, die sie auf den Kopf geschoben hat. Sie trägt ein figurbetontes, ärmelloses Kleid, und um die Schultern hat sie einen Cardigan geschlungen. Die schlanken Beine stecken in schwarzen Pumps. Sie ist – man kann es nicht anders sagen – wunderschön. In meinen Leggins und meinem schlabbrigen Pullover fühle ich mich im Vergleich zwar ein bisschen schäbig, aber ihr offenes Lächeln nimmt mir sogleich meine aufkeimende Unsicherheit, und ich merke, wie etwas von meiner Hemmung abbröckelt.

Sie bedeutet mir, um die Absperrung herumzugehen, und läuft mir parallel auf der anderen Seite entgegen. Als wir endlich einander gegenüberstehen, breitet sie ihre Arme aus und zieht mich in eine Umarmung.

»Schön, dass du da bist! Hattest du einen guten Flug?« Ihr Englisch klingt unerwartet weich. Sie zieht die Vokale in die Länge. Das muss der Südstaatenakzent sein.

»Ja, danke!«, bringe ich mit klopfendem Herzen hervor. Ich lächle sie an, und sie klatscht in die Hände.

»Gut. Sind das all deine Sachen? Kann ich dir etwas abnehmen? Wir parken draußen.« Sie macht eine Geste zur nächsten Glastür. Ihre Energie ist beinahe ansteckend, obwohl ich hundemüde bin. Für mich ist es ja eigentlich bereits Mitternacht.

»Nein, geht schon«, erwidere ich.

»Hugo?«, ruft sie und sagt leise an mich gewandt: »Er hat schlechte Laune. Vermutlich, weil er keinen Mittagsschlaf gehalten hat.«

»Ich brauche keinen Mittagsschlaf.« Eine barsche Stimme zu meiner Linken zieht meine Aufmerksamkeit auf sich. Ein alter Mann erhebt sich von einer Bank und kommt auf uns zu. Er blickt mürrisch drein. »Genauso wenig, wie ich eine Aufpasserin brauche.«

Den letzten Satz könnte ich auch missverstanden haben, denn er nuschelt ein wenig. Aber ich bin mir relativ sicher, dass ich mich nicht verhört habe, vor allem, weil Faye lacht und sagt: »Keine Sorge, ihr beide werdet euch bestimmt gut verstehen.«

»Das muss erst noch bewiesen werden«, sagt Hugo und setzt sich einen Strohhut auf den Kopf.

»Ich bin Franziska«, stelle ich mich vor, doch er ist bereits an uns vorbei Richtung Ausgang marschiert. Etwas perplex sehe ich zu Faye.

»Tut mir leid, dass er so mies drauf ist«, sagt sie. »Er kommt immer noch nicht so richtig damit klar, dass er nun bei uns wohnen muss, obwohl wir ihn schon vor einem Jahr bei uns aufgenommen haben. Aber anders hätte es nicht funktioniert. Ich bin jedenfalls froh, dass du jetzt da bist. Das wird ihm guttun.«

Ich nicke und versuche mich an einem weiteren Lächeln, mit dem ich vor allen Dingen mir selbst beweisen will, dass mich nichts aus der Ruhe bringen wird. Doch ich merke, in der Fremde sind Optimismus und Vorfreude ein zerbrechliches Gerüst, das trotz Vernunft leicht zu erschüttern ist. Und auf einmal kommt mir das Jahr, das vor mir liegt, wie eine Ewigkeit vor. Denn was, wenn ich mich mit Hugo nicht verstehe? Warum habe ich mir darüber vorher keine Gedanken gemacht? Wieso wollte ich nicht gleich einen Bürojob antreten? Ich sehe etwas unsicher zu Hugo, der konzentriert Löcher in die Luft starrt und alles daranzusetzen scheint, bloß keine Notiz von mir zu nehmen. Das kann ja heiter werden.

In dem Moment, da wir aus dem klimatisierten Flughafengebäude hinaustreten, ist es, als würden wir in eine Wand aus Feuchtigkeit und Wärme laufen. Ich komme gerade aus dem regnerischen deutschen März, dessen Temperaturen in den letzten Wochen nie über zehn Grad geklettert sind. Hier hat es, wie mein Handy mir vor dem Abflug gesagt hat, vierundzwanzig Grad, die sich aber aufgrund der Feuchtigkeit anfühlen wie mindestens dreißig und mehrere Zentner schwer. Und die hier fünfundsiebzig Grad Fahrenheit heißen.

Bei einem schwarzen SUV machen wir halt. Faye drückt auf ihrem Schlüssel herum, der Kofferraum öffnet sich automatisch, und ich wuchte mit ihrer Hilfe mein Gepäck hinein.

»Hugo, willst du mit deinem schlimmen Bein vorne sitzen?«, fragt sie dann an ihren Schwiegervater gewandt. Er antwortet nicht, blickt nur grimmig drein. »Okay, dann ist es entschieden. Franziska, du sitzt vorne.« Sie lächelt und zwinkert mir zu.

Ich bin unschlüssig. Schließlich will ich dem alten Mann nicht den bequemsten Platz wegnehmen – zumal, wenn er ein schlimmes Bein hat. Ich blicke zu ihm, um zu eruieren, ob das wirklich in Ordnung ist, doch da klettert er bereits auf die Rückbank. Er ist beweglicher, als man meinen könnte, wenn man sein faltiges Gesicht betrachtet.

»Die Klimaanlage hat den Wagen gleich runtergekühlt, keine Sorge«, sagt Faye. Dankbar steige ich ins Auto.

Wir fahren über Highways, die so breit sind wie drei deutsche Autobahnen nebeneinander. Alles scheint auf den ersten Blick größer als in Deutschland, nicht nur die Temperaturskala. Die Autos, die Straßen. Am Horizont erspähe ich hinter einem Dunstschleier ein paar Wolkenkratzer. Mein Bauch macht einen kurzen Satz der Vorfreude. Denn dieses Abenteuer habe ich mir schließlich aus gutem Grund ausgesucht.

Ich wollte etwas von der Welt sehen. Etwas, das weiter weg ist als der Gardasee oder holländische Strandbäder. Den Büroalltag werde ich noch früh genug erleben – und jetzt bin ich wirklich hier.

Faye schaltet das Autoradio ein, und ein Song von James Blunt ertönt. Von hinten dringt ein Schnauben zu uns nach vorne.

»Was ist es diesmal, Hugo?«, fragt Faye, deren mädchenhafte Stimme ein bisschen von ihrem geduldigen Klang einbüßt.

»Dein Gedudel«, sagt er.

»Mein Auto, mein Gedudel«, erwidert Faye und lächelt mir entschuldigend zu.

»Verlogener Scheiß«, sagt Hugo von hinten.

»Und was, bitte, ist daran verlogen, wenn man über eine Frau singt, die so schön ist, dass sie aus der Masse heraussticht?«

»Es geht nicht darum, *was* er singt.« Hugo wirkt nicht, als hätte er Lust, zu erklären, was er meint, tut es aber trotzdem. »Sondern darum, *wie* er es singt. Das ganze Arrangement. Es drückt einem die Emotionen geradezu auf. Das ist billig.«

»Dann hör eben einfach weg«, sagt Faye.

Ich wage einen kleinen Vorstoß und frage nach hinten gewandt: »Wie sollte Musik denn sein?«

»Authentisch. Lebendig. Statt einfach nur nicht anzuecken, sollte sie das Leben feiern, in all seinen Facetten. Die traurigen Seiten, die fröhlichen Seiten. Und dabei dem Zuhörer Raum lassen, um zu entscheiden, wie er sich dabei fühlen will. Aber ihr beide habt offensichtlich keine Ahnung davon.« Er macht eine kurze Pause, legt seinen Kopf auf die Lehne und zieht seinen Hut übers Gesicht. »Vielleicht ist es doch an der Zeit für ein Nickerchen.« Aber es klingt nicht, als wäre das wirklich sein Bedürfnis, sondern eher wie ein vernichtendes Urteil über Fayes Musikgeschmack und meine Gesprächskompetenz. Meine Vorfreude wird langsam, aber sicher von etwas zur Seite gedrängt, das sich anfühlt wie Sorge. Sorge ist der Anfang jeder Hemmung. Und genau das wollte ich hinter mir lassen.

»Keine Angst«, sagt Faye. »Er braucht ein bisschen, bis er sich an neue Umstände gewöhnt.«

Ich nicke, aber die aufkeimende Euphorie, mit der ich meiner Ankunft in New Orleans eigentlich begegnen wollte, schafft es in diesem Moment nicht an die Oberfläche, und beinahe sehne ich mich nach einem ergonomischen Schreibtischstuhl.

Wir verlassen den Highway über einen labyrinthartigen Knotenpunkt. Wie Faye sich hier zurechtfindet, ist mir ein Rätsel, und ich beobachte sie heimlich aus dem Augenwinkel. Sie ist absolut ruhig und cool, während sie Spuren wechselt, als gäbe es kein Morgen. Ich bin schon in Deutschland nur dann Auto gefahren, wenn es unbedingt sein musste. Mir scheint der Verkehr unberechenbar, so als könnte jeden Moment jemand durchdrehen und kamikazemäßig andere Verkehrsteilnehmer ausschalten. Ein Grund, warum ich auf der Autobahn nie schneller als hundertzehn Kilometer pro Stunde fahre und warum mein Bruder mich für den größten Angsthasen der Welt hält.

Wir fahren unter einer Brücke durch und biegen an der darauffolgenden Kreuzung rechts ab.

»Wir kommen jetzt in den Garden District«, sagt Faye. »Das Viertel, in dem wir wohnen. Und wenn du mich fragst, die schönste Gegend in New Orleans.« Sie lächelt.

»Wenn man sie sich leisten kann«, grunzt Hugo von hinten, ohne den Strohhut von seinem Gesicht zu nehmen, sodass ich seine Mimik nicht lesen kann.

»Und, Hugo?«, fragt sie. »Musst du denn Miete zahlen?«

Ich verstehe, dass sie genervt ist. Schließlich teilt sie ihr Zuhause mit ihrem Schwiegervater, der ganz offensichtlich alles andere als dankbar dafür ist. Oder höflich. Oder nette Gesellschaft.

»Und, Faye?«, kontert Hugo. »Musst *du* denn Miete zahlen?«

Faye seufzt theatralisch, sagt aber nichts dazu. Wäre ich an ihrer Stelle, ich würde dem alten Griesgram solche Unverschämtheiten nicht durchgehen lassen.

»Da drüben ist ein sehr nettes Café. Vielleicht könntet ihr zwei dort in den nächsten Tagen mal frühstücken gehen.« Fayes Tonfall bleibt bewundernswerterweise die ganze Zeit über freundlich. »Die Boutiquen hier haben zwar keine so große Auswahl wie die im French Quarter, aber wenn du willst, können wir beide am Wochenende mal eine kleine Shoppingtour machen.«

»Sehr gerne«, sage ich. Immerhin könnte es mit Faye wirklich nett werden.

»Du musst dir keine Sorgen machen, Franziska«, sagt Hugo bissig. »Wenn du dich an Faye hältst, besteht überhaupt keine Gefahr, dass du mit zu viel Geld wieder nach Hause fährst.«

Faye lacht, doch es klingt etwas gezwungen. Anscheinend ist bei ihr auch irgendwann eine Grenze erreicht.

Ich blicke aus dem Fenster und konzentriere mich auf den Anblick der neuen Umgebung. Faye hat recht, das hier *ist* ein schönes Viertel. Und je weiter wir der Straße folgen, desto pittoresker wird es. Unter Arkaden reihen sich kleine, gemütliche Cafés, Bars und Restaurants dicht an dicht. Pflanzenkübel und gusseisernes Mobiliar, Kleiderstangen vor Vintageläden und bunt gestrichene Holzbänke verleihen der lebendig-urbanen Umgebung einen Zuckerguss-Charme.

Wir lassen die belebte Straße hinter uns und biegen in ein Wohngebiet ab. Knorrige Bäume säumen die Fußwege zu beiden Seiten und dahinter –

»Wow!«, entfährt es mir, und für einen kurzen Augenblick ist mein Ärger über Hugo und meine Sorge, wie ich ihn ein ganzes Jahr lang aushalten soll, vergessen.

»Schön, oder?« In Fayes Stimme schwingt ein Lächeln mit.

Ich bin beinahe sprachlos. Hinter hohen Hecken und glänzenden Eisenzäunen stehen die pompösesten Stadthäuser – ach, was sage ich, Villen! –, die ich je gesehen habe. Es kommt mir geradezu lachhaft vor, dass ich in diesem Moment an unseren Vorort mit den Doppelhaushälften und kleinen Gärten denken muss, denn er hält keinem Vergleich stand. Zweistöckige weiße Prachtbauten mit Veranda und aufwendig verzierten Balkons stehen mächtig in großen Gärten. Fusselige Flechten hängen von den Ästen exotisch aussehender Bäume herab. Genauso hatte ich mir die Südstaaten vorgestellt.

»Hier lässt es sich aushalten, oder?«, fragt Faye.

Ich nicke langsam, immer noch hypnotisiert von dem Anblick, der sich mir links und rechts bietet. Von hinten höre ich ein Schnauben, aber für den Moment will ich mich nicht von Hugos Laune irritieren lassen.

»Die Sklavenhalter haben es hier auch gut ausgehalten, nicht wahr, Faye?«, sagt Hugo.

»Ja, Hugo, ich weiß. Aber lass doch ein einziges Mal die Geschichte Geschichte sein, in Ordnung?«

»Ich meine ja nur, die Sklaven fanden es vermutlich nicht so prickelnd hier.«

»Und? Haben wir Sklaven?«, fragt Faye und blickt in den Rückspiegel.

Hugo lacht leise, doch es wirkt nicht wie der Ausdruck von Freude. Ich schlucke und male mir einen höhenverstellbaren Schreibtisch mit Familienfotos darauf aus. Vielleicht eine Bürotasse mit Motivationsspruch, eine kleine Grünpflanze.

Wir biegen noch ein paarmal ab, bis ich vollkommen die Orientierung verloren habe. Dann halten wir vor einem Haus.

Es ist ebenso prachtvoll wie die anderen Villen, die ich auf der Fahrt bewundert habe. Hinter einem verschnörkelten schwarzen Eisenzaun blicke ich auf ein hellgraues Herrenhaus, das mit weißen Ornamenten geschmückt ist. Im ersten Stock stützen weiße korinthische Säulen einen prächtigen Balkon. Die Fenster reichen vom Boden bis zur Decke und werden links und rechts flankiert von schwarzen Fensterläden. Und sogar die Fenster selbst sowie die Eingangstür sind mit weißen filigranen Giebeln verziert.

»Können wir reingehen?«, fragt Hugo kurz angebunden und wuchtet bereits mein Gepäck aus dem Kofferraum. »Einen Vorteil muss es ja haben, dass wir in diesem absurden Haus wohnen. Und der heißt Klimaanlage.«

Faye gibt einen Code ein, und Hugo öffnet das Eisentor. Ich nehme ihm mein Gepäck ab, was er nur allzu bereitwillig geschehen lässt, und folge den beiden über den gepflasterten Weg. Zu meiner Rechten plätschert ein wunderhübscher kleiner Springbrunnen. Dahinter ragt ein monströser Baum gen Himmel.

»Was ist das für ein Baum?«, frage ich an Faye gewandt. Auch von seinen Ästen hängt dieser gräulich grüne Fluff herab.

»Quercus virginiana«, sagt Hugo.

»Eine Virginia-Eiche«, übersetzt Faye. »Im Süden nennen wir sie auch Lebenseiche. Sie ist der Grund, warum dein Zimmer leider nicht viel Licht abbekommt. Und warum wir den Keller nicht ausbauen können. Die Wurzeln reichen zu tief in die Erde. Victor und ich würden sie gern fällen.«

»Nur über meine Leiche«, sagt Hugo. »Bevor das passiert, kette ich mich daran fest.«

Es ist das erste Mal, dass ich auf Hugos Seite bin. Denn es wäre eine Schande, wenn dieser prachtvolle Baum gefällt würde.

»Sei nicht so dramatisch«, sagt Faye. »Die Stadt stimmt dem mit Sicherheit ohnehin nicht zu. Bei so alten Bäumen liegt es nicht in der Hand der Hausbesitzer.« Sie zuckt mit den Schultern und sperrt die Haustür auf.

»Und was ist das, was von den Ästen herabhängt?«, frage ich, an Hugo gewandt. Vielleicht finden wir darüber eine gemeinsame Ebene.

»Tillandsia usneoides«, sagt er. Doch er scheint meinen fragenden Blick zu bemerken und fügt hinzu: »Man nennt es auch Louisianamoos. Oder Feenhaar.«

»Pass auf, jetzt erzählt er dir gleich die Legende dazu. Lass sie erst mal ankommen, Hugo. Auspacken, duschen, ihre Familie anrufen.«

Ich bin ein bisschen enttäuscht, denn ich hätte gern die Legende dazu gehört. Aber vielleicht ergibt es sich ein andermal. Und die Vorstellung, mir den Flugzeugmief abzuwaschen, ist tatsächlich äußerst verlockend.

»Keine Sorge«, sagt Hugo. »Ich habe nicht vor, irgendjemanden mit meinen Altherrengeschichten zu langweilen.«

Er marschiert an uns vorbei ins Haus. Mir fällt auf, dass er tatsächlich leicht humpelt. Im nächsten Moment ist er verschwunden.

2

Lincoln

Einmal pro Woche hole ich meine vierjährige Nichte Maya bei ihrer Tagesmutter Phoenix ab. Phoenix lebt in Tremé, meinem liebsten Stadtviertel von New Orleans, und ist eine Freundin der Familie. Sie passt auf die Kleine auf, seit mein Schwager Jasper sie bei ihren Drag-Auftritten in einem Burlesque-Schuppen auf dem Klavier begleitet hat.

Wie immer bin ich mit meinem klapprigen Fahrrad unterwegs, und wie immer freut sich Maya, mich zu sehen. Ich lasse sie auf meinem Fahrradsattel reiten unter der Bedingung, dass sie sich gut an mir festhält, während ich sie schiebe. Es ist unser Geheimnis.

Jasper lebt mit Maya und ihrem siebenjährigen Bruder Weston in einem kleinen kreolischen Cottage mitten in Tremé. Ich lehne mein klapperndes Fahrrad vorsichtig gegen die Veranda und hebe Maya vom Sattel.

»Hast du Hunger? Wir haben Zeit für ein Sandwich«, sage ich und schließe die Tür auf. Drinnen ist es angenehm kühl, und ich lasse meinen Gitarrenkasten von der Schulter auf eins der alten Ledersofas sinken.

Maya schüttelt den Kopf. Sie spricht nicht gern.

»Hat Phoenix euch was gemacht?«, frage ich.

Wieder schüttelt sie den Kopf.

»Aber du hast gegessen?«

Jetzt nickt sie.

»Pop-Tarts?«

Erneutes Nicken. Dann schleudert sie die Schuhe von den Füßen und läuft schnurstracks in ihr Zimmer.

»Mach es dir nicht zu gemütlich, in fünfzehn Minuten müssen wir zur Bandprobe«, rufe ich ihr hinterher, aber ich bin mir nicht sicher, ob sie mich noch hört. Maya hat die Gabe, die Welt einfach auszublenden, wenn sie ihre Ruhe haben möchte. Wir proben in einer Musikschule in der Nähe. Wenn es nicht zu lange geht, sind Jaspers Kinder oft dabei.

Ich nehme den leicht ramponierten Seesack vom Gepäckträger meines Fahrrads, der meine gesamte Wäsche beinhaltet – abgesehen von den Klamotten, die ich an meinem Körper trage. Wenn ich Maya einmal pro Woche, wenn Jasper länger Klavierunterricht gibt, bei Phoenix abhole, darf ich die Waschmaschine benutzen. Ich könnte meine schmutzigen Klamotten mit Sicherheit auch hier waschen, würde ich Maya nicht abholen, aber so habe ich kein schlechtes Gewissen.

Ich kippe den Inhalt meines Seesacks und ein giftig aussehendes grünes Gel in die Maschine und schalte sie ein. Nach der Bandprobe werde ich Jasper und die Kinder zurückbegleiten und die Wäsche mitnehmen.

Wir haben noch zehn Minuten, und da ich weiß, dass Jasper nach einem Tag in der Musikschule inklusive Bandprobe fix und fertig ist, schnappe ich mir den überquellenden Wäschekorb und beginne in der engen Waschküche die sauberen Kleidungsstücke zusammenzulegen. Wenn man bedenkt, dass Jasper ganz allein für Westons und Mayas Erziehung verantwortlich ist, ist es umso beachtlicher, wie ordentlich und organisiert das Haus ist. Ich bewundere Jasper dafür, dass er das alles hinkriegt – die Musik, die Kinder, sich selbst. Er hat sich kein einziges Mal beschwert. Natürlich, anfangs war er traurig. Doch er war vor allem für die beiden da. Und ich für ihn. Nach und nach wuchsen sie wieder zu einer Familie zusammen, in der zwar ein fettes Loch klafft – eines, das einen regelrecht anschreit, wenn man weiß, wie es früher war –, aber eine Familie, die glücklich ist. Zumindest nach außen. Wie es in Jasper aussieht, weiß ich nicht, allerdings versuche ich, ihm der beste Schwager zu sein, der in mir steckt. Und der beste Onkel für die Kinder.

»Fünf Minuten«, rufe ich in Mayas Zimmer. Sie hat zwar noch kein Zeitgefühl, aber zumindest eine ungefähre Ahnung davon, dass fünf Minuten nicht allzu viel sind. »Nimmst du dein Malzeug mit?« Weston, der bereits in die zweite Klasse geht, hat meistens noch Hausaufgaben zu erledigen. Doch Maya muss sich selbst beschäftigen, damit sie sich nicht zu Tode langweilt.

Auf dem Klavier im Wohnzimmer liegen zwei Ohrenschützer, die ich in Mayas Rucksack stecke. Wenn die Kinder zur Bandprobe oder zu Gigs kommen, besteht Jasper darauf, dass sie sie aufsetzen. Daneben steht das Schwarz-Weiß-Foto von Blythe. Es ist das gleiche, das ich für die Trauerfeier ausgewählt habe, weil sich sonst keiner dazu imstande sah. Es stammt aus einer glücklichen Zeit. Sie blickt lächelnd über ihre Schulter in die Kamera und sieht wunderschön aus. Ihr dunkelblondes Haar weht im Wind, und Sonnenstrahlen streifen ihr Gesicht. Ich fahre mit dem Finger einmal über das Foto, um den Staub abzuwischen. Meine Schwester. Meine kluge, schöne Schwester.

Dieser ungeheure Schmerz, der einem die Luft zum Atmen nimmt und einem das Gefühl gibt, das Leben sei vorbei, nimmt zwar irgendwann ab – die Welt dreht sich weiter, und man lernt, aufs Neue zu lachen –, aber dennoch schnürt es mir jedes Mal die Kehle zu, ein Bild von ihr zu sehen. Ich lasse mich auf den Klavierhocker sinken und schlage mit der linken Hand einen Ton an. Er durchschneidet die Stille auf sanfte, heilsame Weise. Etwas, woran sich die Erinnerungen festhalten können. Deswegen spiele ich ihn wieder und wieder.

Jaspers Klavier muss dringend gestimmt werden. Das F, das durch den Raum hallt, hat einen seltsam verzerrten, beinahe metallischen Klang. Ich nehme mir fest vor, Geld für einen Klavierstimmer zusammenzukratzen. Auch wenn ich gerade nicht weiß, woher ich es nehmen soll. Doch es findet sich immer eine Lösung. Vielleicht bitte ich meine Eltern um Hilfe. Nicht, dass bei ihnen viel zu holen wäre, aber manchmal kann ich mir ein bisschen was leihen.

»Kommst du, Maya?«, rufe ich mit einem Blick auf die Wanduhr. »Wir müssen uns wirklich beeilen!« Ich verstehe gar nicht, wo die Zeit hin ist. Aber wie jede Woche sind wir auf einmal viel zu spät dran.

Beim zweiten Chorus haben wir unseren Sound wieder. Die ersten Takte waren ein bisschen steif, aber jetzt fliegen meine Finger über das Griffbrett der Gitarre, und meine Stimme ist auch wieder voll da. Ich orientiere mich an Jaspers Begleitung und spiele nur einzelne Akkorde dazu. Bonnies Kontrabass gibt einen schnalzenden Rhythmus vor, und Curtis' Bewegungen am Schlagzeug sind eine faszinierende Mischung aus Dreschen und Streicheln.

»This is all that I want«, singe ich, und Bonnie stimmt mit ein. *»All that I need. A little bit of melody, some groove and a beat.«*

Es ist unser fetzigster Song, den wir uns meist bis zum Ende eines Abends aufheben.

Nach dem zweiten Chorus spielt Sal eins seiner berühmten Trompetensoli, und obwohl das hier nur eine Probe ist, reißt es uns alle mit. Jasper und ich begleiten ihn mit vereinzelten Akkorden, und Curtis streicht sanft über seine Becken. Selbst Weston und Maya blicken auf. Maya klatscht – auf zwei und vier, wie ich es ihr beigebracht habe. Die Melodien, die Sal spielt, sind so pointiert, so durchdacht und – ich kann es nicht anders sagen – rund. Wüsste ich nicht, dass er in diesem Moment improvisiert, ich könnte schwören, es ist vorkomponiert.

Wir sind alle leidenschaftliche Musiker. Berufsmusiker, die sich mit anderen Jobs über Wasser halten, wenn es sein muss. Sal ist jedoch mit Abstand der Beste von uns. Eigentlich hätte er es schon längst über die Frenchmen Street hinaus schaffen und mit berühmten Bands oder Orchestern durch die Welt touren müssen. Aber Sal ist immer noch hier. Und obwohl wir keine Ahnung haben, warum er mit uns spielt, sind wir doch froh, dass er Teil der Band ist.

Wir sind im absoluten Flow. Jeder von uns spielt sich in eine Art Trance, die in der musikalischen Kommunikation ihren Ausdruck findet. Wir sind laut, wir sind glücklich, wir sind richtig gut. Der Klang von New Orleans vermischt sich in unserem Spiel mit Singer/Songwriter-Einflüssen, Funk und Blues. Es ist unser Sound, der uns zusammengebracht hat und zusammenhält. Ein Band, das dicker ist als alles, was ich kenne, als alles, was ich je erlebt habe. Es ist ein erhabenes Gefühl – man kann es kaum anders beschreiben als den Ausdruck von allem, was uns ausmacht. Pompös und wild. Schmerzhaft und schön. Arm und doch so reich. Wir haben so gut wie nichts, und doch haben wir in diesem Moment alles.

Am Abend sitzen wir zusammen im Garten hinter Jaspers Haus. Als Blythe sich noch um die Pflanzen kümmerte, war dieser Ort eine richtige Oase. Blüten überall. Jetzt ist er ziemlich überwuchert. Selbst der alte Wohnwagen in der hinteren Ecke, der schon seit Blythes und Jaspers Einzug hier steht, und von dem niemand so recht weiß, wohin damit, ist bereits zur Hälfte von irgendwelchen Ranken verdeckt.

»Glaubt ihr, Sal ist genervt, dass wir ihn jedes Mal wieder fragen, ob er mitkommen will, obwohl völlig klar ist, dass er ablehnt?«, fragt Bonnie in die Runde.

Wir wissen so gut wie nichts über unseren Trompeter. Er ist bei jeder Probe und bei jedem Gig dabei, danach verschwindet er allerdings Gott weiß wohin.

»Möglich«, sagt Jasper und zuckt mit den Schultern. »Aber ich fände es, ehrlich gesagt, noch komischer, wenn wir ihn nicht mehr fragen würden.«

»Er kann ja auch einfach Bescheid sagen, wenn wir ihm auf die Nerven gehen.« Curtis ist meistens der Pragmatischste von uns allen. Nur manchmal brennt bei ihm etwas durch. Doch seit einiger Zeit ist es besser geworden. Ungefähr seit er angefangen hat, mit seiner Mitbewohnerin zu schlafen. Aber diese Beobachtung teile ich nicht mit ihm.

»Meint ihr, er hat eine Familie?«, fragt Bonnie weiter. Es ist nicht das erste Mal, dass wir über Sals Privatleben spekulieren.

»Vielleicht eine, die nichts über ihn weiß. Und jedes Mal, wenn er zu Hause gefragt wird, ob er mitessen will, grunzt er und verschwindet«, schlage ich vor, und alle lachen. »Apropos zu Hause …« Ich stehe auf und strecke mich. Mein Rücken knackt. Das kommt von der unbequemen Position, in der ich den Großteil des Tages verbracht habe. Mit meiner Gitarre auf dem Schoß auf dem Steinboden vor Saint Mary's im French Quarter. Aber es hat sich gelohnt. Die Touristensaison läuft gerade wieder an, und heute waren die Passanten ziemlich spendabel. Die Monate der Entbehrung scheinen endgültig vorbei zu sein.

»Vergiss deine Sachen nicht«, sagt Jasper und nickt mir zu.

»Danke, dass ich die Waschmaschine benutzen durfte«, setze ich an, aber er winkt ab.

»Jederzeit, Mann, das weißt du doch.«

Ich bin froh, dass Jasper sich nicht fragt, warum ich keine eigene Waschmaschine habe. Warum kein Geld für den Waschsalon. Er darf nichts von meiner Wohnsituation erfahren. Und vor allem darf er nicht herausfinden, dass ich keine Alternative habe. Dass ich mir nicht einfach irgendwo ein Zimmer mieten kann, weil mir das Geld fehlt. Denn dann müsste ich erklären, wieso. Und das könnte ziemlich in die Hose gehen. Ich werfe Jasper noch einen letzten Blick zu und verschwinde nach drinnen.

3

Franzi

Das also ist ein Jetlag. Ich bin vollkommen fasziniert. Es ist halb fünf Uhr morgens, und ich liege hellwach im Bett. Durch die Fensterläden dringt nicht der vorsichtigste, zaghafteste Lichtschein. Dieser Tag ist noch so weit davon entfernt, einer zu werden, dass ich regelrecht orientierungslos bin. So fühlt es sich an. Wenn man mit dem Wohnwagen nach Italien fährt, weiß man vielleicht im ersten Moment nicht, wo man ist, wenn man am nächsten Tag davon aufwacht, dass man den Ellenbogen des kleinen Bruders im Gesicht hat. Aber man weiß immerhin, dass es Tag ist.

Ich wälze mich auf die Seite. Vielleicht kann ich noch ein bisschen dösen? Aber nein, natürlich nicht. Mein Körper glaubt mir nicht, dass noch Schlafenszeit ist. Und mein Kopf ist sich, ehrlich gesagt, auch nicht ganz sicher, ob die Tage in New Orleans nicht vielleicht einfach in der Finsternis beginnen.

Es hat keinen Zweck. Ich gebe auf. Dann wird es eben ein langsames Annähern an den Rhythmus hier. Im Dunkeln taste ich nach meiner Nachttischlampe und knipse sie an. So richtig habe ich mein Zimmer gestern durch den Nebel dieser erschlagenden Müdigkeit und der Nervosität gar nicht wahrgenommen. Nachdem Faye mir alles gezeigt hatte, bin ich einfach nur in mein duftendes Bett gefallen. Es drangen noch leise Stimmen von unten zu mir herauf. Kurz glaubte ich, Faye und Hugo würden sich streiten, aber das kann auch ein Traum gewesen sein. Denn daran, dass Hugos Unfreundlichkeit mich bis in meinen Schlaf verfolgt hat, erinnere ich mich. Es war ein wirrer Traum. Jedes Mal, bevor ich ihm etwas entgegensetzen konnte, ermahnte meine Mutter mich, zu zählen. Und das tat ich. Doch immer, wenn ich bei zehn angekommen war, hatte Hugo sich schon wieder eine neue Gemeinheit ausgedacht, auf die ich nicht reagieren konnte, weil ich erst zählen musste.

Mein Zimmer ist nicht sonderlich groß, aber gemütlich und stilvoll eingerichtet. Mobiliar und Deko sind in Weiß, Türkis und Gold gehalten. Ein weißer Ziertisch mit geschwungenen, goldenen Beinen steht unter einem goldgerahmten Spiegel. Von dem antiken Holzschreibtisch mit goldenen Beschlägen blickt man bei Tageslicht durch die Krone der Lebenseiche auf die von Bäumen gesäumte Straße. Davor steht ein passender Holzstuhl, der mit türkisfarbener Seide bezogen ist. Links neben dem Bett führt eine Tür in einen begehbaren Kleiderschrank. Doch gestern war ich nicht mehr in der Lage, alles auszupacken, sodass mein Gepäck nach wie vor am Fußende des Bettes steht. Es ist ein weißes Metallgestell, das über und über mit türkisfarbenen Zierkissen belegt war.

Da ich nun einmal wach bin, beschließe ich, meine Mutter anzurufen. Gestern hatte ich nur noch Kapazitäten für eine kurze WhatsApp-Nachricht, die ich auch an meine beste Freundin Lara geschickt habe. Und so angle ich nach meinem Handy und betätige die Videocall-Funktion.

»Franziska!«, schallt es mir leicht blechern entgegen. »Wie geht's dir? Wie ist die Familie? Und das Haus?«

»Hi«, sage ich als Erstes. Dann, als ihr Gesicht weniger pixelig wird: »Eins nach dem anderen. Ich bin gerade erst aufgewacht.«

»Wie viel Uhr ist es bei dir?«, fragt sie gleich weiter.

»Viertel vor fünf«, sage ich.

Sie keucht leise und schlägt sich die Hand vor den Mund. »Arme Maus«, sagt sie. »Ich hoffe, du gewöhnst dich bald an die Zeitverschiebung. Die USA sind eben einfach das andere Ende der Welt.« Sie klingt nicht unfreundlich, während sie das sagt, allerdings meine ich doch einen leisen Vorwurf herauszuhören. *Du hättest eben nicht ans andere Ende der Welt gehen sollen,* will sie eigentlich sagen.

Ich erinnere mich an die vielen Diskussionen, die ich mit ihr hatte. An die vielen Stellenangebote, die sie mir ausdruckte und hinlegte. Aber ich wollte das hier. Weit weg. Etwas von der Welt sehen, ehe die Zukunft beginnt, für die ich so hart gearbeitet habe.

»Hast du denn den alten Mann schon kennengelernt, um den du dich kümmern sollst?«

»Ja«, sage ich. »Er wirkt sehr nett. Und gar nicht *so* alt. Also schon alt, aber immer noch sehr selbstständig.« Ich will ihr nicht erzählen, dass unsere erste Begegnung nicht gerade rosig verlaufen ist. Ihr *Ich hab's dir ja gesagt*-Gesicht brauche ich nicht gleich an meinem ersten Tag. »Und genießt du den Rest der Osterferien?«, frage ich, bevor sie merkt, dass ich geflunkert habe.

»Die Klassenarbeiten türmen sich auf meinem Schreibtisch«, sagt sie und seufzt. »Und hier ist dein Bruder«, fügt sie dann hinzu und dreht ihr Handy so, dass ich sehen kann, wie ein sehr verschlafen aussehender Adrian in die Küche kommt.

»Kaffee?«, fragt er heiser.

»Ich mach dir schnell welchen«, sagt meine Mutter und drückt ihm das Handy in die Hand. Als könnte er das nicht selbst! Aber so ist es schon immer gewesen. Die Ansprüche werden nur an mich gestellt. Ich weiß, dass meine Mutter es gut meint, aber manchmal koche ich innerlich.

»Hi, Bruderherz«, begrüße ich ihn, und er streicht sich durch die wuscheligen Haare. Adrian ist achtzehn und hat letzten Mai sein Abitur gemacht – obwohl er es auf den letzten Metern beinahe noch vermasselt hätte. Für ihn stand fest, dass er sich nach all der harten Arbeit ein Jahr entspannen müsse, um herauszufinden, was er mit seinem Leben anfangen will. Er ist das komplette Gegenteil von mir. Während ich immer mein Bestes gegeben habe, um nicht aufzufallen und ja keinen Ärger zu kriegen, mich angestrengt habe, etwas aus mir zu machen, lebt er in den Tag hinein. In Momenten, in denen ich mich von der Vernunft leiten lasse, fragt er nicht um Erlaubnis, sondern geht einfach Risiken ein, ohne nachzudenken. Manchmal läuft es schief, und er fällt auf die Schnauze. Aber meistens hat er Glück. Ab und zu habe ich mich dabei ertappt, wie ich mir wünschte, mehr zu sein wie er. Doch im nächsten Augenblick hatte ich stets die Stimme meiner Mutter im Ohr, die mir erklärte, wie wichtig es für eine junge Frau sei, unabhängig zu sein. Wie schwer es für sie war, als unser Vater uns sitzen ließ. Ich bewundere sie dafür, dass sie innerhalb weniger Jahre ein Lehramtsstudium durchzog, weil es etwas Sicheres war. Und ich möchte auf keinen Fall je in die Situation kommen, auf einmal vor dem Nichts zu stehen. Also lasse ich Adrian Adrian sein und gebe mir Mühe, vernünftig zu sein.

Meine Mutter setzt Adrian einen Becher mit dampfendem Kaffee vor die Nase und nimmt ihm das Handy wieder ab. Sie streicht ihm durch die Haare, und er duckt sich weg.

»Wie sieht dein erster Tag aus?«, fragt meine Mutter und hält das Smartphone jetzt so, dass ich sie beide sehen kann.

»Ich weiß es noch nicht genau, ehrlich gesagt. Ich glaube, ich mache mich mit allem vertraut, und dann werde ich Hugo fragen, was er braucht.«

»Machst du Sightseeing?«, will Adrian wissen.

»Sie ist doch zum Arbeiten da, Schatz«, sagt meine Mutter.

»Mal sehen, ob ich mich heute schon in die Innenstadt wage«, sage ich. Denn erstens stimmt es, ich *bin* zum Arbeiten hier, und zweitens brauche ich vielleicht einen Moment, um mich zurechtzufinden. Das Café, das Faye mir empfohlen hat, wäre vielleicht ein schöner Kompromiss.

»Ich würde keine Zeit verschwenden«, nuschelt Adrian und schlürft aus seiner Tasse. Das glaube ich ihm sofort.

»Deine Schwester macht das schon«, sagt meine Mutter. »Sie weiß eben, was von ihr erwartet wird. Bring sie nicht auf dumme Gedanken.«

»Einer muss es ja tun«, mault er zurück, und innerlich – ich weiß auch nicht – muss ich ihm irgendwie recht geben.

»Na ja, ich will mich eben erst mal akklimatisieren.«

Adrian nickt. »Ich gehe mich unter der Dusche akklimatisieren.« Er winkt und steht auf.

»Ich glaube, ich mache mich mal daran, meine Sachen auszupacken«, sage ich, als nur noch meine Mutter vor mir sitzt.

»Gute Idee«, sagt sie und schickt mir einen Luftkuss. »Hab dich lieb, Maus.«

»Ich dich auch, Mama.«

»Und meld dich bald wieder, ja?«

»Mach ich.«

»Soll ich heute irgendwas Bestimmtes erledigen?«, frage ich Faye, die sich gerade Kaffee in einen To-go-Becher füllt und eine trockene Scheibe Toast im Mund hat. Sie balanciert parallel auf einem Fuß, während sie mit der freien Hand versucht, ihren zweiten Pumps anzuziehen. Die Absätze sind schwindelerregend, und ich frage mich, wie sie es darauf den ganzen Tag aushalten will.

»Komm erst einmal an«, sagt sie, nachdem sie den Deckel ihres Bechers zugeschraubt und den Toast aus dem Mund genommen hat. »Heute Mittag erwartet dich irgendwann eine Lebensmittellieferung vom Supermarkt. Vielleicht kannst du Hugo schon ein bisschen aus der Reserve locken. Lass dich von ihm nicht irritieren. Er braucht Gesellschaft. Egal, was er sagt.«

Ich nicke. Sie hat sicher recht, auch wenn es mir davor graut, mit dem alten Mann allein zu sein.

»Du kannst dich im Haus gern umsehen. Nur unser Schlafzimmer ist tabu. Und Victors Büro.«

Victor. Ich habe ihn noch nicht getroffen. Er hat das Haus verlassen, während ich im Badezimmer war. Laut Faye ist er kein Morgenmensch. Er joggt jeden Tag in die Arbeit, um dann dort zu duschen. Vorher ist er anscheinend nicht ansprechbar.

»Wir würden gern heute Abend mit dir und Hugo essen. Victor wartet schon ungeduldig darauf, dich endlich kennenzulernen.«

Ich habe das Gefühl, als könnte das ein kleines bisschen geflunkert sein, denn Faye weicht meinem Blick auf einmal aus. Aber wahrscheinlich interpretiere ich zu viel hinein.

»Victor hat vorgeschlagen, etwas vom Thailänder mitzubringen. In der Nähe seines Büros gibt es diesen tollen Laden …«

»Klingt gut«, sage ich.

»Oh, und wir haben eine neue SIM-Karte in Victors altes Handy gelegt. Das kannst du benutzen, solange du hier bist.« Sie zeigt auf ein Smartphone auf der Anrichte.

»Danke«, sage ich und bin erleichtert, dass ich mich nicht selbst darum kümmern muss.

»Hab einen schönen Tag. Und wenn etwas ist, ruf mich an.« Mit diesen Worten stöckelt sie zur Tür, nimmt sich ihren Autoschlüssel aus der Schale auf der schmalen Kommode neben dem Eingang und verlässt das Haus.

Auf einmal ist es ohrenbetäubend still. Es ist eine seltsame Vorstellung, aber ich bin ganz allein in einem fremden Haus in einem fremden Land auf einem fremden Kontinent. Nicht ganz allein, fällt mir im nächsten Moment auf. Irgendwo lauert ein schlecht gelaunter alter Mann.

Ich räuspere mich. Es klingt merkwürdig in dieser makellosen großen Küche, die so wirkt, als würde sie nie benutzt werden. Sie ist sehr modern gehalten, abgesehen von einer Vitrine, in der wertvoll aussehendes Silberbesteck und kunstvoll bemalte Teller stehen. Ich glaube nicht, dass jemals davon gegessen wird. Das dominante Material in diesem Raum ist der schwarze Marmor der Arbeitsplatten und der Kücheninsel, an der ich sitze. Wie auch der Rest des Hauses trifft minimalistische, kühle Moderne auf verspielte Antiquitäten. Es ist ein sehr geschmackvoller Mix, und ich wünschte mir, ich hätte auch so einen ausgesuchten Schönheitssinn wie Faye.

Ich blicke in den Garten. Der Rasen erstrahlt in sattem Grün. Bestimmt wird er regelmäßig gesprengt. Neben geordneten Beeten mit blühenden Blumen am Fuß der gefliesten Terrasse befindet sich an der gegenüberliegenden Grundstücksgrenze direkt neben einem Schuppen ein etwas wilderer Teil, der aber halb von einem knorrigen Baum verdeckt wird.

Da ich nicht so richtig weiß, was ich mit mir anfangen soll, beschließe ich, zwei Scheiben Toast mit in mein Zimmer zu nehmen. Hier zu sitzen und zu warten, bis Hugo kommt, ist mir unangenehm. Ebenso seltsam fühlt es sich an, durch das leere Haus zu wandern. Ich habe noch genug Gelegenheit dazu, alles kennenzulernen. Adrian hätte mit Sicherheit bereits jeden Raum erkundet. Er wäre bestimmt um halb fünf schon durchs ganze Haus geschlichen. Wobei er nicht einmal schleicht. Er geht. Selbstbewusst und laut. Ich hingegen schleiche selbst jetzt bei Tageslicht die Treppe hinauf in mein Zimmer.

Laute Musik lässt mich auf einmal aufschrecken. Habe ich geschlafen? Wie kann das sein? Ich blicke auf mein Handy. Es ist später Nachmittag. Dabei wollte ich mir doch nur einen Film auf meinem Laptop ansehen. Und dann – meine Augen ein bisschen ausruhen. Irgendwann muss ich wohl eingeschlafen sein. Dass der Jetlag meine Nächte verkürzt, okay. Aber jetzt auch noch meine Tage? Ich rapple mich schnell auf. Ich habe Hugo allein gelassen. Dabei braucht er doch Gesellschaft. Ich blicke in den Spiegel. Mein sonst so ordentlicher Haarknoten ist einigermaßen zerzaust, also löse ich die Strähnen und bürste mir die langen, glatten Haare. Ich sehe ein wenig ängstlich aus, fällt mir auf. So wie ich immer aussehe, wenn ich unsicher und gehemmt bin. Ich mag dieses Gesicht nicht. Und doch spiegelt es genau das Bild wider, das ich von mir selbst habe.

Mit geschickten Fingern habe ich meinen Dutt schnell wieder in Ordnung gebracht. Dabei achte ich darauf, dass meine Haare meine Ohren verstecken, die für meinen Geschmack viel zu sehr von meinem Kopf abstehen.

Ich öffne vorsichtig meine Zimmertür. Die Musik dringt augenblicklich noch lauter zu mir herauf. Bläser, Klavier. Ich habe noch nie etwas Vergleichbares gehört. Ein schneller Rhythmus, eine scheppernde, tiefe Stimme, vorsichtiges Schlagzeug. Die Melodie ist fröhlich, und gleichzeitig klingt sie seltsam wehmütig.

Ich laufe auf Zehenspitzen die Treppe hinunter, was vollkommen albern ist, denn bei dem Höllenlärm kann ohnehin niemand meine Schritte hören. Der Musik folgend, gehe ich ins Wohnzimmer, das auf der einen Seite von einer riesigen, beinahe einschüchternden Bücherwand eingenommen wird und auf der anderen Seite ganz im Einklang mit dem Rest des Hauses eine schicke Sitzecke beherbergt. Die Flügeltüren zur Terrasse stehen sperrangelweit offen, und ein Kabel führt von einer Steckdose neben einem alten Sekretär nach draußen. Zögerlich nähere ich mich der Terrasse. Und dort – ich traue meinen Augen kaum – steht ein Plattenspieler auf einem kleinen Tisch. Er ist die Quelle des Lärms, und ich bin kurz unschlüssig, was ich tun soll. Einerseits will ich Hugo nicht verärgern, der offensichtlich schwerhörig ist, so laut, wie er die Musik aufgedreht hat. Andererseits möchte ich nicht, dass die Nachbarn die Polizei rufen oder sich bei Faye und Victor beschweren. Langsam dämmert mir, warum sie mich brauchen. Entschlossen trete ich nach draußen und drehe die Musik leiser.

»Was zur Hölle?«, ruft es aus der hintersten Ecke des Gartens, und mir schießt Hitze ins Gesicht. Im nächsten Moment taucht Hugo hinter einem knorrigen Baum auf. Er hat wieder seinen Strohhut auf und trägt eine sehr altherrenhafte kurze Hose. Obenrum ist er nackt. »Was soll das?« Er kommt auf mich zu.

»Entschuldige«, sage ich. »Aber ich glaube, das war zu laut.«

»Zu laut?« Er hat schon fast den gesamten Garten durchquert. »Zu laut, glaubst du?«

»Ähm, ja. Die Nachbarn fühlen sich bestimmt gestört.«

Er lacht. Aber ich bin mir nicht sicher, ob es ein fröhliches Lachen ist. Ich lächle ihm zu, denn ich kann nicht riskieren, dass er denkt, ich wäre nicht auf seiner Seite. Doch es gibt einfach ein paar gesellschaftliche Regeln, an die man sich halten sollte, wenn man keinen Ärger kriegen will.

»Scheiß auf die Nachbarn«, sagt Hugo, der nun die Stufen zur Terrasse hochkommt und die Lautstärke wieder voll aufdreht. Dann wendet er sich um und tänzelt trotz seines schlimmen Beins die Stufen wieder hinunter.

Sein Benehmen ist absolut unvernünftig, und kurzerhand drehe ich die Musik wieder leiser. Sofort wirbelt er herum. Er blickt mich direkt an, und seine Augen funkeln vor Wut.

»Vorsicht«, sagt er, kommt zurück und dreht die Musik erneut auf.

»Aber …«, setze ich an und will die Lautstärke schon wieder runterdrehen. Doch Hugo hebt den Finger, was mich in meiner Bewegung innehalten lässt.

»Das ist verdammt noch mal Jelly Roll Morton«, ruft er mir über den Krach hinweg zu. »Und du bist verdammt noch mal in New Orleans.«

4

Lincoln

Um mich herum hat sich ein Pulk aus Touristen gebildet. Ich spiele eine Akustik-Version von Britney Spears' *Toxic* und nicke dankend, sobald sich jemand aus der Menge löst und mir etwas in meinen Gitarrenkasten wirft. Coverversionen von Popsongs funktionieren am allerbesten, und so habe ich den Großteil des Tages damit verbracht, bekannte Songs auf meine Weise zu interpretieren. Ich würde lieber meine eigenen Sachen spielen, aber niemand bleibt für ein Lied stehen, das er nicht kennt. Nicht im Urlaub. Nicht, wenn man darauf aus ist, Videos an Freunde und Verwandte zu schicken, um ihnen zu zeigen, was sie verpassen. Oder, wenn ich Glück habe, Videos auf einem Travelblog hochzuladen. Zwei Mädchen, die seit ein paar Minuten in der ersten Reihe stehen, beginnen zu tanzen. Erst zaghaft, dann selbstbewusster. Ihre Freunde klatschen begeistert. Davon angestachelt treten sie in die Mitte des Kreises und reiben ihre Körper auf beinahe pornografische Weise aneinander. Es sieht echt scharf aus, aber ich versuche mich davon nicht ablenken zu lassen.

Als ich den Song beende, klatschen sie begeistert, und ich nuschle ein tiefes, inzwischen heiseres »Dankeschön« in mein Mikro. Eigentlich wollte ich nach *Toxic* zusammenpacken, mir in der *Newsbar* um die Ecke ein Glas Wasser holen und mich dann nach Hause begeben, um mich noch mal frisch zu machen, bevor wir heute Abend einen Gig im *Cat's*

Cradle haben. Aber eine so große Menschenmenge muss ich ausnutzen.

Ich räuspere mich und sage: »Dieser Song ist für die Ladys.«

Die Menge johlt. Ich streiche mir durch die Haare, hebe den Blick und lächle verschmitzt. Dann spiele ich die ersten Takte von *Perfect*, und mein Publikum rastet gänzlich aus. Erneut sehe ich nach oben. Dieser Blickkontakt, das Flirten, ehe ich anfange zu singen, sichert mir nach dem Song noch mal ein paar zusätzliche Dollars. Es ist wie Theaterspielen. Dies ist meine Rolle. Der verwegene Straßenmusiker mit der rauen Stimme. Und für einen kurzen Moment gestatte ich meinen Zuhörerinnen, sich ihrer Fantasie hinzugeben. Der Fantasie, mich und meine verlorene Seele zu retten. Manchmal, wenn ich Zeit habe, lasse ich mich eine Nacht lang retten. Dann ziehe ich mit einer Gruppe junger Frauen durch die Bars und genieße später den Luxus eines Hotelzimmers und die körperliche Nähe zu einer Fremden.

Nach zwei weiteren Songs merke ich, dass meine Stimme langsam schlappmacht. Der Gig heute Abend ist wichtig, und ich verkünde, dass ich nun zu meiner letzten Nummer kommen muss. Ich wähle *Mr. Brightside* und fordere alle auf, mitzusingen. Dies ist meine eigene kleine Bühne. Mein Madison Square Garden, meine Carnegie Hall. Die Straßen von New Orleans sind die Show, und die warme Steinstufe, auf der ich sitze, mein Stage-Dive. Es ist alles, was ich immer wollte, und noch viel mehr. Ich fantasiere nicht darüber, gerettet zu werden.

Endlich spiele ich den letzten Akkord und bedanke mich überschwänglich bei meinem Publikum. Jeder, der noch einen Schein in meinen Gitarrenkasten legt, bekommt ein persönliches Dankeschön. Jeder (und jedem), die eine Handynummer dazuflattern lässt, zwinkere ich zu und lasse sie einmal mehr von ihrem romantischen New-Orleans-Abenteuer träumen. Mache ich ihnen falsche Hoffnungen? Täusche ich sie? Nein. Denn wir wissen alle, dass das hier ein Spiel ist. Ein Geben und Nehmen. Ich gebe ihnen meine Stadt, meine Musik und einen Funken Sex, an den sie sich zurückerinnern können. Und ich bin nicht der Einzige. Denn jetzt, wo es wieder richtig warm ist, sind all die Leute auf der Straße zurück, die hier ihr Geld verdienen. Wenn sie nicht gerade Straßenmusik machen, malen sie verzerrte Karikaturen von Touristen, schreiben innerhalb einer Minute für einen Dollar einen Mehrzeiler oder legen Tarotkarten. Eine gespaltene Stadt, denke ich. Da gibt es diejenigen, die in ihr und von ihr leben, und dann die anderen. Die das Geld mitbringen. Geld, das mich, aber auch Jasper, Weston und Maya ernährt. Bonnie, Curtis und Sal.

»Und wenn ihr heute Abend noch nichts vorhabt«, rufe ich, während ich die Geldscheine in meine Hosentasche stopfe, »ich spiele mit meiner Band ab halb zehn im *Cat's Cradle* in der Frenchmen Street.«

Kurze Zeit später hat sich die Menge verlaufen, und ich betrete die *Newsbar*, ein etwas schickeres Diner am Jackson Square. Ich habe Glück, denn Esmé steht hinter dem Tresen und poliert Gläser.

»Ich dachte schon, du kommst heute nicht«, sagt sie und lächelt mich an. Ihre dunklen Locken fallen ihr über die Schultern und rahmen das schmale Gesicht mit der eleganten Nase und den sexy Lippen ein.

»Kriege ich ein Glas Wasser? Am besten lauwarm?« Irgendwie muss ich es schaffen, meine Stimme wieder so weit hinzukriegen, dass ich heute Abend zwei Sets durchstehe.

»Du kriegst alles von mir«, erwidert sie.

Hinter der Bar ist die Wand verspiegelt, und ich betrachte mich darin. Meine Haare sind strähnig, und ich bin verschwitzt. Aber langsam kehrt die Bräune, die ich über den Winter verloren habe, wieder in mein Gesicht und auf meine Arme zurück.

Esmé dreht den Hahn auf. Als das Wasser die richtige Temperatur hat, hält sie ein Glas drunter und reicht es mir.

»Nimmst du mich heute Abend mit zu dir?«, fragt sie und zwinkert mir aufreizend zu.

Ich schüttle den Kopf. Wir haben schon so oft darüber gesprochen. Niemals würde ich Esmé mit zu mir nach Hause nehmen. Nicht, dass ich mich schämen würde, aber ich will keine Komplikationen. Ich habe keine Lust auf ihre Fragen. Auf Mitleid oder Unverständnis. Auf Lösungsvorschläge und gut gemeinten Quatsch wie »Du hast etwas Besseres verdient« oder »Zieh zu mir, bis du etwas Adäquates gefunden hast«. Ich kenne Esmé gut genug, um zu wissen, dass sie Dinge nicht einfach so hinnimmt. Auch sie würde mich am liebsten retten. Aber selbst wenn ich darauf Lust hätte, Esmé bedeutet Ärger.

»Du könntest auch zu mir kommen …« Sie lehnt sich über den Tresen und fährt mir mit ihrem Zeigefinger langsam über die Lippen und dann tiefer, meinen Hals und die Brust hinunter.

Sanft nehme ich ihre Hand und lege sie auf die Bar. Ich bin zu verschwitzt, um in Flirtlaune zu sein. »Heute geht es wirklich nicht«, entgegne ich. »Nimm's mir nicht übel, aber ich brauche etwas mehr Schlaf, als du mir gestattest.«

Sie kichert und zuckt mit den Schultern. »Du überlegst es dir ohnehin noch mal anders.« Sie dreht mir den Rücken zu und geht lasziv in die Hocke, sodass ihr ohnehin schon kurzer Rock noch weiter nach oben rutscht.

Ihre Gewissheit, ich könne ihren Reizen nicht widerstehen, nervt mich ein bisschen. In Momenten wie diesen erinnere ich mich daran, warum man sich von Esmé fernhalten sollte. Warum Bonnie und all die anderen von unserer Liaison nicht gerade begeistert sind.

»Sei kein Spielverderber.« Esmé wendet sich wieder mir zu, schiebt die Unterlippe vor und klimpert mich mit ihren langen Wimpern an.

Ich mag es nicht, gedrängt zu werden. In letzter Zeit ist das immer häufiger der Fall. Sie setzt mich unter Druck, ist beleidigt, fordernd. Sie tut so, als könne sie frei über mich verfügen. Als wäre ich ihr Lustknabe, der sofort springt, wenn sie mit dem Finger schnippt. Dabei war von Anfang an klar, dass das zwischen uns nichts Ernstes ist. Nur für den Moment. Da es mir immer weniger Spaß macht, ist es vielleicht an der Zeit, es zu beenden. Aber nicht jetzt. Jetzt muss ich nach Hause, duschen und mich ein wenig ausruhen für die nächste Runde.

Zurzeit wohne ich am Rand der Central City in einer Gegend, die gerade von der Post-Katrina-Gentrifizierung entdeckt wird. Sie ist zu weit weg vom French Quarter, sodass sie lange Zeit nicht wirklich interessant war. Zu viele Lagerhallen, zu viele abgewrackte Bürogebäude. Doch in den letzten Monaten haben zwei hippe Cafés und ein Restaurant, das sich als Fujun (eine Mischung aus Cajun und Fusion) beschreibt, in Laufdistanz eröffnet, sodass es höchstens noch eine Frage von Monaten ist, bis auch dieser Teil der Stadt von Investoren aufgekauft und saniert wird. Solange genieße ich die zentrale Lage und meinen Lieblingsplatz am Ufer des Mississippi, der nur wenige Minuten von meinem Zuhause entfernt ist. Die warmen Steine, das leichte Plätschern des Wassers, die Schreie der Möwen, während ich meine Schwester besuche. Ein paar Meilen weiter unten haben wir nach ihrem Tod die Asche am Fluss verstreut. Ganz legal war es nicht, aber Blythe konnte man nie etwas abschlagen. Erst recht nicht ihren letzten Wunsch.

Oft komme ich erst in den frühen Morgenstunden nach Hause, wenn sich majestätisch die Sonne über dem gigantischen graubraunen Fluss erhebt. Das sind die Momente, in denen ich mich glücklich fühle. Stark. So stark, dass ich Schmerz zulassen kann, ohne daran zu zerbrechen. Die Momente, in denen ich mit Blythe spreche. Ihr erzähle, wie es Jasper und den Kindern geht. Manchmal denke ich, sie könnte die Sonne sein. Aber dann fällt mir auf, dass die auch vor dem Tod meiner Schwester jeden Morgen aufgegangen ist. Obwohl ich mir sicher bin, dass sie früher anders aussah.

Mein derzeitiges Zuhause ist spartanisch, aber mehr brauche ich nicht. Ich bin ohnehin meistens unterwegs und komme vor allem zum Schlafen hierher. Es ist zwar nicht unbedingt wohnlich, aber – gemessen an den Umständen – fühle ich mich hier so wohl wie sonst eigentlich nur bei Bonnie. Selbst bei meinen Eltern ist es, seitdem Blythe nicht mehr da ist, fremder geworden. Das ist nicht ihre Schuld, doch überall dort, wo sich Gedanken an die Vergangenheit unweigerlich anschleichen, um einen irgendwann von hinten anzuspringen, muss man mit Gefühlen vorsichtig sein. Und sei es nur das Gefühl von Zuhause. Ich schnappe mir saubere Boxershorts aus meinem Wäschesack und gehe duschen.

Das Wasser ist kalt, und ich keuche, als es auf meinen Körper trifft. Aber es ist erfrischend und belebend. Als würde die Müdigkeit des gesamten Tages von mir abgespült. Als wäre sie gar nicht in mir gewesen, sondern hätte nur außen an mir gehaftet.

Mit den frischen Klamotten fühle ich mich wie neu geboren, und beinahe bereue ich, dass ich Esmé vorhin habe abblitzen lassen. Gleichzeitig weiß ich, dass ich gut daran täte, nach dem Gig einfach ins Bett zu gehen. Und genau das wird passieren. Außerdem ist es mir doch ein großes Anliegen, dass sie mit ihrer Annahme über mich nicht recht behält. Meine Unabhängigkeit geht vor. Und wenn ich Esmé zurückweisen muss, um mir selbst zu beweisen, dass ich mich nicht erneut verletzlich mache, dann ist das ein notwendiges Übel, das ich gerne in Kauf nehme. Bonnie wäre stolz auf mich. Vielleicht sollte ich ihr nachher im *Cat's Cradle* davon erzählen. Nicht nur, weil sie alles andere als Esmés größter Fan ist. Sie ist meine beste Freundin und war – neben der Musik – auch diejenige, die mich vor einem Jahr aus meinem Loch geholt hat. Mit guten Ratschlägen, mit schmerzhaften Wahrheiten, mit einem gepfefferten Arschtritt. Ich habe ihr zugehört. Jedes einzelne Wort, das sie an mich gerichtet hat, habe ich aufgesogen, auch wenn es manchmal nicht so schien. Einmal fühlte ich mich derart hilflos, dass ich ihr etwas an den Kopf warf, das ich mir bis heute nicht verziehen habe. Wir haben nie darüber gesprochen, und vielleicht hat sie es ja wieder vergessen. Hoffentlich.

5

Franzi

Als ich auf mein Handy blicke, erschrecke ich. Die Lebensmittellieferung! Ich habe die Klingel anscheinend nicht gehört und sie verpasst. Nicht nur war dieser Tag ein absoluter Reinfall in Bezug auf mein zukünftiges Verhältnis zu Hugo. Ich habe außerdem Faye hängen lassen. Dabei bin ich doch eigentlich die Vernünftige. Die Verlässliche. Und trotzdem habe ich das Gefühl, als würde alles falsch laufen. Mein großes Abenteuer droht schon am ersten Tag vollkommen nach hinten loszugehen. Und da ist sie wieder, die Sehnsucht nach einem höhenverstellbaren Schreibtisch und einer kleinen Grünpflanze. Vielleicht bin ich einfach keine Abenteurerin. Vielleicht sollte ich den spaßigen Teil des Lebens Adrian überlassen. Adrian. Ich vermisse ihn. Nicht, dass wir ein besonders enges Verhältnis hätten. Aber ein bekanntes Gesicht – und selbst wenn es nur spöttisch schaut – wäre schön. Meine Mutter. Ich reibe mit den Handballen über meine Augen, um die Tränen, die sich dahinter anstauen, am Herausfließen zu hindern. Es sind Tränen der Erschöpfung, Tränen der Wut. Wer lässt ein fremdes Mädchen um die halbe Welt fliegen und ist dann so unverschämt wie Hugo? Meine Stimmung kippt langsam, und ich habe gute Lust, einfach ihn für diesen Reinfall verantwortlich zu machen. Wäre er nicht so ein Griesgram, hätte ich mich gar nicht erst in meinem Zimmer verschanzt.

Ich atme einmal tief ein. Nein, so schnell gebe ich mich nicht geschlagen. Reiß dich zusammen, Franzi. Nach einem Tag kann man noch gar nicht sagen, ob das alles hier eine absolute Schnapsidee war. Bis zehn zu zählen bringt in diesem Fall nichts, aber ich könnte zehn Tage abzählen. Und dann meine Situation noch mal neu bewerten. Ja, das ist eine vernünftige Idee.

»Eins«, sage ich laut zu meinem Zimmer, stehe auf und gehe nach unten. Vielleicht gibt es in der Gegend einen Supermarkt, in dem ich die wichtigsten Lebensmittel einkaufen kann. Ich werde Hugo fragen, was er braucht. Ein Friedensangebot gewissermaßen. Und später werde ich Faye alles erklären. Sie wird es verstehen.

Als ich unten gerade ins Wohnzimmer abbiegen will, um draußen nach Hugo zu suchen, fällt mein Blick in die Küche. Auf der Kücheninsel steht eine Schale mit frischem Obst, die heute Morgen ziemlich sicher noch nicht dort war. Zögerlich trete ich über die Schwelle. Mein nackter Fuß berührt die schwarz-weißen Kacheln, die kühl sind und glatt und irgendwie beruhigend. Auf der Anrichte zu meiner Rechten stehen sauber aufgereiht eine Packung Reis, eine Packung Nudeln, abgepacktes Toastbrot und verschiedene Frühstücksflocken. In einem Hängeregal entdecke ich frisches Gemüse. Ich verstehe überhaupt nichts mehr. Habe ich die Lieferung schlafwandelnd entgegengenommen? Ich öffne die Kühlschranktür, und mir entfährt ein überraschter Schrei. Ein sehr leiser Schrei allerdings, denn ich will keine Aufmerksamkeit erregen. Aber der Kühlschrank ist vollgestopft mit Lebensmitteln! Milch, Säfte und Wein stehen in der Tür. Verschiedene Käse und Schinken, Butter, Marmelade. Erdbeeren, eine seltsame Plastikflasche, die sich bei näherer Betrachtung als Pancake-Mischung herausstellt. Das kann ich nicht gewesen sein. Hat Hugo etwa …?

In diesem Moment wird die Eingangstür aufgeschlossen.

»Ich bin zu Hause«, ruft Faye. Ihre Stimme ist unverkennbar. Hoch und mädchenhaft, auf entzückende Art. »Hi, Franziska.«

Sie kommt in die Küche, und ich schließe schnell den Kühlschrank und versuche, meinen perplexen Gesichtsausdruck mit einem Lächeln zu vertreiben.

»Wie schön, wenn man nach Hause kommt und direkt von einem freundlichen Gesicht begrüßt wird«, sagt sie. »Geht's dir gut?«

»Äh, ja«, erwidere ich. »Wie war dein Tag?«

»Stressig. Ein Meeting nach dem anderen. Wein?« Sie öffnet die Kühlschranktür, die ich gerade geschlossen habe, und nimmt den Weißwein aus einem der Fächer. »Vielen Dank fürs Einräumen.«

»Äh, also das war …« Doch ich komme nicht weiter, denn Faye tänzelt mit der Weinflasche ins Wohnzimmer.

»Victor wird jeden Moment hier sein«, sagt sie und lässt sich aufs Sofa fallen. »Ich bin am Verhungern. Du auch?«

Tatsächlich dauert es keine Viertelstunde, und ich habe auch Victor kennengelernt. Ein großer, schlanker Mann mit silbergrauen Haaren, den ich auf Mitte fünfzig schätze. Seine Schritte sind laut und forsch, sein Anzug sitzt ebenso wie sein Krawattenknoten perfekt, und seinen Händedruck spüre ich immer noch.

»Entschuldigt die kleine Verspätung«, sagt er mit einer Stimme, die nicht zulässt, dass man ihn nicht entschuldigt. Er ist nicht laut, aber auf eine selbstverständliche Weise autoritär.

Nachdem Faye und ich gemeinsam den Tisch gedeckt haben – Victor hat sich frisch gemacht, Hugo, seinem erdigen T-Shirt nach zu urteilen, wohl nicht –, bedient sich jeder aus den Alu- und Pappschachteln, die in der Mitte des ovalen

Tischs stehen. Ich habe keine Ahnung, was die verschiedenen Speisen sind, aber ich nehme einfach irgendwas.

»Gute Wahl«, sagt Victor und zwinkert mir zu. »Das *Nam Tok Moo* ist die Spezialität des *Old Siam.* Für Leute, die es scharf mögen, absolut perfekt.«

Bei meiner Mutter gab es nie scharfes Essen, sie sagt, sie versteht nicht, warum man gerne Schmerzen im Rachenraum hat, wenn es doch auch ohne geht. Sie sollte allerdings das *Nam Tok Irgendwas* mal probieren, denn es explodiert geradezu in meinem Mund vor lauter verschiedenen Geschmäckern.

Victor scheint es aufzufallen, denn er nickt und sagt mit vollem Mund: »Nicht zu viel versprochen, oder?«

Es ist tatsächlich scharf, aber nicht unerträglich. Und für diesen Geschmack wäre ich bereit, tatsächliche Schmerzen auszuhalten. Es ist frisch. Saftig. Zitronig und zwiebelig. Und irgendwie … ganz neu.

»Wie war dein Tag, Schatz?«, fragt Faye ihren Mann.

»Ich habe Andrew Pendergast bei teuerstem Champagner und Kobe-Rind zwei Stunden lang Honig ums Maul geschmiert, ohne dass er auch nur einmal den Auftrag erwähnt hätte. Unsäglicher Kerl.«

»Victor versucht schon seit ein paar Wochen diesen gigantischen Auftrag an Land zu ziehen«, erklärt Faye an mich gewandt. »Zwei Lagerhallen, die in Büros und Co-Working-Spaces umgebaut werden sollen.« Die Tatsache, dass sie mich in das Gespräch mit einbezieht, erfüllt mich mit einem warmen Gefühl. Zum ersten Mal an diesem Tag glaube ich, ich könnte mich hier tatsächlich wohlfühlen. Vielleicht liegt es aber auch daran, dass Hugo uns keinerlei Aufmerksamkeit schenkt.

»Man sollte meinen, dass die größte und erfolgreichste Maklerfirma der gesamten Südstaaten die einzig logische

Wahl wäre«, sagt Victor genervt. »Und ich bin mir sicher, er hat die Entscheidung längst getroffen. Aber bis er sie verkündet, lässt er sich auf Firmenkosten ausführen.«

Hugo saugt geräuschvoll eine lange Nudel in seinen Mund und erntet einen tadelnden Blick von seinem Sohn. Nicht einmal Manieren hat er.

»Du hast ihn sicher bald so weit«, beschwichtigt Faye.

»Natürlich habe ich ihn bald so weit. Und ich mache drei Kreuze, wenn ich seine Visage nicht mehr jeden zweiten Tag zum Essen sehen muss.« Er lacht, aber es klingt nicht fröhlich.

»Und, Dad«, wendet sich Victor jetzt an Hugo, obwohl ich mir sicher bin, er hätte es besser gelassen. »Wie ist es, nicht mehr den ganzen Tag allein zu sein?«

Ich merke, wie mir Hitze ins Gesicht schießt. Objektiv betrachtet, habe ich mich bislang überhaupt nicht um Hugo gekümmert – wenn man mal davon absieht, dass ich versucht habe, die Nachbarn von seiner Musik zu verschonen. Andererseits: Wer kann es mir verübeln, so wie er sich benimmt? Trotzdem wünschte ich, ich hätte wenigstens die Gelegenheit gehabt, Faye zu erzählen, dass ich unglücklicherweise den Tag verschlafen habe.

»Ist neu«, sagt Hugo und schiebt sich mit zwei Essstäbchen eine ordentliche Ladung Nudeln in den Mund.

»Und wie ich sehe, hast du dich richtig in Schale geworfen.« Victor deutet auf das schmutzige T-Shirt. »Wenigstens zum Essen, Dad …«

»Lass ihn doch«, unterbricht ihn Faye.

»Ich wollte nur sagen, dass ich es schön fände, wenn man sich wenigstens zum Essen etwas anzieht, das nicht vor Dreck steht, aber da bin ich mit meiner Meinung wohl allein.« Victor hebt abwehrend die Hände. »Ich nehme mal an, in Deutschland trägt man bei Tisch auch nicht unbedingt

Erde, die von einem T-Shirt zusammengehalten wird. Oder, Franziska?«

Ich bin etwas überrumpelt davon, dass ich auf einmal mitten in einen Konflikt zwischen Victor und seinem Vater geraten bin. Ich gebe Victor recht, will aber Hugo nicht noch mehr gegen mich aufbringen. »Äh«, mache ich und ärgere mich, dass ich so unbeholfen reagiere, »mich stört es nicht.« Ich hoffe, das war diplomatisch genug, um niemanden zu verärgern.

»So höflich«, sagt Victor. »Das gefällt mir. Du wirst einen guten Einfluss auf ihn haben.«

Ich habe keine Ahnung, ob das ein Kompliment ist, aber Hugo schnaubt jedenfalls. Was auch sonst?

»Hast du dich denn schon nützlich machen können?«, fragt Victor nun wieder an mich gewandt.

Erneut fühle ich mich ertappt und will gerade ansetzen zu sagen, dass der Jetlag mir zu schaffen macht. Doch Faye ist schneller.

»Sie hat sich großartig um die Lebensmittellieferung gekümmert.« Sie lächelt mich freundlich an.

Ich blicke mit hochrotem Kopf zu Hugo. »Äh, ehrlich gesagt, das war …«, beginne ich und nehme mir fest vor, meine Sätze nicht mehr mit *Äh* zu beginnen.

»Überschlagt euch nicht gleich vor Begeisterung. Ein trainierter Affe hätte das hinbekommen«, sagt Hugo mit vollem Mund.

Wie bitte? Ich blicke Hugo an, aber er ist wieder mit einer langen Nudel beschäftigt, die er noch lauter als zuvor einsaugt.

»Was denn?«, fragt Hugo. »Man wird doch wohl noch ein bisschen Spaß haben dürfen beim Essen. Probier das Pad Thai«, sagt er dann und reicht mir die Schale.

»Äh, okay«, sage ich höchst verwirrt von dieser Situation.

Hugo hat mich gedeckt. Nicht unbedingt auf eine nette Art, aber immerhin. Und nun bietet er mir Pad Thai an.

»Äh, bitte«, sagt Hugo.

»Äh, danke«, gebe ich zurück.

»Äh, gerne.« Er grinst in sich hinein, und erst jetzt merke ich, dass er sich über mich lustig macht.

6

Lincoln

»Vielen Dank, dass ihr heute Abend da wart«, sage ich etwas heiser ins Mikrofon, während die anderen den Rhythmus unseres letzten Songs beibehalten. Zumindest den letzten des regulären Sets. Wir spielen bestimmt noch ein paar Zugaben. »Wenn es euch gefallen hat, kommt wieder ins *Cat's Cradle,* denn wenn wir nicht hier sind, spielen andere tolle Bands auf dieser Bühne.« Hinter dem Tresen sehe ich, wie Mikey, der Besitzer der Bar, mir lächelnd mit seinem Glas Wasser zuprostet. Vermutlich ist es deswegen so angenehm, mit ihm zusammenzuarbeiten. Weil er während seiner Schichten nie trinkt. »Heute habt ihr am Keyboard meinen beinahe ekelhaft attraktiven Schwager Jasper Hughes gehört.« Jasper, der bei der Hochzeit Blythes und damit auch meinen Namen angenommen hat, spielt ein kurzes leichtes Solo. »Fragt ihn gern nach seiner Nummer, aber glaubt ihm, wenn er sagt, dass er nach Hause zu seinen Kindern muss.« Ein *Wooohoo* erschallt aus der Menge, und Jasper versucht mir einen Tritt zu verpassen. Es ist unser Spiel. Das war es schon immer, auch als Blythe noch lebte. Damals war es leichter, aber es fühlte sich seltsam an, nach ihrem Tod damit aufzuhören.

»Am Kontrabass Bonnie Bailey, die Einzige von uns, die komplett in ihr Instrument hineinpassen würde.« Auch Bonnie erntet Wooohoo-Rufe bei ihrem Solo, allerdings vor allem vom männlichen Anteil des Publikums. Sie ist mit ihren dick geflochtenen langen, schwarz-weißen Box Braids und dem feinen Gesicht niemand, den man so schnell vergisst. Besonders nicht, da sie ihren riesigen Kontrabass mit sich herumschleppt. Wenn ich sage, sie würde in ihr Instrument passen, ist das nicht übertrieben.

»Unser Virtuose am Schlagzeug, Curtis Sullivan!«, rufe ich, und er wirbelt mit seinen Stöcken über das Schlagzeug.

»Und an der Trompete, der verdammt talentierteste Musiker im gesamten Bundesstaat: Salomon Wallace!« Sal haut eine funky Melodie raus, und die Menge kreischt. Ich frage mich oft, wie viele Leute eigentlich nur wegen Sal zu unseren Auftritten kommen. Aber solange sie das tun, kann es uns egal sein.

»Und an der Gitarre«, sagt jetzt Jasper in das Mikro, das vor seinem Keyboard steht, »der begabteste – sorry, ich meinte, der begehrteste Junggeselle der Stadt, Lincoln Hughes! Wenn er behauptet, er müsse nach Hause zu seinen Kindern, hört nicht auf ihn. Er ist nur schüchtern.«

Das Publikum lacht.

»Wir sind After Hours«, beende ich die Vorstellung. »Und wir freuen uns über eure Begeisterung und noch ein bisschen mehr über euren Cash!« Ich hebe den Zylinder hoch, der schon die ganze Zeit am Rand der Bühne darauf wartet, dass Leute Geld hineinwerfen. So funktioniert die Musikszene in New Orleans. Die meisten Clubs und Bars verlangen keinen Eintritt, dafür wirft man nach einem Gig fünf Dollar – oder mehr – in den Hut. In unserer Band bin ich derjenige, der Abend für Abend herumgeht. Die Wahl fiel auf mich, weil sich alle einig waren, dass die Frauen mir gegenüber am großzügigsten seien. Und ich habe nicht diskutiert. Denn nur so habe ich die Kontrolle darüber, wie wir das Geld verteilen, ohne dass Jasper es merkt.

Während die anderen den Rhythmus, den sie während

meiner Band-Vorstellung durchgehalten haben, nun wieder zu einem Song ausbauen, springe ich mit einem Satz von der Bühne und bahne mir langsam mit dem Hut einen Weg durch die Massen. Trotz Klimaanlage ist es warm zwischen den ganzen Körpern. Doch Berührungsängste sind hier fehl am Platz.

»Ihr wart richtig geil«, rufen sie mir zu. »Ihr rockt wirklich.« Von einigen werde ich tatsächlich nach meiner Nummer gefragt, aber ich lächle nur und bedanke mich. Es sind unzählige Hände, die Geld in den Hut werfen. Das *Cat's Cradle* war heute wieder einmal brechend voll. Die oder der ein oder andere klopft mir auf die Schulter, tippt mich an und lässt eine Hand etwas zu lange irgendwo auf meinem Körper liegen. Manchmal fassen sie mir sogar ins Gesicht. Ich versuche freundlich zu bleiben. »Ansehen, nicht anfassen«, sage ich dann, um die unangenehme Situation mit einem Witz zu überspielen. Je enger es ist, desto mehr Finger spüre ich auf mir, aber heute benehmen sich sogar die Touristen ausnahmsweise mal ordentlich, und ich muss nur zweimal mit einem anzüglichen Grinsen androhen, dass »Anfassen extra kostet«. Sie verstehen meinen Witz und wenden sich sofort ab.

Tatsächlich spielen wir noch zwei Zugaben. Doch weil es schon kurz vor Mitternacht ist, leert sich die Bar danach rasch. Ich habe meine Gitarre sofort weggepackt und hole mir von Mikey den Hut, den ich hinter der Bar deponiert habe. Jetzt gilt es, schnell zu sein, während die anderen ihre Instrumente und Kabel wegräumen. Jasper ist beschäftigt, sodass ich ein paar Minuten habe, um mich ums Geld zu kümmern. Ich setze mich an den inzwischen leeren Tresen und zähle fünf gleiche Häufchen aus Scheinen ab. Für jeden springen heute achtzig Dollar heraus, was okay ist. Es ist unter der Woche, und auch wenn viele Leute hier waren, sind sie am Wochenende einfach freigiebiger. Leider sind unsere festen Slots montags und mittwochs, aber wir arbeiten uns langsam hin zum Wochenende. So der Plan.

Mikey stellt mir einen Plastikbecher mit eiskaltem Bier hin, und ich nicke ihm dankbar zu. Endlich setzt die Entspannung ein.

»Ihr wart richtig stark«, sagt Mikey. »Habt ihr Lust, am Freitag einzuspringen?«

»Ist das dein Ernst?«, frage ich, und mein Herzschlag beschleunigt sich. Freitag, das wäre ein Traum!

»Hallo? Natürlich!« Bonnie, die gerade neben mir aufgetaucht ist, klingt ganz aufgeregt. »Ich habe auf jeden Fall Zeit!«

»Jungs?«, rufe ich Richtung Bühne. »Wir könnten am Freitag noch mal spielen. Was meint ihr?«

»Echt jetzt, Mikey?«, fragt Curtis. »Hammer, Mann! Dann organisiere ich einen Ersatz für mich auf dieser blöden Firmenfeier. Das ist viel cooler.«

»Jasper?«

»Bin am Start. Natürlich bin ich am Start. Danke, Mikey!«

»Sal? Was ist mit dir?« Ich überkreuze meine Finger.

»Müsste gehen«, sagt er.

»Yesss!« Bonnie führt neben mir einen Freudentanz auf.

»Den ersten Slot kriegen die Jungs von Drum and Brass, aber ihr wärt ab zehn dran.« Mikey weiß, dass das für uns eine riesige Sache ist, und schmunzelt unter seinem langen Bart. »Ihr habt es euch echt verdient. Ihr macht mir selbst an einem Mittwochabend die Hütte voll.«

Bonnie hüpft neben mir auf und ab und kneift mich in den Arm. »Wie geil, wie geil!«, ruft sie, und auch ich kann es immer noch kaum glauben und grinse vor mich hin.

»Ich hab dir ein Taxi gerufen, Jasper«, sagt Mikey in Richtung Bühne.

»Danke dir, dann hole ich mal die Kleinen.« Das ist auch ein Grund, warum wir so gerne im *Cat's Cradle* spielen. Hinten im Lager gibt es eine Couch, die groß genug ist, dass Weston und Maya während des Gigs dort schlafen können. Abends ist es oft schwierig, einen Babysitter zu bekommen. Und meistens reicht die Zeit nicht, um sie zu meinen Eltern zu bringen.

»Leute, das ist der Wahnsinn«, sagt Bonnie, als Jasper und Mikey nach hinten verschwunden sind. »Wie viel springt denn heute für uns raus?«

»Achtzig«, sage ich leise, obwohl Jasper uns im Nebenraum sicher nicht hören kann. Bonnie, Curtis und Sal sind in meine kleine Ungenauigkeit bezüglich Jaspers Anteil eingeweiht. Sie finden es zwar nicht gut, dass ich ihn hintergehe, zollen mir allerdings gleichzeitig Respekt. Und sie haben Stillschweigen geschworen, weil sie wie ich der Meinung sind, dass es meine Entscheidung ist.

Ich drücke Bonnie ihren Stapel Scheine in die Hand und mache mich dann mit dem Rest des Geldes auf den Weg zur Bühne.

»Curtis.« Ich reiche ihm seinen Anteil. »Sal.« Auch er erhält die achtzig Dollar.

»Hey, Kumpel«, sage ich im nächsten Moment zu Weston, der ziemlich verschlafen an der Hand seines Vaters in die Bar kommt. Maya schläft seelenruhig auf Jaspers Arm weiter. Ich weiß, dass er jedes Mal ein schlechtes Gewissen hat, wenn die beiden zu Auftritten mitkommen müssen. Er denkt, er würde Blythe enttäuschen und seinen Kindern ihre Routine nehmen. Aber für Weston und Maya *ist* das hier Routine. Und sie wirken nicht, als ginge es ihnen schlecht. Glaube ich zumindest. Außerdem gibt es im Moment keine Alternative.

Ich fahre Weston über die dunkelblonden Wuschelhaare.

»Alles klar?«, frage ich, und er nickt. »Bist müde, was?« Erneut nickt er. »Ich auch, Kumpel, ich auch. Immerhin könnt ihr Taxi fahren.«

»Ja, ich darf vorne sitzen«, sagt er, und auf einmal sind seine Augen deutlich wacher.

»Aber schnall dich bloß an, okay?«

»Natürlich.« Er strahlt.

»Hier, dein Anteil«, sage ich zu Jasper, doch er grinst nur entschuldigend und zuckt mit den Schultern, um mir zu signalisieren, dass er mit Maya auf dem Arm keine Hand frei hat.

»Schiebst du's in meine Hosentasche?«, fragt er. »Wie viel ist es denn?«

»Hundertsechzig«, sage ich und stopfe das Bündel Geldscheine in die hintere Tasche seiner Jeans.

»Was? Das ist doch absurd. An einem Mittwoch?«

»Na ja, es war eben richtig voll. Und die Damen stehen auf mich.«

»Weil du so ein wunderhübsches Gesicht hast«, sagt Bonnie, um Jasper abzulenken, stellt sich auf die Zehenspitzen und kneift mich in die Backe.

»Das muss es sein«, pflichtet Jasper ihr bei. »An deinen Gitarrenkünsten kann es jedenfalls nicht liegen.«

Weston kichert. Für einen Siebenjährigen hat er ein wirklich gutes Gespür dafür, was ernst gemeint und was Bullshit ist.

»Ich glaube, es liegt an mir«, sagt Curtis mit einem schiefen Grinsen.

»Sagt Amory das?«, fragt Bonnie. »Du weißt, dass sie ziemlich schlau ist und genau weiß, welche Knöpfe sie bei dir drücken muss, damit du den Fußboden schrubbst, oder?«

»Und damit ich ganz andere Sachen schrubbe.« Er wackelt anzüglich mit den Augenbrauen.

»Curtis!«, ermahnt Bonnie ihn und zeigt auf Weston, der sehr interessiert zuhört.

»Was?«, fragt Curtis. »Weston und ich wissen ganz genau, worüber ich spreche. Stimmt's?«

Weston nickt eifrig, obwohl er keine Ahnung hat, worum es geht, und klatscht mit Curtis ab.

»Mein Mann«, sagt Curtis. Dann winkt er einmal in die Runde. »Also dann, bis morgen zur Probe.«

Fünf Minuten später bin ich der Letzte in der Bar. Ich trinke mein Bier aus, verabschiede mich von Mikey und schultere meine Gitarre. Obwohl die meisten Bars langsam zumachen, sind noch jede Menge Leute auf der Straße. Manche rauchen, manche lachen, manche torkeln. Es ist eine bunte Mischung aus Touristen, Musikern und Einheimischen, die morgen ausschlafen können. Dafür liebe ich diese Stadt. Meine Stadt. Für die farbenfrohen Verrückten, die zu Freunden werden. Für die krachende Lautstärke, die fast rund um die Uhr in der Frenchmen Street herrscht. Auch in der Bourbon Street, aber um die mache ich meistens einen Bogen, wenn ich dort nicht gerade Geld verdiene. Aus den Kneipen fällt Licht auf die Straße, knallige Schilder strahlen von den Fassaden der alten kreolischen Stadthäuser, die mit ihren verschnörkelten Balkongeländern und oft aufwendigen Bepflanzungen das French Quarter zum schönsten Ort der Welt machen.

Nach einem Gig bin ich oft zu aufgekratzt, um gleich nach Hause zu fahren. Das ist vermutlich der Hauptgrund, warum ich so oft nachts sehr zu ihrem Entzücken bei Esmé auftauche. Aber nicht heute Abend. Heute zieht es mich noch an meinen Geheimplatz am Fluss, um mit Blythe zu sprechen. Ich will ihr sagen, dass sie sich um Weston und Maya keine Sorgen machen muss. Dass Jasper zwar oft ein schlechtes Gewissen hat, ich aber alles daransetze, ihm zu zeigen, was für ein toller Vater er ist. Sie soll wissen, wie prächtig sich ihre Kinder entwickeln. Wie verantwortungsvoll und gleichzeitig witzig Weston ist, wie klug und entzückend Maya. Und ich will ihr von der Band erzählen. Von unserem Slot am Wochenende; davon, wie großartig alles läuft. Davon, wie Bonnie sie vermisst; und davon, dass ich sie nicht vergessen werde. Nie.

7

Franzi

Auch in den nächsten Tagen wache ich immer noch vor Sonnenaufgang auf, was dazu führt, dass ich mich am Nachmittag oft vor Erschöpfung hinlegen muss.

»Zwei«, sage ich.

»Drei.«

»Vier.«

»Fünf.«

Ich zähle einen Tag nach dem anderen ab, in der Hoffnung, dass meine Beziehung zu Hugo besser wird. Ich nehme ihn mit zum Einkaufen und lasse ihn die Musik im Auto aussuchen. Doch er sitzt nur mürrisch neben mir und schimpft über die amerikanische Konsumgesellschaft.

Wie gerne würde ich die bunten Regale des gigantischen Supermarkts genau unter die Lupe nehmen, all die fremden Produkte kennenlernen, die zu einem guten Teil aus rosafarbenen Marshmallows zu bestehen scheinen.

Ich überrede Hugo zu kleinen Spaziergängen durch den Garden District, während der er gegen ungleiche Güterverteilung oder die Gentrifizierung wettert.

»Ist das hier eine reiche Gegend?«, fragte ich bei einem unserer ersten erzwungenen Streifzüge, in der Hoffnung auf ein Gespräch.

»Richtig ekelhaft reich«, sagte er. »Aber weiter unten gibt es auch ein paar bescheidenere Irish Channel Houses.«

Nach einer kurzen Pause fügte er hinzu: »Das, was heute der Garden District ist, waren früher Plantagen. Im neunzehnten Jahrhundert wurde das Land dann an scheußliche reiche Amerikaner verkauft, die nicht mit den lauten Kreolen im French Quarter leben wollten. Allesamt absolute Langweiler.«

Damit war für ihn die Unterhaltung beendet.

Heute Morgen zwinge ich mich, noch ein wenig liegen zu bleiben, und zum ersten Mal gelingt es mir, tatsächlich noch etwas vor mich hin zu dösen. Endlich wenigstens ein kleiner Fortschritt bezüglich meines Schlafrhythmus.

»Sechs«, sage ich zwei Stunden später laut zu meinem Spiegelbild, während ich mit meinen frisch geföhnten Haaren wieder meine Segelohren verdecke. Vor einigen Wochen war ich kurz davor, meine Haare abzuschneiden. Ich stand schon vor dem Friseursalon, drauf und dran hineinzugehen. Doch dann zählte ich und drehte wieder um. Meine Mutter liebt meine Haare. Vermutlich, weil sie einen pflegeleichten Kurzhaarschnitt trägt. Man will immer das, was man nicht hat.

Als ich in die Küche komme, ist Faye mit ihrem Blitzfrühstück bereits fertig. Wir verabschieden uns gerade noch, dann bin ich wie jeden Morgen allein mit meiner Kaffeetasse am Küchentresen.

»Du bist wach«, ertönt plötzlich Hugos Stimme hinter mir. »So kennt man dich ja gar nicht.«

Ich weiß nicht, was ich darauf erwidern soll. In Momenten wie diesen wäre ich gern schlagfertig, aber meistens fällt mir erst viel zu spät ein, was ich Witziges hätte erwidern können. Ich würde Hugo gern fragen, ob er schon einmal einen Jetlag hatte.

»Ich mache French Toast. Hast du Hunger?«

Etwas ungläubig blicke ich ihn an. Er trägt heute ein

sauberes hellblaues Hemd und eine schicke dunkelgraue Stoffhose. Kein Vergleich zu seinem normalen Aufzug.

»Und? Was ist nun? Das Angebot steht nicht ewig.« Er zieht eine Rührschüssel aus einer der Küchenschubladen.

»Äh, was ist French Toast?«, frage ich und beiße mir im gleichen Moment auf die Zunge. Da war es schon wieder, dieses *Äh,* das ich krampfhaft versuche loszuwerden. Bisher nur mit mäßigem Erfolg.

»Äh, das ist Toast, den man in eine Ei-Milch-Mischung tunkt und dann brät.«

Mir entgeht nicht, dass er mich wieder nachmacht. Aber ich versuche, seiner Unhöflichkeit nicht zu viel Bedeutung beizumessen. Außerdem nervt es mich selbst auch, dass ich keinen normalen Satz rausbringe, obwohl mein Englisch eigentlich gut genug ist.

»Ich muss mich erst an die Fremdsprache gewöhnen«, sage ich in einem Ton, der eigentlich entschuldigend klingen soll, aber ein bisschen säuerlich herauskommt. Pech gehabt. Er macht ja auch kein Geheimnis daraus, dass er keine Lust auf meine Anwesenheit hat.

»War ich zu gemein? Fieser alter Mann«, schimpft er mit sich selbst, und wieder habe ich das Gefühl, dass er mich nicht ernst nimmt.

Da wir das nächste Jahr miteinander verbringen müssen, beschließe ich, dass ich die Vernünftige von uns beiden sein werde. »Ich würde gern mit dir frühstücken«, sage ich deswegen und hoffe, dass er nichts Blödes darauf erwidert.

Doch er nickt nur, holt Milch und Eier aus dem Kühlschrank und vermischt beides in der Rührschüssel. Dann lässt er ein Stück Butter in der heißen Pfanne zerlaufen.

»Kann ich helfen?«, frage ich. Vielleicht lebe ich ihm einfach vor, dass man mit Freundlichkeit weiter kommt als mit Unhöflichkeit.

»Du kannst den Toast einweichen«, sagt er und tritt einen Schritt zur Seite, sodass ich an die Schüssel komme.

Es ist eine ziemliche Sauerei, die hellen Brotscheiben in der Ei-Milch-Mischung einzuweichen. Jedes Mal, wenn Hugo einen Toast aus der Schüssel fischt, tropft er alles voll.

»Das machen wir nach dem Frühstück weg«, sagt er und sieht seelenruhig dabei zu, wie von seinen Händen eine kleine Pfütze aus gelber Pampe auf den Boden läuft. Immerhin haben wir in den letzten beinahe zehn Minuten ganz friedlich nebeneinandergestanden. Diese neu gewonnene Eintracht will ich nicht zerstören.

Der Duft der gebratenen Toastscheiben erfüllt die Küche, und als ein kleiner Stapel von sechs Scheiben fertig ist, reicht Hugo mir zwei Teller.

»Essen wir im Esszimmer?«, frage ich und wische mit einem Papiertuch schnell den Tellerrand ab, den er mit rohem Ei bekleckert hat.

Hugo schnaubt. »Ins Esszimmer gehe ich nur mit dreckigen Klamotten. Heute essen wir draußen.«

Ich runzle die Stirn, verkneife mir aber einen Kommentar. Aus einer Schublade hole ich Besteck und gehe dann durchs Wohnzimmer nach draußen, dicht gefolgt von Hugo, der in der einen Hand den Teller mit French Toast trägt und in der anderen eine Schale Erdbeeren. Außerdem hat er sich eine Flasche mit Ahornsirup in die Hosentasche gesteckt. Ich will gerade den Terrassentisch decken, da schüttelt er den Kopf.

»Iss du ruhig hier. Bäh. Ich mache ein Picknick.«

»Ein Picknick?«

»Du kannst Fragen stellen oder mitkommen.«

»Aber ich habe keine Schuhe an«, protestiere ich, doch Hugo zuckt mit den Schultern.

»Ich auch nicht.« Er wackelt mit seinem nackten Fuß.

Ich glaube nicht, dass ich jemals einen alten Mann barfuß gesehen habe. »Okay, warte kurz«, sage ich und entledige mich meiner Socken. Dann folge ich ihm in den Garten.

Wir gehen auf den verwachsenen Baum zu, hinter dem sich Hugos Schuppen befindet. Je näher wir kommen, desto mehr erkenne ich, dass Hugo sich hier hinten anscheinend seine ganz persönliche Ecke eingerichtet hat. Was auf den ersten Blick verwildert erscheint, ist auf den zweiten ein kleiner Gemüse- und Kräutergarten, der zwar nicht gerade ordentlich, aber doch gepflegt wirkt.

Hugo verschwindet für einen Moment im Schuppen. Als er wieder herauskommt, hat er eine Decke unter den Arm geklemmt. Er führt mich um den kleinen Holzbau herum, und mir verschlägt es fast die Sprache. Dieser Ort ist so anders als alles, was ich bislang vom Garten oder dem Haus gesehen habe. Das Gras ist hier höher, und an der Hecke, die den Garten vom nächsten Grundstück trennt, wuchern Blumen in bunten Farben.

Hugo breitet die Decke aus und lässt sich im Schneidersitz darauf nieder.

»Nicht dein Ding?«, fragt er, als er meinen überraschten Gesichtsausdruck bemerkt. »Magst du vielleicht noch mal *Äh* machen?«

Ich setze mich ebenfalls, reiche ihm einen Teller und Besteck und mache *Äh*. Denn ich weiß wirklich nicht, was ich hierzu sagen soll. Die Farbenpracht der Blüten, das satte Grün des hohen Grases. Dies ist ein Ort, der vor Lebendigkeit strotzt.

»Mir gefällt es«, sage ich und lasse mir von Hugo einen French Toast auf meinen Teller legen.

»Mir auch«, sagt er. »Victor hasst es. Und Faye hasst es aus Loyalität mit.« Er zuckt mit den Schultern. »Aber mir ist es egal.«

Ich finde es unfair, dass er Faye in diesen albernen Streit

mit seinem Sohn hineinzieht. Es ist nicht ihre Schuld, dass die beiden offensichtlich nicht miteinander können. Und bislang bin ich auch noch unschlüssig, wie viel Schuld Victor an der Sache trägt. Andererseits ist Hugos *Ich mache, was ich will*-Einstellung auch ein wenig bewundernswert. Dieses *Ihr könnt mir nichts.* Dieses *Ich esse mit meinen guten Kleidern auf dem Boden, und unter eurem Kronleuchter trage ich ein schmutziges T-Shirt.* Auch wenn Letzteres vielleicht etwas unhöflich erscheinen mag.

»Du machst das ganz falsch«, sagt er auf einmal und reißt mich damit aus meinen Gedanken.

»Was meinst du?«, frage ich.

»Das mit dem Ahornsirup. Die Toasts müssen schwimmen. So, siehst du?« Er nimmt mir die Plastikflasche mit dem Sirup aus der Hand und kippt sich so viel von der goldbraunen Flüssigkeit auf seinen Teller, dass die Toasts tatsächlich darin ertrinken. »Du solltest mir vertrauen«, sagt er und gibt mir die Flasche zurück.

Hugo erinnert mich in diesem Moment an Adrian, der sich auf seine rote Grütze immer so viel Vanillesoße kippt, dass man die Früchte nicht mehr schmeckt. Ich frage mich jedes Mal, warum er nicht gleich die Vanillesoße pur löffelt.

»Habe ich dich vor eine unlösbare Aufgabe gestellt, oder warum denkst du so lange darüber nach?«, fragt Hugo mit vollem Mund.

»Was? Nein!«, sage ich.

»Weißt du, manchmal schadet es nicht, einfach nur zu machen, ohne groß darüber nachzudenken.«

Ich schlucke. Das ist genau die Art von Gedanken, die dazu führt, dass man irgendwann in der Zukunft vor dem Nichts steht. Risiken müssen abgewogen werden. Allerdings schätze ich, ist das Risiko von zu viel Ahornsirup eines, das ich einzugehen bereit bin. Also tue ich es Hugo nach, und er nickt zufrieden. Ich schiebe mir eine Gabel in den Mund, der Ahornsirup tropft auf mein Bein, doch ich habe keine Zeit, um mich darüber zu ärgern. Denn – es schmeckt himmlisch! Der Geschmack des dunkelbraun gebratenen Toasts zusammen mit dem Sirup, die Konsistenz des eiigen Brots … Es ist unglaublich süß und erinnert mich an einen Geschmack aus meiner Kindheit. Vermutlich aus einer Zeit, als ich selbst noch rote Grütze in Vanillesoße ertränkte, sodass sie über den Rand der Schüssel lief. Als mir Geschmack noch wichtiger war als Etikette.

»Mmmmhhh«, machen wir gleichzeitig, und ich muss lachen, weil sich in meinem Mund alles vor Süße zusammenzieht. Es ist ein erleichtertes, erleichterndes Lachen. Eines, fällt mir auf, das bedeutet, dass ich mich zum ersten Mal seit meiner Ankunft nicht allein fühle. Ist es ein Lachen der Verbundenheit?

»Und? Hatte ich recht?«, fragt Hugo, und ich nicke begeistert.

Eine Weile essen wir schweigend, tropfen mit Sirup und genießen die Stille. Dann frage ich: »Was sind das für Blumen?« Denn ich erinnere mich daran, dass die Konversation vor dem Haus über den Baum und das Feenhaar bei meiner Ankunft hier so ungefähr die einzige Unterhaltung zwischen uns war, die einigermaßen geglückt schien.

In Hugos Blick blitzt kurz etwas auf. Doch gleich darauf verdreht er die Augen, als könne er nicht glauben, wie wenig Ahnung ich von der Welt habe. »Das hier«, sagt er gelangweilt, »ist Rhododendron viscosum.« Er malt mit den Fingern Anführungszeichen in die Luft und übersetzt: »Die Sumpf-Azalee.« Danach zeigt er auf einen hellroten Busch. »Luna Hibiskus. Das Gelbe ist Lindera benzoin, genannt Gewürzstrauch. Daraus gewinnt man Piment.«

Die Sonne, die langsam um den Schuppen herumgewandert ist, wärmt mir inzwischen den Rücken, und es fühlt sich überraschend gut an, Hugo Aufmerksamkeit zu schenken. Wahrscheinlich hat Faye tatsächlich recht, wenn sie sagt, dass er Gesellschaft braucht.

»Ich möchte dich etwas fragen, Franziska«, sagt Hugo plötzlich und kneift die Augen zusammen. Es ist das erste Mal, seit meiner Ankunft, dass er einen Vorstoß wagt. »Warum bist du hier?«

Damit habe ich nicht gerechnet. »Ich habe mich bei dem Programm beworben und wurde angenommen«, sage ich. »Ich schätze also, ich bin deinetwegen hier.« Ich versuche es mit einem freundlichen Lächeln. Außerdem habe ich das Gefühl, dass *Ich habe bis zehn gezählt und wollte es immer noch* nicht gilt.

»Bullshit.« Hugo steckt sich eine Erdbeere in den Mund. »Das ist absoluter Blödsinn. Erstens kennst du mich nicht, also kann es dir vollkommen egal sein, ob ich allein bin. Und zweitens hat mich niemand gefragt, ob ich überhaupt Gesellschaft will. Also hör auf, so einen Scheiß zu erzählen.«

Ich bin erschrocken über seine Ausdrucksweise und die Kälte in seiner Stimme.

»Also, was ist es dann?« Sein Tonfall klingt etwas sanfter, aber er ist weit davon entfernt, freundlich zu sein. Eher abwartend. Lauernd. Als bereite er sich nur auf meine nächste dumme Antwort vor.

»Ich …«, beginne ich und beschließe, einfach die Wahrheit zu sagen. Soll er mich doch auslachen. »Ich wollte ein Abenteuer erleben, bevor ich für den Rest meines Lebens in einem Büro eingesperrt bin.«

Wie zu erwarten, blickt er mich völlig verständnislos an. Aber immerhin scheint er zu wissen, dass ich diesmal keinen »Bullshit« erzähle. »Und was machst du in diesem Büro?«, fragt er mit gerunzelter Stirn.

»Arbeiten.« Was denn sonst?

»Und was arbeitest du?«

»Ich habe Informatik studiert. Etwas Sicheres, damit ich einen Job finde, der mir ein ordentliches Leben finanziert. Also etwas in diese Richtung.«

»Das klingt nach hundert Prozent Langeweile«, sagt Hugo.

»Oder nach Sicherheit«, sage ich.

»Oder nach Langeweile. Warum machst du nicht einfach dein Leben zum Abenteuer, statt dich mit einem Jahr zufriedenzugeben?«

Ich blicke ihn an. Er hat bestimmt sein Leben zu einem Abenteuer gemacht. Und wohin hat ihn das geführt? Er lebt bei seinem Sohn, den er nicht sonderlich zu mögen scheint. Dass dieses Gefühl auf Gegenseitigkeit beruht, steht außer Frage. Also bin ich mir nicht sicher, ob es ihm wirklich zusteht, über mich zu urteilen. Und doch merke ich, wie sich ein Kloß in meinem Hals bildet.

»So funktioniert das Leben aber nicht«, sage ich und habe das verzweifelte Gesicht meiner Mutter vor Augen, als sie herausfand, dass wir von heute auf morgen vor dem Nichts standen. So etwas wird mir nicht passieren.

»Und wie funktioniert es dann?«, fragt er und legt sich der Länge nach auf die Decke, den Kopf auf den Ellbogen gestützt.

»Man ist für sich verantwortlich. Man muss die Zukunft planen. Man muss zusehen, dass man genug Geld hat für Versicherungen und Altersvorsorge. Man braucht ein Dach über dem Kopf. Das funktioniert nicht ohne Geld.«

»Jetzt hör doch mal auf mit diesem Quatsch. Wenn du weiter über Sicherheit, Informatik und Altersvorsorge redest, könnte es sein, dass *ich* heute den Tag verschlafe. Ich will etwas über *dich* wissen. Schließlich bist du meine Gesellschaft.«

»Mein Vater hat uns verlassen, da war ich fünf«, sage ich und merke, dass meine Stimme leicht bebt. Es fällt mir nicht leicht, darüber zu sprechen. Meistens bildet sich ein fester Wutklumpen in mir, wenn ich nur an ihn denke. »Von einem Tag auf den anderen war er einfach weg. Wir hatten kaum Geld, also hat meine Mutter noch mal angefangen zu studieren, um mir und meinem Bruder ein besseres Leben zu ermöglichen. Sie ist Lehrerin geworden, wir konnten in eine größere Wohnung ziehen und Urlaub machen. All so etwas. Deswegen weiß ich, wie wichtig es ist, als Frau selbstständig zu sein. Unabhängig. Und dazu braucht man nun mal einen ordentlichen Job.«

Hugo denkt einen Moment nach. Dann sagt er: »Ich wusste gar nicht, dass du zwei Kinder hast.«

»Was?«

»Du hast gesagt, deine Mutter wollte *dir und deinem Bruder* ein besseres Leben ermöglichen. Das ist großartig von ihr. Aber was hat das mit dir zu tun?«

Ich sehe ihn fragend an. Kann es sein, dass er einfach überhaupt keine Ahnung von dieser Welt hat?

»Wie alt bist du?«, fragt er.

»Einundzwanzig.«

»Und das hier ist dein Abenteuer?«

»Ja.«

»Dein letztes Abenteuer?«

»Ja.«

»Okay, das ist so traurig, dass ich demnächst ein bisschen in mein Kopfkissen heulen werde. Aber dafür ist jetzt keine Zeit, denn wenn du nur ein Jahr hast, dann sind davon gerade sechseinhalb Tage einfach so hopsgegangen. Das heißt, dir bleiben nur dreihundertachtundfünfzigeinhalb.«

»Dreihundertneunundfünfzigeinhalb«, korrigiere ich ihn. »Wegen des Schaltjahrs.« Mit Zahlen und Daten kenne ich mich ein bisschen aus.

»Na, Gott sei Dank«, ruft er aus. »Dann verzieh dich am

besten noch einen weiteren Nachmittag in dein Bett und verschlaf die großartigste Stadt der Welt.« Er legt seinen Arm über die Augen und beginnt übertrieben zu schnarchen. »Scherz. Wenn du nicht barfuß gehen willst, zieh dir sofort deine Socken wieder an. Und wenn du nicht in Socken gehen willst, zieh dir Schuhe drüber. Nicht, dass barfuß oder in Socken nicht in Ordnung wäre …«

»Äh, warum?«, frage ich.

»Äh, weil wir in die Stadt gehen.«

»Äh, jetzt?«

»Äh, natürlich jetzt.«

»Okay«, rufe ich und beginne, die Teller einzusammeln.

»Keine Zeit zum Aufräumen. Das machen wir nächstes Jahr!«

Gerade will ich mir den Autoschlüssel des Drittwagens schnappen, den Faye und Victor mir zur Verfügung stellen.

»Was machst du da?«, fragt Hugo.

»Macht man in den USA nicht alles mit dem Auto?«

»In New Orleans fahren nur Trottel wie mein Sohn mit dem Auto.«

Und wie Faye, füge ich in Gedanken hinzu und werfe Hugos Rücken einen tadelnden Blick zu.

»Wir nehmen das Streetcar. Nach dir«, sagt er und hält die Tür auf.

»Warte, ich brauche noch …«, sage ich und krame in meiner Tasche, um nachzusehen, ob ich alles habe.

»Papperlapapp«, sagt Hugo. »Das Einzige, was man wirklich braucht, ist ein Bleistift.«

»Was?«

»Hast du einen Bleistift? Wenn man Ideen hat, muss man sie doch aufschreiben können!«

»Äh, nein …«

»Dann nimm den hier.« Aus seiner Hosentasche zieht er einen winzigen Bleistiftstummel. Er reicht ihn mir, und ich lasse ihn ein bisschen verwirrt in meine Tasche fallen.

Dann trete ich hinaus und fühle mich auf einmal ganz hibbelig. Mein Abenteuer fängt in diesem Moment so richtig an. Erstaunlicherweise mit Hugo an meiner Seite. Und auf einmal wirkt er deutlich weniger angepisst.

»Hier lang«, sagt er, weil ich intuitiv in die falsche Richtung gelaufen bin.

Ich drehe um und folge ihm den Gehweg entlang, der aus grauen Steinplatten zusammengestückelt ist. Hier und da sind die Platten auseinandergebrochen oder ragen schief nach oben, sodass man aufpassen muss, wo man hintritt. Die Bäume am Straßenrand bieten ausreichend Schatten und sorgen für eine angenehme Temperatur, die heute sicher die Fünfundzwanzig-Grad-Marke knackt. Die Feuchtigkeit macht mir mehr zu schaffen, aber daran werde ich mich schon gewöhnen.

»Ich weiß, dir gefällt es hier nicht«, sage ich zu Hugo, der schon ein paar Meter zwischen mich und sich gebracht hat und keine Notiz von all den Prachtbauten um sich herum zu nehmen scheint. »Aber ich finde es wunderschön.«

»Ich finde es auch schön«, sagt er mit einem Blick auf einen alten Baum hinter dem Zaun zu unserer Linken. »Ich mag nur die Leute nicht. Außerdem zeige ich dir jetzt das richtige New Orleans. Das, wo Musik ist. Dann wirst du schon verstehen, warum das hier nicht mein Lieblingsort ist.«

An einer großen Straße bleibt Hugo neben einem winzigen Schild stehen, auf dem *Car Stop* steht.

In der Ferne sehe ich eine Straßenbahn. Je näher sie kommt, je mehr ich erkennen kann, desto überraschter bin ich, wie winzig sie ist. Es ist einfach nur ein Wagen. Ein sehr alt aussehender noch dazu.

Hugo hebt den Arm, und das Streetcar hält an. Die Tür springt auf, und er klettert die Stufen hinauf. Ich folge. Der Fahrer blickt mich fragend an.

»Zwei Tagestickets«, sagt Hugo und streckt die Hand nach meinem Geldbeutel aus, den ich ihm einfach überlasse. Er bezahlt und drückt mir dann einen Fahrschein in die Hand. Dann läuft er zu einer der Holzbänke und setzt sich.

»Das ist die St.-Charles-Linie«, sagt er, als ich neben ihm Platz nehme. »Du musst wissen, wo du aussteigen willst, und dann an dieser Schnur ziehen, damit der Fahrer es mitbekommt.« Er deutet auf ein weißes Kabel, das auf beiden Seiten des Streetcars durch den gesamten Wagen gespannt ist. »Aber wir fahren bis zur Endstation, weil wir ins French Quarter wollen. Da hält er ohnehin.«

Ich bin fasziniert von dieser beinahe antiken Art der Fortbewegung. Es rumpelt und kreischt und geht alles andere als schnell voran, aber es hat etwas sehr Romantisches. Links und rechts der Schienen fahren Autos. Es ist, als wären wir auf einer kleinen historischen Insel zwischen dem Verkehr.

Wir erreichen die Station Canal at Carondelet ungefähr zehn Minuten später. Im Vergleich zum ruhigen, verträumten Garden District ist hier die Hölle los. Hotels in Wolkenkratzern, Souvenirshops, Verkehr, Menschenmassen. Mein Kopf kommt gar nicht mit vor lauter Lärm, Farben, Gerüchen. Kurz muss ich innehalten und nach oben zum Himmel blicken, um mich zu orientieren. Doch dann atme ich einmal tief ein und beschließe, mich auf das alles hier einzulassen.

»Kommst du?«, fragt Hugo, der schon halb über die riesige Straße gelaufen ist. Sie wird von Palmen gesäumt, und in der Mitte befinden sich auch hier wieder Streetcar-Schienen. »Statt die Stadt in Nord, Süd, Ost und West zu unterteilen, sagen wir *River, Lake, Uptown und Downtown.* Da ist *River*«, sagt Hugo und deutet rechts die Straße hinunter, als ich ihn eingeholt habe.

»Der Mississippi?«

»Nein, der Sissimippi. Natürlich der Mississippi. Das hier ist die Canal Street.« Er zeigt die große Straße auf und ab. »Und hier geht's in die Bourbon Street. Das ist abends und nachts die Partymeile. Jetzt ist es Gott sei Dank noch etwas ruhiger und weniger vollgekotzt.«

»Vollgekotzt?«

»Ja, was glaubst du denn, was Partymeile heißt? Nachtclubs, Tanzbars, jede Menge Alkohol und nackte Brüste.«

»Nackte Brüste?« Ich kann nicht anders, als zu wiederholen, was Hugo sagt.

»Ja, die Jungs machen sich einen Spaß daraus, Perlenketten an diejenigen zu verteilen, die ihre Brüste entblößen. Dabei kann man diesen Plastikschrott überall umsonst kriegen, wenn man will.«

Ich weiß gar nicht, wo ich zuerst hinsehen soll. Alles ist hier so bunt, so funkelnd und leuchtend. Die Bilder, die ich mir vor meiner Reise angesehen habe, wurden der Stadt absolut nicht gerecht. Die Fassaden der meist zweistöckigen Häuser sind bunt gestrichen. Orange, rot, gelb. Warme Farben. Auch hier sind die Balkons hübsch verziert und bepflanzt. Auf manchen stehen Leute und trinken. Es scheinen Hostels und Hotels zu sein. Aus einigen Bars ertönt Musik.

»Hier ist eigentlich immer und überall Livemusik«, sagt Hugo. »Egal zu welcher Zeit, du findest garantiert eine Band, die sich lohnt.«

Wir bleiben vor einer Bar stehen, die *Lou's* heißt. Auch hier spielt gerade eine Band. Es klingt lustig. Nach schnellem Tanz mit Akkordeon und Waschbrett. Die Melodie ist eingängig und doch leicht fremd. Zumindest für meine Ohren. Frech auf eine traditionelle Art.

»Zydeco«, erklärt Hugo. »Ist entstanden, als sich die Cajun-Musik mit afroamerikanischen Einflüssen vermischt hat.«

»Cajun?«, frage ich.

»Die akadischen Franzosen, die im achtzehnten Jahrhundert aus Kanada vertrieben wurden und sich in Louisiana ansiedelten. Aus ›acadian‹ wurde ›cadian‹ und dann ›cajun‹.«

An einer Kreuzung müssen wir warten, weil eine waschechte Pferdekutsche an uns vorbeizieht. Das Klappern der Hufe und die Glöckchen, die am Halfter angebracht sind, begleiten uns noch gut fünfzig Meter auf unserem Weg durch die Bourbon Street. Schließlich biegen wir rechts ab und gelangen nach zwei Blocks, die ebenfalls aus diesen entzückenden farbenfrohen Häusern bestehen, in denen sich nun vermehrt Touristengeschäfte und Boutiquen befinden, auf einen großen Platz.

»Jackson Square«, sagt Hugo. »Saug ihn auf.«

Ich weiß nicht genau, was er damit meint, aber ich versuche seinem Befehl gerecht zu werden. In der Mitte des Platzes befindet sich ein kleiner Park mit Palmen und Bananenstauden, zu meiner Linken ragt eine Kirche in den blauen Himmel auf. Sie ist ganz in Weiß gehalten mit dunkelgrauen spitzen Türmen und hebt sich damit strahlend von all den Farben ab, die sie umgeben. Denn nicht nur die Häuser sind ansonsten alle bunt, sondern auch die Menschen, die Bilder, die am Zaun des Parks hängen und zum Verkauf angeboten werden, die Sonnenschirme, unter denen Leute Tarotkarten legen oder Karikaturen von Touristen anfertigen. Laute Brass-Musik erschallt aus einer der Nebenstraßen. Als ich den Kopf wende, sehe ich, dass eine ganze Band mit ihren Blasinstrumenten gerade vom Platz wegzieht. Hinterher läuft ein Schlagzeuger, der sich eine gigantische Trommel um den Bauch geschnallt hat und gleichzeitig ein Becken bedient. Es kommt mir vor wie eine große, hemmungslose Party – oder besser: wie ein Festival.

»Das ist es«, sagt Hugo. »Das ist New Orleans.«

»Wow«, entfährt es mir, und ich kann nicht anders, als breit zu grinsen.

Auf der anderen Seite der Kirche hat sich eine Menschentraube gebildet.

»Was passiert da?«, frage ich.

»Keine Ahnung, finden wir es heraus!«

Hugo bahnt sich einen Weg durch die Menschen, und ich folge ihm einfach. Es ist mir ein wenig unangenehm, dass wir uns durchdrängeln, aber niemand scheint sich gestört zu fühlen. Als wir es nach vorne geschafft haben, bin ich zunächst etwas verwirrt, denn vor uns sitzt einfach nur ein Straßenmusiker mit seiner Gitarre. Er trägt ein Unterhemd, darüber Hosenträger. Gerade stimmt er nach. Dann räuspert er sich und blickt auf. Es ist ein hübscher Kerl, das muss man ihm lassen. Seine dunkelblonden Haare sind verstrubbelt und fallen ihm auf der einen Seite neckisch in die Stirn. Er grinst schief und streicht sich die Haare aus dem Gesicht in dem Versuch, sie zu bändigen. Er hat schöne, graublaue Augen.

»Hat jemand einen Wunsch?«, fragt er. Seine Stimme ist tief und ein bisschen heiser. Doch keiner sagt etwas. »Kommt schon, *y'all*, nicht so schüchtern!«

Sein Lächeln wird breiter, und für einen kurzen Moment habe ich das Gefühl, er sieht mich direkt an. Ich blicke mich um und verstehe. Jedes Mädchen, jede Frau hat dieses Gefühl. Er flirtet mit der Menge. Mit allen gleichzeitig. Und er macht seine Sache richtig gut. So gut, dass ich fast wünschte, seine Aufmerksamkeit gelte mir persönlich.

»Du vielleicht, du hast schließlich den letzten Song verpasst. Und jetzt ist die Gitarre frisch gestimmt. Kann also nur gut werden.«

Ein paar Leute lachen, und mir wird heiß. Wieder sehe ich mich um, doch nun sind mehrere Augenpaare auf mich gerichtet. Meint er wirklich mich? Ich habe keine Ahnung, was er spielen soll. Und jetzt ist mein Kopf auf einmal leer. Großartig. Das ist mir seit meiner letzten mündlichen Prüfung an der Uni nicht mehr passiert. Ich spüre, wie Hugo mich mit seinem Ellbogen anstupst.

»Na komm«, raunt er.

»Äh«, sage ich. Und dann das Erste, was mir in den Sinn kommt. »Jelly Roll Morton?«

»Good old Jelly Roll«, sagt der Gitarrist mit seinem lang gezogenen New-Orleans-Akzent und schenkt mir ein Lächeln, das sich in mir weiter ausbreitet. »Eine NOLA-Legende. *You got it.*« Er senkt seinen Blick auf die Saiten und beginnt zu spielen. »Wer aus New Orleans ist, kennt diesen Tune. Für alle anderen: Der Song heißt *Doctor Jazz.*«

Beifallsrufe erschallen aus der Menge, während der Gitarrist seine Hände über die Gitarrensaiten wandern lässt. Erst langsam, aber er nimmt immer mehr Tempo auf, und als das Vorspiel vorbei ist, fliegen seine Finger nur so über das Instrument. Dann beginnt er zu *singen.*

»Hello Central give me Doctor Jazz
He's got what I need, I'll say he has …«

Er blickt auf, und diesmal bin ich mir sicher, dass er mich ansieht.

»When the world goes wrong and I've got the blues
He's the guy who makes me put on both my dancin' shoes …«

Seine Singstimme ist wie seine Sprechstimme. Angenehm tief. Leicht kratzig. Stimmen werden immer mit Samt verglichen. Und seine Stimme ist ebenfalls wie Samt – was für ein Klischee –, aber Samt, den man gegen den Strich streichelt.

Ich merke, wie Hugo neben mir im Takt nickt. Und auch ich kann mich nicht wirklich dagegen wehren, dass mich die Musik einnimmt. Ich bin wahrhaftig keine große Tänzerin. Ich fühle mich dabei immer unwohl und unter Beobachtung. Bei allen anderen wirkt es leicht und natürlich. Sie wissen, wie sie sich im Takt bewegen, und sehen dabei lässig und sexy aus. Ich bin absolut steif in der Hüfte und habe das Gefühl, nur noch aus Gliedmaßen zu bestehen, von denen ich nicht weiß, wo sie hingehören. Aber hier ist es anders. An der Seite von Hugo, diesem mürrischen Mistkerl, ist es mir auf einmal viel weniger peinlich, als es zu Hause je möglich gewesen wäre. Er sieht mich an und verzieht seinen Mund zu einem Lächeln, das bis zu seinen Augen hochwandert. Das ist eine Premiere, und mir fällt auf, dass er sehr sympathisch wirkende Lachfältchen um die Augen hat. Anscheinend hat er früher mal mehr gelächelt.

Hugos Nicken wird zu einem Wippen und das Wippen zu Bewegungen und die Bewegungen zu einem Tanz. Andere Leute lösen sich aus der Menge und tun es ihm nach. Sie tanzen tatsächlich hier auf dem Platz zu einer Musik, von der ich nicht einmal wusste, dass man dazu tanzen kann! Ich stehe zwar noch am Rand, aber auch ich bin in Bewegung. Es ist, als würde mein Körper auf einmal wissen, was er tun muss, um sich nicht bescheuert zu fühlen. Sobald dieser Gedanke richtig in meinem Kopf angekommen ist, versteife ich mich wieder. Das bin gar nicht ich. Das ist albern. Ich wippe wieder nur und trete einen Schritt zurück. Und noch einen. Und dann hinter einen dicken Kerl, der ein *I got f****** drunk in NOLA*-Shirt trägt.

8

Lincoln

»Lauwarmes Leitungswasser?«, fragt Esmé und grinst wissend, als ich zu ihr an den Tresen komme.

»Danke.« Ich bin ganz heiser. Insgesamt drei Stunden habe ich ohne Pause gespielt.

»Du hast dich überhaupt nicht mehr bei mir gemeldet«, sagt sie und schiebt ihre Unterlippe vor.

»Brauchte Schlaf«, erwidere ich. »Hab ich doch gesagt.«

Sie zuckt mit den Schultern. »Ich warte nicht ewig auf dich, weißt du?«

Ich habe keine Ahnung, was sie meint. Schließlich ist das zwischen uns eine lockere Angelegenheit. Wir warten nicht aufeinander. Aber bevor ich sie fragen kann, ist sie nach hinten in die Küche verschwunden.

Das Diner ist gut besucht. Die Geräusche der Tischgespräche vermischen sich mit der Stimme des Baseballkommentators, die aus dem Fernseher über der Bar schallt. Ich lasse meinen Blick schweifen. Geschäftsleute, Touristen. An einem Tisch in der hintersten Ecke erkenne ich den alten Mann und das Mädchen, das sich vorhin Jelly Roll Morton gewünscht hat. In dem Moment, da er sich erhebt und auf die Toiletten zusteuert, beschließe ich, hinüberzugehen.

»Hi«, sage ich, als ich vor ihr stehe. Ich stütze mich auf die Stuhllehne und schenke ihr ein verheißungsvolles New-Orleans-Lächeln.

Sie blickt auf, und ich sehe, dass sie überrascht ist.

»Äh … hi«, erwidert sie.

»Hat dir meine Version von *Doctor Jazz* gefallen?«, frage ich und zwinkere ihr zu. »Darf ich?« Ich deute auf den Stuhl neben ihr, und noch ehe sie antworten kann, setze ich mich. »Also, dann erzähl mal. Warum Jelly Roll Morton?«

»Äh«, sagt sie wieder. Sie wird ein bisschen rot. Das gefällt mir. Es sieht süß aus. »Hugo … der alte Mann hört das.« Sie nickt Richtung Toiletten.

»Du bist nicht von hier, oder?« Sie hat einen lustigen Akzent. Aber auch sonst sieht sie vollkommen anders aus als die Einheimischen. Sie ist ein *good girl.* »Ich bin Lincoln«, sage ich. »Nenn mich Link.«

»Ich bin Franziska«, sagt sie. »Nenn mich Fränzi.« Sie schlägt sich die Hände vor den Mund. »Franzi.«

»Frenzy?«, sage ich und lache. »Interessanter Name.«

»Ich meinte Franzi«, korrigiert sie sich noch mal.

Die Röte auf ihrem Gesicht ist bis zu ihren Ohren gewandert, die zwischen den Haaren herausstehen. Ich grinse.

»Keine Ahnung, warum ich das so blöd gesagt habe«, schiebt sie noch hinterher.

»Frenzy ist gut. Frenzy hat eine Bedeutung.«

Ich will, dass sie sich ein bisschen entspannt, obwohl ich es unglaublich charmant finde, wie unwohl sie sich fühlt. Sie ist das komplette Gegenteil von Esmé. Und das meine ich im positiven Sinn. Doch als ich gerade ansetzen will, sie über ihre Herkunft auszuquetschen, kommt der alte Mann zurück.

»Wusste gar nicht, dass du so ein Männermagnet bist«, sagt er, und Frenzys Gesichtsfarbe wird noch eine Nuance dunkler.

»Ich bin kein …«, beginnt sie, aber dann verdreht sie einfach nur die Augen.

»Lincoln«, stelle ich mich vor. »Lincoln Hughes. Der Gitarrist.«

»Hab dich schon erkannt, Junge«, sagt er. »Guter Sound.«

»Man tut, was man kann«, erwidere ich und stelle zu meiner Erleichterung fest, dass Frenzy sich ein bisschen zu entspannen scheint. Offenbar steht sie nicht gern im Mittelpunkt. Obwohl es dem Mittelpunkt sicher nicht schaden würde, wenn ab und zu mal jemand wie sie …

»Wenn ihr Lust habt, meine Band und ich haben morgen einen Gig«, sage ich.

»Bourbon oder Frenchmen Street?«, fragt der alte Mann. Er kennt sich offenbar aus.

»Frenchmen. Im *Cat's Cradle.*«

»Potz Blitz«, sagt er und nickt anerkennend. »Guter Laden.«

»Und guter Sound.« Ich lächle erst ihn, dann Frenzy an. »Würde mich freuen.« Sie erwidert mein Lächeln etwas schüchtern, aber es ist definitiv eine Erwiderung.

Weil Esmé jeden Moment zurückkehren könnte und ich kein Drama riskieren will, stehe ich auf. »Hat mich gefreut, Frenzy.« Ich nehme ihre Hand und – ich weiß nicht einmal, warum – hauche scherzhaft einen Handkuss darauf. Aber so schräg diese Aktion auch war, ihren perplexen Blick war es allemal wert.

Auf meinem Weg zurück zur Bar höre ich noch, wie der alte Mann »Guter Typ« sagt. Und obwohl es mir egal sein könnte, gefällt es mir.

9

Franzi

»Und er hat deine Hand geküsst?«, fragt Lara zum ungefähr hundertsten Mal. Es ist noch früh, und die morgendlichen Video-Anrufe sind beinahe zu einer Routine geworden.

»Ja.« Ich grinse in mich hinein. Ich bin die Begegnung mit dem gut aussehenden Gitarristen sicher ein Dutzend Mal in meiner Erinnerung durchgegangen.

»Und wie hat er dich genannt?«

»Frenzy.« Beim Gedanken daran werde ich rot. So peinlich! Warum habe ich auch versucht, meinen Namen mit amerikanischem Akzent auszusprechen?

Lara kichert. »Ich hab's gegoogelt«, sagt sie. »*Frenzy* bedeutet *Raserei, Rausch, Wahnsinn, Ekstase, Taumel.* Das bist also zu hundert Prozent du.« Jetzt prustet sie los.

»Sehr witzig«, gebe ich zurück. Denn das ist so ungefähr der unpassendste Spitzname, den ich mir für mich selbst vorstellen kann. Aber irgendwo in meinem Hinterkopf passiert etwas. Vielleicht kann ich ja in diesem Jahr ein bisschen Ekstase zulassen. Vielleicht kann ich ein bisschen Frenzy sein.

»Wie heißt er noch mal? Dann suche ich gleich nach ihm.«

»Lincoln Hughes«, erwidere ich. Diesen Namen vergesse ich nicht mehr.

»Okay, ich finde ihn nicht auf Instagram.« Sie tippt weiter auf ihrem Handy herum. »Hä? Nicht mal auf Facebook? Was ist das denn für einer?«

Ich muss grinsen. »Das passt zu ihm«, sage ich. »Er wirkt nicht wie jemand, der sich viel aus sozialen Netzwerken macht.«

»Na, dann seid ihr ja ein absolutes Traumpaar.«

Ich verdrehe die Augen. Aber Lara hat recht. Ich bin tatsächlich nicht so richtig präsent im Internet. Ich habe einen vernachlässigten Facebook-Account, den ich seit Jahren löschen will, und einen Instagram-Account ohne Bilder und mit null Followern, den ich nicht nutze.

»Dann musst du ihn eben beschreiben«, sagt Lara.

»Also, er sieht echt gut aus …«

»Ja, aber wie?«

»Er hat diese verrückten Augen. Graublau. Intensiv. Blonde Haare, die ihm in die Stirn fallen. Und wenn er singt …«

»Ja?« Lara bekommt ganz große Augen.

»Diese Stimme!« Allein beim Gedanken daran kriege ich eine Gänsehaut. »Tief und ein bisschen heiser. Man kann nicht weghören.«

Lara quietscht. »Du weißt, dass amouröse Abenteuer auch Abenteuer sind, oder?«

»Hör auf!«, sage ich.

»Ernsthaft, Franzi. Ein gut aussehender Gitarrist in New Orleans? Ein Jahr, um sich auszutoben? Wann hattest du das letzte Mal was mit einem Kerl?«

Ich denke an meinen Ex-Freund. Wir waren nicht sehr lange zusammen. Ein halbes Jahr im vorletzten Semester. Dann trennte er sich von mir, weil er sich auf seinen Abschluss konzentrieren wollte. Und ich war auch nicht sonderlich enttäuscht, mehr Zeit zum Lernen zu haben.

»Du denkst gerade an Elias, oder?«, fragt sie.

Ich nicke.

»Süße, das ist Monate her. Und deine Augen haben nie so geleuchtet, wenn du über ihn gesprochen hast.«

»Meine Augen leuchten nicht«, sage ich.

»Du gehst doch zu seinem Konzert heute Abend, oder?«

Ich habe darüber nachgedacht. Natürlich habe ich das. Aber ganz allein in eine Bar gehen – noch dazu in einer fremden Stadt –, das klingt nach Frenzy. Nicht nach Franzi.

Lara merkt sofort, dass ich zögere. »Ach komm. Das kann doch nicht dein Ernst sein! Du hast ein Jahr, um Spaß zu haben. So richtig viel Spaß.«

»Ich glaube, ich würde mich komisch fühlen«, sage ich.

»Na und? Dann fühlst du dich eben komisch. Das macht nichts. Dich kennt kein Mensch in New Orleans. Du hast nichts zu verlieren.«

»Ja, vielleicht, aber …«

»Kein Aber. Geh hin. Zähl meinetwegen bis zehn. Wirst schon sehen, es spricht nichts dagegen.«

Lara macht sich schon immer lustig über meine Zählerei. Aber es ist meine Methode. Und bislang hat sie mich noch nie im Stich gelassen.

»Eins«, sagt Lara grinsend.

»Ach komm, hör auf.« Ihre gute Laune ist ansteckend, und ich muss lachen.

»Zwei.«

»Ich bin nicht wie du. Ich brauche eben ein bisschen Zeit.«

»Drei.« Sie kichert. »Du musst da hin!«

»Ich muss gar nichts.«

»Vier.«

»Ich würde da einfach nur rumstehen. Ganz allein.«

»Fünf. Dir kann nichts passieren beim Rumstehen.«

Ich weiß, dass sie recht hat. Aber mich zu überwinden ist schwierig.

»Sechs.«

»Du solltest herkommen und *mit* mir dorthin gehen.«

»Solange ich nicht da bin, musst du die Sachen allein angehen. Sieben.«

Und mein Abenteuer nutzen. Natürlich. Dafür bin ich schließlich hier.

»Acht.«

Hugo mochte Link. Nicht, dass das sonderlich viel zu bedeuten hat, aber es ist vielleicht ein Anhaltspunkt. »Neun.«

»Also … ich glaube …«

»Zehn.«

»… ich mach's. Ja, ich mach's. Ich geh hin.«

»Im Ernst?« Jetzt sind es definitiv Laras Augen, die leuchten.

»Ja, du hast recht. Es wird Zeit, dass mein Abenteuer auch wirklich eines wird.«

10

Lincoln

Freitagabend bin ich wieder einmal zu spät dran. Ich verfluche mich selbst. Es ist unsere große Chance, und jetzt kann ich keinen Soundcheck machen. Nicht, dass wir nicht auch ohne Soundcheck rocken würden, doch ich hasse es, die Band hängen zu lassen. Aber ebenso hasse ich es, Charlie, meiner Mom, zu sagen, dass ich gehen muss. Ich schaffe es ohnehin viel zu selten zu meinen Eltern. Erstens, weil es mit dem Fahrrad jedes Mal eine halbe Weltreise ist und ich ein kurzes Stück den Highway entlangfahren muss, wenn ich nicht noch länger unterwegs sein will. Und zweitens, weil die Stimmung jedes Mal gedrückt ist. Seit Blythes Tod ist es kein fröhliches Haus mehr. Ich weiß, das sollte keine Ausrede sein, um nicht hinzufahren. Im Gegenteil: Wenn überhaupt, sollte ich deswegen umso öfter kommen. Aber ich kann es nicht. Ich habe selbst mein Päckchen zu tragen. Besonders, seit ich wieder allein bin. Besonders, seit ich keinen Liebeskummer mehr habe, der andere Trauer überlagert.

»Bin da!«, rufe ich in die Bar, aus der gerade ein paar Leute, die sich die zweite Band des Abends wohl nicht mehr anhören wollen, hinausströmen.

»Na endlich«, sagt Bonnie und winkt mich gleich auf die Bühne. Doch noch rechtzeitig!

Der Soundcheck geht schnell. Mikey mischt uns persönlich ab, und wir sind ein vollkommen eingespieltes Team. Danach haben wir noch eine Viertelstunde, um uns backstage frisch zu machen oder –

»Curtis, Alter, was ist mit deinem Gesicht passiert?«, frage ich, als ich einen frontalen Blick auf ihn erhasche.

»Ja, lass dir das mal erzählen«, sagt Bonnie in wütendem Tonfall. »Als würden wir jede Woche die Chance bekommen, hier an einem Freitag zu spielen. Primetime, Mann, und du siehst aus wie ein Straßenschläger.«

»Ist er ja auch«, murmelt Sal und bekommt einen verdutzten Blick von so ziemlich jedem von uns. Dass er sich zu Wort meldet, ist ungewöhnlich. Also scheint es ein ernstes Thema zu sein.

»Könnt ihr aufhören?«, fragt Curtis und fährt sich mit der Hand über seine angeschwollene, blutverkrustete Lippe.

Bonnie wirft mir einen Blick zu, der sagt: Kümmere dich. Rede mit ihm. Setz ihm eine Maske auf. Oder so etwas in der Art. Nonverbale Kommunikation war noch nie meine Stärke.

»Zigarette?«, frage ich ihn und bedeute den anderen, hierzubleiben.

Es gibt einen Hinterausgang, der in einen Hof führt. Curtis fummelt an seiner Hosentasche herum und zieht eine Schachtel Kippen und ein Feuerzeug heraus. Er bietet mir eine an.

»Nein, danke, nicht, wenn ich singen muss«, sage ich. »Was ist passiert?«

Er inhaliert lautstark und tief. »Scheiße«, sagt er. »Das ist passiert.«

»Warum?«, frage ich.

»Hatte eben Bock.«

Aber er kann mir nichts vormachen. Vermutlich kann er sich selbst ebenfalls nichts vormachen, auch wenn er das ziemlich gut kaschiert. Natürlich gibt es einen Grund. Unterdrückte Gefühle, Unverarbeitetes, Wut auf die Welt, die er versucht, mit sich auszumachen. So war er schon immer. Erst auf den zweiten Blick – oder vielleicht eher auf den siebten oder fünfundzwanzigsten – merkt man, dass so viel mehr in Curtis steckt. Ein loyaler, witziger, verletzter Kerl. Das ist der Grund, warum wir befreundet sind. Und warum Bonnie und ich Jasper davon überzeugt haben, dass er der Richtige für die Band ist. Doch in Momenten wie diesen verstehe ich die Anfangsreserviertheit, die ihm von jedem entgegengebracht wird. Und wenn ich *Reserviertheit* sage, meine ich eigentlich *Angst.*

»Aber die letzten Monate …«, beginne ich.

»War'n für'n Arsch.«

Er betastet vorsichtig sein dunkellila Veilchen und zieht scharf die Luft ein. Offensichtlich hat er es wieder getan.

»Kannst du spielen?«, frage ich mit einem Blick auf seine Fingerknöchel, die ebenfalls ordentlich lädiert aussehen.

»Was ist das denn für eine Frage? Selbstverständlich kann ich spielen. Hab ich euch je hängen lassen?« Wieder inhaliert er tief, dann wirft er die Kippe auf den Boden und tritt sie aus.

Damit hat er recht. Er hat uns nie im Stich gelassen. Und deswegen gehört er zu uns.

»Also dann, zeigen wir den Leuten, dass wir den Freitagsslot verdient haben«, sage ich und klopfe ihm auf die Schulter. »Und rede mit mir. Oder mit Bonnie.« Ich weiß, dass es ihm leichter fällt, mit ihr zu sprechen. Vermutlich, weil er vor ihr nicht die ganze Zeit seine Männlichkeit demonstrieren muss.

»Ja, Mann.« Er lächelt mich schief an, da die linke Seite seiner Lippe zu geschwollen ist, um mitzumachen. »Ich sag Mikey, er soll den Scheinwerfer von mir wegdrehen.«

»Und?«, flüstert Bonnie, als wir uns bereit machen, rauszugehen.

»Wird schon«, erwidere ich. »Er sagt nicht, was los ist, aber er kann wohl spielen. Also alles halbwegs gut.«

Wir betreten die Bar und springen einer nach dem anderen auf die kleine Bühne. Ich liebe die wenigen Minuten vor einem Gig. Die adrenalingeladene Anspannung, das Gefühl, zusammen eins zu sein, die Energie, die noch zurückgehalten wird, aber in diesem Sprung auf die Bühne ihren ersten Ausdruck findet. Das Strahlen im Gesicht meiner Bandkollegen.

Die Menge klatscht, einige jubeln uns zu. Ganz vorne identifiziere ich sofort einen Junggesellinnenabschied, bestehend aus einer blondierten *Bride-to-be* und ihren vier blondierten Freundinnen. Sie tragen Schärpen und einheitliche rosafarbene T-Shirts.

»Wickel sie um den Finger«, sagt Jasper in meinem Rücken – und das habe ich vor. Sie werden genau das bekommen, was sie sich erhofft haben. Ihr New-Orleans-Erlebnis, ihre erotischen Fantasien mit einem Musiker.

Ich spiele einen Akkord und nicke meinen Bandkollegen zu. Dann schlägt Curtis viermal seine Sticks aufeinander, und wir legen los.

Es ist großartig. Es ist bombastisch. Es ist machtvoll. Ich fühle mich, als würde ich fliegen. Als wäre ich unbesiegbar. Wir sind *on fire*. Wir rocken im wahrsten Sinne des Wortes die Bude. Unser Zusammenspiel ist in perfekter Harmonie. Es ist wie eine Sprache, die nur wir beherrschen. Sagte ich vorher, nonverbale Kommunikation sei nicht mein Ding? Wenn Musik im Spiel ist, bin ich der König dieser Disziplin. Wir alle sind die Könige – und Bonnie die Königin. Jeder weiß, was der andere in jedem Moment tut, und dennoch ist es nicht langweilig. Unsere Soli sind überraschend, neu und zugleich vollkommen vertraut. Meine Stimme erfüllt den Raum mit genau der richtigen Mischung aus Sanftheit, Heiserkeit und Kraft.

Die fünf Junggesellinnen vor mir tanzen begeistert mit Sektgläsern in der Hand. Sie kreischen und jubeln, und obwohl sie vermutlich schon ziemlich betrunken sind, fühlen sie die Musik wie alle anderen im Raum. Unsere Begeisterung steckt die Menge an, und die Euphorie des Raums schwappt zu uns auf die Bühne zurück und pusht uns nur noch weiter.

Als wir zum letzten Song des ersten Sets kommen, einem langsameren zweistimmigen Stück, das ich mit Bonnie zusammen singe, blicke ich mich einmal in vollem Bewusstsein zu meinen Freunden um und erkenne, dass es ihnen ebenso geht wie mir. Dass sie ebenfalls spüren, wie mächtig unser Sound, wie groß dieser Moment in dieser Stadt ist, in der wir und unsere Musik so sehr zu Hause sind.

»Feels like home, feels like NOLA, my love«, singe ich, und Bonnie stimmt mit ein. Ich fühle es so sehr. Fühle jedes Wort, jeden Ton. Fühle Sals melancholisch schnarrende Trompete, die sanft und doch kräftig die Melodie trägt. Ich fühle Jaspers jazzy Keyboard-Variationen und Curtis' Streicheln der Becken. Ich fühle Bonnies Stimme in meiner Brust und das Vibrieren ihres Kontrabasses in Mark und Bein. Und ich fühle mich selbst. Meinen Gesang und meine Gitarre. Die logische Fortsetzung meines Körpers.

11

Franzi

Beinahe hatte ich gehofft, Faye würde mich bitten, nicht auf das Konzert zu gehen. Doch natürlich hatte sie nichts dagegen. Sie bestand aber darauf, mir auf meinem Handy zu zeigen, in welche Gegenden ich mich besser nicht verirren sollte.

»Alle Viertel mit einer Zahl im Namen meidest du«, sagte sie. Und dann nannte sie ein paar Straßennamen, die ungefähr eingrenzen sollten, wo es sicher war. Fast war ich versucht, die ganze Sache abzublasen, aber vor Faye wollte ich nicht so tun, als sei ich zu ängstlich. Und überhaupt, in einer Sache muss ich Lara recht geben: Ich bin schließlich nicht hier, um mich von meinen Hemmungen zurückhalten zu lassen.

Deswegen spaziere ich nun ein wenig ziellos durch die nächtlichen Straßen des French Quarter, aber grundsätzlich in Richtung der Frenchmen Street. Allerdings bleibe ich im Süden, denn im Norden führt sie in den sogenannten Seventh Ward, und die Zahl im Namen sagt mir, dass die Gegend tabu ist. Ich komme ziemlich langsam voran, starre mehr auf mein Handy, als dass ich meine Umgebung wahrnehme. Erstens, damit ich nicht angequatscht werde – schließlich habe ich nicht vor, irgendwelchen Fremden meine Brüste für ein paar Plastikperlen zu zeigen –, und zweitens, damit ich mich nicht in eine der gefährlichen Straßen verirre. Um mich herum ist alles voller Leben. Anscheinend gilt hier, je später es ist, desto wacher wird die Stadt. Denn gestern, als ich mit Hugo hier war, waren längst nicht so viele Leute auf der Straße. Und es leuchteten längst nicht so viele Neonlichter. Und längst nicht so viele Menschen hatten seltsame Drinks in der Hand.

Ich finde ohne große Schwierigkeiten zurück zum Jackson Square und folge nun der Decatur Street, die mich in die Frenchmen Street bringen soll. Jazzmusik, Brassbands und Zydeco-Klänge begleiten mich, und ich werde ein bisschen selbstbewusster, packe das Handy weg und lasse diesen ganzen bunten, lauten Irrsinn auf mich wirken. Hier und da bleibe ich stehen und genieße die dichte Atmosphäre. Werde vielleicht ein ganz klein bisschen Teil davon. Vor einem Schaufenster mit New-Orleans-Merchandise knipse ich ein Foto von mir und schicke es in die Gruppe, die ich mit meiner Mutter und Adrian auf WhatsApp habe, und an Lara.

Und dann, nach gefühlten Stunden, komme ich in der Frenchmen Street an. Hier ist es noch voller, noch lauter, noch intensiver. Eine Querstraße weiter spielt wieder eine laute Brassband. Ob es die gleiche ist wie gestern? Ich laufe darauf zu, vorbei an Bars und Clubs, aus denen ebenfalls Musik dringt. Jazz, Funk, Soul, mein Kopf ist voll von Musik und ansonsten absolut leer. Hier ist keine Zeit für Unsicherheit, kein Raum für Hemmungen, kein Platz für Vernunft. Hier ist nur dieser Moment, das Leben, an dem man nicht vorbeikommt.

Ich stelle mich einen Augenblick zu den anderen Leuten vor die Band, um ihnen zuzuhören. Wieder tanzen ein paar Leute. Es ist ohrenbetäubend laut, aber die Begeisterung steckt mich sofort an. Wie einige andere zücke auch ich mein Handy und nehme die Band auf. Ihre Euphorie, ihre Zusammengehörigkeit.

An der Straßenecke dahinter bietet jemand Minute-Poetry an, und ich frage mich, was das wohl ist. Schreibt da jemand wirklich innerhalb einer Minute ein ganzes Gedicht? Kurz bin ich versucht, es auszuprobieren, aber dann erregt ein Schild vor einer Bar meine Aufmerksamkeit. Dort ist es. Das *Cat's Cradle.* Ein bulliger Türsteher sagt gerade, dass das zweite Set gleich losgeht und die Leute wieder reingehen sollen. Drinnen sieht es gemütlich aus, und in diesem Moment sehe ich, wie sich tatsächlich jemand ans Schlagzeug setzt. Ich atme tief ein und sage mir, dass nichts dabei ist, allein in eine Bar zu gehen. Schließlich will ich das ganze New-Orleans-Erlebnis, dafür bin ich hergekommen. Meine Hemmungen ablegen, daran wachsen.

»ID«, sagt der Türsteher, und ich reiche ihm meinen Personalausweis. Er wirft kurz einen Blick drauf, dann nickt er und wünscht mir viel Spaß.

Drinnen herrscht eine angenehme Temperatur trotz der Masse an Menschen. Wie fast jeder Innenraum sind auch die meisten Bars offenbar klimatisiert. Ich dränge mich durch die Leute hindurch an den Tresen und bestelle mir ein Bier, weil ich keine Ahnung habe, was ich sonst trinken soll. Dann suche ich mir einen vernünftigen Platz hinter ausreichend Leuten, sodass ich nicht peinlich vorne stehe, aber doch nah genug an der Bühne, um etwas sehen zu können.

Ich nippe an meinem Bier. Es ist kalt, kälter, als ich es gewohnt bin. Als ich wieder aufsehe, nehmen gerade alle Musiker wieder ihren Platz ein. Der Schlagzeuger beugt sich noch einmal hinunter, um einen Schluck Wasser zu trinken. Er hat sich eine Baseballkappe tief ins Gesicht gezogen. Eine kleine Afroamerikanerin mit beeindruckend langen Zöpfen steht am Kontrabass. Am Keyboard sitzt ein hübscher Kerl mit schlankem, intelligentem Gesicht, und neben ihm pustet ein schlaksiger Afroamerikaner in das Mundstück seiner Trompete.

In diesem Moment kommt Link auf die Bühne, und mir stockt kurz der Atem. Ich hatte schon fast vergessen, wie heiß er ist. Heute trägt er ein offenes Leinenhemd über seinem Unterhemd. Die Hosenträger scheinen sein Markenzeichen zu sein.

Er streicht sich die strubbeligen Haare aus der Stirn und sagt: »Ihr seid ja immer noch da!« Ein Lachen geht durch die Menge. »Unersättlich seid ihr.« Er grinst schelmisch. »Also dann, wie wäre es mit ein bisschen Musik?«

Seine Stimme jagt mir sofort wieder eine Gänsehaut über den Körper. Diese volle, tiefe *Gegen den Strich*-Samtstimme.

Ganz vorne jubeln ein paar Frauen in rosafarbenen T-Shirts, und die anderen klatschen. Und dann legen sie los mit »ein bisschen Musik«. Nur dass es nicht ein bisschen ist, sondern etwas, das alles, einfach alles erfüllt. Den Raum, die Menschen, mich.

Dies ist nicht das erste Konzert, auf dem ich bin. Ich habe meine Schulband früher mehrmals im Jahr gesehen, und später, während meines Bachelors, hat Lara mich auf zwei Konzerte geschleppt. Eins war nicht so mein Fall, eine Menge Herumgeschreie. Das andere war ein Singer/Songwriter, dessen CD ich mir danach gekauft habe. Aber so etwas wie das hier habe ich in meinem Leben noch nicht gehört. Der Klang ist eine Mischung aus diesem Funkigen, Jazzigen, das aus allen Bars auf die Straße herausdringt, und etwas, das mich tatsächlich an den Singer/Songwriter erinnert. Es ist das Gefühl, das mich damals überraschend mitgerissen hat, das mich auch jetzt wieder überkommt. Eine Sehnsucht, ein Verlangen, eine glückselige Traurigkeit oder eine traurige Glückseligkeit. Links Stimme jagt mir regelmäßig Schauer den Rücken hinunter, und beim Blick auf meinen Unterarm sehe ich, dass sich die feinen Härchen tatsächlich aufgestellt haben. Jedes Mal, wenn er ganz nah ans Mikro kommt und seinen Gesang zu einem sexy Flirt umfunktioniert, muss ich beinahe meinen Blick abwenden. So fasziniert bin ich von der Macht, die dieser Typ, diese Band auf mich ausübt. Es ist authentisch, lebendig. Ich muss schmunzeln. War das nicht genau, was Hugo von Musik gefordert hat? *Das Leben feiern, in all seinen Facetten. Die traurigen Seiten, die fröhlichen Seiten.* Genau das ist es. Ich verstehe ihn jetzt. Das ist nicht vergleichbar mit Radiomusik. Das hier ist echt! *Und dabei dem Zuhörer Raum lassen, um zu entscheiden, wie er sich dabei fühlen will.* Und ich entscheide, dass ich mich großartig fühlen und das Leben bei den Hörnern packen will. Jawohl!

Link singt über Liebe. Aber nicht nur die Liebe zwischen zwei Menschen, sondern auch über die Liebe zum Leben, zur Musik und zu seiner Stadt. Er nennt es nicht immer Liebe. Manchmal nennt er es Trauer, manchmal nennt er es Überschwang, manchmal benennt er es gar nicht, aber hören kann man es immer noch. Ich kann meinen Blick kaum von ihm abwenden. Er ist so vollständig in seinem Element, wie ich es noch bei niemandem gesehen habe. Manchmal, wenn er wieder so nah ans Mikro herantritt, klingt er beinahe verboten sexy. Manchmal bewegt er sich zur Musik, und es sieht so leicht aus. So unbeschwert. Dann wieder schließt er die Augen, und nichts ist mehr unbeschwert, während man denkt, man müsse gleich vor lauter Gefühl in Tränen ausbrechen. Sein Gesicht ist so präsent. Wie selbstverständlich da. Die schmale, fast freche Nase, die geschwungenen Lippen. Seine graublauen Augen, die hier und da mit jemandem aus dem Publikum flirten. Ich erinnere mich daran, wie sie mich angesehen haben, und beinahe wünschte ich, ich könnte irgendjemandem davon erzählen.

Am Ende eines Songs – ich habe keine Ahnung, wie lange die Band schon gespielt hat –, als der Refrain gerade vorbei ist, räuspert er sich, fährt sich über die inzwischen verschwitzten Haare und sagt: »Man soll aufhören, wenn es am schönsten ist.«

Seine Bandkollegen spielen etwas leiser weiter, während er spricht.

»Und da wir alle nicht jünger werden, werden wir wohl auch nicht mehr schöner. Der Höhepunkt ist erreicht.«

Wieder erntet er einige Lacher, und die blonden Mädchen in der ersten Reihe geben Laute der Enttäuschung von sich.

»Der Hottie am Keyboard hier ist Jasper Hughes«, stellt er seinen Bandkollegen vor. »Er hat heute Abend kinderfrei und freut sich mächtig auf die After-Show-Party.« Die Menge applaudiert, während Jasper, begleitet von den anderen, ein letztes Solo spielt.

»Am Kontrabass die gewaltige Bonnie Bailey«, ruft er und applaudiert. *Gewaltig* hat er sicher musikalisch gemeint, denn ansonsten ist auf den ersten Blick nichts an ihr gewaltig.

»Einen fetten Applaus für unseren Kollegen Curtis Sullivan, der es fast nicht geschafft hätte heute Abend, weil er sich mit einem Alligator angelegt hat!«

Curtis zieht seine Baseballkappe vom Kopf und grinst schief. Er hat ein Veilchen, und seine Lippe ist aufgeplatzt. Er sieht ganz schön übel aus, aber es scheint ihm gut zu gehen.

»Und an der Trompete *the one and only* Sal Wallace, der uns mal wieder alle in den Schatten gestellt hat.«

Sal spielt eine schnelle Melodie auf seiner Trompete, und die Menge johlt.

Als Nächstes beugt sich der Keyboarder Jasper zu seinem Mikrofon und sagt: »Und jetzt kommt der Moment, auf den ihr alle gewartet habt. Habt ihr was zum Schreiben dabei? Ich gebe euch die Handynummer von unserem Gitarristen Lincoln Hughes.«

In der ersten Reihe zückt tatsächlich eine Frau einen Stift und wedelt damit herum.

»Witzbold«, sagt Link, der Jasper das Mikrofon abgenommen hat. »Wir sind After Hours, und es war uns ein großes Vergnügen mit euch. Mit *jedem* von euch«, fügt er mit Nachdruck ganz dicht am Mikro hinzu, und ich kann mir nicht helfen, es klingt nach purem Sex. »Wenn es euch gefallen hat, kommt das Geld hier hinein«, sagt er weiter und wedelt mit einem Zylinder. »Wenn es euch nicht gefallen hat, kommt das Geld dennoch hier hinein. Wir haben nur einen Hut.« Er grinst breit. Dann springt er von der Bühne und beginnt sich einen Weg durch die Menge zu bahnen, während seine Bandkollegen einen weiteren Song anstimmen.

»Die Scheine in den Hut, nicht in die Hose, Lady«, höre ich Links Stimme ganz in meiner Nähe.

Ich suche in meiner Tasche nach meinem Geldbeutel und ziehe eine Fünf-Dollar-Note heraus. Dann steht er vor mir.

»Na, wenn das mal nicht Jelly-Roll-Morton-Girl ist«, sagt er und lächelt.

»Hi«, erwidere ich, etwas perplex, dass er sich wirklich an mich erinnert, und will den Schein in seinen Hut fallen lassen.

»Nur angucken, nicht anfassen!« Er wirbelt herum und muss eine der betrunkenen Rosafarbenen auf Abstand halten. »Sorry«, sagt er dann wieder an mich gewandt. »Ich hoffe, du bist jetzt nicht enttäuscht.« Er grinst und hält mir den Hut hin.

Ich lasse den Schein hineinfallen und schüttle den Kopf. Zu meinem Ärger merke ich, dass ich schon wieder ein bisschen rot werde. Seit Ewigkeiten habe ich mit niemandem mehr geflirtet. Eventuell, wird mir in diesem Moment bewusst, habe ich es noch nie getan. Kein Wunder, dass der Augenblick einfach so verstreicht.

»Vielen Dank«, sagt er und will sich gerade abwenden. Doch dann macht er einen Schritt zurück und sagt: »Bist du gleich noch da? Wir spielen noch eine Zugabe, aber vielleicht hast du ja Lust, noch weiterzuziehen?« Er zwinkert mir zu und ist im nächsten Moment in der Menge verschwunden.

Bestimmt hat er das nicht ernst gemeint. Ich schüttle den Kopf und trinke den letzten Schluck meines inzwischen warm gewordenen Biers. Zeit, ins Bett zu gehen. Andererseits, wenn Link wirklich noch weiterziehen will … Es wäre ein Abenteuer. Und Lara wäre stolz auf mich. Außerdem kenne ich bis auf Hugo, Faye und Victor in dieser Stadt absolut niemanden. Vielleicht ist der heutige Abend ja derjenige, an dem sich das ändert? Ohne weiter darüber nachzudenken, gehe ich an die Bar und hole mir noch ein Bier. Statt wieder meinen Platz zwischen all den Leuten einzunehmen, setze ich mich auf einen Barhocker und höre mir die beiden Zugaben von hier hinten an.

Nach dem letzten Song sehe ich über die Köpfe hinweg, wie die Band ihre Instrumente ablegt. Die Bar leert sich nun zügig. Ein paar Leute bleiben zurück, aber der Großteil verlässt die Bar. Der Blick auf meine Uhr sagt mir, dass es bereits kurz vor zwölf ist.

»Sieben«, sage ich leise, denn das habe ich heute ganz vergessen.

»Redest du mit dir selbst?«, höre ich eine Stimme hinter mir. Eine tiefe, heisere Stimme. Heiserer als vorhin. »Mikey, gibst du mir mein Handy wieder? Und krieg ich auch ein Bier?«

Ich drehe mich um, und da steht er. Link. Direkt hinter mir.

Mikey, der Barkeeper, zieht ein Ladegerät aus einer Steckdose und legt es mitsamt dem Handy auf den Tresen. Dann stellt er ein Bier daneben.

Die kleine Bassistin gesellt sich zu uns, bestellt ebenfalls ein Bier und verwickelt Link in eine Unterhaltung über den

Gig. Sie ist überschwänglich und euphorisch. Verständlich, nach so einem tollen Abend!

»Bonnie, das ist Frenzy«, sagt Link nun und blickt von mir zu Bonnie.

»Franzi«, korrigiere ich halbherzig, freue mich aber insgeheim, dass Link noch weiß, wie ich heiße. Obwohl ich eigentlich gar nicht so heiße. »Hi.«

»Frenzy kommt aus …?«

»Deutschland.«

»Frenzy kommt aus Deutschland.«

»Danke, du Depp, das hab ich selbst gehört«, sagt Bonnie. »Hi.« Sie lächelt mich an. Dann entschuldigt sie sich mit einem Blick auf die Bühne, wo der Schlagzeuger gerade beginnt, aufzuräumen.

»Ich muss mich kurz um die Finanzen kümmern«, sagt Link. »Aber vielleicht hast du Lust, mich währenddessen zu unterhalten? Erzähl mir von dir. Was machst du hier? Bist du auf einer Jelly-Roll-Morton-Pilgerreise?«

Ich lache. »Nein, sicher nicht. Ich bin hier, um mich um den alten Mann zu kümmern.«

»Der alte Mann, der gestern mit dir unterwegs war?« Link zählt die Geldscheine ab.

»Ja, genau. Hugo. Wir sind nicht unbedingt die besten Freunde, aber wir kennen uns auch noch nicht sehr gut. Schließlich bin ich erst seit einer Woche hier.«

»Seit einer Woche erst? Wow.« Vor ihm liegen nun fünf ordentliche Geldstapel.

»Guter Abend, was?«, fragt der Typ hinter der Bar.

»Das kann man wohl sagen«, erwidert Link. »Danke noch mal für die Chance!«

Der Barmann winkt ab und wirft ein paar Plastikbecher in einen riesigen Abfalleimer.

»Ehrlich gesagt, ist heute mein achter Tag«, sage ich mit

einem Blick auf meine Uhr, denn jetzt ist es schon nach Mitternacht. *Acht,* denke ich.

»Hör zu, Frenzy.« Link lehnt sich mit dem Rücken an die Bar und sieht dabei verboten lässig aus. Absurd lässig. Ich pruste leise, weil ich ein Lachen kaum unterdrücken kann. Wie bin ich hier gelandet? »Bonnie hat uns zu einer After-Show-Party in Tremé eingeladen. Die Band will feiern. Hast du Lust, mitzukommen?«

»Link, was tust du da?«, mischt sich der Schlagzeuger ein. »Lass das arme Mädchen in Ruhe, und hilf uns lieber.«

»Sie kommt mit auf die After-Show-Party«, sagt Link, obwohl ich genau genommen noch nichts dazu gesagt habe. »Sie kennt noch niemanden in New Orleans.«

»Weiß sie, was sie tut?«, fragt Bonnie. Dann: »Entschuldige, weißt du, was du tust?«

»Äh«, mache ich, diesmal aber mit voller Absicht.

»Keine Sorge«, sagt Link. »Ich kümmere mich darum, dass du gut nach Hause kommst.«

Bonnie lacht, und auch die anderen werfen sich Blicke zu.

»Leute! Traut ihr mir nicht? Was seid ihr für Freunde?« Link stemmt die Hände in die Seiten und blickt seine Bandkollegen streng an. »Was sagst du? Komm schon!«

»Hat Tremé eine Zahl im Namen?«, frage ich.

»Wie bitte?«, sagt Link. »Nein.«

Ich denke. Sehe mich nach irgendwas um, von dem ich keine Ahnung habe, was es ist. Ein Zeichen?

Eins, denke ich.

Zwei.

Drei.

Die Franziska, die ich in Deutschland war, würde einfach nach Hause gehen.

Vier.

Sie ist viel zu vernünftig für eine Partynacht.

Fünf.

Noch dazu mit fremden Leuten. An einen fremden Ort.

Sechs.

Sieben.

Aber gleichzeitig …

Acht.

Neun.

Zehn.

Egal. Heute Abend bin ich Frenzy.

»Okay, ich bin dabei«, sage ich.

Link fährt mit dem Fahrrad zum *Funk House,* und der schweigsame Trompeter muss wohl noch etwas erledigen, sodass ich hinten im Taxi zwischen Bonnie und Jasper sitze. Vorne raucht Curtis aus dem Fenster.

»Was geht heute Abend im *Funk House?*«, fragt der Taxifahrer.

»Eine kleine Party«, erwidert Bonnie. »Wir hatten einen ziemlich coolen Gig und wollen noch darauf anstoßen.«

»Lohnt es sich, dafür Feierabend zu machen?«, fragt der Fahrer und blickt in den Rückspiegel zu Bonnie.

»Es kommt drauf an, was du dir davon erwartest. Für Musik und Drinks lohnt es sich sicher. Im *Funk House* geht's eigentlich immer ab.«

Es geht ab. Ich weiß gerade nicht, ob ich schon einmal wo war, wo es abging. In der Großraumdisco zu Hause gab es Schlager-Specials oder Ladies' Nights, die nie richtig abgingen.

Sobald wir die Frenchmen Street hinter uns gelassen haben, kommen wir schneller voran. Aber ich merke, dass wir Richtung Norden fahren. Das ist eigentlich eine Gegend, von der Faye mir abgeraten hat. Aber ich bin ja nicht allein. Bonnie scheint keine Angst zu haben. Und wenn ich mir Curtis so ansehe, glaube ich nicht, dass uns etwas passieren kann. Dennoch: Die Häuser werden einfacher, die Schlaglöcher auf der Straße größer und zahlreicher und die Männergruppen, die am Straßenrand stehen, ein bisschen unheimlicher.

Schließlich halten wir vor etwas, das aussieht wie eine zu groß geratene Holzhütte. *Funk House* steht in großen Lettern über der Tür. Curtis zahlt das Taxi, und als ich ihm ein paar Scheine nach vorne reichen will, winkt er ab.

»Heute nicht, Kleines.«

Wie hat er mich genannt? Ich weiß, ich sollte aus feministischen Gesichtspunkten sauer sein, doch das ist der zweite Spitzname, den ich heute Abend bekomme, und ich mag das Gefühl.

Aus dem Club dringt Musik. Der Name scheint Programm zu sein, denn es wummert zwar, aber in einem ganz anderen Rhythmus als zu Hause. Ein kugelrunder Türsteher will gerade unsere Ausweise kontrollieren, als sein Blick auf Bonnie fällt. In dem Moment reißt er die Arme nach oben und beginnt einen komischen Tanz aufzuführen.

»Bonnie! Mein Augenstern!«, ruft er, und sie springt in seine Arme.

»Ihr Onkel«, erklärt Jasper.

Sofort werden wir reingewunken. Drinnen ist es dunkel und laut. Auf der Bühne spielt auch hier eine Liveband, davor tanzen unzählige Körper. Es sieht ungezügelt und wild aus. Wie grenzenloser Spaß ohne Gedanken an ein Morgen. Ich blicke mich etwas orientierungslos um. Der ganze Laden scheint einfach nur ein großer Raum mit Bar und Bühne zu sein. Es gibt zwei Sitzecken mit zerschlissenen schwarzen Polstern. Auf der einen knutschen zwei Mädchen miteinander. Die Tische sind mit leeren Gläsern und Flaschen vollgestellt. Aber keiner stört sich daran, also beschließe ich, es auch nicht zu tun. Hugo wäre stolz auf mich.

»Drink?«, ruft Bonnie in mein Ohr.

»Gerne!« Ich nicke deutlich, für den Fall, dass sie mich nicht verstanden hat.

Sie nimmt mich an der Hand und zieht mich Richtung Bar. Ich glaube, Bonnie ist so ungefähr der coolste Mensch, mit dem ich je ein Wort gewechselt habe. Sie wirkt vollkommen furchtlos und als würde jeder mit ihr befreundet sein wollen. Sie bestellt zwei Bier und reicht mir dann eine Flasche.

»Erzähl«, sagt sie, »was führt dich in diese verrückte Stadt?«

Ich nehme einen Schluck, um Zeit zu gewinnen. Soll ich ehrlich sein und mich auslachen lassen? Leicht nervös spiele ich am Etikett meiner Flasche herum. »Also, ich habe gerade meinen Bachelor gemacht«, sage ich.

»Wow! Herzlichen Glückwunsch!«, ruft Bonnie. »Darauf trinke ich!«

Unwillkürlich muss ich lächeln. Ich habe meinen Abschluss nie als eine sonderlich große Leistung empfunden. Eher als etwas, das eben von mir erwartet wurde. Das nötig war, um eine Zukunft zu haben.

»Und bevor ich mir einen langweiligen Job suche, wollte ich noch ein Jahr für mich haben«, erzähle ich weiter, ohne überhaupt noch daran zu denken, dass das hier tatsächlich die lahme Wahrheit ist.

»Wie cool«, sagt Bonnie, und ich blicke erstaunt auf.

»Findest du?«, frage ich.

»Ist doch sehr mutig, oder? Ich bin noch nie wirklich aus New Orleans rausgekommen. Das hier ist alles, was ich kenne. Ich bewundere dich.«

Mir verschlägt es beinahe die Sprache. »Na ja«, bringe ich hervor, »wenn ich mutig wäre, würde ich vielleicht auf den Job danach verzichten und …« Ich halte kurz inne und denke an Hugo. »… und mir etwas suchen, das mir richtig viel Spaß macht. So wie ihr.«

»Danke für die Blumen! Aber romantisier den Scheiß, den wir machen, bloß nicht. Ist es großartig? Ja. Ist es mein Leben? Absolut. Aber es ist auch *fucking* hart.«

Ich nicke.

In diesem Moment erblicke ich Link. Er ist gerade zur Tür hereingekommen und versucht mal wieder seine Haare zu bändigen.

»Er braucht wirklich einen Haarschnitt«, sagt Bonnie neben mir.

»Ich finde, es sieht gut aus«, entfährt es mir.

»Link sieht immer gut aus«, sagt Bonnie und lacht.

Er kommt zu uns, und ohne Vorwarnung nimmt er mir das Bier aus der Hand und trinkt einen Schluck.

»Sorry«, sagt er. »Ich hol mir gleich selbst eins.«

Dann reicht er mir die Flasche mit einem schelmischen Grinsen zurück. Mir wird auf einmal seltsam bewusst, dass meine Lippen gleich dort sein werden, wo seine vor wenigen Sekunden waren, und ich bin froh, dass man in diesem Licht nicht sehen kann, dass ich bestimmt schon wieder rot werde.

»Geile Band«, sagt er. »Was meinst du, Frenzy? Jelly-Roll-Morton-ig genug für dich?« Er lacht und legt erst mir seinen rechten und dann Bonnie seinen linken Arm um die Schultern. »Was für ein Abend, oder? Das war fast schon historisch.«

Mir gefällt sein Selbstbewusstsein. Dass er keine Berührungsängste hat, sich nicht um Etikette zu scheren scheint. Genau wie Bonnie verkörpert er eine Leichtigkeit, die ich in Deutschland so von niemandem kenne. Ein bisschen wie Hugo vielleicht, jedoch auf eine junge und weniger grimmige Art.

»Willst du tanzen?«, fragt Bonnie an mich gewandt.

Dazu bin ich allerdings noch nicht bereit. Heute Nacht habe ich bereits mehr verrückte Dinge gemacht als im letzten Jahr zusammengenommen. Deswegen schüttle ich den Kopf.

»Nein, danke, gerade nicht. Aber geh ruhig, ich komme schon klar.«

»Link?«

»Immer.« Er nimmt sie an der Hand und will sie auf die Tanzfläche ziehen, doch Bonnie zögert kurz.

»Ist das okay für dich?«, fragt sie.

»Na klar.« Ich schwinge mich auf einen Barhocker, schlage die Beine übereinander, als hätte ich nie etwas anderes gemacht, und nehme einen Schluck von meinem Bier, die Augen auf Links Lippen gerichtet.

Im nächsten Moment verschmelzen die beiden mit der tanzenden Menge, und ich beobachte sie aus sicherem Abstand. Bonnie bewegt sich toll. Sehr geschmeidig. Aber das Tanzen ist hier nicht wie bei uns zu Hause im Club. Es folgt nicht diesen Musikvideo-Standards, für die ich völlig ungeeignet bin. Es ist viel freier und ausgelassener. Mein Blick wandert von Bonnie zu Link. Auch er kann sich bewegen. Richtig gut. Er hat seinen Körper völlig unter Kontrolle, nichts sieht zufällig aus, und dennoch wirkt es nicht einstudiert. Das ist Gefühl, denke ich. Wenn man einfach weiß, was man zur Musik machen muss.

Ich wippe mit meinem Fuß im Takt und nehme noch einen Schluck Bier. Zu Hause habe ich mich immer unwohl gefühlt, wenn ich am Rand saß und zugesehen habe, wie die anderen ihren Spaß hatten. Noch unwohler habe ich mich dabei gefühlt, wenn ich auch versuchte, *ihren* Spaß zu haben. Nichts funktionierte für mich. Aber hier scheint es völlig in Ordnung zu sein. Zumindest fühle ich mich nicht fehl am Platz.

»Einen Wodka mit Eis«, ruft jemand neben mir. Als ich

mich umdrehe, sehe ich, dass es Curtis ist. »Oh, hi, Kleines«, sagt er. »Hast du Spaß?«

»Ja!«, erwidere ich. »Und du?«

»Geht so. Aber der hier wird es richten.« Er nimmt einen kräftigen Schluck Wodka.

»Tut es weh?«, frage ich und deute auf sein Gesicht.

»Wenn ich nicht darüber nachdenke, nicht«, antwortet er.

»Wie ist das passiert?«

»Ein Alligator.«

»Haha«, mache ich, weil ich ihm kein Wort glaube. »Hast du dich geprügelt?«

»Und wenn schon.«

Er ist ein bisschen kurz angebunden, macht allerdings auch keine Anstalten, wieder wegzugehen.

Bonnie löst sich aus der Menge und kommt wieder zurück. Sie verzieht das Gesicht. »Esmé ist da«, sagt sie zu Curtis.

»Irks«, macht Curtis.

»Wer ist Esmé?« Ich bin neugierig und suche die Tanzenden nach einem Hinweis ab. Dann fällt mein Blick auf Link, der mit einer ziemlich heißen Dunkelhaarigen tanzt. Und sie macht tatsächlich die Bewegungen aus den Musikvideos. Ganz eng an seinem Körper. »Das ist Esmé?«, frage ich, und Bonnie nickt.

»Bin nicht ihr größter Fan. Curtis auch nicht. Wenn ich es mir recht überlege, ist das niemand. Aber Link hat irgendwie ein funktionierendes Arrangement mit ihr.«

Ich nicke. Kurz bin ich ein bisschen enttäuscht, aber dann ist es mir egal. Schließlich bin ich für mich hier. Für mein Abenteuer.

Und deswegen: »Tanzen?«, frage ich und springe vom Barhocker.

»Immer«, sagt Bonnie, und zusammen gehen wir auf die Tanzfläche.

Einen Augenblick lang beobachte ich Bonnies Bewegungen. Es sieht spielerisch leicht aus. Sie beschreitet ein sehr rhythmisches Viereck auf dem Boden, wenn ich es richtig sehe. Dabei sind ihre Hüften ganz locker, und die Bewegungen der Arme wirken wie der Ausdruck ihrer Stimmung zur Musik. Ich versuche es ihr nachzutun. Bestimmt ist es viel steifer als bei ihr, viel unbeholfener. Aber es ist ein Tanz, so viel steht fest. Mein Tanz, und es ist mir völlig gleichgültig, was die Leute davon halten. Ob es nun daran liegt, dass ich in New Orleans bin, oder daran, dass ich mein drittes Bier trinke, ist dabei egal.

Je länger ich mich zur Musik wiege, desto leichter fällt es mir. Ich lege beinahe alle Scheu ab. Und auf einmal spüre ich zwei Hände auf meiner Hüfte. Dazu raunt eine Stimme in mein Ohr: »Nicht erschrecken, ich bin's nur.«

Ich drehe mich um, und hinter mir steht Link, der sich ebenfalls im Takt wiegt. Dann beschleunigt die Band das Tempo, und wir werden alle wie auf Kommando ausgelassener. Wir springen, werfen unsere Arme in die Luft, und ich blicke an die Decke und frage mich, wie ich nur hierher geraten bin. In eine Menge von Menschen, in einen seltsam unschuldigen Flirt mit einem phänomenal aussehenden Gitarristen, in eine Unterhaltung mit dem coolsten Mädchen, das ich je gesehen habe. Und das alles an einem einzigen Abend.

Jasper gesellt sich zu uns, doch Bonnie scheint ein bisschen erschöpft zu sein. »Ich brauche eine Pause«, sagt sie und bahnt sich einen Weg zurück zur Bar. Link hat sich auch umorientiert und steht nun etwas abseits mit einer Blonden, die ihm angeregt Dinge ins Ohr flüstert. Und ich beschließe, dass es demnächst Zeit für mich wird, nach Hause zu kommen. Man soll aufhören, wenn es am schönsten ist, hat Link vorhin gesagt. Und ich hatte heute so viel Spaß wie noch nie.

12

Lincoln

Ich lasse mich wieder einmal von Esmé auf die Tanzfläche winken. Die beiden Mädels, mit denen ich mich gerade unterhalten habe, waren nett, aber Esmé hat Argumente, denen ich heute Abend nicht widerstehen kann. Aus dem Augenwinkel sehe ich, wie Bonnie und German Girl an der Bar sprechen. Frenzy gefällt mir. Ihre leichte Unsicherheit und Unbeholfenheit hat etwas Faszinierendes. Die Blondinen gefielen mir. Esmé gefällt mir. Heute Abend stört mich die Tatsache, dass sie mir an den Fersen klebt, seit sie in den Club gekommen ist, weniger als sonst. Solange ich mich um sie kümmere, ist sie richtig gut drauf. Und sie sieht verboten heiß aus in ihrem kurzen, schwarzen Kleid. Ich lasse meine Finger über ihren Körper wandern, spüre ihre Rundungen durch den dünnen Stoff und überlege, ob es falsch wäre, erst German Girl nach Hause zu bringen und dann noch bei Esmé aufzutauchen.

Als ich das nächste Mal aufblicke, kann ich Bonnie und Frenzy nirgendwo mehr entdecken. Ich bedeute Esmé, kurz zu warten.

»He, Jasper«, rufe ich. »Wo ist Bonnie?«

»Ich glaub, sie wollte ein Taxi für die Deutsche holen.«

»Aber ich hab doch gesagt, ich … sind sie draußen?« Auf einmal habe ich Esmé und all die anderen vergessen. Ich wollte sie nach Hause bringen.

Jasper zuckt mit den Achseln, und ich werfe ihm einen

wütenden Blick zu. Das ist natürlich vollkommen ungerechtfertigt, er kann überhaupt nichts dafür. Ich bin nur genervt, dass ich nicht alles haben kann in diesem Moment.

Draußen stehen jede Menge Leute beim Rauchen und Kiffen. Hektisch sehe ich mich um. Frenzy müsste mit ihrer Hautfarbe eigentlich auffallen. Auf der anderen Straßenseite entdecke ich sie unter einer Laterne. Bonnie tippt etwas in ihr Handy, und Frenzy plappert vergnügt.

»He!«, rufe ich. »Sag das Taxi ab.«

Bonnie sieht überrascht zu mir hinüber. »Es ist in fünf Minuten da.«

Ich laufe über die Straße. »Ich hab gesagt, ich bringe dich nach Hause, also mache ich das auch. Ich will nicht, dass du mit irgendeinem Taxifahrer allein bist.«

»Sind Taxifahrer gefährlich?«, fragt Frenzy mit gerunzelter Stirn.

»Wenn du willst, können wir sofort los.« Es fühlt sich seltsam dringend an, derjenige zu sein, der dafür sorgt, dass sie sicher nach Hause kommt, obwohl es in einem Taxi viel bequemer für sie wäre. Und ich könnte direkt mit zu Esmé gehen. In meinem Kopf scheint sich etwas verschoben zu haben, denn es steht außer Frage, wo meine Prioritäten in diesem Moment liegen. Ich kenne German Girl zwar kaum, aber sie wirkt so vollkommen anders als alle meine anderen Eroberungen der letzten Jahre. Unschuldiger, vernünftiger. Meilenweit entfernt von meinem Beuteschema. Aber vielleicht ist es ja genau das, was ich auf einmal reizvoll finde.

»Okay«, sagt sie zögerlich und sieht Bonnie an.

Die zuckt mit den Schultern. »Bei Link bist du auf jeden Fall gut aufgehoben.« Sie klopft mir auf den Rücken. Dann umarmt sie Frenzy. »Hat mich sehr gefreut, dich kennenzulernen. Lass dich mal wieder blicken.«

German Girl lächelt und nickt. »Mich hat's auch gefreut.«

»Na komm, bevor das Taxi hier auftaucht und der Fahrer Ärger macht.« Ich nehme sie an der Hand und ziehe sie über die Straße und um das *Funk House* herum, wo mein Fahrrad steht.

»Du musst mich wirklich nicht bringen«, sagt sie. »Das ist doch viel zu weit.«

»Wo musst du denn hin?«, frage ich. New Orleans ist groß, vielleicht wäre ein Taxi doch die bessere Alternative gewesen.

»In den Garden District.«

»Fancy«, sage ich. »Aber es ist nicht weit. Maximal eine halbe Stunde.«

»Sicher?« Sie sieht nicht überzeugt aus und nestelt an ihren Haaren herum, sodass ihre Ohren auf einmal zum Vorschein kommen. Süße, abstehende Ohren.

Doch ich winke ab. »Meine leichteste Übung. Bist du schon mal auf dem Lenker gefahren?«

Sie schüttelt kichernd den Kopf. »Auf einem Lenker?«

»Na komm, spring auf!«, sage ich.

Ich ziehe die Handbremsen, und Frenzy klettert geschickt auf den Lenker. Dann schwinge ich mich auf den Sattel und fahre los. Früher bin ich stundenlang auf diese Weise mit Bonnie durch Tremé geradelt. Wir haben allen möglichen Leuten Besuche abgestattet in der Hoffnung, Süßkram zu bekommen. Oft hat es geklappt. Ab und zu habe ich Blythe von der Schule abgeholt, wenn ich selbst schwänzte. Sie war jedes Mal sauer und hatte keine Lust, auf dem Lenker zu sitzen. Aber mir gefiel es, sie herumzufahren.

»Whoawhoawhoa«, macht Frenzy, als ich aus Versehen einem Schlagloch nicht ausweiche, und klammert sich fester an den Lenker.

»Lehn dich einfach nach hinten an meine Schulter«, sage ich. »Ich verspreche dir, es kann nichts passieren. Ich bin auf diesem Gebiet sehr erfahren.«

Sie lacht leise, lehnt sich aber wirklich zurück, sodass ich ihre Haare riechen kann, die sie in diesem Knoten versteckt. Bonnie versteckt ihren Körper in weiten Klamotten, Esmé versteckt ihre Unsicherheiten, Frenzy versteckt ihre Haare – was ist nur los mit den Frauen?

Da der Louis Armstrong Park ab Einbruch der Dunkelheit geschlossen ist, müssen wir außen herumfahren. Der Weg führt uns an einer großen, mehrspurigen Straße entlang, doch nachts herrscht glücklicherweise wenig Verkehr.

Wir kommen gut voran. Links von uns liegt das French Quarter, aber wir fahren über die Basin Street und die Loyola Avenue großzügig daran vorbei. Denn um diese Zeit macht es dort keinen Spaß mehr.

Frenzy dreht ihren Kopf etwas, sodass ihr Haarknoten meine Wange für den Bruchteil einer Sekunde berührt.

»Weißt du, was? Du solltest den Wind in deinen Haaren spüren«, sage ich.

»Tu ich doch«, entgegnet sie und lacht. Es ist ein hübsches Lachen. Leise, aber mit Potenzial. Ob sie sich zurückhält?

»Nein, ich meine so, dass die Haare im Wind fliegen.« Ich schüttle wild meinen Kopf. »So in etwa.«

Sie kreischt, weil ich bei dieser Aktion einen ungeplanten Schlenker mache. Aber sofort habe ich das Rad wieder unter Kontrolle.

»Bist du betrunken?«, fragt sie.

»Bist *du* betrunken?«, gebe ich zurück.

»Ein bisschen vielleicht.« Wieder ist da dieses leise Lachen. »Okay, halt an. Ich mache meine Haare auf. Aber morgen, wenn ich sie bürsten muss, werde ich dich hassen.«

»Aber nur kurz, oder?«, frage ich und wundere mich, dass es mir wichtig ist.

»Ja, nur kurz«, verspricht sie mir und springt vom Lenker.

Sie löst den Haargummi, bis ihre Haare schließlich frei sind, und fährt dann noch einmal hindurch.

»Krass«, sage ich. »Du bist ein ganz anderer Mensch.« Ihre Gesichtszüge wirken viel gelöster, als hätten die Haare sie bis eben irgendwie festgezurrt. Nun ist ihr Lächeln frei und ihr Gesicht eingerahmt von diesem Meer aus Haar, aus dem ihre Ohren hervorlinsen.

Sie lacht wieder, und ich könnte schwören, es ist ein bisschen lauter geworden.

»Okay, dann beweis mir, dass es sich gelohnt hat«, sagt sie und klettert wieder auf den Lenker.

Ich trete fest in die Pedale, damit wir schnell Fahrt aufnehmen. Frenzys Haare fliegen im Wind. Immer mehr und immer höher.

»Wooohoo«, macht sie lauter, als ich es von ihr erwartet hätte. »Du hast völlig recht, das *ist* toll«, ruft sie. Wieder das Lachen. Und der Duft ihrer Haare in meiner Nase. Einzelne Strähnen streichen über mein Gesicht, und ich genieße die flüchtigen Berührungen.

Als wir zum Lee Circle kommen, sagt sie: »Jetzt weiß ich, wo wir sind! Hier fährt mein Streetcar, oder?« Sie klingt fast ein bisschen stolz.

»Ja«, sage ich nur, weil mir auf einmal der Körperkontakt zwischen uns sehr bewusst ist. Ihr Rücken an meiner Schulter.

Wir biegen auf die St. Charles Avenue ab. Ich lenke das Fahrrad in die Mitte der Straße auf diese grüne Insel zwischen den Streetcar-Schienen, auf der morgens Leute entlangjoggen und den ich nachts als Fahrradweg verwende.

»Darf man das?«, fragt Frenzy.

»Zwischen den Schienen fahren?«, frage ich. »Wen sollte es denn stören?«

»Hm«, macht sie.

Frenzy sagt erst nichts weiter. Ich habe das Gefühl, dass sie sich noch ein wenig stärker an mich lehnt.

»Bist du ursprünglich aus New Orleans?«, fragt sie dann.

»Ja, geboren und aufgewachsen in New Orleans, Louisiana.« Ich lache. »Und damit für immer verdorben für alle anderen Orte dieser Welt.«

»Wie meinst du das?«, fragt sie, und als sie kurz versucht, sich zu mir umzudrehen, streift ihre Wange meine Nase. Sofort wird sie sich ihrer wackligen Situation bewusst und blickt wieder nach vorn.

»Diese Stadt ist so … so …« Ich habe mir noch nie Gedanken darüber gemacht, denn den meisten Leuten, mit denen ich Tag für Tag zu tun habe, geht es wie mir. Man muss nicht erklären, warum dieser Ort magisch ist. »Weißt du, es ist so. Unter der Hitze, unter der Feuchtigkeit spürt man etwas, das sich anfühlt wie eine Seele. Die Seele dieser Stadt. Eine schwere, bunte, laute Seele, die aus Musik und Farben besteht. Und aus den Menschen, die hier gelebt haben und immer noch hier leben.«

»Wie Hugo«, sagt Frenzy.

Wie Blythe, denke ich.

Frenzy ändert ihre Sitzposition kaum merklich und räuspert sich. »Ähm«, macht sie kurz.

»Ja?«

»Nein, nichts.«

»Wenn du was sagen willst, kannst du es sagen.«

»Ich … also ich hab mich gefragt …«

»Was?«

»Ich hab mich gefragt, ob du mir ein bisschen mehr über die Stadt erzählen könntest.« Sie sagt es so leise, dass ich es beim Fahrtwind kaum verstehen kann.

»Meinst du jetzt?«, frage ich grinsend.

»Nein, ich meine allgemein. Ich hatte einen tollen Abend heute.« Wieder ist ihre Stimme ganz leise.

»Na klar, kein Problem«, sage ich und stecke meine Nase halb absichtlich noch mal in ihre Haare.

»Hier müssen wir links!« Auf einmal hat sie ihre Stimme wiedergefunden.

Es hätte mir nichts ausgemacht, noch ein bisschen länger mit ihr hier zwischen den Schienen entlangzugondeln, aber ich lenke nach links.

»Wohnst du weit von hier?«, fragt sie.

»Nicht sehr.«

»Im Garden District?«

Ich muss lachen. »Nein.«

»Sondern?«

»Lass uns nicht darüber reden, wo ich wohne«, sage ich. Vage bleiben, nicht zu viel verraten.

»Ist es ein Geheimnis?«

»Themawechsel«, sage ich, weil außer Bonnie niemand weiß, wo ich wohne.

Abgesehen von Richtungsanweisungen, sprechen wir für den Rest der Fahrt nicht mehr.

»Hier ist es«, sagt sie schließlich vor einer absurd großen Villa.

Ich bremse, und sie springt von meinem Lenker.

»Danke fürs Nach-Hause-Bringen.« Sie fährt sich in einem Versuch, sich zu kämmen, mit den Fingern durch die Haare. Es wirkt, als würde sie versuchen, ihre Ohren zu verstecken. Dabei kann ich mir nichts Niedlicheres vorstellen.

Ich atme tief ein. Ihr Duft vermischt sich mit der nächtlichen Luft, diesem Geruch nach Baumrinde, Asphalt und Schwere. »Es war mir ein Vergnügen. Lass dich mal wieder blicken, dann bringe ich dir die Stadt bei.«

»Gerne.«

Sie will schon einen Schritt zum Gartentor machen, da ziehe ich sie kurz entschlossen in eine Umarmung. Ich habe den Eindruck, als könnte sie das gebrauchen – hier, ganz allein in der Fremde. Doch wahrscheinlich bin ich eigentlich derjenige, der Sehnsucht nach einem Moment der unschuldigen Zweisamkeit hat.

»Gute Nacht, Frenzy«, sage ich.

»Gute Nacht, Link«, erwidert sie. Dann löst sie sich von mir. Sie tippt einen Code in einen Türöffner und verschwindet kurz darauf in dem riesigen Haus.

13

Franzi

Während der nächsten Wochen entspanne ich mich zusehends. Seit ich das erste Teilabenteuer meines großen Abenteuers erlebt habe, fühle ich mich viel sicherer, sowohl mit der Stadt als auch mit mir selbst – und sogar mit Hugos Art.

Ich berichte meiner Mutter und Adrian regelmäßig von meinem Tag, lasse aber bewusst alle Probleme weg, die ich hier habe. Nur Lara gegenüber bin ich vollkommen offen. Sie weiß alles über Hugo und über meine Partynacht, über Links Stimme, seine Augen und seinen Atem in meinem Haar.

An den Wochenenden habe ich immer frei, und Faye macht sich wohl Sorgen, dass ich mich allein fühlen könnte. Denn sie fragt mich an einem Sonntag, ob ich Lust habe, bis zu ihrem Friseurtermin mit ihr shoppen zu gehen. Über meine Verwunderung, dass die Geschäfte sonntags offen haben, lacht sie. Und dann schleppt sie mich in eine Boutique nach der nächsten und kauft jede Menge Klamotten und Accessoires. Sie fragt mich nach meiner Meinung und versucht, auch mich dazu zu bringen, etwas anzuprobieren. Aber die Läden, so schön sie auch sind, befinden sich eindeutig oberhalb meiner Preisklasse. Ich war noch nie eine große Shopperin. Einerseits liegt es daran, dass ich nie genau weiß, was mir eigentlich steht. Andererseits habe ich von meiner Mutter wohl einfach eine ziemlich pragmatische Herangehensweise an Kleidung geerbt. Sie muss passen und einigermaßen bequem sein. Vernünftige Kleidung eben. Ich bin nicht schlecht angezogen, aber einen richtig eigenen Stil habe ich auch nicht. Skinny-Jeans, Blusen, Pullover. So in etwa.

»Ich glaube, ich weiß, wo wir etwas für dich finden«, sagt Faye, setzt sich eine ihrer neu erworbenen Sonnenbrillen auf und verlässt zielstrebig den Laden, in dem sie gerade noch mit einem Paar Schuhe geliebäugelt hat.

Ich bin nicht sonderlich scharf darauf, sie ein weiteres Mal zu enttäuschen. Aber als sie vor einer Secondhand-Boutique zum Stehen kommt, bin ich positiv überrascht. Eventuell kaufe ich mir hier wirklich etwas Kleines. Ein Tuch oder eine Kette vielleicht.

Wir betreten den angenehm klimatisierten Laden, und augenblicklich weiß ich, dass ich mich hier wohler fühle als in den Geschäften vorher. Dennoch bin ich ein bisschen orientierungslos, als ich an den Ständern mit ziemlich bunten Kleidern und Blusen entlanggehe. Faye ist vollkommen in ihrem Element, zieht sofort zielsicher sehr geschmackvolle Teile hervor und hält sie vor mich.

»Das hier vielleicht? Oder dieses? Oder wie wäre es hiermit?«

Ich bewundere ihre Begeisterung und entscheide, dass ich ihr den Gefallen tun werde.

»Weißt du, was, Faye? Such du mir etwas aus«, sage ich, weil ich so nicht in Verlegenheit komme, meinen Mangel an Individualität unter Beweis zu stellen. Was zu Hause eine Tugend war, dieses Gewöhnlich-Sein, das In-der-Menge-Untergehen, das Nur-nicht-Auffallen, kommt mir auf einmal vor wie mein größter Makel. Angefangen bei meinem Namen, bis hin zur Wahl meiner Klamotten. In den Gesprächen mit Hugo, bei meinen Streifzügen durch die Stadt habe ich ab und zu das Gefühl, nicht mehr so richtig zu wissen, wer ich genau bin. So als könnte ich mit der Lautstärke und der

Buntheit der Stadt und ihrer Bewohner nicht mithalten. An einem Tag bin ich Frenzy. Heute bin ich – ich weiß es nicht.

Faye drückt mir drei Kleider in die Hand. »Die sollten dir passen«, sagt sie.

Das erste Kleid ist aus einem leichten, hellblauen Stoff, der sich anfühlt wie Sommer. Winzige weiße Schwalben sind darauf gedruckt.

»Und?«, fragt Faye von draußen.

Ich schiebe den Vorhang zur Seite und zeige mich.

»Ja!«, sagt sie. »Das steht dir sehr gut. Bringt deine Figur toll zur Geltung.«

Ich betrachte mich im Spiegel und muss sagen, dass sie recht hat. Das Kleid schmeichelt mir wirklich.

Auch die beiden anderen Kleider, ein hellrotes Jerseykleid mit einer Kordel um die Taille und ein langes dunkelgrünes mit Batikmuster, gefallen mir seltsamerweise.

»Ich kauf sie dir«, sagt Faye.

Ich will ihr widersprechen und zücke meinen Geldbeutel.

»Keine Widerrede. Mein Willkommensgeschenk«, sagt sie.

Als wir wieder auf die Straße treten, habe ich das Gefühl, als würde etwas in mir an den richtigen Platz gerückt. Ein bisschen näher an mich heran. So als würde man ein Puzzleteil an die richtige Stelle setzen.

Faye schaut auf die Uhr. »Oh, ich muss«, sagt sie. »Thibaud wartet nicht. Willst du noch ein bisschen weiterziehen? Dich umsehen?«

»Gern«, erwidere ich.

»Dann sehen wir uns einfach später zu Hause?« Faye haucht mir einen Kuss auf die Wange. Dann schwebt sie davon.

Ich atme tief ein und lasse die Umgebung einmal mehr auf mich wirken. Es sind viele Touristen unterwegs, die man sofort an ihren touristenmäßigen Outfits erkennt. Man hört

Pferdehufe, Musik, Gelächter. Als ich mich umsehe, fällt mir auf, dass ich gar nicht so weit weg vom Jackson Square bin. Ob Link öfter hier spielt? Ob er auch sonntags da ist? Seit er mich nach Hause gefahren hat, muss ich immer wieder an ihn denken. Beinahe bin ich geneigt, Lara zu glauben, dass ich ihn nicht mit dem Langweiler-Elias vergleichen sollte. Aber wenn ich irgendeinen Kerl auf der Welt mit Link vergleiche, stelle ich schnell fest, dass bislang niemand, den ich kennengelernt habe, mit seiner Art mithalten kann. Auch nicht mit Bonnie. Ich habe einfach noch nie Menschen getroffen, die so unbeschwert waren, das Leben derart genossen haben. Ich habe das Gefühl, sie haben verstanden, worum es geht. Und davon sind alle anderen Leute in meinem Leben – inklusive mir – meilenweit entfernt. Die Erinnerung an ihre Musik, an die Energie, mit der sie den Raum füllten, zaubert mir ein Lächeln ins Gesicht. Und dann muss ich daran denken, dass sowohl Bonnie als auch Link sagten, ich solle mich mal wieder blicken lassen. Was auch immer das bedeuten mag. Es klingt nach einer Floskel, auch wenn ich mir wünschte, es wäre ernst gemeint.

Auf dem Jackson Square merke ich schnell, dass Link nicht hier sein kann. Eine laute Band spielt vor dem Eingang zur Kirche, sodass es sich für ihn mit Sicherheit nicht lohnen würde, dagegen anzusingen. Doch ich beschließe, noch ein bisschen durchs French Quarter zu schlendern. Tagsüber fühle ich mich hier vollkommen sicher, sodass ich mich ganz frei bewege. Ich laufe zum Fluss und betrachte die graubraune Brühe, die der berühmte Mississippi sein soll. Dann wandere ich durch die Straßen und genieße den Trubel. Ich lasse mich einfach treiben, bis ich an eine Straßenecke komme, an der – mein Herz macht einen Satz – ich erst eine wunderschöne heisere Stimme höre, die alles in mir durchdringt, und dann …

Dort, unter dem Balkon eines Hostels, sitzt Link und

spielt Gitarre. Diesmal hat sich keine Menschentraube gebildet. Die Leute, die vorbeigehen, blicken zwar zu ihm und werden etwas langsamer, aber niemand bleibt stehen. Einen Moment lang sehe ich ihn einfach an. Seine Haare hängen ihm in die Stirn, und wie beim letzten Mal trägt er auch heute ein Unterhemd und darüber Hosenträger. Es ist kein Style, der mir in Deutschland je gefallen hätte, glaube ich. Aber hier sieht es verwegen aus. Jemand wirft Link einen Schein in den Gitarrenkoffer. Er sieht auf, um sich zu bedanken, da fällt sein Blick auf mich. Erst überrascht, fragend, als wüsste er nicht, wo er mich einordnen soll. Dann erinnert er sich, und sein Gesichtsausdruck verändert sich. Es ist das gleiche Gefühl wie bei unserer ersten Begegnung, als ich fälschlicherweise dachte, er würde nur mich ansehen. Allerdings bin ich heute die Einzige, die gemeint sein kann.

Er unterbricht seinen Song und sagt lächelnd mit tiefer Stimme in sein Mikro: »Wenn das mal nicht Frenzy ist.«

Seine Stimme verursacht ein Kribbeln bis in meine Zehen, und in mir werden sofort Gedanken lebendig, Gedanken an seine Wärme an meinem Rücken und seinen Atem in meinem Haar.

Er legt seine Gitarre ab und winkt mich zu sich. »Was führt dich hierher?«, fragt er.

Ich hebe die Tüte mit den Kleidern hoch. »Ich war shoppen.« Aus meinem Mund klingt das wirklich seltsam.

»Was Schönes gefunden?«, fragt er. Er beginnt das Geld aus seinem Gitarrenkoffer zu sammeln.

»Ich glaube schon.«

»Vielleicht zeigst du es mir irgendwann?«

Das ist sicher auch eine Floskel, und ich wage es nicht, zu viel hineinzuinterpretieren, aber ich sage: »Klar.«

Link packt seine Gitarre und das Mikrofon ein. »Also? Worauf hast du Lust?«

»Wie bitte?«

»Was willst du machen? Oder hast du keine Zeit?«

»Äh, doch«, sage ich. »Aber du musst wirklich nicht …« Hat er gerade meinetwegen zusammengepackt?

»Willst du ins Museum? Ich glaube, das ist ein guter Anfang, um etwas über New Orleans zu erfahren. Ich muss nur kurz meine Sachen irgendwo abstellen.« Er blickt sich um. »Ich frage Nick.«

Gleich darauf ist er in einem Laden namens *NOLA Spices* verschwunden, in dem es, wie ich bei näherer Betrachtung des Schaufensters herausfinde, scharfe Soßen und Chilis gibt.

Es dauert keine Minute, dann kommt Link ohne Gitarre und Zubehör wieder heraus.

»Los geht's«, sagt er. »Lass uns ins Cabildo gehen.«

Ich kann kaum glauben, dass er wirklich sein Versprechen einlöst und mir seine Stadt näherbringen will.

Der Weg führt uns zurück zum Jackson Square in eines der Gebäude, die die St. Louis Cathedral flankieren. Das Erdgeschoss ist mit Arkadenbögen verziert, und wir treten dankbar in den Schatten.

Ich will auf den Eingang zugehen, doch Link hält mich zurück.

»Warte. Wir können umsonst rein«, sagt er und grinst frech.

»Wie das?«

»Ich kenne jemanden, der hier arbeitet. Er lässt uns durch den Hintereingang rein.« Link greift nach meiner Hand und will mich mit sich ziehen. Bei unserer Berührung verknotet sich etwas in mir auf ganz wunderbare Weise.

»Aber sollten wir nicht das Museum unterstützen?«, frage ich, lasse meine Hand jedoch in seiner liegen. Ich blicke etwas perplex von seinen Fingern zu ihm. Sein Grinsen wird noch ein wenig frecher.

»Gott, bist du ein guter Mensch.« Er verwebt spielerisch unsere Finger miteinander. Bei der Selbstverständlichkeit, mit der er mich berührt, werden meine Knie einen Moment lang weich. Das ist ungewohnt. Ebenso, dass ich es einfach zulasse. Aber in dieser verrückten Stadt, in der ich Frenzy sein, Kleider kaufen und auf wilde Partys gehen kann, scheint alles möglich. Selbst ein Flirt mit einem heißen, Gitarre spielenden Casanova.

Obwohl ich nichts lieber will, als mich von ihm mitziehen zu lassen, kann ich nicht aus meiner Haut. »Was kostet der Eintritt?«, frage ich und stöhne innerlich auf, so genervt bin ich davon, in jeder Situation das Richtige zu tun.

»Sieben Dollar.«

»Ich glaube, ich will lieber bezahlen«, sage ich und fühle mich unendlich uncool. Aber, wie mir auffällt, wohl.

»Ist es okay, wenn wir uns drinnen treffen?«, fragt Link. Ich sehe, dass es ihm etwas unangenehm ist. »Ich … ähm … habe heute nicht so viel …«

»Ist okay«, unterbreche ich ihn, weil er mir nicht erklären muss, dass er sieben Dollar lieber spart. Ich weiß nicht viel über das Leben von Straßenmusikern, aber dass man davon nicht unbedingt reich wird, kann ich mir denken. Selbst in einer Stadt wie New Orleans.

Als er meine Finger loslässt und um die Ecke biegt, ärgere ich mich immer noch leicht über mich selbst. Ich hätte einfach mitgehen können. Doch ich habe eine Entscheidung getroffen. Also gebe ich mir einen Ruck.

Ich betrete die kühle Halle des Museums und zahle meinen Eintritt. Im Foyer steht ein umgekippter Flügel. Auf einem Schild steht, dass er einem Jazzmusiker namens Fats Domino gehört hat und während Hurrikan Katrina zerstört wurde. Das Museum hat ihn gekauft und einigermaßen wiederhergestellt, sodass man ihn als Erinnerungsstück ausstellen kann.

Auf einmal legt sich von hinten ein Arm um meine Schultern, und mir wird ganz warm, auch an Stellen, an denen er mich nicht berührt.

»Krass, oder?«, fragt Link. »Damit erinnert man nicht nur an einen der größten Musiker, der je in dieser Stadt gespielt hat. Es geht um so viel mehr. Um den Jazz als hörbares Wahrzeichen der Stadt, um die Vergänglichkeit. Um das, was war, und das, was wiederkehren wird, im positiven wie im negativen Sinne.«

»Wie meinst du das?«, frage ich ein wenig benebelt von seiner Stimme – und seinem Duft, seiner Nähe.

»Diese Stadt ist so voller Kreativität, dass die Musik ständig dabei ist, sich zu entwickeln. Was Fats Domino für seine Zeit war, ist Sal vielleicht für unsere. Okay, wahrscheinlich nicht Sal, aber es gibt jede Menge Musiker, die jetzt schon Legenden sind, obwohl sie mehrmals die Woche in kleinen Clubs auftreten. Wenn einer geht, kommt immer jemand nach. Aber genauso ist es mit den Hurrikans. Betsy in den Sechzigern war schlimm. Katrina war schlimmer. Direkt danach kam Rita. Wer in dieser Stadt lebt, wer diese Stadt liebt, muss darauf gefasst sein, dass sie eines Tages weg sein könnte. Es wird viel zur Prävention gemacht, aber vor allem in den reicheren Vierteln. Es sind immer die Armen, die am meisten unter diesen Katastrophen leiden. Und gleichzeitig sind sie es, die diese Stadt lebendig halten.«

Während Links Monolog betrachte ich ihn einfach nur. Die Leidenschaft, mit der er über seine Stadt redet, ist mitreißend. Seine Art, zu sprechen, Begeisterung auf andere zu übertragen, ist nicht nur ansteckend, sondern gleichzeitig anziehend. Wären wir nicht einfach an einem Nachmittag in einem Museum, würde ich womöglich sagen, es sei erregend. Diesen Gedanken verbanne ich gleich wieder, denn so muss es jeder Touristin gehen, die auf Link trifft. Meine körperliche Reaktion ist ohnehin alles andere als vernünftig. Stattdessen frage ich mich, ob über Hannover schon einmal auf diese Weise gesprochen wurde. Nicht, dass es eine schlechte Stadt wäre. Jedoch ist *mitreißend* nicht das erste Wort, an das ich denke, wenn ich mich an meine Studienzeit erinnere. Aber wenn Link von der Liebe zu dieser Stadt redet, meint er nicht die Liebe zu einem Zuhause. Oder zu seiner Familie und seinen Freunden. Er meint etwas viel Tieferes. Er meint die Seele dieser Stadt, über die er neulich Nacht gesprochen hat.

»Das ist der Grund, warum die Leute hierbleiben, oder? Obwohl es gefährlich ist. Obwohl sie von einem Tag auf den anderen alles verlieren könnten.« Ich überlege laut. Mein Kopf ist seltsam leer.

»Genau das ist 2005 passiert. Und fast alle sind zurückgekommen. Weil es nicht noch einen Ort wie New Orleans gibt. Weil man nirgendwo anders leben kann, wenn man hier zu Hause war. Komm, sieh es dir an.«

Er deutet auf den Eingang zu einer der Ausstellungen, deren Gegenstand die Hurrikane Betsy, Katrina und Rita sind.

Die Ausstellungsräume sind dunkel. Links und rechts hängen Bildschirme, die die Wetterberichte und Krisen-Updates in Dauerschleife abspielen. Besorgte Gesichter, Bilder von elend langen Staus, Wetterkarten, auf denen die Stürme immer näher kommen. Ich versuche mich in die Menschen hineinzuversetzen. Was bedeutet es, wenn man über Nacht einfach sein Zuhause räumen muss? Nicht weiß, was noch davon übrig ist, wenn man zurückkehrt – falls man das überhaupt kann? Was würde man mitnehmen?

»Link?«, frage ich, und er dreht sich um. Ich würde so gerne seine Haare berühren. »Wo warst du während Katrina?«

»Meine Eltern sind mit uns zu Verwandten gefahren.«

»Was hast du mitgenommen?«

Er denkt kurz nach. »Meine Gitarre. An den Rest erinnere ich mich, ehrlich gesagt, nicht mehr.«

Link legt mir wieder einen Arm um die Schultern und steuert auf den nächsten Raum zu. Der Drang, meinen Kopf gegen seinen zu legen, ist mächtig. Beinahe übermächtig. Aber ich reiße mich zusammen. In diesem Moment bin ich beinahe dankbar dafür, ein bisschen gehemmt zu sein. Sonst würde ich mich womöglich vollkommen blamieren.

Im nächsten Raum geht es um die Evakuierung und das Aufräumen nach dem Sturm. Mir läuft es kalt den Rücken hinunter.

Kurz zögere ich, dann frage ich: »Wie viele Menschen sind damals ums Leben gekommen?«

»Etwas über achtzehnhundert«, sagt Link, der vor einem Foto aus dem Superdome steht, einer großen Konzerthalle, in der laut Infotext über zwanzigtausend Menschen untergebracht waren.

Ich schlucke. »Kennst du jemanden, der gestorben ist?«, frage ich leise. Ich weiß nicht, ob es okay ist, so etwas zu fragen, aber ich habe das Gefühl, dass ich wenigstens ansatzweise verstehen muss, was hier geschehen ist, um eine Ahnung von der Stadt zu erhalten.

»Curtis hat seine Eltern verloren«, sagt Link und weicht offensichtlich meinem Blick aus. »Sprich ihn nicht drauf an, dann flippt er aus.«

»Nein, nein, natürlich nicht«, beeile ich mich zu sagen. Mein Gesicht wird ganz heiß.

»Lust auf etwas Bunteres?«, fragt Link, und das schelmische Funkeln in seinen Augen ist zurück.

Ich nicke erleichtert.

»Sagt dir Mardi Gras etwas?«

»Ich habe schon davon gehört. Aber so richtig verstanden habe ich es nicht, glaube ich«, gebe ich zu.

»Na, dann komm.«

Wir verlassen die Hurrikan-Ausstellung und erklimmen die Stufen in den ersten Stock. Wieder greift Link nach meiner Hand, ganz so, als könne er nicht erwarten, mir alles zu zeigen. Und meine Hand kann es nicht erwarten, in seiner zu liegen.

Oben ist es hell und freundlich. Die Infotafeln sind farbenfroh, und als ich in die Räume blicke, werde ich von ihrer Buntheit beinahe geblendet.

»Mardi Gras bedeutet ›Fetter Dienstag‹«, sagt Link. »Es ist der letzte Tag vor dem Beginn der Fastenzeit. An diesem Tag steht die Stadt kopf.«

Vermutlich reicht meine Vorstellungskraft nicht aus, um mir auszumalen, wie es ist, wenn »die Stadt kopfsteht«. Denn für meine Verhältnisse steht hier der Alltag schon kopf.

»Die Tradition des Mardi Gras begann Anfang des achtzehnten Jahrhunderts«, erklärt Link. »Zunächst waren es Maskenbälle der französischen Kolonisten. Aber die Paraden wurden schnell fester Bestandteil. Es ging darum, vor der Fastenzeit noch mal richtig reinzuhauen. Das ganze Fett aufzubrauchen, damit es nicht verdirbt.« Er grinst, und mein Inneres schmilzt ein wenig, zerfließt einfach unter seinem Blick. »Ziemlich gute Sache, wenn du mich fragst.«

Er erzählt mir von den verschiedenen Krewes, den Organisationen, deren Festwagen noch heute Teil der großen Umzüge sind. Von den verrückten Kostümen, den Picknicks der Zuschauer, die meist auf dem Boden ausharren, bis ein Festzug vorbeikommt. Von der Musik und dem Lärm, von der ausgelassenen Partystimmung und den Perlen, die geworfen werden. Ich versuche, alles aufzusaugen, was er mir erzählt, betrachte aber die ganze Zeit seine wunderschönen Lippen, die sich bewegen, öffnen und wieder schließen. Kurz muss ich mich abwenden, um mich selbst erneut zu ermahnen. Dies hier ist einfach nur ein Flirt. Wenn überhaupt. Vermutlich bin ich für Link nichts weiter als eine Fremde, der er einen Gefallen tut. Meine Eingeweide verkrampfen sich bei dem Gedanken, doch sie verstehen eben nichts von Vernunft.

Die Ausstellung beinhaltet Videos von Umzügen, Kostüme, Geschichten der einzelnen Krewes, die teilweise bis zu den Anfängen des Mardi Gras zurückgehen. In einem weiteren Raum findet Link in einer Ecke Kostüme, die Besucher für Fotos anziehen können.

»Die hier ist für dich«, sagt er und reicht mir eine grün glitzernde Maske.

Die alte Franzi hätte vermutlich abgelehnt, wäre sich blöd vorgekommen, sich wie ein Kind in einem Museum zu verkleiden. Aber hier und heute ist es mir egal. Links Gesellschaft kitzelt etwas in mir. Den Wunsch zu leben und das Bedürfnis, es in seiner Gegenwart zu tun. Außerdem isst die New-Orleans-Franzi auch Ahornsirup mit French Toast statt andersherum. Und sie will vor Link mit Sicherheit nicht als Feigling dastehen. Also binde ich mir die Maske um. Link entscheidet sich für eine goldene.

»Hier, die gehören auch dazu«, sagt er und hängt mir ungefähr zehn Plastikperlenketten um den Hals. Er kommt mir dabei noch näher, als er es die ganze Zeit über war, und ich ziehe Luft zwischen meinen Zähnen ein, weil mein Magen hüpft. Wie ein kitzelndes innerliches Lächeln, das sich in diesem Moment auch nach außen bemerkbar macht. Link ist nicht nur beinahe absurd attraktiv, seine Gegenwart ist aufregend. Seine Sorglosigkeit, seine Sicht auf die Welt und das Leben, all das ist so anders als alles, was ich kenne, dass ich konstant zwischen Verwunderung und Bewunderung hin- und herschwanke.

»Du brauchst auch noch welche«, sage ich und sehe mich nach weiteren Perlenketten um, aber anscheinend hat er es geschafft, alle vorhandenen um meinen Hals zu hängen. Ich will gerade ein paar davon abnehmen und sie ihm geben, als er in voller Verkleidung einen Moonwalk hinlegt.

»Versuch's doch«, sagt er keck und verschwindet rückwärts um eine Ecke.

Franzi würde sich vermutlich ihrer Maske entledigen und darauf warten, dass Link zurückkommt. Aber Frenzy? Frenzy genießt es, dass Link sie aus der Reserve locken will. Und ich beschließe, Frenzy zu sein, Frenzy, der es egal ist, was andere von ihr denken. Frenzy, die sich in ihr Herzrasen ergibt.

Ich laufe hinter ihm her und befinde mich nun in einem Vorführraum mit einer Leinwand, auf der das Video eines Mardi-Gras-Umzugs abgespielt wird. Langsam laufe ich durch die Stuhlreihen, mein Blick ist wachsam, und ich versuche auf jedes Geräusch, das nicht Teil des Films ist, zu achten. Doch ich kann ihn nirgends entdecken. Dann höre ich etwas, das von hinter der Leinwand zu kommen scheint. Es ist ein Pfiff und kurz darauf eine Tür, die ins Schloss fällt.

Auf der Tür hinter der Leinwand steht in großen Lettern *Kein Zutritt,* und ich zögere. Franzi würde niemals in diesen Raum eindringen. Aber Frenzy, hinter einer Maske, tut Dinge, die ich nie für möglich gehalten hätte. Unvernünftige Dinge.

Vorsichtig ziehe ich die Tür einen Spalt weit auf. Dahinter scheint ein kleiner Lagerraum zu sein. Kisten und Stühle stapeln sich an der Wand, und vor einem kleinen Fenster erblicke ich den lebensgroßen Pappaufsteller eines Ballpaares.

»Link«, flüstere ich, »ich weiß, dass du da drin bist. Komm raus, du sitzt in der Falle.« In einem letzten Versuch, das Richtige zu tun, sage ich: »Wir dürfen hier nicht sein. Wir kriegen sicher Ärger.«

»Und dann?«, ertönt Links Stimme aus dem Raum.

»Dann werfen sie uns raus.« Ich trete hinein und schließe leise die Tür, da es mir riskanter vorkommt, draußen zu bleiben.

»Und dann?«

»Dann … dann ist es mir peinlich«, sage ich.

»Und dann?«

»Dann … können wir nicht mehr herkommen.«

»Und dann?«

Mir entfährt ein frustrierter Laut, aber ich gehe noch einen Schritt in den Raum hinein. Meine Perlen klappern, und ich schließe die Tür.

»Das ist echt nicht witzig«, sage ich und klinge ehrlich genervt.

»Okay, ich ergebe mich.« Mit erhobenen Händen kommt er aus seinem Versteck. »Dann darfst du mir jetzt eine Kette um den Hals hängen, schätze ich.« Er grinst, und sofort vergesse ich meinen Ärger über ihn. Mein strenger Blick weicht einem Lächeln.

»Idiot«, sage ich trotzdem noch einmal. Ich stelle mich auf die Zehenspitzen, um ihm eine meiner Perlenketten um den Hals zu hängen. Wir sind uns für einen Augenblick ganz nah, und er beugt sich erst leicht vor, um mir entgegenzukommen. Und dann noch etwas weiter und noch etwas. Meine Knie wollen anfangen zu zittern, und meine Atmung geht ganz flach. Völlig unerwartet haucht er mir einen schnellen Kuss auf die Wange.

»Das ist Tradition«, sagt er und zuckt entschuldigend mit den Schultern.

Auf meiner Wange bleibt die Erinnerung an seine weichen Lippen zurück, und ich blicke etwas verlegen auf den Boden, weil ich in eine alberne Tradition für einen Moment mehr hineininterpretiert habe.

»Wir sollten gehen, bevor wir erwischt werden«, sage ich.

»Was? Nein! Jetzt wird es doch erst richtig interessant. Außerdem muss ich kurz mein Handy laden«, erwidert er und steckt tatsächlich sein Ladegerät in eine Steckdose. Dann lässt er sich mit dem Rücken an ein paar Kisten auf dem Boden nieder. Er klopft neben sich. »Komm, setz dich. Ich würde dir gern etwas zu trinken anbieten, aber ich habe gerade nichts da.«

Ich versuche ein weiteres Grinsen zu unterdrücken. »Du bist unmöglich«, sage ich, folge allerdings seinem Beispiel und lasse mich neben ihm nieder.

»Weißt du, was die Farben unserer Masken bedeuten?«, fragt er.

»Ich hatte leider keine Gelegenheit, mir die Infotafeln dazu durchzulesen«, sage ich gespielt genervt und merke, wie ich wieder etwas selbstsicherer werde.

»Das Grün deiner Maske«, beginnt er und fährt mit dem Finger am Stoffband entlang, das die Maske an Ort und Stelle hält. Mein ganzes Gesicht beginnt zu kribbeln, denn das hier ist mit Sicherheit keine Tradition. »Das Grün steht für den Glauben.«

Mein Herz flattert, und ich muss mich konzentrieren, um überhaupt ein Wort herauszubringen, so sehr irritiert mich seine Nähe. »Und was bedeutet das Gold?«, frage ich und räuspere mich, weil kaum mehr als ein Flüstern aus meinem Mund kommt.

»Gold steht für Macht.« Das letzte Wort raunt er in mein Ohr und lacht leise. Dann ist es still, und ich höre nichts als den Herzschlag in meinen Ohren, von denen ich hoffe, dass sie trotz Maske noch von meinen Haaren verdeckt werden. Nach einem kurzen Moment des Schweigens sagt er: »Tut mir leid, dass ich dich geärgert habe.«

Ich schaue auf, und es kostet mich einiges an Überwindung, ihm direkt in die Augen zu sehen. Die Maske verdeckt zwar die Hälfte seines Gesichts, aber seine Augen, diese wachen, graublauen Augen, blicken mich direkt an.

»Das ist okay«, sage ich viel leiser, als ich es beabsichtigt hatte. »Vielleicht schadet das manchmal gar nicht unbedingt.«

»Wie meinst du das?«

Ich zögere, dann räuspere ich mich erneut. Das hier ist so intim, so nah und so heiß, dass ich das Gefühl habe, ihm alles anvertrauen zu müssen, obwohl ich es eigentlich nicht will. Doch die Verkleidung, die Tatsache, dass mein Gesicht wenigstens teilweise hinter einer Maske versteckt ist, lässt mich mutiger sein, als ich es von mir selbst gewohnt bin.

»Weißt du«, sage ich, »in Deutschland war ich ständig die Vernünftige. Ich habe immer das gemacht, was von mir erwartet wurde. Ich habe auf meine Zukunft hingearbeitet, habe nie Ärger bekommen, nie Fehler gemacht. Ich war dauernd nur vorsichtig.«

»Denkst du, das ist etwas Schlechtes?«, fragt er. »Ich finde es ja ein bisschen heiß.« Er grinst unter seiner Maske, aber ich kann nicht erkennen, ob er es ernst meint oder sich über mich lustig macht.

»Wie bitte?« Ich habe meine normale Lautstärke wiedergefunden.

»Du bist ganz anders als alles, was ich kenne. Ich weiß auch nicht. Irgendwie wirkst du … verlässlich.« Das letzte Wort sagt er wieder ganz dicht an meinem Ohr. Und jetzt bin ich mir sicher, dass er mich aufzieht. »Ganz so, als würdest du alles um dich herum erden.«

Ich schlucke. Und wenn er es doch ernst meint? Ich habe nie auf diese Weise über mich selbst nachgedacht. »Manchmal glaube ich einfach, dass ich vielleicht viel verpasst habe.« Ich schlage mir die Hände vor den Mund. Dieses Geständnis kommt auch für mich überraschend. Ich lache leise, weil es mir seltsam unangenehm ist, vor einem beinahe Fremden – noch dazu vor jemandem, den ich anziehend finde – derart offen zu sein.

»Was hättest du denn gern gemacht?«, fragt er.

»Keine Ahnung. Mehr Risiken eingehen. Ich weiß ja nicht einmal, was für Möglichkeiten ich gehabt hätte.«

»Versteckspiele in Museen?«

»Nicht unbedingt das, aber ja, doch, leichtsinnig sein. Ein bisschen leben oder so ähnlich. Ergibt das Sinn?«

»Ja, tut es.« Jetzt ist er derjenige, der leiser spricht. »Ich habe mehr als genug Leichtsinn und Leben. Ich liebe es, aber es ist auch anstrengend. Denn weißt du, viele Risiken sind es am Ende nicht wert.«

»Aber die Momente dazwischen, die, in denen es gut ausgeht, die sind es wert, oder?«, frage ich und denke an seine Lippen auf meiner Wange.

»Für diese Momente lebe ich«, sagt er und zieht spielerisch an der Schleife meiner Maske, sodass sie sich löst und von meinem Gesicht rutscht. Ich fühle mich auf einmal seltsam entblößt und versuche meine Haare zu richten.

»Nein, lass«, sagt er und grinst. Dann kämmt er meine Haare hinter meine Ohren. »Das ist süß.«

Ich glaube ihm kein Wort, werde aber mutiger. »Also dann …« Meine Hand kribbelt, als ich mit einer langsamen Bewegung ebenfalls die Schleife seiner Maske löse. »Traditionen muss man aufrechterhalten, oder?« Ich beuge mich zu ihm und drücke sanft meine Lippen auf seine Wange. Mein Herz macht einen Satz, als ich sehe, dass er seine Augen geschlossen hat. Und in diesem Moment – wird die Tür geöffnet.

14

Lincoln

Es ist unser Glück, dass wir von meinem Kumpel entdeckt werden, der zwar nicht sauer ist, aber uns sehr bestimmt auffordert, den Raum zu verlassen. Ich finde die Situation eher komisch, merke allerdings, dass Frenzy nicht nach Lachen zumute ist. Die Stimmung zwischen uns ist leider dahin, und wir verabschieden uns vor dem Museum.

Ich ärgere mich, dass ich sie überfordert habe. Ich hätte gern mehr Zeit mit ihr gehabt. Mehr über sie erfahren. Andererseits will ich nicht ihre New-Orleans-Fantasie sein. Für andere kann ich das, doch bei Frenzy muss ich aufpassen. Sie ist besonders.

Am Abend bin ich immer noch seltsam aufgekratzt. Ich habe Lust zu flirten. Lust auf einen Moment der Losgelöstheit. Darauf, mir und der Stadt zu zeigen, dass ich noch da bin. Dass die Bekanntschaft mit einem seltsamen Mädchen nichts an meiner Situation ändert.

Ich schlendere ziellos durch die Straßen, beobachte Touristen und frage mich, ob ich mich heute Nacht vielleicht mal wieder retten lassen sollte. Ich stelle mir ein weiches Hotelbett vor, eine heiße Badewanne, einen flauschigen Bademantel.

»Hi, *y'all*«, sage ich zu einer Gruppe junger Frauen, die gerade versuchen, sich alle auf ein Selfie zu quetschen. »Soll ich vielleicht ein Foto von euch machen?«

»Sehr gern, vielen Dank«, sagt eine und reicht mir ihr Handy.

»Ihr seht bezaubernd aus«, sage ich, als ich abdrücke. In Wirklichkeit sehen sie ein bisschen austauschbar aus, aber das macht nichts.

»Bist du aus New Orleans?«, fragt eine.

»Geboren und aufgewachsen. NOLA durch und durch.«

Sofort habe ich sie am Haken. Es gibt für Touristinnen und Touristen kaum etwas Exotischeres, als einen echten Einheimischen kennenzulernen.

»Zeigst du uns dein New Orleans?«, fragt eine andere.

»Was wollt ihr denn sehen?«

»Was immer du vorschlägst.« Zwei von ihnen kichern. Ich muss an Frenzys Lachen denken, das so ganz anders ist als das hier. Ein bisschen schüchtern, aber ehrlich. Doch Frenzy ist nicht hier.

Ich ziehe mit der Fünfergruppe durch die Straßen. Hier und da erzähle ich ihnen irgendeine relativ uninteressante Anekdote, aber sie hängen an meinen Lippen. Besonders die Kleinste, eine vollbusige Blondine mit Bubikopf, die sich mir als Nika vorstellt. Sie ist laut und lacht schrill, doch das kann auch an den Drinks liegen, die wir uns zwischendurch immer wieder genehmigen. In der Dämmerung lassen wir uns mit Bierdosen in Papiertüten am Fluss nieder und blicken auf die Lichter am anderen Ufer. In diesem Moment fühle ich mich leicht und unbeschwert, während Nika ihren Kopf auf meine Schulter legt und übertrieben seufzt.

»Gehen wir noch feiern?«, fragt sie und berührt zum wiederholten Mal wie zufällig meinen Arm. »Ich wette, du kennst die besten Schuppen der ganzen Bourbon Street.«

Beinahe muss ich lachen. Doch stattdessen sage ich: »Ja, die kenne ich«, weil die fünf mit Sicherheit nicht für eine musikalische Erleuchtung in die Stadt gekommen sind.

Die Bourbon Street quillt über vor Menschen. Aus den Bars hört man Gelächter, Gekreische und laute Musik. Vieles davon ist wirklich gut, aber hier nehmen die Leute kaum Notiz davon. Hier geht es um den reinen Konsum. Um Feiern bis zur Besinnungslosigkeit.

Ein paar Kerle mit Plastikperlen bleiben vor uns stehen, und ich halte mich vornehm im Hintergrund.

»Zeigt uns, was ihr habt«, ruft der eine, der seinem Akzent nach zu urteilen nicht aus den Südstaaten kommt. Und tatsächlich ziehen zwei von Nikas Freundinnen ihre Oberteile nach oben und entblößen ihre Brüste. Ich wende mich leicht angewidert ab. Das ist normalerweise das Erste, was ich Touristinnen beibringe. Sich nicht für ein paar lächerliche Plastikperlen auszuziehen. Es ist eine scheußliche Tradition, der ich nichts abgewinnen kann.

»Lasst uns hier reingehen«, sage ich und ziehe Nika in den erstbesten Laden. Wir finden eine kleine Sitzecke, und ich lasse mich auf ein weiteres Bier einladen. Meine Stimmung kippt merklich, und ich ärgere mich über mich selbst. Eine Partynacht für einen Moment des Luxus. Das gehört eigentlich zu meinen leichtesten Übungen.

Nika reibt ihre Brüste an meiner Schulter, während sie aus unerfindlichen Gründen anfängt, mein Ohr zu lecken. Es fühlt sich scheußlich an, nass und glitschig, und ich versuche, wieder ein bisschen Abstand zwischen uns zu bringen. Eine Braunhaarige, die auf der anderen Seite neben mir sitzt und deren Namen ich vergessen habe, fährt mir durch die Haare. Vielleicht verstehe ich mich ja mit ihr besser.

»Wie heißt du noch mal?«, frage ich.

»Karen.«

Ich kämme ihr eine Haarsträhne hinters Ohr und denke kurz an Frenzys Segelohren. »Hast du Spaß, Karen?«

Sie nickt eifrig und legt eine Hand auf mein Bein.

Ich bin erleichtert, als Nika und die anderen auf die Tanzfläche stürmen, weil »ihr Song« gespielt wird.

»Hast du ein Hotelzimmer?«, frage ich, doch dann merke ich, dass das heute nichts wird. Nicht für mich. So verlockend eine heiße Dusche und ein weiches Bett sind, so attraktiv ich Karen finde, ich habe keine Lust. Der Gedanke verwundert mich. »Sorry, vergiss das wieder, muss los«, sage ich deswegen schnell und springe so abrupt auf, dass ich beinahe den Tisch umwerfe.

Als ich draußen bin, denke ich kurz darüber nach, Esmé anzurufen. Denn ich habe das Gefühl, Nähe zu brauchen. Allerdings nicht zu einer Fremden. Doch im nächsten Moment weiß ich, dass Esmés Nähe auch verkehrt ist.

Ich dränge mich durch die Menschenmengen der Bourbon Street. Mein Fahrrad steht nicht weit von hier, und trotzdem dauert es eine gefühlte Ewigkeit, bis ich die Bourbon Street hinter mir lasse und auf mein Fahrrad steige.

Ein paar Betrunkene stolpern jetzt schon in ihre Hotels zurück, und ich mache einen großen Bogen um sie. Ihre Bewegungen sind unberechenbar.

Eigentlich mag ich es, dass Menschen nach New Orleans kommen, um Spaß zu haben, das Leben zu zelebrieren und mit allen Sinnen aufzusaugen. Sie sind ebenso wie ich nur auf der Suche nach einem Moment der Ekstase. Aber während ich an ein paar Alkoholleichen vorbeiradle, die es nicht mehr in ihr Hotelbett geschafft haben, ekelt mich die Diskrepanz ein wenig an. Irgendetwas ist mit mir passiert. Irgendwas ist anders. Ich denke an all die Obdachlosen in der Stadt, Veteranen, Alte, Kranke, die auf der Straße schlafen *müssen,* weil die Welt sie abgeschrieben hat. Weil sie sich selbst abgeschrieben haben. Und gleichzeitig lehnt da dieser groß gewachsene, braun gebrannte Kerl an einer Regenrinne, der Sabber läuft ihm auf sein rosafarbenes Poloshirt, das das

Emblem irgendeiner teuren Marke trägt, und seine Freundin mit goldenen Riemchensandalen zerrt an seiner Hand, damit sie endlich ins Bett kann.

Erst als ich das French Quarter hinter mir lasse, habe ich das Gefühl, wieder atmen zu können.

15

Franzi

Seit der Episode im Museum habe ich Link des Öfteren zufällig gesehen. Ich bin jedes Mal hin- und hergerissen zwischen dem starken Wunsch, mein altes Ich noch weiter hinter mir zu lassen, und dem Bedürfnis, Vernunft walten zu lassen. Denn in seiner Nähe stelle ich die verrücktesten Dinge an, spüre die verwegensten Gefühle in mir aufwallen. Sosehr ich es auch will, muss ich gleichzeitig aber aufpassen, dass ich mich nicht in eine momentane Gefühlsverirrung verrenne.

Glücklicherweise bleibt mir nicht sonderlich viel Zeit, über Link und mich und mich und Link und all das zwischen uns nachzudenken, denn ich habe inzwischen genug mit Hugo zu tun. Ab und zu bittet Faye mich außerdem, einige Erledigungen für sie zu tätigen – Besuche bei der Post, der Apotheke, der Reinigung. Anfang der Woche machen Hugo und ich einen Spaziergang zur Behörde für Grundstücksmanagement der Stadt, um einen Antrag fristgerecht vorbeizubringen, den Victor zu lange in seinem Büro hat liegen lassen. Doch noch ehe wir das Gebäude betreten, nimmt Hugo mir den Umschlag aus der Hand, reißt ihn entzwei und stopft ihn in den nächstgelegenen Mülleimer. Auf meinen darauffolgenden Wutausbruch reagiert er mit einem Schulterzucken. Erst als wir wieder zu Hause sind, erklärt er mir, dass es sich bei den Papieren um den Antrag auf das Fällen der Virginia-Eiche vor meinem Fenster gehandelt hat. Ich strafe ihn dennoch für den Rest des Tages mit Schweigen, was ihm vermutlich nur gelegen kommt. Obwohl ich ihm innerlich für seine unkonventionelle Methode applaudiere. Faye erzähle ich nichts davon, was mir einerseits ein schlechtes Gewissen bereitet, Hugo und mich aber andererseits näher zusammenbringt.

Eine weitere Herausforderung besteht darin, Hugo regelmäßig zur Krankengymnastik zu begleiten. Und da er so lange zetert, bis ich beinahe aufgegeben habe, lasse ich mir vor Ort die Übungen genau zeigen, sodass ich sie nun mit ihm zu Hause machen kann. Allerdings nur, indem ich ihn erpresse. Wenn er nicht macht, was ich sage, erzähle ich Faye von dem zerrissenen Antrag.

Dieses Geheimnis ist nicht das einzige, was ich hüte. Bis auf Lara habe ich niemandem von Link erzählt. Nicht, dass es viel zu erzählen gäbe, aber selbst die Möglichkeit, dass meine Mutter mir raten könnte, mich von ihm fernzuhalten, macht es mir unmöglich, über ihn zu sprechen. War das ihre Angst, als ich ans andere Ende der Welt ging? Dass wir uns voneinander entfernen würden?

An diesem Morgen gieße ich in der Küche Kaffee in zwei hübsche Keramikbecher, auf die winzig kleine Mohnblumen gemalt sind, und begebe mich auf die Suche nach Hugo. Ich finde ihn draußen, wo er seinen kleinen privaten Garten wässert.

»Guten Morgen«, begrüßt er mich. Er trägt wieder seinen Strohhut und sieht heute sehr vergnügt aus. Ich habe den leisen Verdacht, dass es etwas mit der Tatsache zu tun hat, dass Victors Maklerfirma diese Woche ein neues Büro in Lafayette eröffnet und er erst am Wochenende wieder zu Hause sein wird. Die Spannungen zwischen den beiden sind unübersehbar, und ich frage mich, wie es passieren kann, dass Vater und Sohn sich derart voneinander entfernen.

Ich reiche ihm seinen Kaffee. Dann fasse ich mir ein Herz. »Äh, Hugo?«

»Äh, Franziska?«

Mir entfährt ein genervtes Geräusch, doch es gelingt mir, es auf halbem Weg wieder hinunterzuschlucken. »Denkst du, jemandem Dinge zu verschweigen ist lügen?«

Er runzelt die Stirn. »Ich habe keine Ahnung, worauf du hinauswillst, aber was, wenn es so wäre?«

»Dann würde ich mich schlecht fühlen«, sage ich und umfasse meinen Becher ein wenig fester.

»Danke für den Kaffee. Der ist wirklich gut«, erwidert er, statt mir eine Antwort zu geben. Hugo und ich gewöhnen uns zwar immer besser aneinander, doch ab und zu gibt mir die Kommunikation mit ihm immer noch Rätsel auf.

»Freut mich«, sage ich.

»Obwohl es eine Lüge war?«, fragt Hugo.

»Okay, jetzt nicht mehr.«

»Aber hätte ich dir nicht gesagt, dass es eine Lüge war, hättest du dich weiterhin gefreut.« Er zuckt mit den Schultern, als wäre damit alles gesagt, und kippt den Kaffee auf den Rasen.

»Wow«, sage ich und wundere mich ein wenig über den sarkastischen Unterton, den ich so von mir eigentlich nicht kenne. Hugo bringt wirklich die schlechtesten Seiten in mir zum Vorschein.

»Entschuldigung, aber wie viel Zucker hast du da reingetan?«

»Gar keinen!«, sage ich, dann beschleicht mich allerdings ein Verdacht. Ich nehme einen Schluck aus meiner Tasse und verziehe den Mund, so bitter ist der Kaffee. »Hoppla, das hier war deiner.« Ich versuche es mit einem Lächeln – und Hugo erwidert es. Nicht nur das, er beginnt sogar vor sich hin zu lachen.

»So trinkst du deinen Kaffee?«, fragt er etwas ungläubig. »Das ist ja widerlich. Die Zahnärzte in Deutschland müssen stinkreich sein.«

Ich beschließe, darüber hinwegzugehen. »Ist die Botschaft dieser Lektion, dass es in Ordnung ist, zu lügen?« Ich schüttle den Kopf. »Das kann doch nicht dein Ernst sein.«

»Und warum nicht? Warum soll hundertprozentige Ehrlichkeit ein Selbstzweck sein? In vielen Fällen richtet sie nur Schaden an.«

Das ist vermutlich genau die Einstellung, die ihn und Victor auseinandergebracht hat. Zwischen ihnen sind so viele unausgesprochene Dinge. Es ist offensichtlich, dass Konflikte schwelen.

»Denkst du nicht, dass die Wahrheit früher oder später ans Licht kommt?«, frage ich. »Und dass der Ärger dann nur umso größer ist?«

»Glaub mir, manche Wahrheiten sollte man mit ins Grab nehmen. Und andere sollten wenigstens so lange verborgen bleiben, bis man es ins Grab geschafft hat.« Sein bitterer Tonfall überrascht mich.

»Was meinst du damit?«

»Ich kann dir nur so viel sagen: Die Wahrheit kommt vor allem dann zum Einsatz, wenn es darum geht, das eigene Gewissen zu beruhigen. Ich habe etwas falsch gemacht? Ich beichte. Problem gelöst. Versteh mich nicht falsch, ich bin kein Freund von Lügen. Aber dieses ewige Darauf-Herumreiten, dass man um jeden Preis die Wahrheit sagen muss, ist ebenso schwachsinnig. Es gibt die richtige Zeit für die Wahrheit, und es gibt die richtige Zeit für das Gegenteil.«

Ich kaue unschlüssig auf meiner Unterlippe herum.

»Schau, es ist doch ganz einfach. Solange du niemandem wehtust, ist alles in Ordnung.«

»Glaubst du das wirklich?«

»Ich glaube, das ist das Einzige, was wir in unserem Leben wirklich in der Hand haben. Alle reden immer vom ökologischen Fußabdruck. Aber weißt du, was viel zu oft in Vergessenheit gerät? Der soziale Fußabdruck. Am Ende läuft beides einfach nur darauf hinaus, zu leben und leben zu lassen. Und wenn du deiner Mutter oder wem auch immer etwas verschweigst, dann wirst du dafür gute Gründe haben.«

Ich starre ihn perplex an. Woher weiß er, worum es geht?

»Du wolltest ein Abenteuer. Lass es dir nicht kaputt machen.«

»Aber«, beginne ich, »meinst du nicht, dein Verhältnis zu beispielsweise Victor wäre besser, wenn ihr einfach mal offen miteinander sprechen würdet?«

Er schnaubt. »Glaub mir, unser Verhältnis war wunderbar, als wir überhaupt nicht miteinander geredet haben. Die Wahrheit ist das große Problem. Manchmal will man einfach nicht wissen, was für ein Mensch hinter einer Fassade steckt, die, seien wir ehrlich, schon scheußlich genug ist.«

Ich bin sprachlos, wie verächtlich er über seinen Sohn spricht.

»Was ist zw…«, beginne ich, aber Hugo hebt die Hand.

»Stopp«, sagt er. »Nur weil du seit Neuestem versuchst, mich mit Kaffee zu vergiften, heißt das nicht, dass du das Recht hast, Dinge über mich zu erfahren.«

Sein Tonfall ist während der letzten Worte wieder deutlich abweisender geworden, und ich beschließe, ihn in Ruhe zu lassen. Vielleicht wird er sich eines Tages öffnen. Oder ich frage Faye, was zwischen den beiden vorgefallen ist.

Auf einmal bin ich jedenfalls überzeugt, dass es mit mir und meiner Mutter nie so weit kommen könnte, ganz egal, was ich ihr erzähle und was nicht.

Dann habe ich eine Idee. »Darf ich dich noch etwas fragen?«

»So wissbegierig, wie du heute bist, werde ich dir das nicht abschlagen.«

»Diese Tradition, wenn einem jemand eine Perlenkette um den Hals hängt …«

»… habe ich dir nicht gesagt, du sollst niemandem deine Brüste zeigen?«

»Die meine ich nicht!«

»Was denn dann?«

»Wenn man jemandem eine Perlenkette umhängt und der andere sich mit einem Kuss bedankt.«

»Das ist keine Tradition«, sagt Hugo, schüttelt den Kopf und stellt den Rasensprenger an – seine schräge Art, Gespräche zu beenden.

16

Lincoln

»Ich weiß, wir haben viel zu lange nicht miteinander geredet. Tut mir leid, es war in letzter Zeit einfach wahnsinnig viel los. Sei mir nicht böse«, sage ich sanft.

Ich sitze an meinem Geheimplatz am Ufer des Mississippi, in der Hand die Gitarre. Es ist frühmorgens, und die Sonne geht gerade über dem Fluss auf und hüllt den jungfräulichen Tag in ein feines, mattes Licht. Eine Mischung aus blassen Orange- und Rosétönen spiegelt sich auf dem sonst graubraunen Wasser. Ich habe meine Gitarre auf dem Schoß, zupfe ein paar leise Akkorde und versuche angestrengt, mich nicht albern dabei zu fühlen, mit der schreienden Abwesenheit meiner Schwester zu sprechen. Es nicht zu tun ist jedoch keine Alternative, denn ich habe ihr versprochen, sie auf dem Laufenden zu halten.

»Mom und Dad geht es gut. Glaube ich. Ich bin zu wenig da ... Ja, ich weiß, aber du hast leicht reden. Du musst ja auch keine Zeit in diesem Schrein verbringen. Denn das haben sie aus dem Haus gemacht, Schwesterherz. Einen Schrein zu deinem Andenken. Versteh mich nicht falsch, wenn es jemand verdient hat, dann du, aber du kannst nicht überall sein, verstehst du? Wo du warst, Blythe, war Leben. Aber dort, wo du jetzt bist, ist ein Leben nicht mehr möglich.«

Ich spiele ein paar weitere Akkorde und summe eine Melodie dazu, die mir schon seit Tagen im Kopf herumspukt.

Eine ganz einfache Tonabfolge, jedoch lässt sie mich nicht los. Sie ist anders als alles, was wir sonst spielen, weswegen ich sie nicht aufgeschrieben habe. Normalerweise vergesse ich solche musikalischen Ideen dann wieder. Aber diese Melodie kommt immer wieder zurück. Sie hat sich festgesetzt, und das fasziniert mich.

»Was meinst du? Klingt nicht so schlecht, oder?« Ich versuche es mit einem anderen Akkord. »Es ist genau dein Ding, gib es zu. Dir war unsere Musik doch immer ein bisschen zu … wie hast du es genannt? Überdreht?« Ich lache leise. Blythe kam zu fast jedem unserer Auftritte. Immer, wenn sie es einrichten konnte. Und das, obwohl es gar nicht unbedingt ihre Lieblingsmusik war. Sie saß da in einem einfachen Leinenkleid mit offenen langen Haaren und betrachtete uns und vor allem Jasper. Aus ihren Augen sprach so viel Liebe, dass ich jetzt noch eine Gänsehaut bekomme, wenn ich daran denke.

»Jaspers Klavier ist total verstimmt. O Mann, du kannst dir nicht vorstellen, wie blechern das Teil klingt. Aber dein Foto lächelt einem zu, bis in alle Ewigkeit, egal, wie schlecht der Sound ist.«

Ich zupfe eine Weile schweigend an den Gitarrensaiten. Der Tag schält sich etwas mühselig aus seiner Verschlafenheit, aber unaufhörlich wird es heller. Und wärmer. Ein großer Dampfer schiebt sich langsam an mir vorbei, und von der Straße dringen vereinzelte Verkehrsgeräusche zu mir. Doch ich bin hier unten ganz für mich. Oder besser gesagt: fast. Denn ich klammere mich fest an den Gedanken, dass Blythe mir zuhört, egal, wie kindlich naiv das ist.

»Mit der Band läuft es gut. Wir arbeiten an neuen Songs, und ich merke, wie uns die kreative Arbeit immer weiter zusammenschweißt. Manchmal wünschte ich, Bonnie wäre weniger gehemmt in diesen Situationen. Sie hat viel mehr Ideen, als sie zugeben will.«

Ich weiß, weswegen Bonnie sich schwertut. Aber ich glaube, dieses Wissen ist ganz allein mir vorbehalten. Und obwohl Blythe und Bonnie beste Freundinnen waren, ist sie definitiv der letzte Mensch, mit dem ich über Bonnies Geheimnis sprechen kann.

Ich weiß, dass ich ein Thema absichtlich vermeide. Doch dann gebe ich mir einen Ruck.

»Ich hab lange nicht an sie gedacht«, beginne ich. Damit meine ich Eloise, meine Ex-Freundin. »Und, ehrlich gesagt, bezweifle ich, dass es Esmés Verdienst ist.«

Ich habe das starke Gefühl, dass Blythe genau wüsste, was ich mich nicht traue zu sagen.

»Wie machst du das? Ich konnte nie irgendwas vor dir geheim halten. Und daran wird sich wohl auch nichts ändern.« Ich raufe mir die Haare und räuspere mich. Dann fahre ich viel leiser fort: »Ich habe keine Ahnung, was los ist, Blythe. Ich wollte eine Touristin aufreißen. Wie sonst auch. Aber ich konnte es nicht. Ergibt das Sinn? Für dich bestimmt. Für dich hat immer alles einen Sinn ergeben. Du wüsstest sofort, was du damit anfangen solltest.«

Ich schließe einen Moment lang meine müden Augen. Die Nacht war zu kurz. Ich bin viel zu lange ziellos umhergefahren auf der Suche nach Antworten.

»Ich habe jemanden kennengelernt. Und ja, ich weiß, ich muss aufpassen, bin gerade erst wiederhergestellt und alles. Bla, bla. Genau das würde Bonnie auch sagen. Kein Wunder, dass ihr unzertrennlich wart. Mir passiert schon nichts, mach dir keine Sorgen. Schließlich muss ich sie nicht gleich heiraten. Es ist ja ohnehin nicht so, als könnte ich sie einfach mit nach Hause nehmen, sie Teil meines Lebens werden lassen. Aber sie ist so erfrischend anders, weißt du? Sie ist nicht wie Esmé oder Eloise oder all die anderen, mit denen ich schlafe. Eigentlich ist sie gar nicht mein Typ. Viel zu brav, viel zu schüchtern, viel zu vernünftig. Aber irgendetwas hat sie an sich, das bewirkt, dass ich mich in ihrer Nähe einfach entspanne. Sie ist nicht so verdammt sprunghaft, weißt du?«

Ich schaue in den Himmel hinauf und atme einmal tief ein.

»Sicherheit. Das ist es, was sie ausstrahlt. Und vielleicht macht mich Sicherheit gerade mehr an als alles andere. Das gefällt dir doch, oder?« Ich lache wieder leise. Blythe war nie ein Fan meines Frauengeschmacks. Zu hohl, zu oberflächlich, zu laut, zu unreif.

»Da hast du's.« Ich begleite ein langes Gähnen mit weiteren leisen Akkorden. »Und ich sollte wohl langsam auch ins Bett gehen, wenn ich heute noch ein bisschen Geld verdienen will. Klavierstimmer bezahlen sich nicht von selbst. Und nein, ich komme nicht zu kurz. Das sagt genau die Richtige. Als hättest du dir je etwas für dich selbst gegönnt. Alte Heuchlerin. Du weißt außerdem ganz genau, dass ich keinen Luxus brauche. Dass ich mit meinem Leben zufrieden bin.«

In letzter Zeit läuft es mit der Straßenmusik wirklich gut. So gut, dass ich – zumindest an Abenden, an denen wir auftreten – tagsüber nicht länger als zwei Stunden spielen muss. Das French Quarter quillt wie jeden Mai über vor Touristenmassen. Sie besetzen jeden Quadratmeter und wandeln wie langsame Tentakel durch die Gassen. Es sind Touristenmassen, in denen ich immer häufiger einen dunkelblonden Haarknoten suche. Manchmal finde ich ihn.

»Pass auf dich auf, Schwesterherz. Ich hab dich lieb.« Ich werfe eine Kusshand in den Himmel. Eine kitschige Geste, die ich mir angewöhnt habe, weil ich irgendeine Art Abschiedsritual brauchte. Dann stehe ich auf und klettere, die Gitarre auf dem Rücken, die Böschung hinauf. Ich überquere die stillgelegten Streetcar-Schienen, bis ich an der Mauer ankomme, die Eindringlinge davon abhalten soll, hierherzukommen. Doch alle hundert Meter sind Leitern auf beiden Seiten der Mauer montiert, die früher einmal den Schienenarbeitern dienten. Heute benutze lediglich ich sie noch. Meine Schuhe entlocken den Sprossen bei jedem Tritt ein metallisches Dröhnen. Auf der anderen Seite springe ich hinunter und überquere die Straße.

Drinnen lege ich mich auf meine Matratze und ziehe mir die dünne Wolldecke, die mir bei den Temperaturen, die draußen inzwischen herrschen, locker reicht, über die Beine. Die leisen Geräusche von draußen dringen an mein Ohr, die ersten Lieferungen des Tages werden angenommen. Doch die Schläfrigkeit, von der ich glaubte, sie würde mich sofort wegdämmern lassen, bleibt aus. Meine Augen wollen nicht so recht geschlossen bleiben, und in meinem Kopf sind zu viele Gedanken. Normalerweise bin ich nach Gesprächen mit Blythe ausgelaugt. Traurig zwar, aber wirklich müde.

Doch nun überkommt mich auf einmal eine ungeheure Einsamkeit. Sie vermischt sich mit dieser fatalen Sehnsucht nach Vertrautheit und Geborgenheit. Vielleicht nach Zweisamkeit. Vor ein paar Wochen noch hätte ich in dieser Situation Esmé angerufen. Aber ihre Gesellschaft genügt mir nicht mehr. Ich habe keine Lust zu vögeln, bis ich so verausgabt bin, dass ich meinen Körper nicht mehr spüre, nur um dann Rücken an Rücken mit ihr in ihrem winzigen Zimmer zu pennen. Beinahe graust es mir vor dieser Art von Bedeutungslosigkeit. Obwohl der Sex gut war. Aber gleichzeitig so leer. Ich sehne mich nach etwas Tieferem. Nach einer Verbindung. Nach Freundschaft, die gleichzeitig Körperlichkeit beinhaltet. O Gott, Blythe würde es lieben. *Ich habe es dir ja immer gesagt, kleiner Bruder.* Und es stimmt, sie hat es mir immer gesagt. Das, was ich mit Eloise glaubte zu haben. Das, was wir hatten, bis sie sich verpisst hat. Eloise. Doch ihr Name löst nichts mehr in mir aus. Wenn ich jetzt an sie denke, tut es nicht weh. Ich sehne mich nicht nach ihr, sondern nach dem, was wir hatten, nur besser. Tiefer. Schöner. Ehrlicher. Ohne die Verletzungen hinterher. Obwohl ich mir geschworen hatte, mich dieser Gefahr nicht mehr auszusetzen. Ich drehe mich auf die Seite und starre an die rote Ziegelwand neben mir, in der Hoffnung, dass ihr Anblick meinen Kopf beruhigt. Aber es ist etwas anderes, das meine Augenlider auf Dauer schwer werden lässt. Es ist die Erinnerung an einen Haarknoten. An hervorstehende Ohren. An die leichte Unsicherheit, die sie an der Bar ausstrahlte, an die Unbeholfenheit beim Tanzen. An ihre Lippen auf meiner Wange, meine Lippen auf ihrer. An ihren Anblick, wenn sie auf einmal vor mir steht, an das Gefühl, das mich überkommt, wenn ich sie sehe. Der Wunsch, alles stehen und liegen zu lassen, um ihr meine Stadt zu zeigen. Ich kann mich irren, doch ihr Lächeln scheint breiter zu werden, und ihre Schultern wirken seit einiger Zeit weniger angespannt als bei unseren ersten Begegnungen. Aber es ist nicht nur ihre eigene Sicherheit, die mich fesselt. Die Sicherheit, die Frenzy mir gibt, kann natürlich Einbildung sein. Und doch sehe ich immer wieder – wie auch in diesem Moment – ihren wippenden Haarknoten vor mir und fühle mich geborgen.

17

Franzi

In den letzten Wochen, so scheint es, sind immer größere Touristenströme in die Stadt geflossen. Zuerst genoss ich es, mich mit jedem Ausflug ins French Quarter mehr als ein Teil von ihnen zu fühlen und in der Masse unterzugehen. Doch dann fing ich an, mich nicht mehr als Teil von ihnen zu fühlen, sondern als etwas Eigenes. Nicht als Einheimische, das wäre vermessen. Aber New Orleans gibt mir das Gefühl, dazuzugehören. Meine Scheu gegenüber der fremden Umgebung nimmt konstant ab, und ich mag es, die Augen unauffällig nach einem gewissen Gitarristen offen zu halten. Einige Male traf ich ihn. Manchmal spielte er nur noch ein, zwei Songs, um mich dann auf meinen Streifzügen zu begleiten, mir etwas über die Stadt zu erzählen oder mich Bekannten von ihm vorzustellen. Es scheint, als würde er einfach jeden kennen: Ladenbesitzer, Tarotkartenleger, Maler, Musiker.

Hugo kommt immer seltener mit. Er verschanzt sich in seinem Garten, wirkt noch mürrischer und nachdenklicher als sonst. Grundsätzlich scheint er einfach wenig Lust zu haben, Zeit mit mir zu verbringen. Er ist und bleibt ein schlecht gelaunter Einzelgänger, der mit niemandem so richtig klarkommt. Aber ich habe einen Umgang damit gefunden. Statt mich ihm aufzudrängen, erledige ich die Kleinigkeiten, um die Faye mich bittet, allein. So habe ich einen Grund, in die Stadt zu fahren, auch wenn Hugo keine Lust darauf hat.

Wie jedes Mal, wenn ich im French Quarter bin, halte ich auch heute Ausschau nach Link. New Orleans ist zwar keine kleine Stadt, aber der touristische Teil ist durch seinen leicht unordentlichen Schachbrettaufbau ziemlich übersichtlich. Und wenn man weiß, wo man suchen muss, stehen die Chancen ziemlich gut, dass man irgendwo hinter einer Traube aus Touristen eine tiefe, etwas heisere Stimme hört, die bewirkt, dass man bei knapp dreißig Grad und gefühlten neunzig Prozent Luftfeuchtigkeit eine Gänsehaut bekommt.

Auf einmal ertönt hinter mir ein Pfiff. Ich bleibe stehen, sodass der Strom aus Menschen sich teilen muss. Es ist schon komisch. Früher waren so viele Leute auf einem Haufen mein Albtraum. Aber hier, in der Sonne von New Orleans, gehören sie zum Stadtbild dazu. Ich drehe mich um und erblicke Link, der auf der Mauer vor einem der kleinen Hotels sitzt.

Mit einem Satz springt er hinunter und schlendert, die Hände in den Taschen seiner weiten Leinenhose, zu mir. Augenblicklich beschleunigt sich mein Herzschlag.

»Entschuldigen Sie, aber kennen wir uns nicht von irgendwoher?«, fragt er.

Ich lächle ihn an. Es macht mich froh, ihn zu sehen. Nicht nur, weil ich in New Orleans kaum Bekannte habe, sondern auch, weil ich mich seltsam besonders fühle, wenn er in meiner Nähe ist. Seine Selbstverständlichkeit, die Leichtigkeit, mit der er sich bewegt, sein verschmitztes Grinsen und die wachen Augen bewirken, dass man von ihm wahrgenommen werden will.

»Spielst du heute gar nicht?«, frage ich etwas enttäuscht, denn wenn er singt, lädt sich die Welt um ihn herum mit irgendetwas auf – ich kann es kaum benennen. Der Klang seiner Musik durchdringt mich so vollkommen. Als wäre das Leben wertvoller.

»Wir spielen heute Abend wieder im *Cat's Cradle*«, sagt er.

»Der Vormittag war so erfolgreich, dass ich meine Stimme lieber schone. Und was führt dich hierher?«

Er nimmt wie automatisch meine Richtung und mein Tempo auf, und wir schlendern nebeneinanderher. Die Touristenmassen scheinen auf einmal nicht mehr zu existieren. Wenn Link neben mir hergeht, gibt es nur noch ihn und mich.

»Ich soll für Faye ein Shampoo abholen. Bei ihrem Friseur.«

»Ich komme mit«, sagt er. »Vielleicht lasse ich mir die Haare schneiden.« Er grinst. »Oder ich lasse mir so was machen.« Mit der linken Hand greift er nach meinem Haarknoten. Ich genieße die Berührung, das kribbelige Gefühl in meinem Nacken. Es ist so unschuldig und dennoch aufregend. Seit Jahren habe ich mich nicht mehr so gefühlt. Definitiv nicht mit Langweiler-Elias. Wahrscheinlich noch nie.

Ich würde so gern die Augen schließen, den Kopf neigen, ihm näher sein. Doch ich traue mich nicht. Dieser Flirt macht mir zu viel Spaß, als dass ich ihn mit einer blöden Kurzschlussreaktion ruinieren würde.

»Wie lange trägst du deine Haare schon so?«, fragt er.

»Seit ich elf bin oder so«, sage ich.

»Oh, wow!« Link pfeift durch die Zähne. »Hattest du nie Lust auf etwas anderes?«

»Warum, gefällt es dir nicht?«, frage ich und ärgere mich darüber, dass mir seine Meinung anscheinend wichtig ist.

»Mir würde es gefallen, wenn ich deine Ohren sehen könnte.«

Ich spüre, dass ich rot werde. Schnell prüfe ich, ob meine Ohren von meinen Haaren verdeckt werden. Doch natürlich gucken sie hervor.

»Hey, ich meine das ernst«, sagt er.

»Ich mag meine Ohren nicht.«

»Sie gehören zu dir. Solltest du sie da nicht mögen?«

Vielleicht, denke ich.

Wir erreichen Fayes Friseursalon, doch in diesem Moment klingelt Links Handy. Er geht dran, und bereits nach wenigen Sekunden ist klar, dass er losmuss. Ich versuche meine Enttäuschung zu verbergen.

»Sorry«, sagt er, »kleiner Notfall. Meine Nichte ist krank und muss von ihrer Tagesmutter abgeholt werden. Aber hast du Lust, heute Abend zu unserem Gig zu kommen? Es geht um acht los, was bedeutet, dass wir um halb neun anfangen.« Er grinst. »Oh, und ich habe noch etwas für dich.«

Aus der Hosentasche zieht er eine Plastikperlenkette und legt sie mir um den Hals. Dann grinst er mich schelmisch an und tippt mit seinem Zeigefinger auf seine Wange. »Tradition«, sagt er, und ich werde den Teufel tun, ihm zu sagen, dass es diese Tradition nicht gibt.

In meinem Magen flattert irgendwas, und meine Wangen werden warm. Ich stelle mich auf die Zehenspitzen, und während ich mich nach vorne beuge, kommt er mir leicht entgegen. Ich drücke meine Lippen auf seine Haut und sauge gleichzeitig seinen Duft ein. Eine Mischung aus Sonne, Parfüm und Schweiß.

Der Moment ist viel zu schnell vorbei. Ich blicke Link nach, wie er die Straße überquert. Sein Gang kommt mir federnder vor als sonst.

Mit einem Kribbeln im Bauch betrete ich den winzigen Friseursalon. Ein warmes Licht strahlt auf den dunklen Holzfußboden. Es duftet nach Blumen und Honig.

»Du bist spät dran«, sagt ein streng dreinblickender Mann mit perfekt getrimmtem, grau meliertem Bart und einem schicken Undercut. Sein französischer Akzent ist deutlich zu hören.

»Spät dran? Aber ich dachte …« Ich hatte mir extra die Öffnungszeiten eingeprägt. Und jetzt ist erst früher Nachmittag. Außerdem, woher weiß er überhaupt, dass ich kommen wollte?

»Dein Termin. Um vierzehn Uhr.« Er tippt ungeduldig auf das Ziffernblatt seiner großen silbernen Armbanduhr.

»Oh, ach so, nein.« Ich lache etwas schüchtern, aber dennoch erleichtert. Er verwechselt mich. »Ich habe keinen Termin. Ich wollte nur ein Shampoo kaufen.«

»Kein Termin?«, fragt er. »Du bist nischt Erica Fowley?«

»Leider nein.«

»Und du möschtest auch keinen 'aarschnitt? 'alber Preis, weil isch misch sonst ohne'in langweile.«

»Nein, danke.«

»Bei deinem Kopf!«, sagt er, und ich ziehe fragend die Augenbrauen in die Höhe. Was ist mit meinem Kopf? »Isch 'abe sofort ein Bild vor meinem inneren Auge. Du solltest die 'aare nischt in einem Dutt verstecken, Darling. Niemand sollte das.«

Erst will ich mich rechtfertigen, doch dann besinne ich mich eines Besseren. Stattdessen nenne ich ihm den Namen von Fayes Shampoo, bezahle und verlasse den Salon wieder.

Draußen schlägt mir die warme Stadtluft entgegen, aufgeladen mit verschiedenen Gerüchen – nicht alle davon angenehm. Sofort sehne ich mich nach der Kühle der Klimaanlage in Thibauds Salon. Sollte ich vielleicht doch …?

Ich drehe mich um und blicke durch das Fenster in den hübschen Salon. Thibaud ist mit einer silbern glänzenden Kaffeemaschine beschäftigt und hat mir den Rücken zugewendet. Ein Haarschnitt hier kostet mit Sicherheit ein Vermögen. Ich atme tief ein und beginne zu zählen.

Eins.

Allerdings habe ich in den letzten Jahren nie Geld für einen Friseur ausgegeben.

Zwei.

Drei.

Vier.

Meine Arme fangen an, leicht zu kribbeln. Auf einmal werde ich ganz nervös.

Fünf.

Ich bin wirklich kurz davor, meine Haare abschneiden zu lassen. Meine Ohren zu zeigen.

Sechs.

Aber wie Link gesagt hat. Es sind meine Ohren. Und ich sollte vielleicht anfangen, sie zu mögen.

Sieben.

Acht.

Es muss ja auch nicht gleich eine richtige Typveränderung sein, beruhige ich mich.

Neun.

Es könnte so eine kleine Typveränderung sein. Eine klitzekleine.

Zehn.

»Wenn das Angebot noch steht, würde ich den Termin vielleicht doch wahrnehmen«, sage ich zögerlich, als ich wieder vor dem dunklen Holztresen stehe und in Thibauds wissende Augen blicke.

»Dachte isch mir. Cappuccino?«

Er führt mich zu einem der beiden schicken schwarzen Ledersessel und bedeutet mir, Platz zu nehmen. Mein Herzschlag geht schnell.

»Dann wollen wir mal«, sagt er. »Bereit?«

In einem gekonnten Schwung legt er mir einen Umhang um die Schultern. Ich nicke zögerlich, während ich gleichzeitig das Gefühl habe, ich sollte vielleicht doch wieder aufstehen und gehen, bevor ich es am Ende bitter bereue. Ich betrachte mich selbst im Spiegel. Mein Gesichtsausdruck verrät, dass ich in meinem Inneren irgendwo zwischen Panik, massivem Unwohlsein und Aufregung schwanke.

»Bevor isch dir die Haare wasche, werden wir erst einmal das 'ier los«, sagt Thibaud und löst mein Haargummi. »Du siehst be-zau-bernd aus.«

Ich runzle die Stirn. »Na ja«, erwidere ich.

»Du siehst es nischt? Ha!«, macht er. »Und weißt du auch, warum? Weil du disch zu gut kennst. Deswegen muss eine Veränderung her.«

Tatsächlich fühle ich es in diesem Moment ganz deutlich. Es *muss* eine Veränderung her. Ich merke jeden Tag, dass etwas mit mir passiert, dass ich mehr zu der Person werde, die ich sein will. Dazu gehört auch, mich von diesem Ballast zu lösen. Beinahe tut es mir leid, meinen Haarknoten als Ballast zu bezeichnen, aber hier und jetzt empfinde ich ihn als solchen. Als Überbleibsel.

Während Thibaud mit langsam massierenden Bewegungen meine Haare wäscht und eine duftende Spülung einwirken lässt, halte ich meine Augen geschlossen und genieße das Gefühl, umsorgt zu sein. Umsorgt, aber auf eine reife Art, als würde ich dabei ernst genommen. Es geht um mich, ohne dass ich dabei bevormundet würde.

»Also dann, sag *au revoir!*« Thibaud wedelt mit einer Schere vor mir herum.

»*Au revoir*«, flüstere ich.

Und dann schneidet er als Erstes ungefähr zwanzig Zentimeter meiner Haare einfach ab. Strähne für Strähne. Er ist völlig radikal in der Art, wie er die Schere durch die dicken Haare zwingt. Ich kann nicht hinsehen und schließe die Augen. Als ich sie wieder öffne, hält Thibaud mir eine Handvoll Haare vor die Nase.

»Und? War das so schlimm?«, fragt er.

Ich schüttle den Kopf und merke, wie meine Haare schwingen. Schon jetzt fühle ich mich regelrecht erleichtert.

»Willst du sie be'alten?«

»Ich glaube nicht«, sage ich, lache unsicher und höre im nächsten Moment, wie meine Haare mit einem dumpfen, fast toten Geräusch auf dem Boden landen. Und doch ist es, als würde auch gleichzeitig eine Last von mir abfallen.

Nach einer Dreiviertelstunde sind meine Haare geschnitten und geföhnt, und der Anblick meiner neuen Frisur im Spiegel verschlägt mir den Atem. Thibaud hat mir einen leicht fransigen Bob geschnitten und mit etwas Schaumfestiger so gestylt, dass meine Haare voluminös und frech aussehen. Meine Ohren halten sie zurück, und auf einmal finde ich den Anblick gar nicht mehr so schlimm. Selbst mein Gesicht ist ein vollkommen anderes unter dem überlangen Pony, der zur Seite gekämmt ist.

»Ich … das …« Es gelingt mir kaum, meine Emotionen in Worte zu fassen.

»Das passiert mir 'äufiger«, sagt Thibaud und winkt ab. »Aber isch muss sagen, dass diese Verwandlung tatsäschlisch beeindruckend ist.«

Er greift erneut zur Schere und schneidet hier und da noch einmal nach. Doch ich bekomme kaum noch mit, was um mich herum geschieht. Zum ersten Mal in meinem Leben blicke ich mein Spiegelbild an und habe das Gefühl, diese Person tatsächlich sein zu wollen.

18

Lincoln

»Love is me, love is you,
Love is here, love is soon,
Love is real, love is true«, singe ich, und die Menge im *Cat's Cradle* wogt. Es ist *Blythe's Song,* den Jasper und ich ein Jahr nach ihrem Tod geschrieben haben. Wir haben die gesamte Wut, die gesamte Traurigkeit hineingepackt und sie angereichert mit einer machtvollen, kräftigen, hoffnungsvollen Melodie und einem Rhythmus, der nicht weniger als Spaß am Leben ausdrücken soll.

»Love is hard, love is sweet, love is mild.
Love is loud, love is bold, love is wild.«
In diesem Moment schiebt sich ein mir bekannter Kopf in mein Blickfeld. Natürlich hat sie sich nicht nach vorne gestellt, das würde nicht zu ihr passen. Aber es ist ihr gelungen, sich durch die Menge zu kämpfen. Und dort, beinahe versteckt hinter einem bulligen Kerl mit Glatze, steht sie und strahlt. Sie sieht mich direkt an, direkt in meine Augen oder vielleicht sogar noch tiefer.

Ich schenke ihr ein Lächeln, von dem jede Frau hier im Raum denkt, es gelte ihr. Allen voran Esmé, die in der ersten Reihe ihre Hüften kreisen lässt. Doch ich weiß, für wen es bestimmt ist – und sie weiß es auch. Denn sie erwidert es auf eine Art, die ich so von ihr noch gar nicht kannte. Es wirkt komplett gelöst. Und in diesem Moment fällt mir auf, dass ihr gesamtes Erscheinungsbild verändert ist. Wie konnte mir das entgehen? Sie hat ihre Haare abgeschnitten, sieht lebendig aus. Frech. Ihr Lächeln wirkt auf eine verspielte Weise nun noch echter und ehrlicher. Vielleicht spinne ich mir auch etwas zusammen, hier auf meiner Bühne, in diesem Rausch, den ich nur erlebe, wenn ich Musik mache. Während ich Sals Solo begleite, lasse ich Frenzy nicht aus den Augen. Und Blythes Worte, die sie mir bei meinem letzten Besuch im Krankenhaus mitgab, kommen mir in den Sinn. Sie waren die Grundlage für unseren Song. *Du denkst, du brauchst es laut und mutig und wild. Aber denk daran, dass das Süße und Milde nicht weniger wertvoll ist. Ankommen, Link, kannst du nur, wenn du beides hast.* Selten habe ich ihre Worte so sehr gespürt wie in diesem Moment, da ich das Laute, Ungezügelte genieße und meine Gedanken erfüllt sind von dem Süßen.

Nach einem weiteren Set und drei Zugaben sind wir alle vollkommen ausgelaugt. Ich wische mir mit dem Hemdsärmel den Schweiß von der Stirn, während ich meine Gitarre auf ihren Ständer stelle. Der Applaus ebbt nur langsam ab. Erst als das Publikum merkt, dass wir nun endgültig fertig sind, hören sie auf, nach weiteren Zugaben zu verlangen.

Ich möchte eigentlich nichts lieber, als mit Frenzy noch ein Bier an der Bar zu trinken, mir erzählen zu lassen, was mit ihren Haaren passiert ist, aber ich muss mich erst um die raschelnden Scheine in unserem Hut kümmern, bevor es jemand anderes tut. Dennoch lasse ich es mir nicht nehmen, sie zu begrüßen und ihr einen Kuss auf die Wange zu drücken.

»Ich hab dir aber gar keine Perlen mitgebracht«, sagt sie und sieht mich frech unter ihren fransigen Haaren an.

»Es könnte eine neue Tradition werden«, gebe ich zurück und wünschte, ich könnte ihr näher sein als das. Ich beuge mich noch einmal zu ihr und sage ihr ins Ohr: »Du siehst ganz anders aus.«

»Gut anders oder schlecht anders?«, fragt sie jetzt doch wieder mit dieser leichten Unsicherheit in der Stimme.

»Als würdest du dich wohlfühlen. Und nur darum geht es.«

Sie schenkt mir ein breites Lächeln, das bewirkt, dass ich sie am liebsten hochheben und durch die Luft wirbeln würde. Aus dem Augenwinkel nehme ich Esmé wahr, die an der Bar lehnt und mich ungeduldig ansieht.

»Wie lange bist du noch hier?«, frage ich, weil ich dringend noch Zeit mit ihr haben will, mich aber erst einmal um den Hut kümmern muss.

»Hm«, macht sie und sieht etwas unentschlossen aus.

»Okay, pass auf«, beeile ich mich zu sagen, bevor sie verkünden kann, dass sie gleich loswill. »Lass mich dir jemanden vorstellen. Amory. Sie wird dir gefallen. Ich muss kurz etwas erledigen, aber dann fahre ich dich nach Hause.« Ich greife wie zufällig nach ihren Fingern und halte sie lose in meiner Hand. Sie zieht sie nicht weg. »Sag Ja!«

Kurz lässt sie den Blick durch die Bar schweifen, und ich merke, dass sie sich skeptisch nach Esmé umsieht, die mit dem Rücken zur Bar sitzt und uns keine Sekunde aus den Augen lässt. Denkt sie, ich ziehe Esmé ihr vor?

»Es hat nichts mit ihr zu tun«, sage ich. »Ich weiß nicht einmal, was sie hier macht.«

»Du schuldest mir keine Erklärung«, sagt Frenzy und verwebt unsere Finger etwas fester miteinander. Die Berührungen sind nach wie vor spielerisch und leicht, doch es mischt sich etwas Ernsthafteres hinzu. Ich kann es an ihrem Blick erkennen. Sie atmet tief ein und streicht sich selbstbewusst eine Haarsträhne hinters Ohr. »Ich würde gerne noch bleiben. Aber du musst mich nicht nach Hause fahren. Das Streetcar fährt die ganze Nacht.«

»Aber ich darf?«

Sie lacht. »Okay.«

Ich nehme sie an der Hand und ziehe sie weiter weg von der Bar und Esmé hin zu einer kleinen Gruppe neben der Bühne.

»Amory, das ist Frenzy«, sage ich. »Frenzy, Bonnie und Curtis kennst du ja schon. Amory ist seine Mitbewohnerin. Ich bin gleich wieder da.«

Nur widerwillig lasse ich Frenzys Hand los. Aber ich habe Verpflichtungen der Band gegenüber, die im Moment wichtiger sind. Ich schnappe mir den Hut und verziehe mich damit ins Lager, nicht ohne noch einmal einen Blick zurück zu werfen. Dummerweise höre ich die Tür nicht hinter mir zufallen. Als ich mich umdrehe, sehe ich, dass Esmé mir gefolgt ist.

»Was wird das?«, fragt sie. »Willst du mich eifersüchtig machen?«

»Wie bitte?«

»Mit diesem Mauerblümchen.« Sie wickelt sich eine Haarsträhne um den Finger und kommt näher.

»Sicher nicht«, sage ich und versuche sie auf Abstand zu halten. »Und ich mag es nicht, wie du über Leute redest, die du nicht kennst.«

»Hast du Lust auf 'ne schnelle Nummer?«, fragt sie und beginnt, ihre Bluse aufzuknöpfen.

»Ich habe zu tun«, sage ich und schiebe sie erneut einen halben Meter von mir. Bis vor einigen Wochen hätte ich jede Chance auf wilden Sex an welchem Ort auch immer genutzt, um mich einen Moment lang lebendig zu fühlen. Aber seit Neuestem erinnere ich mich nur an die Leere, die danach kommt. »Zieh dich bitte wieder an, Esmé.«

Sie macht einen weiteren forschen Schritt auf mich zu und krallt ihre Finger in meine Haare. So fest, dass es wehtut. Das hier ist weit entfernt von milde und süß.

»Au«, sage ich, »lass mich los. Verstehst du nicht, was Nein bedeutet?«

»Du bist so ein Arsch, Link. Ich dachte, das mit uns könnte was werden. Aber nein, du bist immer nur auf den nächsten Fick aus.«

Genau das Gegenteil ist der Fall. Doch das sage ich nicht. Es geht sie nichts an. »Und was ist so falsch daran?«, frage ich stattdessen.

»Du verschließt dich. Gibst niemandem eine Chance, an dich heranzukommen.«

O nein. Ich habe einen Verdacht, worauf das hinausläuft. Will Esmé mich etwa retten? »Ich dachte, wir hätten einen Deal«, sage ich.

»Ich dachte, es wäre nur eine Frage der Zeit, bis du zulässt, dass ich an dich rankomme.«

»Aber, Esmé«, sage ich zögerlich, »das war doch nie etwas Ernstes. Wir hatten beide Lust auf ein bisschen Spaß, oder nicht?« Hätte ich geahnt, dass auch sie mich retten wollte, hätte ich mich niemals auf die Sache eingelassen. »Es ist nicht so, dass ich Leute von mir fernhalte, weil ich keine Nähe zulassen kann«, sage ich und denke an Frenzy. Ihre Nähe ist das, was ich will.

»Ja, rede dir das nur ein. Aber weißt du, was? Du bleibst unter deinen Möglichkeiten zurück, Link. Du könntest alles haben. Eine Karriere, eine Freundin. Stattdessen spielst du auf der Straße für Touristen und abends Songs aus einer Zeit, die dich nur zurückhält.« Sie spuckt die Worte beinahe aus.

Während sie mir all das an den Kopf knallt, bleibe ich ganz ruhig. Denn ich habe alles, was ich will. »Du irrst dich«, sage ich einfach nur. »Aber selbst wenn ich mehr wollte, wärst du nicht diejenige, mit der ich es hätte. Dafür hast du meine Freunde ein paarmal zu oft vor den Kopf gestoßen.«

Ihre Gesichtszüge entgleisen. »Und dennoch hast du mit mir geschlafen.«

»Und du mit mir. Und wir haben von Anfang an gesagt, dass es mehr als das nicht ist.«

Dann wende ich mich ab und widme mich dem Hut. Ich höre, wie sie auf ihren Schuhen davonklackert und die Tür hinter ihr zufällt. Ich atme tief ein und beginne, fünf gleiche Geldstapel abzuzählen.

19

Franzi

Curtis scheint mir heute noch schweigsamer zu sein als sonst. Mir fallen die Blicke auf, die er Amory zuwirft, doch die lässt sich davon nicht beeindrucken. Amory selbst ist *beeindruckend,* und ich verstehe, warum Curtis sie verstohlen ansieht. Sie ist eine Erscheinung. Eine absolute Schönheit mit ihren langen, blonden Haaren, ihrem weiblichen Körper. Während sie spricht, gestikuliert sie, und ein paar goldene Armreifen klirren gegeneinander. Ich kann mir nicht helfen, aber bei ihrem Anblick muss ich unwillkürlich an Abbildungen von Fruchtbarkeitsgöttinnen denken.

Während ich noch damit beschäftigt bin, mich zu fragen, wie man zu einer so einnehmenden Person wird, erzählt Bonnie von ihrer Zwillingsschwester, die nicht von ihrem Chef loskommt.

»Sie waren nie richtig zusammen. Aber jetzt, wo Lula beschlossen hat, nicht mehr mit ihm ins Bett zu gehen, bekommt sie die beschissensten Schichten«, sagt Bonnie. An mich gewandt, fügt sie hinzu: »Lula arbeitet in einer Tanzbar in der Bourbon Street.«

Aus dem Augenwinkel sehe ich, wie sich eine Gestalt den Weg durch die Menge bahnt. Kurz macht mein Herz einen Satz, weil ich für einen Moment denke, Link könnte schon zurück sein. Seit er meine Hand genommen hat, ist die Erinnerung unserer Berührung wie in meine Haut eingraviert.

Doch auf den zweiten Blick erkenne ich, dass es sich um Esmé handelt, die Leute zur Seite drängt und schnurstracks auf uns zugelaufen kommt.

»Du!«, sagt sie, als sie direkt vor mir steht.

»Hi, Esmé«, sagt Amory gedehnt. »Das ist Franzi. Franzi, Esmé. So viel Zeit muss sein.«

»Halt's Maul, Amory«, sagt Esmé. »Ich bin nicht deinetwegen hier.«

»Was? Keine große Aussprache heute? Ich bin entsetzt!« Sie schlägt sich in gespielter Überraschung die Hände vor den Mund. Offenbar können Amory und Esmé sich auch nicht leiden.

»Ich will *dir* etwas sagen.« Esmé hat sich wieder zu mir gedreht.

»Äh, okay?« Ich bin ziemlich verdutzt, denn bislang hatte ich nichts mit ihr zu tun. Bis auf die Tatsache, dass Bonnie und Curtis sie nicht leiden können, Link offenbar mit ihr schläft und Amory und sie anscheinend auch nicht gerade gut auf einander zu sprechen sind, weiß ich nichts über sie.

»Du wirst ihn nicht bekommen, du Flittchen.«

»Wie bitte?« Spricht sie über Link?

»Das mit Link und mir ist noch lange nicht vorbei. Also lass gefälligst die Finger von ihm!«

Ich bin wie vom Donner gerührt. Mir bleibt der Mund offen stehen, und ich weiß nichts zu erwidern. In meinem ganzen Leben bin ich noch nie von einer eigentlich fremden Person aus dem Nichts so angegangen worden. Blödes Gehirn, das sich immer dann ausschaltet, wenn es wichtig wäre, etwas Schlaues zu sagen.

»Ach, Esmé«, sagt Amory in diesem Moment, und ich bin dankbar, dass sie den Fokus von mir ablenkt, »heute plusterst du dich ja mächtig auf.« Sie macht Anstalten, ihr in gespieltem Verständnis den Kopf zu tätscheln, doch Esmé wirft ihr einen so vernichtenden Blick zu, dass sie in der Bewegung innehält.

Curtis muss sich grinsend wegdrehen, um sich einigermaßen im Griff zu haben. Nur ich bin nach wie vor erschrocken und fühle mich richtig mies. Diese gesamte Situation scheint irgendwie meine Schuld zu sein. Ich blicke von Amory zu Esmé und von Esmé zu Bonnie und würde am liebsten im Boden versinken.

»Ich sag's dir nur einmal. Leg dich nicht mit mir an«, keift Esmé noch in meine Richtung, dann stolziert sie zwischen uns hindurch und nach draußen.

»Ist das zu fassen?«, fragt Amory. »Die hat Nerven, hier aufzutauchen. Habe mich schon den ganzen Abend gefragt, warum sie sich hier blicken lässt.«

»Ein gewisser Gitarrist hat ins Wespennest gestochen«, sagt Bonnie seltsam abweisend und zuckt mit den Schultern.

»Geht's dir gut?«, fragt Amory und blickt mich besorgt an. »Du musst dir nichts dabei denken. Sie kackt uns alle regelmäßig an. Große Klappe, nichts dahinter.«

Das Lächeln, zu dem ich mich zwinge, gelingt mir nur so halb.

»Na komm, nimm einen Schluck von meinem Gin Tonic.« Amory hält mir ihren Plastikbecher hin, und ich nippe tatsächlich daran. Und dann noch einmal, weil sie mir auffordernd zunickt.

»Und hier kommt auch schon der Mann, auf den wir alle gewartet haben«, sagt Curtis, als Link neben mich tritt.

Ich traue mich kaum, ihn anzusehen. Wie zufällig streift sein kleiner Finger meine Hand, und mein Herz macht einen Satz, jedoch einen sehr gehemmten in diesem Moment.

»Was ist los?«, fragt Link, und seine Stimme, die nach dem Auftritt heiser ist, berührt trotz der unangenehmen Situation irgendetwas tief in mir.

»Alter«, sagt Amory, »du musst echt deine Betthäschen ein bisschen in den Griff kriegen.«

»Was meinst du?«, fragt Link und klingt alarmiert. Er blickt von Amory zu mir und wieder zu Amory.

»Rate, wer hier war.« Bonnie hat die Arme in die Seiten gestemmt.

Link fährt sich mit der Hand durch die Haare und stöhnt leise. »Esmé?«, fragt er.

»Jep.« Amory hält auch ihm ihren Drink hin, aber er lehnt ab.

»Was hat sie gesagt?«, fragt er. Er nimmt mich sanft am Arm und dreht mich so, dass er mir direkt in die Augen sehen kann. »Ist alles okay?«

Ich bringe immer noch kein Wort raus und bin dankbar, dass Amory das Sprechen übernimmt. »Ach, kaum etwas. Sie ist nur leicht ausgerastet, weil du offenbar ihr gehörst. Keine Ahnung, warum wir bei eurer Hochzeit nicht eingeladen waren. Aber hey, Link, ich finde, sie hat recht. Als verheirateter Mann kannst du nicht weiterhin herumflirten.«

Ich weiß, dass das ein Witz sein soll, und doch zieht sich etwas in mir zusammen.

»Was hat sie zu dir gesagt?«, fragt er erneut.

»Äh«, mache ich. »Also … sie … sie scheint zu glauben, dass wir um dich konkurrieren.«

Links rechter Mundwinkel zuckt kaum merklich. »Okay, und weiter?«

Die Tatsache, dass niemand etwas sagt, niemand sich rührt, befremdet mich. Aber gleichzeitig spüre ich, dass mein Herz wieder anfängt, fest gegen meinen Brustkorb zu wummern.

»Sie hat gesagt, das mit euch sei noch lange nicht vorbei.«

»Und Frenzy solle gefälligst die Finger von dir lassen. Ich

hab ihr aber gleich darauf klargemacht, dass sie sich nicht so aufplustern soll«, sagt Amory mit einem triumphalen Grinsen im Gesicht.

»Willst du von hier verschwinden?«, fragt Link an mich gewandt.

»Ich … also …«

»Ich kümmere mich um die Sache mit Esmé«, sagt er. Bonnie räuspert sich. »Nein, Bonnie, nicht auf diese Weise.« Seine Stimme ist lauter geworden. »Wenn ihr es genau wissen wollt, ich habe ihr bereits gesagt, dass das zwischen uns vorbei ist.« Wieder fährt er mit seinem kleinen Finger über meine Hand.

Seine Worte lösen etwas in mir aus. Ich weiß nicht, ob es Hoffnung ist oder Aufregung. Es fühlt sich an wie Sonnenstrahlen auf der Haut, nur dass sie von innen aus mir herauszukommen scheinen und die Erinnerung an die letzten Minuten vollkommen verdrängen.

»Und deswegen ist sie wohl ein bisschen …« Er macht eine Pause.

»… ausgerastet«, ergänzt Amory.

»Das zwischen euch ist vorbei?«, fragt Bonnie entgeistert.

Link nickt. Dann legt er mir seine warme Hand auf den Rücken, sodass sich die Wärme in mir und auf mir überallhin ausbreitet.

»Lass mich dich nach Hause bringen. Ich erklär's dir«, sagt er leise an meinem Ohr.

In meinem Kopf überschlagen sich die Gedanken. Doch keiner von ihnen kann zu Ende gedacht werden, weil ständig irgendwelche wahnwitzigen Gefühlsblitze alles wieder durcheinanderbringen. Hat Link meinetwegen seine Affäre beendet? Was passiert hier?

»Unverbesserlicher Playboy«, sagt Bonnie, aber ihre Worte dringen kaum bis in mein Bewusstsein vor.

»Das reicht jetzt«, höre ich Links Stimme.

Wieder spüre ich seine Hand auf mir. Er tritt neben mich und raunt dicht an meinem Gesicht: »Lass mich dich nach Hause bringen. Bitte.« Dann hebt er seine Hand und streicht mir die Haare hinter mein Ohr.

Ich fühle mich, als würde ich komplett neben mir stehen. Als würde ich mir selbst dabei zusehen, wie all das hier um mich herum passiert. Ich nehme jede Bewegung wie in Zeitlupe wahr, habe das Gefühl, als könnte ich selbst nur in Slow Motion handeln.

»Okay«, sage ich und bin dabei ebenso heiser wie Link. Ich versuche zu zählen, aber mir fallen die Zahlen nicht mehr ein. *Unverbesserlicher Playboy, halte dich von ihm fern, lass gefälligst die Finger von ihm.*

Nichts davon ergibt für mich in diesem Moment Sinn.

Ich höre noch, wie Bonnie zu Link sagt: »Pass auf dich auf. Rede mit mir.« Sie klingt merkwürdig drängend, und ich habe den Eindruck, als wäre dies nicht für meine Ohren bestimmt.

Dann sind wir draußen und bei Links Fahrrad. Wie mechanisch steige ich auf den Lenker. Die Frenchmen Street ist voller Menschen. Die Musik, die aus den Bars und Clubs auf die Straße schallt, durchdringt alles, und in dem Augenblick, als ich mich zurücklehne und Links Körper an meinem Rücken spüre, wird mir ganz deutlich bewusst, dass New Orleans für mich mehr als nur ein Ort ist. Es ist ein Bewusstseinszustand, der alle Sinne miteinander verknüpft.

Link navigiert uns geschickt an den Nachtschwärmern vorbei, antizipiert ihre Bewegungen, weicht den Ausfallschritten Betrunkener aus. Die Frenchmen Street mit ihren Lichtern und Klängen gleicht einer großen, blinkenden, lärmenden Party, auf der Zeit keine Rolle spielt.

Ich fasse mir ein Herz und unterbreche das seltsame

Schweigen zwischen uns. »Link, kann ich dich etwas fragen?« Mir gefällt nicht, dass ich zögerlich klinge.

»Alles«, sagt er und ist dabei noch näher an meinem Ohr, als ich es erwartet hatte. »Aber ich glaube, ich weiß, worum es geht. Esmé?«

»Ja.«

»Sie ist nicht unbedingt beliebt, wie du vielleicht gemerkt hast. Und das hat sie sich selbst zuzuschreiben. Sie war Amorys Mitbewohnerin und hat es geschafft, mit deren damaligem Freund zu schlafen. Glück für Curtis.« Er lacht leise.

Das erklärt Amorys Verhalten.

»Bonnies Zwillingsschwester Lula ...«

»Die Tänzerin?«, frage ich.

»Genau. Sie ist mit ihr ziemlich übel aneinandergeraten. Hat sie als Schlampe beschimpft und so. Sie standen kurz auf den gleichen Kerl.«

»Klingt nach einer netten Person«, sage ich und frage mich, was Link an ihr findet.

Als hätte er meine Gedanken gelesen, fährt er fort: »Ich wollte nie wirklich etwas von ihr und dachte, das würde auf Gegenseitigkeit beruhen.«

»Und warum hast du dann ...« Die Worte bleiben mir im Hals stecken.

Wieder lacht er leise an meinem Nacken. »Es war leicht. Es war da. Ich brauchte Ablenkung und unkomplizierte Nähe, falls das Sinn ergibt.«

Kurz zögere ich, weil ich nicht weiß, ob meine Frage zu intim ist, doch nach den Erlebnissen vorhin brauche ich ein wenig Klarheit. »Wovon brauchtest du Ablenkung?«

Link räuspert sich leise, als wolle er Zeit gewinnen. »Es gibt manche Verluste, die kann man nicht alleine durchstehen«, sagt er dann, und ich habe das Gefühl, ich sollte in diesem Moment nicht tiefer bohren.

Nach kurzer Zeit haben wir die Menschen hinter uns gelassen und biegen nach links in eine weniger belebte Seitenstraße. Es riecht nach Gras und warmer Feuchtigkeit. Link atmet kaum hörbar in meinen Nacken, und wir nehmen Fahrt auf, sodass der Wind nun durch meine Haare weht. Meine kurzen Haare, die machen, dass mein Kopf ganz leicht ist – innerlich wie äußerlich.

Es fühlt sich merkwürdig an, dass keiner von uns mehr spricht. Ich bin unsicher, was ich von den Ereignissen der letzten Viertelstunde halten soll, und Link ist die Geschichte vermutlich einfach unangenehm. Wahrscheinlich denkt er gerade darüber nach, ob es nicht besser ist, ein bisschen Abstand zwischen uns zu bringen. Niemand will diese Art von Drama. Schon gar nicht ein Playboy wie Link.

Die Musik des French Quarter verklingt leise in unserem Rücken.

»Wie still es auf einmal ist«, sage ich, um zu beweisen, dass ich cooler bin als die Situation.

Link lacht leise vor sich hin, und der Lufthauch kitzelt mich hinter dem Ohr. Er ist so nah.

»Die Musik, weißt du, hält alles zusammen«, sagt er. »Sie ist die Stadt.« Er macht eine kurze Pause, als wir erneut abbiegen. Doch gleich darauf fährt er fort. Wahrscheinlich findet auch er die Stille zwischen uns merkwürdig. »Das Dröhnen und Keuchen der Schiffe auf dem Fluss, der Klang der verschiedenen Sprachen, das Läuten der Kirchenglocken – die Stadt hat all das in sich aufgesogen und macht daraus Musik. Wir nehmen die Einflüsse nur auf.«

Trotz alldem, was heute Abend passiert ist, genieße ich es, Link zuzuhören. Ich entspanne mich etwas. Und dann spanne ich meinen Körper wieder an, denn ihn über Musik sprechen zu hören ist beinahe so erregend, wie ihn Musik machen zu hören.

»Organisiertes Chaos. Wie die Straßen der Stadt.«

Er ist ganz cool, und es ärgert mich, dass ich es nicht sein kann. Dass es mir so schwerfällt, meine Gedanken in eine Richtung zu lenken. Wir folgen den Streetcar-Schienen, und mit jedem Meter, den wir hinter uns bringen, wird mir bewusster, dass diese Fahrt enden muss. Ich suche nach Worten, mit denen ich Link deutlich machen kann, dass ich keinen Anspruch auf ihn erhebe. Dass er von mir kein Drama zu erwarten hat.

»Ein perfektes Ineinandergreifen von Form und Freiheit, Kontrolle und Zügellosigkeit, Vernunft und Impulsivität«, sagt er leise, und beinahe habe ich vergessen, dass er über Musik spricht.

Wir biegen in die First Street ab. Abgesehen von den Straßenlaternen und dem ein oder anderen Verandalicht, liegen die prächtigen Villen des Garden District in völliger Dunkelheit. Die einzigen Geräusche, die zu hören sind, sind Links Atem und das Zirpen der Grillen am Straßenrand.

Noch einmal müssen wir abbiegen, dann bremst Link vor Victors und Fayes Haus. Mit einem stummen Seufzer hüpfe ich von der Lenkstange.

»Ich wollte noch sagen …« Ich möchte nicht, dass unsere Zeit schon um ist, und etwas Besseres fällt mir nicht ein, obwohl es im Gegensatz zu den Dingen, die Link über Musik sagt, echt banal ist. »Ihr wart heute Abend wirklich gut.«

Link lächelt. »Ich war ein bisschen unkonzentriert«, erwidert er, lehnt das Fahrrad an einen Baum und geht einen Schritt auf mich zu.

»Das hat man nicht gemerkt«, beruhige ich ihn, während seine Nähe mir einen Schauer über den Rücken jagt.

»Ich schon.« Er kommt einen weiteren Schritt näher. »Ich war abgelenkt.«

»Du musst dir wirklich keine Sorgen machen. Du wirktest, als wärst du komplett in deinem Element.«

»Ich habe nicht gesagt, dass ich nicht in meinem Element war.« Er steht nun direkt vor mir. Zeit, sich zu verabschieden. »Also dann«, sagt er. Wir sind so nah beieinander, dass ich ihn riechen kann. Ich spüre, wie sich seine Wärme mit der Wärme der Luft zu etwas ganz und gar Betörendem, Fiebrigem vermischt.

Ich will gerade meine Arme heben, um ihn zum Abschied zu umarmen. Doch er kommt mir zuvor, legt mir einen Arm um die Taille und zieht mich an sich. So dicht, dass meine Nase seine Wange streift. Hatte ich vorher Herzklopfen, so steht mein Herz nun auf einmal komplett still. Die ganze Welt hat aufgehört, sich zu rühren. Hier in diesem Moment gibt es nur Link und mich. Kein Blätterrauschen über uns, kein flackerndes Licht vom Haus gegenüber, kein Grillenzirpen. Kein Auto fährt an uns vorüber, und nirgendwo bellt ein Hund. Die Sekunden verstreichen nicht, und dann – bubum, bubum – ist der einzige Laut, der an mein Ohr dringt, sein Herz. Oder ist es meins, das wiedererwacht ist?

»Können wir kurz so tun, als wäre dies ein ganz normaler Abend gewesen?«, fragt er.

»Klar.« Es ist ein Wunder, dass überhaupt ein Ton aus meinem Mund dringt. Er kommt noch näher, und es fühlt sich an, als würde mein Gehirn Karussell fahren, als würden in mir kleine Glücksbläschen blubbern.

»Dieser Moment ist so gut wie jeder andere«, flüstert er in mein Ohr, und ich halte die Luft an. »Oder vielleicht ist er sogar etwas besser. Irgendwann muss man aufhören zu labern und einfach mal machen.«

Er legt seine andere Hand an meine Wange und streicht einmal mit dem Daumen über meine Lippen. Ich merke, wie sie offen stehen bleiben, obwohl ich mir nicht wirklich bewusst bin, was mein Körper gerade macht. Mein Blick ist auf sein Gesicht gerichtet, wandert von seinen schönen Lippen über seine gerade Nase bis zu seinen graublauen Augen, die mich neugierig, fast fordernd ansehen.

Ich schlucke. Link fährt mit seiner Hand langsam – beinahe zu langsam – über mein Gesicht zu meinem Hinterkopf, wo er einmal durch meine Haare streicht und dann leichten, kaum spürbaren Druck ausübt, sodass ich ihm mit meinem Gesicht entgegenkomme. Kann ich es? Will ich es? Ist es riskant? Verliere ich mein Herz? Ich weiß es nicht, bin orientierungslos – und klammere mich an das Einzige, dessen ich mir sicher sein kann.

Eins.

Er vergräbt seine Finger in meinen Haaren, als müsste er sich irgendwo festhalten.

Zwei.

Sein Blick flackert zu meinen Lippen, und er stößt kaum hörbar Luft aus.

Drei.

Ich spüre den Druck seiner Finger auf meinem Rücken, in meinen Haaren. Den Lufthauch seines Atems.

Vier.

Sein Gesicht kommt immer näher, und ich lehne mich ihm entgegen, mit klopfendem Herzen und weichen Knien. In meinem ganzen Leben habe ich mich noch nie so gefühlt. Wenn ich die Stimme in meinem Kopf ignoriere, meine ich fast, frei zu sein. Losgelöst.

Fünf.

Weiter komme ich nicht. Weiter will ich auch gar nicht. Unsere Lippen treffen aufeinander, die weiche Haut, die Hitze. Ich schnaufe an seinem Mund, taste mit meinen Händen nach ihm. Ich schlinge die Arme um seinen Körper, und während ich mich gegen ihn lehne, versuche ich ihn noch näher an mich heranzuziehen. Ich spüre, wie er es mir gleichtut, als wäre die Nähe zwischen uns nicht genug. Als würden wir ineinander verschmelzen wollen.

Ganz zaghaft öffne ich die Lippen und forsche mit meiner Zungenspitze, ob er mehr will. Zwischen unseren küssenden Mündern treffen wir aufeinander, und er stöhnt leise, als meine Zunge in ihn eindringt. Sein Geschmack ist einzigartig. Frisch, weich, warm, mit einem Hauch von Salz.

Seine Finger krallen sich immer tiefer und verzweifelter in meine Haare, und der Druck presst unsere Lippen fester aufeinander. Ich vergesse beinahe zu atmen, während meine Zunge in einem ungeduldigen, drängenden, beinahe dringlichen Kampf mit seiner in meinen Mund zurückgetrieben wird. Er erkundet mich erst sanft und dann mit einer Heftigkeit, die macht, dass meine Beine unter mir für einen Moment wegknicken. Doch Link hat mich. Er hält mich fest und stößt einen kehligen Laut der Sehnsucht und Begierde aus, wie ich ihn noch nie zuvor gehört habe.

Ich habe das Gefühl, ihn nicht tief genug in mir zu haben, nicht dicht genug bei mir. Ich keuche, weil mir die Luft wegbleibt. In diesem Augenblick verstehe ich die Bedeutung des Wortes »atemberaubend« – und ich begreife noch eine ganze Menge mehr. Dinge, die ich nicht in Worte fassen kann. Dinge, die ich nicht fassen kann. Empfindungen, von denen ich nie gedacht hätte, dass sie möglich sind. Ich begreife, was Leidenschaft ist. Ich spüre und begreife.

Immer wieder werden unsere Küsse langsamer, nur damit wir uns wenige Sekunden später, wenn wir wieder zu Atem gekommen sind, erneut verschlingen können. Seine Hände scheinen überall gleichzeitig zu sein und doch nie den Druck zu lockern. Und meine können nicht genug erspüren, nicht genug von ihm greifen. Seine Haare, sein Nacken, sein Rücken, sein Hintern, ich will alles gleichzeitig spüren.

Als wir erneut langsamer werden, sind wir beide vollkommen ausgelaugt. Zu ausgelaugt, um das Tempo wieder aufzunehmen. Ich keuche, mein Atem geht schnell. Seiner ebenso. Wir lösen uns widerwillig voneinander, und er presst meinen Kopf gegen seine Schulter, gräbt mit seinen Fingern noch etwas in meinen Haaren.

»Okay«, flüstert er atemlos, räuspert sich, sagt erneut: »Okay«, diesmal mit heiserer Stimme. Ich höre ein leises Lachen.

Meine Lippen liegen an seinem Hals, und ich spitze sie und küsse ihn ganz sanft. Ich spüre ein Reißen in meinem Körper. Ein so heftiges Ziehen, dass ich meine, wieder den Halt zu verlieren. Und wieder hält Link mich.

»Du …«, sagt er, und ich beschließe, dass ich erst wieder etwas von mir gebe, wenn er in ganzen Sätzen spricht. Ich bin viel zu ausgelaugt, viel zu ermattet vor Empfindungen, als dass ich überhaupt nur meinen Kopf von dieser Stelle zwischen seiner Schulter und seinem Kinn bewegen könnte.

Wieder lacht er, und ich merke, wie mein Kopf sich fragen will, was zur Hölle so witzig ist. Aber selbst dafür fehlt mir im Moment die geistige Fähigkeit.

»Ich … ähm.« Er presst mich erneut fest an seinen Körper und saugt die Luft ein. »Das …«

Ich glaube, ich weiß, was er meint, aber in meinem Kopf bilden sich ebenfalls lediglich Fragmente. Fragmente von Wörtern, von Sätzen, von Gefühlen. Am liebsten würde ich einen Schrei loslassen. Einen befreiten Urschrei aus tiefster Kehle, um der Welt zu zeigen, dass ich hier bin. Hier und wach und lebendig. Stattdessen hauche ich einen weiteren kleinen Kuss auf Links Hals und spüre kurz darauf, wie er seine Lippen in meinem Haar vergräbt.

»Ich …«, setzt er erneut an, »ich denke, ich muss mich anlehnen.«

Er macht einen Schritt zurück, ohne zuzulassen, dass ich auch nur für eine Sekunde von ihm getrennt werde.

»Besser«, flüstert er, lässt sich gegen den Gartenzaun sinken und presst seine Lippen wieder auf meine Haare. Und wieder und wieder. Ich erschaudere unter seinen Berührungen, merke aber, wie ich langsam aus dieser Trance erwache.

»Weißt du«, sagt er dann und scheint seine Fassung einigermaßen wiedergewonnen zu haben, »ich hatte mir vorgestellt, dass es gut wird. Aber dass es so gut wird ... hätte ich das geahnt, hätte ich dich am ersten Tag schon geküsst.« Er lacht erneut, und nun lache ich mit.

Ich blicke zu ihm auf, wie er da an den Zaun gelehnt steht, hinter ihm der tief verwurzelte Baum, dessen Feenhaar sich sanft im Wind wiegt. Links Augen sind geschlossen, und in einem Moment, der scheint wie die vollkommene Losgelöstheit, atmet er tief ein. So tief, dass die Luft, die er ausstößt, wie ein Seufzen klingt. Es ist, als würde in diesem Moment jede Hemmung von uns abfallen.

Ich kann nicht sagen, wie lange wir eng umschlungen hier stehen. Mal suchen unsere Lippen nacheinander, tauschen sanfte Küsse. Mal streichen wir über unsere Körper. Mal rühren wir uns überhaupt nicht, sondern sind uns einfach nur der Gegenwart des anderen gewiss. Schließlich muss ich ein Gähnen unterdrücken.

»Du solltest ins Bett gehen«, sagt Link. »Und ich vermutlich auch.«

»Ja ...« Dass ich keine Lust darauf habe, mich von ihm zu lösen, kann ich kaum verbergen.

Link nimmt mein Gesicht in seine Hände und drückt seine Lippen noch einmal auf meine.

»Gute Nacht, weltschönste Frenzy.«

»Gute Nacht.«

Ich schlucke, als er seine Arme von mir nimmt. Auf einmal ist mir gar nicht mehr so warm. Er geht ein paar Schritte rückwärts in Richtung Fahrrad, den Blick fest auf mich gerichtet, auf den Lippen ein leicht ungläubiges Lächeln.

»Ein perfektes Ineinandergreifen«, murmle ich mehr in mich hinein als an ihn gewandt.

»Was sagst du?«, fragt er, während er sich einen weiteren Schritt von mir entfernt, ohne auch nur eine Sekunde den Blick von mir zu lösen.

»Das, was du vorhin über Musik gesagt hast. Ein perfektes Ineinandergreifen von Form und Freiheit, Kontrolle und Zügellosigkeit.«

»Von Vernunft und Impulsivität«, vervollständigt er, und sein Lächeln färbt seine Stimme warm.

Bei seinem Fahrrad hebt er die Hand zum Abschied, und ich habe das Gefühl, als würde er mein Herz mit sich nehmen wollen, so stark ist das Ziehen, das ich in meiner Brust spüre.

»Verrätst du mir jetzt, wo du wohnst?«, frage ich, meine es aber mehr als Scherz.

Doch er grinst und schüttelt den Kopf. Dann fährt er davon.

Zwischen Verwunderung und Gefühlstaumel schleiche ich mich ins Haus. Es ist weit nach Mitternacht. Doch als ich die Tür beinahe lautlos ins Schloss klacken lasse, erblicke ich einen blassen Lichtschein, der unter der Wohnzimmertür hindurchschimmert. Zögerlich trete ich einen Schritt darauf zu.

»Komm rein, Franzi«, ertönt Fayes Stimme von drinnen.

Mir rutscht das Herz, das bis vor wenigen Sekunden so heftig für Link geschlagen hat, in die Hose. Hat sie Link und mich beobachtet? Hat sie auf mich gewartet? Auf einmal fühle ich mich, als wäre ich wieder sechzehn, in Erwartung einer Standpauke meiner Mutter.

Faye sitzt in einem schwarzen Seidenbademantel auf dem Sofa. Vor ihr auf dem Couchtisch stehen eine halb leere Flasche Wein und ein volles Glas.

»Willst du einen Schluck?«, fragt sie.

»Wieso bist du noch wach?« Ich weiß nicht, warum ich flüstere.

»Erst sprechen wir über dich«, sagt sie und klopft neben sich auf das seidige Polster. Dann steht sie auf und holt ein weiteres Weinglas aus einer Vitrine, in das sie mir großzügig von ihrem Weißwein einschenkt.

»Tut mir leid, dass ich so spät bin«, sage ich. »Ich habe diese Band in der Frenchmen Street gesehen.«

»Du bist mir keine Rechenschaft schuldig.« Sie lässt ihr Glas gegen meins klirren. Der Wein ist kalt und lässt die Gläser beschlagen. »Er scheint ein guter Küsser zu sein.«

Mir schießt sofort die Röte ins Gesicht. Also hat sie uns tatsächlich gesehen. »Äh«, mache ich und hoffe, dass mir irgendetwas zu sagen einfällt, das diese Situation weniger peinlich macht.

»Ist er Musiker?« Faye lächelt wissend. »Er sieht hübsch aus.«

»Ja«, hauche ich mehr, als dass ich es sage, und nehme einen Schluck von dem Wein. Er schmeckt nach Apfelblüten und Honig.

»Chenin blanc«, erklärt Faye, »meine liebste Rebsorte.«

»Bist du ...«, beginne ich zögerlich, »bist du sauer auf mich?«

Sie lacht ein glockenhelles, beinahe kindliches Lachen. »Nein, Süße. Auf dich bin ich nicht sauer.« Kurz schweigen wir, nippen an unserem Wein und starren auf den geblümten Stoff des Sofas. »Versprich mir nur, dass du auf dich aufpasst«, sagt sie dann. »Sie stehlen dir viel zu schnell dein Herz.«

Ich nicke und muss an das denken, was Bonnie zu Link gesagt hat. *Pass auf dich auf.* »Bist du meinetwegen wach geblieben?«, frage ich, weil ich das Gefühl nicht loswerde, dass die Stimmung zwischen uns angespannt ist.

»Nein, ich konnte ohnehin nicht schlafen.«

»Oh. Warum?«, frage ich.

Sie lacht wieder, doch diesmal wirkt es, als versuche sie etwas zu überspielen. »Ich habe mich mit Victor gestritten.« Sie schluckt.

Ich weiß nicht, wie ich darauf reagieren soll. Wären wir Freundinnen, würde ich sie vermutlich in den Arm nehmen und fragen, ob ich irgendetwas tun kann. Aber ich habe keine Ahnung, ob Faye und ich Freundinnen sind.

»Schläft er oben?«, frage ich stattdessen.

Sie schüttelt den Kopf. »Nein, er ist nicht hier.«

»Wo ist er?«

»Ins Büro gefahren. In einer Bar. Ich habe keine Ahnung.«

Also scheint es ein heftiger Streit gewesen zu sein.

»Darf ich fragen …« Ich räuspere mich. »… worüber ihr gestritten habt?«

»Manchmal haben wir, nun ja, verschiedene Ansichten darüber, wie man mit … Problemen umgeht. Und Victor neigt dazu, nicht unbedingt zimperlich mit seinen Mitmenschen zu sein.«

Ich frage mich, ob das die Wahrheiten sind, von denen Hugo gesprochen hat. Wahrheiten, die man mit ins Grab nehmen sollte.

Eine Träne kullert Fayes Wange hinunter. »Entschuldige«, sagt sie, zieht die Nase hoch und versucht leise zu lachen. »Das hier ist wirklich nicht dein Problem.« Sie blickt mich aus klaren blauen Augen an. Dann nimmt sie meine Hand und drückt sie kurz. »Aber es tut gut, nicht allein zu sein. Danke.«

»Du kannst gern mit mir darüber reden, wenn du willst«, schlage ich vor.

»Danke.« Sie schnäuzt sich, lächelt aber wieder. »Dir ist sicher aufgefallen, dass ich um einiges jünger bin als Victor«, beginnt sie. »Er hat nie einen Hehl daraus gemacht, was er sich von unserer Beziehung verspricht, worum es ihm geht. Und ich dachte, es würde mir reichen.« Sie zuckt mit den Schultern. »Aber, was soll ich sagen, die Dinge ändern sich. Man wird älter, die Bedürfnisse verschieben sich. Langer Rede kurzer Sinn: Vor einigen Monaten habe ich mich dazu durchgerungen, ihm zu sagen, dass ich gerne ein Kind hätte.« Sie schluckt, und erneut löst sich eine Träne von ihrer Wange. Nun bin ich diejenige, die nach ihrer Hand greift. »Aber es sind leider nur meine Bedürfnisse, die sich verschieben. Er sagt, er ist zu alt, um das alles noch mal durchzumachen.« Sie blickt auf und fügt hinzu: »Victor hat einen Sohn aus erster Ehe. Sie haben keinen Kontakt.«

»Und jetzt?«, frage ich. »Was bedeutet das?«

»Ich muss mich arrangieren. Aber es ist schwer, wenn man in sich dieses drängende Gefühl trägt. Und es hilft auch nicht, einen alten Mann im Haus zu haben, der der Ansicht ist, sein Sohn solle sich lieber nicht mehr reproduzieren. Auch wenn ich weiß, dass er es diesmal nur gut gemeint hat.«

»Hugo?«, frage ich, weil das Bild von Hugo, der etwas gut meint, allzu absurd ist.

»Ja, stell dir vor, er hat mir einen Joint angeboten.« Sie lacht. »Und dann hat er gesagt, ich solle bloß froh sein, denn die Wahrscheinlichkeit, dass Victors Nachkommen von innen heraus faulen würden, wäre zu groß.« Sie gibt ein Geräusch von sich, das eine Mischung aus Prusten und Schluchzen ist. Und auch mir fällt es schwer, nicht loszulachen. Hugo ist wirklich unmöglich.

»Aber genug davon. Erzähl mir von deinem Kuss«, sagt

sie und schenkt uns beiden noch mal Wein nach. »Ich will alles wissen. Wer er ist, wie er heißt, was er macht, wann ihr euch wiederseht, wie er küsst.« In ihren Augen hat sich wieder ein Funkeln gebildet. Sie setzt sich in den Schneidersitz und sieht mich erwartungsvoll an.

»Er ist Gitarrist«, sage ich, und beim Gedanken an Link wird mir ganz warm. »Und ich glaube nicht, dass es Worte dafür gibt, wie gut er küsst.«

20

Lincoln

Der Sound stimmt heute ganz und gar nicht. Ich weiß nicht, ob es nur mir auffällt, aber es fühlt sich nicht rund an, nicht nach uns. Jasper hat gerade zum dritten Mal seinen Einsatz verpasst, und selbst Weston sieht auf und schüttelt den Kopf.

»Was ist los, Leute?«, frage ich und drehe mich um.

»Sorry, bin unkonzentriert.« Jasper spielt zwei Akkorde und klimpert eine schnelle Tonfolge.

»Dafür brauchen wir uns nicht zu treffen«, sagt Sal, allerdings muss er gerade reden. Er kam erst zehn Minuten zu spät, und seither ist das größte Kompliment, das man ihm machen kann, dass er lustlos spielt.

»Sal hat recht«, sage ich. »So können wir es gleich ganz bleiben lassen. Noch mal. Curtis, zähl uns ein.«

»*A one, a two*«, sagt er und begleitet die restlichen Zahlen mit dem Aufeinanderschlagen seiner Sticks, »*a one, two, three, four.*«

Bonnie und ich setzen gleichzeitig ein. Ein paar Takte später ist auch Jasper dabei, und Sal reißt sich ebenfalls am Riemen. Meine Stimme ist nicht gewaltig nach einem Tag in den Straßen von New Orleans, aber es fühlt sich ein bisschen mehr nach uns an. Begeistert ist dennoch keiner, als wir nach dem Song zusammenpacken.

»Hattest du gestern noch einen schönen Abend?«, fragt

Bonnie und sieht mich eindringlich an, während sie den Stachel ihres Kontrabasses ins Instrument schiebt.

»Ähm, ja? Danke der Nachfrage. Und selbst?«

Aber Bonnie beschäftigt sich nun intensiv mit dem Reißverschluss ihrer Kontrabasshülle.

»Geht ganz schön schnell bei dir gerade, oder?«, fragt Curtis.

»Was meinst du?« Ich kann ihm nicht folgen.

»Erst Esmé, jetzt German Girl …«, sagt er.

»Franzi«, korrigiert Bonnie.

Ich nicke ihr dankbar zu, schiebe mein Plektron zwischen die Gitarrensaiten und lege sie in ihren Kasten.

»Bye, Leute!« Sal winkt in die Runde und verlässt den Raum.

»Habt ihr noch Lust auf ein Bier auf der Terrasse?«, fragt Jasper, aber auch er klingt merkwürdig. Gezwungen irgendwie.

»Heute nicht, Jasper, danke. Ich glaube, ich brauche ein bisschen Abstand.« Bonnie packt ihre Noten zusammen.

»Soll ich dich mitnehmen, Bonnie?«, fragt Curtis. »Mein Auto steht draußen.«

»Brauchst du auch Abstand?«, frage ich ihn, doch er zuckt nur mit den Schultern. »Ist alles okay bei euch?« Wüsste ich nicht, dass es unmöglich ist, ich würde vermuten, die beiden haben eine Affäre.

»Alles in bester Ordnung«, sagt Bonnie ein bisschen zu scharf für meinen Geschmack, aber ich kann es mir auch eingebildet haben.

»Ich komme mit zu euch, ich habe meine Wäsche noch in der Maschine.« Ich klatsche mit Weston ab, der sich immerhin zu freuen scheint.

Während des zehnminütigen Fußwegs von der Musikschule zu Jaspers Haus versuche ich meinem Ärger Luft zu machen.

»Was war das denn? So eine bescheuerte Probe hatten wir noch nie. Und wie komisch sind bitte Bonnie und Curtis drauf?«

»Tut mir leid«, sagt Jasper. »Ich war auch unkonzentriert.«

»Um dich geht es doch hier gar nicht. Ich will wissen, was mit der Dynamik passiert ist.«

»Ich schätze, wir stehen gerade alle ein bisschen unter Strom.«

»Aber warum? Es läuft doch alles. Der Freitagsgig war toll, Mikey ist mehr als glücklich mit uns. Der nächste Schritt ist nur noch eine Frage der Zeit.«

»Vielleicht ist ja genau das das Problem«, sagt Jasper.

»Das soll das Problem sein?«

»Für uns alle hängt eine Menge an der Band. Je besser es läuft, desto mehr haben wir zu verlieren.«

»Aber wieso sollten wir denn etwas verlieren?« Ich habe das Gefühl, dass mir etwas Wesentliches entgeht.

»Weston, läufst du bitte auf dem Gehweg?«, ermahnt Jasper seinen Sohn. »Die Leute brettern hier manchmal einfach durch. Das ist gefährlich.«

Weston murrt, bleibt aber brav auf dem Gehweg. Maya sitzt auf Jaspers Schultern. Ihre Augen werden langsam schwer.

»Wir haben alle unser Päckchen zu tragen«, fährt Jasper nun fort. »Für keinen von uns ist es leicht.«

Ich nicke und wünschte, ich könnte Jasper alles anvertrauen. Es fühlt sich falsch an, Geheimnisse vor ihm zu haben. Aber anders geht es nicht. Und ich habe Blythe versprochen, mich um ihn zu kümmern.

Die letzten hundert Meter zum Haus legen wir schweigend zurück. Es ist bereits dunkel, und aus den Nachbarhäusern dringt ein wohliges Licht auf die Straße.

»Zeit, ins Bett zu gehen«, sagt Jasper, als er Maya von seinen Schultern hebt und die Tür aufschließt.

»Bringst du uns ins Bett, Link?«, fragt Weston.

»Okay, Kumpel, kann ich machen.« Ich wuschle ihm durch die Haare.

»Zähne putzen, Gesicht waschen, Schlafanzug«, sagt Jasper.

»Und Pipi machen«, nuschelt Maya.

»Ganz genau.«

Ich folge den dreien ins Badezimmer, wo Weston sich selbst die Zähne putzt, während Jasper Maya dabei assistiert.

»Schau mal, ich habe einen Spiderman-Schlafanzug«, sagt Weston. Er hat die Hose schon an, das Oberteil hält er noch in der Hand.

»Schick. So einen wünsche ich mir auch.«

Weston grinst, und Maya kichert, obwohl sie so müde ist.

»Die gibt's nicht in deiner Größe«, sagt Weston.

»Was? Das ist ja eine Unverschämtheit. Dann muss ich wohl deinen anziehen.« Ich schnappe mir Westons Schlafanzugoberteil und ziehe es mir über den Kopf. Es ist so eng, dass ich kaum hindurchpasse. Und als ich es endlich geschafft habe, schnürt es mir den Hals zu.

Weston und Maya kringeln sich vor Lachen, und auch Jasper grinst.

»Du leierst es aus«, ruft Weston, als ich versuche, mich daraus zu befreien. Schließlich glückt es. Weston reißt mir das Oberteil immer noch lachend aus der Hand und zieht es sich schnell selbst an, bevor ich noch mehr Unsinn damit anstellen kann.

Während Weston im oberen Bett Comics liest, kuschelt sich Maya unten an Jasper. Ich setze mich auf den kleinen Kindersessel, den Blythe schon als Mädchen hatte, und schließe die Augen. Jasper liest aus einem Bilderbuch vor, und seine Stimme, gepaart mit dem gleichmäßig raschelnden Umblättern, ist beruhigend. Dennoch kann ich nicht komplett abschalten. Die verkorkste Probe und das merkwürdige Verhalten von Bonnie und Curtis stecken mir noch in den Knochen.

Zehn Minuten später schaltet Jasper an Mayas Bett das Licht aus. Die Kleine schläft tief und fest.

»Gute Nacht, Wes«, sagt er und küsst seinen Sohn auf die Stirn. »Mach das Licht aus, wenn du fertig gelesen hast, okay?«

Weston nickt. »Gute Nacht.«

»Gute Nacht«, sage auch ich. Dann schleichen Jasper und ich aus dem Kinderzimmer und schließen die Tür hinter uns.

»Und jetzt erzähl«, sagt Jasper, als wir wieder im Flur sind. »Was ist das mit dir und dieser Franzi?«

Sofort scheint es, als würde die Schwerkraft für meine Mundwinkel nicht mehr gelten. Ich kann nicht anders, als bei der bloßen Erwähnung ihres Namens zu lächeln.

Jasper holt zwei Flaschen Bier aus dem Kühlschrank und macht im Wohnzimmer leise Musik an.

»Ich kann es dir nicht genau sagen«, antworte ich mit leichter Verspätung. »Aber es fühlt sich gut an.«

»Das ist die Hauptsache«, sagt er und prostet mir zu. »Und dass sie nur für ein Jahr hier ist, ist kein Problem?« Er hat die Augenbrauen fragend nach oben gezogen.

»Ehrlich gesagt, denke ich darüber nicht wirklich nach.« Ich zucke mit den Schultern. »Ich nehme jeden Tag, wie er kommt, weißt du?«

Jasper nickt wissend. Er weiß am besten, dass es von einem Moment auf den anderen vorbei sein kann. Ich schlucke beim Gedanken daran, wie es hier früher war – und dann still.

»Ich will nur nicht, dass es dich unerwartet trifft«, sagt Jasper.

»Keine Sorge. Ich weiß, was ich tue.«

»Ich habe nichts anderes erwartet«, sagt er und nimmt einen Schluck von seinem Bier. »Nach Eloise …«

»Mit Eloise war es ganz anders«, unterbreche ich ihn, weil der Vergleich einfach lächerlich ist. »Sie war von einem Tag auf den anderen weg. Ohne Vorwarnung.«

»Es *war* etwas ganz anderes. Du hast recht. Ich will nur, dass es dir gut geht.«

»Das tut es«, sage ich voller Überzeugung. »Das tut es wirklich.«

21

Franzi

Es wird Tag für Tag wärmer, die Feuchtigkeit drückender. Und ich werde Tag für Tag glücklicher. Nicht einmal Hugos Launen können mir die Stimmung verderben. Denn jeden Tag schlafe ich mit Gedanken an Link ein, um am nächsten Morgen mit ebendiesen Gedanken wieder aufzuwachen. Sein Dasein, seine Existenz erfüllt mich komplett. Ich atme, fühle, schmecke nur ihn. In allem, was ich tue. Wir treffen uns beinahe jeden Tag, sobald ich allen meinen Aufgaben nachgekommen bin. Ich höre ihm bei der Straßenmusik zu, er begleitet mich auf meinen Touren durch die Stadt. Wir küssen uns wie zwei verliebte Teenager zu jeder Gelegenheit, die sich uns bietet. Es gibt kaum einen Hauseingang, in den Link mich nicht hineinschiebt, um im nächsten Moment über mich herzufallen, als wäre er komplett ausgehungert. Kaum einen Hinterhof, in dem wir uns nicht ineinanderkrallen, als hielte es uns am Leben. Kaum einen Abend, an dem wir nicht noch Ewigkeiten vor Fayes und Victors Haus rumknutschen, als wäre es das letzte Mal, dass wir einander sehen. Ich habe mich in meinem ganzen Leben noch nie so gefühlt. Erhaben und gleichzeitig klein im Angesicht der Empfindungen, die in mir aufkeimen.

Faye grinst mich wissend an, wann immer sie mich sieht. »Du strahlst ja förmlich«, sagt sie.

Heute Abend besuche ich endlich wieder einmal einen Auftritt von After Hours im *Cat's Cradle*. Auf meine Frage, warum sie immer in der gleichen Bar spielen, erklärte Link mir, dass in New Orleans die Bands und die Clubs und Bars, in denen sie auftreten, untrennbar miteinander verbunden sind. Es ist ein symbiotisches Verhältnis, ein Geben und Nehmen. Und wieder verstand ich die Stadt ein wenig besser.

Während sie spielen – und sie spielen wieder fantastisch –, habe ich nur Augen für Link. Mehr als einmal treffen sich unsere Blicke, und mein Herz hüpft.

»Ihr seid wirklich zuckersüß«, sagt Amory, die in einem dunkelblauen Maxikleid neben mir steht. Ich bewundere sie. Sie ist so selbstsicher, so schön auf die lauteste Art, die ich kenne. Sie ist die personifizierte Weiblichkeit. Ich versuche mir vorzustellen, wie sie in mein Zuhause nach Deutschland passen würde. Hier, in New Orleans, wo jeder die Möglichkeit hat, er oder sie selbst zu sein, sind dem Selbstbewusstsein scheinbar keine Grenzen gesetzt. Aber ich fürchte, in Deutschland wäre sie zu früh in eine Schublade gesteckt worden, um sie selbst sein zu können.

Ich schenke ihr ein Lächeln. »Ich weiß gar nicht so genau, wie das passieren konnte«, sage ich.

»Ich schon. Du bist genau das, was Link nie hatte und immer gesucht hat. Ohne dass er es wusste.«

»Ich … ich glaube nicht, dass …«, beginne ich, aber Amory unterbricht mich.

»Oh doch. Ich weiß es. Du kannst mir ruhig vertrauen. Ich bin ziemlich gut mit Menschen.«

»Vielleicht solltest du Psychologin werden«, schlage ich vor.

»Und den Spaß daran verlieren, andere zu analysieren? Nein, danke. Da bleibe ich lieber bei der Mathematik.«

»Du studierst Mathematik? Wow.«

Sie zuckt mit den Schultern. »Mir wird schnell langweilig. Da ist die Mathematik genau das Richtige. Es gibt immer was zu denken. Jetzt in diesem Moment beispielsweise löse ich ein Problem.«

»Während du mit mir redest?«

»Während ich mit dir rede.«

»Bist du irgendwie hochbegabt oder so?« Ich lache.

»Jep.«

»Echt jetzt?«

»Ja, aber es ist nicht so, als wäre ich ein Genie oder so. Zumindest kein krasses. Nur so ein bisschen.«

»Was bedeutet das?« Amory wirkt wie das genaue Gegenteil von einem mathematischen Wunderkind. Wobei ich zugeben muss, dass ich nicht weiß, wie so ein mathematisches Wunderkind aussieht.

»Also mit elf habe ich einen Wettbewerb gewonnen, an dem normalerweise Neuntklässler teilnehmen. Das war der Moment, als meine Eltern beschlossen haben, noch ein Kind zu machen.« Sie lacht. »Ich glaube, sie haben gemerkt, dass aus mir keine Landwirtin werden würde.« Sie muss meinen überraschten Blick bemerkt haben. »Bin ein Landei. Durch und durch. Mathe-Genie, Landei. Vielleicht finde ich noch ein Klischee, das ich durchbrechen kann.«

»Vielleicht habe ich mich gerade in dich verliebt«, sage ich lachend.

»Stell dich hinten an«, sagt sie und prostet mir zu.

Nach der letzten Zugabe verschwindet Link mit dem Hut voller Geld nach hinten ins Lager, nicht ohne mir vorher noch einen Kuss zu geben. Als ich die Augen wieder öffne, sehe ich, dass Bonnie mich kritisch beäugt. Ob sie um Links Ruf als Junggeselle bangt? Ich kann mir vorstellen, dass der weibliche Teil des Publikums spendabler ist, solange Link überzeugend mit ihnen flirtet. Und vielleicht hat sie recht. Vielleicht sollten wir zum Wohl der Band etwas zurückhaltender sein, auch wenn es mir ein bisschen gegen den Strich geht.

»Schön, dich zu sehen«, sage ich, als Bonnie an mir vorbei zur Bar geht. Vielleicht kann ich die Sache ja gleich mit ihr klären.

»Hi«, gibt sie zurück. »Mikey, kriege ich ein Wasser?«

Der Barmann nickt. »Toller Gig«, sagt er.

»Leider kein Wochenende«, erwidert Bonnie. »Falls du mal wieder einen Slot für uns hast …«

»Ihr seid immer meine erste Wahl. Aber ich werde niemanden rauskicken.«

»Klar, verstehe ich.«

Bevor ich noch etwas sagen kann, um die seltsame Stimmung zwischen uns zu kitten, geht sie nach draußen.

Ich bin froh, als Link zurück ist. Er nimmt mich mit zu den anderen und drückt jedem einen Stapel Scheine in die Hand. Vermutlich bin ich paranoid, aber es kommt mir so vor, als würden zumindest Bonnie und Curtis meinen Blicken ausweichen.

»Komm mit. Ich will dich für mich haben«, flüstert Link mir ins Ohr und zieht mich von den anderen weg und um die Ecke in den dunklen Hinterhof des *Cat's Cradle.*

»Ist mit Bonnie alles in Ordnung?«, frage ich, ehe er seine Lippen auf meine drücken kann.

»Das war eigentlich nicht das, was ich im Sinn hatte«, sagt er grinsend und umschließt meinen Mund mit seinen Lippen. Sofort spüre ich seine warme Zunge, und mein Kopf droht, sich auszuschalten. Doch das hier ist wichtiger. Ich will ihn sanft von mir schieben, da flüstert er »Du hast mir gefehlt« in mein Ohr. Dann beginnt er meinen Hals zu küssen.

»Warte«, sage ich atemlos, »ich meine es ernst. Sie war ein bisschen komisch.«

»Bonnie interessiert mich gerade nicht«, sagt Link mit leicht verschleiertem Blick. »Du interessierst mich. Das interessiert mich.« Er umfasst meinen Körper und saugt sanft an meiner Unterlippe.

Ich muss kichern, doch erneut schiebe ich ihn weg. »Sie war komisch zu *mir*«, sage ich mit Nachdruck. »Habe ich was falsch gemacht?«

»Du?«, fragt er entgeistert und tritt nun einen Schritt zurück. »Du könntest nicht mal etwas falsch machen, wenn du es darauf anlegtest.«

»Warum habe ich das Gefühl, dass du mich nicht ernst nimmst?«, frage ich, lasse ihn aber gewähren, als er wieder ganz nah an mich herantritt und mir meine Haare hinters Ohr streicht.

»Ich nehme dich ernst«, sagt er und blickt mich aus klaren Augen an. »Ich nehme uns ernst.«

Mein Herz setzt einen Schlag aus. Was meint er damit? Wir haben noch nicht darüber gesprochen, was das hier ist. Dass es besonders ist, schön und einzigartig, spüren wir bestimmt beide. Aber ich habe ihn noch nie von einem »uns« sprechen hören. Von einem »wir«.

»Uns?«, frage ich vorsichtig, weil ich mir fast sicher bin, dass es ein Versehen war.

Statt einer Antwort vergräbt er sein Gesicht in meinen Haaren. Ich spüre seinen Atem, seinen Herzschlag an meiner Brust. Ich spüre zum ersten Mal etwas anderes als Lust und Leidenschaft. Ich spüre die Dringlichkeit dieser Nähe. Seine Lippen wandern über mein Schlüsselbein und hinterlassen eine heiße Bahn auf meiner Haut, und mit einem Mal bin ich nicht mehr in der Lage, meine Gedanken zu koordinieren. Mit seinen Händen umfasst er meinen Körper so fest, dass es wirkt, als würde er sich an mir festhalten. Dann, beinahe hungrig, findet er meine Lippen und teilt sie mit seiner

Zunge. Die Gier, mit der er mich erkundet, mit der er über meine Lippen, meine Zunge, meinen Gaumen streicht, entlockt mir ein leises Seufzen.

Kurz wundere ich mich, warum eigentlich ich. Bislang musste ich mir diese Frage noch nie stellen. Die Menschen in meinem Leben und ich, wir waren uns immer ähnlich. Vernünftig, auf die Zukunft bedacht. Wir waren ein stabiles System, in dem man sich gegenseitig stützt. Das hier, das ist etwas ganz anderes. Link bringt mich so vollkommen aus dem Gleichgewicht, dass ich einfach umfallen würde, hielte er mich nicht so fest. Die Empfindungen, die Links Berührungen, seine Anwesenheit, ja, seine bloße Existenz in mir auslösen, sind mit nichts vorher Dagewesenem zu vergleichen. Und obwohl ich mich vor dem fürchte, was kommt, wenn dieser Kuss und all die anderen enden, kann ich nicht anders, als mich mit Haut und Haar und allem, was ich habe, hineinzulehnen in ihn, in uns. Die vernünftige Franzi tobt und wütet vermutlich irgendwo in mir drin und schreit, ich solle aufpassen, aber Frenzy, New-Orleans-Frenzy, will das Risiko. Auch wenn es ein Gefühlsrisiko ist.

Nach ein paar Minuten – oder waren es viele? – ist der erste Hunger nach Nähe gestillt, obwohl dafür nun mein gesamter Körper in Flammen steht. Die Lust auf mehr, auf ihn, auf alles lässt mich erbeben, und ich merke, wie heftig es in mir pocht. Bis in meinen Schritt, wo sich das Pochen, Ziehen und Begehren zu sammeln scheint.

»Ich werde mit ihr sprechen, okay?«, sagt Link. »Mit Bonnie, meine ich.«

»Danke«, erwidere ich und habe auf einmal das Gefühl, als wären wir unbesiegbar. Wenn wir nur zusammen sind. Wenn wir ein Wir sind.

22

Lincoln

Bonnie lebt ebenso wie Jasper in Tremé. Heute hat sie mich zum Frühstück eingeladen – oder, besser gesagt, ich habe mich selbst eingeladen. Denn Frenzy hat recht. Es gibt offensichtlich Dinge, die wir klären müssen. Das Haus, in dem Bonnie mit ihrer Mom Annabella und ihrer Zwillingsschwester Lula wohnt, ist ein kreolisches Cottage – ein kleines, zweistöckiges Haus mit gelber Holzverkleidung und türkisfarbenen Fensterläden. Die Farbe ist bereits ein paar Jahre alt, und es gibt eigentlich keine Stelle, an der sie nicht abblättert. Das feuchte, heiße Klima bekommt weder dem Holz noch der Farbe. Den letzten Anstrich haben Curtis, Bonnie und ich dem Häuschen verpasst, kurz bevor Blythe gestorben ist. Es war eine Ablenkungstherapie für uns alle.

Ich öffne das knarzende Gartentor, und sofort fühle ich mich zu Hause. Dieser ungepflegte Vorgarten voller Unkraut und Gestrüpp, die leicht gelblichen Gardinen, die innen vor den Fenstern hängen, der Geruch nach altem Holz, Sonnenschein und abgestandenem Zigarettenrauch, der durch die offen stehende Tür nach draußen dringt. All das ist seit der Grundschule ebenso mein Zuhause wie mein eigenes Elternhaus. Curtis, Bonnie und ich kennen uns von einem sozialen Musikprojekt, das kurz vor Katrina in Tremé ins Leben gerufen wurde und die Katastrophe überdauert hat. Es ist das gleiche Projekt, für das Jasper heute arbeitet. Ziel war es, Kids von der Straße zu holen und ihr Leben mit etwas zu füllen, das ihnen eine Sinnhaftigkeit im Leben bietet und gleichzeitig das kulturelle Erbe der Stadt am Leben erhält. Während der ersten Woche durften wir alle möglichen Instrumente ausprobieren. Ich erinnere mich an den Moment, als ich das erste Mal eine Gitarre in der Hand hatte, als wäre es gestern gewesen. Dieses Gefühl, als wäre das Instrument die logische Erweiterung meines Körpers. Als hätte mir bis zu diesem Augenblick etwas gefehlt und jetzt erst wäre ich vollständig. Bonnie und ich gerieten aneinander, weil sie auch Gitarre lernen wollte, es aber nicht genug Plätze dafür gab. Es lief darauf hinaus, dass entweder sie oder ich uns ein anderes Instrument aussuchen mussten. Ich fing bitterlich zu weinen an, und sie entschied sich daraufhin für das größte Instrument, das sie finden konnte, um, wie sie damals sagte, mich damit zu verprügeln, sobald sie stark genug wäre. Seit diesem Tag sind wir beste Freunde. Sie hat mit dem Kontrabass ihre Berufung gefunden und mich bis heute nicht damit verprügelt.

Ich trete ins Wohnzimmer, wo Annabella gerade dabei ist, Lulas Haare zu schneiden. Sie ist ein Geheimtipp im Viertel und hat mir auch schon oft die Haare geschnitten.

Als Lula mich erblickt, springt sie jedoch sehr zum Missfallen ihrer Mom auf.

»Link!«, ruft sie und fällt mir um den Hals. Lula ist beinahe wie eine Schwester für mich. Wie eine Schwester, die immer da ist, wenn man sie nicht braucht. Allerdings eine Schwester, die man trotzdem über alles liebt. Nicht wie Blythe, aber so ähnlich. »Du warst viel zu lange nicht hier!«

Lula hat ebenso wie Bonnie eine zierliche Statur, doch ansonsten ist sie das genaue Gegenteil: kurze Haare, auffällige, figurbetonte Outfits, die meist nur das Nötigste bedecken, Tattoos.

Ich streiche ihr über die frisch geschnittenen kurzen schwarzen Locken.

»Merkt man auch an deinem Haarschnitt«, kommt es nun von Annabella. Sie ist mit ihrem mächtigen Körper so ziemlich das Gegenteil ihrer Töchter und gleichzeitig einer der besten Menschen, die ich kenne.

»Link, mein Baby«, sagt sie, legt die Schere weg und kommt auf mich zugewackelt, um mich in ihre massigen Arme zu schließen. Eine Umarmung von Annabella ist der Inbegriff der Geborgenheit. Man hat das Gefühl, als würde alles Schlechte, das es in der Welt gibt, mit einem Mal zu Weichheit und Wärme.

»Es sollte verboten sein, so hübsch zu sein.« Annabella kneift mir in die Wange. Wieder schließt sie ihre Arme um mich, noch fester diesmal. Sie duftet nach zu Hause, nach Familie. »Ich könnte dich erdrücken«, sagt sie und lacht ihr heiseres, herzliches Lachen, bei dem ihr gesamter Körper zu beben scheint, ehe sie mich wieder loslässt.

»Bonnie ist draußen«, sagt Lula und zeigt mit dem Daumen in den hinteren Teil des Hauses, von wo aus man in den kleinen Garten gelangt.

Eigentlich war der Plan, sie bei Annabella im Wohnzimmer zurückzulassen, aber ich habe die Rechnung ohne Lula gemacht. Sie folgt mir und plappert munter drauflos.

»Ricky macht mich fertig«, sagt sie. »Er gibt mir nur noch beschissene Schichten, weil ich nicht mehr mit ihm in die Kiste steige. Ich mein: Hallo? Der Kerl ist über vierzig. Wie viele Jahre soll ich denn noch an ihn verschwenden?«

In der Küche nehme ich mir eine Tasse vom Abtropfgestell neben der Spüle und schenke mir einen Kaffee aus der Thermoskanne ein. Annabella sorgt dafür, dass sie nie leer ist.

»Danke«, sagt Lula und nimmt mir die Tasse aus der

Hand. »Ist das zu fassen? Wir waren ja nicht mal zusammen. Und jetzt kommt er mir so?«

Ich hole eine weitere Tasse und fülle sie erneut. Dann nehme ich einen Schluck. Der Kaffee ist heiß und stark. Genau wie ich ihn mag. Der Geschmack erinnert mich an unbeschwerte Zeiten, als Bonnie und ich noch dachten, das Leben sei eine große Wundertüte, in der nur aufregende bunte Süßigkeiten sind. Oder so ähnlich. Lange war die Wundertüte für mich leer. Doch seit einiger Zeit ... spätestens seit meinem Kuss mit Frenzy ist da wieder etwas, das macht, dass ich tanzen möchte.

Die Hintertür steht offen. Ich blicke einmal kurz zu Lula, um zu sehen, ob sie vielleicht Anstalten macht, wieder ins Wohnzimmer zu gehen, aber Fehlanzeige. Ich seufze innerlich und trete nach draußen. Die Sonne blendet mich, und ich kneife die Augen zusammen, denn nach der kühlen Dunkelheit im Inneren des Hauses muss ich mich an den hellen Sonnenschein erst wieder gewöhnen.

Draußen hängt Bonnie Wäsche auf. Sie trägt wie immer weite Boyfriendjeans und ein Band-T-Shirt, dessen Ärmel sie nach oben gerollt hat. Während Lula in jeder Situation zeigt, wie makellos ihr Körper ist, versteckt Bonnie sich lieber in weiten Klamotten hinter einem gigantischen Kontrabass.

»Hi«, sage ich. Normalerweise würde ich ihr einen Kuss auf den Scheitel drücken, aber heute wahre ich Abstand. »Ich habe Lula dabei.«

»Das sehe ich«, sagt Bonnie und reicht ihrer Schwester ein Bettlaken zum Aufhängen. »Du entkommst mir trotzdem nicht«, flüstert sie mir zu.

»Du mir auch nicht.« Mein Tonfall ist deutlich distanzierter als ihrer. »Sollen wir sie reinschicken?« Ich schnappe mir ein riesiges neonfarbenes Kleid von Annabella, um es aufzuhängen.

»Nein, lass sie einen Moment«, flüstert Bonnie. »Ihr geht's nicht so gut. Ricky …«

»Was ist mit Ricky?«, fragt Lula, die gerade wieder hinter dem Bettlaken auftaucht.

»Er ist ein Penner«, sagt Bonnie.

»Vollkatastrophe«, bestätigt Lula hinter der Wäsche.

»Und du, Link?« Bonnie spricht nun wieder leise, als Lula mit dem nächsten Laken verschwindet. »Wird das bei dir auch eine Vollkatastrophe?«

»Witzig«, gebe ich zurück. »Willst du es zu einer Vollkatastrophe machen?«

»Nein, nicht witzig. Ich meine es ernst.« Bonnies Tonfall ist streng, und ich fahre mir genervt durch die Haare.

»Meinst du nicht, dass es meine Angelegenheit ist?«

»Nicht, solange noch andere Leute mit drinhängen.« Sie dreht mir den Rücken zu, um sich nach einem weiteren Wäschestück zu bücken.

»Worum geht's hier, Bonnie?«

»Ich will es auch wissen!«, sagt Lula, die ebenfalls in der Wäschekiste herumfischt.

»Frühstück?«, frage ich, um Bonnie etwas auf Abstand zu halten und Lula abzulenken. Ich warte ihre Reaktion nicht ab, sondern kümmere mich gleich darum.

Fünf Minuten später sitzen wir an einem weißen Plastiktisch hinter der sauberen Wäsche, die im leichten Wind hin und her schwingt. Es gibt Frühstücksflocken – Lucky Charms, Bonnies *guilty pleasure*. Wobei, so *guilty* ist es gar nicht. Eher: Bonnies *pleasure*.

»Wisst ihr, was auch nervt?«, fragt Lula, und ich bin ihr beinahe dankbar, dass sie nicht aufhört zu quasseln. Bonnies Verhalten macht mich echt sauer.

»Was?«, frage ich und klinge interessierter, als ich es tatsächlich bin.

»Ich glaube, ich habe einen Stalker.«

»Was?« Das ist nun tatsächlich spannend.

»Seit ich diese späten Schichten habe, kommt immer dieser seltsame Kerl, setzt sich vor mich, sieht mich an. Und wenn ich fertig bin und nach meiner Schicht rauskomme, um noch einen Cocktail zu trinken, ist er weg.«

»Das ist kein Stalking, Lula«, sagt Bonnie. »Das bringt dein Job mit sich. Dass sich geile Kerle vor dich setzen, dich angaffen und dann nach Hause zu ihren Frauen gehen.«

Ich lache, und Lula zieht einen Flunsch.

»Als wüsste ich das nicht«, sagt Lula. »Aber der ist anders. Der ist penetranter.«

»Vielleicht solltest du mal wieder unter andere Leute kommen«, schlage ich vor, um auch etwas beizutragen. »Du warst ewig nicht mehr bei einem Gig von uns.«

»Nein, danke«, sagt Lula, »ist nicht mein Ding.« Kurz schweigen wir. Dann fragt sie: »Was führt dich eigentlich heute Morgen hierher?«

Da ich ihr nicht erzählen kann, dass Bonnie und ich eine Meinungsverschiedenheit über eine Sache haben, die einzig mich etwas angeht, sage ich nur: »Hatte einfach Lust, Marshmallows in Milch zu ersäufen.« Bonnie versetzt mir unter dem Tisch einen spielerischen Tritt. Der Versuch, etwas Normalität herzustellen. Und ich steige drauf ein. Ich will mich nicht streiten. »Komm schon, Bonnie. Ich weiß wirklich nicht, ob es in diesem Land außer dir noch irgendjemanden jenseits des Grundschulalters gibt, der Marshmallows in seinen Cerealien mag.« Wir lachen, aber die Unbeschwertheit ist nur oberflächlich. Darunter brodelt es.

Nachdem Lula ihre Geschichten erzählt hat, ist sie schnell gelangweilt und verschwindet wieder nach drinnen.

»Also?«, frage ich und verschränke die Arme vor der Brust.

»Du weißt ganz genau, worum es geht«, sagt Bonnie. »Du bist gerade erst wieder richtig da.«

»Übertreib mal nicht.« Ich klinge nach wie vor abweisend.

»Übertreiben? Ich?« Bonnie lacht spöttisch. »Entschuldigung, emotional stabilster Mensch, den ich kenne, dann muss ich dich wohl verwechselt haben.« Sie funkelt mich an. »Wir sind beste Freunde, Link, oder? Wir können uns alles sagen.«

»Natürlich.«

»Du warst ein Wrack. Ein halbes Jahr lang warst du ein Wrack. Ich weiß nicht, ob die Band das ein weiteres Mal verkraftet.«

Es ist das erste Mal, dass ich so etwas höre. »Was soll das bedeuten, Bonnie?«

»Sal wollte aussteigen. Er hat gesagt, wenn wir dich nicht in den Griff kriegen, geht er. Und, ehrlich gesagt, waren Curtis und ich kurz davor, uns nach einer Alternative umzusehen.«

»Was? Seid ihr verrückt?« Ich kann nicht glauben, was sie mir vor den Kopf knallt. After Hours war immer unser Projekt. Unser aller Traum.

»Ich weiß nicht, ob du dich noch an alles erinnerst, aber in deinem Alkohol-Trauer-Dunst warst du nicht gerade die Ausgeburt an Zuverlässigkeit und Freundlichkeit.« In ihrem Blick sehe ich einen leichten Vorwurf.

»Ja, ich weiß. Ich war ein Arsch«, sage ich kleinlaut. »Aber das war nur eine Phase. Sieh mich an, ich bin komplett wiederhergestellt. Ich bin glücklich.«

»Fragt sich nur, wie lange.«

»Hör auf, in Rätseln zu sprechen.« Langsam werde ich ungeduldig.

»Ich habe gesehen, wie du sie ansiehst.«

»Und wie sehe ich sie an?«

»Wie du Eloise angesehen hast.«

Eloise, die abgehauen ist. Die mich erschüttert hat.

»Aber Frenzy ist anders. Sie ist nicht wie Eloise. Sie ist wie niemand, den ich kenne. Das ist es, was mich so wahnsinnig macht, verstehst du? Sie ist vernünftig. Ruhig. Sicher.«

»Sie ist für ein Jahr hier. Für ein einziges Jahr. Und was passiert dann?«

Ich schlucke. Es stimmt. Aber soll mich das davon abhalten, jetzt glücklich zu sein? Ich nehme einen Tag nach dem anderen, ohne mich sonderlich um morgen zu kümmern. Niemand weiß, was morgen ist. Morgen kann alles vorbei sein. Die Stadt von einem Tag auf den anderen von einem Hurrikan weggefegt. Die Schwester von einem Moment auf den anderen nicht mehr unter uns. Was interessiert mich morgen, wenn ich heute leben kann?

Ohne dass ich weiß, wie es passiert, sage ich: »Weißt du, Bonnie, nicht jeder von uns verschanzt sich vor der Chance auf Glück.« Ich schlage mir die Hände vor den Mund. Das hätte ich niemals sagen dürfen. »Entschuldige. Bonnie, es tut mir so leid.« Doch der Schaden ist angerichtet, das sehe ich. Ihre Augen sind vor Entsetzen weit aufgerissen.

»Wow, Link.« Sie schluckt. »Dass du dich so schnell wieder in ein Arschloch verwandeln würdest, hätte ich allerdings auch nicht gedacht.«

Sie will gerade aufstehen, doch ich halte sie zurück. »Bonnie, bitte. Das war dumm von mir. Deine Situation ist eine andere. Ich weiß das. Ich bin nur so … ja, du hast recht. Ich bin ein Arschloch.«

»Ja, das bist du.«

»Ich weiß es zu schätzen, dass du dir Sorgen um mich machst. Danke. Ich hoffe, ich kann irgendwann genauso für dich da sein. Vielleicht lässt du mich ja mal?«

Sie sieht immer noch kritisch aus, aber ihre Gesichtszüge haben sich wieder etwas entspannt.

»Es wird nicht passieren, Bonnie«, sage ich. Und dann noch einmal mit mehr Überzeugung in der Stimme: »Die Band bedeutet mir alles. Du musst dir keine Sorgen machen.«

Aus Bonnies Blick, aus ihrer Körperhaltung spricht die pure Skepsis.

»Sind wir beste Freunde?«, frage ich sie nun, wie sie es vorhin bei mir gemacht hat.

»Wenn man deine Aussetzer ausklammert, ja.«

»Keine Aussetzer mehr. Ich verspreche es.«

Sie lacht. »Versprich nichts, was du nicht halten kannst.«

»Vertraust du mir?«

»Ja.«

Ich nehme ihre Hand. »Ich war seit Jahren nicht mehr so überzeugt von etwas. Seit Blythe gestorben ist, habe ich mich nicht mehr so gut gefühlt. Es ist, als wäre die Welt klarer, wenn ich bei ihr bin.«

Bonnie schüttelt den Kopf, doch ich kann erkennen, dass sich ein flüchtiges Lächeln auf ihre Lippen gestohlen hat. »Hör schon auf. Das klingt ja grauenhaft.«

»Aber es ist so.« Ich zucke mit den Schultern. »Und für dich, du zauberhaftes Wesen, gibt es das auch.«

»Nur nicht mit dem Mann, mit dem ich es will.«

Dazu sage ich nichts, denn es steht mir nicht zu. Das habe ich bereits mehrfach deutlich zu spüren bekommen.

»Aber sag, wie stellst du dir die Sache mit Frenzy vor? Willst du sie zu dir nach Hause bringen? Ich meine, hast du wenigstens darüber nachgedacht?«

»Ich nehme einen Tag nach dem anderen«, sage ich, doch ein nagendes Gefühl bleibt zurück. Denn natürlich habe ich weder darüber nachgedacht noch eine spontane Lösung parat. Aber für den Moment ist es mir egal. Für den Moment genieße ich die Sonne im Gesicht, den Duft der frischen Wäsche hinter mir, die Gewissheit, dass meine beste Freundin für mich da ist, die Vorfreude auf alles, was auf mich zukommt. Man muss es nur zulassen, denke ich mir. Und wieder einmal hat Blythe recht behalten. *Eines Tages, kleiner Bruder, kommt jemand, und du weißt, dass es richtig ist. Ganz egal, was die anderen sagen. So wie es bei Jasper und mir war. Zu einem hohen Preis, aber wir hätten jeden Preis gezahlt.* Und ich bin auch bereit, jeden Preis zu zahlen. Und wenn es bedeutet, dass das Glück nur ein paar Monate andauert. Immerhin weiß ich, woran ich bin, und kann mich darauf vorbereiten. Andere hatten dieses Glück nicht. Andere mussten sich so plötzlich voneinander verabschieden, dass der Gedanke daran mein Herz immer wieder ein klein wenig brechen lässt.

»Ich weiß«, sagt Bonnie. »Aber sie wäre stolz auf dich.«

Wie früher, als alles noch gut war, steht Bonnie auf und setzt sich auf meinen Schoß. Dann schlingt sie die Arme um mich.

»Woher weißt du, dass ich an sie gedacht habe?«, frage ich.

»Dein Blick. Er wird ganz anders. Ganz schwer. So wie ich mich fühle, wenn ich an sie denke.«

Ich nicke. »Sie wäre auch auf dich stolz, weißt du? So verdammt stolz.«

»Und auf Weston und Maya«, sagt Bonnie. »Und auf Jasper. Auf ihn am meisten.«

23

Franzi

»Es ist unhöflich, dauernd aufs Handy zu schauen«, sagt Hugo, der dabei ist, sein Bein mithilfe eines Gummibands zu dehnen.

Ich sitze vor ihm auf dem Fußboden, überwache seine Übung und sehe etwas zu häufig auf mein Handy. Link wollte sich längst melden, mir erzählen, wie es mit Bonnie gelaufen ist.

»Es ist auch unhöflich, unhöflich zu sein«, gebe ich zurück.

»Touché«, sagt er und verzieht den Mund, während er sein Bein erneut dehnt.

»Tut das weh?«, frage ich.

»Papperlapapp. Die Knochen sind nur alt.«

»So alt nun auch wieder nicht«, beruhige ich ihn. »Mach langsamer. Die Ärztin sagt, du sollst dein Bein nicht überstrapazieren.«

»Was weiß die schon?«

»Mehr als wir, glaube ich.« Ich stehe auf und hole den Gummiball, den Hugo bei der nächsten Übung mit den Zehen aufheben soll.

»Dein Lover lässt fragen, ob du heute Zeit für ihn hast«, sagt Hugo, und als ich mich umdrehe, sehe ich, dass er mein Smartphone in der Hand hat.

»Hey«, sage ich tadelnd, »das ist privat!«

»Und offenbar wichtiger als meine Übungen«, gibt er schmollend zurück.

»Dir sind die Fusseln auf deinem Hemd wichtiger als deine Übungen.«

»Heute bist du *on fire*«, sagt Hugo. »Was soll ich antworten?«

»Kann ich ihm vielleicht selbst antworten?«, frage ich.

»Wenn du es mich machen lässt, verspreche ich, dass ich die Übungen ganz brav absolviere. Bis zum Ende.«

»Du bist wie ein kleines Kind.«

»Ja, und wie gut ist das?«, fragt er. »Kleine Kinder sind mit Abstand die unbeschwertesten Wesen. Jeder sollte wie ein kleines Kind sein. Du auf jeden Fall.«

»Einer von uns beiden muss sich aber wie ein Erwachsener benehmen«, erwidere ich und denke an Adrian. Für den ich auch immer die Erwachsene war, sodass er ein Kind bleiben konnte. »Also gut, dann antworte ihm.« Ich verdrehe die Augen. »Schreib, dass wir uns erst heute Abend treffen können, weil ich bis dahin arbeiten muss.«

»Haha, ja, arbeiten«, sagt Hugo und pfeffert das Gummiband in eine Ecke.

»Was soll das?«, frage ich, doch dann fällt mir auf, dass ich womöglich Hugos Gefühle verletzt habe, indem ich die Zeit, die ich mit ihm verbringe, »Arbeit« genannt habe. Auch wenn es das genau genommen ist.

»Okay, ich schreibe ihm, dass du ihn heute Abend treffen willst«, sagt Hugo und beginnt, mit dem Zeigefinger seiner rechten Hand auf meinem Touchscreen herumzutippen.

»Du weißt, dass es schneller geht, wenn du die Daumen verwendest?«, frage ich.

»Schhhhhh«, macht Hugo, »ich muss mich konzentrieren. Diese Buchstaben sind wirklich verdammt winzig.«

Nach ein paar Minuten legt er mein Handy weg. Kurz

darauf vibriert es, und er liest sehr zu meinem Missfallen Links Antwort.

»Er ist einverstanden«, sagt er. Und dann konzentriert er sich tatsächlich ganz auf seine Übungen. Ohne Widerworte oder Proteste. Er scheint sogar richtig guter Laune zu sein. Das ist auch ein Grund, warum ich darauf bestehe, dass wir die Übungen zusammen machen. Diese gemeinsame Zeit verbessert nicht nur Hugos Beweglichkeit, sondern auch unser Verhältnis.

24

Lincoln

Ich stehe vor der opulenten Südstaatenvilla und wische mir nervös meine feuchten Hände an meiner Hose ab. Schon in dem Moment, als sie mich bat, einfach bei ihr vorbeizukommen, wusste ich, dass es keine gute Idee war. Doch nun, als ich wie ein nervöser Teenager am Abend des Proms vor dem gusseisernen Gartentor stehe, würde ich mich am liebsten in die Büsche übergeben.

Es macht mir nichts aus, vor hundert Menschen auf der Bühne zu stehen, Konflikte mit meinen Freunden auszutragen oder das Mädchen, das ich begehre, zu küssen. Das sind Augenblicke, in denen das Adrenalin mich trägt. Aber vor einem Haus wie diesem zu stehen in Erwartung irgendeines reichen Schnösels, der mich abschätzig von oben bis unten mustert, ist ein Albtraum. Zu gut erinnere ich mich an Blythes Horrorgeschichten, als sie anfing, Jasper zu daten.

Das Schlimme ist nicht das Geld oder die Macht oder die Ungleichheit. Das Schlimme sind ihre Blicke, erzählte sie mir. *Mit dem ersten ziehen sie dich aus. Nicht bis du nackt vor ihnen stehst, sondern bis sie in dich sehen, bis in deine tiefste Unsicherheit hinein. Und mit dem zweiten zeigen sie dir, wie gerechtfertigt deine Unsicherheit ist. Dass du es nie mit ihnen aufnehmen wirst. Und dass es besser wäre, du würdest dich mit deinen Klamotten nicht auf das teure Sofa setzen.*

In einem letzten verzweifelten Versuch streiche ich meine Haare erneut zurück, damit sie mir nicht in die Stirn hängen. Dann atme ich einmal tief durch und betätige die Klingel am Eingangstor.

»Wer ist da?«, fragt eine barsche männliche Stimme.

»Hallo, hier ist, ähm, ich bin ein Freund von …« – fast will ich Frenzy sagen – »… von Franziska.«

»Hast du auch einen Namen?«, fragt er.

»Ich bin Link. Lincoln. Mein Name ist Lincoln Hughes.«

Ein Summer ertönt, und ich drücke das Tor auf. Im nächsten Moment öffnet sich die Haustür, und zu meiner Überraschung erscheint der alte Mann, den Frenzy dabeihatte, als wir uns das erste Mal über den Weg gelaufen sind.

»Guten Abend, Sir«, sage ich unsicher. Obwohl ich bei unserer ersten Begegnung den Eindruck hatte, wir wären auf einer Wellenlänge, bin ich in dieser Umgebung überfordert. Ich versuche, seinem Blick standzuhalten, aber meine Augen wünschten, sie könnten auf den Boden schauen. »Bitte entschuldigen Sie die Störung.«

»Ja, Störungen sind hässlich. Niemand will so was. Besser, alles ist leise und wie immer. Im Idealfall tot«, sagt er und mustert mich tatsächlich. Jedoch fühle ich mich nicht, als würde er mich ausziehen.

Ich schlucke, doch er öffnet die Tür ein wenig weiter. Das hereinfallende Licht zeigt seine knochigen Beine in der kurzen Hose.

»Ich bin mit Franziska verabredet. Ist sie da?«, frage ich.

»Nein.«

»Oh, okay.« Mir gelingt es kaum, die Überraschung in meiner Stimme zu verbergen. Vor ein paar Stunden hat sie mich doch extra noch herbestellt. »Würden Sie ihr …«

»Komm rein.« Er sagt es in einem Ton, der keine Widerrede duldet.

»Wenn Sie ihr einfach etwas ausrichten …«

»Papperlapapp.«

Er zieht die Tür vollständig auf und bedeutet mir, einzutreten. Obwohl sich alles in mir dagegen sträubt, das Haus zu betreten, setzen sich meine Beine in Bewegung. Wenige Sekunden später und ohne dass ich wüsste, wie mir geschieht, stehe ich in einem kühlen marmorgefliesten Flur.

»Sie kommt sicher bald«, sagt der alte Mann. »Was zu trinken? Ein freches Bierchen?«

Ich glaube, ich habe noch nie jemanden »freches Bierchen« sagen hören. Außerdem könnte das ein Test sein. »Nein, danke«, sage ich also.

»Was dagegen, wenn ich eins trinke?«

»Ähm nein, ganz und gar nicht.« Es ist sein Haus, er kann machen, was er will.

Er läuft in die Küche, und mir fällt auf, dass er barfuß ist. Seine Schritte patschen über den kalten Boden. Ich nutze den Moment, um mich umzusehen. Goldgerahmte Bilder mit einer Mischung aus klassischer und kreolischer Malerei hängen an den Wänden. Rechts neben der Eingangstür führt eine Treppe in den ersten Stock. Und zu beiden Seiten des Flurs weisen Flügeltüren in Räume, die ich von meiner Position aus nicht einsehen kann.

»Bist du festgewachsen?«, fragt der alte Mann, der mit einem kalten Bier aus der Küche kommt. »Wir gehen nach draußen.«

»Vielen Dank für die Einladung, Sir, aber ich weiß wirklich nicht …« Das Gefühl, nicht hierher zu gehören, ist übermächtig, und ich wünschte, ich könnte einfach wieder gehen. Draußen auf Frenzy warten, falls sie wirklich bald zurückkommt. Denn ich kenne sie inzwischen gut genug, um zu wissen, dass sie mich nicht absichtlich versetzen würde.

»Das Vergnügen ist ganz meinerseits, Sir«, sagt er mit einer auf einmal seltsam nasalen Stimme, und ich verfluche mich dafür, dass ich hier aufgetaucht bin.

Er führt mich durch ein opulentes Wohnzimmer mit weichen Teppichen und Bücherregalen, die aussehen, als wäre jedes einzelne Buch eine antike Kostbarkeit. Durch die Terrassentür treten wir nach draußen. Der Garten ist gepflegt und, wie zu erwarten war, riesig. Er setzt sich auf einen der Stühle, die um einen großen Holztisch angeordnet sind. Für einen Moment stehe ich unentschlossen herum, doch dann tue ich es ihm gleich.

»Vielen Dank, Sir«, sage ich, weil ich nicht weiß, welches Ausmaß von Höflichkeit unsere Begegnung erreichen sollte.

»Jetzt lass doch mal das alberne ›Sir‹. Ich bin Hugo.«

Ich nicke und will mich gerade entschuldigen, als ich in sein Gesicht blicke. Er grinst mich freundlich an. Ich bin erstaunt.

»Du bist also das Abenteuer«, sagt Hugo.

»Wie bitte?«, frage ich.

»Hübsch«, sagt er, als würde das etwas erklären. »Erzähl mir von dir.«

»Also, ähm.« Ich habe nicht das Gefühl, dass irgendetwas, das ich ihm über mich erzählen könnte, seine Meinung von mir positiv beeinflusst. Aber seine fordernde Haltung bewirkt, dass ich mich seinem Wunsch einfach beuge. »Wie Sie wissen, bin ich Gitarrist in einer Band.«

»Und mit dem Auskommen willst du für Franzi sorgen?«, fragt er und sieht einen Augenblick lang ehrlich schockiert aus.

»Ähm, für sie sorgen, Sir?«, frage ich und merke, dass ich wieder beim »Sir« angekommen bin.

»Nur ein Scherz, Junge, nur ein Scherz. Pass auf, wenn ich etwas von Mitgift sage, wäre es schön, du würdest es gleich als Witz verstehen. Nicht, dass du noch einen Herzinfarkt bekommst.«

»Okay«, sage ich und versuche mich an einem Lachen.

»Und ihr spielt in der Frenchmen Street, sagst du?«

»Ja, wir haben zwei feste Slots im *Cat's Cradle.*«

»Beachtlich«, sagt er, und ich merke, wie ich mich etwas entspanne. Die Körperhaltung, die ich in dem Moment wie automatisch eingenommen hatte, als ich das Haus betreten habe – hochgezogene Schultern, gesenkter Kopf –, löst sich etwas, und diese ferne Solidarität mit meiner Schwester, die ich bis zu diesem Augenblick empfunden habe, tritt in den Hintergrund.

»Und? Wo kommst du her?«, fragt Hugo.

»Ich bin in New Orleans geboren und aufgewachsen.« Beinahe will ich wieder ein »Sir« anhängen, beiße mir im nächsten Moment jedoch auf die Zunge.

»Und?«

»Was und?«, frage ich.

»Äußere dich dazu.«

Meine Verwirrung nimmt von Sekunde zu Sekunde zu. Was erwartet dieser merkwürdige Kerl von mir? »Ich möchte nirgendwo anders sein, wenn Sie das meinen.«

»Warum solltest du?«, sagt er.

»Warum sollte irgendjemand …«

»Meine Rede.«

Wir sehen uns einen Augenblick an, und ich habe das Gefühl, als würden wir uns in diesem Moment verstehen. Ich kann mich irren, schließlich ist er immer noch einer von den anderen. Einer von denen, die *in* der Stadt und nicht *von* der Stadt leben. Aber wenigstens scheint er sie ebenfalls zu lieben.

»Was für Musik spielt ihr?«, fragt er und kneift nun wieder kritisch die Augen zusammen.

»Wir haben mit Funk und Soul angefangen«, beginne ich.

»Jazz?«

»Die Einflüsse sind omnipräsent.«

»Und weiter?«

»Vor ein paar Jahren haben wir angefangen, ein bisschen zu experimentieren. Wir wollten unseren eigenen Sound finden.«

»Und? Habt ihr ihn?«

»Ja. Wir mischen den Sound von New Orleans mit Singer/Songwriter- und Folk-Einflüssen aus dem Süden.«

»Erzähl mir davon.«

»Es ist schwer in Worte zu fassen. Ich bin kein Dichter, ich packe meine Gefühle nicht in Worte, sondern in Musik«, sage ich und will mich schon entschuldigen, da sehe ich, dass er nickt. Seine Reaktion ermutigt mich. »Wenn ich spiele, will ich mir selbst treu sein. Ich will die Wahrheit auf die Bühne bringen. Mein Innerstes. Zumindest so viel, wie ich bereit bin zu zeigen. Ich schätze, das ist es, was uns als Band verbindet.«

»Potz Blitz«, sagt Hugo und schlägt mit der flachen Hand auf seinen Oberschenkel, dass es klatscht.

Je länger wir zusammensitzen, desto mehr stelle ich fest, dass man sich mit Hugo ernsthaft über Musik und New Orleans unterhalten kann. Er erzählt Schauergeschichten über die Gentrifizierung, ich berichte von meinen Erfahrungen in Tremé und der Central City. Ganz allgemein scheinen wir bei vielen Themen gleicher Meinung zu sein, obwohl wir offenkundig aus vollkommen verschiedenen Welten kommen. Ich blicke kurz ins Wohnzimmer und denke an mein »Zuhause«. Beinahe muss ich laut auflachen, so eklatant ist der Unterschied.

Auf einmal springt er auf und geht um den Tisch herum, bis er direkt neben mir steht. Ich will mich gerade erheben, weil dieser Höhenunterschied ein wenig beängstigend ist, als Hugo meine Schulter drückt. »Junge«, sagt er, »du bist goldrichtig.«

Ein perplexes Lächeln breitet sich auf meinem Gesicht aus. Ich hätte nie erwartet, dass diese Unterhaltung eine dermaßen positive Wendung für mich nehmen könnte.

»Franzi?«, ruft er nun ins Haus hinein.

»Aber ich dachte …«, sage ich.

»Sie ist oben. Hab behauptet, du wärst von den Zeugen Jehovas.«

»Aber …«

»Schuldig.« Hugo hebt die Hand und zuckt dann mit den Schultern.

»Franzi?«, ruft er erneut, diesmal noch lauter. »Du hast Besuch, Kind.«

Eine halbe Minute später steht sie in der Terrassentür. Sie trägt ein Kleid. Ein langes, dunkelgrünes Kleid. Ihre Haare sind leicht unordentlich, und soweit ich das beurteilen kann, trägt sie lediglich einen Hauch von Make-up. Ich weiß nicht, wann ich jemals von einem Anblick so ergriffen war wie in diesem Moment, als sie mich überrascht ansieht.

25

Franzi

Der Anblick von Hugo und Link auf der Terrasse trifft mich vollkommen unerwartet.

»Hi«, sage ich und merke, wie ich etwas rot werde. »Was … äh, was machst du hier? Ich dachte, wir treffen uns heute Abend?«

»Ich … Was?« Link sieht mich perplex an, als habe er keine Ahnung, was hier vor sich geht. »Du hast mich eingeladen?«

»Ich habe dich …?«

»Mea culpa«, unterbricht Hugo. »Könnte sein, dass ich ihn eingeladen habe.«

»Von meinem Handy?« In meinem Kopf setzen sich langsam die Puzzleteile zusammen.

Hugo zuckt mit den Schultern. »Wollte ihn eben auch kennenlernen.«

»Ist … Ist es in Ordnung, dass ich da bin? Ich wollte nicht …« Link lächelt zwar, allerdings scheint ihm die Situation auch unangenehm zu sein.

»Nein, nein, alles in Ordnung. Ich freu mich, dass du da bist.«

Link erhebt sich von seinem Stuhl, weiß aber offenbar nicht so richtig, wie er mich begrüßen soll mit Hugo als Zeugen. Und auch ich bin ein bisschen verwirrt.

»Also das ist ja nicht auszuhalten mit euch beiden«, sagt Hugo. »Setzt euch hin.«

Wir sehen uns an, tun dann jedoch merkwürdigerweise wie uns geheißen. Jetzt, da Link ohnehin hier ist, wäre ich viel lieber mit ihm allein. Ich möchte erfahren, wie das Gespräch mit Bonnie gelaufen ist.

»Dein Link ist wirklich ein ausgesprochen prächtiger junger Mann«, sagt Hugo.

Ich blicke ihn ungläubig an. »Ernsthaft?«, murmle ich.

»Wie bitte? Sprich lauter, Mädchen, meine Ohren sind nämlich auch nur unwesentlich jünger als der Rest von mir.« Dann fügt er hinzu: »Steißgeburt.«

Ich verziehe den Mund, gehe aber einfach darüber hinweg. »Ich habe dich noch nie so … so … fröhlich erlebt«, sage ich verwirrt und sehe von Hugo zu Link. Doch der zuckt mit den Schultern, als könne er sich Hugos Sinneswandel ebenfalls nicht erklären.

»Du hast mich auch noch nie in der Gegenwart interessanter, inspirierender Menschen erlebt.«

»Vielen Dank für das Kompliment«, sage ich.

»Victor würde ihn hassen«, fährt Hugo fort und grinst in sich hinein.

»Hugo!«, ermahne ich ihn, denn das ist keine Art, über einen Gast zu sprechen. Auch wenn er vermutlich recht hat.

»Victor?«, fragt Link.

»Sein Sohn«, erkläre ich Link.

»Dass ich zu fünfzig Prozent daran schuld bin, tut mir aufrichtig leid. Eine der größten Verfehlungen meines Lebens.«

Ich verschlucke mich fast, und meine Wangen glühen. Ich habe das Gefühl, Hugo könnte jeden Moment etwas so Peinliches sagen, dass ich am liebsten im Erdboden versinken würde. Er ist eine tickende Zeitbombe. Allerdings scheint er sich königlich zu amüsieren.

»Ich merke schon, ihr beiden Turteltäubchen wärt lieber allein«, sagt Hugo plötzlich. »Es ist natürlich ein Risiko, schließlich bist du meine Aufpasserin. Wenn du kein Auge auf mich hast und mir ein Malheur passiert, könnte man dich verantwortlich machen. Aber wenn ich so darüber nachdenke, ist mir heute gar nicht so sehr nach Malheurs zumute. Also werde ich euch mal in Ruhe lassen. Ich habe mich ja nun lange genug auf eure Kosten amüsiert.«

Ich verdrehe die Augen. Er muss vollkommen übergeschnappt sein. »Du könntest es einem wirklich ein bisschen leichter machen, dich zu mögen«, sage ich.

»Ich finde es wichtig, dass *ich* mich mag«, sagt Hugo. »Und dass ihr euch mögt. Nichts schweißt so sehr zusammen wie ein gemeinsamer Feind.« Dann steht er auf und, ich traue meinen Augen kaum, verbeugt sich leicht. »Also dann, habt es schön.« Er grinst und spaziert anschließend von der Terrasse in den Garten. Kurz darauf ist er in seinem Schuppen verschwunden.

»Was zur Hölle?«, murmle ich leise. Dann sage ich an Link gewandt: »Du bist ein Hugo-Flüsterer.«

»Was meinst du damit?«, fragt Link, und ich kann sehen, dass er dagegen ankämpft, laut loszulachen.

»Normalerweise ist er ein richtiges Biest. Es passiert echt selten, dass er mal guter Laune ist. Aber mit dir scheint er irgendwie reden zu können.«

»Er ist ein wirklich, wirklich merkwürdiger Kerl. Und am Anfang hat er es mir auch alles andere als leicht gemacht«, sagt Link und lacht nun leise vor sich hin. »Aber ich habe ihn geknackt. Ich glaube, alles, was er braucht, ist ein bisschen Respekt für die Dinge, an die er glaubt.«

Darüber habe ich noch nie nachgedacht. »Und was sind das für Dinge?«, frage ich. Denn Respekt finde ich keineswegs zu viel verlangt.

»Tradition, das kulturelle Erbe der Stadt, Musik … all so etwas.« Er macht eine kurze Pause. Dann: »Auf mich wirkt er, ehrlich gesagt, einfach einsam.«

»Ja, das ist er auch«, sage ich. »Aber gleichzeitig stößt er mich immer wieder weg, obwohl ich doch genau dafür da bin, ihm Gesellschaft zu leisten.«

»Für ein Jahr. Weil du dafür bezahlt wirst.«

»Aber auch, weil es mich freuen würde, ihn besser kennenzulernen.«

»Weiß Hugo das?«, fragt er.

»Bislang hat er nicht zugelassen, dass ich ihm das sagen konnte.« Doch ich nehme mir vor, diese Gelegenheit demnächst selbst herbeizuführen.

»Du kannst ehrlich sagen, wenn ich lieber gehen soll«, versichert Link. »Aber wenn ich schon mal da bin … Ich habe mit Bonnie gesprochen. Und wir haben die Dinge geklärt. Sie ist zu hundert Prozent auf unserer Seite. Auf deiner Seite.«

»Bist du sicher?«, frage ich. Ich bin alles andere als überzeugt.

»Sie … Sie hat sich nur Sorgen gemacht.«

»Warum das denn?«, erkundige ich mich und merke, wie etwas in meiner Brust eng wird. Kurz zuckt der Gedanke an eine Zukunft durch meinen Kopf.

»Reicht es, wenn ich sage, es gibt Gründe?«, fragt er und sieht mich ein bisschen unsicher aus seinen graublauen Augen an.

Ich wünschte, ich könnte Ja sagen. Ich wünschte, es wäre okay für mich, dass er vage bleibt. Ich wünschte, die Sache mit uns wäre so einfach. Aber ich merke, das bin ich nicht. Ich kann es noch so sehr versuchen.

»Ehrlich gesagt …«

»Shit«, entfährt es ihm. Er wendet den Blick ab. »Okay, das habe ich erwartet.« Er lächelt zögerlich. »Lass es mich so sagen: Erinnerst du dich an die Verluste, von denen ich dir neulich erzählt habe?«

»Ich erinnere mich daran, dass du etwas erwähnt hast.« Denn für eine Erzählung reichte die Information sicher nicht aus. Es enttäuscht mich, dass er mir nicht vertraut. Dass er mir Dinge erzählt, ohne sie mir zu erzählen. Diese ominösen Verluste, sein ominöses Zuhause … Vielleicht liegt es ja daran, dass er nun dank Hugo weiß, wie ich lebe, während ich nicht einmal weiß, *wo* er wohnt.

»Das reicht dir nicht, oder?«, fragt er, als ich nichts mehr sage, und seine Stimme ist deutlich leiser geworden.

»Ich …« Ich will nicht zickig sein. Will seine Gegenwart genießen. Aber dieses nagende Gefühl, dass es Bereiche in seinem Leben gibt, die er vor mir verbirgt, wird stärker.

»Sprich mit mir.« Er nimmt meine Hand.

»Es stimmt«, sage ich leise. »Es reicht mir nicht. Weißt du …« Ich schlucke. Dann fasse ich mir ein Herz. »Ich möchte mich fallen lassen, auch wenn das Unvernunft bedeutet. Wenn es keine Zukunft bedeutet. Wenn es Schmerz bedeutet. Ich glaube, ich bin bereit, für dich über meinen Schatten und mehr zu springen. Denn ich will, dass du mich kennst. Aber ebenso will ich dich kennen.«

»Es darf keine Einbahnstraße sein«, sagt er.

»Ja …«

26

Lincoln

Sie hat recht. Natürlich hat sie das. Sie ist so schlau, so schön, so alles, was ich will. Aber es gibt Dinge in meinem Leben, die führen dazu, dass ich sie verliere, und das kann ich nicht zulassen. Ich könnte allerdings … Ich zögere.

»Link?«, fragt sie. »Zeigst du mir, wo du wohnst?«

Das ist die eine Sache, die ich ihr nicht geben kann. Diese eine winzig kleine Sache. Die so unbedeutend ist.

»Okay, pass auf. Ich will, dass du mich kennst. Richtig kennst. Ich will, dass du weißt, wer ich jetzt bin, aber auch, wo ich herkomme. Ich will, dass du meine Eltern kennenlernst.« Ich hoffe inständig, das reicht. Und tatsächlich, als ich ihre Hand nehme, entzieht sie sie mir nicht.

»Mal sehen«, sagt sie und schluckt.

»›Mal sehen‹ reicht. ›Mal sehen‹ ist gut.« Ich presse meine Lippen auf ihre Fingerknöchel. »Wie lange dauert es von ›Mal sehen‹ bis ›Ja‹?«

»Ich weiß es nicht. Ich muss nachdenken. Ich bin ein bisschen … verwirrt.«

»Dabei kann ich helfen«, sage ich. »Ich kann entwirren. Ich verspreche es.« Sie soll nicht nachdenken. Wenn sie nachdenkt, zieht sie vielleicht die falschen Schlüsse. »Das mit uns, Frenzy, ist wichtig. Es ist wichtiger als alles.« Da kommt mir eine Idee. »Darf ich dir jemanden vorstellen?«, frage ich. »Jetzt?«

»Jetzt?« Sie sieht mich perplex an. »Wen denn?«

»Ich zeig's dir.« Erleichterung durchströmt mich. Denn ich weiß auf einmal, was zu tun ist, um das zarte Band, das zwischen uns entstanden ist, nicht zu gefährden. Ich werde ehrlich zu Frenzy sein. Bis zu diesem einen Punkt, der die Dinge ändern würde. Und das kann ich nicht zulassen.

Den Weg zum Fluss legen wir schweigend zurück. Ich weiß, dass Frenzy nach wie vor skeptisch ist. Und ich nehme es ihr nicht übel. Ich verlange viel von ihr und hoffe so sehr, sie versteht, dass es das wert ist. Ich trete in die Pedale. Anders als sonst versuche ich die Strecke schnell hinter uns zu bringen. Ich spüre, dass sie sich kaum an mir anlehnt. Dass sie versucht, selbst auf der Lenkstange zu balancieren. Sie ist angespannt.

Nach einer Viertelstunde erreichen wir die Mauer.

»Hier ist es«, sage ich.

»Was?«

»Der Ort, den ich dir zeigen will.«

»Das ist eine Mauer neben einer Straße, Link.« Sie sieht skeptisch aus, allerdings funkeln ihre Augen amüsiert.

»Es geht um das, was dahinter ist.«

»Wolltest du mir nicht jemanden vorstellen?«

»Ja … nein … ich … lass es mich erklären.« Ich deute auf die Leiter, die auf die andere Seite führt. »Hinter der Mauer fuhr früher ein Streetcar. Die Leitern wurden für Schienenarbeiter montiert.«

»Und jetzt?« Ich habe offenbar ihr Interesse geweckt.

»Jetzt benutzen wir sie.«

»Nach dir«, sagt sie.

Also klettere ich behände die Sprossen hinauf. Oben angekommen, drehe ich mich nach ihr um und steige auf die andere Seite der Mauer, um die Leiter dort wieder hinunterzusteigen. »Kommst du?«

Sie stellt ihren Fuß auf die unterste Sprosse und sieht mit einem kritischen Lächeln zu mir hinauf. In der hereinbrechenden Dämmerung ist das vermutlich kein Ort, an den man freiwillig kommt, wenn man nicht weiß, was einen erwartet. Sie muss ihre Vernunft ausgeschaltet haben. Ich bewundere ihren Mut.

Auf der Rückseite der Mauer springe ich den letzten Meter hinunter. Ich reiche Frenzy meine Hand, als auch sie so weit hinuntergeklettert ist, dass sie sich fallen lassen kann.

»Ist das der Fluss?«, fragt Frenzy in die Abendstille hinein, die nur vom Knirschen des Schotters unter unseren Füßen und vereinzelten Verkehrsgeräuschen unterbrochen wird.

Ich nicke. »Hier komme ich nach unseren Auftritten her. Oder wenn ich ein Mädchen geküsst habe, das mir den Kopf verdreht hat.«

Frenzy bleibt abrupt stehen. Ich blicke mich zu ihr um und sehe sie an. Ihre Züge sind ganz sanft.

Wir gehen noch ein paar Meter. Dann ziehe ich das Leinenhemd, das ich über meinem Unterhemd trage, aus und lege es auf den Kies. »Setz dich«, sage ich.

»Was ist das für ein Ort?«, fragt Frenzy und lässt sich neben mich sinken.

»Es ist der Ort, an den ich gehe, wenn ich mit meiner Schwester sprechen will.«

Die Worte werden vom leisen Plätschern des Wassers am Ufer begleitet.

»Ist sie gestorben?«, fragt Frenzy.

»Vor drei Jahren.«

»Das tut mir leid.« Ich höre, wie sie schluckt.

»Sie hatte Krebs. Bauchspeicheldrüse. Dauerte nur wenige Monate.« Ich habe einen Kloß im Hals. Obwohl es nun schon ein paar Jahre her ist, fällt es mir immer noch schwer, darüber zu sprechen. Nicht so sehr, *über* sie zu sprechen. Aber von der Zeit, die alles veränderte. »Wir waren uns sehr nah«, fahre ich fort. »Sie war mein Vorbild. Mein Fels in der Brandung. Sie war stark, klug und schön. Sie hatte auf alles eine Antwort. Auf Zweifel, auf das Leben.« Ich breche ab, weil mir das Sprechen auf einmal schwerfällt. »Von einem Moment auf den anderen war sie weg. Und ich musste stark sein. Für meine Eltern, für Jasper und die Kinder.«

»Für Jasper?«, fragt Frenzy, und mir fällt ein, dass sie das ja gar nicht wissen kann.

»Er und Blythe waren verheiratet. Sie ist die Mutter von Weston und Maya.«

»O Gott«, sagt Frenzy und klingt etwas erstickt. »Wie bist du … Wie seid ihr …«

»Man kommt nicht drüber hinweg. Der Schmerz wird irgendwann vom Leben verdrängt und kommt nur noch manchmal zum Vorschein.«

»Wenn du hierherkommst?«

»Dann lasse ich ihn zu. Wenn ich mich stark genug fühle.« Ich lächle matt.

»Was erzählst du ihr?«, fragt sie.

»Alles. Von der Band, von unseren Eltern. Von Jasper und den Kindern.«

»Von dir?«

»Ja, auch von mir.« Nach einer kurzen Pause sage ich leise: »Und von dir.«

»Von mir?« Frenzy sieht mich an.

»Sie würde dich lieben.«

Sie lächelt. »Warum?«

»Weil du anders bist. Weil du gut bist.«

»Was meinst du damit?«

»Das ist der Grund, warum Bonnie sich Sorgen macht«, sage ich. »Meine Auswahl an Frauen in der Vergangenheit war nicht gerade glorreich. Meistens war es nichts Ernstes und schnell vorbei.«

»Wie mit Esmé?«, fragt sie.

»Genau. Aber kurz nach Blythes Tod habe ich jemanden kennengelernt. Eloise. Sie war auch Musikerin.« Ich atme tief ein. Nicht, weil es wehtut, über sie zu sprechen, sondern weil es mir vor Frenzy schwerfällt. »Ich dachte, das wäre es. Die große Liebe. Das, was Jasper mit Blythe hatte.«

»Aber das war es nicht?«, fragt Frenzy leise.

»Einen Moment lang war es das. Aber wir haben uns nicht gutgetan. Wir waren uns zu ähnlich. Haben uns runtergezogen. Uns das Leben schwer gemacht. Das konnte ich aber erst hinterher sehen. Nach fast zwei Jahren ist sie abgehauen. Ohne ein Wort zu sagen. Ohne Abschied. Ohne irgendwas. Inzwischen weiß ich, dass sie in New Mexico ist, dass es ihr wohl gut geht. Aber was dann passiert ist – ich wusste es selbst nicht … Es hat mir den Boden unter den Füßen weggezogen.«

Frenzy nickt langsam. »Verständlich.«

»Bonnie war diejenige, die mich nicht hat hängen lassen, obwohl es schlimm war. Obwohl *ich* schlimm war. Ich war nicht ich selbst. Ich hatte das Gefühl, Eloise wäre mit dem Teil von mir, der mich zu einem Menschen machte, abgehauen.«

»Und jetzt fürchtet sie …«

»… dass es wieder passieren kann.«

»Aber … das ist doch nicht vergleichbar«, sagt Frenzy. Ihre Stimme ist dünn.

»Was meinst du?«

»Na ja, mit ihr warst du zwei Jahre zusammen. Ihr hattet so viel gemeinsam.« Sie wird immer leiser.

Ich kann nicht anders, ich beginne zu lachen. »Denkst du, darauf läuft es hinaus?«, frage ich. »Glaubst du, das ist, was ich dir sagen will? Dass wir uns keine Sorgen machen müssen, weil die Sache mit Eloise ernst war und du nur ein Intermezzo bist?« Ich verwebe unsere Hände miteinander, streiche ihr die Haare aus dem Gesicht, hinter denen sie sich versteckt hat. »Das ist ja das Problem«, sage ich dann, »dass es eben nicht so ist. Was du mit mir machst, hat so ein Gewicht, dass Bonnie Panik bekommt – wenn sie daran denkt, dass du wieder verschwindest. Dass ich Panik bekomme.«

»Aber … wir kennen uns doch erst seit ein paar Monaten«, sagt sie verblüfft, als würde sie versuchen, sich selbst zu überzeugen.

»Ich weiß. Das macht es ja so … besonders.« Einen Moment lang sagt niemand etwas. Das Wasser des Flusses umspielt die Steine zu unseren Füßen, irgendwo bellt ein Hund. »Für dich doch auch, oder?«

»Ich habe noch nie so was gefühlt«, sagt sie und vergräbt das Gesicht schüchtern in ihren Händen.

Doch ich möchte nicht, dass sie sich versteckt. Ich will in ihre Augen sehen. Also löse ich ihre Finger sanft von ihren Wangen. »Was fühlst du?«, frage ich.

Sie windet sich ein wenig und sieht dabei so bezaubernd aus, dass mein Herz beinahe stehen bleibt.

»Okay, ich erzähle dir, was *ich* fühle«, sage ich, um ihr Mut zu machen. »Wenn ich mit dir zusammen bin, bin ich ganz bei mir. Ich sehe die Welt klarer, ich fühle mich stark, als könnte mich nichts umhauen. Ich fühle mich geerdet und sicher. Ich fühle mich so, wie ich mich für immer fühlen will.«

Sie lächelt sanft. »Ist das dein Ernst?«

»Mein voller Ernst.« Ich nehme ihr Gesicht in meine Hände und küsse sie auf den Mund. Ganz langsam, ganz leicht.

Sie blickt auf den Fluss. Schließlich beginnt sie zu sprechen. »Wenn ich mit dir zusammen bin, fühle ich mich mutig. Ich werde dann – ich weiß auch nicht – zu dem Menschen, der ich sein möchte.«

»Du *bist* dieser Mensch«, sage ich.

»Anscheinend steckt das in mir, ja«, erwidert sie. »Aber du lässt zu, dass ich es ausprobieren kann. Ich fühle mich lebendig. So, als würde ich ganz frei atmen. Auf einmal ist es mir egal, was die Welt über mich denkt. Auf einmal ist es mir nur wichtig, was du denkst. Und das, was du denkst, kommt mir richtig vor. Wenn wir zusammen sind, fühlt es sich an, als wäre alles, was in mir drin noch keinen Platz gefunden hat, genau dort, wo es hingehört.«

»Wenn ich mit dir zusammen bin, wird die Welt leiser«, sage ich. »Dann höre ich nur noch dich.«

»Wenn ich mit dir zusammen bin, wird die Welt lauter«, erwidert sie. »Und ich will alles hören.«

»Das ist doch Wahnsinn.« Ich rücke näher an sie heran. Immer noch näher, bis meine Nase beinahe an ihre stößt. Ich spüre ihren Atem auf meiner Lippe, ihren Atem, der noch wärmer ist als die Nacht um uns herum. Ich lehne meine Stirn an ihre Stirn und schließe die Augen, sauge ihren Duft ein, der sich mit den Gerüchen des Flusses und der warmen Steine vermischt.

»Aber was machen wir mit der Panik?«, fragt sie und tastet vorsichtig nach meinen Händen.

»Wenn ich eine Sache gelernt habe«, sage ich und verwebe unsere Finger, »dann, dass man jeden Tag genießen sollte. Wenn man zu viele Gedanken an morgen verschwendet, kommt es vielleicht nicht mehr.«

»Das Morgen?«

»Ja …«

»Also sind wir im Hier und Jetzt«, flüstert sie.

»Und im Hier und Jetzt will ich dich dringend küssen.«

Meine Lippen finden die ihren, und es fühlt sich an, wie

nach Hause zu kommen. Ihre Wärme, der Geschmack nach Sicherheit und Heimat, ihre weiche Haut, die unter meinen Küssen zu glühen scheint. Es ist unerträglich, ihr nicht näher zu sein als das, und doch weiß ich, dass es zu früh ist, um sie mit zu mir zu nehmen. Um ihr das ganze Ausmaß meines chaotischen Lebens zu präsentieren. Obwohl man mein Zuhause von hier aus sogar in der aufkommenden Dunkelheit erahnen kann. Aber das muss warten und damit meine Lust auf sie. Für den Augenblick ist dieser Kuss alles, was ich mir je erträumt habe, und noch viel mehr. Und doch so weit entfernt davon, zu genügen, dass es mich innerlich vor Sehnsucht und Verlangen zerreißt.

Unsere Zungen streichen übereinander, aneinander vorbei und um einander herum. Sanft und mild und gleichzeitig drängend. Und mir wird klar, selbst wenn alles, was wir haben, diese restlichen Monate sind, sie ist es wert. Jeder Moment mit ihr, jede Berührung, jeder Blick, den ich auf sie erhaschen kann, jede Sekunde, in der ich mich zu Hause fühle und mit den Beinen fest auf dem Boden, ist ein Geschenk. Und keine Sorge der Welt, kein Abschied wird mir die Freude daran nehmen, sie zu kennen. In meinem Kopf festigt sich ein Plan.

»Was machst du am Wochenende des Independence Day?«, frage ich, weil ich ohnehin nicht vorhatte, den Tag in der Stadt zu verbringen. Es war der Tag, an dem wir immer als Familie zusammen waren. Doch das sind wir nicht mehr. Es ist an der Zeit für neue Erinnerungen. »Hast du schon was vor?«

Sie schüttelt den Kopf.

»Hast du Lust auf einen Ausflug?«

27

Franzi

Link wirft meinen Rucksack auf die Ablage von Curtis' Pick-up. Dann hält er mir die Autotür auf, und ich steige auf den Beifahrersitz. Hugo steht hinter dem Gartentor und winkt. Es ist das Independence-Day-Wochenende, und ich habe heute und morgen frei, sodass es kein Problem ist, mit Link über Nacht wegzubleiben. Und wenn ich Hugos Blick richtig deute, freut er sich. Ob für sich, weil er seine Ruhe hat, oder für mich, weil ich Zeit mit Link verbringen kann, lässt sich dabei nicht abschließend beurteilen. Aber so oder so gefällt es mir, dass wir von einem Waffenstillstand zu einem relativ freundlichen Umgang gefunden haben. Und ich glaube, Link war daran nicht ganz unbeteiligt.

»Ich hoffe, ihr habt an Verhütung gedacht«, ruft er uns zu, und vielleicht nehme ich das mit dem freundlichen Umgang wieder zurück.

»Hugo!«, sage ich tadelnd, doch der Schaden ist bereits angerichtet. Meine Wangen sind heiß, und ich wage es nicht, Link anzusehen. Warum nur legt Hugo es jedes Mal darauf an, mich bloßzustellen? Ich weiß noch nicht einmal, wo es hingehen soll, geschweige denn, was passieren wird.

Link räuspert sich leise, als er den Rückwärtsgang einlegt und das Auto langsam aus der Einfahrt vor der Garage rollen lässt.

Seit unserem Abend am Ufer des Mississippi sind wir uns

immer näher gekommen. Besonders, was das Emotionale anbelangt. Körperlich sind wir uns so nah, wie man sich sein kann, wenn man sich gegenseitig nicht zu sich nach Hause einlädt. Aber ich lasse ihn. Gebe ihm den Freiraum, den er offenbar braucht. Ab und zu habe ich mich natürlich gefragt, warum Link den nächsten Schritt noch nicht mit mir gegangen ist. Denn mit all seinen Eroberungen vor mir war er mit Sicherheit nicht so zögerlich. Kurz war ich vielleicht verunsichert. Kurz habe ich vielleicht sogar mit Lara darüber gesprochen. Aber sie ist der Meinung, dass ich es als Kompliment verstehen sollte, und ich glaube, sie hat recht. Dass wir es langsam angehen lassen, ist ein weiteres Zeichen dafür, dass dies etwas Gutes, etwas Reifes ist. Und etwas, das uns beiden gleichermaßen wichtig ist.

Wir reihen uns in den Verkehr auf der St. Charles Avenue ein, und ich spüre, dass Link mich aus dem Augenwinkel beobachtet. Ich wage es nicht, seinen Blick zu erwidern, und greife stattdessen nach der Wasserflasche, die zu meinen Füßen liegt, aber ich bin mir sicher, dass ein schelmisches Grinsen um seine Mundwinkel spielt. Dieses Link-Grinsen, das macht, dass alle Sorgen, die man jemals haben könnte, in den Hintergrund treten.

Er räuspert sich erneut und sagt dann: »Nur für den Fall, dass du dir darüber Gedanken machst, ich habe tatsächlich an Verhütung gedacht.«

Den Schluck Wasser, den ich gerade herunterschlucken wollte, pruste ich komplett aufs Handschuhfach. Wie bitte? »Wie bitte?«, frage ich.

»Ich wollte nur nicht, dass du dich darum sorgst, falls das eine Option ist. Wenn nicht, ist es auch okay.« Er zuckt mit den Schultern, und nun sehe ich tatsächlich das Grinsen in seinem Gesicht, weil ich ihn etwas ungläubig anstarre. Hugo und er sind unglaublich. Aber gleichzeitig gefällt er mir. Die

Vorstellung, dass er vorbereitet ist. Dass er darüber nachdenkt. Lara hatte wirklich recht. Und ich kann nicht behaupten, dass ich nicht darüber nachdenke. Ausgiebig und andauernd. Während Hugos Übungen, während unserer Besuche im Supermarkt, während ich Link beim Gitarrespielen beobachte, während ich abends im Bett liege …

Wir lassen den Garden District mit seiner verträumten Atmosphäre hinter uns, und Link lenkt das Auto auf den Highway und von dort auf die Interstate 10. Ich blicke aus dem Fenster und betrachte die Hochhäuser, Trailerparks, schicke neue Wolkenkratzer und ärmliche Wohnviertel, an denen wir vorbeifahren.

»Bis hierher kam das Wasser während Katrina«, sagt Link. Oder: »Das ist das Krankenhaus, in dem ich geboren wurde. Nach Katrina wurde es geschlossen. Seither steht das Gebäude leer.«

Während man sich in der Innenstadt befindet, ist es schwierig, das Ausmaß des Hurrikans zu erahnen. Aber nun, da ich einen weiteren Blick habe, beginne ich zu verstehen, wie verheerend der Wirbelsturm gewütet hat. Wir fahren an einem Freizeitpark vorbei. Auf den zweiten Blick erkenne ich, dass er völlig verlassen ist.

»Das ist Six Flags«, sagt Link. »Nach Katrina waren die Kosten für die Reparaturen zu hoch. Seither ist der Freizeitpark geschlossen.«

Ich schlucke. Und begreife. Die Tatsache, dass Link einen Tag nach dem anderen nimmt, dass er auf den ersten Blick vollkommen sorglos durch die Welt spaziert und jede Erfahrung mitnehmen möchte, hat natürlich etwas mit dem Tod seiner Schwester zu tun. Doch ebenso ist es das Erbe seiner Stadt, das sich in ihm und all den anderen manifestiert. Die Gewissheit, dass von einem Tag auf den anderen das eigene Zuhause fort sein kann.

»Verrätst du mir jetzt, wo es hingeht?«, frage ich und nehme noch einen Schluck aus meiner Wasserflasche, um den Kloß in meinem Hals zu vertreiben.

»Willst du es wirklich jetzt schon wissen oder soll es eine Überraschung sein?«, fragt er.

»Ich will es wirklich jetzt schon wissen«, sage ich, weil ich kein Fan von Überraschungen bin. Ich weiß gern, was mich erwartet, damit ich mich innerlich darauf vorbereiten kann. Doch dann zögere ich. »Nein, halt. Es soll eine Überraschung sein.« Auf einmal habe ich das Gefühl, dass ich es doch auf mich zukommen lassen möchte. Nicht nur einen Tag nach dem anderen. Sondern einen Augenblick nach dem anderen. Ich genieße es, neben Link zu sitzen, ohne den Kopf voller Gedanken an das zu haben, was oder was nicht passieren wird. Im Hier und Jetzt leben.

Eine halbe Stunde, eine elend lange Brücke, etliche Abzweigungen und immer enger werdende Straßen später lenkt Link das Auto auf einen kleinen Parkplatz zwischen hochgewachsenen, schlanken Bäumen, von deren Ästen Feenhaar herabhängt. Nichts rührt sich. Es ist vollkommen windstill.

»Wir sind da«, sagt Link.

»Wo?«, frage ich.

»In den Honey-Island-Sümpfen.«

Ich blicke mich um und sehe, dass durch das satte Grün der Bäume, des Feenhaars und der Lianen Wasser hindurchschimmert. Pflanzen mit dicken, großen Blättern wachsen am Ufer, und ich nehme mir fest vor, Hugo davon zu erzählen.

Link holt unser Gepäck von der Ladefläche.

»Also komm, wir gehen zum Boot«, sagt Link und sieht mich mit einem Blick an, der Verheißung, Abenteuer und Zärtlichkeit in einem ausdrückt.

Unser Weg führt uns über einen hölzernen Steg zu einer alten, rostigen Brücke. Unsere Schritte hallen metallisch, während unter uns träges, trübes Wasser fließt. Es ist heiß, es ist feucht. Ab dem Moment, da man einen klimatisierten Raum oder ein Auto verlässt, beginnt man zu schwitzen. Während der letzten Monate habe ich mich daran gewöhnt. Man kann ohnehin nichts dagegen tun, also akzeptiert man es, sagt Hugo. Und wie bislang noch jedes Mal behielt er auch damit recht.

Auf der anderen Seite der Brücke biegen wir rechts ab. Wir befinden uns nun regelrecht im Dschungel. Der Pfad ist überwuchert von Ranken, in denen sich meine Knöchel hier und da verfangen. Blätter streifen meine Schultern, und der Klang von fremden Vogelschreien unterbricht ab und zu die müde Mittagsstille.

»Welches Boot?«, frage ich, weil dieser Ort so weit von der Zivilisation entfernt scheint, wie man nur sein kann.

»Es gehört einem Freund meines Vaters. Ich kann es leihen, wann immer ich möchte.«

Ein paar Hundert Meter weiter kommen wir tatsächlich an eine kleine Lichtung mit abgeflachtem Ufer. Und hier, zwischen Schilf und Schlingpflanzen, liegt ein Boot.

»Ein Mud Boat«, sagt Link und deutet auf den einfachen Aluminiumkahn mit Außenmotor und großer Ladefläche. »Es ist nicht das komfortabelste.« Er klingt beinahe entschuldigend.

»Es ist perfekt«, sage ich und greife nach seiner Hand, die er nach mir ausstreckt, um mir an Bord zu helfen. Das Boot schwankt leicht, aber durch die große Fläche, mit der es auf dem Wasser aufliegt, hält sich die Bewegung in Grenzen.

Dann schubst Link das Boot ins offene Wasser, springt selbst an Bord und zieht am Motorkabel, bis der Motor knurrt und brummt und hustet.

Link hockt im Bug des flachen Boots und gibt die Richtung vor, und ich setze mich aufs Heck und baumle mit den Beinen über der Ladefläche. Links und rechts von uns sind die Ufer vollkommen zugewachsen. Schilf, exotisch aussehende Farne und Wasserlilien mit ihren gelben und weißen Blüten wachsen bis weit ins Wasser hinein. Dahinter erheben sich großblättrige Büsche und schlanke Baumstämme mit ausladenden Kronen. Hier und da ragt ein kahler, toter Baum gespenstisch aus dem Wasser und verleiht der Szenerie zusammen mit dem Feenhaar etwas beinahe Magisches. Über uns ist der blaue Himmel wolkenlos, das Wasser unter uns hat einen warmen Beigeton.

Bald verlassen wir den breiten Fluss und folgen einem der kleineren Arme. Die Sträucher und Baumkronen treffen sich in der Mitte über uns, spenden angenehmen Schatten und tauchen das Boot und uns in ein grünes Licht. Die Sonne bricht sich im Blätterdach.

Wir fahren in immer kleinere Wassergassen. Ab und zu muss ich mich unter Ästen hindurchducken. Ich genieße die stille Zweisamkeit mit Link. Das Tuckern des Motors, das zwar nicht so laut ist, dass man sich nicht unterhalten könnte, aber doch so andauernd, dass wir, abgesehen von einigen kurzen Hinweisen oder Bemerkungen in der warmen Luft, schweigen.

Wenn ich nicht die grüne Welt um mich herum bewundere, betrachte ich Link – inzwischen vollkommen unverblümt. Seine verschwitzten Haare hängen ihm strähnig in die Stirn. Mit den Fingern versucht er sie zu bändigen, doch sie lassen ihn nicht. Kurz kneife ich mich selbst in den Arm, um mir durch den leichten Schmerz zu beweisen, dass das hier echt ist. Dass wirklich ich es bin, die an diesem Nachmittag mit diesem unglaublich schönen, begabten Mann, der äußerlich so sorglos und laut und innerlich so traurig und still ist, auf einem Boot durch die Sümpfe tuckert. In diesem Moment in der feuchten Hitze Louisianas kommt mir mein Leben in Deutschland vor wie eine fremde Welt. Als wäre die Franzi damals ein anderer Mensch gewesen. Als wäre ich erst jetzt ich.

»Du lächelst«, sagt Link über das Summen des Motors hinweg und reißt mich damit aus meinen Gedanken, »das ist schön.«

Mir war es gar nicht aufgefallen, aber tatsächlich, jetzt, wo er es sagt, merke ich, dass ich vollkommen automatisch breit grinse.

»Du auch«, sage ich, streife meine Sandalen von den Füßen und setze mich in den Schneidersitz.

»Weil du lächelst«, erwidert er ohne jede Ironie in der Stimme.

Mein Bauch produziert diese kleinen Glücksbläschen, die eine nach der anderen aufplatzen und ein beinahe unerträglich süßes Gefühl in mir entfachen. Ein Glücksblubbern, das bewirkt, dass ich am liebsten vor Seligkeit und gleichzeitiger Überforderung weinen möchte.

Auf einmal öffnet sich vor uns eine Lichtung. Fast wirkt sie wie ein kleiner See inmitten dieses undurchdringlichen Dschungels und Wasserlabyrinths. Sie ist nicht groß, vielleicht zehn mal zehn Meter. Aber sie ist vollkommen friedlich.

»Wow«, entfährt es mir, als ich die Hunderte von Seerosen entdecke, die auf der anderen Uferseite blühen.

Link schenkt mir ein wissendes Lächeln. »Kein so schlechter Ort, oder?«, fragt er. »Willst du einen Alligator sehen?«

»Ähm … okay?«, sage ich. Ich bin einerseits neugierig, andererseits habe ich doch deutlichen Respekt davor.

Link angelt nach einem Stock, der auf dem Boden des Boots liegt, und zieht eine kleine Box aus seinem Rucksack.

»Würstchen«, sagt er, halbiert eines und spießt es auf. Danach klopft er an die Seite des Boots und senkt den Stock mit der Beute darauf ins Wasser. Er wedelt leicht damit herum und zieht ihn dann wieder hoch. Einige Male wiederholt er es und dann … Man sieht erst die Schnauze des Alligators. Sie ist etwas größer als die Hand eines erwachsenen Mannes. Die Augen wirken wachsam und ein wenig fies.

»Siehst du das?«, fragt Link und zeigt auf den Kopf, der nun immer weiter auftaucht, bis man die komplette Länge des Krokodils sieht. Es ist vielleicht einen Meter lang. »Er ist noch nicht ganz ausgewachsen.« Link lockt das Reptil mit dem Stock näher zu uns – und tatsächlich. Der Alligator nähert sich dem Boot, und um an die Wurst zu kommen, springt er ein Stück nach oben und schnappt zu.

»Krass«, keuche ich.

»Gar nicht mal so unheimlich, oder? Willst du auch mal?«

Ich bin mir nicht sicher, ob ich es wirklich nicht unheimlich finde, aber ich nehme den Stock, auf den Link die andere Hälfte des Würstchens gespießt hat, entgegen. Unsere Hände berühren sich kurz, und ein weiteres Glücksbläschen platzt in mir.

Ich ahme seine Bewegungen nach, und innerhalb von wenigen Sekunden springt der Alligator erneut nach oben und schnappt sich seine Beute von der Spitze meines Stocks. Sein Bauch ist ganz hell. Ich kann seine Krallen erkennen, seine Zähne, die Furchen in seinem Panzer.

»Hast du Lust, schwimmen zu gehen?«, fragt Link.

Ich runzle die Stirn. »Zwischen den Alligatoren? Bist du irre? Nein, danke!«

»Die tun dir nichts«, sagt er mit einem schiefen Grinsen. »Selbst wenn sie am Verhungern wären, was sie nicht sind. Hier gibt's mehr als genug zu fressen für sie.«

»Trotzdem nicht.«

»Was dagegen, wenn ich reinspringe?«, fragt er und zieht sich sein Leinenhemd über den Kopf. Es ist das erste Mal, dass ich ihn oben ohne sehe, und der Anblick verwirrt mich für einen Moment so sehr, dass jeder Gedanke an die Krokodile in den Hintergrund tritt. Er ist ein bisschen dünn, aber dennoch kräftig. Man sieht seine Muskeln unter der glatten, leicht gebräunten Haut.

»Ich habe leider keine Badehose«, sagt er dann. »Falls dir das unangenehm ist, musst du dich kurz wegdrehen.« Er grinst.

Eigentlich ist es mir nicht unangenehm. Eigentlich möchte ich ihn sehen. Komplett entblößt. In seiner ganzen Schönheit. Doch ich traue mich nicht. Stattdessen stoße ich irgendein seltsames Geräusch aus, das nicht einmal ich selbst interpretieren kann, und wende mich tatsächlich ab. Ich höre Link lachen, dann spüre ich, wie das Boot unter seinen Schritten wankt. Und in dem Moment, in dem er mit einem eleganten Kopfsprung vom Boot springt, drehe ich mich um und erhasche gerade noch einen Blick auf seinen Hintern. Ganz kurz ist er unter Wasser verschwunden, dann taucht er prustend auf.

»Lauwarm«, ruft er mir zu. »Aber immer noch erfrischender als draußen.«

»Wirst du schon gefressen?«, frage ich skeptisch.

»Die fressen mich nicht. Ich verspreche es dir. Ich war schon oft hier schwimmen. Früher sind wir regelmäßig hergekommen. Als wir noch Kinder waren. Blythe und ich.« Den letzten Satz sagt er ein wenig leiser. »Jedenfalls hat uns nicht ein einziges Mal ein Alligator auch nur gestreift.«

Es sieht tatsächlich einladend aus, obwohl das Wasser trüb ist. Etwas zögerlich tunke ich erst meinen Zeigefinger, dann die komplette Hand ins Wasser. Die Temperatur ist angenehm. Alles andere als kalt, aber dennoch kühler als die Luft.

»Überlegst du dir, doch reinzukommen?«, fragt Link.

Ich zucke mit den Schultern. »Es *ist* unheimlich«, gebe ich zu.

»Ich beschütze dich.«

»Ich habe keine Badesachen dabei …«, überlege ich laut.

»Dein Beschützer auch nicht.« Er wackelt anzüglich mit den Augenbrauen.

Ich fasse es nicht, dass ich ernsthaft darüber nachdenke.

»Okay, aber dreh dich um«, sage ich und wende mich selbst um.

»Natürlich«, erwidert er, und ich höre es plätschern.

Ich kann nicht glauben, was ich im Begriff bin zu tun. Meine Finger berühren den Saum meines T-Shirts. Doch dann ist die Vernunft wieder da. Wir ringen, die Vernunft und ich. Und ich beginne, zu zählen.

Eins.

Meine Finger ziehen mein Shirt nach oben und über meinen Kopf.

Zwei.

Ich lasse es neben mir auf den Boden des Boots fallen.

Drei.

Zögerlich öffne ich den Knopf meiner Shorts.

Vier.

Ich ziehe den Reißverschluss auf und …

Fünf.

… streife die Hose über meine Beine.

Sechs.

Ich trete hinaus und stehe nun in Unterwäsche auf dem Boot.

»Mach die Augen zu«, weise ich Link an.

»Alles, was du willst«, sagt er lachend.

Sieben.

»Sind sie zu?«

»Sie sind zu. Und ich habe mich umgedreht. Kann nun keine Bäume mehr sehen.«

Acht.

Ich löse die Häkchen meines BHs und lasse ihn zu meinem T-Shirt und meiner Shorts auf den Boden fallen.

Neun.

Als Nächstes schüttle ich mir meinen Slip vom Fuß und bin jetzt tatsächlich vollkommen nackt. Nackt in der Natur.

»Okay, ich glaube, ich komme rein«, sage ich und drehe mich um. Sofort sehe ich, dass Link sich weder abgewendet noch die Augen geschlossen hat. Eine Sekunde lang stehe ich vollkommen entblößt vor ihm.

Zehn.

Mir entfährt ein erschrockenes Keuchen, und statt zu springen, ducke ich mich und taste hektisch nach irgendetwas, das ich mir überziehen könnte. Das Erste, was ich zu fassen kriege, ist Links Leinenhemd.

28

Lincoln

»Du hast … Das war … Du hast gelogen!«, ruft Frenzy empört.

In meinem Hinterkopf meldet sich das schlechte Gewissen, doch es ist sehr leise. »Tut mir leid«, sage ich und mache ein paar Schwimmzüge Richtung Boot. Allerdings kann ich nicht behaupten, dass ich meine Täuschung wirklich bereue. Denn dieser Anblick war es wert.

»Du bist unmöglich«, sagt sie, als sie sich wieder aufrichtet. Sie hat sich mein Hemd übergeworfen und hält es vor ihrem Oberkörper mit den Fingern zu. Lediglich ihre wunderbaren Beine, auf denen die Sonne sich bis dort, wo normalerweise ihre Shorts beginnen, verewigt hat, sind noch unbekleidet. Und dennoch spüre ich, wie sich zwischen meinen Beinen etwas regt.

»Warum bist du nicht einfach gesprungen?«, frage ich und lache. »Dann hätte ich viel weniger gesehen.«

»Du bist schuld«, sagt sie, klingt aber nicht, als wäre sie wirklich sauer auf mich. »Du hast gesagt, du machst die Augen zu.«

Ich grinse. »Sorry. Das war wohl zu viel verlangt.« Mit zwei weiteren Schwimmzügen bin ich wieder am Bootsrand. Ich sehe von unten zu ihr auf. »Wie wäre es, wenn du einfach einen Blick auf mich wirfst? Dann sind wir quitt.« Es gefällt mir, dass sie kokettiert. Dass sie sich ziert. Es macht die Sache reizvoll. Auch wenn ich mir nichts Schöneres vorstellen kann als ihre Nacktheit.

Ich habe es mir schon so oft ausgemalt. Wie es wäre, sie Haut an Haut zu spüren. Mit ihr zu schlafen. Die Gedanken daran, die Vorfreude darauf, lassen mein Herz aus dem Takt kommen.

»Also pass auf. Ich komme jetzt raus, du schaust mich an. Und wenn dir gefällt, was du siehst, gibst du mir dann vielleicht mein Hemd wieder?« Ich grinse schelmisch.

»Vielleicht«, sagt sie leise. Sie hat aufgehört, sich zu winden, und den Blick nun fest auf mich gerichtet. Ihre Wangen sind gerötet, und wieder setzt mein Herz einen Schlag aus. Oder macht einen zu viel. Ich bin mir nicht sicher. Sicher ist nur, dass ich es liebe, Frenzy dabei zu beobachten, wie sie von Tag zu Tag freier wird. Frecher, lebendiger, ein wenig lauter. Ich weiß nicht, ob sie sich ihrer Umgebung anpasst oder einfach mehr zu sich selbst findet, aber diese betörende Mischung aus leichter Unsicherheit und dem Drang auszubrechen steht ihr so gut, wie kein Kleid es je könnte.

»Also, hier komme ich«, sage ich und ziehe mich am Rand des Boots hoch.

Ich stemme mich nach oben, Wasser tropft von meinem Haar und fließt meine Haut hinab. Mit einer entschlossenen Bewegung schiebe ich mich über den Bootsrand. Dann baue ich mich vor Frenzy auf. Ihr Blick ist fest auf mein Gesicht gerichtet.

»Willst du nicht sehen, was dich erwartet?«, frage ich.

»Was mich er…« Für einen Moment scheint es, als wüsste sie nicht, worüber ich spreche, doch dann verfärben sich ihre Wangen noch dunkler.

»Das ist dir unangenehm, oder?«, necke ich sie, und mein Herz zerspringt beinahe beim Anblick ihrer Schüchternheit.

Sie blickt wieder auf. »Ein wenig«, sagt sie.

»Und wenn ich dir sage, dass es mir gefallen würde, wenn du mich ansiehst?«, frage ich leise, wie um sie nicht zu erschrecken. »Wenn ich dir sage, dass es mich maßlos anmacht? Und dass ich dich sehen möchte, weil du so schön bist, dass ich Schwierigkeiten habe, einen klaren Gedanken zu fassen?«

»Dann ...« Doch sie spricht nicht zu Ende.

»Gefällt dir das? Wenn ich dir sage, was ich will?«

Sie nickt, und mir wird innerlich ganz warm, heiß. Und kalt. Alles gleichzeitig.

»Mir gefällt es auch, wenn du sagst, was du willst.« Ich gehe einen Schritt auf sie zu, und sie weicht nicht zurück. »Du bist so schön«, sage ich und streiche ihr über die Wange. Dann lasse ich meine Finger ihre glühende Haut entlang über ihren Hals zu ihren Schultern wandern. Sie hält das Hemd immer noch mit der Hand vor ihrer Brust geschlossen. Vorsichtig löse ich ihre Finger, einen nach dem anderen, und streife langsam das Hemd von ihren Schultern. Sie schließt die Augen und will gerade das Gesicht in ihren Händen verbergen, doch ich komme ihr zuvor. Ich halte ihre Hände fest und trete einen Schritt zurück, die Augen fest auf ihre gerichtet.

»Sieh mich an«, flüstere ich.

Und tatsächlich, sie senkt langsam ihren Blick. Aber diesmal sieht sie nicht verschämt auf den Boden oder zur Seite. Diesmal betrachtet sie mich. Meine Brust, meinen Bauch. Dann hält sie inne.

»Weiter«, sporne ich sie an, und mein Herz wummert ohrenbetäubend laut in mir.

Sie lässt den Blick tiefer nach unten zu meiner Erektion wandern, die durch unsere Nähe inzwischen imposant angewachsen ist.

Ich höre ihren Atem, als sie den Blick wieder hebt.

»Darf ich jetzt?«, frage ich vorsichtig, und sie … nickt.

Ich betrachte sie. Ihre wunderbaren Formen. Ihre Schultern, ihre Brüste, ihren Bauch. Ich atme laut aus, schließe kurz die Augen, weil mich die Vorfreude auf das, was kommt, gepaart mit dem Anblick dieses Mädchens überfordert. Dieses Mädchens, das ich erbeben lassen, dessen Welt ich aus den Angeln heben will.

»Ich bin …«, flüstert sie. »Wir sind … nackt.«

Ihre Scheu reizt mich nur noch weiter. »Oh, glaub mir, dessen bin ich mir mehr als bewusst«, erwidere ich mit einem leisen, heiseren Lachen, denn mein Körper lässt wirklich keine Zweifel daran zu. »Das führt nicht unbedingt dazu, dass ich dir weniger nah sein will.«

»Es macht auch nicht, dass ich dir weniger nah sein will«, sagt sie langsam und lässt erneut ihren Blick über meinen Oberkörper wandern. Selbstsicherer diesmal. Ein bezauberndes Lächeln stiehlt sich auf ihr Gesicht. Es wird breiter, als sie wieder bei meiner Erektion ankommt, verliert jedoch nichts von seiner beinahe unschuldigen, nervösen Süße.

»Dann lass mich dich anfassen.« In meinem Ton liegt ein leises Flehen, das ich mir kaum erklären kann. Mein Herz sticht schmerzhaft und gleichzeitig wunderbar.

Ich mache einen Schritt und noch einen auf sie zu. Das Wasser tropft immer noch aus meinen Haaren und von meinem nackten Körper. Frenzy regt sich nicht, als würde sie auf mich warten. Und ich weiß, ich will nicht mehr warten. Ich will sie. Wir stehen uns gegenüber, nackt, erregt. Ihre Brustwarzen sind aufgerichtet, ihre Lippen leicht geöffnet und zu einem gespannten Lächeln verzogen. Zwischen uns herrscht eine aufgeregte, fast nervöse Unsicherheit, gepaart mit dieser ungeheuren Begierde nacheinander.

Sie atmet einmal tief ein, dann kommt auch sie ein paar Zentimeter näher. Und endlich ziehe ich sie mit einer letzten entschlossenen Bewegung an mich, presse mich an ihren Körper und sie an mich. Ein leises Keuchen entfährt ihr, als wir einander nun Haut an Haut spüren. Meine Lippen suchen ihre, und während ich noch mit meinen Händen über ihren Rücken fahre und das Gefühl habe, sie nie nah genug bei mir haben zu können, ergeben wir uns in einen leidenschaftlichen Kuss. Unsere Zungen fühlen gierig nach einander, und ihre Hände krallen sich in meine nassen Haare. Ich kann kaum noch denken. Ihre Nacktheit an meiner zu spüren, das Wissen, dass ihre Brüste an mich gepresst sind, lässt meinen Körper jede Funktion bis auf die eine zwischen meinen Beinen einstellen. Ein heiseres Raunen dringt aus meinem Mund, als ich spüre, dass sie sich leicht an mir reibt.

Ein Vogelschrei reißt uns aus unserer erregten Trunkenheit. Wir blicken uns einen Moment lang an, dann vergräbt Frenzy ihren Kopf in meiner Halsbeuge. Es scheint, als sei ihr in diesem Augenblick klar geworden, wie nah wir uns sind. Wie wild aufeinander. Und ich verstehe, dass sie nicht ganz lockerlassen kann. Nicht in Situationen, in denen sie merkt, was um sie herum passiert, dass es ein Um-sie-herum gibt. Sie kann es, wenn sie ganz bei sich ist. Doch ich dränge sie nicht. Jede einzelne Sekunde, in der ich sie losgelöst erleben kann, ist schöner als jede Ekstase, die ich je mit anderen hatte oder haben könnte. Ist reicher, erregender. Die Bremse, auf die sie in regelmäßigen Abständen tritt, macht alles andere nur noch intensiver. Durch sie dauern Momente länger. Sekunden fühlen sich an wie eine Ewigkeit. Und das Leben wird dadurch unendlich.

Mein Penis zuckt an ihrem Körper, und sie schlingt ihre Arme noch ein wenig fester um mich. Ich nehme ihren Kopf zwischen meine Hände und löse ihn sanft von meiner Schulter. Sie lässt es geschehen, lässt mich in ihre Augen sehen.

»Du fühlst dich unglaublich an«, flüstere ich und lehne meine Stirn gegen ihre.

»Willst du mit mir schlafen?«, flüstert sie zurück, und im gleichen Moment erkenne ich, dass sie über ihre Worte erschrickt. Doch ich lasse sie nicht los. Lasse sie nicht zurückweichen.

»Wie sehr mein Körper das will, ist ja offensichtlich kein Geheimnis«, sage ich mit einem leisen Glucksen. »Aber ich kann dir sagen, dass mein Kopf seit Wochen an nichts anderes mehr denkt.«

»Meiner auch nicht«, sagt sie, immer noch flüsternd.

Ich fahre mit meinen Fingern über ihre Haut, die von der Luftfeuchtigkeit ein bisschen klebrig ist, und Frenzy schließt die Augen. Auf ihren Brüsten lasse ich sie einen Moment verweilen. Sie sind weich und fest, rund und spitz gleichermaßen und lassen mich wünschen, ich hätte nie etwas anderes gespürt.

Trotz der Hitze bildet sich eine Gänsehaut auf Frenzys Armen, ihrem gesamten Oberkörper. Winzige, feine Schweißperlen sammeln sich auf ihrer Brust, und ich wünschte, ich wäre einer dieser süßen Tropfen. Denn ich muss diesen Moment auskosten, solange es geht. Ich verreibe die Feuchtigkeit auf ihrer Brust mit meinem Daumen und stelle mir vor, wie ich Frenzy gleich an anderer Stelle mit der Reibung meiner bloßen Hand wieder feucht werden lasse.

Ich setze meine Erkundungstour fort, während sie mich abwechselnd ansieht und die Augen wieder schließt. Mit zitternden Fingern fahre ich erst über ihren Bauch, dann über ihren Flaum. Sie ist nicht rasiert, und es gefällt mir. Alles an ihr gefällt mir. Es gibt nichts, was ich verändern würde. Denn das alles ist Teil von ihr und macht sie zu dem, was sie ist. Zu etwas Wunderbarem. Zu meinem Wunderbaren. Zu meinem Wunder.

Sie keucht leise, als ich mit dem Finger einmal von oben nach unten ihre Spalte entlangfahre.

»Was machst du?«, flüstert sie, in ihrer Stimme leichte Sorge und fiebrige Erregung.

»Ich lerne dich kennen«, sage ich.

»Du musst das nicht … du kannst …« Dann stöhnt sie, weil ich die Bewegung mit etwas mehr Druck wiederhole.

»Ist es dir unangenehm?«, frage ich, während ihre Knie leicht einknicken. Doch mit meiner freien Hand halte ich sie.

»Vielleicht«, raunt sie, presst die Lippen aufeinander und stöhnt leise, als ich mit einem Finger vorsichtig in sie eindringe.

»Ist es dir unangenehm, weil du das, was ich tue, unangenehm findest oder weil es dir peinlich ist, dass ich dich erkunde?«

»Weil es mir peinlich ist.« Ihre Stimme ist hoch, alarmiert beinahe. Doch dann schiebe ich meinen Finger komplett in sie und entlocke ihr ein leises, unbewusstes »Hmmmmh«. Ihre feuchte Hitze bringt mich um den Verstand, so sehr, dass ich mich darauf konzentrieren muss, mich selbst aufrecht zu halten.

»Das hier sind nur wir beide. Du und ich. Sonst niemand. Vor mir muss dir nichts peinlich sein. Und ich will dich spüren. Bitte sag, dass ich dich spüren darf.«

»Du … darfst«, sagt sie mit feuerroten Wangen, und ich schiebe meinen Finger wieder und wieder in sie. Sie ist so feucht, und die Tatsache, dass allein diese leichte Penetration mit meinem Finger sie schon zum Stöhnen bringt, entfacht ein kaltes Feuer in mir.

»Willst du dich hinlegen?«, frage ich, und selbst die Formulierung dieser einfachen Frage kostet mich eine ungeheure Anstrengung. Sie nickt.

Ich ziehe eine Decke aus meinem Rucksack und breite sie

auf dem Bootsboden aus. An meinem Finger haftet ihr himmlischer Duft, der bewirkt, dass meine Triebe langsam die Oberhand gewinnen und mein Kopf sich komplett ausschaltet.

Ich ziehe sie auf die Decke, bette ihren Kopf auf ihr T-Shirt. Mit meinen Fingern fahre ich ihre Wange entlang, streiche über ihr Haar.

»Ich will, dass du dich komplett entspannst«, sage ich und küsse sie auf die Nasenspitze. Dann wandern meine Lippen über ihr Gesicht. »Ich will, dass du alles vergisst.« Ich drücke weitere Küsse auf ihre Haut. Auf ihren Hals, ihr Schlüsselbein, ihre Schultern. »Um dich herum ist nichts. Nicht einmal ich bin hier. Das ist alles nicht wichtig.«

Meine Lippen wandern über ihr Brustbein und zu ihren Brüsten. Ich beiße sie sanft in ihre Nippel, und sie keucht. Allerdings so leise, dass die Geräusche der Natur diesen süßen Klang verschlucken. »Lass dich fallen«, bitte ich sie. »Lass los. Lass es raus.«

Mit dem Zeigefinger meiner rechten Hand streiche ich über ihre Klitoris. Immer wieder. Ich hauche noch ein paar Küsse auf ihren Bauch, dann gleite ich mit meinem linken Zeigefinger in sie. Beinahe kommt es mir so vor, als hätte ihr Inneres auf mich gewartet. Als würde es mich in sie hineinziehen. Ich nehme einen zweiten Finger dazu und beginne sie von innen zu massieren, während ich die Reibung außen intensiviere. Der Anblick ihrer geschlossenen Augen, ihres sich windenden Körpers, lässt mich erschaudern. Mein Herz explodiert für sie.

Frenzy beißt sich auf die Unterlippe, um das Stöhnen, das sich einen Weg hinausbahnen möchte, zu unterdrücken. Immer noch gelingt es mir nicht, ihr mehr als ein hohes, gehemmtes Seufzen zu entlocken.

»Lass mich dich hören«, raune ich, und für einen kurzen Moment öffnet sie die Augen und sieht mich an.

Ihre Wangen werden dunkelrot, und sie verbirgt das Gesicht in den Händen. Dann schüttelt sie den Kopf.

»Warum nicht?«

»Ich kann nicht«, sagt sie erstickt, während ich spüre, dass sie innerlich wie äußerlich unter meinen Berührungen beginnt, anzuschwellen. Sie pulsiert um mich.

»Es wird besser, wenn du laut bist«, verspreche ich. »Stöhne für mich, Frenzy. Nein, stöhne für dich!«

Und schließlich tut sie es. Erst zögerlich, leise. Dann etwas lauter. Ich erhöhe das Tempo meiner Bewegungen und spüre, wie sie sich immer wieder um meine Finger zusammenzieht. Ein lang gezogenes Stöhnen, ein tiefes Stöhnen, ein lautes. Sie bäumt sich auf und kommt mit einem lauten erleichterten Schrei.

29

Franzi

Ich zittere am ganzen Körper. Ich hatte schon einige Orgasmen. Viele habe ich mir selbst verschafft, ein paar hatte ich mit Langweiler-Elias. Aber in dieser Intensität habe ich es noch nicht erlebt. Ich merke, dass ich meinen Mund nicht koordinieren kann. Meine Lippen sind ganz taub geworden.

Ich habe die Augen geschlossen, weil ich es noch nicht wage, Link nach diesem Moment der absoluten Losgelöstheit in die Augen zu sehen. Gleichzeitig frage ich mich, was um Himmels willen seine Finger in mir angestellt haben und wie es sein kann, dass Orgasmen intensiver werden, wenn man sie herauslässt.

»Das war wunderschön«, flüstert Link auf einmal dicht an meinem Ohr.

Ich spüre, wie er sich neben mich legt. Seine Erektion ist direkt an meiner Hüfte, und ich genieße die Gewissheit seiner Erregung, mit der er vollkommen schamlos, ohne jede Scheu umgeht. Es kommt mir vor, als würde er mir zeigen wollen, wie sehr er mich begehrt. Durch Worte, Taten und seine körperliche Reaktion. Und es ist schön. Es gibt mir Sicherheit.

»Du weißt, dass alles in Ordnung ist, was du spürst, oder? Und du weißt, dass jede Reaktion ihre Berechtigung hat? Und dass es nur noch viel heißer ist, wenn du loslässt?«

Nun öffne ich die Augen doch. »Ich …«, murmle ich etwas

undeutlich, weil ich immer noch nicht wieder Herrin über meinen Mund bin. »Ich habe das nie so gesehen. Mich nie so gesehen.«

»Okay, solltest du aber. Wenn du mit mir zusammen bist, will ich, dass du dich frei fühlst. Und das war, nebenbei bemerkt, mit Abstand der heißeste Orgasmus, den ich je gesehen habe.«

In mir breitet sich erneut eine Hitze aus. »Und du hast schon viele Orgasmen gesehen, nehme ich an«, sage ich so dahin. Im nächsten Moment finde ich es unpassend. Doch wie immer lässt Link sich überhaupt nicht aus dem Konzept bringen.

»Wenige waren es nicht gerade. Aber bei deinem wäre ich fast vom Zuschauen gekommen.« Er grinst, und ehe ich noch etwas sagen kann, bedeckt er mit seinen Lippen meinen Mund und dringt gierig ein.

Mein Körper reagiert sofort. Obwohl ich gerade eben innerlich noch ganz leicht und leer war, fängt es nun in mir drin wieder an zu wummern und zu pochen. Ich spüre Links Atem auf meiner Wange und höre sein lustvolles Schnaufen.

»Was willst du jetzt?«, fragt er, als er unseren Kuss kurz unterbricht.

Ich zucke mit den Schultern, obwohl ich genau weiß, was ich will. Ihn. Aber es fällt mir schwer, es auszusprechen.

»Du weißt es nicht?«

»Äh …«

»Du willst es nicht sagen?«

»Ich will …«

»Du bekommst alles von mir. Alles. Du musst es mir nur sagen.«

Ich spüre seinen Penis an meiner Seite und strecke meine Hand nach ihm aus. Ich fahre über seine weiche Haut, die runde Eichel. Spüre einen klebrigen Tropfen an ihrer Spitze und will alles von ihm und mit ihm.

»Ich will …« Ich verstehe nicht, warum es mir dennoch so schwerfällt, die natürlichsten Dinge auszusprechen. Dabei möchte ich nichts mehr, als Link zu sagen, wie sehr ich mich danach sehne, ihn in mir zu spüren. Ich habe mich immer zu erwachsen für Dirty Talk gefühlt. Zu rational und reif. Doch in diesem Augenblick wünschte ich, ich würde diese Kunst beherrschen, ohne mich albern zu fühlen.

»Weißt du, was ich will?«, fragt er, und ich schüttle den Kopf, obwohl ich es mir denken kann. Mein Gesicht glüht. »Ich will mich auf dich stürzen, tief in dich eindringen. Ich will dich so heftig vögeln, dass dir Hören und Sehen vergeht. Ich will, dass du meinen Namen schreist, wenn du zum zweiten Mal kommst. Noch heftiger als gerade eben. Und ich will deinen flüstern, wenn wir danach völlig fertig nebeneinanderliegen.«

Während Links Worten hat es zwischen meinen Beinen wieder angefangen zu pulsieren.

»Das will ich auch«, sage ich heiser.

Er grinst schelmisch. »Was genau von all dem?«

»Dass du … dass du dich … auf mich stürzt und tief in mich eindringst. Dass du mich heftig … vögelst, dass mir Hören und Sehen vergeht. Ich will deinen Namen schreien, wenn ich … wenn ich komme. Dass du meinen flüsterst, wenn wir nebeneinanderliegen.«

»Ich könnte deinen auch schreien, wenn ich komme«, schlägt er vor, und mir wird heiß und kalt zugleich. Meine Haut kribbelt bis in meine Fingerspitzen. Ich weiß nicht, ob ich schon einmal in meinem Leben etwas so gewollt habe. Und ich weiß, dass ich noch nie jemanden so begehrt habe wie Link in diesem Moment.

Er küsst mich wieder, und ich spüre, wie er in seinem

Rucksack nach etwas kramt. Einen Augenblick später hat er ein Kondom herausgefischt. Es kommt mir vor, als wären seine Hände überall auf mir und in mir, während seine Zunge immer tiefer in meinen Mund stößt. Mir verschlägt es beinahe den Atem, so intensiv sind die Empfindungen, die seine Berührungen auf mir auslösen. Es ist eine Mischung aus Brennen, Ziehen und Zittern. Ein Feuerwerk aus den widersprüchlichsten Gefühlen, die gleichzeitig von jedem Winkel in meinem Körper Besitz ergreifen. Eine Qual und gleichzeitig das Süßeste, was ich je gespürt habe.

Weil ich jetzt schon kaum noch weiß, wo oben und unten ist, taste ich ein wenig orientierungslos nach Links Körper, der nun über mir ist. Kurz unterbricht er seine Berührungen, um sich das Kondom überzustreifen, und ich streiche mit meinen Fingern an seiner Seite entlang. Ich merke, dass ich bebe. Mein Atem geht schnell. Die Aufregung, die ich verspüre, lässt mein Herz beinahe aus meiner Brust springen.

Mein gesamter Körper prickelt nun außen wie innen. Link stöhnt leise, als er sich zwischen meine Beine schiebt. Dann führt er seinen Penis mit der Hand an meinen Eingang. Ich bin so feucht, dass er ohne Probleme auf einmal in mich eindringen könnte, doch er lässt sich Zeit. Einen quälenden Moment lang verharrt er reglos und zwingt mich damit, meine Augen zu öffnen, meinen Blick zu fokussieren. Er sieht mich einfach nur an, und mein Herz platzt beinahe, als ich erkenne, wie viel auch er in diesem Moment empfindet.

»Gott, du bist so schön«, raunt er und zieht die Luft geräuschvoll durch die Zähne, als könnte er sich an mir verbrennen.

Ohne dass ich weiß, woher es kommt, sage ich auf einmal zögerlich: »Ich … ich will dich.«

In seinen graublauen Augen blitzt etwas auf.

»Ich will dich«, sage ich noch einmal, mit mehr Nachdruck. »In mir.«

Und endlich, endlich dringt er in mich ein, dringt in mich vor. Weitet mich. Füllt mich und erfüllt mich. Ein Stöhnen entweicht meinen Lippen, und kurz geniere ich mich. Doch dann erinnere ich mich daran, dass er meine ungefilterten Reaktionen will. Diese Tatsache macht mich mutig, und ich lasse zu, dass es mir gefällt. Link in mir und auf mir. Mein kehliges, tiefes Stöhnen, das bewirkt, dass alles nur noch intensiver, noch unerträglicher wird.

Link beginnt sich zu bewegen. Es ist ein langsamer, schwerer Rhythmus, der sich mit unserem Schnaufen und Keuchen zu einem sinnlichen, rauschhaften Lied steigert. Wir sind Haut an Haut, Lippen an Lippen, Zunge an Zunge, Atem an Atem. Link erhöht das Tempo, und unsere Bewegungen sind in perfektem Einklang. Unsere Hitze verschwimmt mit der Hitze um uns, und wir werden eins – eins miteinander, eins mit unserer Umgebung. Ich vergesse alles. Alles um mich herum. Es gibt nur noch Link und mich, unser erregtes Stöhnen, die tiefen lustvollen Stöße, das Reiben unserer Körper aneinander.

Auf einmal wird er langsamer. Immer langsamer. Noch langsamer. Quälend langsam, bis er innehält.

»Was ist los? Hör nicht auf«, wimmere ich und wölbe mich ihm entgegen.

»Warte«, sagt er. »Bitte warte.«

»Warum?«

Er sieht mich aus seinen wunderschönen Augen an. Die Dämmerung, die während unseres Liebesspiels langsam über uns hereingebrochen ist, taucht ihn in ein sanftes Licht. Ein Schweißtropfen löst sich von seiner Stirn und fällt neben mich. Auch ich bin komplett nass geschwitzt.

»Ich will nicht, dass es vorbei ist«, flüstert er. »Dieser Moment, unser erstes Mal. Ich will, dass es für immer dauert.«

Ich sehe, dass er schluckt, und schlinge meine Arme um ihn, ziehe ihn in einen weiteren leidenschaftlichen Kuss. Sein Stöhnen wird von meinem Mund erstickt, meines von seinem. Sein Glied zuckt in mir, giert nach Erlösung. Und ganz langsam nimmt Link wieder einen Rhythmus auf. Einen vorsichtigeren. Und ich komme ihm entgegen. Immer und immer wieder. Er ist so tief in mir, so unendlich tief. Ich stöhne laut und immer lauter. Sein Schweiß vermischt sich mit meinem und umgekehrt. Ich merke, dass ich kurz davor bin, erneut zu kommen, und mache mich darauf gefasst, tatsächlich seinen Namen zu schreien, als er wieder aufhört, sich zu bewegen.

Ich stoße einen frustrierten Laut aus. »Bitte«, sage ich. »Bring es zu Ende!«

»Nein«, flüstert er. »Ich will nicht, dass es endet.« Er umfasst meine Brust, saugt daran, zieht meinen Nippel zwischen seine Zähne. »Ich will, dass es niemals endet.«

Gerade als ich mich in meiner kolossalen Verwirrung, Überforderung und Überstimulierung fragen will, wie himmlisch so ein Leben wohl aussehen müsste, das nur noch daraus besteht, dass wir ineinander verschlungen sind, da stößt er mit einem tiefen Seufzen wieder in mich.

»Lass mich kommen«, flehe ich. »Es ist danach nicht vorbei. Es fängt gerade erst an!«

Ich höre ihn leise lachen zwischen seinem Stöhnen und meinem Stöhnen, das erneut lauter wird. Anschwillt. So wie ich das Gefühl habe, anzuschwellen. So wie Link in mir anschwillt.

»Hör nicht auf!« Ich könnte es nicht ertragen, würde er sich erneut zurückziehen, und klammere mich an ihn, komme ihm entgegen, bäume mich auf, winde mich. Er stößt immer heftiger. Und ich schreie. Ich schreie vor Lust, und ich schreie seinen Namen. Und höre von irgendwo weit weg seine Stimme, die meinen Namen schreit …

In meinem ganzen Leben habe ich noch nicht so empfunden. Ich bin so voll von Gefühl und Liebe, voll von Befriedigung und Ruhe und Aufgewühltheit. Link bricht auf mir zusammen. Sein Herzschlag rast mit meinem um die Wette, und in meiner Kehle, die gerade noch seinen Namen in die warmen Sümpfe Louisianas hinausgeschrien hat, bildet sich ein Kloß. Ein unerklärlicher Kloß, an dem ich nicht vorbeischlucken kann. Mein Atem zittert, hinter meinen Augen brennt es. Und dann – beginne ich zu weinen. Mein ganzer Körper bebt, Tränen rinnen aus meinen Augen meine Schläfen hinunter. Ich kann mir nicht erklären, woher sie kommen, weiß nicht, wie mir geschieht.

Link scheint zunächst nicht mitzukriegen, was Seltsames mit mir passiert, dazu ist er viel zu ausgelaugt. Doch dann wischt er mit einem zärtlichen Lächeln eine Träne von meinem Gesicht.

»Entschuldigung«, bringe ich unter größten Schwierigkeiten hervor, weil mir diese heftige Reaktion doch ein wenig peinlich ist. »Ich weiß auch nicht, was das ist …«

»Schhhh«, macht er und küsst mich auf die Stirn, »auch das ist in Ordnung. Das kann schon mal passieren.« Er grinst.

»Passiert dir das öfter?«, frage ich und verschlucke mich fast, weil sich ein Lachen mit meinem Weinen mischt.

Doch statt einer Antwort küsst er mich sanft auf die Lippen. »Frenzy«, flüstert er dann in mein Ohr, wie er es versprochen hat. Er rollt sich von mir runter und zieht mich in seinen Arm. »Meine Frenzy.«

Ich sauge seinen Duft ein, nach Sex, Schweiß, Wärme. Nach Wald und Harz und Link. Ich will nie wieder etwas anderes riechen, denke ich und schließe die Augen. Ich will nie wieder irgendwo anders sein als in seinem Arm. Und ich will nie wieder irgendjemand anders sein als ich selbst. Leise und laut. Gerade so, wie ich es mag.

»Die Alligatoren tun einem wirklich nichts?«, frage ich.

»Hm?«, brummt Link.

»Ich glaube, ich will schwimmen.« In der Dämmerung sieht die Umgebung noch mal magischer aus, und ich will mir nichts entgehen lassen. Es ist, als wäre in mir dieser starke, unüberhörbare Ruf nach Leben.

»Jetzt?« Er spricht undeutlich.

»Kommst du mit?«

»Willst du dir den Sex abwaschen?«, fragt er und hebt etwas mühsam den Kopf.

»Ich will es erleben.«

Er grinst. Ein wenig müde zwar, aber doch deutlich.

»Also dann …« Link erhebt sich schwerfällig, und das Boot wankt leicht unter seinen unkoordinierten Bewegungen. Er zieht mich auf die Beine und streicht mit seinen Händen einmal über meine Schultern, meinen Rücken.

»Gehst du vor?«, frage ich, denn ein bisschen mulmig ist mir bei dem Gedanken an das trübe Wasser schon.

Er lacht. »Alles, was du willst.« Dann setzt er sich auf den Bootsrand und lässt sich ins Wasser gleiten.

»Wirst du immer noch nicht gefressen?«

»Immer noch nicht.«

Also tue ich es ihm nach. Diesmal zähle ich nicht. Denn diesmal ist keine Unsicherheit in meinem Kopf. Ich stoße mich vom Bootsrand ab und lande im Wasser. Es ist lauwarm, angenehm. Es duftet nach Natur und Wildnis.

»Ich bin drin!«, rufe ich. »Ich habe mich getraut!«

»Das hast du«, sagt Link und ist mit zwei kräftigen Schwimmzügen bei mir. Er streicht mir die nassen Haare hinter die Ohren. »Und es gibt nichts Schöneres.«

»Nichts Schöneres als das hier?«, frage ich, zeige auf die Natur um uns herum, auf die satten, grünen Baumkronen, die Seerosen mit ihren gelben Blüten.

»Nichts Schöneres, als wenn du über deinen Schatten springst.«

»Ach Quatsch«, sage ich, doch irgendwo weit hinten in meinem Kopf merke ich, dass ich ihm glaube.

»Wenn du stöhnst, wenn du springst. Wenn du lebendig wirst. Dann wirst du irgendwie größer. Dein Sein wird größer. Und das, Frenzy, kann nicht groß genug sein.«

Ich lächle breit und schlinge meine Arme und Beine um ihn. »Ich glaube nicht, dass mich schon mal jemand überhaupt so gesehen hat«, sage ich mit dem Gesicht an seinem Hals.

»Dann empfinde ich aufrichtiges Mitleid mit allen anderen Menschen auf dieser Welt. Jeder sollte dich sehen. Jeder sollte erfahren, wer du bist.« Er nimmt mein Gesicht in seine Hände und küsst mich. »Mit den Waschbären fangen wir an«, sagt er dann. »He, Waschbären! Seht euch diese atemberaubende Frau an!«, ruft Link in die Dämmerung hinein.

»Hör auf, was machst du denn?«, frage ich lachend und versuche, ihm den Mund zuzuhalten.

»Ich teile«, nuschelt er unter meiner Hand und dreht den Kopf weg, um wieder in die Sümpfe hineinzurufen. »Seht ihr sie? Die wunderbarste Frau der Welt? Die mutigste? Die schönste?« Mit einem Flüstern fügt er hinzu: »Die, die macht, dass ich vollständig bin.« Dann wendet er sich ab.

Eigentlich ist das mein Part. Das verschämte Ausweichen, das Augen-Niederschlagen. Ich kann kaum glauben, was ich sehe, geschweige denn, was ich höre.

»Ist das dein Ernst?«, frage ich leise. »Fühlst du so?«

»Entschuldige«, sagt er, und sein verschmitztes, freches Grinsen ist zurück. »Ist mit mir durchgegangen.«

»Du hast selbst gesagt, man soll sich nicht entschuldigen.« Ich klinge ein wenig triumphierend, weil ich auf einmal die Oberhand habe.

»Wenn man solchen Quatsch erzählt, schon«, sagt er mit einem neckischen Grinsen, löst sich von mir und schwimmt zum Boot zurück. »Lass uns etwas essen.«

Ich gönne ihm eine kurze Pause, beschließe jedoch, dass ich wissen muss, was an dieser Sache dran ist. Denn wenn es stimmt, was er gesagt hat, wenn seine Gefühle für mich so tief sind wie meine für ihn, dann ... dann ... Ich kann es nicht sagen. Ich weiß, dass es eine Bedeutung hat. Eine große. Aber zum ersten Mal in meinem Leben überfordert mich der Gedanke an die Zukunft. Ich sehe sie nicht mehr. Sie ist verschwommen und eigentlich doch klar. Aber auf jeden Fall unerreichbar.

Link reicht mir sein Hemd, um mich abzutrocknen, und rubbelt sich selbst mit seiner Hose ab. Der Stoff duftet so gut nach ihm, dass ich nicht widerstehen kann und es mir überziehe, doch ich knöpfe es nicht zu. Mich erregt der Gedanke viel zu sehr, dass Link mich ansehen kann, wann immer er möchte. Und er möchte es ziemlich oft.

Er holt aus seinem Rucksack Gefäße mit Sandwiches und Fleischbällchen hervor. Als Nächstes folgen zwei Dosen Bier.

»Du hast an alles gedacht«, sage ich.

»Ich wollte, dass du es schön hast.«

Wir essen einen Moment schweigend, lauschen den fremden Geräuschen der Natur. Den Grillen, Vogelrufen, einer Waschbärfamilie, die für ein paar Minuten am Ufer auftaucht.

»Sie sind neugierig auf dich geworden«, sagt Link lachend und liefert mir damit genau die Vorlage, die ich brauche, um das Gespräch wiederaufzunehmen, das er im Wasser unterbrochen hat.

Ich räuspere mich. »Link, wegen gerade eben«, sage ich zögerlich.

»Vergiss es«, sagt er, winkt mit einer lässigen Geste ab und streckt sich der Länge nach aus. Er stützt sich auf seinen Ellbogen und nimmt einen Schluck von seinem Bier. »War ein Kurzschluss.«

Aber ich lasse nicht locker. Ich muss es wissen. »Wenn du ehrlich bist, bin ich es auch«, sage ich. Seine Mundwinkel zucken leicht, er atmet aus und schließt für einen Moment die Augen.

»Aber sag hinterher nicht, ich hätte dich nicht gewarnt. Du hast es so gewollt, denk daran.« Er lacht, nimmt erneut einen Schluck von seinem Bier. Dann stellt er die Dose vor sich ab und betrachtet sie konzentriert, während er spricht. »Also gut. Ja, es stimmt wohl irgendwie.« Ich wage es kaum, zu atmen. »Du bist wie das Puzzleteil, das mir gefehlt hat. Mit dir – ich weiß nicht – fühle ich mich ganz. Und seit vorhin ist die Welt … irgendwie vollkommen geworden.« Er hebt den Blick. »Dir nah zu sein bewirkt, dass ich keine Angst habe.«

Mein Mund ist ganz trocken geworden, während er gesprochen hat, und auch ich nippe an meinem Bier. Mein Herz schlägt schnell, und in meinem Kopf ringen die wahnwitzigsten Gedanken miteinander. »Mir geht es genauso«, flüstere ich. »Du bist das perfekte Gegenstück zu mir. Es ist, als wäre ich mit dir endlich in Balance.«

Als ich ihn ansehe, fällt mir auf, dass er lächelt. »Ich weiß«, sagt er.

»Woher …?«

Doch er unterbricht mich. »So etwas kann nicht einseitig sein.«

Einen Augenblick schweigen wir. Dann frage ich: »Link?«

»Hm?«

»Wovor hast du Angst?«

Er streicht sich verlegen die Haare aus dem Gesicht. »Dass es vorbei ist«, sagt er.

»Dass was vorbei ist?«

»Das Jetzt.« Er schluckt.

»Was passiert denn, wenn das Jetzt vorbei ist?«, frage ich.

»... dann kommt das Danach. Und keiner weiß, wie das Danach wird.«

»Merkwürdig, dass du das sagst.« Ich zögere kurz. Dann: »Denn ich dachte immer, ich wüsste es.« Ich sehe auf, und unsere Blicke treffen sich. Sanfte Blicke, Blicke voller Zuneigung und Verständnis. »Ich hatte die ganze Zukunftssache im Griff. Alles, was ich getan habe, jede einzelne Entscheidung war für die Zukunft. Aber jetzt ...«

»Jetzt ist jetzt«, sagt Link mit festerer Stimme. »Und ich will, dass es ewig andauert.«

Ich muss daran denken, wie er unser erstes Mal unterbrochen hat, damit es nicht aufhört. Und ich glaube, ich verstehe ihn. Ich verstehe, dass ich das Jetzt vernachlässigt habe. Dass die Zukunft nicht immer beeinflussbar ist.

»Das möchte ich auch«, sage ich, und als hätte Link nur darauf gewartet, kniet er sich hin und streift mir zum zweiten Mal an diesem Tag sein Hemd von den Schultern. Seine Bewegungen, seine sanften Befehle sind drängend, als gäbe es eine unsichtbare Macht, die verlangt, dass wir erneut eins werden.

»Ich will dich jetzt«, sagt er. »Sag, dass du mich willst.«

»Ich will dich«, erwidere ich atemlos, während er sich ein weiteres Kondom überzieht. Mit einem einzigen Stoß dringt er in mich ein, und diesmal hält ihn nichts zurück. Er verlangsamt seine Bewegungen kein einziges Mal, als wäre unser Liebesspiel eine Notwendigkeit, eine Sache auf Leben und Tod. Noch während er in mich stößt, wird mir auf ferne, verschwommene Weise bewusst, dass ich noch nie Zeuge wurde, wie ein Mensch sich so fallen lässt. Und allein der Gedanke daran lässt mich erzittern. Es ist eine machtvolle Ekstase, und obwohl ich selbst diesmal keinen Orgasmus habe, gehört dieser Moment zu den wunderbarsten, die ich je erlebt habe.

»Ich kümmere mich gleich um dich«, sagt Link schwer schnaufend an meinem Ohr, als er gekommen ist.

»Lieber nicht«, erwidere ich mit einem Lächeln. »Ich bin viel zu wund.«

»Oh«, macht er, »tut mir leid.« Er haucht einen Kuss auf meine Schläfe, dann auf meine Brust. Danach auf meinen Bauch und schließlich auf meine Vulva. Er öffnet meine Schamlippen und küsst mich ganz sanft und vorsichtig direkt auf meinen Eingang. Es fühlt sich schön an, heilsam. »Tut mir leid«, sagt er noch mal und kommt dann wieder nach oben zu mir. »Morgen«, kündigt er an und klingt nun wirklich müde. »Morgen verwöhne ich dich.« Und ein aufgeregtes Kribbeln durchfährt mich.

Kurze Zeit später hat Link eine weitere Decke aus seinem Rucksack gezogen und uns damit zugedeckt. Wir lauschen den Geräuschen der Nacht, genießen unsere Nähe. Wir riechen den Duft der Sümpfe, der sich mit dem Duft von unseren Körpern und von schwitzigem Sex vermischt hat. Es ist eine betörende Mischung, die mich schläfrig werden lässt.

Kurz bevor ich tatsächlich wegdämmere, regt Link sich neben mir. »Ich liebe alles an dir«, murmelt er, und ich zerspringe beinahe. Denn ich liebe auch alles an ihm.

30

Lincoln

Ich fühle mich, als würde ich schweben. Mit beiden Füßen fest auf dem Boden. Es mag komisch klingen, aber genau das trifft es. Ich spüre es bei jedem Schritt. Wenn mein Fuß federnd den Boden verlässt, wenn er wieder fest und sicher auf dem Boden aufkommt.

Eine Nacht mit Frenzy zu verbringen war das größte Glück und gleichzeitig das größte Unglück, denn wie soll irgendetwas diesem Vergleich standhalten? Oder vielleicht muss es das gar nicht. Vielleicht habe ich mein Nonplusultra gefunden. Ein zerbrechliches, flüchtiges Nonplusultra, dessen Gegenwart ich in mich aufsauge, dessen Nähe ich speichere, dessen Anwesenheit eine Kostbarkeit ist, solange sie anhält. Doch ich denke nicht darüber nach, was all das bedeutet. Ich lebe im Moment. Verdränge Verlust. Darin bin ich gut. Darin bin ich groß. Musik, Sex, Verdrängung. Die drei Pfeiler, auf denen mein Leben aufgebaut ist.

Da der Sex aufgrund von Mangel an Örtlichkeiten in den letzten Tagen deutlich zu kurz gekommen ist – zu mir nach Hause kann ich Frenzy nicht mitnehmen, und sie fühlt sich beim Gedanken nicht wohl, ihr Zimmer im Haus ihrer Gasteltern zu entjungfern –, bleibt die Verdrängung und die Musik. Heute proben wir endlich einmal wieder, Weston und Maya sind bei meinen Eltern, und wir haben den Proberaum die ganze Nacht für uns. Nicht nur arbeiten wir an unserem

Timing und der Tightness mancher Songs, wir wollen außerdem ein paar neue Songideen austauschen und verfeinern.

Jasper hat gerade eine Melodie vorgespielt, die ihm laut eigener Aussage seit ein paar Tagen im Kopf herumspukt. Seine Melodien und Harmonien sind schon immer die ausgefeiltesten. Seine klassische Ausbildung kommt ihm dabei zugute. Bei Sal und Bonnie steht oft der Groove im Vordergrund. Und ich? Ich befinde mich irgendwo dazwischen.

Er schlägt sie immer wieder an, experimentiert mit Akkorden, Tempi und Modi. Bonnie stimmt mit ein und begleitet ihn auf dem Bass, und auch Curtis beginnt mit dem Besen über seine Becken und Trommeln zu streichen. *Tsss tsssp tsss tsssp.* Ich summe die Melodie nach. Einmal, zweimal.

»Könnte das was für den Text sein, den du neulich über den *spur of the moment* geschrieben hast?«, fragt Jasper.

»Vielleicht, ja.« Ich räuspere mich. *»Things are being said, things are being done. Nobody knows the meaning of it all … in the spur of the moment«,* singe ich. Es ist nicht genau der Text, den ich geschrieben habe, aber so passt es besser zu Jaspers feiner Melodie.

Sal wippt im Takt, wartet, lauert auf seinen Einsatz. Und er findet ihn. Auf die Hundertstelsekunde perfekt mit einem Klang, der durch Mark und Bein geht. Nach ein paar Takten brechen wir ab, diskutieren, versuchen es wieder. So läuft es jedes Mal. Wir tauschen Ideen aus, feilen, verbessern. Jeder wird gehört, alles wird ausprobiert. Und manchmal haben wir am Ende eine Idee von einem Song, an der wir dann weiterarbeiten.

Während Jasper und Bonnie diskutieren, denke ich an den *spur of the moment,* in dem ich Frenzy beinahe aus Versehen gesagt habe, was sie mir bedeutet. Dieser Moment im Wasser nach unserem ersten Mal, nach ihrem Sprung. Ein Moment, der alles zwischen uns auf die Probe gestellt hat und durch den es noch enger, noch intensiver wurde. Ein Moment, in den ich die gesamte Verzweiflung gelegt habe, die ich in mir hatte, ohne so recht zu wissen, was ich tue. Und sie hat ihn genommen, angenommen, und statt auf die Bremse zu treten, sind wir gemeinsam vorangeprescht. In eine Zukunft, auch wenn sie nur von kurzer Dauer ist.

»Hey, Leute«, sage ich, denn mir kommt auf einmal eine Idee. »Ich habe auch eine Melodie im Kopf. Ich trage sie schon ein wenig länger mit mir herum als Jasper, und sie ist irgendwie etwas ganz anderes als das, was wir sonst spielen, aber ich glaube, vielleicht könnte man etwas daraus machen. Also, wenn ihr Lust habt.«

»Zeig«, sagt Sal, und ich tue, wie mir geheißen.

Die leisen Akkorde, die einfachen Tonabfolgen, aus denen sich diese für mich ganz untypische und besondere Melodie ergibt, erfüllen den Raum. Ich summe etwas dazu, doch einen Text gibt es noch nicht. Ich denke an mein Gespräch mit Blythe am Fluss, an den Augenblick mit Frenzy an ebendieser Stelle. Ich spiele die Melodie wieder und wieder. Dann halte ich inne.

»Was meint ihr?«, frage ich seltsam nervös.

Für ein paar Sekunden sagt niemand ein Wort. Dann räuspert sich Jasper. »Blythe hätte es geliebt«, sagt er und lächelt sanft. »Das ist genau der Sound, den sie sich von dir gewünscht hat, erinnerst du dich?«

Ich nicke und sehe kurz zu Bonnie. Doch sie hat ihren Blick auf den Boden gerichtet.

»Merkwürdig, oder? Dass ich jetzt damit ankomme?«, frage ich.

»Ehrlich gesagt, finde ich es gar nicht merkwürdig«, sagt Bonnie langsam.

»Wie meinst du das?«

»Na ja, du bist zum ersten Mal in deinem Leben dort, wo

Blythe dich immer gesehen hat.« Sie zuckt mit den Schultern. Als sie meinen fragenden Blick bemerkt, sagt sie: »Sicher, Link. Du bist sicher. Du bist ruhig. Und ehrlich zu dir. Oder habe ich nicht recht?«

»Doch, das hast du«, gebe ich zu und spüre, wie sich eine zufriedene Wärme in mir ausbreitet.

»Spiel es noch mal«, sagt Jasper, und das tue ich. Nur diesmal begleitet er mich mit ein paar Akkorden auf dem Klavier. Die Harmonien sind weniger verspielt als sonst, der Klang ist klarer, auf den ersten Blick verständlicher vielleicht. Auch Bonnie setzt ein und mit ihr Curtis. Wir spielen ein paar Takte und kehren zum Anfang zurück. Wir wiederholen es so lange, bis wir das Gefühl haben, dass es stimmt. Und in diesem Moment spielt Sal ein Trompetensolo auf die Harmonien. Es ist ein heiseres, bewegtes Solo, das jeden von uns berührt. Es baut sich langsam auf, ganz vorsichtig und behutsam. Die Melodie ist auch bei Sal einfach, aber sie bringt etwas in uns allen zum Klingen, das merkt man ganz deutlich. Und dann kehren wir zur Melodie der Strophe zurück. Und ich habe Frenzys Gesicht vor Augen. Spüre ihren Körper an meinem Körper, ihre Haut unter meinen Fingern, unter denen eigentlich meine Gitarre ist. Frenzys Körper und der der Gitarre werden eins unter meinen Berührungen, und ich spiele mein Instrument, wie ich Frenzy spielen möchte.

»Wow«, sagt Bonnie ehrfürchtig, als wir langsam immer leiser werden und die Töne schließlich ganz verklungen sind. »Das ist der Wahnsinn, Link. Und Blythe hatte offensichtlich recht. Das kann auch unser Sound sein.«

Solange wir die richtige Inspiration haben, denke ich und lächle in mich hinein.

31

Franzi

Jemand rüttelt an der Tür, und sofort spanne ich mich an.

»Lass sie«, flüstert Link. »Ich habe abgesperrt.«

Aber die Stimmung ist dahin. Zwar spüre ich nach wie vor die heißen Bahnen, die Links Lippen und seine Zunge auf meinem Oberkörper hinterlassen haben, aber um hier im Lager des *Cat's Cradle* mit ihm zu schlafen, brauche ich wenigstens das Gefühl, dass uns keiner stört.

Ich richte mich auf, und Link gibt ein frustriertes Stöhnen von sich.

»Wenn das so weitergeht, müssen wir bald wieder in die Sümpfe«, sagt er.

Die Erinnerung daran lässt mich meine Bedenken beinahe über Bord werfen. Aber gleichzeitig kommt es mir unwürdig vor, hier im Hinterzimmer einer Bar auf einem Sofa Sex zu haben, auf dem vermutlich schon Generationen von Musikern mit Generationen von Groupies geschlafen haben. Und Link ist einer von ihnen. Sein geübter Umgang mit dem zickigen Schloss … Ich bin mir sicher, dass er an genau diesem Ort bereits x Frauen vor mir hatte.

Ich angle nach meinem T-Shirt und ziehe es mir über. Die Tatsache, dass Link in den letzten Tagen immer wieder versucht hat, an den merkwürdigsten Orten mit mir Sex zu haben, schmeichelt mir. Das Feuer zwischen uns lässt meine lauten Gedanken in den Hintergrund treten. Und ich kann nicht behaupten, dass ich seit unserer Nacht in den Sümpfen an sonderlich viel anderes gedacht habe als an unsere schweißnassen, eng umschlungenen Körper. Die Sehnsucht nach ihm zerreißt mich beinahe innerlich, selbst wenn wir zusammen sind. Selbst wenn wir uns küssen. Selbst wenn ich sein Begehren spüre.

Auch heute konnte ich nach der letzten Zugabe gar nicht so schnell schauen, wie Link zu mir kam.

»Komm mit«, raunte er in mein Ohr und zog mich an der Hand hinter sich her. Zielstrebig bahnte er uns einen Weg durch die Menge, ignorierte all die Leute, die ihm auf den Rücken klopften und ihm zuriefen, wie gut er war.

In dem Moment, als die Tür hinter uns ins Schloss fiel, presste er mich dagegen und küsste mich so leidenschaftlich, dass unsere Zähne gegeneinanderschlugen. Ich spürte, wie er die Tür abschloss. Hörte sein Stöhnen, als unsere Zungen aufeinandertrafen.

Und nun wurden wir wieder gestört. Auch ich bin frustriert. Doch es muss eine bessere Lösung geben als das Lager im *Cat's Cradle*.

»Ich …«, sagt Link jetzt und reibt sich über seine Haare. »Ich kann dich nicht erst den ganzen Abend ansehen und dich dann nicht haben. Das ist Folter.«

»Du hast mich angesehen?«, frage ich, obwohl es mir natürlich aufgefallen ist. Und natürlich habe ich ihn auch angesehen. Ich sehe nur noch ihn. Als wäre der Rest der Welt unsichtbar.

»Ich sehe dich immer. Selbst wenn du nicht da bist.«

Er beugt sich zu mir und haucht mir einen Kuss auf den Nacken. Ich liebe seine Berührungen, jede einzelne Empfindung, jeden Nadelstich, den ich auf der Haut spüre, wenn wir uns nah sind. Doch es reicht nicht. So wie es Link nicht reicht, ist es mir auch nicht mehr genug.

»Es wäre leichter, wenn wir zu dir könnten.« Ich weiß, dass er abblocken wird. Und eigentlich hatte ich vor, ihn nicht zu drängen. Aber gleichzeitig wäre es eine einfache Lösung für unser Problem.

»Wir könnten doch auch zu dir gehen«, sagt er ausweichend.

Diese Unterhaltung haben wir schon einmal geführt. Ich fühle mich nicht wohl bei dem Gedanken, Besuch mit zu Faye und Victor zu bringen. Erst recht nicht, wenn es sich dabei um Sex-Besuch handelt.

»Du weißt, dass das nicht geht«, sage ich sanft. »Es wäre nicht richtig.«

»Ich überlege mir was«, sagt er. »Versprochen.«

Wieder ist er dem Thema elegant ausgewichen. Und heute Abend – ich weiß auch nicht – nervt es mich wieder einmal.

»Wo hast du denn mit den anderen geschlafen?«, frage ich, und mich durchzuckt ein feiner Stich beim Gedanken an »die anderen«.

»Frenzy?« Link runzelt die Stirn, weil er meinen leicht bitteren Tonfall bemerkt hat.

»Na komm schon, sag es. Eine der Optionen wird ja wohl gut genug für mich sein.«

»Keine Option ist *gut genug* für dich.«

»In dunklen Gassen? Am Fluss?«

Link räuspert sich. Er merkt, dass er mir nicht mehr ausweichen kann. Und beinahe tut es mir leid, dass ich ihn in Bedrängnis bringe. Aber in dem Moment, als ich mich auf ihn eingelassen habe, ist etwas passiert. Etwas Besonderes. Es war das erste Mal, dass ich eine so große Entscheidung getroffen habe, ohne an meine Zukunft zu denken. Und jetzt will ich nicht, dass sie umsonst gewesen ist.

»Bei ihnen zu Hause. Im Hotel. Keine Ahnung …«, sagt er

leise, und ich verfluche mich dafür, dass ich das Thema angeschnitten habe.

»Bei dir?«, frage ich.

Kurz flackert etwas in seinem Blick. »Nein«, sagt er.

»Und warum nicht?«

»Können wir das Thema wechseln?« Die Barschheit in seiner Stimme erschreckt mich.

Ich habe keine Lust mehr auf das hier. Und es geht nicht um Sex oder um dessen Abwesenheit, sondern einzig und allein darum, dass er mich zum wiederholten Mal abschmettert. Ich habe das Gefühl, ausgeschlossen zu werden aus einem Teil seines Lebens. Und auch wenn wir uns noch nicht lange genug kennen, um alles voneinander zu wissen, kommt es mir doch einfach seltsam vor.

Als ich mich einigermaßen abrupt erhebe, will er mich festhalten, doch ich entziehe ihm meine Hand.

»Ich habe keine Frau und sieben Kinder versteckt oder so. Ich deale nicht mit Drogen. Es ist nichts, was dich in irgendeiner Weise betrifft, was dich kümmern muss.«

»Alles gut, Link«, sage ich, aber es bleibt ihm nicht verborgen, wie angespannt ich bin.

Mit drei entschlossenen Schritten bin ich bei der Tür. Unter einiger Anstrengung gelingt es mir, das Schloss zu öffnen, und ich trete zurück in die Bar. Inzwischen hat sie sich geleert, und neben ein paar vereinzelten Nachtschwärmern sind nur noch Jasper, Sal, Curtis, Bonnie und Amory hier.

»Das war schnell«, sagt Bonnie grinsend, als sie sich zu mir an die Bar stellt.

»Wie bitte?«, frage ich.

»Entschuldige, ich wollte nicht indiskret sein.«

»Keine Sorge, du bist nicht indiskret.« Mein Tonfall hat sich immer noch nicht wieder normalisiert.

»Ist Link noch da drin?«, fragt Curtis und zeigt auf die

Tür zum Lager. Er hat den schwarzen Zylinder mit den Geldscheinen in der Hand.

Ich nicke.

»Ist mit euch beiden alles in Ordnung?«, fragt Bonnie.

»Ja. Nein. Ach, keine Ahnung«, sage ich. »Im einen Moment fallen wir übereinander her und im nächsten … weigert er sich, mich mit zu sich zu nehmen.«

»Oooooh.« Bonnie nickt wissend.

Ich blicke sie fragend an. »Was meinst du?«

»Er ist in der Beziehung ein bisschen schräg«, sagt sie und lässt einen ihrer Braids durch ihre Finger wandern.

»Schräg trifft es ganz gut.«

»Aber es ist nichts, worüber du dir Gedanken machen musst.«

»War er …«, sage ich zögerlich, »… war er mit Esmé dort?« Bis zu diesem Augenblick wusste ich nicht einmal, dass mir dieser Gedanke auf der Seele lag.

»Mit Esmé? Bist du verrückt? Nein.« Sie lacht. »Ich glaube, ich bin die Einzige, die je dort war.«

»Was?« Das kann nicht sein.

»Curtis war definitiv nie dort. Und Jasper weiß nicht einmal, wo er wohnt.« Sie schlägt sich die Hand vor den Mund. »Fuck, das solltest du vermutlich nicht wissen. Aber Fakt ist, es hat nichts mit dir zu tun. Es ist nichts, worüber du dir Sorgen machen musst. Das verspreche ich dir. Gib der Sache einfach noch ein bisschen Zeit. Er vertraut dir, das weiß ich. Er redet über dich.«

»Hat er das sonst nicht getan?«, frage ich und ringe mich zu einem vorsichtigen Lächeln durch.

»Sonst?«, fragt Bonnie. Dann versteht sie. »Nein. Es ist das erste Mal seit Blythes Tod, dass er mich auf diese Art an seinen Gefühlen teilhaben lässt. Es ist das erste Mal, dass er weiter denkt als bis morgen früh.«

Ich schlucke. Und für mich ist es das erste Mal, dass ich nicht an morgen, an nächste Woche oder nächstes Jahr denke. Vielleicht sollte ich also auch nicht darüber nachdenken, was er mir nicht gibt, sondern mich auf das konzentrieren, was er mir gibt.

»Hey«, sagt auf einmal seine heisere Stimme hinter uns. »Das hier ist für dich, Bonnie.« Er drückt ihr einen Stapel Dollarnoten in die Hand. »Und ich habe auch etwas für dich.« Er sieht mich leicht unsicher an.

»Erkaufst du dir deine Privatsphäre?«, witzelt Bonnie. Doch als sie seinen Blick bemerkt, grinst sie entschuldigend, zuckt mit den Schultern und zieht ab.

»Es tut mir leid, dass ich die Sache so kompliziert mache.«

»Ist schon in Ordnung«, erwidere ich. Denn ich möchte keine Zeit damit verschwenden, sauer zu sein. Ich will jeden Augenblick genießen, den wir haben.

»Es ist nicht in Ordnung, und ich weiß das. Aber … ähm … wenn du magst …«

»Ja?«

»Meine Mom hat uns zum Essen eingeladen. Und wenn du nichts dagegen hast, würde ich dich gern meinen Eltern vorstellen.«

»Meinst du das ernst?«, frage ich vollkommen perplex. Mir kommt es vor, als wäre das viel intimer, als jemanden mit zu sich nach Hause zu nehmen.

»Manchmal ist es dort ein bisschen traurig. Aber wenn sie gut drauf sind, sind sie sehr nett. Und Charlie, meine Mom, kocht gut.«

»Ich komme sehr gern«, sage ich und nehme seine Hand, um ihm zu zeigen, dass alles in Ordnung ist.

»Man nennt diese Häuser ›Shotgun-Häuser‹«, erklärt Link, als wir vor dem Haus seiner Eltern stehen, das aussieht wie ein hausförmiger Container. Es ist offensichtlich, dass diese Gegend arm ist. Sie hat eine Zahl im Namen, und ich beschließe, Faye nicht zu sagen, wo ich den Sonntag verbracht habe.

»Woher kommt der Begriff?«, frage ich.

»Du kannst einmal komplett durch das Haus durchschießen. Vom Eingang bis zur Hintertür. Ich zeig's dir.« Er klopft an die Tür und öffnet sie dann. »Charlie? Con? Wir sind da!«

»In der Küche«, ruft eine tiefe Frauenstimme.

Wir treten ein, und ich erkenne auf den ersten Blick, was Link gemeint hat. Man kann durch das komplette Haus hindurchsehen. Die Zimmer liegen eins hinter dem anderen. Gerade befinden wir uns wohl im Wohnzimmer, dessen Zentrum eine Sofagarnitur aus Leder bildet. Ein alter Röhrenfernseher in einer Schrankwand wird eingerahmt von Familienfotos und einigen Porträts eines Mädchens, bei dem es sich um Blythe handeln muss. Ich gehe wie automatisch auf eines der gerahmten Bilder zu. Sie sieht wunderschön aus. Glücklich und lebendig. Beim Gedanken daran, dass sie nicht mehr lebt, schnürt sich mir unwillkürlich die Kehle zu.

»Ich habe dich gewarnt«, sagt Link direkt hinter mir und dreht mich sanft um. »Das hier ist kein fröhlicher Ort mehr.« Er zuckt mit den Schultern, und sein Blick ist auf einmal viel schwerer als sonst. Doch dann ist es, als würde er die Traurigkeit abschütteln. Er steckt sein Ladekabel in die Steckdose, um sein Handy anzuschließen, und bedeutet mir, ihm zu folgen. Wir gehen durch das nächste Zimmer – das Schlafzimmer, in dem wiederum Bilder von Blythe und Link die Wände und Nachttische zieren – in die Küche.

»Hi, Charlie«, sagt er und drückt der rundlichen Frau im Rollstuhl einen Kuss auf die Wange.

»Link, mein guter Junge«, sagt sie und hält ihm einen Kochlöffel hin. »Probier das.«

»Mmmmh«, macht er. »Charlie macht das beste Jambalaya der ganzen Stadt.«

»Du musst Franziska sein«, sagt Links Mom nun. »Schön, dass du da bist.« Sie lächelt mich an. Ihre langen grauen Haare hängen ihr über die Schultern. Aus ihren Augen spricht Trauer und Müdigkeit.

»Hallo, Mrs Hughes«, erwidere ich. »Vielen Dank für die Einladung.«

»Nenn mich Charlie«, sagt Links Mom, und ihr Lächeln wird breiter. »Con? Die Kinder sind da!«

Die Tatsache, dass sie Link und mich »die Kinder« nennt, hat etwas sehr Familiäres, und ich fühle mich sofort wohl. Es ist hier ganz anders als bei Faye und Victor, wo zwischen all dem Reichtum kein Platz für Gefühle zu sein scheint. Links Eltern leben in ärmlichen Verhältnissen, aber man hat den Eindruck, als gäbe es hier nichts Unterschwelliges. Selbst die Trauer ist allgegenwärtig – doch sie fühlt sich natürlich an.

Man hört Schritte von draußen, und im nächsten Moment springt die Hintertür auf. Ein großer Mann, dessen Erscheinung früher sicher einmal beeindruckend war, tritt durch die Tür. Die Schultern hängen herab, der Gang ist leicht geduckt. Seine Haut ist faltig und wettergegerbt, sein volles Haar schlohweiß.

Doch als er Link erblickt, blitzt in seinen Augen etwas auf. Graublaue Augen, fällt mir auf, wie die von Link.

»Sohn!«, ruft er, und seine Stimme ist laut. Beinahe glaube ich, das Haus müsste vibrieren. Und vielleicht tut es das auch. Er klopft Link auf die Schulter. »Und du bist seine Herzensdame«, sagt er dann an mich gewandt.

»Franziska«, stelle ich mich vor.

»Ich weiß«, sagt er und grinst. »Wenn man einen Namen aus diesem Kerl herausbringt, merkt man ihn sich besser. Ich bin Constantine.«

»Niemand nennt dich so, Schatz«, sagt Charlie. »Sag Con zu ihm, sonst glaube ich, du wärst von der Behörde oder so.«

Wenig später sitzen wir im Wohnzimmer um einen einfachen Tisch herum. Link hat gedeckt, während ich mit Charlie gesprochen habe. Sie hat versucht, das Thema Blythe zu vermeiden – zumindest kam es mir so vor. Denn einige Male hielt sie inne, als wolle sie etwas sagen, doch dann schluckte sie es hinunter.

Das Jambalaya schmeckt wunderbar. Der Reis, der zusammen mit Gemüse, Crawfish und einer würzigen Wurst gekocht wurde, hat eine angenehme Schärfe.

»Was machst du im Garten, Con?«, fragt Link.

»Ich versuche zu retten, was zu retten ist«, erwidert sein Dad. Als Erklärung fügt er hinzu: »Die Pflanzen haben irgendeinen Parasiten, dem ich nicht Herr werden kann. Ich habe nicht unbedingt einen grünen Daumen. Blythe war diejenige, die sich um den Garten gekümmert hat.«

Charlie legt ihre Hand auf seine große Pranke.

»Ich könnte mal Hugo fragen, vielleicht hat er eine Idee«, schlage ich vor. »Hugo ist der alte Mann, dem ich helfe. Er ist ein Pflanzennarr. Bei ihm wächst alles.«

»Das wäre toll, danke«, sagt Con, und ich nehme mir fest vor, nachher ein Foto von den Pflanzen zu schießen. »Ich will sie nicht enttäuschen, wisst ihr?«

Ich bin mir sicher, dass er von Blythe spricht.

»Con …«, sagt Link und klingt ein bisschen angespannt, wenn auch voller Mitgefühl. Doch mir macht es nichts aus, dass seine Eltern über ihre Tochter reden wollen. Die Dinge auszusprechen und auszuleben scheint mir sowohl für den Augenblick als auch für die Zukunft der gesündeste Umgang zu sein.

Danach stellen Charlie und Con mir abwechselnd Fragen. Wie mir New Orleans gefällt, wie es bei mir zu Hause ist. Was das für Leute sind, bei denen ich wohne. Woher ich Link kenne. Wenn sie über Link sprechen, werden ihre Blicke ganz warm.

»Ich erzähle dir nachher ein paar peinliche Geschichten über ihn«, sagt Charlie und lacht. »Dann kannst du dir die Sache mit euch noch mal überlegen.«

»Witzig, Charlie«, sagt Link und lädt sich den Teller zum dritten Mal mit Jambalaya voll, während ich von der riesigen ersten Portion schon völlig satt bin.

Nach dem Essen legt Charlie sich eine halbe Stunde hin, und Link und ich gehen in den Garten, damit ich Bilder von den Pflanzen machen kann. Die Blätter der Sträucher sind mit irgendeiner mehligen Schicht überzogen.

»Wann sind deine Eltern hier eingezogen?«, frage ich.

»Ich glaube, gleich nach ihrer Hochzeit.«

»Wann haben sie geheiratet?«

»Das müsste jetzt so um die siebenundzwanzig Jahre her sein.« Link grinst.

»Aber …« Ich bin verwirrt. Das Haus ist winzig. Wo sind Blythe und er dann aufgewachsen?

»Du fragst dich, ob wir hier zu viert gewohnt haben?«

Ich nicke etwas verunsichert.

»Das Schlafzimmer war das Kinderzimmer. Und Charlie und Con haben auf einer Ausziehcouch im Wohnzimmer geschlafen«, sagt Link.

Ich schlucke. Selbst als mein Vater uns verlassen hatte, mussten wir nicht so beengt leben. Auf einmal wird mir schmerzlich bewusst, wie gut wir es immer hatten. Wie einfach das Leben für mich war. Und wie ich trotzdem ständig total panisch wurde beim Gedanken an die Zukunft und daran, dass ich nicht vorbereitet sein könnte. Link auf der anderen Seite, der alles Recht hätte, sich Sorgen zu machen, lebt einfach in den Tag hinein.

»Darf ich dich noch etwas fragen?«

»Alles.«

»Warum nennst du deine Eltern beim Vornamen?«

Link lacht leise, doch seine Augen lachen nicht mit. Er nimmt mich an der Hand und zieht mich auf die quietschende Hollywoodschaukel neben sich.

»Als Blythe starb, fühlte es sich nicht mehr richtig an. Wir sind alle irgendwie zerfallen. Aber meine Eltern ganz besonders, kannst du dir bestimmt denken. Und wenn das passiert, wenn du auf einmal derjenige bist, der sich um die Eltern kümmert, dann ändert sich das Verhältnis. Es fühlte sich falsch an. Verlogen irgendwie. Als würde ich an etwas festhalten, das nicht mehr da ist. Das war ein Mechanismus, der ganz automatisch kam. Als müsste ich mich mit ein bisschen Abstand selbst davor bewahren, runtergezogen zu werden. Denn wenn das geschehen wäre …« Er hält kurz inne. »Ich konnte es mir nicht erlauben.«

»Du warst der Starke?«, frage ich.

Er zuckt mit den Schultern. »Mir blieb, ehrlich gesagt, nichts anderes übrig. Blythe hatte mich darum gebeten, für sie da zu sein. Für Charlie und Con, Jasper, Weston und Maya. Also war es das Mindeste.«

»Wie hast du es ausgehalten?«, frage ich und drücke seine Hand.

»Einen Tag nach dem anderen. Ich habe versucht, nicht mehr das große Ganze zu sehen. Denn das war ohne Blythe nicht mehr denkbar. Aber in kleinen Portionen war es möglich. Das Härteste, was ich je gemacht habe, aber möglich.«

Am frühen Abend verabschieden wir uns von Links Eltern. Ich bedanke mich noch mal für die Einladung und das leckere Essen, von dem Charlie mir noch etwas mitgegeben hat.

»Nichts zu danken. Komm bald wieder«, sagt sie. Ich beuge mich zu ihr hinunter und umarme sie.

»Die solltest du behalten, Sohn«, sagt Con, als wir durch den vertrockneten Vorgarten laufen.

Link dreht sich um und winkt ab. »Hauptsache, Druck rausnehmen«, ruft er. Dann schiebt Con Charlie wieder hinein.

»Das war schön«, sage ich, als er mich an sich zieht. »Danke, dass du mich mitgenommen hast.« Der Streit von letzter Woche ist vollkommen vergessen.

»Danke, dass du mitgekommen bist. Meinen Eltern hat es viel bedeutet.«

»Mir auch«, flüstere ich.

»Alles gut zwischen uns?«

»Natürlich. Allerdings …« Ich will die Frage eigentlich hinunterschlucken, aber sie kommt einfach aus mir heraus. »Ich verstehe nicht, warum das für dich okay war und ein Besuch bei dir zu Hause zu intim ist.« Sofort beiße ich mir auf die Lippe. Hatte ich nicht gerade noch darüber nachgedacht, dass der Streit vergessen ist?

»Du meinst, weil es erbärmlicher eigentlich nicht mehr geht?«, fragt er.

»Was? Nein, das meinte ich nicht«, beeile ich mich zu sagen.

»Schon gut, das weiß ich. Aber glaub mir, es geht immer erbärmlicher.« Mit diesen Worten löst er sich von mir und geht ein paar entschlossene Schritte in Richtung Bushaltestelle. Dann dreht er sich um. »Und mit Intimität hat es übrigens nichts zu tun.«

32

Lincoln

Seit einer geschlagenen Viertelstunde verstecke ich mich auf der gegenüberliegenden Straßenseite hinter einem Baum. Frenzy war sich nicht sicher, wann genau ihre Gastfamilie fahren würde, und ich habe wirklich keine Lust, Faye und Victor zu begegnen. Hugo wäre eine andere Sache, aber nach allem, was Frenzy über die beiden erzählt hat, sind es nicht unbedingt die Leute, mit denen ich mich gut verstehe – und andersherum. Frenzy verliert zwar kein schlechtes Wort über sie, doch ich habe mir ein ganz gutes Bild gemacht.

Ich bin aufgeregt. Aufgedreht beinahe. Wir haben das ganze Wochenende vor uns. Zu zweit. In diesem absurden Haus. Ich blicke auf mein Handy. Immer noch keine Nachricht von ihr, immer noch keine Bewegung auf der anderen Straßenseite. Ein junges Paar mit einem Hund läuft an mir vorbei. Sie nicken, ich erwidere ihren Gruß. Es ist heiß, und mir rinnt der Schweiß den Rücken hinab.

Und dann, endlich, nach einer gefühlten Ewigkeit wird die Tür geöffnet. Das müssen Faye und Victor sein. Sie sehen genauso aus, wie ich sie mir vorgestellt habe. Herausgeputzt, austauschbar, teuer. Ich kann nicht hören, was gesprochen wird, aber ich sehe, dass Frenzy im Flur steht. Jetzt winkt sie, während Victor Koffer zu dem riesigen SUV trägt, der vor der Garage parkt.

»Hugo!«, ruft Faye. Offensichtlich hat der alte Mann

keine Lust darauf, ein Wochenende mit seinem Sohn und dessen Frau zu verbringen. Und ich kann es ihm nicht verübeln. Und doch bete ich, dass er uns keinen Strich durch die Rechnung macht.

Ich atme erleichtert auf, als Hugo aus dem Haus getrottet kommt. Victor schüttelt genervt den Kopf. Und schließlich steigen sie zum Glück ins Auto. Frenzy steht nach wie vor in der Tür und winkt. Als der SUV außer Sichtweite ist, vibriert mein Handy.

Komm!, steht da, sonst nichts. Ich grinse, stoße mich vom Stamm des Baums ab, der mir in der letzten halben Stunde Schatten gespendet hat, und überquere die Straße.

Gerade als Frenzy die Tür wieder schließen will, erblickt sie mich. Sie strahlt. Und ich tue es ihr gleich. Barfuß springt sie die Steinstufen hinunter und öffnet mir das Gartentor.

Sie zieht mich in eine feste Umarmung und sucht mit ihren Lippen die meinen. Sie sind so weich, so zart, so wunderbar. Sie bringen mein Herz zum Rasen, ebenso wie es diese Frau tut.

»Komm rein«, sagt sie dann und löst sich von mir. »Drinnen ist es schön kühl.«

Sie läuft leichtfüßig über die großen Steinplatten zum Haus zurück. Und allein das Geräusch ihrer nackten Füße macht mich so an, dass ich gar nicht schnell genug hinter ihr her ins Haus kommen kann.

Wie bei meinem ersten Besuch bin ich auch heute wieder beeindruckt von diesem gigantischen Haus. Von der Modernität, der Sauberkeit. Es duftet nach frischer Wäsche und Früchten. Vielleicht ein Raumerfrischer, vielleicht Wirklichkeit. So richtig weiß man in dieser Welt oft nicht, was echt ist und was fake. Blythe konnte es gut auseinanderhalten. Es war faszinierend, mit welcher Genauigkeit sie mir von ihren Ausflügen in diese Welt berichtete. Mit welcher Sicherheit sie jede Handlung analysierte. Oft glaubte ich, sie würde übertreiben. Aber wenn ich daran zurückdenke, wird mir nun klar, dass ich mit meinen dreizehn oder vierzehn Jahren einfach noch keine Ahnung hatte.

Doch heute bin ich mit Frenzy hier. Es gibt nur uns beide. Und an ihr ist nichts fake. Das hätte Blythe auch gesehen. An ihr ist alles echt. Manches ist versteckt, aber es bricht immer wieder aus ihr heraus.

»Zieh deine Schuhe am besten aus«, sagt sie und dreht sich zu mir um. »Dann zeige ich dir das Haus.«

Wohnzimmer und Terrasse kenne ich schon. Auch in Küche und Esszimmer habe ich einen kurzen Blick geworfen, als ich vor ein paar Wochen hier war. Deswegen folge ich Frenzy gleich die Treppe nach oben in den ersten Stock. Auf dem Boden ist weicher Teppich verlegt, und man sinkt regelrecht ein. Als würde man über flauschige Wolken laufen.

»Das ist das Schlafzimmer von Faye und Victor.« Frenzy zeigt auf eine geschlossene weiße Tür. »Da gehen wir besser nicht rein.«

»Meinst du, die beiden haben irgendeine Art von verrücktem Fetisch zu verbergen?«, frage ich und überlege, ob es einen Makellosigkeitsfetisch gibt.

Frenzy lacht. »Nein, ich will nur nicht in ihre Privatsphäre eindringen. Das hier ist eins der Gästezimmer.« Sie schiebt eine weitere weiß gestrichene Tür auf. »Faye nutzt es manchmal als Lesezimmer.«

Ich kann ein leises Lachen nicht unterdrücken. »Ein Lesezimmer … Faye und Victor sind sehr reich, oder?«

»Ich glaube schon. Victor gehört eine Maklerfirma.«

Die Reichen sprechen eigentlich nur über Geld. Und über Immobilien. Und über Immobilienpreise. Als müssten sie sich immer wieder beweisen, dass sie all das wirklich besitzen. Wieder lache ich leise in mich hinein. Blythe hatte einfach immer mit allem recht.

»Hier wohnt Hugo. Er hat sicher nichts dagegen, dass ich dir sein Zimmer zeige.« Frenzy schiebt die Tür auf, und es ist, als würden wir in eine andere Welt blicken. In einen Urwald, um genau zu sein. Das ganze Zimmer ist voller Pflanzen in unterschiedlich großen Töpfen. Es riecht nach Erde und Feuchtigkeit. Zwischen den Töpfen stapeln sich zerfledderte Bücher.

»Wow«, entfährt es mir, »das ist …«

»… unerwartet?«, bietet Frenzy an.

»Ungefähr, ja.«

»Victor hasst es. Die Tür muss immer geschlossen bleiben.«

»Die beiden können sich echt nicht ausstehen, oder?«

»Wirklich nicht.«

»Warum wohnt Hugo dann hier?«, frage ich.

»Er hat sich vor einem Jahr das Bein gebrochen und konnte nicht mehr allein wohnen.« Sie zuckt mit den Schultern. »Das hat Faye erzählt.«

»Aber jetzt ist er doch wieder fit …«

»Keine Ahnung, warum er nicht wieder auszieht. Es ist ein sensibles Thema.«

Auf der gegenüberliegenden Flurseite befinden sich zwei weitere Türen.

»Wohnst du hier?«, frage ich und lege meine Hand auf den Türknauf.

Frenzy nickt. Dann schlägt sie die Augen nieder, als wäre es ihr ein bisschen unangenehm, dass ich gleich in ihr Reich eindringen werde.

»Darf ich?«

»Ja.«

Ich öffne die Tür. Das Zimmer dahinter hat die perfekte Größe. Nicht zu groß, nicht zu klein. Geschmackvolle Möbel, abgestimmte Farben. Die Fenster blicken auf einen riesigen Baum im Vorgarten. Dahinter befindet sich die Straße.

»Ist das Bett bequem?«, frage ich und lasse mich darauffallen. Es federt. Und ja, es ist bequem. Unwillkürlich seufze ich, als ich in die weiche, duftende Matratze sinke.

Frenzy steht ein bisschen unschlüssig an der Tür. In ihrem Blick liegt diese schüchterne Aufgeregtheit, von der ich nicht genug bekommen kann. Ich stütze mich auf die Ellbogen und betrachte sie. Meine Mundwinkel zucken nach oben bei dem Gedanken daran, dass wir ein ganzes Wochenende für uns haben. Gerade als sie einen Schritt auf mich zugeht, beschließe ich, dass ich diesmal derjenige sein will, der auf die Bremse tritt. Nur kurz, aber die kribbelige Erregung, die beginnt, sich zwischen uns bemerkbar zu machen, ist zu reizvoll, um ihr gleich nachzugeben.

»Was ist hinter der letzten Tür?«, frage ich und richte mich auf.

Frenzy lacht. »Ein erstaunlicher Moment für diese Frage. Mein Badezimmer.«

»Ich wollte schon immer mal sehen, wie Badezimmer von Reichen aussehen«, sage ich und schiebe mich an ihr vorbei in den Flur zurück – jedoch nicht, ohne mir der Nähe unserer Körper vollständig bewusst zu sein.

Ich öffne die Tür und muss kurz blinzeln, weil ich von den blitzblanken Fliesen beinahe geblendet werde. Alles strahlt und funkelt.

»Wer hält das alles sauber?«, frage ich.

»Dreimal die Woche kommt eine Putzfrau«, erklärt Frenzy und wird ein bisschen rot.

»Es gibt eine Badewanne!«, rufe ich aus, als ich meinen Blick erneut durch den Raum schweifen lasse.

»Hast du keine?«, fragt Frenzy, und beim Gedanken an mein Badezimmer verziehe ich den Mund zu einer leicht spöttischen Grimasse. Aber ich fange mich gleich wieder und hoffe, dass Frenzy nichts davon gemerkt hat.

»Nein«, sage ich so nonchalant wie möglich. Doch dann kann ich es nicht mehr zurückhalten. »Meinst du ... ich könnte vielleicht ein Bad nehmen?« Ich denke an diese absolute Sauberkeit. An schrumpelige Haut, den Duft von Badezusätzen. Unendliche Entspannung.

»Natürlich«, sagt Frenzy lächelnd. »Wenn du gern möchtest?«

Sie geht zu einem weißen Schrank und holt ein riesengroßes flauschiges Handtuch heraus. Kurz bin ich versucht, sie zu fragen, ob sie gemeinsam mit mir in die Wanne steigen will, aber gleich darauf überkommt mich dieser ungeheure Wunsch, mich erst komplett auszustrecken, einen Moment für mich zu haben.

Ich drehe den Hahn auf, und das Geräusch allein bewirkt schon, dass meine Gliedmaßen sich leichter anfühlen. Dieser seltene Luxus ist in diesem Moment der Inbegriff des Glücks für mich. Mit der Aussicht, danach schmutzige Dinge mit Frenzy anzustellen – aber mit einem sauberen Körper.

Nach ein paar Minuten ist die Wanne voll, und ich beginne mich meiner Klamotten zu entledigen.

»Ich lasse dich dann mal allein«, sagt Frenzy, nachdem sie einen teuer aussehenden Badezusatz ins Wasser gegeben hat, doch das ist mir auch nicht recht.

»Willst du bleiben?«, frage ich.

»Und dir beim Baden zusehen?«, erwidert sie mit gerunzelter Stirn.

»Ja?«

»Okay ...« Sie setzt sich auf einen Holzhocker neben der Wanne, wendet aber dennoch den Blick ab, als ich beginne, meine Hose aufzuknöpfen.

»Es ist nichts, was du nicht schon gesehen hättest«, sage

ich schmunzelnd, und sie blickt auf. Schaut mir zu, wie ich mir erst meine Hose, dann meine Boxershorts ausziehe. Die Tatsache, dass sie mich beobachtet, ist beinahe noch heißer als das Badewasser, in das ich mich nun langsam sinken lasse. Ich lege mich in die Wanne, lehne mich mit dem Rücken an den Badewannenrand, winkle die Beine an, sodass meine Knie aus dem Schaum ragen. Ich schließe die Augen und stöhne vor Wonne auf. Es fühlt sich an, als würde mich das heiße Wasser tragen. Als wäre ich schwerelos in einer Welt aus Schaum und Wohlsein. Ich höre, wie mein Rücken knackt, als ich mich kurz strecke. Das ist die kolossalste Entspannung, das ultimative Glücksgefühl. Gäbe es keine Orgasmen, ein heißes Bad wäre Platz eins auf der Liste der großartigsten Dinge.

»Ich weiß nicht, ob ich schon einmal gesehen habe, dass jemand ein Bad so genossen hat«, sagt Frenzy, und obwohl meine Augen geschlossen sind, höre ich, dass sie grinst.

»Das ist ... so ... entspannend«, sage ich und tauche einmal komplett unter. Als ich wieder an die Luft komme, kichert sie immer noch.

»Willst du mein Shampoo benutzen?«, fragt sie und geht zur gläsernen Duschkabine in der Ecke des Raums.

»Da drin würde ich *dich* gerne mal beobachten«, sage ich. »Aber für den Moment nehme ich auch dein Shampoo.«

Sie bringt mir zwei Plastikfläschchen. Eins verspricht seidig glänzendes Haar, das andere vierundzwanzig Stunden Feuchtigkeit für die Haut.

»Jetzt muss ich nur noch meine Arme aus dem Wasser bewegen«, sage ich scherzhaft.

»Soll ich dich einseifen?« Frenzy spricht leise, doch ich habe sie genau verstanden. Und statt eine Antwort abzuwarten, kippt sie sich ein bisschen Shampoo in die Hand und beginnt meine Kopfhaut zu massieren.

»Ist das okay?«, fragt sie, während sie ihre Hände durch meine nassen, schaumigen Haare gleiten lässt.

»Wir können eine Sache festhalten, Frenzy«, sage ich. »Solange es deine Hände auf mir sind, ist es immer okay.« Ich gebe einen Laut von mir, der eine Mischung aus Seufzen und Schnurren ist.

Sie dreht den Duschkopf auf, der über dem Wasserhahn auf einer Gabel liegt, und testet mit der Hand die Temperatur des Wassers.

»Augen zu«, sagt sie, doch meine Augen sind ohnehin die ganze Zeit geschlossen. Dann spült sie das Shampoo aus meinen Haaren. Ganz sanft streicht sie dabei immer wieder mit der Hand über meinen Kopf. Ich höre ihren Atem, obwohl es auch mein eigener sein könnte. »Gefällt es dir?«

Ich knurre beinahe. Denn »Gefallen« ist kein Ausdruck für das, was ich empfinde. Ich kann mich nicht daran erinnern, jemals eine solche innere Ruhe gespürt zu haben. Und auf einmal will ich sie nah bei mir haben. Näher als auf dem Badewannenrand. Ich schlinge meine nassen schaumigen Arme um ihre Taille und lege meinen Kopf auf ihre Beine.

»Vorsicht!«, sagt sie. »Du machst mich ganz nass.«

»Kann nicht anders«, erwidere ich erstickt mit dem Mund an ihrem Bauch und presse sie noch fester an mich. Fester und fester, als hinge mein Leben davon ab. Ich will meinen Kopf heben, sie ansehen und mache eine unerwartete Bewegung. Sie kommt ins Straucheln, rudert kurz mit den Armen, spritzt mit dem Duschkopf um sich und findet doch keinen Halt. Und mit einem *Plumps* landet sie bei mir in der Wanne. Das Wasser fließt zu allen Seiten auf den Boden, und mit einem Prusten taucht sie auf. Sie liegt auf meinem Schoß, ihre Klamotten komplett durchnässt. Doch statt zu kreischen oder zu schimpfen, wie ich es im ersten Moment erwartet habe, beginnt sie zu lachen.

»Du hast ein verdammtes Glück, dass ich mein Handy nicht in der Hosentasche hatte«, sagt sie und streicht sich mit tropfenden Fingern Schaum aus dem Gesicht.

»Nein, lass ihn da«, sage ich und fahre mit meinen Fingern, die tatsächlich schon ein bisschen schrumpelig sind, über ihr Gesicht. Ich nehme mehr Schaum in die Hand und verteile ihn über ihren Wangen, ihrer Stirn, ihrer Nase. Dann ziehe ich sie zu mir und küsse sie. Der Badeschaum ist auf und zwischen unseren Lippen. Es schmeckt leicht seifig, aber nicht unangenehm, sondern wie das Zeugnis der Sehnsucht, die wir nacheinander haben.

Während unsere Zungen sanft miteinander ringen, taste ich nach dem Saum ihres T-Shirts und ziehe es umständlich nach oben. Es klebt an ihr, hat sich regelrecht festgesogen. Kurz unterbrechen wir unseren Kuss, damit sie mir dabei helfen kann, das T-Shirt über ihren Kopf und auf den Boden zu befördern. Die Häkchen ihres BHs habe ich schnell gelöst, und im selben Augenblick presse ich sie an mich. Haut an Haut. Brust an Brust. Ihr Herz geht schnell. Ich spüre die kräftigen Schläge, die durch meinen gesamten Körper schallen.

»Ich komme nicht aus der Hose raus«, haucht sie an meinen Lippen, während sie versucht, sich aus ihren Shorts zu schälen.

»Und ich hab kein Kondom im Wasser«, sage ich.

Wir lösen uns voneinander. »Gleich?«, fragt Frenzy, und ihr Blick ist leicht verschleiert.

»Jeden Moment«, erwidere ich, greife mir das Duschgel und will mich schon einseifen, als Frenzy meine Hand nimmt.

»Lass mich«, sagt sie.

Ich richte mich leicht auf, als sie mit ihren Händen das Duschgel auf meinem Oberkörper und meinem Rücken verteilt. Sie fährt über meine Arme, meine Schultern. Wieder schließe ich die Augen, doch diesmal ist es nicht so sehr die Entspannung. Ich fürchte, nicht mehr Herr über meine Sinne zu sein, wenn ich sie weiter betrachte. Ich spüre, wie sie mit den Händen meine Beine entlangstreicht. Langsam, bedächtig. Als würde sie sich das Gefühl meiner Haut einprägen wollen. Ihre Finger wandern hinauf in meinen Schritt, meinen längst steifen Penis entlang. Mein gesamter Körper wird von einem intensiven Schauder erfasst, der sich von meinem Nacken über meinen Rücken überall hin ausbreitet. Ich höre Frenzys zitterndes Ausatmen und weiß, ich will sie jetzt. In diesem Moment.

Als ich die Augen öffne, versteht sie sofort. Wir erheben uns, steigen aus der Wanne. Ich hülle uns beide in das Handtuch, das Frenzy vorhin bereitgelegt hat. Umfasse ihr Gesicht, küsse sie. Lecke Tropfen von ihrer nackten Haut, von ihren Brüsten. Sie legt den Kopf in den Nacken und stöhnt leise. Dann strampelt sie die völlig durchnässten Shorts von ihren Beinen und lässt sich von mir abtrocknen. Ehe wir Hand in Hand das Badezimmer verlassen, fische ich noch schnell ein Kondom aus meiner Hosentasche, während sie weitere Handtücher aus dem Schrank zieht und sie um die Badewanne herum legt, um die Überschwemmung, die wir angerichtet haben, fürs Erste aufzusaugen.

Wir schaffen es nicht einmal in Frenzys Zimmer. Sobald wir aus der Tür gestolpert sind, presse ich sie zwischen zwei goldgerahmten Bildern gegen die Wand im Flur. Wir sind beide atemlos, drücken uns gegeneinander, halten uns aneinander. Ich reiße das Kondom auf, streife es mir über und hebe sie hoch. Sie schlingt ihre Beine um mich, klammert sich an mir fest. Und mit einer sowohl erleichternden als auch schmerzhaft sehnsuchtsvollen Bewegung dringe ich in sie ein. Ihre Augen verdrehen sich nach oben, und sie stöhnt. Zunächst leise, dann lauter. Als würde sie sich daran erinnern, dass es mir gefällt. Und dass es *ihr* gefällt. Mit tiefen Stößen gleite ich in sie und aus ihr hinaus. Meine Hände halte ich schützend an ihren Rücken, damit sie sich an der rauen Wand nicht wehtut. Als ihr Kopf dennoch einmal gegen die Wand prallt, halte ich kurz heftig schnaufend inne.

»Sollen wir …«

»Nein!«, keucht sie. »Mach weiter!«

Es dauert nicht lang, und mein Körper wird von diesem inneren Kitzeln erfasst, das sich in meiner Mitte sammelt und von dort in jede Stelle meines Körpers und in Frenzy hinein explodiert, von dem Kondom aufgefangen.

Ich merke, dass sie noch nicht gekommen ist, und trage sie in ihr Zimmer und auf ihr Bett. Meine Beine zittern etwas, und ich bin so erschöpft, dass ich mich am liebsten neben sie fallen lassen würde. Stattdessen reiße ich mich zusammen und stoße noch ein paarmal in sie, massiere währenddessen ihre empfindlichste Stelle, bis ich spüre, wie sie sich zuckend um mich zusammenzieht. Dann breche ich neben ihr zusammen.

»Kurze Pause«, nuschle ich noch, dann schließe ich die Augen und strecke mich auf ihrem wunderbar weichen Bett aus.

33

Franzi

Mitten in der Nacht wache ich auf. Ich liege in Links Arm, meinen Kopf an ihn geschmiegt. Seine bloße Anwesenheit bewirkt, dass ich mich lebendig und aufgekratzt fühle. Fast kommt es mir wie eine Zeitverschwendung vor, dass wir ein paar Stunden von unserem Wochenende verschlafen haben. Erst betrachte ich ihn einfach eine Weile im fahlen Mondlicht, das durch mein Fenster scheint. Es ist ganz still. Bis auf seinen regelmäßigen Atem ist kein Geräusch zu hören. Vorsichtig streiche ich über sein Haar. Er rührt sich, wacht langsam auf.

»Hey«, murmelt er.

»Hey …«

»So möchte ich immer aufwachen.« Er streckt sich. »Mit deinem Gesicht vor meinen Augen.« Er zieht mich in eine feste Umarmung, und die Wärme seiner Nacktheit macht, dass sich mein ganzer Körper, innen wie außen, danach verzehrt, in diesem Moment zu verharren. Für immer. Wenn ich mit Link zusammen bin, ist es, als gäbe es keine Vergangenheit, keine Zukunft. Es gibt nur das Hier und das Jetzt und das Uns.

Mein Magen macht sich lautstark bemerkbar. Seit gestern Mittag habe ich nichts mehr gegessen.

»Soll ich uns Sandwiches machen?«, fragt Link. »Ich bin ziemlich gut darin, perverse Kombinationen aus Resten zusammenzustellen.« Er nimmt meine Hand und presst seine Lippen darauf.

»Ich weiß zwar nicht, ob wir Reste haben, aber im Kühlschrank ist auf jeden Fall genug Essen, um eine Großfamilie durch den Winter zu bringen«, sage ich.

Ein bisschen widerwillig schälen wir uns aus dem Bett. Link zieht sich seine Boxershorts an, und ich werfe mir sein Hemd über. Bevor ich ihm nach unten in die Küche folge, hänge ich die Handtücher und meine Kleider, die immer noch im Badezimmer auf dem Boden liegen, zum Trocknen auf.

Link zu betrachten könnte eine meiner absoluten Lieblingsbeschäftigungen werden. Ich bleibe einen Moment lang in sein Hemd gewickelt im Türstock stehen, sehe seine halb nackte Silhouette vor dem Kühlschrank an.

Er dreht sich um. »Wer soll denn das alles essen?«, fragt er ein wenig perplex.

»Ich habe dich gewarnt.«

»Bin mir nicht sicher, ob ich schon einmal so einen Kühlschrank gesehen habe«, murmelt er und wendet sich gleich darauf ab, als hätte er zu viel gesagt.

»Ich finde es auch übertrieben«, gebe ich zu und denke an Links Eltern. An ihre Bescheidenheit, ihre Genügsamkeit. Das Einzige, was sie glücklich machen würde, wäre, ihre Tochter zurückzubekommen. Alles andere ist Nebensache. Victor auf der anderen Seite hat keinen Kontakt zu seinem Sohn, wie Faye erzählt hat. Und ich frage mich auf einmal, wer von beiden die Verbindung abgebrochen hat. Ob Victor wie mein Vater seine Familie im Stich gelassen hat? Vielleicht ist auch das etwas, das ich Hugo mal fragen könnte, wenn er gut drauf ist.

Link holt Schinken, Käsescheiben, saure Gurken, Senf und Mayonnaise aus dem Kühlschrank. »Dann wird es eben ein Klassiker«, sagt er.

Während er Toastscheiben auf Teller legt und sie mit Senf und Mayonnaise bestreicht, hole ich eine Flasche von Fayes Chenin blanc aus dem Kühlschrank und schenke uns zwei Gläser ein. Dann setze ich mich auf die kalte Kücheninsel, baumle mit den nackten Beinen und sehe Link zu.

»Erzähl mir was«, fordere ich ihn auf und nippe an meinem Wein. Vor allem, weil ich seine Stimme hören will.

»Was möchtest du denn wissen?«

»Erzähl mir, was du dir vom Leben wünschst.« Das ist eine ziemlich große und bedeutsame Frage. Ich bin mir nicht sicher, warum ich sie stelle. Vermutlich, weil sie mich selbst beschäftigt. Weil ich mir irgendwie nicht mehr sicher bin.

»Oh, wow«, sagt er. »Gleich richtig in die Tiefe, was?«

»Entschuldige, du musst darauf nicht antworten.« Inzwischen habe ich gelernt, dass es Dinge in Links Leben gibt, die er nicht mit anderen teilt. Seltsamerweise spricht er gleichzeitig über sehr intime Details mit mir. Seine Grenzen sind schwer zu antizipieren. Bonnie ist vielleicht die Einzige, die sie wirklich kennt.

»Nein, nein, alles in Ordnung. Du kannst mich alles fragen.« Außer, wo du wohnst, denke ich. »Ich will genau das hier.« Er hebt sein Glas und lässt es gegen meins klirren.

»Was meinst du?«

»Ich will alles, wie es ist. Vielleicht den ein oder anderen Wochenend-Gig, aber ansonsten ist es doch schon perfekt.«

Er leckt sich ein bisschen Senf von seinen Fingern und klappt das erste Sandwich zu. Anschließend stellt er sich zwischen meine Beine und zieht sein Hemd einen Spalt weit auf. Er küsst meine Schlüsselbeine und dann die Stelle zwischen meinen Brüsten.

»Ich würde nichts ändern.«

»Das meinst du nicht ernst«, sage ich.

Er legt den Kopf schief und überlegt einen Moment. »Ich

würde mir wünschen, dass Jasper kein schlechtes Gewissen seinen Kindern gegenüber hat. Dass Geld keine Rolle spielt. Dass Curtis mal mit jemandem spricht und Bonnie sich auch um ihre eigenen Bedürfnisse kümmert. Aber das habe ich nicht in der Hand. Ich kann nur zusehen, dass ich meinen Teil dazu beitrage. Und solange ich das tue, bin ich glücklich.« Er hält kurz inne. Dann fragt er: »Und bei dir?«

»Ich weiß es nicht mehr«, sage ich. »Bislang habe ich meine Zukunft immer ganz klar vor mir gesehen. Ein sicherer Job, ein Mann, Kinder. Einfamilienhaus. Ein Hund vielleicht. Aber …« Ich schlucke. Es ist so merkwürdig. Mein Jahr in New Orleans sollte genau das werden. Ein Abenteuer, bevor die Zukunft losgeht. Aber es ist, wie Hugo gesagt hat. Warum sollte nicht das Leben ein Abenteuer sein? Weil es unvernünftig und naiv ist, sagt sofort eine Stimme in meinem Kopf. Aber eine andere, die immer lauter wird, je länger ich mich in dieser bunten Welt befinde, sagt: »Na und?«

»Das klingt gemütlich«, sagt Link, und ich verschlucke mich beinahe an meinem Sandwich.

»Du findest, das klingt gemütlich?«, frage ich. »Ausgerechnet du?«

»Was soll das denn heißen?«

»Du lebst für deine Musik, für den Moment, für Spaß. Du genießt jeden Augenblick, bist frei. Ich kann mir beim besten Willen nicht vorstellen, dass dich ein Reihenhaus glücklich machen würde.«

»Ja, vielleicht. Aber es klingt, als könnte man gut schlafen in deiner Zukunft. Als müsste man sich keine Sorgen machen. Als hättest du einen Kühlschrank, der so voll ist wie dieser.« Er blickt auf und lächelt mich schief an. »Das ist nicht das Schlechteste, oder?«

»Nein, vielleicht nicht.«

Kurz essen wir schweigend. Ich schenke Wein nach.

»Also«, sagt er dann, »was ist passiert?«

»Was meinst du?«

»Du hast gesagt, bislang wolltest du das alles. Aber jetzt nicht mehr?«

»Ich bin mir nicht mehr sicher«, sage ich.

»Inwiefern?«

»Ich habe irgendwie die Orientierung verloren. Wenn ich versuche, mir meine Zukunft vorzustellen, ist es keine gerade Linie mehr. Bis ich hierherkam, gab es Punkte, die man einfach verbinden konnte. Alles ganz gerade. Schule, Abitur, Studium, Freund, Job, Heirat, Kinder, Karriere, Rente, Tod. So ungefähr. Es hat mir Sicherheit gegeben, einen Punkt nach dem anderen abhaken zu können. Ich hatte das Gefühl, ich hätte die Kontrolle.«

»Aber man hat nicht alles in der Hand, oder? Die Reihenfolge beispielsweise.«

»Ja …« Ich denke an Links Schwester. Sie hatte sicher auch eine Linie mit Punkten. »Und deswegen frage ich mich, ob man vielleicht seinen ganzen Lebensentwurf umschmeißen kann. Und dann denke ich, dass es ein ziemlich großes Risiko ist. Dass man sich nicht sicher sein kann.«

»Mir gefallen deine Gedanken«, sagt Link.

»Was? Wieso?« Ich muss ein bisschen lachen. »Das sind alles absolute *first world problems.* Und verquer sind sie noch dazu.«

»Ich finde sie nicht verquer. Weil sie bedeuten, dass du hinterfragst. Und das ist gut. Man verändert sich mit der Zeit, hat andere Bedürfnisse. Das ist ein gesunder Prozess.«

»Ja, vielleicht. Und trotzdem hängt man irgendwie in den Seilen.«

»Solange sie nicht reißen …« Er zuckt mit den Schultern. Dann sieht er mich direkt an. »Weißt du denn, warum du plötzlich unsicher bist?«, fragt er. In seinem Blick liegt eine ungeheure Zärtlichkeit. Beinahe meine ich, so etwas wie Bewunderung zu erkennen.

»Ich glaube, es ist alles.«

»Alles?«

»Angefangen hat es mit Hugo. Dann kam das bunte Leben in dieser Stadt. Die Wärme, die den Kopf irgendwie ausschaltet. Der Lärm. Die Musik. Und dann … du.«

Link stellt das Weinglas, das er gerade zum Mund führen wollte, zurück auf die Arbeitsplatte. Kurz denke ich, ich habe ihn erschreckt. Doch er legt seine Hand auf mein nacktes Bein und streicht einmal über meine kühle Haut. Dann schlingt er seine Arme um meine Mitte, legt seine Stirn gegen meine.

»Ich?«, fragt er leise.

»Ich wollte eigentlich unabhängig sein. Ein Jahr für mich haben«, beginne ich meine Erklärung. »Und dann habe ich gelernt, dass man zu zweit sein und trotzdem frei sein kann.«

»Und vielleicht kann man Sicherheit haben und gleichzeitig Spaß. Für den Moment leben und an die Zukunft denken.« Er presst seine Lippen auf meine Stirn und lässt sie einfach dort.

»Vernunft und Impulsivität«, flüstere ich und lege meine Arme um seinen Körper.

34

Lincoln

Mit Frenzy für ein Wochenende beinahe so etwas wie ein richtiges Privatleben zu führen ist ein verblüffendes Gefühl. Verblüffend schön. Einfach, entspannt. Als sie mir gestern Nacht von ihren Zukunftsplänen berichtete, die sie langsam überdenkt, war mein erster Gedanke, dass es gar nicht so falsch klingt. Sicherheit, Geborgenheit, warme Mahlzeiten und eine gemütliche Matratze. Heiße Bäder und ein Glas Wein nach Feierabend. Es ist nichts, wonach ich mich direkt sehne, aber hier mit Frenzy zusammen scheint es das Natürlichste auf der Welt zu sein.

Zum Frühstück am nächsten Morgen – oder eher Mittag – brät sie French Toast, den wir auf der Terrasse essen. Wir machen uns keine Mühe, uns anzuziehen. Sie trägt mein Hemd, ich nichts als meine Boxershorts. Draußen ist es warm genug, und im Haus würde es nur unnötig lange dauern, sich überflüssiger Klamotten zu entledigen, wenn wir wieder einmal übereinander herfallen.

Dazwischen unterhalten wir uns über alles, was uns in den Sinn kommt. Sie erzählt von ihrer Familie, ihrer Mutter und ihrem Bruder. Wie ihr Vater sie im Stich ließ und sie seither – mit Ausnahme von Telefonaten zu Weihnachten und Geburtstagen – keinen Kontakt mehr mit ihm haben will. Von ihrem Studium, ihrer besten Freundin Lara.

Sie fragt mich viel über meine Kindheit und Jugend in

New Orleans, über meine Freunde, die Musik. Ein paarmal scheint es mir, als würde sie versuchen, das Gespräch auf meine Wohnsituation zu lenken, aber ich blocke es sanft ab. Zu groß ist meine Sorge, dass diese Nähe zwischen uns, diese Verbundenheit einen Knacks kriegen würde. Bislang habe ich nur Bonnie und Curtis davon erzählt. Und abgesehen von Bonnie, war noch nie jemand bei mir zu Besuch. Zu diesem Schritt ist es noch weit. Besonders, weil dieser Teil meines Lebens kaum weiter entfernt sein kann vom Traum eines Reihenhauses. Warum also das Paradies zerstören?

Mit jeder Berührung, mit jedem Kuss, jedem Eindringen in sie wächst meine Begierde nach ihr. Jeder Satz, den sie sagt, graviert sich in meine Erinnerung, und dort möchte ich jedes einzelne Wort, jede Silbe für immer abspeichern. Sie für schlechte Zeiten verwahren. Aber ich schiebe jeden Gedanken daran weg. Die schlechten Zeiten, die kommen, wenn sie zurückmuss. Zurück nach Hause, in ihr Leben, in ihre Zukunft. Doch im Moment habe ich sie. Für mich.

Wir liegen nebeneinander auf dem weichen Teppich im Wohnzimmer. Ich spiele mit ihren Haaren und versuche, an nichts zu denken. An nichts, was diesen Augenblick gefährden könnte. Ich betrachte die Bücherregale, Bilder an der Wand. Die Teppichfransen. Alles, um meinen Kopf abzulenken. Und es funktioniert. Die Gedanken werden so träge wie dieser Nachmittag. Von draußen weht ein warmer Wind herein. Selbst den Vögeln ist es zu heiß zum Singen.

Beinahe sind wir schon wieder dabei wegzudämmern, so dösig macht uns die Wärme, da reißt uns das Klingeln eines Handys aus unserer schläfrigen Trance. Frenzy richtet sich ein wenig orientierungslos auf und sieht sich um.

»Ist das deins?«, frage ich.

»Ja. Sicher meine Mutter. Sie ruft mich gerne vor dem Einschlafen an.«

Und anscheinend auch vor meinem Einschlafen, denke ich und ziehe mein Bein von Frenzys Körper, damit sie aufstehen kann.

»Ich versuche es kurz zu machen«, sagt sie.

»Ach was, rede mit ihr. Wir haben doch Zeit«, erwidere ich. Das Letzte, was ich will, ist, dass Frenzy sich unter Druck gesetzt fühlt, ihre Mutter abzuwürgen.

»Okay, bis gleich.«

In einer Bewegung hüllt sie sich wieder in mein Hemd und schnappt sich ihr Handy vom Sofa. Dann geht sie in die Küche. Ich höre, wie sie sich auf Deutsch meldet. Die Sprache hat einen fremden Klang. Ein bisschen barsch und abgehackt, dabei aber nicht unsympathisch. Frenzy klingt anders als auf Englisch. Sie spricht mit weniger Melodie.

Auch ich ziehe mich wieder an. Dann gehe ich die Bücherregale entlang. Ich glaube nicht, dass die Ausgaben jemals gelesen werden. Sie sind sicher nur zur Zierde hier, viel zu wertvoll, um sie wirklich aufzuschlagen. Fake. Die Buchreihen werden immer wieder von kostbaren Vasen und Nippes unterbrochen. Holzgeschnitztes, Porzellanfiguren, all so ein Kram, den niemand braucht, der dazu da ist, Staub zu fangen und Besuchern zu zeigen, wie viel Geld und Geschmack hier versammelt ist.

Neben der Regalwand steht eine alte Standuhr, die allerdings nicht aufgezogen ist. Fake. Ein wenig lustlos klappe ich sie auf und wieder zu. Erst jetzt fällt mir auf, dass sich hier in der Ecke eine weitere Tür befindet. Frenzy hat sie auf der Tour durchs Haus vergessen. Sie ist geschlossen, aber als ich den Knauf drehe, geht sie auf.

Dahinter befindet sich ein Arbeitszimmer. Bestimmt Victors. Der Einrichtungsstil unterscheidet sich eklatant vom Rest des Hauses. Statt heller Weiß- und Cremetöne herrschen hier dunkle Farben vor. Dunkelbraune Holzmöbel, dunkelgrüne Ledersessel. Die Vorhänge sind zugezogen, sodass man von draußen nicht hineinspähen kann. Vermutlich, um die Kühle zu konservieren. Es riecht nach abgestandenem Rauch. Zigarren, nehme ich an. Auf einem Beistelltisch ist ein voller Aschenbecher.

Sie rümpfen die Nase, als würde dir ein schlechter Geruch anhaften. Dabei sind sie es, die nach Zigarren und Whiskey stinken.

Und tatsächlich. Gleich daneben eine Bar mit verschiedenen Whiskeys, wie ich bei näherer Betrachtung erkenne. Das hier ist real.

Es fühlt sich seltsam verboten an, hier zu sein. Ich weiß kaum etwas über Victor, und vermutlich hatte es einen Grund, warum Frenzy mir diesen Raum nicht gezeigt hat. Andererseits sehe ich mich ja nur um.

Über der Lehne des Schreibtischstuhls hängt ein Jackett. Ich fahre einmal mit der Hand über den teuren Stoff. Er fühlt sich kühl und steif an. Wahrscheinlich wird man einfach ein unsympathischer Mensch, wenn man tagaus, tagein Klamotten trägt, die einen in eine bestimmte Form pressen wollen.

Der dunkelbraune Schreibtisch strahlt mit seiner ledrigen Oberfläche etwas sehr Patriarchales, beinahe Herrschaftliches aus. Ich sehe Victor vor mir, wie er hier sitzt und sich wie der Größte vorkommt. Wie der wichtigste Mann Louisianas. Von einem Foto lächelt mich eine junge, hübsche Frau an. Faye.

Ein Stapel geöffneter Briefe liegt vor mir, daneben ein Brieföffner. Was bist du nur für ein Klischee, Victor Reed. *Victor Reed.* Kurz durchzuckt es mich. Aber nein, das ist Schwachsinn. Den Namen gibt es tausendfach. Jaspers Namen, ehe er Blythe geheiratet und den Namen Hughes angenommen hat. Und doch, mein Herz schlägt ein wenig schneller, und in mir fühlt es sich an, als würden meine Eingeweide nur darauf warten, zusammenzusacken.

»Mach dich nicht lächerlich«, flüstere ich, um mich zurechtzuweisen.

Sie sind so lächerlich, Link. Und glauben, sie hätten die Welt verstanden. Dabei haben sie nichts. Abgesehen von Geld. Keine Liebe, keinen Spaß. Wir sind so viel reicher. Aber das sehen sie nicht.

Ich ziehe die mittlere Schreibtischschublade auf. Der Metallgriff ist ganz kalt. Unbeschriebenes Papier, Füllfederhalter. Ein Brillenetui. Mein Herzschlag beruhigt sich langsam wieder. Sie sind einfach alle gleich. Ich werde Blythe davon erzählen, wenn ich das nächste Mal mit ihr spreche.

Aus der Küche dringt ein leises Lachen zu mir. Frenzy telefoniert noch. Ich ziehe die rechte Schublade auf. Darin befinden sich geschäftliche Unterlagen. Immobilienkram, Verträge, Pläne. Ich atme tief ein, fahre mir durch die Haare. Es ist alles in Ordnung.

Die linke Schublade lässt sich nicht öffnen. Kurz denke ich, sie ist abgeschlossen, aber dann gibt sie doch nach. Das alte Holz hat sich einfach über die Zeit verzogen. Das schleifende Geräusch verrät mir, dass sie nicht oft geöffnet wird.

Ganz oben liegt die Kopie von einem Vertrag oder so etwas Ähnlichem. Bei genauerem Hinsehen erkenne ich, dass es sich um eine Vollmacht handelt. Unterschrieben mit *Hugo Reed.* Ich kann mir kaum vorstellen, dass Hugo seinem Sohn, den er nicht ausstehen kann, eine Vollmacht gibt. Noch dazu, wie ich lese, eine, die ihn befähigt, in Hugos Namen mit einer Immobilie zu verfahren. Ob Hugo in ernsten finanziellen Schwierigkeiten steckt und deswegen zu Faye und Victor gezogen ist? Ob Victor ihm geholfen hat? Das passt nicht zu dem Bild, das sich von diesem Kerl in meinem Kopf zusammengesetzt hat. Aber unmöglich ist es nicht.

Unter der Vollmacht befindet sich ein weiterer Vertrag. Ich weiß, ich sollte hier nicht herumspionieren, aber der Nervenkitzel und meine Antipathie gegen Victor, ob er Hugo nun geholfen hat oder nicht, lassen meine Augen den Text überfliegen. Es ist ein Überschreibungsvertrag, wenn ich es richtig sehe. Und Vertragsgegenstand ist … dieses Haus! Unter dem Schriftsatz befinden sich drei Zeilen für Unterschriften. Victor und ein Notar haben bereits unterschrieben. Die Zeile, unter der Fayes Name steht, ist noch leer. Was zur Hölle?

Doch ich habe nicht lange Zeit, mir darüber Gedanken zu machen, was das zu bedeuten hat, denn meine Finger haben auf einmal ein Eigenleben entwickelt. Sie finden zwei weitere Bilder von Faye und ein sehr altes Foto einer anderen Frau. Victors Mutter? Und darunter – mein Herz setzt einen Schlag aus. Das kann nicht sein. Mein gesamter Körper summt, mir wird heiß und kalt zugleich. Ich ziehe das Bild hervor und lege es vor mich auf den Schreibtisch. Es besteht kein Zweifel, auf dem Bild ist Jasper.

Einige Sekunden sehe ich das Foto einfach nur an, unfähig, mich zu rühren. Meine Gedanken überschlagen sich und stehen gleichzeitig komplett still. Victor ist Jaspers Vater. Victor war Blythes Schwiegervater. Dieses nach Zigarren und Whiskey stinkende widerliche Schwein, das seinen Sohn aus dem Haus gejagt hat. Dem sein Ruf und sein schmutziges Geld wichtiger waren als das Wohlergehen einer jungen Familie. Während meine Eltern das wenige, was sie hatten, mit Blythe, Jasper und Baby-Weston teilten, brach Victor Reed den Kontakt zu seinem Sohn ab, als hätte es ihn nie gegeben. Ich erinnere mich an einen Brief, den er an meine Eltern schickte.

Bei Ihnen im Seventh Ward mag das ein freudiges Ereignis sein. Doch in unseren Kreisen ruiniert so etwas ein Leben. Das Leben meines Sohnes. Ihnen und Ihrer Tochter steht frei zu tun, was Sie für richtig halten. Doch lassen Sie meinen Sohn gehen, damit wenigstens seine Zukunft verschont bleibt.

Als hätte meine Mutter nicht zuerst geweint, als ihre siebzehnjährige Tochter ihr von ihrer Schwangerschaft erzählte. Aber dann klatschte sie in die Hände und sagte: »Willkommen in der Familie, Jasper.«

Ich saß neben Jasper auf dem Sofa, deswegen hörte ich, als er Blythe ins Ohr flüsterte: »Ich will dich heiraten, Blythe. Ich will, dass wir eine richtige Familie sind.« Daraufhin nickte sie, und ich wusste, dass alles gut werden würde.

Jasper war dabei, als wir wenig später den abscheulichen Brief seines Vaters lasen.

»Und was machen wir jetzt damit?«, fragte er. Und mein Dad, der schon immer einen Sinn für Pragmatismus hatte, erwiderte: »Wir werfen ihn ins Altpapier. Alles andere wäre melodramatisch und würde den Eindruck vermitteln, das hier hätte mehr Bedeutung als der Fliegenschiss auf dem Fensterbrett von Miss Laura gegenüber. Ein Junge wird es, sagt ihr? Das ist ja großartig. Wir wollten Link eigentlich Wesley nennen.«

»Du wolltest ihn Wesley nennen. Ich war für Ashton«, sagte meine Mom.

Blythe blickte zu Jasper. Sie gluckste leise. »Ich will ihn Weston nennen.« Sie strich sich über ihren Bauch, den man noch kaum sehen konnte. »Wenn das für dich okay ist?«

All die Erinnerungen prasseln auf mich ein. Ich kann kaum atmen, so eng wird meine Kehle, während ich immer noch das Bild des ungefähr sechzehnjährigen Jasper betrachte. Mein Kopf schaltet auf Autopilot. Wie mechanisch lege ich das Foto zurück in die Schublade und schiebe sie zu. Dann stehe ich auf, gehe mit ein paar schnellen Schritten zur Tür. Im Wohnzimmer ist es so hell, dass meine Augen brennen. Ich atme ein und aus, ein und aus, doch den beißenden Geruch bekomme ich nicht aus der Nase. Es ist, als könnte meine Lunge sich nicht mehr ausdehnen.

Im ersten Stock finde ich meine Hose, das ärmellose Shirt,

das ich unter dem Hemd getragen habe. Während ich mich anziehe, konzentriere ich mich aufs Atmen. Ich habe keine Ahnung, wie ich wieder nach unten komme, wie ich in meine Schuhe schlüpfe oder die Haustür öffne. Frenzys Stimme aus der Küche dringt kaum an mein Ohr, in dem mein Blut so laut rauscht, dass ich durch diesen Klangnebel ohnehin nichts wahrnehmen kann.

Ich gehe die wenigen Stufen hinunter und über die Steinplatten zum Tor. Dann stehe ich auf der Straße, lasse das Haus und all seine Geheimnisse hinter mir. Ich gehe ein paar Schritte. Auf der anderen Straßenseite steht mein Fahrrad, aber ich lasse es einfach zurück. Ich gehe und gehe. Und dann jogge ich. Es ist heiß und feucht. Und dennoch - ich beginne zu rennen. So schnell ich kann. Weiter und immer weiter. Bis ich die Mauer erreiche, hinter der die stillgelegten Streetcar-Schienen liegen.

35

Franzi

»Franzi?« Hugo klopft an meine Tür.

»Was gibt's?« Ich schalte den Ton meines Laptops leiser, auf dem gerade irgendein schnulziger Netflix-Film läuft.

Meine Tür öffnet sich einen Spaltbreit, und der alte Mann steckt seinen Kopf in mein Zimmer.

»Victor sagt, du sollst augenblicklich runterkommen. Keine Ahnung, was er hat, aber er tobt.«

Ich runzle die Stirn. »Wie bitte?«

»Er hat was von Regeln gesagt, an die man sich in seinem Haus zu halten hat. Irgendeinen Schwachsinn. Ich bin im Schuppen, wenn du mich brauchst.«

Beinahe bin ich gerührt, dass Hugo mir seine Hilfe anbietet, doch ich glaube nicht, dass es nötig sein wird. Das muss ein Missverständnis sein. Das Letzte, was ich gerade brauche, ist ein schlecht gelaunter Victor. Dafür bin ich selbst viel zu wütend. Auf Link, auf die Tatsache, dass er mir das Wochenende ruiniert hat. Darauf, dass es ihn geschlagene fünf Stunden gekostet hat, mir wenigstens zu antworten, dass es ihm gut geht. Darauf, dass er ein rücksichtsloser, egoistischer Idiot ist, der in jedem Moment genau das tut, worauf *er* Lust hat, statt auch nur einmal an die Konsequenzen zu denken.

Als ich die Treppe hinuntergehe, höre ich Victors Stimme bereits aus dem Wohnzimmer. Immer wieder versucht Faye, ihn zu beschwichtigen. Je näher ich dem Wohnzimmer komme, desto mehr kann ich verstehen.

»... Vertrauen missbraucht!«

»... Missverständnis sein.«

»... *mein* Haus!«

»... Erklärung.«

»Ihr wolltet mich sprechen?«, frage ich und trete ein.

»Setz dich, Liebes«, sagt Faye und klopft neben sich aufs Sofa. »Es scheint hier ein Missverständnis zu geben, das du sicher aufklären kannst.«

Victor schnaubt. Sein Kopf ist hochrot und sieht aus, als würde er demnächst platzen. Wäre ich nicht selbst in einer Weltuntergangsstimmung, würde ich bei seinem Anblick vielleicht so etwas wie Furcht empfinden. Aber gerade überwiegt mein eigener Ärger.

»Was ist los?«, frage ich deswegen und setze mich.

»Was hast du in meinem Büro zu suchen?«, sagt Victor. Es ist offensichtlich, dass er sich bemüht, nicht zu schreien. Seine Hände sind zu Fäusten geballt, und an seiner Stirn tritt eine Ader hässlich hervor.

»Wie bitte?«

»Du hast mich schon verstanden!«

»Äh ... Ich war nicht in deinem Büro«, sage ich. Denn das entspricht der Wahrheit. Kein einziges Mal bin ich in diesem Raum gewesen.

»Lüg mich nicht an!« Er wird nun doch laut.

»Ich lüge nicht!« Auch ich verleihe meiner Stimme mehr Nachdruck.

»Denk mal nach«, sagt Faye sanft. Sie ist so süß mit ihrer hohen Stimme. Das absolute Gegenteil ihres Mannes. »Könnte es sein, dass du aus Versehen hineingegangen bist? Nicht nachgedacht hast?«

»Aus Versehen!« Victor spuckt die Worte beinahe aus.

»Victor, bitte.«

»Ich war wirklich nicht in deinem Büro, Victor. Ich verspreche es. Faye hat mir gesagt, der Raum ist tabu. Und daran halte ich mich.«

»Und wie erklärst du dir dann, dass eine Schreibtischschublade nicht ganz geschlossen war?« Wütend funkelt er mich an. Es würde mich nicht wundern, träte aus seinen Nasenlöchern auf einmal Qualm aus.

»Vielleicht … hast du sie nicht richtig zugemacht?«, biete ich an, doch Victor lacht nur. Es ist ein herablassendes, hasserfülltes Lachen.

»Diese Schublade, junge Dame, mache ich sehr selten auf, weil sie klemmt. Ich kann dir sogar den genauen Tag nennen, an dem ich das letzte Mal etwas hineingelegt habe. Und dieses Etwas lag jetzt nicht mehr oben. Das bedeutet, du hast nicht nur eine Regel gebrochen, sondern bist auch noch durch meine Sachen gegangen.« Er macht eine kunstvolle Pause, in der er mich voller Verachtung ansieht. »Du kannst jetzt mit der Scharade aufhören. Denn mein Vertrauen hast du ohnehin verloren.«

»Ich war es wirklich nicht«, sage ich nun leiser und senke den Blick. Ich merke, dass es mich doch nicht so kaltlässt, wie ich am Anfang vor mir selbst behauptet habe. Ganz im Gegenteil: Ich habe einen Kloß im Hals, und hinter meinen Augen sammeln sich Tränen. Es fühlt sich an, als hätte sich die ganze Welt gegen mich verschworen. Erst die Sache mit Link und dann das hier.

Auf einmal geht mir ein Licht auf. Link! Er muss es gewesen sein. Während ich mit meiner Mutter telefonierte. Was zur Hölle hat er da drin getrieben? Und warum ist er danach verschwunden?

Ich schlucke einmal, dann merke ich, wie sich eine Träne löst. Faye legt einen Arm um mich. Und diese kleine Geste lässt nach den letzten vierundzwanzig Stunden alle Dämme brechen. Ich beginne zu weinen, weil ich mich so allein fühle. Im Stich gelassen von Link, mit dem Chaos, das er angerichtet hat. Zu Unrecht einer Sache bezichtigt, ohne die Möglichkeit, meine Unschuld beweisen zu können.

»Siehst du, was du angerichtet hast?«, sagt Faye zu Victor.

»Das hat sie sich selbst zuzuschreiben. Wer unerlaubt in meinen Sachen herumschnüffelt …«

»Wenn Franzi sagt, sie war es nicht, glaube ich ihr.« Fayes Tonfall ist nach wie vor sanft, aber bestimmt. Ich bin ihr so dankbar für ihre Freundschaft in diesem Moment, obwohl das mit Sicherheit bedeutet, dass Victor und sie einen weiteren Ehekrach haben werden.

»Dann bist du noch dümmer, als ich dachte.« Ich spüre, wie Faye sich neben mir versteift. Fast habe ich Lust, etwas nach Victor zu werfen. Was fällt ihm ein, so mit Faye zu sprechen!

»Charmant, Sohn«, sagt auf einmal eine Stimme, die von der Terrasse kommt. Hugos Stimme. »Glaub mir, Faye, die Höflichkeit hat er sich selbst abgewöhnt.« Dann, wieder an Victor gewandt: »Geht es um deine Schublade? Die klemmt.«

»Warst du an meinen Sachen, du … du …«

Ich wage es, wieder aufzublicken, da ich verstehen will, was hier passiert. Hugo steht barfuß oben ohne in der Terrassentür, die Hände in den Hosentaschen vergraben. Er wippt leicht vor und zurück, im Gesicht einen halb schelmischen, halb schuldbewussten Ausdruck. Victor wirkt, als würde er seinen Vater schütteln wollen.

»Was hattest du dort zu suchen?«

»Briefmarken.« Hugo zuckt mit den Schultern. »Ich habe die Schublade aber kaum aufbekommen. Vielleicht solltest du sie mal abschleifen lassen.«

»Abschleifen l…« Victors Mund verzieht sich zu einem fiesen Grinsen. »Wenn du noch ein Mal in mein Büro gehst, du alter Trottel, stecken wir dich in ein Altenheim, dass das klar ist.«

»Aye, aye, Sir«, sagt Hugo, salutiert und spaziert zurück in den Garten.

Ich sitze wie vom Donner gerührt neben Faye. Hugo hat Link gedeckt. Ohne Not. Ohne dass er wusste, was er tat.

»Willst du dich vielleicht bei Franzi entschuldigen?«, fragt Faye vorsichtig, doch Victor rauscht ohne ein weiteres Wort in sein Büro und knallt die Tür hinter sich zu. Man hört, wie von innen abgesperrt wird.

Einen Moment lang schweigen wir. Die Stille, die uns jetzt umgibt, ist auf gewisse Weise tröstlich nach Victors Tiraden.

»Es tut mir leid«, sagt Faye schließlich. Ich kann hören, dass ihre Stimme bebt.

»Ist doch nicht deine Schuld«, erwidere ich.

»Er steht in letzter Zeit unter einem enormen Druck.«

Es gefällt mir nicht, dass sie versucht, sein Benehmen zu entschuldigen. Es ist eine Sache, auszuflippen, weil jemand seine Sachen durchwühlt hat. Aber er hat seine Frau »dumm« genannt. Und ich für meinen Teil habe nicht vor, das zu vergessen.

»Vielleicht solltest du mal nach Hugo sehen«, schlägt Faye vor. Ich habe den Eindruck, sie braucht einen Moment für sich.

Ich nicke, obwohl ich Faye nur ungern allein lasse.

Aus Hugos Schuppen dringt leise Musik. Jelly Roll Morton, nehme ich an. Ich klopfe zaghaft, und im nächsten Moment öffnet sich die Tür.

»Komm rein, komm rein«, sagt Hugo grinsend. *»Mi casa es su casa.«*

Zum ersten Mal betrete ich den Schuppen. Ich war immer davon ausgegangen, dass er voller Gerätschaften ist. Doch als mein Blick nun durch den kleinen Raum wandert, stelle ich fest, dass Hugo sich hier richtig häuslich eingerichtet hat. Zwei Campingstühle stehen an einem einfachen Klapptisch, auf dem sich ein altes Radio befindet. Es rauscht ein wenig. An einer der Wände hängen tatsächlich Werkzeuge und Gartengeräte – Schaufeln, Harken und so weiter. Doch die restlichen Regale sind mit kleinen Figuren gefüllt. Aus Holz geschnitzte Menschen und Tiere. Ich erkenne einen Alligator, einen Biber, einen alten Mann mit Gehstock. Erst jetzt fällt mir auf, dass der Boden über und über mit Holzspänen bedeckt ist.

»Hast du die alle geschnitzt?«, frage ich überflüssigerweise, denn Hugo hat sich auf einem der Stühle niedergelassen und sich ein Messer und einen kleinen Holzblock gegriffen.

»Ich habe viel Zeit«, sagt er grinsend.

»Die sind wunderschön!«

»Übertreib mal nicht.«

»Danke«, sage ich dann.

»Wofür?«

»Dafür, dass du gesagt hast, du wärst es gewesen.«

»Sag bloß, du bist tatsächlich in sein albernes Büro gegangen. Hätte ich dir gar nicht zugetraut.« Er zeigt auf den Stuhl neben sich. »Setz dich.«

»Ich … äh …« Zögerlich gehe ich auf den Stuhl zu. Ich wage es nicht, Platz zu nehmen, ehe Hugo die Wahrheit kennt.

»Äh?«

»Ich glaube, es war Link.« Ich fühle mich absolut elend.

»Link?« Hugo runzelt die Stirn. »Jetzt setz dich doch endlich mal hin, du machst mich ja ganz nervös!«

»Link war hier. Faye hat gesagt, es wäre okay, wenn ich Besuch hätte. Aber er ist anscheinend, während ich telefoniert habe, in Victors Büro gegangen. Ich hatte nicht dran gedacht, ihm zu sagen, dass dort niemand hineindarf.«

»Der Junge ist 'ne Wucht.«

Wie so oft, kann ich Hugos Gedankengängen nicht folgen. »'ne Wucht?«

»Mit so wenig Aufwand so viel Unruhe zu stiften … Bewundernswert.« Er lacht leise vor sich hin.

»Aber … hast du keine Angst vor Victor?«

»Doch, Tag und Nacht. Ich habe Angst, dass mir irgendwann mal mein Schnitzmesser auskommt, wenn er in der Nähe ist.« Er muss meinen erschrockenen Blick bemerkt haben, denn er fügt schnell hinzu: »Keine Sorge, das war ein Scherz.«

Mir ist nicht wirklich nach Scherzen zumute nach den Ereignissen der letzten halben Stunde, aber ich versuche mich an einem Lächeln. »Es tut mir wirklich, wirklich leid, Hugo«, sage ich. »Dass Victor jetzt sauer auf dich ist, weil ich nicht aufgepasst habe.«

»Papperlapapp.« Hugo winkt ab.

»Wie kannst du so ruhig sein? Er hat gedroht, dich in ein Altenheim zu stecken.« Meine Stimme wird auf einmal wieder ganz dünn.

»Ja, zum ungefähr hundertsten Mal. Manchmal denke ich, dort hätte ich mehr Spaß. Aber nein, ganz im Ernst: Link hat mir einen Gefallen getan.«

»Wie bitte?« Es könnte durchaus sein, dass Hugo der merkwürdigste Kerl ist, den ich in meinem ganzen Leben getroffen habe.

»Willst du nicht auch unbedingt wissen, warum Victor so vollkommen außer sich war?«

»Weil jemand in seine Privatsphäre eingedrungen ist«,

schlage ich vor. Etwas, das Link eigentlich verstehen müsste, denke ich bitter.

»Ha, ja, das auch. Aber die Panik in seiner Stimme? Der Angstschweiß auf seiner puterroten Stirn? Nein, das war nicht einfach nur Wut. Er hat etwas zu verbergen.«

Ich sehe Hugo mit großen Augen an. »Glaubst du?«

»Ich weiß es. Aber seit heute weiß ich auch, wo ich danach suchen muss.« Der Triumph in seiner Stimme ist unüberhörbar.

»Hugo?«, frage ich zögerlich, denn ich glaube, es ist an der Zeit, dass wir offen sprechen. »Was ist zwischen euch vorgefallen?«

Er gibt ein grunzendes Geräusch von sich. »Wenn ich dir das erzählen soll, brauche ich einen Schnaps.« Er greift hinter sich und zieht eine Flasche Bourbon hervor. Von einem der Regalbretter nimmt er zwei kleine geschnitzte Gefäße. Dann schenkt er uns beiden ein. »Cheers«, sagt er, und mit einem leisen *Tock* lässt er Holz gegen Holz klacken.

Während ich vorsichtig an meinem Whiskey nippe, kippt er seinen in einem Zug hinunter und schenkt sich nach.

»Also«, sagt er, »du willst die ganze Geschichte?«

Ich nicke. »Wenn du sie mir erzählst?«

»Das Elend beginnt am siebten Februar 1962. Da wurde mein Sohn geboren.« Er lacht freudlos. »Und jetzt spule ich ein paar Jahrzehnte vor, denn ich muss dir nicht jede Einzelheit seiner erbärmlichen Existenz erzählen. Es reicht, wenn du weißt, dass wir jahrelang keinen Kontakt hatten.«

»Überhaupt keinen?«

»Nicht mal eine Weihnachtskarte. Als er Faye heiratete, wollte er mich nicht einmal dabeihaben. Sie stand vor ungefähr sieben Jahren plötzlich bei mir vor der Tür, stellte sich vor, gab mir eine Einladung. Sagte, sie würde sich freuen, wenn ich käme. Aber wir wussten beide, dass es ein friedlicheres

Fest werden würde, wenn ich fernblieb.« Er kippt den nächsten Whiskey hinunter. »Vor anderthalb Jahren nun habe ich mir mein Bein gebrochen. Ganz blöde Sache. Bin von einer Leiter gefallen, als ich versucht habe, die Glühbirne auf meiner Veranda zu wechseln. Die alten Knochen halten nicht mehr so viel aus.« Er sieht mich kurz direkt an. Aus seinen Augen spricht so viel Traurigkeit und gleichzeitig das Glück eines ganzen Lebens. »Ich musste ins Krankenhaus. War wochenlang ans Bett gefesselt. Dummerweise habe ich keine Versicherung. Das Einzige, was mir einfiel, war, eine Hypothek auf mein Haus aufzunehmen. Und der Einzige, der mir helfen konnte, war Victor. Er kennt sich mit solchen Dingen aus: Immobilien, Hypotheken, Leute ausnehmen. Das ist genau sein Ding. Ich dachte, er würde seinen alten Vater unterstützen. Nicht einfach so, natürlich nicht, aber in Zeiten der Not hält man zusammen, dachte ich. Er kam, hörte sich an, was ich zu sagen hatte. Er war nett, erzählte von seiner neuen Frau, die jetzt gar nicht mehr so neu war. Besuchte mich ein paarmal, sagte, natürlich würde er sich um alles kümmern. Bot mir an, zu ihm und Faye zu ziehen, bis ich wieder für mich selbst sorgen könne. Und ich alter Esel dachte, er hätte sich geändert. Ich dachte, Faye wäre ein guter Einfluss oder irgend so einen kitschigen Schwachsinn. Ich stellte ihm eine Vollmacht über all meine Belange aus. Schließlich sollte das mit der Hypothek schnell vonstattengehen.«

Hier hält Hugo inne. Er schenkt sich noch einmal einen Whiskey ein und kippt ihn hinunter. Es ist offensichtlich, wie schwer es ihm fällt, über all das zu sprechen. Und mir wird während seiner Erzählung ganz mulmig. Das drohende Unheil ist spürbar.

»Langer Rede kurzer Sinn: Als ich nach ein paar Wochen zurück nach Hause wollte, eröffnete er mir, dass die Hypothek nicht gereicht hätte, um meine Krankenhausrechnung zu bezahlen. Dass er mein Haus verkauft hätte. Dass ich nun bei Faye und ihm wohnen würde, es mir aber jederzeit freistünde zu gehen. Und seither … bin ich hier.«

Ich spüre, wie mir wieder Tränen kommen. »O Gott, Hugo«, bringe ich unter größter Anstrengung hervor. Ich habe so viele Fragen, die in meinem Kopf herumschwirren, aber es fällt mir schwer, eine Ordnung hineinzubringen. Ich nehme mein Holzbecherchen und kippe den Whiskey jetzt ebenfalls in einem Zug hinunter. »Weiß Faye Bescheid?«

»Sie kennt Victors Version der Geschichte.«

»Hast du nie versucht, mit ihr darüber zu sprechen?«

»Nein. Was soll das bringen? Noch mehr Zwist? Mein Haus bekomme ich dadurch ja doch nicht zurück.« Er zuckt mit den Schultern und nimmt seine Schnitzarbeit wieder auf. Doch dann merkt er, dass seine Hände zittern, und legt das Messer zurück auf den Tisch.

»Was hat Victor davon? Ihr könnt euch doch offensichtlich nicht leiden.«

»Geld. Das Haus war am Rand des French Quarter. Ein kleines, schmuckes kreolisches Cottage. Türkis mit lilafarbenen Fensterläden. Ich habe es renoviert. Die Preise sind in den letzten Jahren ins Unermessliche gestiegen. Und wenn Victor die Möglichkeit sieht, Kohle zu machen, dann ergreift er sie. Es ist wie ein innerer Zwang.«

»Das ist … das ist so schrecklich«, sage ich. »Wie lebst du damit?«

»Ich versuche, ihm sein Leben hier so unerträglich zu machen, wie ich kann, ohne dass ich mir wirklich etwas zuschulden kommen lasse. Das ist meine kleine Rache. Und inzwischen macht es mir sogar ein bisschen Spaß.«

»Könntest du … könntest du nicht vor Gericht gehen?«

»Weißt du, es ist merkwürdig«, sagt Hugo. »Man kann sich hassen und sich dennoch wünschen, man würde keinen

Krieg führen. Das ist die beste Antwort, die ich geben kann, fürchte ich.«

»Ich bewundere dich«, sage ich und meine es absolut ernst.

»Übertreib mal nicht. Ich bin nur ein komischer alter Kauz, der gern seine Hände in Erde vergräbt.«

Wir verfallen in ein unruhiges Schweigen. Ich weiß nicht, was ich sagen soll, und Hugo kämpft wohl gegen die Dämonen seiner Vergangenheit, die er gerade wieder heraufbeschworen hat.

»Was Link wohl gefunden hat?«, fragt Hugo nach einer Weile in die Stille hinein.

»Er ist abgehauen«, sage ich, doch ich merke, dass meine Wut auf ihn nichts ist im Vergleich zu dem, was ich empfinde, wenn ich an Victor denke.

»Abgehauen? O Mann, dann muss es ja ein richtiger Kracher sein.« Hugo lacht leise.

»Ich wünschte, ich könnte es auch lustig finden. Ich bin, ehrlich gesagt, richtig sauer auf ihn.«

»Dann solltest du ihm das sagen.«

»Glaub mir, das werde ich«, erwidere ich mit einer neu gefundenen Entschlossenheit.

»Ich wollte dir außerdem etwas vorschlagen. Einen Deal.«

»Einen Deal?«

»Leben und leben lassen«, sagt er und grinst.

»Was meinst du damit?« Nach allem, was er mir gerade erzählt hat, kommt er mir auf einmal wieder sehr wie er selbst vor.

»Ich meine, dass du ein nettes Mädchen bist, das hier eine schöne Zeit haben sollte. Und dass ich den netten alten Mann in mir bitten könnte, öfter mal den garstigen abzulösen, solange ich meine Ruhe habe.«

»Ich glaube, ich verstehe nicht …«, sage ich. Ich versuche, in seinem faltigen Gesicht zu lesen, doch es gelingt mir nicht.

»Wie wäre es, wenn du die restliche Zeit, die du hier bist, nutzt, um Spaß mit deinem Link zu haben, statt dich mit mir zu langweilen? Ich komme allein zurecht und brauche niemanden, der den ganzen Tag hier herumlungert und kontrolliert, ob ich laute Musik höre oder Gras rauche.« Er lacht, und auch ich kann nicht anders, als zu kichern. Unser Streit ist Ewigkeiten her. So viel ist seither passiert.

»Du willst mich aus dem Haus haben?«, frage ich mit einem Grinsen. »Aber was sagen Faye und … Victor dazu?«

»Die müssen davon nichts erfahren«, sagt er und zwinkert mir zu. »Schau, Franzi, lass uns Freunde sein. Aber keine Freunde, die einander kontrollieren und sich das Gefühl geben, alt und gebrechlich zu sein. Denn offenkundig bin ich das nicht.«

Ich nicke. »Du wolltest von Anfang an nicht, dass ich komme, oder?«, frage ich und denke an den Hugo zurück, den ich vor etwas mehr als einem halben Jahr kennengelernt habe.

»Wirklich nicht. Und das hat nichts mit dir zu tun. Aber viele Dinge, die im letzten Jahr über meinen Kopf hinweg entschieden wurden, wollte ich nicht. Und doch muss ich damit leben. Das hier, das ist etwas, das funktionieren kann, wenn wir ein Team sind.«

»Leben und leben lassen«, sage ich zögerlich. »Und Faye wird nichts davon erfahren?«

»In unser beider Interesse.«

Ich kann kaum glauben, dass ich mich wirklich auf Hugos Idee einlasse. Doch nach allem, was er mir gerade erzählt hat, verdient er es, dass ich seinem Wunsch wenigstens eine Chance gebe. Plötzlich erinnere ich mich an die Unterhaltung, die ich mit Link hatte. Daran, dass ich nur dafür bezahlt werde, mit ihm Zeit zu verbringen.

»Unter einer Bedingung«, sage ich.

»Und die wäre?«

»Dass wir Freunde sind.«

»Das sind wir doch schon«, erwidert Hugo und legt seine Hand auf meine.

36

Lincoln

Ich bin nervös. Ich weiß, dass ich einen Fehler gemacht habe. Dass ich Frenzy enttäuscht habe – oder vermutlich Schlimmeres. Ich kann mir kaum vorstellen, wie es sich für sie angefühlt haben muss, als ich auf einmal weg war. Jetzt, da ich wieder klar denken kann, kommt mir mein Verhalten unverzeihlich vor. Seit vorgestern feile ich an einer Erklärung, aber ich komme nicht weiter. Und ohne eine Erklärung wage ich es nicht, Frenzy anzurufen. Umso dankbarer bin ich, als auf meinem Handy eine Nachricht von ihr aufleuchtet.

Wir müssen uns treffen, schreibt sie. *Und dann erwarte ich, dass du mir alles erzählst. Alles.*

Ich schlucke. Natürlich muss ich das. Wenn ich sie nicht verlieren will – und das will ich auf keinen Fall –, muss sie alles wissen. Auch wenn es mir schwerfällt.

Ich hole dich ab, antworte ich. *Wann hast du Zeit?*

Jetzt, schreibt sie.

Während ich neben meinem Fahrrad darauf warte, dass die Haustür auf der gegenüberliegenden Straßenseite geöffnet wird, bin ich seltsam angespannt. Auf dem Weg hierher bin ich in Gedanken immer wieder durchgegangen, was ich sagen möchte, um wiedergutzumachen, was ich verbockt habe. Auf der *Ich habe es versaut*-Skala schätze ich meine Flucht vorgestern im Moment auf eine Acht von Zehn. Ich habe keine

Ahnung, wie ich mit meiner Entdeckung umgehen soll. Ob ich Jasper davon erzählen muss, mit Bonnie reden sollte. Ich frage mich, was meine Eltern dazu sagen würden, dass ich in *seinem* Haus war.

Endlich öffnet sich die Tür, und Frenzy tritt heraus. Sofort macht mein Herz einen Satz, doch ich versuche, meine Freude zu bremsen. Denn vielleicht ist es das gewesen. Vielleicht ist es unverzeihlich, abzuhauen.

»Hi«, sagt sie, als sie neben mir steht, die Hände in die Seiten gestemmt. Sie versucht angestrengt, wütend auszusehen, aber selbst das ist niedlich.

»Es tut mir leid.« Das sollte das Erste sein, was sie von mir zu hören kriegt. Danach: »Hi.«

»Du warst in Victors Büro?« Ihr Tonfall ist unterkühlt, und doch wird es mir beim Klang ihrer Stimme ganz warm. Dann erst merke ich, was sie gesagt hat.

»Ich … äh …«

»Du stotterst«, bemerkt sie. »Aber damit ist jetzt Schluss. Weißt du, was ich deinetwegen für einen Ärger am Hals habe?«

»O Gott, es tut mir so leid. Nicht nur das. Auch dass ich einfach gegangen bin.« Mir wird ein bisschen schlecht, weil mir erst in diesem Moment die gesamte Tragweite meiner Handlung bewusst wird. Was habe ich getan? »Wie schlimm ist es?«

»Ich will, dass du mir alles erzählst«, sagt sie. »Keine Ausreden, keine Ausflüchte. Ich will verstehen, warum du so ein Arsch bist. Und ich will wissen, wo du wohnst.«

»Wo ich …« Meine Eingeweide verknoten sich. Ich setze gerade an, ihr zu sagen, dass das nicht geht, als ich in ihr Gesicht blicke. Und der Ausdruck, den ich sehe, verrät mir, dass ich keine Wahl habe. Und vermutlich hat sie recht. Vermutlich muss sie einfach alles wissen. »Okay«, sage ich kleinlaut.

»Jetzt.«

»J…? Okay.«

»Auf dem Weg dorthin erzählst du mir, was du dir bei alldem gedacht hast.«

»Okay«, sage ich wieder, und wir setzen uns Richtung Fluss in Bewegung.

Unser Weg führt uns durch den reichen Teil des Garden District zu dessen Ausläufern im Süden. Während wir nebeneinander hergehen, suche ich nach den richtigen Worten.

»Also?«, fragt Frenzy.

»Also«, erwidere ich, »es tut mir leid.«

»So weit waren wir schon.«

»Ja, aber ich habe nicht den Eindruck, dass ich es oft genug sagen kann.« Dann nehme ich meinen Mut zusammen und beginne. Ich erzähle ihr, dass ich erst einfach nur neugierig war, was sich hinter der Tür verbirgt. Dass ich dann auf dem Schreibtisch Victors Nachnamen gesehen habe und irgendwas in mir Alarm geschlagen hat. Ich schildere ihr meinen Fund. Das anschließende Gefühlschaos. Dass ich wie auf Autopilot gehandelt habe. Von den Erinnerungen, die zurückkamen. Von Jasper und Blythe. Ich lasse alles raus. Frenzy unterbricht mich nicht. Sie hört mir einfach zu.

Als ich eine Pause mache, sagt sie: »Ach du Scheiße«, und ich finde, das trifft es ziemlich gut. »Ich habe in den letzten vierundzwanzig Stunden so viele schlimme Dinge über Victor gelernt, dass mich das Ganze nicht sonderlich überrascht.«

»Und es gibt noch etwas, das ich dir erzählen muss«, sage ich. »Es hat was mit meiner Wohnsituation zu tun.«

Mein Herz geht schnell.

Dieser Moment.

Alles oder nichts.

»Ich … ich habe keine Wohnung.«

Bubum. Bubum. Bubum.

Mein Herzschlag und das sanfte Rauschen der Blätter im warmen Wind sind für ein paar Sekunden, die mir vorkommen wie ein halbes Leben, die einzigen Geräusche.

»Was meinst du damit?«, fragt Frenzy langsam.

Das riesige Gebäude kommt allmählich in unser Blickfeld. Wir nähern uns der Wahrheit, und nun ist es definitiv zu spät, einen Rückzieher zu machen.

»Ich wohne illegal in einem leer stehenden Warehouse. Gleich da vorne.« Ich bleibe stehen und sehe sie an. Ich versuche in ihrem Gesicht zu lesen. Ablehnung, Verachtung. Doch da ist nichts außer Verwunderung.

»Warum?«, fragt sie.

»Es hängt alles zusammen«, erkläre ich. »Als Blythe krank wurde, brauchte sie teure Medikamente. Das Krankenhaus, das Hospiz. All das hat irrsinnig viel Geld gekostet. Mehr Geld, als irgendjemand hat, den ich kenne. Jasper hat einen Schuldenberg von Hunderttausenden von Dollar, den er abbezahlen muss. Ehrlich gesagt, zahlt er ohnehin nur Zinsen an die Bank ab, aber das ist teuer genug. Sein Haus ist mit Hypotheken belastet. Wenn er nicht zahlt, verlieren er und seine Kinder ihr Dach über dem Kopf.« Ich schlucke, und die Wut in meinem Bauch, die ich seit Blythes Tod auf dieses Land habe, in dem es den Reichen immer besser geht und die Armen auf der Strecke bleiben, droht die Kontrolle zu übernehmen. Manchmal kann ich Curtis verstehen. Er hat ein Ventil gefunden, um die Wut rauszulassen.

»Und du …?« Frenzy sieht mich an, und jedes Fünkchen Wut oder Enttäuschung über meine Unüberlegtheit ist wieder der Sanftheit gewichen, die ich so sehr liebe.

»Ich gebe ihm meinen Anteil von unseren Gigs und spare, so viel ich kann, von dem Geld, das ich tagsüber verdiene, um vorbereitet zu sein, wenn etwas Unvorhergesehenes passiert.

Neulich ist der Rollstuhl meiner Mom gebrochen. Den habe ich bezahlt.«

»Du bist unglaublich«, sagt Frenzy, und, wenn mich nicht alles täuscht, höre ich Bewunderung aus ihrer Stimme heraus.

»Ich habe nicht wirklich eine Wahl«, sage ich und zucke mit den Schultern. »Ich wäre kein Mensch, würde ich anders handeln.«

»Und als du dann gesehen hast, in welchem Reichtum Jaspers Vater lebt ...«

»So weit habe ich in dem Moment gar nicht gedacht. Ich habe einfach Panik bekommen. Aber ja, die Ungerechtigkeit unserer Welt schreit einen manchmal geradezu an. Hier ist es.« Ich zeige auf das schäbige Warehouse, ein großer, ehemals weißer Bau, der von hohem Maschendrahtzaun umgeben ist. Der Schriftzug, der verkündet, dass hier 1919 *Baraquin and Sons* eine große Schweißerei gegründet haben, ist verblichen, und Rostrückstände, die seit Jahrzehnten durch löchrige Regenrinnen sickern, haben hier und da das Gebäude umgefärbt. Ich versuche mir vorzustellen, was Frenzy sieht. Für mich ist das hier Normalität. Doch für ihre Augen muss es absolut erbärmlich wirken.

»Der Eingang ist mit einem Vorhängeschloss gesichert, aber da vorne, wo der Zaun an die Highwaybrücke grenzt, ist er so verbogen, dass man ohne Probleme hineinkann.«

Ich schiebe mein Fahrrad auf die Stelle zu und sehe mich um. Frenzy folgt mir etwas zögerlich. Aber sie kommt.

»Nach dir«, sage ich und halte ihr die Lücke im Zaun auf. Sie schlüpft hindurch, und ich folge ihr. Die Reifen meines Fahrrads knirschen im Kies, der von Grasbüscheln und Gestrüpp überwuchert wird. Das große Haupttor ist nicht passierbar, sodass ich eine rostige Metalltür ansteuere.

»Bereit?«, frage ich, und Frenzy nickt langsam. Dann ziehe ich die Tür auf.

37

Franzi

Während all der möglichen Szenarien, die ich in meinem Kopf gewälzt habe und die mir irgendwie erklären sollten, warum Link mich nicht mit nach Hause nehmen wollte, kam dieses hier kein einziges Mal vor. Link ist obdachlos. Wobei: Das stimmt auch nicht. Ein Dach über dem Kopf hat er wohl. Aber es ist fraglich, wie lange es noch hält.

Er sieht nicht aus wie jemand, der kein Zuhause hat. Er ist gepflegt, sauber gekleidet. Nichts an seiner Erscheinung hätte mich auf das hier vorbereiten können.

»Seit wann wohnst du so?«, frage ich vorsichtig, als wir beginnen, eine nackte Betontreppe hinaufzusteigen. Der Klang unserer Schritte hallt in dem leeren Gebäude wider.

»Ungefähr seit Blythes Tod. Aber nicht immer hier. Vorher war ich in einem Warehouse auf der anderen Seite der Stadt. Und ganz am Anfang …«

»Ist das nicht illegal?«, unterbreche ich ihn.

Er lacht. »Schon. Ein paarmal wurde ich fast erwischt. Aber ich habe es immer rechtzeitig raus geschafft.«

»Und Bonnie weiß davon, oder?«

»Ja. Sie ist nicht gerade begeistert.«

Verständlich, denke ich. Wenn mein bester Freund illegal in leeren Warehouses lebte, würde ich versuchen, ihn da rauszuholen.

»Aber weißt du, solange es Jasper und den Kindern gut

geht, ist das hier eine Entbehrung, die ich freiwillig in Kauf nehme.«

Während er spricht, dreht er sich zu mir um. In seinem Gesicht sehe ich Sorge. Sorge über meine Reaktion, wird mir klar. Aber … so überrascht ich bin, so sehr bewundere ich seine Entscheidung auch. Um ihm das zu zeigen, strecke ich meinen Arm nach ihm aus. Er nimmt meine Hand und drückt sie. Dann gehen wir weiter.

»Mein Lager habe ich ganz oben im zweiten Stock aufgeschlagen«, sagt Link. »Unten ist jeder noch so kleine Lichtschein zu gut sichtbar. Das wäre zu gefährlich. Nicht, dass meine Anwesenheit wirklich von Interesse für irgendjemanden ist, sonst wären schon längst Leute hier gewesen.«

»Wie meinst du das?«, frage ich.

»Wegen des Wassers, wegen des Stroms, den meine Lampe und mein Handykabel verbrauchen. Ich versuche, so wenig wie möglich davon Gebrauch zu machen, aber manchmal geht es nicht anders.«

»Deswegen nimmst du dein Ladekabel überallhin mit …«

»Du hast es erfasst.«

»Warum gibt es hier überhaupt Wasser und Strom?«, frage ich.

»Das ist gar nicht so ungewöhnlich bei Gebäuden, die nach Katrina an die Stadt gegangen sind«, erwidert Link. »Solange kaum etwas verbraucht wird, kümmert sich niemand darum.«

Wir erreichen den zweiten Stock. Die nackten Ziegelwände sind meterhoch, und der Raum ist abgesehen von einer Plastikplane vollkommen leer. Eines der Fenster ist mit einer Sperrholzplatte vernagelt.

»Das habe ich repariert«, sagt Link. »Im Sommer ist es egal, aber im Winter – besonders nachts oder nach einer kalten Dusche, die bewirkt, dass ungefähr alle Vitalfunktionen auf ein Minimum zurückgefahren werden – habe ich manchmal vor Kälte so gezittert, dass ich nicht einmal Gitarre spielen konnte. Es wird hier zwar nicht so kalt wie im Norden, aber ohne Heizung und dichte Fenster …«

Ich schlucke. Doch für Link scheint es ganz normal zu sein. Er sagt all diese Dinge so leichthin, als wäre es das Normalste überhaupt.

Er schiebt die Plastikplane beiseite. »Das ist es«, sagt er, und wir treten hindurch. »Mein Zuhause.«

Ich sehe mich um. In einer Ecke liegt eine Matratze, ihr gegenüber steht auf einer Werkbank ein Campingkocher und ein verbeulter Topf. Es ist spartanisch, aber sauber.

»Fühlst du dich hier zu Hause?«, frage ich immer noch ein wenig skeptisch.

»Ehrlich gesagt, fühle ich mich sonst nur bei Bonnie so wohl. Selbst bei meinen Eltern ist es fremder geworden, seit Blythe nicht mehr da ist. Du hast es ja erlebt. Es ist nicht ihre Schuld, es ist einfach so. Aber weißt du, ich bin ja ohnehin meistens unterwegs und komme vor allem zum Schlafen hierher.« Er lässt meine Hand, die er immer noch festgehalten hat, los und tritt an eines der Fenster, von denen aus man auf den Mississippi blickt. Dann atmet er einmal tief ein. »Also, was sagst du?«

Ich blicke ihn an. Seine wilden Haare, die er versucht, mit der Hand zu bändigen. Seine gerade, schmale Nase, diese perfekten Lippen. Ich denke an seine Stimme, an ihr feines Echo in dieser großen Halle, an seine Lebenslust, seine Leidenschaft für Musik. Ich denke an all die Momente mit ihm, die mein Leben jetzt schon so reich gemacht haben, wie nichts, was vor ihnen war. Es hat sich nichts verändert zwischen uns. Im Gegenteil: Wenn überhaupt, hat uns die Tatsache, dass ich nun alles weiß, noch enger zusammengebracht.

»Darf ich heute Nacht hier schlafen?«, frage ich.

Links Gesichtsausdruck wechselt von besorgt zu ungläubig. Seine Augen werden groß und größer, und er hat vergessen, seinen Mund wieder zu schließen.

»Du musst nicht …«, sagt er.

»Und wenn ich will?«

Er geht einen Schritt auf mich zu, dann noch einen, bis wir uns gegenüberstehen. Ich schlinge meine Arme um ihn, und er hält mich fest. So verharren wir eine Weile in dieser kahlen, unwirtlichen Halle, die er sein Zuhause nennt.

»Es tut mir so leid«, sagt er irgendwann.

»Ich weiß.«

»Wie kann ich es wiedergutmachen?«

»Das hast du schon.« Ich fahre mit meinen Fingern durch seine Haare und an seinem Nacken entlang. »Indem du mir alles erzählt hast. Indem du mich hierher gebracht hast.«

»O Gott«, flüstert er. »Ich liebe …, dass du bist, wie du bist.«

Ich verziehe die Lippen an seinem Hals zu einem glücklichen Lächeln. »Ich liebe, dass *du* bist, wie du bist«, gebe ich zurück.

»Ich liebe …, dass du hier bist«, sagt er und streicht über meinen Rücken.

»Ich liebe, dass du mich hergebracht hast.«

»Ich liebe … dein Gesicht«, sagt er und küsst mich auf die Stirn.

»Ich liebe *dein* Gesicht«, erwidere ich, stelle mich auf die Zehenspitzen und küsse ihn auf die Nasenspitze.

»Ich liebe deine Lippen«, sagt er und drückt seine darauf, sodass ich nicht sagen kann, was ich an ihm liebe. »Ich liebe deinen Körper.« Mit den Händen fährt er an meinen Armen, meiner Hüfte entlang. »Gott, ich liebe *dich.*« Er hält mich ein Stück von sich weg, wie um meine Reaktion zu überprüfen. »Ich liebe dich«, sagt er dann noch einmal und klingt beinahe überrascht. »Ich liebe dich.«

Mein Magen schlägt Purzelbäume, und meine Beine beginnen seltsam zu zittern. Es ist, als hätte ich keine Kontrolle mehr über sie. Ich bin so bewegt, so im Glück, dass meine Sinne tanzen und Hunderttausende von Glücksbläschen auf einmal platzen und ihre bunte Süße in meinem Körper verteilen.

»Ich liebe dich«, sage ich, aber es klingt ein bisschen erstickt. Deswegen flüstere ich noch einmal: »Ich liebe dich auch.«

Später kocht Link für uns. Aus seinem Rucksack zieht er Süßkartoffeln, Karotten und Zwiebeln, aus denen er mit ein paar Gewürzen einen fantastischen, exotisch schmeckenden Eintopf zaubert. Meine Hilfe lehnt er mehrmals ab, also lege ich mich auf seine Matratze und beobachte ihn. Lausche seinen Erzählungen über seine Kindheit und Jugend. Jede noch so kleine Information vervollständigt dieses ohnehin schon perfekte Bild, das ich von ihm habe. Ich würde nichts, rein gar nichts an ihm verändern wollen. Ich möchte ihn nur immer besser und tiefer kennenlernen. Alles über ihn wissen. Ich will das Gefühl haben, als sei ich in jedem Moment seines Lebens dabei gewesen. Will jeden Millimeter seines Körpers und jede einzelne Sekunde seines Lebens kennen und in mich aufsaugen. Ich will ihn so vollständig kennen, als sei er ich. Und ich will, dass er mich so vollständig kennt, als sei ich er. Mich erfüllt dieses dringende, drängende Bedürfnis, mit ihm zu verschmelzen, eins zu werden. Ich will ihn fühlen, riechen, schmecken, als wäre er die Luft um mich herum, als wäre er der Stoff auf meiner Haut, als wäre er die Sonne, die mich wärmt, und der Schatten, der mich kühlt.

Als wir wenig später miteinander schlafen, wird Link für mich zu alldem. Wir sind langsam diesmal, empfinden den anderen mit allem, was wir haben. Unser Stöhnen, erst leise, dann immer lauter, erfüllt die große Halle, wird potenziert durch das Echo von Wand zu Wand und zu uns zurück. Die ganze Zeit über sehen wir einander in die Augen. Wir klammern uns mit Armen, Beinen und Blicken aneinander. Jede Bewegung, jede Berührung, jeder Laut prägt sich mir ein. Das Gefühl von Links Kommen und Gehen in mir, von seinem sanften Rhythmus, der trotzdem so tief – so unendlich tief – ist, dass es mir den Atem raubt, trägt mich an einen Ort, an dem es nur uns beide gibt. Uns beide für immer.

»Ich … liebe … dich«, stöhnt Link, ohne seinen Blick von mir abzuwenden. »Ich … liebe … dich.«

»Ich … liebe … *dich*«, bringe ich unter größter Anstrengung hervor. Die Versuchung, die Augen zu schließen, ist groß, während Link immer tiefer und tiefer in mich stößt. Doch ich halte sie geöffnet. Muss ihn mit all meinen Sinnen wahrnehmen.

Als erst ich und wenig später er mit einem letzten »Ich liebe dich« kommt, sind wir völlig ausgelaugt. Nicht nur körperlich, sondern vor allem emotional. Wir schlafen eng umschlungen ein. Halten uns fest. Nichts passt zwischen uns.

Am nächsten Morgen werde ich davon geweckt, dass Link neben mir auf seiner Gitarre spielt und leise summt. Einen Moment lang bleibe ich unbeweglich liegen, lausche dem zarten Klang seiner Finger auf den Saiten, genieße die Wärme, die mich äußerlich wie innerlich erfüllt. Sonnenstrahlen, die durch die Fenster in die Halle fallen, kitzeln meine Haut. Ich bin vollkommen eingehüllt in einen Kokon aus Links Duft, Links Stimme, Links Liebe. Ich spüre die Erinnerung an ihn zwischen meinen Beinen und möchte beinahe weinen vor Glückseligkeit. Nichts steht mehr zwischen uns. Alles ist geklärt. Ich habe mich ihm vollkommen hingegeben und möchte es wieder und wieder und mein Leben lang tun.

Und doch regt sich ein Gefühl in meiner Magengegend. Ein ungutes Gefühl. Eins, das macht, dass sich meine Eingeweide zu einem festen Klumpen verknoten. Einen Augenblick lang weiß ich nicht, woher es kommt. Doch dann fällt es mir wieder ein. Meine Zeit hier ist schon zur Hälfte rum. Dass ich zurück nach Hause gehe, ist unumstößlich. Dort ist meine Zukunft. Meine Familie. Meine Freunde. Mein gesamtes Leben spielt sich auf einem anderen Kontinent ab.

Für den Moment leben. Das ist Links Devise. Und es ist das Einzige, was uns bleibt. Ich darf nicht zulassen, dass meine Gedanken an die Zukunft überhandnehmen und alles mit einem Schleier der Traurigkeit überziehen. Wir haben noch fast sechs ganze Monate. Sechs Monate, die mich von meinem ergonomischen Schreibtischstuhl und dem höhenverstellbaren Tisch trennen. Kurz habe ich ein Bild von mir selbst vor Augen. Wie ich in einem Büro sitze, vor mir mehrere Bildschirme, eine Tastatur, eine Maus. Eine Grünpflanze, deren Namen Hugo wüsste. Ein Foto meiner Familie in einem schlichten Rahmen. Nur nicht auffallen. Und dann stelle ich mir vor, dass Link nur noch Teil meiner Vergangenheit ist. Dass nichts als eine Erinnerung bleibt, die immer mehr verblasst. Dass ich nicht mehr an ihn denke. Doch es geht nicht.

Ich drehe mich zu ihm um. Er lehnt mit nacktem Oberkörper in halb sitzender Position an der Ziegelwand, die Gitarre auf seinem Schoß. Als er merkt, dass ich wach bin, lächelt er und macht Anstalten, die Gitarre neben sich zu legen.

»Nein, spiel weiter«, sage ich mit noch etwas rauer Stimme.

Link haucht mir einen Kuss auf die Stirn, dann widmet er sich wieder seinem Instrument. Ich kuschle mich zurück ins Bett und sehe ihn an, höre ihm zu.

»Hier, das könnte dir gefallen. Ein neuer Song, an dem wir arbeiten.« Er räuspert sich, dann beginnt er.

Die Melodie, die er nun zupft, ist anders als die Songs, die er sonst spielt. Irgendwie feiner, verträumter. Einfach, aber zugleich voller Gefühl. Er summt die Hauptstimme und begleitet sich mit ein paar Akkorden, die er mal auseinanderzieht, dann wieder als ein Ganzes spielt. Dadurch wird der Song rhythmischer, und gleichzeitig klingt er wie Wellen, die sanft über mich rollen.

»Das ist schön«, sage ich.

»Es ist seltsam. Die Melodie ist mir plötzlich eingefallen, und sie ist nicht wieder gegangen. Normalerweise vergesse ich Melodien, die nicht zu uns passen, gleich wieder. Aber das hier ist geblieben. Und die anderen finden, wir sollten einen Song draus machen. Daran arbeite ich gerade.«

»Es klingt … leicht und trotzdem schwer«, sage ich.

»Ich glaube, es ist der Versuch, Ernsthaftigkeit und Verspieltheit in einen Song zu stecken.«

Vernunft und Impulsivität, denke ich, sage es aber nicht laut.

Wenig später trinken wir abwechselnd Kaffee aus einem Emaillebecher. Er schmeckt bitter, aber ich genieße trotzdem jeden Schluck.

»Willst du dich duschen?«, fragt Link.

»Hast du denn eine Dusche?« Sofort kommt es mir schäbig vor, so zu reagieren, denn Link sieht immer gepflegt aus.

»Keine herkömmliche«, erwidert er. »Aber ich würde dir Wasser kochen, damit du nicht kalt duschen musst.«

»Ach was, das ist doch nicht nötig«, sage ich. »Das macht mir nichts.«

»Und wenn ich es gern möchte?« Er küsst mich auf den Handrücken.

»Du darfst alles, was du möchtest«, sage ich.

Im Zwischengeschoss gibt es eine Toilette, die ich gestern Abend schon besucht habe. Daneben befindet sich ein gesprungenes Waschbecken, doch eine Dusche kann ich nicht ausmachen.

Link, der einen Eimer mit kochend heißem Wasser trägt, betritt hinter mir den Raum.

»Wie ...«, beginne ich.

»Da«, sagt er und zeigt in eine Ecke. »Ich habe improvisiert.« An einem schweren Eisenhaken hängt ein weiterer Eimer über einem Abfluss im Boden. »Mithilfe des Seils kippe ich den Eimer dann so weit, dass vorne Wasser herausläuft.«

»Du bist erstaunlich«, entfährt es mir, aber ich meine es auf die positivste Art.

»Ich helfe dir«, bietet Link an und entledigt sich seiner Boxershorts. Er befüllt den Eimer mit einer Mischung aus heißem und kaltem Wasser. »Richtig warm ist es nicht, aber wenigstens musst du nicht frieren.«

Auch ich ziehe mich aus. Die Klamotten lege ich auf die Fensterbank, damit sie nicht nass werden. Wie selbstverständlich ich in Links Gegenwart nackt sein kann, erstaunt mich beinahe. Ich weiß nicht, ob mich schon mal jemand bewusst in meiner ganzen Nacktheit angesehen hat. Bislang habe ich auf Dunkelheit und auf unter der Decke bestanden, sodass man höchstens mit den Händen sehen konnte. Jetzt sehe ich mit allem, was ich habe, und möchte gleichzeitig mit allem gesehen werden.

»Komm«, sagt Link und zieht mich an der Hand zu sich unter den Eimer, den er an den Haken gehängt hat.

Ganz vorsichtig zieht er an dem Seil, und aus dem Eimer fließt Wasser auf meinen Kopf. Lauwarmes, angenehmes Wasser. Ich neige meinen Kopf nach links und rechts, damit es überall hinkommt. Drehe mich um die eigene Achse.

»Darf ich?«, fragt Link mit einem Seifenstück in der Hand, als er das Seil losgelassen hat.

Ich nicke, und er beginnt, erst meine Haare, dann meinen Körper einzuseifen. Ebenso wie ich ihn vor ein paar Tagen eingeseift habe. Ich schließe die Augen, nehme das Gefühl seiner Hände auf meiner Haut umso stärker wahr. Seine Finger gleiten über meine Schultern, Arme und Brüste. Meinen Nacken und Rücken entlang. Über meinen Hintern und zwischen meine Beine. Dort verharrt er einen Moment und beugt sich vor, um mich zu küssen.

»Danke«, sagt er leise.

»Wofür?«, frage ich und öffne die Augen wieder.

»Dafür, dass du hier bist. Bei mir. *Mit* mir.«

Seine Finger gleiten in mich, während er gleichzeitig Wasser über mich laufen lässt.

38

Lincoln

Frenzy und ich verbringen so viel Zeit miteinander wie nur irgend möglich. Sie übernachtet bei mir, wann immer es ihre Arbeitszeiten zulassen – allerdings haben Hugo und sie sich auf Freiraum geeinigt. Meistens steht sie dennoch früh auf und ist zu Hause, ehe Faye zur Arbeit aufbricht. Denn Faye weiß nichts von der Abmachung.

Mit After Hours läuft es großartig. Wir arbeiten an einigen neuen Ideen – unter anderem an meinem Song. Lediglich über einen Text habe ich noch nicht nachgedacht, aber auch der wird kommen, wenn die Zeit reif ist.

Überschattet wird dieses unwahrscheinliche Glück durch mein schlechtes Gewissen, weil ich Jasper nichts von meiner Entdeckung erzählt habe. Ich möchte keine alten Wunden aufreißen, ihn in seiner Situation nicht mit Dingen belasten, die besser nicht angetastet werden. Es fühlt sich nicht gut an, auch dieses Geheimnis mit mir herumzutragen, aber Glück ist ein hauchzartes Gebilde, das man festhalten muss, solange man es hat.

Frenzy kommt inzwischen zu all unseren Gigs im *Cat's Cradle*. So ist auch heute ihr Gesicht dasjenige, das ich ansehe, während wir spielen. Sie ist es, für die ich singe. Und ich habe das Gefühl, als würde ich besser, je mehr von ihr ich in meinem Leben habe.

Vielleicht ist das zweite Set heute Abend das beste unserer

gemeinsamen Geschichte. Die Menge tobt, und wir auf der Bühne gehen mit. Jeder Einzelne von uns ist in seinem Element, und so schaffen wir gemeinsam *unser* Element, in dem alles zusammengehört und ein großes Ganzes wird.

Bevor wir *Blythe's Song* als erste Zugabe spielen, raunt Jasper mir zu: »Hast du gesehen, wer an der Bar lehnt?«

Natürlich habe ich es nicht gesehen, denn ich habe nur Augen für einen einzigen Menschen auf dieser Welt. »Wer?«

»Al Avril!«

Während unseres letzten Songs des Abends suchen meine Blicke die Bar ab. Und tatsächlich, dort steht Al Avril und nickt im Takt. Ich versuche, nicht nervös zu werden, und konzentriere mich wieder auf Frenzy. Allerdings ist es in dem Bewusstsein, dass der Besitzer eines der größten und renommiertesten Musikclubs der ganzen Stadt deinem Gig lauscht, schwer, die Lässigkeit aufrechtzuerhalten. Dennoch johlt die Menge, als wir geendet haben.

»Was will er hier?«, fragt Bonnie und legt ihren Kontrabass vorsichtig auf den Boden. »Meint ihr, er ist unseretwegen gekommen?«

»Vielleicht will er die Konkurrenz abchecken«, sagt Curtis.

»Als wären wir Konkurrenz ...« Ich kann mir nicht vorstellen, dass Als Besuch im *Cat's Cradle* irgendetwas mit uns zu tun hat.

»Lincoln Hughes?«, erklingt auf einmal eine kratzige Stimme in meinem Rücken. Alle Köpfe wenden sich zu ihm um. »Mein Name ist Al Avril.«

»Sir, jeder weiß, wer Sie sind«, sage ich und schüttle seine ausgestreckte Hand.

»Glückwunsch zu eurem Gig.«

Ich sehe von ihm zu Jasper, der neben mir steht, und wieder zurück.

»Vielen Dank, Sir.«

»Ich bin auf der Suche nach einer Vorband für einen großen Act in zwei Monaten«, sagt er. »Ich möchte den Slot lokal besetzen.«

Niemand von uns sagt ein Wort. Ich glaube, ich halte die Luft an. Und es würde mich nicht wundern, wenn es den anderen ebenso geht.

»Ihr habt mich heute Abend überzeugt. Das habt ihr letzte Woche auch schon, aber heute ... Das ist genau das, was ich suche.« Er wird von einem ungesund klingenden Raucherhusten durchgeschüttelt, was uns Zeit gibt, uns einen Moment zu sammeln.

Bonnie stupst mich leicht an. »Sir«, sage ich, »es wäre uns eine Ehre.«

»Ehre. So ein Quatsch. Es ist ein Geschäft. Ich will euch, ihr wollt einen Gig. Mit Ehre hat das nichts zu tun. Ich will nur eure Leidenschaft.«

»Und die ist Ihnen sicher, Sir!«, sagt Jasper.

»Wer ist denn der Main Act?«, fragt Bonnie.

»Chick Corea.«

Ich sehe, dass Sals Lippen den Namen lautlos nachsprechen.

»Sir, ist das Ihr Ernst?«, fragt Bonnie. »Bieten Sie uns gerade wirklich an, als Vorband von Chick Corea aufzutreten? In Ihrem Club?« Ihre Stimme überschlägt sich fast.

Al Avrils Mund verzieht sich zu einem Grinsen und gibt den Blick auf seine dunkelgelben Zähne frei. »Wenn ihr wollt, habt ihr den Gig.«

»Wir wollen!«, ruft Bonnie, und Jasper und Curtis nicken eifrig.

»Hier ist meine Karte«, sagt Al und reicht mir seine Visitenkarte. »Ruft mich morgen zwischen zwei und drei Uhr nachmittags an. Nicht früher. Nicht später. Dann verhandeln wir die Konditionen.«

»Sie können sich auf uns verlassen, Sir«, sagt Jasper, doch Al Avril hat sich bereits abgewendet und steuert die Tür an, in der Hand ein Päckchen Zigarillos.

Es dauert ein paar Sekunden, dann fangen wir alle an zu kreischen und zu jubeln. Es ist uns vollkommen egal, dass die verbleibenden Gäste des *Cat's Cradle* uns für bescheuert halten müssen. Oder dass Sal unsere Umarmungen nicht erwidert. Oder dass Mikey uns mit Gesten darauf hinweist, jetzt besser zusammenzupacken, weil wir ohnehin schon überzogen haben. In diesem Moment ist die Welt perfekt. Und dann wird sie noch perfekter, weil Frenzy neben mir auftaucht und ebenfalls anfängt zu jubeln, als ich ihr atemlos berichte, was soeben vorgefallen ist.

»Mikey, hast du das gehört?«, ruft Curtis. »Wir sind der Opening Act für Chick Corea!«

»Ich weiß«, sagt Mikey und räumt unsere Wasserflaschen von der Bühne. »Al hat vorher bei mir angeklopft. Gefragt, ob ihr zuverlässig seid. Ob man mit euch arbeiten kann. Hab ein gutes Wort für euch eingelegt. Nicht, dass ihr es nötig gehabt hättet.«

»Du bist unglaublich!«, ruft Bonnie und fällt Mikey um den Hals. »Danke!« Sie küsst ihn auf die Wange, und es bleibt uns nicht verborgen, dass Mikey danach ein bisschen abwesend ist.

»Du würdest die Bar gern zumachen, oder?«, frage ich.

»Wenn ihr noch feiern wollt, bin ich gern dabei«, sagt Mikey. »Ich muss nur die anderen Gäste loswerden und Feierabend machen.«

Nachdem die letzten Gäste gegangen sind, schließt Mikey die Tür ab. Übrig sind nur wir fünf, Frenzy, Amory und Mikey. Wir setzen uns an die Bar, bekommen Bier aufs Haus. Ich fühle mich, als würde ich schweben. Vor Glück, vor Ausgelassenheit.

»Das könnte der Durchbruch sein, Leute«, sagt Bonnie. »Der *Durchbruch,* versteht ihr?«

»Könnte?«, fragt Curtis. »Das *ist* der Durchbruch. Wisst ihr, wer im *Palace of Sound* entdeckt wurde?« Er zählt eine Reihe großer Namen auf, doch ich höre nur mit halbem Ohr hin. Ich bin zu aufgedreht und konzentriere mich stattdessen auf das Rauschen meines Bluts in meinen Adern, auf meinen Herzschlag. Auf das Gefühl der absoluten Losgelöstheit. In diesem Augenblick läuft alles zusammen. Alles, wofür wir in den letzten Jahren so hart gearbeitet haben. Alles, was wir durchgemacht haben. Alles, was wir füreinander sind.

»Es war nur eine Frage der Zeit«, sagt Mikey. »Ihr seid schon seit zwei Jahren bereit.« Er schaltet seine Musikanlage ein. Rhythmischer Jazz erschallt. Die Musik dieser Stadt. Die Musik, die uns zu dem gemacht hat, was wir heute sind.

Bonnie stellt sich in die Mitte des Raums und beginnt langsam zu tanzen. Mit geschlossenen Augen, den Plastikbecher voller Bier in der Hand. Meine beste Freundin, mit der ich so viel erlebt habe. Die mir in so vielen Momenten den Arsch gerettet hat, wenn ich selbst nicht mehr weiterwusste. Die mehr als wir alle Liebe verdient hat und sie doch nicht bekommt.

Curtis hat seine Hand unter Amorys Paillettenoberteil geschoben. Die beiden wären perfekt miteinander. Sie ist die Erste, die es geschafft hat, Curtis ein bisschen Sicherheit zu geben. Seit sie in sein Leben getreten ist, rastet er viel weniger aus. Manchmal frage ich mich, was passiert, wenn sie einen Mann kennenlernt, der ihr mehr gibt, als Curtis es kann. Aber diese Gedanken schiebe ich beiseite.

Jasper spricht mit Sal über Möglichkeiten und die Erfüllung von Träumen. Selbst Sal wirkt ausgelassen. Ich bin mir nicht sicher, ob ich ihn vor heute Abend schon einmal so viel lächeln gesehen habe. Doch dieser Moment macht alles möglich.

Amory löst sich von Curtis und schließt sich Bonnie auf der Tanzfläche an. Ich ziehe Frenzy hinter mir her, und eng umschlungen wiegen wir uns im Takt. Nach und nach kommen auch die anderen dazu, bis wir wie in Trance alle gemeinsam die Musik fühlen. Die Musik und das Glück. Wir werden eins in unserer seligen Trunkenheit, alles scheint erreichbar. Jede Schwierigkeit meisterbar. Jeder Gipfel überwindbar. In diesem Augenblick sind wir unbesiegbar.

39

Franzi

»Hier ist nichts.« Hugo schüttelt den Kopf. »Nichts, das Victor in irgendeiner Weise kompromittieren könnte. Ich verstehe es nicht.«

»Vielleicht ging es doch einfach nur darum, dass jemand in seinem Zimmer war?«, schlage ich vor. Ich lehne in der Tür. Weiter habe ich mich nicht in den Raum hineingewagt. Alles darin schreit nach Patriarchat und Überheblichkeit.

»Nein, das kann nicht sein. Glaub mir, er hatte Angst.«

Hugo zieht einen Stapel Fotos aus der Schublade. »Ach Gott, sieh mal, mein Enkelsohn.« Er reicht mir das Bild von einem deutlich jüngeren Jasper.

In dem Gefühlschaos der letzten Wochen bin ich noch nicht dazu gekommen, mit Hugo über Links Entdeckung zu sprechen. Wir haben uns kaum gesehen, und meistens war Faye dabei.

»Hattet ihr ein gutes Verhältnis?«, frage ich.

»Wir hatten nicht den Hauch eines Verhältnisses«, gibt Hugo zurück. »Die Gelegenheiten, zu denen ich ihn gesehen habe, kann ich an einer Hand abzählen. Wohlerzogen, zum Klavierspielen gedrillt. Ich glaube nicht, dass er viel Spaß hatte als Kind. Umso witziger fand ich es, als ich erfahren habe, dass er abgehauen ist.«

»Abgehauen?«, frage ich, denn die Geschichte, die Link mir erzählt hat, ist eine andere.

»Von einem Tag auf den anderen war er plötzlich weg. Das hat mir Victor gesagt, als er mich im Krankenhaus besucht hat.«

Ich weiß nicht, wie ich anfangen soll, aber Hugo verdient die Wahrheit, so viel ist sicher. »Äh, Hugo?«

»Äh, Franzi?«

»Ich glaube, du kennst nur Victors Version der Geschichte.«

Er sieht von der Schublade auf. »Wie meinst du das?«

»Jasper … er ist der Pianist in Links Band.«

Hugo bleibt der Mund offen stehen. »Wie bitte?«

»Das war der Grund, warum Link an diesem Nachmittag einfach gegangen ist. Er hatte entdeckt, dass Jasper Victors Sohn ist, und wusste nicht, wie er damit umgehen sollte. Jasper ist nicht abgehauen. Nicht, wenn man *ihm* glaubt.«

»Was ist passiert?«, fragt er.

»Jasper war mit Links Schwester zusammen, seit er siebzehn war. Dann wurde Blythe, so hieß sie, mit siebzehn schwanger. Daraufhin hat Victor ihn rausgeworfen.«

»Potz Blitz!«, sagt Hugo und runzelt die Stirn. Einen Augenblick lang sagt niemand ein Wort. Ich kann förmlich sehen, wie es in Hugos Kopf rattert. Erst glaube ich, er will noch etwas zu dem Thema sagen. Ringt er mit sich? Traut er sich nicht? Ich weiß es nicht. Doch dann besinnt er sich plötzlich wieder auf den Grund unserer Anwesenheit an diesem Ort. »Hilfst du mir nun?« Er steht auf und beginnt, Bücher aus dem Regal zu ziehen, um zwischen den Seiten nachzusehen.

»Ich fühle mich wirklich nicht wohl damit …«

»Ich fühle mich nicht wohl damit, dass wir nicht wissen, was mein Sohn verbirgt. Was soll denn passieren? Hast du Angst, deine DNA zu hinterlassen?«

Da kommt mir eine Idee. »Ich werde Link fragen, ob er

noch etwas anderes in der Schublade gefunden hat. Dann wissen wir wenigstens, wonach wir suchen«, schlage ich vor.

»Braves Mädchen.«

Nach ein paar Minuten vibriert mein Handy. *»Ja, da war noch etwas«*, lese ich laut vor. *»Ein Vertrag oder so etwas Ähnliches, der besagt, dass das Eigentumsrecht des Hauses von Faye auf Victor übergeht.«*

Ich blicke Hugo an und er mich.

»Das ist … das kann doch nicht … wie …« In Hugos Kopf scheint das gleiche Wirrwarr zu herrschen wie in meinem. »Dieser … Ich …«

»Ich wusste gar nicht, dass das Haus Faye gehört.«

»Victor hat es schon immer verstanden, in reiche Familien einzuheiraten. Jaspers Mutter hat er auch eine ganze Reihe Immobilien abgeluchst. Nichts so Prächtiges wie dieses Haus, aber das war der Anfang seines unternehmerischen Erfolgs.«

»Wo ist sie jetzt?«, frage ich. »Jaspers Mutter?«

»Am anderen Ende des Landes in irgendeinem Hippie-Ashram. Auf der Suche nach sich selbst. Sie ist wohl kurz nach der Sache mit Jaspers Auszug gegangen.«

»Wir müssen Faye warnen«, sage ich.

»Wir müssen diesen vermaledeiten Vertrag finden. Sonst glaubt sie uns kein Wort.«

Mit einem entschlossenen Schritt trete ich über die Schwelle und in Victors Reich. Mir läuft es kalt den Rücken hinunter, aber das hier ist wichtiger als Regeln.

Pünktlich um halb sieben hören wir Fayes Schlüssel in der Tür. Ich hole drei Weingläser aus dem Schrank und schenke großzügig Weißwein ein.

»Du kannst Gedanken lesen«, sagt Faye und nimmt einen Schluck.

»Hattest du einen schlechten Tag?«, fragt Hugo, und ich kann in ihren Augen sehen, dass sein Interesse sie verwirrt.

»Ach, gerade ist jeder Tag irgendwie ein schlechter Tag.«

»Und dieser könnte noch ein bisschen schlechter werden«, sagt Hugo und bedeutet ihr, ihm zu folgen.

Ich trotte hinter den beiden ins Wohnzimmer und fühle mich seltsam fehl am Platz. Das hier ist eine Familienangelegenheit. Eigentlich geht es mich nichts an. Doch Hugo wollte davon nichts wissen, als ich meine Bedenken geäußert habe.

»Setz dich, Faye.«

»Was ist los?«, fragt sie und massiert ihre Füße durch die dünne Seidenstrumpfhose.

»Du kennst doch Victor«, beginnt Hugo, und wäre die Angelegenheit nicht so dramatisch, müsste ich wohl lachen, so albern ist seine Einleitung.

»Meinen Mann? Ja, den kenne ich.«

»Und auch wenn du es mir gegenüber nie zugeben würdest, weißt du tief in dir drin, dass er ein Drecksack ist, stimmt's?«

»Hugo!« Faye klingt genervt.

»Ganz ehrlich, Faye? Wenn das jetzt eine Überraschung für dich ist, wird es nur noch schmerzhafter. Deswegen ist es besser, du kramst in den Tiefen deines Unbewussten.«

»Was ist denn los?«, fragt sie nun an mich gewandt.

»Wir …« Ich bringe es nicht übers Herz, ihr zu erzählen, was wir entdeckt haben. Andererseits weiß ich, dass es keine andere Möglichkeit gibt. »Hugo, zeig ihr den Vertrag.«

Er zieht das Dokument hervor und reicht es ihr. »Drecksack, sag ich ja.«

»Woher habt ihr das?«, fragt Faye, nachdem sie das Dokument überflogen hat, und blickt hektisch von Hugo zu mir. Ihre Stimme klingt noch höher als sonst.

»Spielt das eine Rolle?«, fragt Hugo, und Faye schüttelt langsam den Kopf.

»Mehr Wein?« Ich habe das dringende Gefühl, irgendetwas tun zu müssen.

»Ja, bitte. Und … vielleicht einen Schnaps?«

»Gute Idee!« Hugo ist sofort aufgesprungen. Aus Victors Büro holt er eine Flasche mit teuer aussehendem Whiskey. Mit Sicherheit kann sein eigener Geheimvorrat im Schuppen damit nicht mithalten. Die Tür lässt er offen.

»Was hast du jetzt vor?«, frage ich und streiche ihr mit der Hand einmal fest über den Rücken, so wie es meine Mutter bei mir macht, wenn es mir schlecht geht. Es hat etwas Tröstliches, diese physische Vergewisserung, dass man nicht allein ist.

»Ich werde mit ihm reden. Herausfinden, was das soll. Ihm sagen, dass ich ihm mein Haus nicht überschreibe. Und dann werden wir ja sehen.« Während sie spricht, wird ihre Stimme immer dünner. Sie schluckt. »Und ich werde versuchen, nicht zu weinen. Das kann ich später immer noch tun.«

»Willst du, dass ich dabei bin?«, fragt Hugo und greift über den Tisch nach Fayes Hand.

»Danke, Hugo«, erwidert sie. »Das ist wirklich nett von dir. Aber ich glaube, es ist besser, wenn ich ihn allein damit konfrontiere.«

»Schade. Ich würde zu gern sein Gesicht sehen.«

»Hugo!«, sagen Faye und ich wie aus einem Mund.

»Wo habt ihr das gefunden?« Mit dem Fuß zeigt Faye beinahe verächtlich auf den Vertrag.

»Zwischen anderen Dokumenten in einer Mappe«, sagt Hugo.

»Aber wir wussten, wonach wir suchen«, ergänze ich schnell. »Es ist nicht so, als wären wir einfach in Victors Büro eingedrungen und hätten alle Dokumente angesehen.«

»Und selbst wenn, Franzi. Und selbst wenn«, sagt sie müde.

Hugo und ich sitzen wie zwei Kinder auf der obersten Treppenstufe und halten den Atem an. Victor ist gerade nach Hause gekommen, und Faye hat ihn ins Wohnzimmer gebeten. Ich wollte eigentlich in meinem Zimmer bleiben, aber Hugo bestand darauf, dass ich mich neben ihn setze.

»Wenn ich schon nicht dabei sein kann, will ich wenigstens mitbekommen, was geredet wird. Außerdem weiß sie, dass wir lauschen. Deswegen spricht sie so leise«, flüstert er, als gedämpfte Stimmen zu uns heraufdringen. »Aber es ist nur eine Frage der Zeit, bis er anfängt zu brüllen.«

»Wir sollten wirklich nicht ...«, sage ich, doch Hugo bedeutet mir zu schweigen.

»Was man sollte und was man nicht sollte, ist in so einem Fall egal. Wenn Victor beschließt, dass es an der Zeit ist, Vasen zu werfen, will ich bereit sein.«

Von der Seite habe ich das Ganze noch gar nicht gesehen. Victor mag zwar ein berechnendes, arrogantes Arschloch sein, aber würde er Faye etwas antun? Ich komme nicht weit mit meinen Gedanken, denn die Stimmen werden nun lauter.

»... in meinen Sachen zu suchen?«

»... nicht der Punkt, Victor.« Faye klingt stark. Entschlossen.

»... steuerliche Vorteile ... keine Sorgen machen.«

»Lüg mich nicht an.« Überraschenderweise ist es ihre Stimme, die lauter wird.

»Das ist ja wohl nicht dein Ernst. Erst durchwühlst du meine Sachen, und dann bezichtigst du mich der Lüge? Was ist nur aus dir geworden!«

»Siehst du«, flüstert Hugo und lächelt mich halb triumphierend, halb traurig an. »Man versteht jedes Wort.«

»Ich will«, sagt Faye nun langsam und überdeutlich, *»nein, ich verlange, dass du dich hier hinsetzt und mir ganz genau erklärst, was es damit auf sich hat. Warum der Vertrag von dir und von einem Notar bereits unterschrieben ist. Wann du vorhattest, ihn mir unter-*

zujubeln. Und dass du mir genau erklärst, für wie dumm du mich eigentlich hältst.«

»Sie ist großartig«, flüstere ich.

»Das ist sie.« In Hugos Stimme schwingt beinahe so etwas wie Stolz mit.

Victor spricht jetzt leiser, besänftigend. Wir verstehen nur noch die Hälfte. Aber ich kann mir vorstellen, wie er versucht, seinen Kopf aus der Schlinge zu ziehen.

»*… dann machst du dich lächerlich*«, schließt er seine Ausführungen.

»Nein, Victor, diesmal bist du es, der sich lächerlich macht. Dass du nicht einmal den Anstand hast, mir die Wahrheit zu sagen!«

»Und was würde die Wahrheit *dir bringen, Schatz?«* Er spuckt die Worte geradezu aus.

»Ich wüsste, dass das, was wir hatten, unsere gesamte Ehe, kein Witz für dich gewesen ist.«

»Hier hast du die Wahrheit, Faye: Ja, ich will dieses Haus. Weil es mir zusteht. Weil ich dich gerettet habe.«

»Du? Mich gerettet?«

Ich sehe fragend zu Hugo, doch er scheint auch keine Ahnung zu haben, wovon Victor spricht.

»Ohne mich wärst du immer noch das eingeschüchterte Mauerblümchen, das von niemandem ernst genommen wird. Vermutlich wärst du wirklich Lehrerin geworden. Vermutlich eine alte Jungfer.«

Faye lacht schrill. *»Und wäre das so schlimm? Verglichen mit diesem hier klingt es für mich wie der Himmel auf Erden.«*

»Offensichtlich, Faye, habe ich einen Fehler gemacht. Und das tut mir leid. Ich dachte, du wärst vernünftig. Ich dachte, aus dir könnte eine Partnerin auf Augenhöhe werden. Aber ich habe mich geirrt. Du bist naiv, störrisch und dumm. Und wenn das dein letztes Wort ist, dann kann ich dir nicht mehr helfen.«

Hugo krallt die Finger in seinen Oberschenkel. Und auch

mir fällt es schwer, den Streit mitanzuhören. Es schmerzt beinahe körperlich, Victor so sprechen zu hören.

»Ich will, dass du aus meinem Haus verschwindest. Pack deine Sachen und geh«, sagt Faye ruhig, aber bestimmt.

»Yesss!«, macht Hugo neben mir.

»Das meinst du nicht ernst.« Es ist nicht zu überhören, dass Victor langsam in Panik gerät.

»Verschwinde«, sagt Faye noch mal. Dann: *»ICH HABE GESAGT, DU SOLLST AUS MEINEM HAUS VERSCHWINDEN!«* Im nächsten Moment hört man, wie etwas klirrend an der Wand zerschellt.

Ich will schon aufspringen, um Faye zu Hilfe zu eilen, doch Hugo hält mich zurück. »Das war *sie*«, sagt er beinahe ehrfürchtig.

Einen Augenblick später wird die Wohnzimmertür geöffnet, und Hugo und ich springen wie von der Tarantel gestochen auf und in mein Zimmer, weil es der Treppe am nächsten ist. Wir hören von unten hektische Bewegungen, dann wird die Haustür zugeknallt. Kurz danach quietschen draußen Reifen. Victor ist weg.

Auf einmal ist mir ganz elend zumute. So schrecklich Victor auch ist, das ist das Ende von Fayes Ehe. Das Ende der Liebe zu dem Mann, mit dem sie die letzten Jahre verbracht hat. Sie muss am Boden zerstört sein.

»Besser ein Ende mit Schrecken als ein Schrecken ohne Ende«, sagt Hugo neben mir, der offensichtlich die gleichen Gedanken hat.

An meiner Tür klopft es zaghaft.

»Komm rein«, sage ich. »Wie geht's dir?« Ich will auf Faye zugehen und sie in den Arm nehmen, doch Hugo ist schneller. Er zieht sie in eine feste Umarmung.

»Ich bin so stolz auf dich, Faye«, sagt er. »Du hast das Richtige getan.«

»Danke«, sagt sie und klingt dabei erstaunlich gefasst. »Es war leichter, als ich gedacht hätte. Die ganzen Streitereien der letzten Monate … Irgendwie fühlte es sich an wie die logische Konsequenz.«

Hugo lässt sie los und räuspert sich. »Gibst du mir noch ein paar Wochen? Ich versuche, mir so schnell wie möglich etwas anderes zu suchen. Dann hast du dein Haus wieder für dich.«

»Nein, Hugo«, sagt Faye bestimmt, und es scheint beinahe, als hätte sie ihre Tonlage gefunden. Immer noch hoch und mädchenhaft, aber deutlich gefestigter und lauter als vorher.

»Nein?«

»Ich meine, nein, Hugo, du sollst dir nichts anderes suchen. Ich hätte dich gern hier. Wenn du willst.«

»Das ist … wirklich sehr … großzügig«, murmelt er. »Aber …«

»Kein Aber. Wenn du bleiben willst, bleib. Wenn du gehen willst, halte ich dich nicht auf. Aber ich würde dich vermissen.«

»Papperlapapp«, sagt er, doch seine Stimme klingt merkwürdig gequetscht. Im nächsten Moment stolpert er ungelenk aus dem Zimmer, um sich geräuschvoll die Nase zu putzen.

»Das ist vermutlich noch nicht alles, oder?«, frage ich ein bisschen besorgt. »Ich meine, er wird wiederkommen, oder?«

»Zumindest, um seine Sachen zu holen«, bestätigt Faye. »Und ich mache mir vorsichtshalber mal einen Termin bei meiner Therapeutin. Man weiß ja nie, was noch alles so rauskommt.« Sie lächelt, aber auf einmal sieht sie ganz müde aus. »Ich glaube, ich gehe ins Bett. Diagonal. So schlafe ich am besten.«

»Gute Nacht, Faye«, sage ich und umarme sie fest.

»Gute Nacht, Franzi. Und danke.«

»Wofür denn?«, frage ich etwas verwirrt.

»Dafür, dass du diesen ganzen Irrsinn mitmachst und immer noch da bist. Andere wären längst abgehauen. Oder hätten mich verurteilt.«

»Ich finde, du kannst sehr stolz auf dich sein«, sage ich und denke daran, wie es damals für meine Mutter war, als ihr Mann sie sitzen ließ. Wie sie sich an ihn klammerte, ihn nicht gehen lassen wollte. Wie sie trotzdem alles schaffte. Und wie mutig Faye heute war.

40

Lincoln

Obwohl Frenzy heute nicht bei unserem Auftritt war, weil sie Faye mit irgendeiner Angelegenheit helfen wollte, waren wir großartig. Seit wir einen Vertrag mit Al Avril abgeschlossen haben, ist es, als würden wir musikalisch auf Wolken gehen. Wir waren noch nie so motiviert, alles aus uns rauszuholen, wie in der letzten Zeit. Mit jedem Gig kommen wir näher an das heran, was ich Perfektion nennen würde. Es ist ein großes Wort, aber ich glaube fest daran, dass wir es schaffen werden, in einer Woche das beste Set unseres Lebens zu spielen. Heute sind für jeden von uns über hundert Dollar im Hut, was für einen Gig unter der Woche herausragend ist.

Gerade als ich jedem sein Bündel Scheine in die Hand gedrückt habe, erblicke ich sie. Esmé. Sie steht in der Nähe der Tür und beobachtet mich. Ich habe sie seit unserem Streit nicht mehr gesehen und hebe eine Hand zum Gruß. Das Leben ist zu kurz, um sich von unguten Gefühlen leiten zu lassen.

»Kannst du mir einen Gefallen tun?«, fragt sie, als sie näher kommt. »Ich weiß, die Sache zwischen uns ist ein bisschen eskaliert, aber …«

»Was ist los?«

»Ich weiß nicht, wen ich sonst fragen soll«, sagt sie.

»Hi, Esmé«, sagt Jasper und stellt sich neben mich. »Lange nicht gesehen.«

»Große Tragik«, murmelt Bonnie von hinten, doch Esmé hat sie glücklicherweise nicht gehört.

»Es ist mir ein bisschen unangenehm. Ich weiß, ihr seid nicht gut auf mich zu sprechen. Aber mein Chef hat irgendwie Mist gebaut und mir meinen Lohn diesen Monat nicht ausgezahlt. Und das heute sah nach einem lukrativen Abend aus. Und da habe ich mich gefragt …«

Ich schlucke.

»… ob du mir vielleicht fünfzig Dollar leihen kannst?«

Mit dem Handrücken wische ich mir Schweiß von der Stirn.

»Da hast du Glück«, sagt Jasper neben mir und klopft mir auf den Rücken. »Es war wirklich ein lukrativer Abend.«

Mir wird heiß und kalt zugleich. Vor allem spüre ich Jaspers Blick auf mir.

»Äh«, sage ich.

»Bitte, Link?«

»Wir können fifty-fifty machen«, sagt Jasper. Er ist einfach zu gut für diese Welt. Aber ich habe nicht einmal fünfundzwanzig Dollar in meinem Geldbeutel. Mein Anteil ist komplett in Jaspers Hosentasche verschwunden.

»Na klar«, sage ich hohl, weil meine Hirnwindungen wie gelähmt sind und mir nicht einfällt, wie ich mich aus dieser Situation befreien kann.

Jasper kramt in seiner Tasche und reicht ihr fünfundzwanzig Dollar.

»Ich … warte …« Ich ziehe wie mechanisch meinen Geldbeutel aus der Hosentasche. Mein Gehirn schreit: »Lauf!«, doch ich bin wie erstarrt.

Da ich mich nicht rühre, nimmt Esmé mir den Geldbeutel aus der Hand. Panik breitet sich in mir aus.

»Jasper? Kannst du kurz …« Aber mir fällt nicht ein, was Jasper kurz tun könnte. Mein Kopf ist vollkommen leer. Mein

Magen ist gefühlt ein paar Meter nach unten gesackt, und in meinen Ohren dröhnt die Angst.

»Link, da ist nichts drin«, sagt Esmé und hält zwei Fünfdollarnoten hoch. »Das ist alles?« Sie sieht verwirrt aus, und mein ganzer Körper wird taub.

»Link?«, sagt nun auch Jasper und legt seine Hand auf meine Schulter.

Ich springe von der Bühne, ohne mich umzudrehen, und gehe zwischen den Gästen des *Cat's Cradle* hindurch und an der Bar vorbei. Ich will ins Lager, einen Moment lang nachdenken, ehe ich mit Jasper spreche.

»Link!«, ruft er hinter mir. »Mann, bleib stehen!«

Gerade als ich die Tür öffnen will, hat er mich eingeholt. Neben meinem Kopf drückt er seine Hand gegen die Tür und hält sie zu. »Rede mit mir«, sagt er.

»Fuck«, sage ich leise zu mir selbst.

»Steckst du in Schwierigkeiten? Was ist los mit dir?«

»Es ist … nichts«, stottere ich und wische meine feuchten Hände an meiner Hose ab. Ich wage es nicht, ihn anzusehen.

»Link«, sagt jetzt auch Bonnie, die uns nachgeeilt ist, »vielleicht ist es Zeit.«

Das ist das Letzte, was ich brauchen kann. Jemand, der Jasper suggeriert, ich hätte tatsächlich ein Geheimnis vor ihm. Was ich zwar habe, aber aus gutem Grund!

»Zeit wofür? Was wird hier gespielt?«, fragt Jasper und klingt langsam so panisch, wie ich mich fühle.

»Es ist nichts«, murmle ich noch einmal.

»Lincoln Hughes«, sagt er streng, »hör auf, mich anzulügen!«

»Ich …« Ich will ihn nicht anlügen. Das wollte ich nie. Aber ich habe es Blythe versprochen.

»Du machst mir Angst. Weißt du, wer dauernd gelogen hat? Meine Familie. Ständig. Jetzt bist du meine Familie.

Und ich dachte, wir sind ehrlich zueinander. Du kannst mir alles erzählen. Das weißt du.«

»Sag es ihm«, fleht Bonnie.

Doch ich weiß, dass es nicht so einfach ist. Dass Lügen für Jasper ein rotes Tuch sind. Dass die Ehrlichkeit, die bei uns geherrscht hat, für ihn ein Grund war, mit seiner Familie zu brechen. *Jetzt bist du meine Familie.* Und ich habe ihn belogen.

»Wieso hast du nach einem Gig kein Geld in deinem Geldbeutel, während wir anderen mit zweihundert Dollar nach Hause gehen?«, fragt Jasper.

»Hundert Dollar«, korrigiert Bonnie.

»Was?«

»Was?«, frage auch ich, denn ich fasse nicht, dass sie mich tatsächlich verrät.

»Entschuldige, Link, aber es ist vorbei«, sagt sie. »Das war es. Es hat keinen Sinn zu lügen.«

Vielleicht hat sie recht. Doch es ist verdammt noch mal nicht ihre Entscheidung.

»Link gibt dir seinen Anteil«, sagt sie, und das Rauschen in meinen Ohren übertönt beinahe Jaspers Keuchen.

»Sag mir, dass das nicht stimmt. Sag mir, dass sie lügt!«

»Sie … nein, es stimmt«, sage ich leise.

»Seit wann?« Jaspers Stimme überschlägt sich fast. »Sag mir, seit wann, Link!« Er geht einen Schritt auf mich zu.

»Seit Blythe tot ist.«

»Was?« Beinahe schreit er nun. »WAS?« Er tritt drohend noch einen Schritt näher an mich heran, sodass ich wie automatisch meine Hände zum Schutz hebe. »SAG, DASS DAS NICHT WAHR IST!«, brüllt er. »SAG, DASS DAS NICHT WAHR IST!«

»Jasper!«, ruft Bonnie. Sie klingt flehend.

»Wie konntest du!« Jaspers Stimme hört sich ungläubig an, geradezu verzweifelt.

»Leute«, mischt sich Mikey nun ein, »was auch immer hier los ist, klärt das gefälligst draußen.«

»Da gibt es nichts zu klären«, sagt Bonnie. »Es ist alles in Ordnung.«

»Ja, Link, lass es uns draußen klären«, sagt Jasper und marschiert zielstrebig Richtung Tür. Ich folge ihm, ignoriere Bonnies Bitten.

Jasper biegt neben dem Gebäude nach rechts in den Hinterhof ab. Im trüben Licht der Straßenlaternen sieht er noch wütender aus. Noch verzweifelter.

»Erklär es mir«, sagt er und geht wieder einen Schritt auf mich zu. Er ist größer als ich, und seine Körperhaltung wirkt drohend.

»Ich wollte nur helfen«, gebe ich kleinlaut zu. »Deine Situation … Ich kenne doch die Probleme.«

»Meine …? Du hast doch keine Ahnung von meinen Problemen. Du taumelst von einer Affäre zur nächsten, genießt dein Leben in vollen Zügen. Du kannst dir nicht mal im Entferntesten vorstellen, wie es mir geht!«

»Das ist unfair, und das weißt du«, sage ich vorsichtig, obwohl seine Worte mich treffen.

Aber Jasper hört mir gar nicht mehr zu. »Der moralisch ach so überlegene Link, der sich für alle aufopfert. Egal, ob sie es wollen oder nicht. Du widerst mich an.« Ich sehe, dass eine Vene an seinem Hals pulsiert. Er steht nun ganz dicht vor mir. So dicht, dass ich versuche, ihn sanft von mir zu schieben.

»Es tut mir leid«, sage ich, obwohl ich nicht einmal das Gefühl habe, dass ich mich entschuldigen sollte. »Ich wollte nicht …«

Inzwischen sind uns Bonnie, Curtis und Sal nach draußen gefolgt. Doch keiner von ihnen traut sich, einzugreifen.

»Du bist ein selbstgerechtes Arschloch, Lincoln. Du

glaubst, du weißt, was für die Menschen um dich herum das Beste ist. Aber das tust du nicht. Du hast keinen blassen Schimmer.«

Erneut macht er einen Schritt auf mich zu, sodass wir fast mit den Nasen aneinanderstoßen. Und wieder schiebe ich ihn weg. Etwas fester diesmal. Als Antwort versetzt Jasper mir einen Stoß. Doch das lasse ich mir nicht gefallen. Ich schubse ihn noch fester. Der nächste Stoß, der mich trifft, ist so stark, dass ich nach hinten stolpere und mich gerade noch an der Mauer abfangen kann.

»Jasper!« Ich hebe abwehrend die Hände, schiebe ihn erneut weg. »Mann!« Und wieder stößt er mich zurück. Immer heftiger schubsen wir uns. Er vor Wut, ich vor allem, um ihn zur Vernunft zu bringen, aber auch, um mich zu schützen. Er taumelt kurz, anscheinend ist er überrascht davon, wie heftig ich mich wehre. Dann ist er wieder vor mir. Wir ringen miteinander. Seine Fingernägel schneiden in meine Schulter ein. Er ist stark, aber ich bin stärker und dränge ihn zurück.

»Ich habe es für dich gemacht«, bringe ich unter größter Anstrengung hervor. »Für dich und die Kinder. Damit ihr trotz der Schulden von Blythes Krankenhausrechnungen in eurem Haus bleiben könnt. Ich wusste keine andere Möglichkeit, du Idiot.«

In diesem Moment dämmert mir, dass ich genau das Falsche gesagt habe. Wie vom Donner gerührt steht er vor mir. Dann holt er aus. Seine Faust fliegt wie in Zeitlupe auf mich zu, und ich weiche nicht einmal zurück, versuche nicht, mich zu schützen. Der Schlag trifft mich vorbereitet, und dennoch erschrecke ich über die Wucht und das knackende Geräusch, das aus meinem Gesicht zu stammen scheint.

Bonnie schreit. Ich stolpere, falle der Länge nach rückwärts um. Ich gehe einfach zu Boden und schlage mir den Kopf an der Mauer. Curtis macht einen Satz nach vorne, um

Jasper davon abzuhalten, noch mal zuzuschlagen. Doch dieser hebt die Hände. Er ist fertig mit mir.

»Wie kannst du es wagen«, sagt er mit einer Kälte, die mich zusammenzucken lässt. »Bin ich so ein Versager in deinen Augen, dass ich es nicht alleine schaffe, meine Kinder zu versorgen? Bin ich so ein schlechter Vater, dass du mir heimlich Almosen unterschieben musst?«

Ich versuche mich aufzurichten, aber es gelingt mir nicht. In meinem Mund schmeckt es metallisch, und ich spucke aus. »Nein, Jasper, du bist ein toller …«

»Fick dich, Link. Du hattest kein Recht! KEIN RECHT, HÖRST DU?«

Ich halte mir mein schmerzendes Gesicht, vollkommen überfordert von der Situation. Jasper, mein Schwager, mein bester Freund, hasst mich. Aus meiner Nase läuft Blut, und meine Lippe scheint aufgeplatzt zu sein. Doch ich spüre es kaum. Ich fühle nichts als den wummernden Herzschlag und die Schmerzen, die er in meiner Brust verursacht.

»Jasper«, sagt Bonnie vorsichtig, als er an ihr und den anderen vorbeigeht.

»Ihr seid für mich gestorben«, sagt er bitter. Dann ist er verschwunden.

41

Franzi

Link so zusammengekauert auf seinem Bett zu sehen verursacht mir Übelkeit. Seine linke Gesichtshälfte ist angeschwollen und lila verfärbt. Ich knie vor ihm und desinfiziere die Wunden mit abgelaufenen Medikamenten aus Hugos Erste-Hilfe-Kasten.

»Immerhin ist die Nase nicht gebrochen«, sage ich und tupfe vorsichtig mit einem Tuch auf seine aufgeplatzte Lippe. Jasper hat wirklich ganze Arbeit geleistet.

Link saugt die Luft ein.

»Tut das weh?«, frage ich.

»Geht schon«, nuschelt er.

»Ich verstehe nicht, wie er dir das antun konnte«, sage ich.

Link zuckt mit den Schultern. »Ich habe ihn angelogen.«

»Aber das ist doch kein Grund …«

»Vielleicht nicht.«

»Also verstehst du es selbst nicht?«, frage ich. Er zieht mich an sich und vergräbt sein Gesicht an meinem Bauch. Er weint nicht, aber ich bin mir sicher, er würde es tun, hätte er nicht das Gefühl, vor mir stark sein zu müssen.

»Ist doch auch egal«, sagt er erstickt. »Er ist fertig mit mir. Mit uns. Und ich bin fertig mit ihm.«

Ich weiß, dass er das nicht ernst meinen kann. Hier geht es schließlich nicht nur um die Freundschaft zwischen ihm und Jasper, nicht nur um die Band. Weston und Maya spielen auch eine Rolle. Aber im Moment ist Link zu aufgebracht, um das zu verstehen. Morgen, wenn er das Ganze wieder rationaler sieht, wird es ihm klar werden.

»Das glaube ich nicht«, sage ich ruhig, einfach nur, um etwas zu sagen. »Sieh dich doch um, was du alles für Jasper aufgegeben hast. Er wird es schon merken. Da bin ich mir sicher.«

»Vielleicht will ich das ja gar nicht mehr«, sagt er und fährt mit seinen Händen unter mein T-Shirt. »Vielleicht ist es dann zu spät.«

Im matten Schein seiner Nachttischlampe, die aus wenig anderem als einem Holzbrett und einer nackten Glühbirne besteht, halte ich ihn. Halte ihn einfach fest. Ich fahre mit der Hand über seinen Rücken, seinen Hinterkopf. Versuche ihm Sicherheit zu geben und Stabilität. In diesem Moment muss ich die Starke von uns beiden sein. Die Optimistin.

»Alles wird gut«, murmle ich mit den Lippen an seinem Haar. »Alles wird gut. Ich verspreche es.«

»Wie passend, dass du diejenige bist, die sich mit der Zukunft auskennt«, sagt Link. Wahrscheinlich soll es ein Witz sein, aber es klingt ein bisschen bitter.

»Vielleicht nicht«, erwidere ich leise, während ich seinen warmen Atem an meinem Bauch spüre. »Aber ich weiß, dass ein Streit nicht alles zerstört.«

Er lacht. Erst erstickt. Dann etwas lauter. »Du hast keine Ahnung«, sagt er.

Vermutlich stimmt das. Ich kann mir nicht ausmalen, dass man derart wütend auf jemanden ist und ihm deshalb mit der Faust ins Gesicht schlägt. Und ich kann mir nicht vorstellen, was es mit einem macht, wenn der beste Freund einem mit der Faust ins Gesicht schlägt.

»Es ist vorbei, Frenzy«, sagt er. »Der Gig im *Palace of Sound*, alles.«

»Bist du sicher?«, frage ich.

Doch Link schüttelt den Kopf. »Glaub mir, das war's. Bonnie und Curtis wissen es auch. Unsere große Chance.«

»Und wenn ihr ohne Jasper ...«

Ein bitteres Lachen entfährt ihm. »Nein, Frenzy. Du warst nicht dabei. Hast nicht in ihre Augen gesehen. Die Band ist Geschichte.«

Ich weigere mich, das zu glauben. Aber natürlich hat Link recht. Ich war nicht dabei.

»Okay«, sage ich, »vielleicht stimmt es. Aber selbst wenn. Das ist ein Rückschlag, klar. Das ist schlimm. Aber für *dich* ist es nicht vorbei.«

»Was soll das denn heißen?«, fragt er und löst sich von mir.

»Du bist so gut! Gut genug, um es überall zu schaffen.«

»Überall?« Er runzelt die Stirn. »Was redest du?«

»Ich meine ja nur. Du bist nicht abhängig von After Hours oder von New Orleans. Du kannst machen, was du willst!«

Er sieht mich ungläubig an und schüttelt langsam den Kopf. Ich kann seine Reaktion nicht deuten. Gefällt ihm, was ich sage?

»Du könntest es solo schaffen.«

Er weicht noch ein Stück von mir zurück. Denkt er nach?

»Du musst nicht illegal in leer stehenden Warehouses wohnen. Du kannst dir etwas Richtiges aufbauen. Es ist nicht vorbei.«

Ich will seine Hand nehmen, doch er zieht sie weg. Sein Gesichtsausdruck hat von Ungläubigkeit zu etwas anderem gewechselt. Ist es Schrecken?

»Ich meine ja nur, du hast Möglichkeiten.«

»Was willst du damit sagen?«, fragt er. Sein ganzer Körper suggeriert Alarmbereitschaft. Was ist hier los? »Denkst du, ich bin unter meinen Möglichkeiten? Denkst du, ich bin besser als das hier?«

Ich verstehe sein Problem nicht. Deswegen sage ich: »Ja, natürlich!«

Er schnaubt. Durch seine lädierte Nase klingt es schrecklich, und im nächsten Moment stöhnt er vor Schmerz auf. »War ja klar.«

»Was? Was war klar?«

»Du bist keinen Deut besser als all die anderen.«

»Keinen Deut? ... Was redest du da?«

»Geht es dir darum, ja?« Er klingt gleichzeitig wütend und verzweifelt.

»Wovon redest du?«, frage ich und will seine Hand nehmen, aber er entzieht sie mir.

»Du willst mich optimieren. Jemanden aus mir machen, der ich nicht bin.«

»Das ist doch Unsinn«, versuche ich ihn zu beruhigen, ohne Erfolg.

»Das ist es, was Hugo gemeint hat. Ich bin dein Abenteuer. Es ist wie bei all den anderen Tussis. Mit dem Unterschied, dass ich es da vorher weiß.« Er klingt jetzt beinahe verächtlich.

Die Tatsache, dass er im Präsens spricht, versetzt mir einen Stich. Noch immer habe ich keine Ahnung, wovon er redet. Und was hat Hugo damit zu tun?

»Du willst mich retten. Willst den armen, verlorenen Link retten. Hübsch genug ist er ja, denkst du dir. Und mit ein bisschen Politur hier und da kann aus ihm etwas werden.«

»Was? Nein!«

»Lass mich dir eins sagen, Franziska.« Es ist das erste Mal, dass er mich bei meinem vollen Namen nennt. Und es tut weh. »Ich muss nicht gerettet werden. Das ist mein Leben. Es ist das, was ich mir ausgesucht habe. Ich möchte nichts weiter. Brauche nichts weiter. Nichts und niemanden, verstehst du?«

Ich bin wie erstarrt. Das war überhaupt nicht das, was ich meinte. Ich wollte ihm eine Perspektive geben. Aber offenbar war das falsch. Anscheinend habe ich einen wunden Punkt getroffen. Ich weiß, dass er all diese Dinge vermutlich nicht so gemeint hat. Er ist aufgebracht, verzweifelt. Er denkt nicht rational.

»Ich glaube«, sage ich, während mir eine Träne die Wange hinunterkullert, »ich glaube, ich sollte besser gehen. Lass uns morgen sprechen. Bevor Dinge gesagt werden, die wirklich etwas kaputt machen.«

»Zu spät«, sagt Link und dreht sich zur Wand.

Auf dem Heimweg kämpfe ich gegen die Tränen an. Es gelingt mir für die ersten zweihundert Meter, dann beginne ich zu schluchzen. Es ist spät in der Nacht, ich bin ganz allein in einem ziemlich verlassenen Viertel in einer Stadt, in der es gefährliche Gegenden gibt. Und trotzdem gilt meine größte Sorge Link. Wir haben uns gestritten, ja, aber das ist nichts, was man nicht wieder hinbiegen könnte. Morgen oder übermorgen. Wenn er sich beruhigt hat. Ihn allein zu lassen in seiner Wut und seiner Traurigkeit, bricht mir beinahe das Herz. Doch es ist besser so. Heute Nacht ist es besser so.

Ich bin froh, als ich endlich an der Haltestelle des Streetcars ankomme, das mich nach Hause bringt. Ich muss nicht einmal lange warten. Während der gesamten Fahrt habe ich Links lädiertes Gesicht vor Augen. Die Verzweiflung, die aus seinem Blick sprach. Und wieder werde ich von einem Weinkrampf durchgeschüttelt.

»Ist alles in Ordnung, junge Dame?«, fragt mich ein betrunkener alter Afroamerikaner.

»Danke, es geht schon«, bringe ich mit Mühe hervor.

»Keine gute Nacht gehabt?«

»Wirklich nicht.«

»Na, na«, sagt er und reicht mir ein Taschentuch. »In der Dunkelheit ist alles immer schlimmer als bei Tag. Hat meine Ma immer gesagt.«

»Meine auch!« Ich muss lächeln, während ich mich ins Taschentuch schnäuze.

»Und Mütter wissen es meistens am besten, hab ich recht?«

Ich nicke und sehne mich auf einmal nach einem Frühstück mit meiner Mutter und Adrian.

Am nächsten Morgen werde ich vom Klingeln meines Handys geweckt. Ich taste noch leicht verschlafen nach meinem Smartphone und erwarte, auf dem Display Links Namen zu sehen. Er hat sich abgeregt und weiß, dass er mit dem, was er letzte Nacht gesagt hat, unrecht hat. Doch es ist meine Mutter. Kurz bin ich enttäuscht, aber dann denke ich an den alten Mann im Streetcar und die Weisheiten unserer Mütter.

»Guten Morgen«, sage ich so gut gelaunt, wie mir möglich ist, ins Telefon.

»Hallo, Schatz«, erwidert meine Mutter, und an ihrer Stimme höre ich sofort, dass etwas nicht stimmt.

»Mama?«, frage ich. »Was ist los?«

»Ich … ich bin im Krankenhaus«, sagt sie.

Ich setze mich kerzengerade auf. Mein Herz rast. Mir wird heiß und kalt zugleich. *Im Krankenhaus.* »Was ist los?«

»Ich hatte einen Unfall«, sagt sie.

»Einen Unfall?« Meine Stimme ist hoch und panisch.

»Mir geht's gut. Keine Sorge.«

»Warum bist du dann im Krankenhaus?« Ich werde immer schriller.

»Ein paar Knochenbrüche und geprellte Rippen. Nichts, was man nicht wieder hinkriegen könnte.«

»Ich komme nach Hause«, sage ich, ohne zu überlegen.

»Schatz, das musst du nicht. Adrian kann sich um mich kümmern.«

Ich schnaube. Innerlich, denn ich will sie nicht aufregen. Aber als könnte Adrian sich um meine Mutter kümmern. Adrian kann nicht einmal ein Ei braten. Ich erinnere mich daran, wie ich ihn dabei überraschte, wie er Eier samt Schale in die Pfanne legte, in der Hoffnung, es würden Spiegeleier daraus.

»Ich komme nach Hause«, sage ich noch mal. Diesmal mit mehr Überzeugung. »Und wie ist das überhaupt passiert?«

»Ein unvorsichtiger Autofahrer. Ist einfach abgebogen, ohne auf die Fahrradfahrer zu achten. Er hat mein Vorderrad erwischt, und ich bin zwei Meter durch die Luft geflogen.«

Mir entfährt ein Keuchen. »Um Himmels willen!«

»Ich hatte den Helm auf, den du mir zu Weihnachten geschenkt hast. Du hast mir sozusagen das Leben gerettet.«

Ich kriege Schweißausbrüche. »O Gott, Mama«, sage ich. Hinter meinen Augen brennt es, aber ich habe alle Tränen letzte Nacht schon geweint. Manchmal lohnt es sich eben doch, vernünftig zu sein. An Sicherheit zu denken. An die Zukunft. Manchmal liege ich richtig.

»Natürlich musst du nach Hause fliegen«, sagt Faye.

»Ich weiß aber nicht, für wie lange.«

»Das ist doch kein Problem. Hugo und ich kommen jetzt auch ohne dich zurecht. Mach dir keine Sorgen.« Sie stellt ihren Kaffeebecher auf die Anrichte und schließt mich fest in die Arme, sodass mir beinahe schon wieder nach Weinen zumute ist. Was für ein Chaos! »Such dir einfach den nächsten Flug raus. Nimm meine Kreditkarte.«

»Das kann ich nicht …«

»Keine Widerrede«, sagt Faye und lächelt mir aufmunternd zu. »Und wenn du irgendwann wiederkommen willst, haben wir noch ein paar Monate offen.«

42

Lincoln

Mein Kopf vibriert. Nein, das ist eine Untertreibung. Er wummert. Kurz bin ich vollkommen orientierungslos. Ich taste neben mich, aber da ist niemand. Stimmt, Frenzy ist gegangen. Wir haben uns gestritten. Als ich die Augen öffne und versuche mich umzudrehen, stöhne ich vor Schmerz auf. Meinem Kopf geht es ganz und gar nicht gut. Ich befühle meine geschwollene Lippe von innen mit der Zunge. Sie schmeckt metallisch, nach Blut. Jasper. Der Schlag seiner Faust in mein Gesicht. Der Sturz. Mein Kopf, der gegen die Mauer schlägt. Die Bilder von letzter Nacht brechen über mich herein wie ein Sommergewitter an einem besonders schwülen Tag. Allerdings bergen sie keine Erleichterung, sondern nur noch mehr Schmerz. Bonnies entsetztes Gesicht. Curtis' Enttäuschung. Sal. Keine Ahnung, was in seinem Kopf vor sich ging. Aber jemand wie Sal hat auf diese Art von Drama keine Lust.

Sal wollte aussteigen. Und, ehrlich gesagt, waren Curtis und ich kurz davor, uns nach einer Alternative umzusehen. Das waren Bonnies Worte, als sie noch dachte, meine Beziehung zu Frenzy könnte etwas kaputt machen. Der Streit mit Jasper ist deutlich schlimmer. Wenn sie schlau sind, telefonieren sie bereits herum.

Ich angle nach meinem Handy, doch ein Blick darauf verrät mir, dass der Akku leer ist. Das Ladekabel ist im *Cat's Cradle.* Steckt hinter der Bar in einer Steckdose. Verdammt.

Ich versuche mich aufzusetzen, und es gelingt mir einigermaßen. Mir ist leicht schwindelig, aber sonst geht es.

Von der Straße dringen Geräusche zu mir herauf. Das Knallen von Autotüren. Ein metallisches Kreischen. Stimmen. Laute Stimmen. Sie werden immer lauter – und mir wird schlecht.

Sie sind hier. Sie sind in meinem Warehouse. Sofort ist mein Kopf klar. Ich ignoriere das Stechen und Pochen. Mein Körper schaltet auf Autopilot. Es ist nicht das erste Mal, dass das passiert. Ich weiß, was ich zu tun habe. So leise, wie es mir möglich ist, mache ich mich daran, alle meine Sachen zu einem unordentlichen Haufen in der Ecke aufzutürmen. Wenn ich die Geräusche richtig zuordne, sind die Männer – denn ich höre nur Männerstimmen – unten. Bis sie im zweiten Stock angelangt sind, dauert es sicher ein paar Minuten. Falls sie hier hochkommen. Dann reiße ich die Plastikplane, die mir als Wand gedient hat, von der Decke und lege sie darüber. Ich hoffe inständig, dass sie meine Konstruktion als Schutthaufen identifizieren und unangetastet lassen. Als Letztes klettere ich aus dem Fenster. Hier ist ein kleiner Vorsprung, auf den man sich kauern kann. Man hat einen Blick auf den Fluss, der mir sonst in jeder Situation Trost gespendet hat. Aber nicht heute. Heute verachtet er mich. Die Welt schwankt etwas, und ich versuche mich festzuhalten. Doch zittrig, wie ich bin, gelingt es mir nicht, die Bewegungen meiner rechten Hand schnell genug zu koordinieren. Weil ich Angst habe zu fallen, stütze ich mich mit der linken Hand schnell auf, dabei entgleitet mir mein Handy, von dem ich ganz vergessen hatte, dass ich es noch in der Hand halte. Ich bin zu panisch. Und meine Bewegungen zu fahrig. Ich versuche noch das Telefon aufzufangen, aber es ist zu spät. Es rutscht immer weiter, bis es aus meinem Blickfeld verschwindet und kurz darauf mit einem sehr entfernten Knirschen ungefähr zehn Meter unter mir auf dem Kies landet. Ginge es mir nicht so beschissen und hätte ich keine Angst, entdeckt zu werden, würde ich mich maßlos über meine Unachtsamkeit aufregen. Aber in diesem Moment kann ich über nichts nachdenken. Nicht über meinen Streit mit Frenzy, nicht darüber, dass sich meine Band aufgelöst hat, nicht über ein kaputtes Telefon. Im Augenblick bin ich einfach nur erleichtert, dass ich es rechtzeitig rausgeschafft habe.

Doch erst passiert eine ganze Zeit nichts. Ich weiß nicht, wie lange ich hier draußen mit klopfendem Herzen gekauert habe. Die Herbstsonne brennt auf meinen Kopf, und das Wummern wird wieder stärker. Ich fasse mir vorsichtig an den Hinterkopf, spüre eine gigantische Beule, vermutlich getrocknetes Blut. Vielleicht habe ich mir bei meinem Sturz gestern eine Gehirnerschütterung zugezogen.

Dann höre ich auf einmal Schritte. Die Stimmen, die in den letzten Minuten noch weit weg waren, kommen näher. Und näher. Und noch näher. Mir ist so schlecht, dass ich mich am liebsten übergeben würde.

»Und Sie kümmern sich darum, dass das Gebäude leer geräumt wird?«

»Wir haben eine Firma, die das erledigt.«

Die Stimme des zweiten Mannes ist ruhig, autoritär. Ich kriege eine Gänsehaut, obwohl mir der Schweiß auf der Stirn steht.

»Ich denke, ich habe Sie lange genug hingehalten. Wir haben einen Deal.«

»Das freut mich zu hören, Pendergast«, sagt die kalte Stimme. »Ihr Projekt wird das Viertel aufwerten. Lofts, Co-Working-Spaces, Ladenflächen, das ist genau das, was wir hier brauchen. Sie verpassen New Orleans ein neues Gesicht.«

»Und es wird höchste Zeit«, sagt der andere, offenbar der

Investor. »Wenn aus dieser Stadt noch mal etwas werden soll, müssen wir der Welt zeigen, dass wir mehr sind als Gras rauchende Jazzbands, die seit Jahrzehnten den gleichen Sound spielen.«

»Wem sagen Sie das.«

»Ich komme morgen bei Ihnen vorbei und unterzeichne die Verträge. Und dann sollten wir wohl auch über Tremé sprechen, Victor. Beim Lunch?« Beim Klang seines Namens muss ich tatsächlich kurz würgen.

»Nichts lieber als das«, sagt Victor durch zusammengebissene Zähne. Ihre Stimmen und Schritte entfernen sich wieder, und ich wage es, tief Luft zu holen. Danach übergebe ich mich.

Es war nur eine Frage der Zeit, bis die Gentrifizierung auch hier um sich greift. Aber zu hören, was Menschen wie Victor – ob der Name nun Zufall war oder nicht – und dieser Investor über mein New Orleans denken, schmerzt. Umso mehr, da ich ohne Band viel weniger Teil davon bin. Ich spucke bittere Galle, dann steige ich wieder nach drinnen. Mein Schädel fühlt sich durch die Zeit in der Sonne an, als wäre er auf seine dreifache Größe angeschwollen. Ich sollte dringend Schmerzmittel auftreiben. Doch bevor ich irgendwo hingehe, muss ich mich … Ich stöhne vor Übelkeit und Schwindel, als ich mich an der Wand hinunter auf den Boden gleiten lasse … ausruhen.

43

Franzi

Ich habe einen Flug für den nächsten Nachmittag gebucht, sodass ich genug Zeit habe, um mich mit Link auszusöhnen und ihm zu versichern, dass ich wiederkommen werde. Wir werden uns nicht für immer verabschieden, darauf haben Faye und auch Hugo bestanden. Und selbst in meinem Kopf rattert es schon die ganze Zeit. Ich fliege zurück nach Deutschland, ja. Ich werde für meine Mutter da sein, solange sie mich braucht. Aber dann ... Ich kann mir ein Leben in Deutschland nicht vorstellen. Nicht im Moment. Nicht ohne Link. Nicht ... im Grunde überhaupt nicht. Ich weiß nicht, ob ich naiv bin, ob das eine Entscheidung ist, die man übernächtigt und emotional überfordert treffen kann, doch einen Abschied für immer kann ich nicht zulassen. Der Gedanke daran ist unerträglich. Das *Wie?*, das *Wann?* und das *Wie bringe ich es meiner Familie bei?* sind Fragen, um die ich mich in Deutschland kümmern werde.

Da ich Link immer noch nicht erreicht habe, beschließe ich kurzerhand, einfach bei ihm aufzutauchen. Nach Deutschland zu fliegen, ohne ihm zu sagen, dass ich ihn liebe und er meinetwegen unter Brücken schlafen könnte, bringe ich nicht übers Herz. Auch wenn es mir gegen den Strich geht, dass er einfach abtaucht und sich nicht mehr meldet. Aber vermutlich geht es dabei gar nicht um unseren Streit, sondern um die Sache mit Jasper und der Band.

Wenig später schlüpfe ich durch den Zaun auf das verwahrloste Grundstück des Warehouse. Etwas, das mir in Deutschland definitiv fehlen wird – neben Link natürlich und Faye und Hugo und all dem Leben, das hier um mich herum pulsiert –, ist die Wärme, die auch jetzt im Herbst noch herrscht. Wurde mir bei meiner Ankunft noch nahezu die Luft abgeschnürt aufgrund der feuchten Hitze, gehört sie nun für mich wie selbstverständlich dazu.

Ich steige die Stufen in den zweiten Stock hinauf. Jeder meiner Schritte hallt durch das kahle Treppenhaus. Wie gerne würde ich einfach nach Link rufen, aber irgendetwas hält mich davon ab. Ist es das Echo?

Als ich oben angekommen bin, wage ich es doch. »Link?«, frage ich vorsichtig, dann spähe ich um die Ecke und …

Ich bin wie erstarrt.

»Wa…« Aber ich bringe nicht einmal das eine Wort zu Ende. Das kann nicht sein. Das ist unmöglich.

Ich trete in die Halle. Die Plastikplane ist abgerissen und in einer Ecke zusammengeknüllt. Das ist alles, was noch übrig ist. Fast alles. Eine einzelne Glühbirne liegt auf dem nackten Betonboden. Link ist weg. All seine Sachen. Nichts ist mehr da. Es ist, als wäre er nie hier gewesen. Wie ist das möglich? Wie kann das sein?

Langsam gehe ich ein paar Schritte. Dort, dort hinten lag seine Matratze. Wir lagen auf dieser Matratze. Liebestaumelnd. Glücksbesoffen. Streitend gestern Nacht. Wo ist sie?

Ich hebe die Glühbirne vom Boden hoch. Was ist passiert? Mein Kopf scheint nicht zu verarbeiten, was mein Körper bereits weiß. Er klammert sich an irgendwas. Hoffnung kann es nicht sein, denn meine Augen lügen nicht. Oder doch? Natürlich nicht. Dennoch lasse ich mich auf die Knie fallen und berühre den Boden dort, wo wir gesessen haben. Dort, wo wir miteinander geschlafen haben. Die Tränen, die ausgeweint schienen, drängen mit aller Macht an die Oberfläche. Und ich lasse sie. Eine nach der anderen tropft auf den Boden vor mir und färbt den Beton fast schwarz. Dunkelgrau mit schwarzen Punkten. So fühlt sich mein Leben gerade an. Vom einen auf den anderen Moment. Meine Mutter liegt im Krankenhaus, ich muss Faye und Hugo verlassen, in den deutschen Vorwinter nach Hause zurückkehren.

Ich ziehe mein Handy aus der Tasche, mein US-Handy, das ich nicht vergessen darf, Faye zurückzugeben, und wähle zum ungefähr zwanzigsten Mal Links Nummer. Doch natürlich: *The number you've called is temporarily not available.* Danke für nichts.

Auf einmal wird mir schlecht. Was, wenn ihm etwas zugestoßen ist? Was, wenn er entdeckt wurde? Nackte Panik breitet sich in mir aus. Mein ganzer Körper summt auf eine Weise, die mir Angst macht. Oder ist es die Angst, die meinen Körper zum Summen bringt?

Immer wieder wähle ich Links Nummer. Ich weiß nicht einmal, was ich mir davon verspreche, aber ich kann nicht damit aufhören. Als ich das Handy schließlich doch sinken lasse, ist es tränennass. Obwohl ich kaum etwas sehe, tippe ich eine Nachricht an ihn. Eine weitere Nachricht, denn seit heute Morgen habe ich ihm bereits drei geschickt. Keine davon ist auch nur zugestellt worden. Dann tippe ich noch meine deutsche Handynummer ein und schicke ihm auch diese. Irgendwann wird er sein Handy einschalten. Hoffe ich.

Mühsam erhebe ich mich vom Boden. Meine Glieder sind schwer, und mein Herz schmerzt auf eine noch nie gekannte Weise. Es fühlt sich an wie das Ende von etwas, obwohl ich mir selbst versprochen habe, dass es das nicht ist. Ich will gerade gehen, da kommt mir noch eine Idee.

Ich krame in meiner Tasche, und tatsächlich: Ganz unten finde ich Hugos Bleistiftstummel, den er mir in meiner ersten Woche hier gegeben hat. Dann suche ich mir einen sauberen Ziegelstein auf Augenhöhe und schreibe meine deutsche Handynummer darauf. *Bitte ruf mich an, Link,* kritzle ich darunter. *Ich liebe dich.*

Ich verlasse das Warehouse und Link, Faye und Hugo. Bonnie und Amory. Curtis, Sal und Jasper, obwohl mir Letzterer gestohlen bleiben kann. Ich verlasse das bunte Leben, die Wärme, die Feuchtigkeit, die Musik. Ich verlasse das French Quarter und den Garden District. Jedes einzelne Verlassen bricht mir das Herz, obwohl ich mir immer wieder sage, dass ich zurückkehren werde.

Wir sehen uns bald, French Quarter.

Ich komme wieder, Garden District.

Bis bald, Faye und Hugo. Ihr werdet mir so sehr fehlen.

Geht nicht weg, Leben, Musik und Wärme.

Und als ich schon auf meinem Fensterplatz im Flugzeug sitze, flüstere ich: »Bitte warte auf mich, Link. Vergiss mich nicht.«

44

Lincoln

Ja, hier könnte es gehen. Nach einer Nacht am Fluss und stundenlanger Suche heute habe ich ein leer stehendes Warehouse am Rand von Holy Cross im Osten der Stadt gefunden. Es ist nicht vergleichbar mit meinem vorherigen Zuhause, aber für ein paar Nächte sollte es gehen. Wasser habe ich nicht, und Strom gibt es vermutlich auch keinen. Dafür ein paar Ratten. Doch es ist ein Dach über dem Kopf und ein Ort, an dem ich meine spärliche Habe aufbewahren kann, bis ich etwas Besseres gefunden habe. Und das ist mehr, als ich zu hoffen gewagt habe, als ich gestern meine Sachen zusammenpackte. Ich stopfte meine Decke und meinen Kocher zu meinen Klamotten, schraubte die Glühbirne aus meiner Lampe, denn Glas transportiert sich nicht gut in einem Seesack. Ich wickelte sie in mein Kissen und legte beides ebenfalls dazu. Den Topf knotete ich außen an den Sack, rollte meinen dünnen Futon zusammen und band ihn mit einer Schnur fest.

Kurz spielte ich mit dem Gedanken, zu meinen Eltern zu gehen, aber ich wollte ihnen nicht noch mehr Kummer machen. Für sie muss ich der Sohn sein, der alles im Griff hat. Der die Dinge zusammenhält. Nicht derjenige, dem das Leben entgleitet. Der mehr kaputt macht, als er kittet.

Ich lud mein Hab und Gut auf mein Fahrrad, taumelte mehr, als dass ich das Rad über den knirschenden Kies bis zur Lücke im Zaun schob. Alle paar Meter musste ich innehalten, um durchzuatmen und zu warten, bis die Welt um mich herum wieder scharfe Konturen angenommen hatte. Doch ich schaffte es auf die Straße, stieg auf das Fahrrad und radelte langsam und etwas wackelig in eine Richtung davon, an die ich mich nicht einmal mehr erinnern kann.

Die Kopfschmerzen wurden immer stärker. Eigentlich war ich in keiner Verfassung, umzuziehen. Aber das Wichtigste war, einen neuen Ort zu finden, an dem ich leben konnte. Was der Grund ist, warum ich in diesem Moment, da ich mich endlich auf meinem Futon ausstrecken und meinen nach wie vor pochenden Kopf auf mein Kopfkissen betten kann, einfach nur erleichtert bin. Erst muss mein Kopf wiederhergestellt werden. Dann kann ich mich darum kümmern, die Scherben meines Lebens eine nach der anderen wieder aufzulesen. Vielleicht ein paar von ihnen wieder zusammenkleben. Frenzy wiedersehen.

Ich verliere jedes Gefühl für Zeit. Meine Kopfschmerzen kommen und gehen, ebenso wie mein Bewusstsein. Manchmal träume ich wirre Dinge, dann wieder glaube ich, wach zu sein. Ich sehe Gesichter vor mir. Frenzy, Bonnie. Jasper. Blythe. Der Schmerz in meinem Kopf vermischt sich mit dem Schmerz meines Herzens. Dann nicke ich wieder ein, und heilsame Schwärze umgibt mich. Eine Dunkelheit, in der ich mich erhole und wieder ein Stück zu mir selbst werde. Doch als ich das nächste Mal erwache, dröhnt mein Kopf immer noch. Mein Mund ist trocken, und ich taste neben mir nach der Wasserflasche, die ich dort in weiser Voraussicht deponiert habe. Draußen wird es gerade Nacht. Schon bald kann ich kaum noch etwas sehen. Und nachts, wenn die Einsamkeit am erbarmungslosesten ist, potenziert sich jeder Kummer, jeder Schmerz.

Langsam bin ich mir sicher, dass ich eine Gehirnerschütterung habe. Aber das Krankenhaus ist keine Option, da ich nicht versichert bin. Außerdem wüsste ich in meinem Zustand nicht einmal, wie ich mich aufraffen sollte. Ich frage mich, ob Frenzy sauer auf mich ist. Ob sie sich Sorgen macht. Ob sie mich sucht. Ein schlechtes Gewissen überkommt mich, aber nur für ein paar Sekunden, dann falle ich wieder in einen unruhigen Dämmerschlaf.

Doch irgendwann erwache ich und merke, dass es mir besser geht. Dass das Wummern hinter meiner Stirn weniger geworden ist. Dass es nicht mehr schmerzt, meine Augen zu öffnen. Dass ich mich regelrecht über die Sonne freue, die auf mein Kopfkissen fällt.

Die Wasserflasche neben meinem Bett ist leer, und ich weiß, dass ich mich bald um etwas zu trinken kümmern muss. Aber noch bleibe ich liegen. Erfreue mich für den Moment daran, dass es bergauf zu gehen scheint mit mir. Das Gefühl hält allerdings nicht lange an. Mit aller Macht prasseln die Erinnerungen auf mich ein. Die Band. Der Streit. Jasper, der mich mit der Faust ins Gesicht schlägt. Bonnie und Curtis, die After Hours vermutlich bereits hinter sich gelassen haben. Frenzy, die mich retten will. Die *etwas* aus mir machen will, als sei ich ein Projekt. Ich bin vollkommen allein. Und jetzt, da die Kopfschmerzen beinahe weg sind, spüre ich alles andere umso stärker. Die Einsamkeit, die Enttäuschung. Es schnürt mir die Luft ab, zu wissen, dass ich verlassen bin. Gottverlassen an diesem gottverlassenen Ort.

Mit schwerem Herzen mache ich mich dennoch in der Dämmerung auf den Weg, um mir etwas zu essen und frisches Wasser zu organisieren. Ein wenig Geld habe ich noch, doch lange reicht es nicht mehr. Morgen, spätestens übermorgen muss ich wieder Straßenmusik machen. Auch wenn mir beim Gedanken daran, meine Gitarre in die Hand zu nehmen, wieder schlecht wird.

Bei einem Eckladen kaufe ich einen Kanister Wasser und eine Flasche, die ich in einem Zug austrinke. Nicht weit davon finde ich einen schäbig aussehenden Imbiss, der Po' boys verkauft. Ich bestelle mir einen mit frittierten Krabben und frage die dicke Frau hinter der Theke, welchen Wochentag wir haben.

»Dein Ernst, Junge?«, fragt sie und wischt sich mit dem speckigen Handrücken über die Stirn.

»Ich … war krank«, murmle ich, als sie mir das fettige Sandwich reicht.

»Montag, Dummchen«, sagt sie und nimmt meine Dollarnoten entgegen.

Mit vollem Mund nuschle ich ein »Dankeschön« und verlasse den Laden. Noch ehe ich wieder in meinem neuen Zuhause ankomme, habe ich das Po' boy bereits verputzt.

Montag. Morgen wäre er gewesen. Unser großer Moment. Unsere Chance. Der Auftritt im *Palace of Sound*. Der Gedanke daran lässt mich das Po' boy beinahe wieder rauswürgen. Ich krieche in mein Bett zurück und wünsche mir nichts sehnlicher, als schnell wieder einzuschlafen, um von einfacheren Zeiten zu träumen. Oder noch besser: von nichts.

»Du weißt, dass ich alles richtig machen wollte, oder?«, frage ich in die schwarze Stille hinein. »Ich wollte das Versprechen, das ich dir gegeben habe, halten. Wollte mich um Jasper kümmern. So gut es ging. Und jetzt ist alles aus.«

Ein dicker Kloß hat sich in meinem Hals gebildet, und meine Stimme bricht.

»Sie fehlt mir, Blythe. Sie fehlt mir so sehr.« Fast wünsche ich mir die körperlichen Schmerzen zurück. Wenigstens waren die seelischen durch sie überdeckt. »Ich dachte, sie wäre anders. Ich dachte, sie würde mich sehen. Den richtigen Link. Stattdessen wollte sie mich retten. Mich besser machen. Ich war nicht genug.«

Ich fahre mit den Fingern durch meine Haare, die inzwischen nicht mehr zu bändigen sind. Ich denke an Annabella, an das Gefühl ihres mächtigen Körpers an meinen Schultern, während sie meine Haare schneidet. Das Gefühl von Zuhause. Von Geborgenheit. Von dem ich so weit weg bin, wie man nur sein kann.

Das hat sie nie gesagt.

»Denkst du, ich liege falsch?«, frage ich.

Du musst Jasper Zeit geben.

»Ich brauche selbst Zeit, Blythe.«

Er ist in seinem Stolz verletzt.

»Und was ist mit mir? Bin ich vielleicht nicht verletzt? Ich hätte alles für ihn getan. Für *dich,* Blythe. Für deine Kinder. Alles. Und das ist nun der Dank dafür?«

Du hast zwei Möglichkeiten, Link. Du kannst hier herumhocken und auf die Welt schimpfen. Du kannst wütend sein auf Jasper, auf deine Freundin. Oder du nimmst die Dinge selbst in die Hand.

»Du hast leicht reden«, sage ich bitter. Doch ich weiß, dass es stimmt. Natürlich habe ich nichts davon, mich hier in Selbstmitleid zu suhlen. Aber mir fehlt die Kraft. Wofür sollte ich die Dinge selbst in die Hand nehmen? Wofür weitermachen?

Du bist stärker, als es im Moment scheint.

»Das sagst du immer. Das hast du auch über dich gesagt, als du krank wurdest. Und dann warst du es nicht.« Ich denke an Weston und Maya, die keine Mutter mehr haben. An meine Eltern, die nur noch einen Sohn haben. Und was für eine Enttäuschung von Sohn. Ein Sohn, der stark sein sollte – für sie. Für Weston und Maya. Und da wird mir bewusst, dass ich mich aufraffen muss. Es ist egal, ob Jasper etwas mit mir zu tun haben will. Ob die Band Geschichte ist. Für meine Familie muss es weitergehen.

Siehst du? War das so schwer?

»Das ist es immer noch«, sage ich in die Stille hinein.

45

Franzi

Verschiedene Dinge werden mir in den ersten Tagen in Deutschland klar. Und ich zähle sie. Zähle bis zehn. Denn erst bei zehn weiß ich, dass ich eine vernünftige Entscheidung treffe.

Vom Flughafen nehme ich mir ein Taxi direkt ins Krankenhaus. Ich habe kaum geschlafen und stehe vollkommen neben mir. Ich freue mich zwar, meine Mutter und meinen Bruder zu sehen, fühle mich aber dennoch fehl am Platz. Als sollte ich hier nicht sein. Und so ist es ja auch, denke ich. Eigentlich sollte ich in New Orleans sein. Wo es warm ist. Hier ist es kalt. Herbstlich nasskalt.

Eins, denke ich, als ich aus dem Nieselregen in das Taxi steige.

Im Radio läuft irgendein deutscher Popsong, der klingt wie alle anderen deutschen Popsongs. Eine Männerstimme singt davon, dass man die Welt umarmen, auf der Erde tanzen und Hand in Hand durchs Leben gehen sollte. Ja, das stimmt. Aber ich fühle es nicht. Ich muss an meine erste Begegnung mit Hugo und Faye denken. An die Autofahrt vom Louis-Armstrong-Flughafen in den Garden District. Daran, wie Hugo Fayes Radiomusik verurteilt hat und wie ich nun, sieben Monate später, verstehe, was er meint. Ich denke an After Hours und all die anderen Bands. Aber vor allem an After Hours. Daran, dass ich es bei ihnen gespürt habe. Was auch immer sie gespielt haben, ich habe ihnen geglaubt, dass dies der Ausdruck dessen ist, was sie sagen wollen, was sie spüren.

Zwei, denke ich und bitte den Taxifahrer, das Radio leiser zu drehen.

Im Krankenhaus frage ich am Empfang nach der Zimmernummer meiner Mutter. Ich habe Adrian zwar auf meiner Fahrt hierher ein paar Nachrichten geschrieben, doch ebenso wie Link reagiert er nicht. Die mittelalte Frau hinter der Glasscheibe nimmt keine Notiz von mir. Stattdessen klemmt sie sich gelangweilt einen Telefonhörer unter ihre drei Kinne und beginnt ein offensichtlich privates Gespräch mit jemandem namens Rita.

Ich warte. Ich warte länger. Die alte Franzi hätte vermutlich bis in alle Ewigkeit hier gewartet. Aber die neue Franzi, Frenzy, ist müde. Sie ist schlecht gelaunt. Sie will ihre Mutter sehen, die einen Unfall hatte. Beim Gedanken an meinen New-Orleans-Namen verknotet sich etwas in mir drin. Dafür habe ich im Augenblick allerdings keine Energie. Ich muss mich auf das fokussieren, was vor mir liegt.

»Entschuldigen Sie«, sage ich. »Ich brauche wirklich nur kurz eine Zimmernummer.«

Die Frau hinter der Scheibe hebt den Finger, wie um mir zu bedeuten, dass ich mich noch einen Moment gedulden solle. Und natürlich gebe ich ihr einen Moment. Doch aus dem Moment werden zwei und drei. Vier und fünf. Unzählige von Momenten, während derer ich hier stehe und mich ärgere.

»Bitte«, sage ich nach ein paar Minuten. »Sie müssen doch nur in Ihrem Computer nachsehen.«

Die Kinn-Frau funkelt mich wütend an. »Sie sind dran, wenn Sie dran sind«, erklärt sie mir langsam und überdeutlich, als wäre ich ein dummes kleines Kind. »Und gerade sind Sie's nicht.«

Mir klappt der Kiefer herunter. »Doch«, sage ich. »Doch, das bin ich. Seit Minuten bin ich dran.«

»Eine Frechheit«, plustert sie sich auf. »Vielleicht wollen Sie meinen Job machen?«

Ich zucke zusammen und denke *drei.* New-Orleans-Frenzy würde sich so etwas nicht gefallen lassen.

»Wie ist der Name?« Sie verdreht die Augen, als sie sich schließlich bequemt, nachzusehen, in welchem Zimmer meine Mutter liegt. »Drei eins zwo«, sagt sie dann, und ich kann gar nicht schnell genug von ihr wegkommen.

»Franzi«, sagt meine Mutter und versucht sich ein bisschen in ihrem Bett aufzurichten.

»Bleib liegen!« Ich bin mit einem Satz an ihrer Seite und umarme sie.

»Wie schön, dich zu sehen!«

»Schön, *dich* zu sehen«, gebe ich zurück. »Wie geht's dir?«

»Ganz gut«, sagt sie, doch man sieht ihr an, dass es ihr ganz und gar nicht gut geht.

»Hast du Schmerzen?«

»Wenn ich mich nicht bewege, geht es.«

»Was kann ich tun? Wie kann ich helfen?«, frage ich.

»Du kannst mir die Zeit vertreiben. Und wenn du willst, kannst du mir beim nächsten Besuch etwas zu essen mitbringen, das man kauen muss.« Sie lächelt. Nach den letzten Tagen in New Orleans und der langen Reise tut es gut, ein bekanntes Gesicht zu sehen.

»Wo ist Adrian?«, frage ich.

»Du kennst doch Adrian«, sagt sie. »Er tut, was er will.«

Ja, weil man ihn immer gelassen hat. Aber das sage ich nicht laut. Auch nicht meinen aufwallenden Ärger darüber, dass ich vom anderen Ende der Welt angeflogen komme, um für unsere Mutter da zu sein, während er nicht einmal zu einer zwanzigminütigen Busfahrt in der Lage ist.

Vier, denke ich. *Vier,* weil es mich deprimiert, dass ich mich hier in eine Rolle dränge, die von meinem Bruder nie erwartet würde. *Vier,* weil es vielleicht nicht von mir erwartet wird, aber ich sofort in dieses Muster zurückfalle.

Ich bleibe über zwei Stunden bei meiner Mutter. Ich erzähle von New Orleans, von Hugo, von Faye und Victor. Von der Stadt, der Musik. Der Lebendigkeit. Link lasse ich weg. Zu schmerzhaft sind die Gedanken an ihn. Ich habe immer noch nichts von ihm gehört und schwanke konstant zwischen unmäßiger Sorge und Wut. Gerade bin ich wieder bei der Wut, was es einfacher macht, die Gedanken an ihn zu verdrängen. Es ist nur eine Frage der Zeit, bis mein Kopf sich wieder fragt, ob der Grund für sein Abtauchen vielleicht damit zu tun hat, dass ihm etwas passiert ist. Dass die Polizei ihn geschnappt hat. Und dann bricht mein Herz. Jedes Mal.

Ich verabschiede mich von meiner Mutter, verspreche, morgen wiederzukommen. Ich sehe auf mein Handy, doch weder Adrian noch Link haben sich gemeldet.

Es ist merkwürdig, nach Hause zu kommen. Der Geruch ist mir vertraut. Es ist früher Abend und bereits dunkel. Meine Finger tasten nach dem Lichtschalter. Adrians Schuhe liegen kreuz und quer im Flur verteilt herum. Wäre meine Mutter nicht von einem Auto angefahren worden, sie hätte sich mit Sicherheit hier irgendwann das Genick gebrochen. Ich stelle sie ordentlich ins Schuhregal und gehe in die Küche, um ein Glas Wasser zu trinken und mir etwas zu essen zu machen. Auf der Anrichte stapeln sich Pizzakartons. Im obersten sind noch zwei Stücke drin. Ein Blick in den Kühlschrank verrät mir, dass hier schon seit Tagen niemand mehr eingekauft hat.

Also nehme ich mir die übrige kalte Pizza und setze mich damit an den Küchentisch.

Ich merke, wie die Sorge um Link zurückkehrt, merke, dass ich zu erschöpft bin, um mich dagegen zu wehren.

Von oben höre ich Geräusche. Also ist Adrian zu Hause. Fast wäre es mir lieber, ich wäre ganz allein. Vor allem, als er wenig später völlig ungewaschen in Jogginghose vor mir steht.

»Ist das meine Pizza, die du da isst?«, fragt er.

»Auch schön, dich zu sehen«, erwidere ich.

»Ernsthaft, hast du meine Pizza weggegessen?«

»Bist du bescheuert?«, frage ich. »Der Kühlschrank ist leer. Ich bin seit über sechsunddreißig Stunden auf den Beinen und habe das Einzige, was ich finden konnte, gegessen, weil ich am Verhungern war.«

»Hättest dir ja selbst was kaufen können«, sagt er. »Ich bin auch seit zwei Tagen wach.«

Ich bin so perplex, dass mir der Mund offen stehen bleibt. Die alte Franzi hätte geschluckt und geseufzt. Sie hätte gedacht, was ihr Bruder doch für ein Idiot ist. Aber Frenzys Methoden sind offenbar andere. Besonders, wenn sie nicht geschlafen hat.

»Du bist echt unglaublich«, sage ich, und meine Stimme zittert ein wenig, so wütend bin ich. Ich stehe auf und gehe um den Tisch herum auf ihn zu. Seltsamerweise weicht er tatsächlich zurück. »Deine Mutter liegt im Krankenhaus. Und du hältst es nicht einmal für nötig, sie zu besuchen? Ich fliege um die halbe Welt, weil ich weiß, dass ich sie nicht mit dir allein lassen kann, und das Einzige, was du dazu zu sagen hast, ist, dass ich dir deine kalte, labbrige Pizza wegessen würde?«

»Ich hab sie von meinem eigenen Geld bezahlt«, sagt er zu seiner Verteidigung.

»Nachdem du Mamas Geld schon gewinnbringend in Pizza investiert hast?«, frage ich, und meine Stimme trieft vor Sarkasmus.

»Sie hat es mir dagelassen ...«

»Ich fasse es nicht. Ich fasse es nicht, dass man so egoistisch sein kann wie du. Dass dir deine eigene Bequemlichkeit sogar wichtiger ist als deine eigene Mutter.«

»Das stimmt nicht.«

»Das stimmt nicht? Dass ich nicht lache! Was hast du im letzten Jahr gemacht? Nichts. Du hast auf Mamas Kosten dein Leben verschwendet. Das hast du gemacht. Aber weißt du, was? Damit ist jetzt Schluss. Ab jetzt übernimmst du Verantwortung. Und du fängst damit an, dass du das Haus putzt und einkaufen gehst. Dann kochst du etwas, das wir Mama morgen mitbringen.«

Er will ansetzen, etwas zu sagen, doch ich hebe die Hand.

»Vergiss es, Adrian. Ich finde es deprimierend genug, hier zu sein, auch ohne dass du dich aufführst wie der größte Idiot. Wenn du dich nicht um Mama kümmern willst, dann gelten von nun an andere Regeln.«

»Ich muss mich nicht an deine Regeln halten«, sagt er in einem letzten Versuch, sich aus der Sache herauszuziehen.

»Das sind nicht *meine* Regeln, du Vollidiot. Das sind die Regeln des Anstands und der Menschlichkeit. Und wenn du die nicht befolgen willst, dann kannst du dich gleich verpissen.« Kurz bin ich erschrocken über meine Ausdrucksweise, aber sie scheint zu wirken.

»'tschuldige, Franzi«, murmelt Adrian und fängt tatsächlich an, die Pizzakartons ins Altpapier zu quetschen. Dass er dabei überall Krümel verliert, merkt er nicht, aber ich bin so müde, dass ich selbst nichts mehr sagen kann.

»Ich gehe jetzt ins Bett. Wenn ich morgen aufwache, ist das Haus sauber und der Kühlschrank voll.«

»Aye, aye, Captain«, sagt er leicht schmollend. Doch ich bin mir sicher, es ist angekommen.

Tatsächlich begleitet mich Adrian am nächsten Mittag ins Krankenhaus. Er hat zwar nicht gekocht, mir allerdings geholfen, Gemüse zu schnippeln. Das Haus ist noch nicht komplett geputzt, aber das untere Stockwerk ist immerhin gesaugt, und das Badezimmer hat er sogar gewischt.

Während der Busfahrt starre ich aus dem Fenster. Mir ist nie aufgefallen, wie sauber hier alles ist.

Fünf, denke ich, und in meinem Bauch zieht es vor Sehnsucht, als ich an die bunten Häuser des French Quarter denke. An die ausgelassene Stimmung am Jackson Square. An die schmutzigen Straßen. Und kurz an einen Straßenmusiker mit blonden Haaren und rauer Stimme, der sich immer noch nicht bei mir gemeldet hat.

Meine Mutter ist gut gelaunt. Sie freut sich sichtlich darüber, ihren Sohn zu sehen. Er erzählt irgendwas von seiner Schwester, der Sklaventreiberin, aber ich höre nur mit einem Ohr hin. Später kommt der Arzt ins Zimmer, verkündet, dass meine Mutter in einer Woche nach Hause darf, dass sie sich allerdings schonen muss. Dass ihr gebrochener Fuß und das Handgelenk Zeit brauchen werden. Dass die Rippenprellung von alleine verheilen wird. Er tauscht das Pflaster am Kopf aus, und mir wird heiß und kalt zugleich, als ich mir vorstelle, dass nicht viel gefehlt hätte, und die Sache wäre anders ausgegangen.

46

Lincoln

Man sagt, man muss am absoluten Tiefpunkt ankommen, bevor es wieder bergauf gehen kann. Glücklicherweise ist mir dieses Kunststück nun gelungen, denke ich voller Bitterkeit, als ich mich an diesem Morgen aus meinem Bett quäle. Wenigstens kann ich wieder klar denken und damit auch beginnen, zu retten, was zu retten ist. Während ich im Delirium an mein Bett gefesselt war, gab es Momente, in denen ich absolut klargesehen habe. Momente, in denen Frenzys Gesicht vor meinem inneren Auge auftauchte und ich wusste, mit ihr wird alles gut. Deswegen ist sie meine erste Priorität heute. Dann erst kümmere ich mich darum, Geld zu verdienen. Obwohl es mir davor graut, meine Gitarre anzufassen.

Ich sehe vermutlich furchtbar aus. Seit Tagen habe ich nicht geduscht, kaum etwas gegessen. Meine Lippen sind trocken und aufgesprungen, aber ich habe keine Zeit, mich herzurichten. Vor allem habe ich kein fließendes Wasser. Auch das muss warten. Ich strecke meinen Rücken durch, bis er knackt. Dann hänge ich mir meine Gitarre über die Schulter, steige auf mein Rad und fahre am Mississippi entlang in Richtung Garden District.

Die ganze Zeit über ist mir ein wenig flau im Magen. Ich hätte noch etwas essen sollen. Doch meine Entschlossenheit, diese erste Sache wieder hinzubiegen, ist stärker als der Hunger. Außerdem glaube ich ohnehin nicht, dass ich noch etwas hinunterbekommen hätte. Dafür bin ich zu nervös. Wie wird sie reagieren, wenn ich plötzlich vor der Tür stehe? Ist sie noch sauer? Habe ich es vermasselt? Oder – und das wäre das Schlimmste – will sie mich wirklich retten?

Ich parke mein Rad an einem Baum ein paar Meter vom Gartentor entfernt. Ich schlucke. Ich wische meine Hände an meiner Hose ab. Ich bin nervös. Mein Kopf ist leer. Ich nehme nichts um mich herum wahr. Nur mich selbst und meinen Körper, dessen ich mich auf einmal sehr bewusst bin. Das letzte Mal, als ich hier war, habe ich Victors Geheimnis gelüftet. Die Erinnerungen daran sind noch allzu präsent. Ebenfalls die Erinnerungen an Frenzys Ansage hinterher. An unsere gemeinsame Nacht in meinem Warehouse. In meinem *ehemaligen* Warehouse, korrigiere ich mich.

Bevor ich die Klingel betätigen kann, wird die Tür geöffnet.

»Junge! Schön, dich zu sehen. Ich muss dringend mit dir sprechen.« Hugo steht barfuß in der Tür und betätigt den Toröffner.

Ich bin ein bisschen perplex über so viel Begeisterung und gehe zögerlich den Steinpfad entlang und die Stufen hoch. Meine Beine sind noch etwas wacklig.

»Du meine Güte, wie siehst du denn aus?«, sagt Hugo, als er mich aus der Nähe sieht.

»War krank«, erwidere ich schulterzuckend. Ich blicke die Treppe nach oben, frage mich, wie lange Hugo mich diesmal hier unten festhalten wird, bis ich Frenzy endlich sehen kann. Mein Herz schlägt schnell, und die Sehnsucht in mir bringt mich fast um den Verstand.

»Kaffee?«, fragt Hugo.

Erst jetzt fällt mir auf, dass es nach Frühstück duftet. Mein Magen knurrt leise. Ich nicke, und Hugo reicht mir einen Becher.

»Ist sie …«

»Worüber ich mit dir sprechen wollte«, unterbricht mich Hugo. »Jasper.«

Oh. »Oh«, sage ich.

»Ich will ihn sehen.«

»Ich … ähm …«

»Kannst du das arrangieren?« Hugos Augen leuchten. »Wie du weißt, ist er mein Enkelsohn und ich … würde ihn gern kennenlernen.«

»Wir … ich … die Band …« Aus meinem Mund dringt nichts als Gestammel.

»Vielleicht könnte ich ja zu eurem nächsten Auftritt kommen?«, schlägt er vor.

»Das … wird schlecht gehen«, bringe ich nun doch hervor. »Die Band hat sich aufgelöst.«

»Was?«, fragt er, und ich bin seltsamerweise erleichtert, dass Frenzy es ihm nicht erzählt hat.

»Wir hatten einen Streit. Gerade sieht es nicht so aus, als würden wir in naher Zukunft noch mal auftreten.«

»Hm.« Hugo kratzt sich am Kopf.

»Aber wenn ich ihn sehe, kann ich ihm ausrichten, dass du gerne Kontakt aufnehmen würdest?«, schlage ich vor, um das Gespräch abzukürzen. Jede Sekunde, die ich Frenzy nicht sehe, verursacht mir körperliche Schmerzen.

»Das wäre sehr nett. Danke«, sagt Hugo. »Also, was kann ich für *dich* tun?«

Ich wundere mich über seine Frage. »Ich will zu Franzi«, sage ich stirnrunzelnd.

»Aber, Junge!« Hugo macht große Augen und kommt einen Schritt auf mich zu. »Sie ist nicht hier. Sie ist zurück in Deutschland!« Er streckt seine Hand nach mir aus, doch ich weiche einen Schritt zurück. Das kann nicht sein. Das darf nicht sein.

»W-was?«, frage ich, aber meine Stimme ist nichts als ein heiseres Flüstern. Meine Gliedmaßen wiegen auf einmal eine Tonne, und ich habe das Gefühl, meine Gehirnerschütterung kehrt zurück. Oder war sie nie weg?

»Sie ist vor ein paar Tagen nach Hause geflogen. Das wusstest du nicht?« Hugos Worte scheinen von ganz weit weg zu kommen. »Du solltest im Warehouse nachsehen. Wenn mich nicht alles täuscht, hat sie dir eine Nachricht hinterlassen.« Nichts von all dem, was er sagt, dringt in mein Bewusstsein, denn mein Bewusstsein ist an einem anderen Ort.

Ich gehe noch einen Schritt zurück und noch einen. Kurz suche ich im Türstock halt, weil ich drohe umzukippen. Dann tue ich das, was ich am besten kann. Ich verschwinde.

Man sagt, man muss am absoluten Tiefpunkt ankommen, bevor es wieder bergauf gehen kann. Und dann gibt es Punkte, die sind tiefer als jeder Tiefpunkt. Und von dort geht es nicht mehr bergauf.

47

Franzi

Während der nächsten Tage bereiten Adrian und ich das Haus für die Heimkehr unserer Mutter vor. Die Ablenkung tut gut. Körperlich aktiv zu sein ist das Einzige, was gegen die schmerzhafte Sehnsucht nach meinem Leben in New Orleans hilft. Und nach Link. Wenigstens weiß ich seit einer E-Mail von Hugo, dass es ihm gut geht. Aber nach wie vor hat er sich nicht bei mir gemeldet. Aus Hugo habe ich nicht viel herausgekriegt. Er hat geschrieben, Link hätte bescheiden ausgesehen und wäre schnell wieder abgehauen. Typisch Link, dachte ich in dem Moment. Kurz wurde ich wieder wütend, doch wenn ich jetzt an ihn denke, verkrampft sich mein gesamtes Inneres zu einem festen, schmerzhaften Knäuel, das bewirkt, dass ich nicht mehr atmen, sondern nur noch weinen kann.

Und damit nicht genug. Jedes Mal, wenn ich nach draußen gehe, ob zum Supermarkt oder zum Blumenladen, ob ich Bus fahre oder zu Fuß gehe, fühle ich mich merkwürdig unfrei.

Sechs, denke ich.

Lara ist in diesen ersten Tagen und auch in den weiteren Wochen eine ungeheure Stütze. Sie ist immer da, gut gelaunt und hilft, wo sie kann. Adrian ist aus seiner Trance erwacht und packt mit an. Er geht einkaufen und kocht Nudeln mit Tomatensoße, wenn man ihm eine Zwiebel schneidet. Mama macht Fortschritte. Wir haben ihr ein Bett im Wohnzimmer aufgebaut, sodass sie keine Treppen gehen muss. Aber lange können wir sie nicht davon abhalten, aufzustehen.

Nach drei Wochen Bettruhe beginnt sie durch die Gegend zu humpeln. Nach fünf Wochen ist sie schon wieder ziemlich agil. Und nach sechs Wochen scheint zumindest ihr Handgelenk wieder relativ funktionstüchtig zu sein.

Ich allerdings merke, wie ich in alte Muster verfalle. Bloß nicht auffallen, bloß niemandem die Möglichkeit geben, Anstoß an mir zu nehmen. Es ist, als wäre ich hier nur ein Schatten meiner selbst. So, wie ich früher nur ein Schatten meiner selbst war.

Sieben, denke ich, denn mir fehlt Frenzy. Mir fehlt ihr Selbstbewusstsein, der Spaß, den sie am Leben hatte, wenn sie sie selbst sein konnte. Ich weiß nicht, ob all das einzig in meinem Kopf passiert, aber ich weiß auch, dass unsere Nachbarn die Polizei rufen würden, beschallten wir die Gegend mit Jazzmusik. Und ich weiß, dass sie die Nase rümpfen würden, sähen sie mich vor der Tür mit einem fremden Kerl knutschen.

Acht, denke ich, und in meinem Kopf festigt sich ein Plan.

Nachts liege ich wach und denke an Link. Mein ganzer Körper brennt vor Sehnsucht. Und ich versuche mir jede Kleinigkeit in Erinnerung zu rufen. Den Klang seiner Stimme, das Gefühl seiner Berührungen, seinen Duft, seinen Geschmack. Ich denke an meine Hände auf seiner Haut, und es ist, als würden meine Finger ein genaues Bild von ihm zeichnen. Sie kennen jeden Millimeter seines Körpers, erinnern sich an ihn. Entfachen Glückseligkeit, gepaart mit einem unbändigen Schmerz in mir. Lassen erneut Glücksbläschen in mir aufsteigen, doch sie verschwinden wieder, sobald mir bewusst wird, wo ich bin. Ich kann die Ungewissheit kaum ertragen. Und Einsamkeit in der Dunkelheit fällt mir besonders schwer.

Als ich mich eines Abends mit Lara in der Stadt treffe, lasse ich endlich einmal alles raus. Ich erzähle ihr von den Punkten eins bis acht, von den letzten Tagen in New Orleans. Mit Lara muss ich nicht stark sein. Wir sitzen in einer Cocktailbar, nippen an viel zu süßen Drinks, und sie hört mir zu, während immer mal wieder eine Träne meine Wange hinabkullert.

»Du solltest zurückgehen«, sagt sie, als ich geendet habe. »Das hier tut dir nicht gut. Das bist nicht mehr du.«

»Wie meinst du das?«, frage ich.

»Du bist rausgewachsen. Zu Hause bleibt zwar zu Hause, aber du bist hier nicht mehr glücklich. Du versuchst, die Franzi zu sein, die du warst, als du weggegangen bist. Weil du denkst, hier ist kein Platz für die neue. Und vielleicht stimmt das sogar, ich weiß es nicht. Fakt ist jedenfalls, Link hin oder her, du bist glücklicher woanders.«

Ich weiß, dass sie recht hat. Ich habe es selbst gespürt. Das hier, das passt irgendwie nicht mehr zu mir.

Als ich an diesem Abend an der roten Ampel neben der Bushaltestelle in unserem totenstillen Wohnviertel stehe und friere, wird mir klar, dass ich mich noch nie so albern gefühlt habe wie in diesem Moment. Weit und breit ist niemand zu sehen. Um diese Zeit herrscht hier kein Verkehr. Und trotzdem stehe ich mir die Beine in den Bauch, warte, bis es grün wird.

Neun, denke ich, denn ich habe für mich beschlossen, dass ich an einem Ort leben will, an dem Verhältnismäßigkeit wichtiger ist als Regeln. An dem man kein Bußgeld zahlt, wenn man über rot geht. An dem ich mich traue, ich zu sein.

48

Lincoln

Ich kann mich nicht mehr daran erinnern, wie es mir gelungen ist, aber ich kam irgendwann bei meinen Eltern an. Ich legte mich aufs Sofa im Wohnzimmer und blieb dort. Charlie und Con stellten keine Fragen. Sie sorgten dafür, dass ich genug Flüssigkeit zu mir nahm und ab und zu einen Happen aß. Und dann riefen sie irgendwann Bonnie an. Ob eine oder zwei Wochen vergangen waren, kann ich nicht sagen, ich weiß nur, dass ich aufwachte und Bonnie mit den Händen in die Seiten gestemmt über mir stand. Sie boxte mich so fest in die Schulter, dass ich aufstöhnte, und ich erinnere mich noch an den Gedanken, dass nun Jasper *und* Bonnie mir gegenüber handgreiflich geworden waren.

Seither kommt sie jeden Tag. Ich sage nicht viel, sie erzählt von Lula und ihrer Mom. Von Gigs, die sie spielt. Ich bin wie gelähmt und kann an nichts anderes denken als daran, dass ich alles kaputt gemacht habe. Ich habe After Hours zerstört, ich habe Frenzy vertrieben. Alles, was mein Leben lebenswert gemacht hat, ist fort. Und niemand außer mir hat Schuld daran. Aber ich spreche es nicht aus. Denn wenn ich es ausspreche, existiert diese Schuld auch außen. Solange sie nur in mir ist, dreht sich die Welt wenigstens weiter.

Doch dann ändert sich alles.

»Dein Anblick macht mich fertig«, sagt Bonnie eines Tages. Ich habe mich zur Abwechslung aufgesetzt. Offenbar spornt es sie an. »Jasper ist unerträglich. Curtis ist unerträglich. Aber am schlimmsten bist du. Krieg dich in den Griff. Auf das hier«, sie deutet wild gestikulierend auf mich, »habe ich keine Lust mehr.«

»Wow«, sage ich etwas überrumpelt.

»Ich meine es ernst, Schwachkopf. Du hast lange genug herumgelegen und Trübsal geblasen. Hier ist deine Gitarre.« Sie legt sie neben mich aufs Sofa. »Schreib einen Song drüber. Und dann werd' erwachsen und stell dich deinen Problemen.«

Sie rauscht zur Tür raus. Ich blinzle ein wenig verwirrt, versuche, meine Gedanken zu sortieren. Neben dem Sofa steht eine Flasche Wasser, und ich nehme einen Schluck. Dann noch einen und noch einen. Schließlich leere ich sie in einem Zug. Danach setze ich mich auf.

»Charlie? Con?«, rufe ich.

»Link?« Charlies Stimme dringt aus der Küche zu mir. Es duftet nach Essen. Einen Moment später rollt sie ins Wohnzimmer. »Du sitzt«, stellt sie fest.

Ich räuspere mich. »Ich … Es …«

»Geht's dir besser?«, fragt sie. »Ich koche Gumbo.«

»Ich glaube, mir geht's besser«, sage ich leise. Bonnies Worte haben Spuren hinterlassen. Mein Kopf rattert. *Schreib einen Song darüber.* Auf einmal fällt es mir wie Schuppen von den Augen. Denn das habe ich bereits. Ich habe einen Song. Und der Text formt sich in meinem Kopf. Formte sich über die letzten Wochen.

»Hast du einen Zettel und einen Stift für mich?«, frage ich.

»In der obersten Schublade«, sagt sie und nickt in Richtung Schrankwand.

Ich erhebe mich leicht schwankend.

»Gott, bist du dünn«, sagt Charlie. »Tust du mir einen Gefallen und isst heute was?«

»Okay«, sage ich und bleibe einen Moment unschlüssig mit Block und Stift vor ihr stehen. Dann: »Es tut mir leid, Mom.«

»Ist schon in Ordnung«, sagt sie. »Manchmal haut es den Stärksten um.«

Ich schlucke und drücke ihre Hand.

»Ihr hört mir jetzt zu. Alle beide. Curtis, du auch, wenn du willst, aber für dich ist es optional.« Bonnie steht am Kopfende des Esstischs in ihrem Wohnzimmer. Lula und Annabella hat sie nach draußen geschickt. Jasper sitzt mir schräg gegenüber, den Blick starr auf die Tischplatte gesenkt. Ich schaue von Curtis zu Bonnie und von Bonnie zu Jasper. Mein kaputtes Herz findet bei ihrem Anblick Trost. Auch wenn ich weiß, dass das hier vollkommen schiefgehen kann.

»Was wir hatten, war einzigartig. Wir hatten Sound, wir hatten Ideen. Wir waren so gut, dass wir im *Palace of Sound* hätten spielen können. Wenn ich daran denke, wie wenig gefehlt hat, kriege ich Lust, eure Köpfe zu nehmen und sie gegeneinanderzuschlagen. Aber ich tue es nicht. Hörst du, Jasper? Ich tue es nicht, weil ich besser bin als das. Und weil mir das, was wir hatten, etwas bedeutet. Weil *ihr* mir etwas bedeutet. So bescheuert ihr auch seid.«

Jasper schüttelt den Kopf, und ich kann ein Schnauben nicht unterdrücken.

»Möchtest du etwas sagen, Hughes?«, fragt Bonnie. Wenn sie angepisst ist, nennt sie uns beim Nachnamen. Wie unsere Lehrer früher.

»Ich erinnere mich nur noch sehr gut daran, wie du mir in die Schulter geboxt hast, das ist alles«, sage ich.

»Weil du das nötig hattest.« Mehr hat sie zu dem Thema nicht zu sagen. »Ich will - nein, ich verlange, dass ihr euch die Hand reicht.«

»Er hat mich mit der Faust ins Gesicht geschlagen«, sage ich, und nun ist es an Jasper zu schnauben.

»Und du hast ihn belogen, bla, bla, bla. Schwamm drüber, weiter geht's«, sagt Curtis. »Ihr benehmt euch wie kleine Kinder. Ich wette, Weston würde so einen Konflikt besser lösen.«

»Ich habe es für Blythe gemacht«, sage ich leise.

»Wie bitte?« Jasper blickt zum ersten Mal an diesem Nachmittag auf und mir direkt in die Augen. Erst jetzt sehe ich, dass sie dunkel umrandet sind.

»O Gott«, stöhnt Bonnie.

»Nein, warte.« Jasper hebt die Hand. »Was hast du gesagt?«

»Ich ...« Auf einmal spüre ich die komplette Last der letzten Wochen auf meinen Schultern. »Ich habe es Blythe versprochen.«

»Was hast du ihr versprochen?« Jaspers Stimme klingt drohend. Oder verzweifelt. Ich kann es nicht sagen. So fremd ist er mir gerade.

»Kurz vor ihrem Tod.« Ich schlucke. »Sie hat mich gebeten, auf euch aufzupassen. Für euch zu sorgen.« Meine Stimme bricht, und ich räuspere mich. »Ich habe es für sie getan.«

Jasper vergräbt das Gesicht in seinen Händen. Für einen Moment herrscht absolute Stille. Dann beginnen seine Schultern zu beben.

»Komm schon, Alter«, sagt Curtis und klopft ihm fest auf den Rücken.

Unter seinen Händen stößt Jasper ein merkwürdiges Geräusch aus. Es ist eine Mischung aus Schluchzen und Lachen, und Bonnie und ich werfen uns verwirrte Blicke zu.

»Jasper?«, fragt Bonnie nach einer Weile. »Ist alles in Ordnung?«

»Sorry«, sagt er, wischt sich mit den Handflächen über das Gesicht und blickt uns aus roten Augen an.

»Du hast in den letzten Wochen nicht viel Schlaf gekriegt, oder?«, fragt Curtis.

»Nicht wirklich.«

»Ist damit alles gesagt?«, fragt Bonnie. »Können wir weitermachen?«

»Nein«, antwortet Jasper, und meine Eingeweide sacken einen halben Meter nach unten. Ich hatte tatsächlich Hoffnung. »Ich würde gern mit Link unter vier Augen sprechen.«

Bonnie packt Curtis unsanft am Arm. Sie nimmt heute wirklich keine Gefangenen.

Als wir allein sind, sieht Jasper mich erneut an. Er räuspert sich, senkt den Blick, hebt ihn wieder. Ich habe keine Ahnung, was er mir sagen will, und die Sorge, dass es zwischen uns nie wieder so wird, wie es mal war, schnürt mir die Luft ab.

»Es tut mir leid«, sagt er dann leise. »Es tut mir so leid, Link. Du bist mein bester Freund. Du bist wie ein Bruder für mich. Und ich habe dich … Ich hätte nie …«

»Ist schon in Ordnung«, höre ich mich sagen, während die Welt um mich herum zu vibrieren scheint. Das hier ist gut. Das ist alles, was ich immer wollte. Die Band. Meine Freunde.

»Es ist nicht in Ordnung. Mir ist eine Sicherung durchgebrannt. Ich habe mich wie der letzte Versager gefühlt.«

»Du bist alles andere als ein Versager.«

»Na ja …«

»Du bist ein fantastischer Pianist, du bist ein toller Dad. Du bist mein bester Freund«, sage ich. »Und mir tut es leid, dass ich dich belogen habe.«

»Aber du hast es für Blythe getan.«

»Ja …«

»Außerdem … Ich glaube, ich habe immer geahnt, dass irgendwas nicht stimmen kann mit dem Geld. Aber ich war selbst zu feige, es anzusprechen. Und ich hätte nie gedacht, dass du allein …« Er reibt sich mit den Handballen über die Augen.

Kurz schweigen wir.

Dann sagt Jasper: »Danke.«

Weil mir nichts anderes einfällt, bücke ich mich nach meiner Gitarre. »Ich habe den Song fertiggeschrieben.«

»Ernsthaft?« Jaspers Augen leuchten.

»Er heißt *Frenzy.*«

»Natürlich heißt er so. Zeig ihn mir!«

Von den ersten Takten unseres neuen Songs angelockt, kehren Bonnie und Curtis ins Wohnzimmer zurück. Sie setzen sich an den Tisch und hören zu. Bonnie schließt die Augen, Curtis klopft mit den Daumen einen leisen Takt auf den Tisch. Als ich geendet habe, applaudieren sie.

Wir verabreden uns zur Bandprobe. Bonnie und ich wollen außerdem im *Cat's Cradle* vorbeigehen, um Mikey zu überreden, uns wenigstens einen unserer Slots wiederzugeben. Das wird ein hartes Stück Arbeit werden, aber er wird es nicht bereuen. Und wir werden eine neue Chance bekommen, den Durchbruch zu schaffen. Darüber sind wir uns alle einig.

Als ich zu meinem Fahrrad gehe, fällt mir auf einmal etwas ein. Etwas, das Hugo gesagt hat. Zumindest glaube ich es. Hat Frenzy in meinem alten Warehouse etwas für mich hinterlassen? Es könnte auch ein Traum gewesen sein, doch auf jeden Fall muss ich der Sache nachgehen.

Bitte ruf mich an, Link. Ich liebe dich.

Mit Bleistift hat sie diese Nachricht an einen der Ziegelsteine geschrieben, dorthin, wo früher das Bett war. Darüber steht eine Telefonnummer, die ich nun mit zitternden Fingern in Cons altes Handy eintippe. Es ist das, was die Kids in Tremé ein Drogendealer-Handy nennen. Ein Prepaid-Phone ohne Internet. Aber es erfüllt seinen Zweck.

Ein einziger Gedanke geht mir dabei durch den Kopf: Sie ist nicht meinetwegen abgereist. Kurz zögere ich, bevor ich auf den grünen Hörer drücke. Es sind nun Wochen vergangen. Wochen, in denen ich mich bei ihr hätte melden sollen. Wochen, in denen sie sich wieder in ihr Leben in Deutschland gefügt hat. Wochen, in denen sie mich vielleicht vermisst hat. Aber tut sie es noch?

Ich streiche mit der Hand über ihre Schrift an der Wand. Hier stand sie. Traurig. Vermutlich verzweifelt, weil ich weg war. Ich kann mir kaum ausmalen, was sie gefühlt haben muss. Und doch hat sie mir eine Nachricht hinterlassen.

Entschlossen drücke ich auf den Knopf mit dem grünen Hörer. Der nächste Punkt auf meiner Liste ist, die Tastentöne auszuschalten. Aber erst will ich ihre Stimme hören. Will ihr alles erklären. Ich räuspere mich, als das Freizeichen ertönt. Einmal, zweimal.

»Hallo?« Die Stimme klingt verzerrt. Klingt tief. Zu tief. »Hallo? Wer ist da?« Kein Zweifel, es ist eine Männerstimme.

49

Franzi

»Dein Handy klingelt«, ruft Adrian aus der Küche.

»Kannst du kurz drangehen?« Es ist ohnehin nur Lara. Und ich habe die Hände voll mit Wäsche.

»Hallo? Hallo? Wer ist da?«, höre ich Adrian sagen. *»Hello? Who is this?«*

Ich lasse sofort die Wäsche fallen und sprinte in die Küche.

»Hello? … Aufgelegt«, sagt Adrian und reicht mir das Handy. »Irgendein Kerl. Aus Amerika, schätze ich.«

»Was? Wer?« Mein Herz rast.

»Hab den Namen nicht verstanden. Die Verbindung war ziemlich schlecht. Klang wie Link oder so.«

Link hat angerufen! Er hat mich angerufen! Ich öffne hektisch die Anrufliste – und mein Herz sackt nach unten. Der letzte eingehende Anruf kam von einer unterdrückten Nummer. Das darf doch nicht wahr sein!

»Er ruft sicher wieder an. Wer war das überhaupt? Du hast nichts von einem Link erzählt.«

»Er ist …« Ich kann nicht glauben, dass ich Adrian habe an mein Handy gehen lassen. Dass ich in dem Moment, in dem er sich endlich bei mir meldet, mein Telefon nicht bei mir hatte. Dass er jetzt vermutlich denkt, ich hätte einen anderen. Tränen brennen in meinen Augen. »Er war mein Freund.«

»Wie bitte?« Adrian hat die Augen weit aufgerissen. »Du hast einen Freund?«

Ich nicke und lasse den Tränen zum ersten Mal, seit ich wieder in Deutschland bin, freien Lauf.

»Was ist mit dir?«, fragt Adrian und legt unbeholfen seine Hand auf meine Schulter. »Vermisst du ihn so?«

Ich nicke wieder und vergrabe mein Gesicht an Adrians Brust.

»Dann flieg doch einfach wieder hin.«

Wenn Adrian es sagt, klingt es so einfach. Aber dann muss ich meine Mutter mit ihm allein lassen. Und ich weiß ja nicht einmal, ob Link und ich noch zusammen sind.

»Ich weiß, du hältst mich für einen Trottel«, sagt Adrian. »Und vielleicht bin ich das auch. Aber sogar ich sehe, dass es dir nicht gut geht.«

»Das ist keine große Kunst«, erwidere ich und versuche mich an einem Lachen, das klingt wie ein Schluchzen. »Ich heule ja schließlich.«

»Aber auch vorher schon. Du bist ganz anders als früher. Du bist viel … cooler. Dir hat die Zeit drüben richtig gutgetan.«

Zehn, denke ich. Und dann sage ich es laut. »Zehn.« Denn ich weiß, ich muss zurück.

Meine Mutter sitzt mit einem Buch auf dem Sofa, blickt allerdings sofort auf, als ich den Raum betrete. Wie zum Schutz habe ich die Arme um mich geschlungen. Ich räuspere mich.

»Ich muss mit dir reden, Mama.« Und dann beginne ich zu erzählen. Von der Art und Weise, wie New Orleans mich verändert hat. Wie es mich stärker, selbstbewusster, zu mir selbst gemacht hat. Wie eingeengt ich mich hier fühle und dass ich mir ein Leben in Deutschland zumindest im Moment nicht vorstellen kann. Und ich erzähle von Link. Von einer Liebe, die so groß ist, dass ich nie gedacht hätte, sie einmal erleben zu dürfen.

»Und deswegen«, schließe ich, »werde ich zurückgehen. Sobald du allein zurechtkommst.«

Einen quälend langen Augenblick sieht sie mich einfach nur an. Dann: »Bist du sicher?«

»Absolut sicher. Ich bin schon längst bei zehn angelangt, Mama.«

»Deine Zukunft …« Sorge spricht aus ihrer Stimme.

Ich würde ihr so gerne versprechen, dass alles gut wird. Dass es nichts gibt, wovor sie sich fürchten muss. Aber das kann ich nicht. Denn wenn ich ehrlich bin, bin ich selbst schrecklich nervös.

»Was die Zukunft bringt, kann keiner von uns wissen. Ich nicht und du auch nicht. Ich will den Moment, verstehst du? Den perfekten Moment. Ich will ihn am liebsten für immer. Und wenn das nicht geht, dann eben so lange wie möglich.«

»Ich habe Angst, Franzi.«

Ich nicke, mache einen Schritt auf sie zu und gehe vor ihr in die Hocke. »Ich auch«, gebe ich zu. »Aber ich habe noch mehr Angst davor, nicht glücklich zu sein. Das Leben ist zu kurz, um nicht glücklich zu sein.«

Sie schenkt mir ein vorsichtiges Lächeln. »Wann ist meine Tochter nur so erwachsen geworden?«, fragt sie und schluckt. »Und so … weise?«

»Als sie angefangen hat, sich Dinge zuzutrauen, glaube ich.«

Wir umarmen uns lange, und ich gebe meiner Mutter unzählige überflüssige Versprechen: Ich werde auf mich aufpassen, sie auf dem Laufenden halten, ihr Link über Skype vorstellen, sofort zurückkehren, wenn ich zur Vernunft komme (darauf folgt eine kurze Diskussion). Sie wird mich besuchen und sich davon überzeugen, dass es mir gut geht. Und, und, und.

Der nächste Schritt wird sein, mich damit auseinanderzusetzen, welches Visum ich beantragen kann, sobald das jetzige abgelaufen ist. Und endlich fühlt es sich wieder an wie ein Schritt in die richtige Richtung. Ein Schritt hin zu Frenzy und weg von Franzi. Denn es ist ein Schritt in Richtung Leben. Und ein Schritt in Richtung Link.

50

Lincoln

»Link?«, fragt Bonnie. »Denkst du, du wärst bereit, *Frenzy* am Mittwoch zu singen?«

Wir sind in unserem Proberaum und diskutieren gerade die Setlist für unseren Auftritt. Mikey hat uns immerhin den Mittwochsslot zurückgegeben. Den Montag wird er uns auf lange Sicht wieder freischaufeln. Aber erst einmal muss ein Tag pro Woche reichen.

Alle Augen sind auf mich gerichtet. Ich verstehe, warum Bonnie besorgt klingt. Und warum sich zwischen Jaspers Brauen eine kleine Falte gebildet hat.

»Ich … ich glaube schon«, sage ich. Obwohl der Song sehr emotional für mich ist, will ich, dass unser Gig perfekt wird. Und *Frenzy* ist die perfekte Ergänzung zu unserem Repertoire, darin sind wir uns alle einig.

»Bist du sicher?« Selbst Curtis blickt mich mitleidig an.

»Leute«, beruhige ich sie, »keine Panik. Wenn ich sage, ich kann ihn singen, dann stimmt das auch.«

»Du hast gesagt, du glaubst …«

»Ja, Bonnie, ich weiß. Und jetzt sage ich, ich kann ihn singen.«

Seit meinem Versuch, sie anzurufen, habe ich mir Mühe gegeben, Frenzy aus meinen Gedanken fernzuhalten. Es ist schwer genug, jeden Morgen aufzustehen, auch ohne dass sie im Wachzustand in meinem Kopf herumgeistert. In Momenten, in denen meine Vernunft die Oberhand hat, frage ich mich, ob das wirklich ihr neuer Freund war, der an ihr Handy gegangen ist. Ob die Sache zwischen uns ihr wirklich so wenig bedeutet hat. Dann wiederum erinnere ich mich daran, dass *ich* derjenige war, der sie weggestoßen hat. Und schließlich verbiete ich mir, an sie zu denken. Die Schmerzen sind zu groß.

Wenigstens habe ich etwas, wofür ich kämpfen kann. Inmitten meiner besten Freunde Musik zu machen ist das größte Geschenk. After Hours kehren in einer Woche zurück auf die Bühne, und darauf sollte ich meine komplette Konzentration richten.

»Jasper hat erzählt, du hast gestrichen?«, fragt Bonnie und blickt von ihrem Zettel auf, auf dem sie die Reihenfolge unserer Songs notiert hat. *Frenzy* steht ganz am Ende.

Ich nicke. »Ja, es sieht inzwischen schon beinahe wohnlich aus«, sage ich.

»Weston und Maya lieben es, dass du jetzt immer da bist. Und ich liebe es, dass ich einen Babysitter auf Abruf habe.« Jasper grinst mich an, und ein warmes Gefühl durchflutet meinen Körper. Es ist nicht diese Glückseligkeit, die ich mit Frenzy verspürt habe, aber es ist so etwas wie Geborgenheit. Und fürs Erste ist das genug. Vielleicht gehe ich eines Tages noch mal bei Hugo vorbei. Einfach nur, um herauszufinden, ob es ihr gut geht. Um abschließen zu können mit diesen wunderbaren Monaten, die wir hatten.

Auf dem Weg nach Hause laufen Jasper und ich erst eine Weile schweigend nebeneinander.

»Du bist okay, oder?«, fragt er irgendwann.

»Ja.«

»Du würdest mir doch sagen, wenn es anders wäre?«

Ich lache leise. »Vermutlich nicht. Aber mir geht's gut. Und alles, was gerade noch nicht okay ist, wird mit der Zeit.«

Wir laufen durch die nächtlichen Straßen Tremés, dieses Viertels, in dem die afroamerikanische und kreolische Kultur so lebendig ist wie sonst nirgendwo. Hierherzuziehen fühlte sich an wie Heimkehren.

»Bonnie sah hübsch aus heute«, sagt Jasper dann.

»Bonnie sieht immer hübsch aus«, gebe ich zurück, aber innerlich, ich weiß auch nicht, keimt auf einmal Hoffnung auf.

»Sie ist verflucht stark.«

»Das ist sie.« Jasper ahnt nicht einmal, wie stark sie in Wahrheit ist.

»Wie sie mich dazu gebracht hat, mich mit euch allen an einen Tisch zu setzen … Ich hatte beinahe Angst. Dabei denken die Leute immer, Curtis sei derjenige, vor dem man Angst haben müsste.« Er lacht.

»Sie hat mich so fest in die Schulter geboxt, dass ich einen fetten, blauen Fleck hatte. Aber ich schätze, wir hatten es verdient.«

»Ich schätze auch.«

Wenig später sperrt Jasper die Haustür auf. Drinnen riecht es vertraut.

»Soll ich die Kinder morgen von meinen Eltern abholen?«, frage ich, denn Weston und Maya bleiben über Nacht dort, weil wir nicht wussten, wie lange die Bandprobe dauern würde. »Ich wollte ohnehin mal wieder bei ihnen vorbei.«

»Klar, dann gerne.« Er lächelt. »Gute Nacht, Link.«

»Gute Nacht, Jasper«, erwidere ich und gehe an Jaspers Schlafzimmer vorbei und durch die Küche hindurch nach draußen in den Garten.

51

Franzi

Zum zweiten Mal in meinem Leben laufe ich auf das »Nichts zu verzollen«-Schild am Louis-Armstrong-Flughafen zu. Mein Herz schlägt heute so schnell wie letzten März, doch aus anderen Gründen. Heute muss ich nicht zählen. Heute muss ich meine Schritte ein wenig bremsen, um die Menschen vor mir nicht umzurennen.

Ich nehme kaum Notiz von den Beamten, die ohnehin mehr mit sich selbst als mit den Reisenden beschäftigt sind. Stattdessen recke ich jetzt schon meinen Kopf, um nach draußen zu spähen. Aber es ist hoffnungslos. Die Absperrung ist zu hoch.

Als ich endlich die Sicherheitszone verlasse, sehe ich sie sofort. Faye und Hugo. Sie stehen nebeneinander. Hugo trägt ein ungebügeltes Hemd und seine beste Hose, während Faye … irgendwie lässiger aussieht. Sie ist nach wie vor schick in ihrem figurbetonten Strickkleid, aber die Haare hat sie zu einem lockeren Knoten nach oben gebunden. Und ihr Gesicht wirkt wunderbar entspannt.

»Franzi!«, ruft sie und rennt mir entgegen.

Wenige Sekunden später fallen wir uns in die Arme. Sie drückt mich fest an sich, und ich atme den wunderbaren Duft ihres französischen Shampoos ein.

»Es ist so schön, dich wieder hier zu haben!«, sagt sie und schiebt mich dann eine Armlänge von sich, um mich zu betrachten. »Gott sei Dank, du bist immer noch dieselbe.«

Beinahe will ich ihr widersprechen, weil der Unterschied zwischen mir heute und mir letzten März meiner Meinung nach unübersehbar ist. Aber dann fällt mir ein, dass sie mich vermutlich mit der Version von mir vergleicht, die vor zwei Monaten nach Deutschland geflogen ist.

»Gut, dass du endlich wieder da bist«, grummelt Hugo neben uns. »Fayes Geplapper muss auf mehrere Ohrenpaare verteilt werden.«

Faye seufzt gespielt theatralisch, aber man merkt sofort, dass die Stimmung zwischen den beiden eine ganz andere ist als damals.

»Kann ich dir was abnehmen?«, fragt Hugo, und ich will ihm schon meinen großen Koffer geben, doch er schüttelt den Kopf. »Bin immer noch ein alter Mann. Gib mir den Rucksack.«

Ich muss lachen. Die Erleichterung darüber, hier zu sein, eine Entscheidung getroffen zu haben. Meine Freunde wiederzusehen und ein Leben zu leben, das mich hoffentlich glücklich machen wird, ist so übermächtig, dass ich nicht anders kann, als zu glucksen.

»Ich sitze vorne«, sagt Hugo auf dem Weg zum Auto. »Ich übernehme nämlich jetzt die musikalische Kontrolle.«

Faye hakt sich bei mir unter, und zu dritt gehen wir federnden Schrittes zum Auto.

Es ist deutlich kälter als im Frühling. Die Anzeige in Fayes Wagen sagt einundfünfzig Grad Fahrenheit an, was elf Grad Celsius entspricht. Ich bin froh, dass Faye mir geraten hat, eine Jacke anzuziehen.

Die Fahrt kommt mir vor wie ein Traum. Hugo legt eine CD von Jelly Roll Morton ein, und ich lausche der Musik, Fayes vergnügtem Geplapper und Hugos Grunzen, das nun jedoch nicht mehr verächtlich ist, sondern einfach eine Macke.

»Victor war ein paarmal da«, erzählt sie. »Erst, um zu jammern, dann, um zu betteln. Aber er hat gemerkt, dass er bei mir auf Granit beißt. Hätte nie gedacht, dass ich so standhaft sein kann.« Sie wirft einen Blick in den Rückspiegel, wie um sich zu vergewissern, dass ich zuhöre. Doch das tue ich. Hänge geradezu an ihren Lippen. »Vor zwei Wochen kam er mit Umzugsleuten, die sein Büro leer geräumt haben.«

»Wie geht's dir damit?«, frage ich.

»Wunderbar!«, sagt Faye und lächelt mich aus dem Rückspiegel an. »Ich habe mir überlegt, dass ich vielleicht doch noch anfange, als Lehrerin zu arbeiten. Ich bin gut im Marketing, aber meine Leidenschaft waren immer die Kinder.«

Ich schlucke, als mir einfällt, dass sie selbst gern welche hätte. Hoffentlich klappt es, ich würde es ihr so sehr wünschen.

»Und wie geht es dir damit, Hugo?«, fragt Hugo.

»Bitte entschuldige«, beeile ich mich zu sagen. »Wie geht es dir damit, Hugo?«

»Er fehlt mir«, sagt er und bringt seine Stimme zum Zittern. »Er fehlt mir so sehr!«

»Du bist unmöglich.« Aber Faye lacht trotzdem. Und ich mit.

Als wir endlich den Highway verlassen und in den Garden District abbiegen, geht mir das Herz auf. Ich will lachen und weinen gleichzeitig, so wohl fühle ich mich hier.

Vor Fayes Haus fällt mir auf einmal etwas ein.

»Weißt du, was, Hugo? Du hast mir nie die Geschichte über das Feenhaar erzählt.«

»Meine Altherren-Geschichte?« Er zwinkert Faye zu und lacht leise. »Einer Legende nach handelt es sich um das Haar einer Prinzessin. Am Tag ihrer Hochzeit wurde sie von Feinden getötet. Und der trauernde Bräutigam, der arme Kerl, hat es abgeschnitten und an einen Baum gehängt.« Er sieht mich an, forscht, ob es mich auch wirklich interessiert. Und das tut es. »Der Wind hat ihr Haar dann fortgetragen und über das ganze Land verteilt.«

»Das ist eine schöne Geschichte«, sage ich.

»Finde ich auch«, pflichtet Faye mir bei. »Und was für ein Glück, dass wir nie die Genehmigung bekommen haben, die Lebenseiche zu fällen.«

Hugo und ich werfen uns einen Blick zu. Im Geiste beschwöre ich ihn, nichts zu sagen, weil ich keine Ahnung habe, wie Faye reagieren wird, wenn sie erfährt, dass ich sie belogen habe. Baumrettung hin oder her.

»Ähm, ja …«, beginnt Hugo, und ich weiß, dass ich keine Chance habe. Er wird es ihr sagen. »Also, das könnte meine Schuld sein.«

»Deine Schuld?«, fragt Faye.

»Ich habe den Antrag zerrissen.«

Faye bleibt der Mund offen stehen, und ihre Augen sind so weit aufgerissen, dass man meinen könnte, sie würden ihr jeden Moment aus dem Kopf purzeln. »Was?«, fragt sie.

»Ich habe die Sache in die Hand genommen.«

»Tut mir leid, Faye«, mische nun ich mich ein. »Ich hätte es dir erzählen müssen.«

Doch in diesem Moment beginnt Faye zu lachen. Ihr hohes, beinahe mädchenhaftes Lachen. »Großartig«, bringt sie unter einiger Anstrengung hervor. »Ihr zwei … seid einfach großartig.« Sie wischt sich Lachtränen aus den Augen. Dann kommt sie auf uns zu und zieht uns beide gleichzeitig in eine Umarmung. »Ich danke euch.«

Hugo ist der Erste, der sich aus ihrem Arm windet. »Müssen wir hier in der Kälte stehen?«, fragt er. Er wird ein wenig rot im Gesicht, wie ich sehe. »Muss ja einen Vorteil haben, dass wir in einem so absurden Haus wohnen. Und der heißt Heizung.« Er schnappt sich nun doch meinen schweren Koffer und wuchtet ihn die Stufen zur Haustür hinauf. Dann dreht er sich zu uns um. »Kommt ihr? Ich habe uns ein freches Weinchen kaltgestellt.«

52

Lincoln

Heute ist es endlich so weit. Wir sind zurück auf der Bühne im *Cat's Cradle.* Die Stimmung flirrt, der Laden ist voll, obwohl die Touristensaison Anfang Dezember längst vorbei ist. Mikey grinst hinter der Bar, als wir mit dem Soundcheck fertig sind. Ich fühle mich gut. Ich fühle mich stark. Die letzten zwei Monate waren anstrengend, sie haben mir alles abverlangt, aber ich habe meine Band zurück. Meine Familie. Dass im Leben nicht alles so läuft, wie man es sich wünscht, habe ich von klein auf gelernt, und so kehre ich zurück zu meiner Devise, für den Moment zu leben.

Dort, wo Frenzy war, ist nach wie vor ein schwarzes Loch in meiner Seele. Ein Schmerz, der nicht weniger werden will, egal, wie viel Zeit vergeht. Aber ich genieße ihn, denn er ist Zeugnis von etwas Wunderbarem. Etwas, das war, etwas, das hätte bleiben sollen. Diesen Schmerz versuche ich, in meine Musik zu kanalisieren. Etwas daraus zu erschaffen. Mich neu zu erschaffen, auch wenn es in manchen einsamen Nächten unerträglich ist. Auch wenn es mir manchmal leichter erscheint, mir das Herz aus der Brust zu schneiden, um wieder atmen zu können.

Wir beginnen das erste Set. Unser Sound ist wie früher und doch anders. Gereift. Schwermütiger. Oder bin nur ich es? Meine Stimme ist stark, und mir kommt es vor, als würde sie beben. Ich schließe die Augen, atme tief ein und suche mir einen Kopf in der Menge. Keinen bestimmten, einen Alibi-Kopf, dem ich ein Lächeln schenken kann. Ein sexy Lächeln, das der Menge Spaß macht, auch wenn ich es nicht fühle. Noch nicht. Es wird ein paar Monate dauern. Jahre vielleicht. Wenn eine große Liebe stirbt … Ich blicke zu Jasper, dessen Liebe tatsächlich gestorben ist. Doch er ist da.

Das erste Set läuft nahezu perfekt. Dadurch, dass wir in den letzten Wochen viel Zeit zum Proben hatten, haben wir unseren Sound sofort wiedergefunden. Die Atmosphäre stimmt, das Publikum geht mit. Wir haben Spaß. Und sogar mir gelingt es, ab und zu mitgetragen zu werden von der Musik. Nicht nachdenken. Das ist genau das, was ich brauche.

Das zweite Set beginnen wir mit einer Hommage an New Orleans. Bonnies Bass leitet schnalzend den Song ein. Vier Takte reiner Kontrabass. Danach setzt Curtis ein. Er streichelt sanft über sein Schlagzeug, der Beat ist definiert, scharf und trotzdem im Hintergrund. Sal spielt ein paar Melodiefetzen, und dann legen wir los.

»Beyond the humid NOLA heat
The city's noise defines the beat.
The air is thick, the people smooth,
What's all around me is my groove.«

Wir sind laut und einfach da. Wir ziehen einander mit, halten einander, fühlen einander in der Musik. Meine Stimme, der noch etwas Übung fehlt nach all der Zeit, in der sie unbenutzt war, wird schon ein bisschen heiser, aber das tut unserem Sound keinen Abbruch. Die Menge jubelt, als der letzte Akkord verklungen ist.

»Können wir *Frenzy* vorziehen?«, frage ich an meine Bandkollegen gewandt. Auf der Setlist steht er als letzter Song, doch in diesem Moment fühle ich ihn. Fühle ihn besonders. Und die Momente sind es, die ich aufsaugen will, bis sie sich zu einer Gegenwart und zu einer Zukunft fügen.

»Wäre ein cooler Kontrast. Alles klar«, sagt Jasper.

Während des langsamen Vorspiels fängt die Menge vor der Bühne an, sich langsam hin- und herzuwiegen. Obwohl dieser Song ganz anders ist, anders als der Rest unseres Repertoires, ist er authentisch. Ist er wir.

»You gave me a reason, a reason to be me,

I tried to show you how to be free«, singe ich, denke an Frenzy und lasse mich von meinen Gefühlen davontragen.

»But far seem our love and kisses,

Now all the love-yous have turned into miss-yous,

And still …« Ich hebe den Blick und …

Mir stockt der Atem. Das kann nicht sein. Das kann unmöglich sein. Meine Mundwinkel zucken nach oben, meine Augen füllen sich mit Tränen. Ich kann nichts dagegen tun. Ich kann nicht weitersingen.

»Alter, was ist?«, fragt Bonnie von hinten, dann sieht sie. Und versteht.

Die Band spielt den Refrain ohne mich, denn ich bringe keinen Ton heraus. Vor mir, in der ersten Reihe, steht … sie. Hugo hat sich bei ihr untergehakt. Sie blickt mich an mit diesem hoffnungsvollen, leicht ängstlichen Lächeln. Und ich starre zurück. Reibe meine Augen, kann nicht glauben, was ich sehe. Ich bin vollkommen überwältigt. Ich glaube, ich muss mich hinsetzen.

Ich höre, wie Jasper ein Klaviersolo spielt. Sie geben mir Zeit, mich zu sammeln. Und das tue ich. Ich wende mich kurz ab, räuspere mich, atme tief ein und aus. In meiner Kehle sitzt ein Glucksen, ein glückliches Glucksen, das hinauswill. Doch ich muss mich zusammenreißen. Ich blicke noch einmal zu ihr. Sie ist immer noch da. Ohne den Blickkontakt zu unterbrechen, atme ich noch einmal tief ein, schlucke. Dann nicke ich entschlossen hinter mich, und beim nächsten Einsatz bin ich wieder da.

»My head's in a frenzy.
My mind's in a frenzy.
My heart's in a frenzy.
A frenzy of love.«

Ich blicke Frenzy die ganze Zeit in die Augen, und auch sie sieht mich an. Sie hat die Hände an ihre Brust gelegt, als müsse sie ihr Herz schützen. Aber genau das soll sie nicht. Ihr Herz soll so weit für mich geöffnet sein wie meins für sie. Und das wird es. Wenn ich ihr nur alles sagen kann. Und das kann ich – mit der nächsten Strophe meines Songs für sie.

»If it's all there is for us
These moments will be enough.
We'll hold them so close and dear to us
And no one can get in between.
I'm going to treasure it for the rest of my life.
But what I want more than anything, anything
Is a future with you, my sweet sweet love,
With you …«

Als wir zum nächsten Refrain kommen, sehe ich, dass sie ihre Lippen zum Text bewegt.

»My head's in a frenzy.
My mind's in a frenzy.
My heart's in a frenzy.
A frenzy of love.«

Am liebsten würde ich den Gig abbrechen, Frenzy in die Arme schließen und sie nie wieder loslassen. Aber das hier ist unser erster Abend zurück im *Cat's Cradle,* und ich kann weder Mikey noch meine Band hängen lassen. Doch nach dem Song gehe ich in die Hocke und winke sie zu mir. Als unsere Lippen aufeinandertreffen, explodiert etwas in mir. Etwas, das in einer harten Kapsel gefangen war. Etwas, das ich als Glück bezeichnen würde. Ein Feuerwerk aus allen Gefühlen, die ich versucht habe, zu bändigen, und die doch immer da waren. All der Schmerz wird mit einem Mal in Liebe umgewandelt. Reine, pure, verrückte Liebe, der ich mich für immer hingeben will, wie in unserer Nacht in den Sümpfen. Nie soll dieser Moment vorbei sein. Nie. Aber natürlich ist es nur ein Moment, und er verfliegt.

»Du bist da«, sage ich ein wenig atemlos. »Wieso bist du da?« Ich fahre mit meiner Hand an ihrer Wange entlang durch ihre Haare. Streiche sie hinter ihre abstehenden Ohren, die ich so vermisst habe.

»Ich bin zurückgekommen.«

Wieder treffen sich unsere Lippen.

»Wir müssen diesen Gig hinter uns bringen, aber dann …«

»Dann!«, sagt sie und strahlt so breit, dass nicht nur mein Herz, sondern alles in mir tanzt. Und in diesem Augenblick verstehe ich. Verstehe ich den Sinn. Ein Moment verfliegt zwar. Aber er führt zu einem neuen und wieder einem neuen. Eine Aneinanderreihung von Momenten, und jeder einzelne ist dabei Teil eines Ganzen. Es geht nicht um den einen Moment. Es geht um eine Menge an Momenten. Und solange Frenzy an meiner Seite ist, werden es Glücksmomente sein. Ich sehe uns vor mir. Jetzt und morgen und nächste Woche. Nächstes Jahr. Unser Leben, unsere Zukunft ist ein Mosaik aus Momenten. Und sie wird großartig sein. Denn ich, Lincoln Hughes, werde alles daransetzen, dass sie großartig wird.

Der letzte Song ist noch nicht einmal verklungen, da springe ich von der Bühne und schließe sie in meine Arme. Ich vergrabe mein Gesicht in ihrem Haar, atme ihren Duft, fühle ihren Herzschlag.

Wie aus weiter Ferne dringt Jaspers Stimme an mein Ohr. »Heute gibt's keine Zugabe, unser Gitarrist ist *madly in love.*«

»*His heart's in a frenzy*«, singt Bonnie, und die Menge lacht. Denn die Leute können nicht wissen, dass es stimmt.

Wir stehen sicher einige Minuten einfach nur da. Arm in Arm. Wir halten einander, fühlen einander, vergewissern uns, dass es wirklich wahr ist.

Irgendwann lösen wir uns voneinander, allerdings nur so weit, dass ich ihr Gesicht sehen kann. Es ist ein bisschen zerknautscht, so fest habe ich sie an mich gepresst. »Wie kannst du hier sein?«, frage ich.

»Ich musste mich um meine Mutter kümmern. Aber jetzt geht es ihr wieder besser.«

»Das ist schön.« Wieder drücke ich sie an mich.

»Aber das ist nicht alles.« Ihre Stimme klingt ein bisschen erstickt, und ich lasse sie wieder los. »Ich bin dort nicht mehr zu Hause, weißt du?«

Ich bin mir nicht sicher, ob das etwas Gutes ist. Ich war immer nur an einem Ort zu Hause.

»Ich bin dort zu Hause, wo *du* bist«, sagt sie.

»Und du bist mein Zuhause«, flüstere ich, weil ich mir sicher bin, meine Stimme würde brechen, benutzte ich sie. Und obwohl ich inzwischen eine Lösung für mein Wohnproblem gefunden habe, stimmt es. Ohne sie bin ich nirgendwo zu Hause.

»Link, wie sieht es aus? Kommst du noch mit feiern oder bleibt ihr erst mal hier stehen?«, fragt Bonnie in meinem Rücken. Oje, das hatte ich ganz vergessen. »Ist okay, wenn nicht«, schiebt sie hinterher.

»Es war unser erster Gig seit Wochen«, sage ich zu Frenzy. »Aber ich gehe nur, wenn du mitkommst. Zu Jasper. Die Band, sonst niemand.«

»Ich gehe hin, wo du hingehst«, sagt sie und küsst mich auf die Lippen. »Allerdings müssen wir Hugo mitnehmen. Ich habe ihm versprochen, dass er seinen Enkelsohn kennenlernen kann.«

53

Franzi

Ein Taxi bringt Bonnie, Hugo, Link und mich zu Jaspers Haus. Auf meine Umgebung achte ich kaum, denn ich bin viel zu beschäftigt damit, Link wahrzunehmen mit all meinen Sinnen.

Wir steigen aus und gehen ein paar Stufen zu einem hübschen Häuschen hinauf. Eine Laterne beleuchtet die Veranda. Es ist eine friedliche Nacht, wenn auch frisch. Von drinnen dringen Stimmen zu uns, und Link öffnet die Tür, ohne anzuklopfen.

Um einen großen Esstisch sitzen Sal, Curtis, Amory und Jasper herum, die das erste Taxi genommen haben. Sie haben Bierflaschen vor sich stehen, sehen müde, aber glücklich aus. Amory ist die Erste, die aufspringt, um mich nun richtig zu begrüßen.

»Gott sei Dank bist du wieder da. Diese gebrochenen Männerherzen hält ja kein Mensch aus«, sagt sie, und alle lachen. Alle bis auf Link, der ein bisschen beschämt grinst. Curtis und sogar Sal umarmen mich. Dann steht Jasper vor mir.

»Ich schätze, ich sollte mich auch bei dir entschuldigen. Habe ein ganz schönes Chaos angerichtet«, sagt er.

»Ach was.« Ich winke ab. Dann blicke ich mich um. Hugo steht hinter mir und wippt nervös von einem Fuß auf den anderen. »Ähm, Jasper? Ich möchte dir jemanden vorstellen. Also genau genommen kennt ihr euch schon, aber es ist schon ziemlich lang her …«

Jasper sieht fragend von mir zu dem alten Mann an seiner Tür.

»Jasper, ich bin Hugo. Dein … Großvater.« Hugos Augen strahlen, auch wenn er nach wie vor ein bisschen unsicher wirkt.

»Mein …« Jasper steht wie erstarrt in der Mitte des Zimmers. Ich kann nicht sagen, ob die Überraschung geglückt ist oder gerade mächtig nach hinten losgeht.

»Ich wollte dich unbedingt kennenlernen, Junge.«

»Mein …« Jaspers Mund klappt auf und wieder zu.

»Wo sind eigentlich deine Manieren?«, fragt Bonnie und gibt ihm einen sanften Schubs.

»Hi, Hugo.« Jasper stolpert einen Schritt nach vorne und streckt dem alten Mann die Hand hin. Doch der ignoriert sie und schließt ihn einfach in seine Arme. Und Jasper tut es ihm nach.

»Ein gelungener Abend«, konstatiert Amory. »So viel Liebe.«

Wenig später sitzen wir alle am Esstisch. Weil es nicht genug Stühle gibt, kuschle ich mich auf Links Schoß. Er hält mich so fest, als hätte er Sorge, ich könnte wieder verschwinden, wenn er seinen Griff nur etwas lockerte. Aber ich genieße es. Ich genieße alles.

»Und du hast Kinder?«, fragt Hugo gerade an Jasper gewandt.

»Ja, zwei. Sie sind heute Abend bei ihren Großeltern.« Er räuspert sich. »Bei den Eltern meiner Frau.«

»Wie heißen sie? Wie alt sind sie? Wann kann ich sie kennenlernen?« Hugo ist ganz aufgeregt.

Jasper lächelt. »Sie heißen Weston und Maya. Soll ich dir Fotos zeigen?«

Hugo nickt begeistert.

»Ich würde dir auch gern was zeigen«, sagt Link an meinem Ohr.

Er nimmt mich an der Hand, und gemeinsam gehen wir den langen Flur entlang in den hinteren Teil des Hauses, in dem sich offenbar die Küche und das Kinderzimmer befinden. Link führt mich durch den kleinen Waschraum, der an die Küche grenzt, nach draußen. In der Dunkelheit kann ich wenig erkennen, doch er hebt eine Taschenlampe vom Boden auf.

Er leuchtet durch einen verwilderten Garten. Die Holzzäune sind überwuchert, Unkraut sprießt aus jeder Ecke.

»Als Blythe noch gelebt hat, war es hier richtig schön. Ich will wieder etwas draus machen, glaube ich.«

»Vielleicht kann Hugo helfen«, schlage ich vor.

Er nimmt wieder meine Hand und zieht mich weiter. In der hintersten Ecke steht etwas, das ich auf den ersten Blick nicht erkennen kann. Auch hier wuchern Kletterpflanzen. Als wir näher kommen, sehe ich, dass es sich um einen alten Wohnwagen handelt.

»Der stand hier schon, als Blythe und Jasper eingezogen sind. Und jetzt …« Er zieht einmal kräftig an der Tür. »… wohne ich hier.«

Er schaltet das Licht ein und bedeutet mir, ihm ins Innere zu folgen. Ich trete ein und bin einigermaßen perplex über den Anblick, der sich mir bietet. Von außen sieht der Trailer heruntergekommen und schäbig aus. Aber Link hat ihn wunderschön hergerichtet. Die Einbauschränke sind in einem hellen Grün gestrichen, die Polster der Sitzbank offenbar frisch bezogen. Das Licht ist warm und gemütlich. Am hinteren Ende befindet sich das Bett. Eine kleine behagliche Koje. Ich lasse mich am Fußende nieder und sinke nach hinten. Auf einmal merke ich die Müdigkeit. Körperlich, emotional. Ich bin regelrecht ausgelaugt.

»Ich benutze das Bad im Haus und zahle Miete an Jasper. Er wollte es zuerst nicht, aber ich habe darauf bestanden. So kann er das Haus behalten, und ich habe jetzt einen Ort für mich.«

Ich öffne die Augen, als ich spüre, dass er sich neben mich legt. Wir sehen uns an, und unsere Lippen sind nur wenige Millimeter voneinander entfernt. Wenn ich meine spitze, berühren sie die seinen.

»Ich habe eine Frage«, sagt Link. Sein Atem kitzelt meine Nase.

»Ja?«

»Was hast du jetzt vor? Bleibst du? Geht das?« Ich höre leichte Sorge in seiner Stimme, doch heute ist keine Zeit für Sorge. Heute ist vollkommen.

»Ich habe ein Visum für weitere drei Monate. Das kann ich auf sechs Monate verlängern. Bis dahin brauche ich einen Job, der es mir ermöglicht, hierzubleiben. Hin- und herzufliegen ist keine Option. Vor allem weiß ich nicht, wie oft Hugo sich meinen CO_2-Ausgleich noch leisten kann.«

»Also willst du wirklich hierbleiben.«

Sein Arm auf mir ist warm und schwer. Ich spüre, wie der Schlaf über mich kommt. Wie er versucht, mich mit sich zu tragen. Aber ich bin noch nicht bereit, einzuschlafen. Ich will hier sein. Präsent. Wach.

»Faye hat mir angeboten, umsonst bei ihr zu wohnen. Und fürs Erste werde ich das annehmen. Also ja, ich will wirklich hierbleiben. Ich will an einem Ort sein, wo ich mich frei fühle. Wo die Gegenwart wichtiger ist als die Vergangenheit oder die Zukunft.« Meine Stimme wird immer leiser. Und immer langsamer. »Ich will im Hier und Jetzt sein. Mit dir. Und jeden Moment genießen. Ich habe verstanden, dass Glück wichtiger ist als Sicherheit. Dass ein Moment es wert sein kann, alles andere zu vergessen.«

Als Link spricht, vibriert seine tiefe *Gegen den Strich*-Samtstimme in meinem Ohr. Es ist der Klang, mit dem ich von nun an jede Nacht einschlafen will. »Aber weißt du«, sagt er und küsst mich sanft, »mir reicht dieser Moment nicht mehr. Nicht mit dir. Ich will, dass aus all unseren Momenten eine Zukunft wird. Für dich und für mich. Eine Zukunft für uns.«

ENDE

Danksagung

Diese Sache mit der Dankbarkeit hört nicht mehr auf, wenn man einmal damit angefangen hat. Ihr gewöhnt euch also besser daran, ihr sagenhaften Menschen. Danke, dass ihr meine Bücher lest. Danke, dass ihr sie rezensiert, dass ihr Bilder von ihnen postet, dass ihr mich mit wunderbaren Nachrichten überschüttet. Ich liebe einfach alles daran. Hört bitte niemals damit auf! Ihr, liebe Leserinnen und liebe Leser, seid der Grund dafür, dass ich machen kann, was ich liebe. Dass ich Geschichten schreiben kann. Da ist es wenig verwunderlich, dass ich vor Glück und Dankbarkeit ab und zu überquelle.

Und nicht nur euch gebührt mein Dank, denn so ein Buch macht sich nicht von alleine. Es macht sich auch nicht alleine, weswegen ich all denjenigen, die an irgendeiner Stelle involviert waren, danke.

Meinem wunderbaren Agenten Niclas und meiner grandiosen Lektorin Greta gebührt mein größter Dank. Euch an meiner Seite zu wissen verschafft mir die nötige Sicherheit und macht mich ganz allgemein einfach froh. Neben all dem anderen unglaublichen Kram, den ihr für mich und andere tut, findet ihr außerdem immer die richtigen Worte oder die richtige Menge Weinschorle. Und das ist eine große Kunst.

Meiner Redakteurin Anita danke ich für ihre Akribie und die Begeisterung, mit der sie sich auf das Projekt gestürzt hat.

Ich bedanke mich bei all den tollen Menschen beim Piper Verlag, die unermüdlich für den Erfolg der Bücher arbeiten. Ich bin tief beeindruckt von eurer Begeisterung und Leidenschaft.

Tausend Dank meinen klugen Testleserinnen Sabine, Susi, Jennifer, Nini und Ina. Ich liebe eure Kritik, die meine Texte besser macht. Und ich liebe euer Lob, das während des Schreibprozesses die beste und schönste Motivation ist, die man sich nur wünschen kann.

Ich danke meiner Familie und meinen Freund*innen, die immer hinter mir stehen, und vor allem meinen Autorinnenfreundinnen Nena, Sarah und Sophie, die neben mir stehen und manchmal vor mir, um mich von blöden Dingen abzuschirmen. Sie sind immer da, wo ich sie gerade brauche. Besonderer Dank gilt meinem Freund Gavin dafür, dass er mir New Orleans gezeigt hat. Er ist dafür verantwortlich, dass ich mich in diesen erstaunlichen Ort verliebt habe. Ein riesiges Dankeschön geht an Magnus, der meine Figuren visuell zum Leben erweckt hat, Linus für den schönsten Song und an Zeise für das fetzigste Schlagzeug. Ihr habt After Hours, Franzi und Link lebendig gemacht und mich damit zu Tränen gerührt.

Und ich danke Maxi. Der Kontrabass und Klavier spielt, der Mathematik macht, der eigentlich immer laut ist – und auch ansonsten das perfekte Gegenstück zu mir. Dadurch behält wenigstens einer von uns immer die Nerven. Für die Momente, in denen du es bist, für Comfort-Food-Einkäufe, für deinen Witz und deinen Mut, für deine Liebe mein unendlicher Dank.

JOHN STEPHENS

Das Buch Emerald

GOLDMANN
Lesen erleben

Buch

Als die drei Geschwister Kate, Michael und Emma, die vor Jahren von ihren Eltern getrennt wurden, auf dem Weg in ein neues Waisenhaus in dem abgelegenen Herrenhaus des geheimnisvollen Dr. Pym landen, ahnen sie nicht im Geringsten, wohin sie diese Reise führen wird. Denn bevor sie sich's versehen, sind die besonnene Kate, der kluge Michael und die tollkühne kleine Emma in den Kampf um drei magische Bücher voll unermesslicher Macht verstrickt. Sie müssen erfahren, dass es ihre Aufgabe ist, diese zu finden, wollen sie ihre Eltern je wiedersehen.

Autor

John Stephens ist als Drehbuchautor und Produzent bekannt geworden. Er wirkte nach seinem Studium an so erfolgreichen Fernsehserien wie »Gossip Girl« oder »Gilmore Girls« mit. Erst Philip Pullmans Trilogie »Der Goldene Kompass« brachte ihn schließlich auf die Idee, selbst etwas in diesem Genre zu schreiben. »Das Buch Emerald« ist der erste Band seiner Trilogie »Die Chroniken vom Anbeginn«, die weltweit noch vor Erscheinen bereits in 32 Länder verkauft wurde.

John Stephens

Das Buch Emerald

Die Chroniken vom Anbeginn

Roman

Aus dem amerikanischen Englisch
von Alexandra Ernst

GOLDMANN

Die Originalausgabe erschien 2011 unter dem Titel
»The Emerald Atlas – The Books of Beginning, Book One«
bei Alfred A. Knopf,
einem Imprint von Random House, Inc., New York.

Für meine Eltern.
J.S.

MIX
Papier aus verantwortungsvollen Quellen
FSC® C014496
FSC
www.fsc.org

Verlagsgruppe Random House FSC-DEU-0100
Das für dieses Buch verwendete FSC®-zertifizierte Papier
Super Snowbright liefert Hellefoss AS, Hokksund, Norwegen.

1. Auflage
Taschenbuchausgabe Oktober 2012
Wilhelm Goldmann Verlag, München,
in der Verlagsgruppe Random House GmbH

Dieses Werk wurde vermittelt durch die
Literarische Agentur Thomas Schlück GmbH, Garbsen
Umschlaggestaltung: UNO Werbeagentur, München
Umschlagmotiv: FinePic; Getty Images / Anais MAI;
Getty Images / Rekha Garton; Getty Images /Anais MAI
NG · Herstellung: Str.
Druck und Bindung: GGP Media GmbH, Pößneck
Printed in Germany
ISBN: 978-3-442-47747-0

www.goldmann-verlag.de

Inhalt

Prolog

Sie erwachte, weil jemand sie an der Schulter rüttelte. Ihre Mutter beugte sich über sie.

»Kate.« Die Stimme war leise und drängend. »Hör mir genau zu. Ich möchte, dass du etwas für mich tust. Ich möchte, dass du auf deinen Bruder und deine Schwester aufpasst. Hast du verstanden? Pass auf Michael und Emma auf.«

»Was …?«

»Ich habe keine Zeit für Erklärungen. Versprich mir, dass du dich um die beiden kümmerst.«

»Aber …«

»Ach, Kate, bitte! Versprich es mir einfach.«

»Ich … ich verspreche es.«

Es war Heiligabend. Den ganzen Tag lang hatte es geschneit. Als Älteste hatte Kate nicht so früh ins Bett gehen müssen wie ihr Bruder und ihre Schwester. Noch lange nachdem die Weihnachtslieder verklungen waren, hatte sie mit ihren Eltern vor dem Kamin gesessen und heiße Schokolade getrunken, während die Bescherung stattfand. Die beiden Jüngeren würden ihre Geschenke am nächsten Morgen bekommen. Sie hatte sich mit ihren vier Jahren sehr erwachsen gefühlt. Ihre Mutter schenkte ihrem Vater ein kleines, dickes Buch, abgewetzt und uralt, worüber er sich sehr freute. Er dagegen schenkte ihr ein Medaillon an einer Goldkette. Im Inneren des Medaillons war ein winziges Bild der drei Kinder – Kate, der zweijährige Michael und das Baby Emma. Dann war es schließlich doch Zeit gewesen, ins Bett zu gehen, und Kate hatte in der Dunkelheit gelegen, warm eingepackt und glücklich unter ihren Decken. Sie hatte sich gefragt, wie sie bloß einschlafen sollte, und dann, im nächsten Moment, hatte ihre Mutter sie wach gerüttelt.

Die Zimmertür stand offen, und in dem Licht, das aus dem Flur hereinfiel, sah sie, wie ihre Mutter hinter ihren Nacken griff und die Goldkette mit dem Medaillon löste. Sie beugte sich vor, schob ihre Hände unter Kates Nacken und befestigte die Kette dort. Das Mädchen spürte das weiche Haar der Mutter, roch den Pfefferkuchen, den sie am Nachmittag gebacken hatte, und dann tropfte etwas Nasses auf ihre Wange. Ihre Mutter weinte.

»Denk immer daran, dass dein Vater und ich euch sehr lieben. Und wir werden wieder zusammen sein. Das verspreche ich.«

Kates Herz hämmerte in ihrer Brust, und sie öffnete den Mund, um zu fragen, was los war, als plötzlich ein Mann im Türrahmen stand. Das Licht war in seinem Rücken und so konnte Kate sein Gesicht nicht sehen. Aber er war groß und dünn und trug einen langen Mantel und etwas, das so aussah wie ein zerknautschter Hut.

»Es ist Zeit«, sagte er.

Seine Stimme und der schattenhafte Umriss – diese große Gestalt im Türrahmen – sollten Kate noch jahrelang verfolgen, denn es war das letzte Mal, dass sie ihre Mutter sah. Das letzte Mal, dass die Familie beisammen war. Dann sagte der Mann etwas, das Kate nicht verstehen konnte, und plötzlich war es, als ob ein schwerer Vorhang ihren Geist verhüllte und den Mann im Türrahmen auslöschte, das Licht, ihre Mutter, alles.

Die Frau hob das schlafende Kind hoch, wickelte es in Decken und folgte dem Mann die Treppe hinunter, am Wohnzimmer vorbei, wo immer noch das Feuer im Kamin brannte, und hinaus in Kälte und Dunkelheit.

Wenn sie wach gewesen wäre, hätte Kate ihren Vater im Schnee neben einem alten schwarzen Wagen stehen sehen. Ihr Bruder und ihre Schwester schliefen in seinen Armen. Der große Mann öffnete die Wagentür zum Rücksitz und der Vater legte seine Last auf dem Sitz ab. Dann wandte er sich um, nahm Kate aus den Armen ihrer Mutter und legte sie neben ihren Bruder und ihre Schwester. Mit einem leisen Schnappen schloss der große Mann die Tür.

»Ist es endgültig?«, fragte die Frau. »Gibt es ganz gewiss keine andere Möglichkeit?«

Der Mann war in den Schein einer Straßenlaterne getreten. Zum ersten Mal konnte man ihn deutlich erkennen. Einem unbeteiligten nächtlichen Spaziergänger wäre bei seinem Anblick vielleicht ein wenig mulmig geworden. Sein Mantel war mit bunten Flicken übersät und die Ärmel waren ausgefranst. Darunter trug er einen alten Tweedanzug, an dem ein Knopf fehlte. Sein weißes Hemd war mit Tinten- und Tabakflecken beschmutzt. Das Merkwürdigste aber war seine Krawatte, die nicht nur einmal, sondern zweimal gebunden war. Es sah aus, als wäre er sich nicht sicher gewesen, ob er sie schon gebunden hatte, und hätte – ohne in den Spiegel zu schauen – einen zweiten Knoten gemacht. Sein weißes Haar sah zottelig unter dem Hut hervor, und seine Augenbrauen standen wie schneeweiße Hörner von seiner Stirn ab, wölbten sich über einer verbogenen und fleckigen Brille mit einem Rahmen aus Schildpatt. Alles in allem sah er aus wie jemand, der sich inmitten eines Wirbelsturms angekleidet hatte und zu allem Überfluss auch noch eine Treppe hinuntergefallen war.

Aber wenn man in seine Augen blickte, wurde alles anders.

Sie reflektierten das Licht nicht, sondern schienen ihr eigenes Licht zu verbreiten. Sie glänzten hell in der kalten Winternacht, und in ihnen lag ein Ausdruck von solch ungewöhnlicher Kraft, Freundlichkeit und von Verstehen, dass man das fleckige Hemd, den fehlenden Knopf oder die zweimal geknotete Krawatte völlig vergaß. Wenn man in diese Augen blickte, wusste man, dass man die wahre Weisheit gesehen hatte.

»Meine Freunde, wir haben immer gewusst, dass dieser Tag kommen würde.«

»Aber was hat sich verändert?«, wollte der Vater der Kinder wissen. »Seit Cambridge Falls ist nichts mehr passiert. Das war vor fünf Jahren! Etwas muss geschehen sein.«

Der alte Mann seufzte. »Heute Abend war ich bei Devon McClay.«

»Er ist doch nicht … Das kann nicht sein!«

»Ich fürchte doch. Und da wir nicht wissen, was er ihnen gesagt hat, bevor er starb, müssen wir mit dem Schlimmsten rechnen. Wir müssen annehmen, dass er die Kinder verraten hat.«

Lange Zeit sagte niemand etwas. Die Frau weinte jetzt rückhaltlos.

»Ich habe Kate gesagt, dass wir uns wiedersehen. Ich habe sie angelogen.«

»Liebling …«

»Er wird nicht aufgeben, ehe er sie gefunden hat! Sie werden niemals in Sicherheit sein!«

»Das stimmt«, sagte der alte Mann leise. »Er wird niemals aufgeben.«

Von wem die Rede war, musste niemandem der Anwesenden erklärt werden.

»Aber es gibt eine Möglichkeit. Und wir haben sie immer im Auge gehabt. Die Kinder müssen aufwachsen dürfen, um ihr Schicksal zu erfüllen …« Er verstummte.

Der Mann und die Frau wandten sich um. Am Ende des Blocks standen drei dunkle Gestalten in langen Mänteln und beobachteten sie. In der Straße wurde es sehr still. Selbst die Schneeflocken schienen in der Luft zu verharren.

»Sie sind da«, sagte der alte Mann. »Sie werden die Kinder verfolgen. Ihr müsst verschwinden. Ich werde euch finden.«

Ehe die beiden noch etwas erwidern konnten, hatte der alte Mann die Fahrertür des schwarzen Wagens geöffnet und war hinter das Lenkrad geglitten. Die drei Gestalten kamen näher. Der Mann und die Frau wichen zum Haus zurück, während der Motor mit einem Poltern und Aufkeuchen zum Leben erwachte. Eine Sekunde lang drehten die Räder im Schnee durch, dann griffen sie, und das Auto fuhr schleudernd an. Die Gestalten rannten jetzt, liefen achtlos an dem Mann und der Frau vorbei. Ihre ganze Aufmerksamkeit galt dem Wagen, der rutschend und schlitternd die schneebedeckte Straße entlangfuhr.

Der weißhaarige Mann umklammerte das Lenkrad mit beiden Händen. Glücklicherweise war es schon spät am Abend, und dank des Schnees und der Tatsache, dass heute Weihnachten war, herrschte nur wenig Verkehr. Aber so schnell er auch fuhr, die dunklen Gestalten rückten immer näher. Sie rannten mit einer unheimlichen, stillen Grazie. Mit jedem Schritt übersprangen sie mehrere Meter; wie schwarze Flügel flatterten die langen Mäntel hinter ihnen her. Als das Auto um eine Ecke bog, prallte es gegen einen geparkten Lieferwagen. Um auszuweichen, sprangen zwei der Gestalten in die Luft und klammerten sich an die Fassade eines Hauses. Der alte Mann warf einen Blick in den Rückspiegel und sah, dass seine Verfolger wie riesige Spinnen an den Häuserfronten entlangkrabbelten.

Er zeigte keine Überraschung, aber er trat das Gaspedal ganz durch.

Das Auto schoss über einen Platz, an einer Gruppe Kirchgänger vorbei, die gerade aus der Mitternachtsmesse kamen. Der Mann war in den alten Teil der Stadt gefahren und der Wagen holperte über die Pflastersteine. Auf dem Rücksitz schliefen die Kinder tief und fest. Eine der Gestalten stieß sich von einer braunen Sandsteinfassade ab und landete mit einem donnernden Knall auf dem Wagendach. Einen Moment später stieß eine bleiche Faust von oben durch das Dach und fing an, das Metall wegzuschälen. Ein zweiter Angreifer packte das Heck des Autos und bohrte seine Fersen in den Boden, wobei er zwei tiefe Scharten in die jahrhundertealten Pflastersteine riss.

»Noch ein bisschen«, murmelte der Mann. »Nur noch ein bisschen weiter.«

Sie kamen in einen Park, weiß von Schnee und menschenleer. Der Wagen glitt über den gefrorenen Boden. Direkt vor sich konnte der alte Mann das dunkle Band des Flusses sehen. Und dann schien alles auf einmal zu passieren. Der alte Mann ließ den

Motor aufjaulen, die dritte Gestalt klammerte sich an die Tür, das Dach wurde weggerissen, sodass die kalte Nachtluft einströmte. Das Einzige, was unverändert blieb, waren die Kinder, die weiterschliefen und von alledem nichts mitbekamen. Dann flog der Wagen über einen kleinen Hügel und stürzte hinab, dorthin, wo der Fluss langsam durch sein Bett strömte.

Er kam niemals dort an. Bevor der Wagen auf der Wasserfläche aufprallte, verschwand er einfach. Zurück blieben drei Gestalten, die sich platschend und prustend durch den Fluss kämpften.

Eine Sekunde später und etliche hundert Meilen weiter nördlich hielt der Wagen unversehrt – bis auf einige Kratzer im Lack und das fehlende Dach – vor einem großen grauen Gebäude an. Er wurde offensichtlich schon erwartet, denn eine kleine Frau in dunklen Gewändern kam die Stufen heruntergehastet.

Gemeinsam mit dem alten Mann trug sie die Kinder ins Haus. Sie stiegen bis zum obersten Stockwerk empor und gingen dann einen langen Flur entlang, der mit Weihnachtsgirlanden und Lametta dekoriert war, vorbei an vielen Zimmern, in denen Kinder schliefen. Erst die allerletzte Tür öffneten sie und traten hindurch. In dem Raum standen nur zwei Betten und eine Wiege.

Die kleine Frau – eine Nonne namens Schwester Agatha – trug den Jungen und das Baby. Sie legte den Jungen in ein Bett und seine kleine Schwester in die Wiege. Keiner von beiden rührte sich. Der alte Mann legte Kate in das andere Bett und zog ihr die Decke bis unters Kinn.

»Die armen Kleinen«, sagte Schwester Agatha.

»Ja. Und von ihnen hängt so vieles ab.«

»Glauben Sie, dass sie hier sicher sind?«

»So sicher wie nirgendwo sonst. Er wird nach ihnen suchen.

So viel ist gewiss. Aber die Einzigen, die wissen, dass die Kinder hier sind, sind Sie und ich.«

»Wie soll ich sie nennen? Sie brauchen doch einen neuen Nachnamen.«

»Wie wäre es mit ...« Der alte Mann dachte kurz nach. »Mit P?«

»Nur P?«

»Nur P.«

»Was ist mit dem älteren Mädchen? Sie wird sich doch gewiss an ihren richtigen Namen erinnern.«

»Ich werde dafür sorgen, dass sie es nicht tut.«

»Kaum zu glauben, dass all das wirklich geschieht. Kaum zu glauben ...« Sie warf dem alten Mann einen Blick zu. »Möchten Sie nicht eine kleine Weile bleiben? Im Wohnzimmer brennt ein Feuer im Kamin und ich habe noch etwas von dem Bier aus dem Kloster. Immerhin ist heute Weihnachten.«

»Das klingt sehr verlockend. Aber leider geht das nicht. Ich muss nach den Eltern der Kinder sehen.«

»Herrje, also hat es wirklich angefangen ...« Leise seufzend verließ die kleine Frau das Zimmer.

Der alte Mann folgte ihr zur Tür, blieb stehen und schaute noch einmal zu den Kindern. Er hob die Hand und sprach, als wollte er sie segnen: »Bis wir uns wiedersehen.« Dann ging er hinaus.

Die drei Kinder schliefen weiter. Sie wussten nichts von der neuen Welt, die sie erwartete, wenn sie aufwachten.

KAPITEL 1

Mrs Lovestocks Hut

Besagter Hut befand sich im Besitz von Mrs Constance Lovestock. Mrs Lovestock war eine Frau in mittleren Jahren, mit einem mehr als mittelgroßen Vermögen und kinderlos. Sie war keine Frau, die sich mit Halbheiten abgab. Da war zum Beispiel die Sache mit den Schwänen.

Sie hielt sie für die schönsten und elegantesten Geschöpfe auf der ganzen Welt.

»So graziös«, sagte sie. »So vornehm.«

Wenn man ihr großes und luxuriöses Anwesen am Rande von Baltimore erreichte, erblickte man als Erstes Büsche, die in Schwanenform geschnitten waren. Daneben Statuen von Schwänen, die sich gerade in die Luft schwangen. Ein Brunnen, wo eine Schwanenmutter ihre Jungen mit Wasser bespuckte. Ein Vogelbad in Gestalt eines Schwans, in dem das gewöhnliche Federvieh die Ehre hatte, baden zu dürfen. Und natürlich echte Schwäne, die in den das Haus umgebenden Teichen dahinglitten und die manchmal – nicht so graziös, wie man hätte erwarten dürfen – an den Erdgeschossfenstern vorbeiwatschelten.

»Wenn ich etwas tue«, sagte Mrs Lovestock stolz, »dann richtig.«

Und so geschah es eines Abends Anfang Dezember, als sie auf dem Schwanen-Sofa vor dem Kamin saß, auf dem Schoß das Strickzeug, neben sich ihren Ehemann, Mr Lovestock, dass sie verkündete: »Gerald, ich werde ein paar Kinder adoptieren.«

Mr Lovestock, der jeden Sommer allein in Urlaub fuhr – vorgeblich, um Käfer zu sammeln, aber in Wahrheit, um auf dem Anwesen eines Privatmannes in Florida Schwäne zu jagen, die er aus nächster Nähe mit einem irren Grinsen auf dem Gesicht abknallte –, nahm die Pfeife aus dem Mund und gab ein nachdenkliches »hm« von sich. Er hatte ganz deutlich gehört, was sie gesagt hatte: nicht »ein Kind«, sondern »ein paar Kinder«. Aber die Erfahrung hatte ihn gelehrt, dass es sinnlos war, die direkte Konfrontation mit seiner Frau zu suchen. Stattdessen versuchte er es mit einer Mischung aus gespielter Ahnungslosigkeit und Schmeichelei.

»Liebes, das ist eine fantastische Idee. Du wärst bestimmt eine wunderbare Mutter. Ja, lass uns ein Kind adoptieren.«

Mrs Lovestock schaute ihren Mann scharf an. »Versuche nicht, mich auf den Arm zu nehmen, Gerald. Ich habe nicht die Absicht, bloß ein Kind zu adoptieren. Das wäre doch die ganze Mühe nicht wert. Ich denke, ich werde mit dreien anfangen.« Dann stand sie auf und gab ihm damit zu verstehen, dass die Diskussion beendet war. Mit hocherhobenem Kopf stolzierte sie aus dem Zimmer.

Mr Lovestock seufzte, steckte sich die Pfeife wieder in den Mundwinkel und fragte sich, ob es einen Ort gab, wo er im Sommer vielleicht Kinder jagen konnte.

Vermutlich nicht, dachte er, und widmete sich wieder seiner Zeitung.

»Das ist eure letzte Chance.«

Kate saß vor Miss Crumleys Schreibtisch in deren Büro im Nordturm des Edgar-Allan-Poe-Waisenhauses für schwer erziehbare Kinder. Das Gebäude war jahrhundertelang ein Waffenarsenal gewesen. Im Winter fegte der Wind durch die löchrigen Wände, klapperte an den Fensterläden und ließ das Wasser in den Toiletten zu Eis gefrieren. Miss Crumleys Büro war der einzige Raum, in dem geheizt wurde. Kate hoffte, dass sich die Leiterin des Waisenhauses mit dem, was sie zu sagen hatte, viel Zeit ließ.

»Ich scherze nicht, junge Dame.« Miss Crumley war eine kurzbeinige, dickliche Frau mit einem Berg zartlilafarbenen Haars. Während sie mit Kate sprach, nahm sie sich ein Bonbon aus der Schale auf ihrem Schreibtisch. Die Bonbons waren nicht für die Kinder gedacht. Als sie im Waisenhaus eintrafen, hatte ihnen Miss Crumley eine Liste aufgezählt, was man durfte und was nicht – Letzteres war deutlich in der Überzahl –, und währenddessen hatte sich Michael ein Pfefferminzbonbon genommen. Zur Strafe musste er eine Woche lang kalt duschen. »Sie hat nicht gesagt, dass ich es nicht nehmen darf«, beschwerte er sich. »Woher hätte ich das wissen sollen?«

Miss Crumley schob sich das Bonbon in den Mund. »Danach ist Schluss. Aus. Ende. Wenn du und deine Geschwister nicht den bestmöglichen Eindruck macht, damit diese Dame euch adoptiert, nun ...« Sie saugte an ihrem Bonbon und suchte nach den wirkungsvollsten Worten für ihre Drohung. »Nun, dann kann ich nichts mehr für euch tun.«

»Wer ist sie?«, fragte Kate.

»Wer sie ist?!« Miss Crumleys Augen weiteten sich ungläubig.

»Ich meine, wie ist sie denn so?«

»Wer ist sie? Wie ist sie?« Heftig saugte Miss Crumley an dem Bonbon. Der Zorn trieb ihre Wangenmuskeln zu Höchstleistungen. »Diese Frau ...« Sie verstummte. Kate wartete. Aber es kam nichts mehr. Stattdessen wurde Miss Crumley krebsrot. Sie würgte.

Den Bruchteil einer Sekunde lang – vielleicht doch etwas länger, sagen wir ... drei Sekunden lang – dachte Kate über die Möglichkeit nach, einfach zuzuschauen, wie Miss Crumley erstickte. Dann sprang sie auf, rannte um sie herum und klopfte ihr auf den Rücken.

Ein schleimiger grüner Klumpen flog aus Miss Crumleys Mund und landete auf dem Schreibtisch. Sie wandte sich schwer atmend zu Kate, das Gesicht immer noch feuerrot. Kate wusste, dass sie keinen Dank erwarten konnte.

»Sie ist ...«, keuchte Miss Crumley, »eine Frau, die drei Kinder adoptieren will. Am liebsten drei Geschwister. Das ist alles, was ihr wissen müsst. Wer sie ist! Diese Anmaßung! Geh und suche deine Geschwister. Sieh zu, dass sie sich waschen und ihre besten Kleider anziehen. Die Dame wird in einer Stunde hier sein. Und wenn einer von euch irgendetwas anstellt ... dann gnade euch Gott.« Sie nahm das angelutschte Bonbon und warf es sich wieder in den Mund. »Dann kann ich für nichts mehr garantieren.«

Als Kate von Miss Crumleys Büro aus die enge Wendeltreppe nach unten stieg, zog sie ihren dünnen Pullover enger um sich. Wenn Erwachsene Kate das erste Mal sahen, bemerkten sie stets, wie außergewöhnlich hübsch sie war, mit ihren dunkelblonden Haaren und den haselnussbraunen Augen. Aber wenn sie genauer hinschauten, sahen sie das Stirnrunzeln, das auf ihrem Gesicht eingemeißelt zu sein schien, die Fingernägel, die bis aufs Fleisch abgeknabbert waren, die Anspannung in ihrem Körper, die sie immer wie auf dem Sprung erscheinen ließ. Und statt »Oh, was für ein hübsches Mädchen!« sagten sie kopfschüttelnd »Ach, das arme Ding«. Denn Kates Anblick, so hübsch sie auch war, war der Anblick eines Menschen, der ständig auf den nächsten Schicksalsschlag wartet.

Kate verließ das Waisenhaus durch die Seitentür und sah eine Gruppe von Kindern, die sich um einen kahlen Baum am Rand des Hofs versammelt hatten. Ein kleines Mädchen mit dürren Beinen und kurzen kastanienbraunen Haaren warf Steine auf einen Jungen, der oben im Baum saß. Gleichzeitig schrie sie ihn an und forderte ihn auf, herunterzukommen und mit ihr zu kämpfen.

Kate schob sich durch den Kreis aus lachenden und johlenden Kindern, gerade als Emma den nächsten Stein aufhob.

»Was machst du da?«

Emma drehte sich um. Auf ihren Wangen brannten rote Kreise und ihre dunklen Augen funkelten.

»Er hat mein Buch zerrissen! Ich habe bloß dagesessen und gelesen und er hat mein Buch gepackt und es zerrissen! Ich schwöre, ich habe nichts gemacht! Und jetzt will er nicht mal runterkommen und sich mit mir prügeln!«

»Das stimmt nicht!«, schrie der Junge im Baum. »Sie ist ja verrückt!«

»Sei ruhig!«, gellte Emma und warf den Stein. Der Junge versteckte sich hinter dem Stamm, von dem der Stein abprallte.

Emma war klein für ihre elf Jahre. Sie bestand nur aus knochigen Knien und Ellbogen. Aber alle Kinder im Waisenhaus respektierten und fürchteten ihr Temperament. Wenn sie sich in die Ecke gedrängt oder ungerecht behandelt fühlte, konnte sie kämpfen wie der Teufel, konnte treten und kratzen und beißen. Kate fragte sich manchmal, ob ihre Schwester auch so geworden wäre, wenn sie nicht von ihren Eltern getrennt worden wären. Emma war die Einzige, die sich nicht an ihre Mutter und ihren Vater erinnern konnte. Selbst Michael hatte eine Ahnung davon, wie es war, umsorgt und geliebt zu sein. Aber was Emma betraf, war dies das einzige Leben, das sie je gekannt hatte, und darin gab es nur eine Regel: Wenn man aufhörte zu kämpfen, war man erledigt. Unglücklicherweise gab es immer ein paar ältere Jungs, die es darauf anlegten, sie zu reizen, und die sich dann daran ergötzten, wie sie aus der Haut fuhr. Eine beliebte Zielscheibe des Spotts war – wie könnte es anders sein – der Nachname der Kinder, der nur aus einem einzigen Buchstaben bestand. Mit ihren vierzehn Jahren war Kate die Älteste, und es oblag ihr, ihre jüngere Schwester zu beruhigen.

»Wir müssen Michael finden«, sagte Kate. »Eine Frau kommt, um uns anzuschauen.«

Schweigen senkte sich über die Kinder. Seit Monaten waren keine potenziellen Eltern mehr in das Edgar-Allan-Poe-Waisenhaus für schwer erziehbare Kinder gekommen.

»Mir egal«, sagte Emma. »Ich gehe nicht hin.«

»Die muss ja verrückt sein, wenn sie dich haben will«, rief ihr der Junge aus dem Baum zu.

Blitzschnell hatte Emma einen neuen Stein gepackt, gezielt

und geschleudert. Der Junge war nicht schnell genug und der Stein traf ihn am Ellbogen.

»Auuuu!«

»Emma.« Kate nahm ihre Schwester am Arm. »Miss Crumley sagt, das sei unsere letzte Chance.«

Emma riss sich los. Sie bückte sich und hob einen besonders großen Stein auf. Aber es war klar, dass ihr die Kampflust vergangen war. Stumm wartete Kate, während Emma den Stein von einer Hand in die andere warf und dann lustlos gegen den Baumstamm schleuderte.

»Also schön.«

»Weißt du, wo Michael ist?«

Emma nickte. Kate nahm sie an der Hand, und die Kinder machten ihnen Platz, als sie weggingen.

Die Mädchen fanden Michael in dem Wäldchen hinter dem Waisenhaus, wo er eine Höhle erforschte, die er letzte Woche entdeckt hatte. Er tat so, als sei es der Eingang zu einem alten Zwergentunnel. Sein ganzes Leben lang schon war Michael von Geschichten über magische Wesen besessen. Von Zauberern, die mit Drachen kämpften, von Rittern, die Jungfrauen fressenden Trollen den Hintern versohlten, von klugen Bauernjungen, die mit ihrem scharfen Verstand Kobolde austricksten. Er las alles, was er in die Finger bekommen konnte. Aber am liebsten mochte er Geschichten über Zwerge.

»Sie haben eine lange und ruhmreiche Geschichte. Und sie sind sehr fleißig. Sie kämmen nicht ständig ihre Haare und blicken seufzend in Spiegel, wie die Elfen es tun. Zwerge arbeiten hart.«

Michael hatte keine besonders gute Meinung von Elfen.

Der Ursprung seiner Leidenschaft lag in einem Buch mit dem Titel *Alles über Zwerge – Eine ausführliche Anthologie*, geschrieben von einem gewissen G. G. Greenleaf. Als sie an jenem ersten Morgen in ihrem neuen Leben erwachten, ohne ihre Eltern, in einem fremden Zimmer, hatte Kate das Buch entdeckt. Es hatte unter Michaels Decke gesteckt. Sie hatte es sofort erkannt: Es war das Buch, das ihre Mutter ihrem Vater zu Weihnachten geschenkt hatte. In den folgenden Jahren las Michael es mehrere Male. Kate wusste, dass er sich auf diese Weise mit einem Vater verbunden fühlte, an den er sich kaum noch erinnern konnte. Und so versuchte sie stets, in Emma Verständnis zu wecken, wenn Michael zu einem seiner spontanen Vorträge über Zwerge ansetzte. Aber das war nicht immer einfach.

Die Luft in der Höhle war feucht und roch nach Moos, aber die Decke war hoch genug, dass Kate und Emma aufrecht stehen konnten. Michael kauerte ein paar Meter vom Höhleneingang im Licht einer Taschenlampe. Er war genauso hager und hatte das gleiche kastanienbraune Haar und die gleichen dunklen Augen wie seine kleine Schwester, obwohl seine hinter einer Brille mit Drahtgestell versteckt lagen. Die Leute hielten die beiden oft für Zwillinge, was Michael stets erboste. »Ich bin ein Jahr älter«, sagte er dann. »Das sieht man doch wohl!«

Es blitzte auf, dann surrte es, und dann spuckte Michaels uralte Polaroidkamera ein Bild aus. Er hatte die Kamera vor ein paar Wochen bei einem Trödler in Baltimore entdeckt, zusammen mit etwa einem Dutzend Filme, die ihm der Ladenbesitzer mehr oder weniger geschenkt hatte. Seitdem benutzte er sie für seine »Forschungsarbeiten«, wobei er Kate und Emma ständig daran erinnerte, wie wichtig es war, seine Entdeckungen zu dokumentieren.

»Hier.« Michael zeigte auf den Stein, den er gerade fotografiert hatte. »Was haltet ihr davon?«

Emma stöhnte. »Das ist doch bloß ein Stein!«

»Was denkst du denn, was es ist, Michael?«, fragte Kate, die ihm seine Laune nicht verderben wollte.

»Das Blatt einer Zwergenaxt«, erklärte Michael. »Es ist vom Wasser ziemlich zerfressen. Bei dieser Feuchtigkeit sind die Artefakte, die man findet, nur schlecht erhalten.«

»Das ist komisch«, sagte Emma. »Das Ding sieht nämlich genauso aus wie … ein Stein.«

»Okay, das reicht«, sagte Kate, die merkte, dass Michael drauf und dran war, sich aufzuregen. Sie erzählte ihm von der Frau, die drei Kinder adoptieren wollte.

»Geht ihr nur«, sagte er. »Ich habe hier noch einiges zu erledigen.«

Die meisten Waisen brannten darauf, adoptiert zu werden. Sie träumten von einem reichen, freundlichen Ehepaar, das ihnen ein Leben in Liebe und Bequemlichkeit bieten würde. Kate und ihre Geschwister waren da eine Ausnahme. Es fing schon damit an, dass sie sich weigerten, sich selbst als Waisen zu betrachten.

»Unsere Eltern sind noch am Leben«, sagten sie. »Und eines Tages kommen sie uns holen.«

Natürlich glaubte ihnen niemand. An einem verschneiten Weihnachtsabend vor zehn Jahren hatte man sie ins St.-Mary-Waisenhaus am Ufer des Charles River in Boston gebracht, und seitdem hatten sie kein Wort mehr von ihren Eltern oder irgendwelchen anderen Verwandten gehört. Sie wussten nicht einmal, wofür der Buchstabe P ihres Nachnamens stand. Aber trotzdem glaubten sie immer noch tief in ihren Herzen, dass ihre

Eltern eines Tages wieder auftauchen würden. Das lag zu einem großen Teil daran, dass Kate ihre Geschwister immer wieder an das Versprechen ihrer Mutter erinnerte, das sie ihr an jenem letzten Abend gegeben hatte: dass sie eines Tages wieder zusammen sein würden. Das machte die Vorstellung, ein Fremder könnte sie adoptieren, schlichtweg unmöglich. Unglücklicherweise gab es in diesem Fall noch andere Umstände zu bedenken.

»Miss Crumley sagt, das sei unsere letzte Chance.«

Michael seufzte und ließ den Steinbrocken fallen, den er für eine Axt hielt. Dann nahm er die Taschenlampe und folgte seinen Schwestern nach draußen.

In den vergangenen zehn Jahren waren die Kinder in sage und schreibe zwölf verschiedenen Waisenhäusern gewesen. Ihr kürzester Aufenthalt betrug zwei Wochen. Am längsten waren sie in dem ersten Heim gewesen, im St.-Mary-Waisenhaus, und zwar fast drei Jahre. Aber eines Tages war das Waisenhaus in Flammen aufgegangen, einschließlich der Mutter Oberin, einer freundlichen Nonne namens Schwester Agatha, die sich rührend um die Kinder gekümmert hatte. Allerdings hatte sie die schlechte Angewohnheit gehabt, im Bett zu rauchen. Dann folgte eine sieben Jahre dauernde Odyssee von einem Waisenhaus zum nächsten. Gerade wenn sich die Kinder in einem eingelebt hatten, mussten sie schon wieder weiterziehen. Irgendwann wurde es ihnen zur Gewohnheit, sich auf einen kurzen Verbleib einzustellen. Sie unternahmen keinen Versuch mehr, Freunde zu finden. Sie verließen sich nur noch auf sich selbst.

Der Grund für dieses ständige Umziehen war, dass die Kinder »schwer zu platzieren« waren, wie es in der Sprache der Adoptionsbehörden hieß. Es ging nicht, nur einen von ihnen zu vermitteln; sie mussten zusammenbleiben. Aber eine Familie, die bereit war, drei Kinder auf einmal zu adoptieren, musste man mit der Lupe suchen. Und die Miss Crumleys dieser Welt waren am Ende ihrer Geduld angelangt.

Kate war klar, dass, sollte diese Dame sie nicht nehmen, Miss Crumley es so darstellen würde, als habe sie ihr Bestes getan, die Kinder aber seien unvermittelbar. Und ab ging's ins nächste Waisenhaus. Sie hatte die leise Hoffnung, dass sie und ihre Geschwister doch würden bleiben dürfen, wenn sie sich gut benahmen, auch wenn das bevorstehende Gespräch eine Pleite werden würde. Nicht dass es den Kindern in ihrem derzeitigen Heim besonders gut gefiel. Das Wasser war braun. Die Betten waren hart. Wenn man bei den Mahlzeiten zu viel aß, bekam man Bauchweh, aß man aber zu wenig, tat einem der Bauch ebenfalls weh. Nein, das Problem war, dass sich jedes Waisenhaus als unfreundlicher und heruntergekommener erwiesen hatte als das vorherige. Als sie vor etwa sechs Monaten in das Edgar-Allan-Poe-Waisenhaus für schwer erziehbare Kinder gekommen waren, hatte Kate geglaubt, dass dies das Ende der Fahnenstange war. Schlimmer, so dachte sie, konnte es nicht mehr werden. Jetzt allerdings fragte sie sich, ob sie sich nicht vielleicht geirrt hatte.

Sie war nicht scharf darauf, es herauszufinden.

Eine halbe Stunde später klopften die Kinder – gewaschen und in ihren besten Kleidern, was allerdings nicht viel heißen wollte – an die Tür zu Miss Crumleys Büro.

»Herein.«

Kate hielt Emma an der Hand. Michael folgte ihnen. Sie hatte sie angewiesen zu lächeln und weitgehend den Mund zu halten. »Wer weiß, vielleicht ist sie ja richtig nett. Dann bleiben wir einfach bei ihr, bis Mom und Dad zurückkommen.«

Aber als Kate die große Frau in dem langen Mantel sah, der ganz aus weißen Federn gemacht war, die Tasche in Form eines Schwans und den Hut auf dem Kopf der Frau, von dem ein Schwanenkopf sich wie ein Fragezeichen nach unten bog, wusste sie, dass ihre Hoffnung enttäuscht worden war.

»Ich vermute, dies sind die Findelkinder«, sagte Mrs Lovestock und baute sich vor den Kindern auf. »Ihr Nachname ist P, sagen Sie?«

»Ja, Mrs Lovestock«, zwitscherte Miss Crumley. Sie reichte der riesigen Frau nur bis zur Taille. »Es sind drei unserer Besten. Oh, ich liebe sie. Aber sosehr es mich schmerzen würde, mich von ihnen zu trennen, ich würde mich natürlich überwinden. Weiß ich doch, dass sie bei Ihnen ein wundervolles Zuhause erwartet.«

»Hm.« Mrs Lovestock beugte sich vor, um die drei zu begutachten, wobei der Schwanenkopf auf ihrem Hut ebenfalls neugierig nach vorn rutschte.

Kate warf einen Blick zur Seite und sah, dass Emma und Michael den Vogel mit großen Augen anstarrten.

»Ich muss euch warnen«, sagte Mrs Lovestock. »Ich habe nichts für Unfug übrig. Ich dulde keine Rennerei, kein Schreien, Brüllen, kein lautes Gelächter, schmutzige Hände oder Füße, unhöfliche Bemerkungen – egal worüber …« Jedes Mal wenn sie etwas auflistete, was sie nicht duldete, nickte der Schwanenkopf zustimmend. »Was ich ebenfalls nicht leiden kann, sind Geplapper, Händeklatschen oder volle Taschen. Kinder mit vollen Taschen sind mir ein Gräuel.«

»Oh, diese Kinder haben niemals etwas in ihren Taschen.

Das versichere ich Ihnen, Mrs Lovestock«, sagte Miss Crumley. »Rein gar nichts.«

»Dagegen erwarte ich …«

»Was ist das da auf Ihrem Kopf?«, fiel Emma ihr ins Wort.

»Wie bitte?« Die Frau schaute sie verwirrt an.

»Das Ding da auf Ihrem Kopf. Was soll das sein?«

»Emma …«, sagte Kate warnend.

»Ich weiß, was es ist«, sagte Michael.

»Weißt du nicht.«

»Weiß ich doch.«

»Und? Was ist es?«, wollte Emma wissen.

Mrs Lovestock wandte sich an die Heimleiterin. »Miss Crumley, was um aller Welt geht hier vor?«

»Nichts, Mrs Lovestock, gar nichts. Ich versichere Ihnen …«

»Es ist eine Schlange«, sagte Michael.

Mrs Lovestock sah aus, als hätte ihr jemand ins Gesicht geschlagen.

»Das ist keine Schlange«, sagte Emma.

»Ist es wohl.« Michael betrachtete aufmerksam den Hut. »Es ist eine Kobra.«

»Aber es ist doch ganz weiß.«

»Vielleicht hat sie die Schlange angemalt.« Er wandte sich jetzt direkt an Mrs Lovestock. »Stimmt's? Haben Sie die Schlange angemalt?«

»Michael! Emma!«, zischte Kate. »Seid still.«

»Ich habe doch bloß gefragt, ob sie die Schlange angem…«

»Pst!«

Eine schiere Ewigkeit lang war nur das Zischen des Radiators zu hören – und das schabende Geräusch, mit dem Miss Crumley ihre Hände rang.

»Noch nie in meinem Leben …«, setzte Mrs Lovestock schließlich an.

»Meine liebe Mrs Lovestock …«, versuchte Miss Crumley einzulenken.

Kate wusste, dass sie etwas sagen musste. Wenn nur die geringste Hoffnung bestehen sollte, dass man sie nicht wegschickte, dann musste sie die Wogen glätten. Aber dann machte die Frau den Mund auf und sagte die fatalen Worte: »Ich weiß ja, dass man von Waisen nicht allzu viel erwarten darf, aber …«

»Wir sind keine Waisen«, unterbrach Kate sie.

»Wie bitte?«

»Waisen sind Kinder, deren Eltern tot sind«, erklärte Michael. »Unsere sind es nicht.«

»Sie kommen wieder«, fügte Emma hinzu.

»Hören Sie gar nicht hin, Mrs Lovestock. Gar nicht hinhören. Das ist nur dummes Waisengeschwätz.« Miss Crumley bot ihrem Gast die Bonbonschale an. »Ein Bonbon?«

Mrs Lovestock achtete gar nicht auf sie.

»Es stimmt«, beharrte Emma. »Sie kommen wieder. Ehrlich.«

»Nun passt mal auf!« Mrs Lovestock beugte sich vor. »Ich bin eine geduldige Frau. Da könnt ihr fragen, wen ihr wollt. Aber eins werde ich nicht dulden, und zwar Fantastereien. Dies ist ein Waisenhaus. Ihr seid Waisen. Wenn eure Eltern euch gewollt hätten, dann hätten sie euch nicht am Straßenrand stehen gelassen wie den Abfall von letzter Woche, ohne euch auch nur einen zivilisierten Nachnamen auf den Weg zu geben. P! Also bitte! Ihr solltet dankbar sein, dass jemand wie ich über eure ungeheuerlich schlechten Manieren hinwegsieht – und über eure Unkenntnis über den herrlichen Wasservogel, mit dessen Abbild ich mich schmücke. Ihr solltet euch freuen, dass ich euch in meinem Zuhause aufnehmen will. Also, was habt ihr zu eurer Verteidigung zu sagen?«

Kate sah, wie Miss Crumley um die Taille der Frau herumspähte und sie anfunkelte. Wenn sie sich nicht bei der Schwanendame entschuldigte, würde Miss Crumley sie gewiss irgendwo hinschicken, wogegen ihnen das Edgar-Allan-Poe-Waisenhaus für schwer erzichbare Kinder wie ein Luxushotel vorkommen würde. Aber was war die Alternative? Bei dieser Frau zu leben, die behauptete, ihre Eltern hätten sie wie Müll weggeworfen und würden niemals zurückkehren? Sie drückte die Hand ihrer Schwester.

»Wissen Sie«, sagte sie, »es sieht tatsächlich aus wie eine Schlange.«

KAPITEL 2
Miss Crumleys Rache

Das Ruckeln des Zuges weckte Kate. Sie war, mit dem Kopf an das Fenster gelehnt, eingeschlafen, und jetzt hatte sie eine kalte Stirn. Nachdem der Zug am Vormittag in New York angehalten hatte, war er am Hudson River entlanggefahren, vorbei an Hyde Park und Albany und einem Dutzend weiterer Kleinstädte, die sich an das Ufer des Flusses drängten. Als sie jetzt zum Fenster hinausschaute, sah Kate, dass sich Eis auf dem Wasser gebildet hatte und dass sie durch eine Landschaft voller sanfter, schneebedeckter Hügel fuhren. Hin und wieder war ein dunkler Fleck in dem Weiß zu sehen, wo eine Farm stand. Sie hatten Baltimore am frühen Morgen verlassen. Miss Crumley hatte sie selbst zum Bahnhof gebracht.

»Nun, ich hoffe, im nächsten Waisenhaus benehmt ihr euch besser.« Die Kinder standen auf dem Bahnsteig. Jedes hatte eine Tasche in der Hand, in der seine wenigen Kleider und ein paar weitere Habseligkeiten untergebracht waren.

Kate hatte geahnt, dass sich Miss Crumley diese letzte Gelegenheit für eine Standpauke nicht entgehen lassen würde.

»Ich habe dem Leiter eures neuen Waisenhauses gesagt, dass aus euch vermutlich Kriminelle, wenn nicht sogar Mörder werden würden. Dr. Pym – ja, ich glaube, so heißt er, Dr. Stanislaus Pym – erklärte mir, dass ihr genau die Art von Kindern seid, nach der er sucht. Ha! Ich kann mir vorstellen, was euch drei erwartet!«

Zwei Wochen waren seit jener schicksalhaften Begegnung mit Mrs Lovestock vergangen. Miss Crumley hatte sofort Kontakt zu allen Waisenhäusern aufgenommen, die sie kannte, und nach einem gesucht, das die Kinder aufnehmen würde. Noch vor wenigen Tagen hatte Kate zufällig vor ihrem Büro gestanden und gehört, wie sie am Telefon flehte: »Ich weiß, dass es ein Tierheim ist. Aber wirklich: Diese Kinder brauchen nicht viel.« Und dann war der Anruf eines Waisenhauses gekommen, das bereit war, sich ihrer anzunehmen.

»Wohin fahren wir?«, fragte Kate.

»Nach Cambridge Falls. Es ist oben, in der Nähe der Grenze vermutlich. Ich selbst war noch nie dort.«

»Ist es schön dort?«

»Ob es schön ist?« Miss Crumley kicherte, als ob das der beste Witz wäre, den sie seit Langem gehört hatte. »Oh, das würde ich nicht sagen. Nein, kein bisschen. Also, hier sind eure Fahrkarten. Ihr fahrt bis nach Westport. Dort wird euch ein Boot über den See bringen. Es wird euch am Pier 12 erwarten. Auf der anderen Seite wird euch dann jemand in Empfang nehmen, meinte Dr. Pym. Nun fort mit euch. Für mich ist die Sache erledigt.«

Die Kinder stiegen ein. Miss Crumley stand auf dem Bahnsteig und schaute zu.

»Guckt sie euch an«, sagte Emma. »Sie will sicher sein, dass wir auch bestimmt abfahren. Ich würde es ihr so gerne heimzahlen!« Sie ballte die Hände zu Fäusten.

»Hat jemand Lust auf ein Bonbon?«

Die Mädchen starrten ihren Bruder verblüfft an. Michael hielt eine Plastiktüte in der Hand, die bis oben hin mit Süßigkeiten gefüllt war. Er zuckte mit den Schultern. »Ich bin letzte Nacht in ihr Büro geschlichen.«

Auf dem Bahnsteig schaute Miss Crumley dem Zug zufrieden nach. Aber auf dem Rückweg ins Waisenhaus ging ihr das Bild der Jüngsten dieser missratenen Geschwister nicht aus dem Sinn. Emma hatte ihr die Zunge herausgestreckt, als der Zug angefahren war. Miss Crumley hätte schwören können, dass das Mädchen dabei an einer Lakritzschnecke kaute. Was natürlich lächerlich war. Woher sollte ein Mädchen wie dieses Lakritze bekommen?

Als der Zug in Albany gehalten hatte, war Kate hinausgesprungen und hatte mit dem bisschen Geld, das sie besaß, Käsebrötchen gekauft. Die Kinder verspeisten die Brötchen, während sie immer weiter nach Norden fuhren und die Landschaft draußen vor dem Fenster immer hügeliger wurde. Dann gingen Michael und Emma mit vollen Mägen den Zug erkunden, während Kate sich zurücklehnte und die Augen schloss. Sie schlief beinahe sofort ein.

Kate hatte einen Traum. Sie stand vor einem großen Haus aus Stein. Es war wie eine Festung, dunkel und bedrohlich, und sie wollte nicht hineingehen. Aber dann war sie plötzlich drin und stieg eine spärlich beleuchtete Treppe hinab. Am Fuß der

Treppe ging sie durch eine Tür in ein Arbeitszimmer. Oberflächlich betrachtet sah alles ganz gewöhnlich aus: ein Schreibtisch, Stühle, ein Kamin, Bücherregale. Aber jedes Mal, wenn sie sich umdrehte, veränderte sich die Umgebung. Die Wände glitten zurück. Die Bücher sortierten sich neu. Die Stühle tauschten die Plätze. Und dann wurde sie von einer entsetzlichen, alles verschlingenden Furcht gepackt. Es drohte Gefahr. Entsetzliche Gefahr für sie selbst und für ihre Geschwister.

Das war der Moment, in dem der Zug ruckelte und sie erwachte, den Kopf gegen die kalte Glasscheibe gelehnt. Sie verspürte das dringende Verlangen, nach Michael und Emma zu sehen, und so stand sie auf und machte sich auf die Suche.

Kate war die Einzige, die sich noch wirklich und wahrhaftig an ihre Eltern erinnern konnte. Michaels Erinnerungen, die er manchmal ausschmückte, bestanden lediglich aus vagen Eindrücken. Kate sah noch das Bild der schönen Frau mit der weichen Stimme vor sich und das des großen Mannes mit dem kastanienbraunen Haar. Sie wusste auch noch, wie das Haus aussah, in dem sie gelebt hatte, wie es in ihrem Schlafzimmer gewesen war, wusste, dass Weihnachten gewesen war … Sie hatte Erinnerungen an ihren Vater, der auf der Bettkante saß und ihr vorlas – auch wenn sie die Geschichte selbst nicht mehr wusste. Im Lauf der Jahre hatte sie viele Stunden damit verbracht, nach Puzzlestücken aus diesem anderen Leben zu suchen. Aber wenn eine Erinnerung zu ihr zurückkehrte, kam sie immer unerwartet. Ein Satz, ein Geruch, die Farbe des Himmels mochten plötzlich etwas auslösen, und dann erinnerte sich Kate an ihre Mutter, die Essen kochte oder Hand in Hand mit ihrem Vater durch die Straßen lief – Bruchstücke jener Zeit, in der sie alle eine Familie gewesen waren. Aber ihre deutlichste

Erinnerung, die immer gegenwärtig war, betraf die Nacht, in der sie, Michael und Emma fortgeschickt worden waren. Kate fühlte noch das Haar ihrer Mutter an ihrer Wange, die Hände ihrer Mutter, als sie die Kette um Kates Hals befestigten. Sie hörte ihre Stimme, die ihr flüsternd erklärte, wie sehr sie sie liebte, und die ihr gleichzeitig das Versprechen abnahm, auf ihre Geschwister aufzupassen.

Und Kate hatte dieses Versprechen gehalten. Sie hatte sich um ihren Bruder und ihre Schwester gekümmert, Jahr für Jahr, Waisenhaus für Waisenhaus, damit sie eines Tages, wenn ihre Eltern zurückkehren würden, sagen konnte: »Seht ihr? Ich hab's geschafft. Es geht ihnen gut.«

Sie fand Michael und Emma im Speisewagen, wo sie am Tresen saßen und Donuts und heiße Schokolade verputzten, beides ein Geschenk einer netten Kellnerin.

»Mir ist noch einer eingefallen«, sagte Michael und grinste mit einem Clownsmund aus Puderzucker. »Pugwillow.«

»Pugwillow?«, wiederholte Kate. »Ist das ein Name?«

»Nein«, sagte Emma. »Das hat er sich gerade ausgedacht.«

»Na und?«, versetzte Michael. »Es könnte trotzdem ein Name sein.«

Eine der liebsten Betätigungen der Kinder in den letzten zehn Jahren war das Rätselraten um den Buchstaben *P* gewesen. Wofür stand er? Wie lautete ihr richtiger Nachname? Sie hatten Tausende von Möglichkeiten durchgespielt: Peters, Paulson, Plainview, Puget, Pickett, Plukowsky, Paine, Pone, Platte, Pike, Pabst, Packard, Padamadan, Paddison, Paez, Paganelli, Page, Penguin (das war lange Zeit Emmas Lieblingsname gewesen), Pasquale, Pullman, Pershing, Peet, Pickford, Pickles und so weiter und so weiter. Sie hatten die Hoffnung, dass der richtige

Name etwas in Kates Erinnerung zum Klingen bringen und sie ganz plötzlich ausrufen würde: »Das ist es! Das ist unser Name!« Dann hätten sie einen Hinweis auf der Suche nach ihren Eltern. Aber das war nie geschehen.

Kate schüttelte den Kopf. »Tut mir leid, Michael.«

»Schon gut. Vermutlich ist es gar kein richtiger Name.«

Die Kellnerin schenkte ihnen noch einmal heiße Schokolade nach, und Kate fragte, ob sie ihnen irgendetwas über Cambridge Falls erzählen könnte. Die Frau sagte, sie hätte noch nie von diesem Ort gehört.

»Wahrscheinlich gibt's das Kaff gar nicht«, sagte Emma, als die Kellnerin außer Hörweite war. »Ich wette, Miss Crumley wollte uns nur loswerden. Sie hofft vermutlich, dass wir ausgeraubt und ermordet werden oder so etwas.«

»Es ist sehr unwahrscheinlich, dass wir alle drei ermordet werden«, sagte Michael und schlürfte seine heiße Schokolade. »Vielleicht einer von uns.«

»Okay, dann kannst du ermordet werden«, sagte Emma.

»Nein, du kannst ermordet werden.«

»Nein, du.«

»Nein, du.«

Sie fingen an zu kichern. Emma sagte, dass ein Mörder, der Michael zu Gesicht bekam, gar nicht anders konnte, als ihn zu ermorden. Er würde ihn vermutlich sogar zweimal ermorden. Und Michael erwiderte, dass vermutlich ein ganzes Rudel Mörder in Westport auf Emma warten würde und dass sie Lose ziehen müssten, um zu entscheiden, wer den Vorzug haben dürfte … Kate ließ sie gewähren.

Auf der einen Seite des Medaillons, das ihre Mutter ihr gegeben hatte, war eine Rose eingraviert. Kate hatte es sich angewöhnt, das Metall zwischen ihrem Daumen und ihrem Zeigefinger zu reiben, und über die Jahre war das Bild der Rose beinahe ganz abgewetzt. Kate hatte vergeblich versucht, die Angewohnheit wieder abzulegen, und so rieb sie auch jetzt über das Medaillon und fragte sich, wohin Miss Crumley sie bloß geschickt hatte.

Westport war eine kleine Stadt am Ufer des Lake Champlain. Um die Laternenpfähle wanden sich Girlanden und über den Straßen hingen schon die Weihnachtslichterketten. Die Kinder hatten keine Schwierigkeiten, zum Hafen zu gelangen und Pier 12 zu finden. Aber jemanden aufzuspüren, der schon einmal von Cambridge Falls gehört hatte, war eine andere Sache.

»Was für ein Falls?«, brummte ein bärtiger Mann mit zusammengekniffenen Augen, der genauso gut fünfzig wie hundertzehn Jahre alt sein konnte.

»Cambridge Falls«, sagte Kate noch einmal. »Es liegt auf der anderen Seite des Sees.«

»Nicht dieses Sees. Das wüsste ich. Ich segle schon mein ganzes Leben lang auf diesem See.«

»Hab ich's nicht gesagt?«, grummelte Emma. »Die gruselige Miss Crumley will uns loswerden.«

»Gehen wir zum Pier«, schlug Kate vor. »Vielleicht ist das Boot ja schon da.«

»Klar. Das Boot ins Nirgendwo.«

Pier 12 war lang und schmal, mit etlichen bröckelnden und verrotteten Latten. Er schob sich über die Eisfläche in Ufernähe hinaus ins offene Wasser und die Kinder gingen bis zum Ende. Dort kauerten sie sich zusammen wie Pinguine und zogen ihre

Mäntel enger um ihre Leiber, um sich gegen den bitterkalten Wind zu schützen, der vom See aus wehte.

Kate schaute zur Sonne. Sie waren den ganzen Tag lang unterwegs gewesen und schon bald würde es dunkel und noch kälter werden. Trotz Emmas Behauptung, Miss Crumley würde sie ins Nirgendwo schicken, und trotz der Tatsache, dass anscheinend noch nie jemand etwas von Cambridge Falls gehört hatte, glaubte Kate immer noch, dass das Boot kommen würde. Miss Crumleys Gemeinheit erschöpfte sich darin, dass sie Kinder zwickte und an den Haaren zog und ihnen täglich einredete, sie seien wertlos. Drei Kinder mitten im Winter auszusetzen, war nichts, was dieser kleinlichen Frau einfallen würde. Zumindest wollte Kate sich das einreden.

»Seht mal«, sagte Michael.

Eine dichte Nebelwand rollte über den See.

»Die ist echt schnell.«

Er hatte das letzte Wort noch nicht richtig ausgesprochen, da waren sie schon vom Nebel eingehüllt. Die Kinder hatten auf ihren Taschen gesessen. Jetzt standen sie auf und starrten in das Grau. Nasse Perlen sammelten sich auf ihren Mänteln. Alles war totenstill.

»Das ist irgendwie unheimlich«, sagte Emma.

»Pst!«, zischte Michael.

»Fang bloß nicht so an! Du ...«

»Nein, hört doch mal!«

Es war das Brummen eines Motors.

Aus dem Nebel tauchte ein Boot auf, kam direkt auf sie zu. Als es sie fast erreicht hatte, wurde der Rückwärtsgang eingelegt und dann der Motor abgestellt, sodass das Gefährt sanft am Pier andockte. Es war ein kleines, breites Boot. Die schwarze Farbe des Rumpfs war rissig und blätterte ab. An Bord war ein einziger Mann. Mit geschickten Bewegungen schlang er ein Seil um den nächsten Poller.

»Wollt ihr drei nach Cambridge Falls?«

Der Mann hatte einen dichten schwarzen Bart, und seine Augen saßen so tief in den Höhlen, dass sie fast unsichtbar waren.

»Ich habe gefragt, ob ihr drei nach Cambridge Falls wollt.«

»Ja«, sagte Kate. »Ja, das ... das wollen wir.«

»Dann rein mit euch. Wir haben nicht viel Zeit.«

Hinterher waren sich die Kinder uneins darüber, wie lang ihre Fahrt dauerte. Michael meinte, eine halbe Stunde, Emma war sich sicher, dass es nur fünf Minuten gewesen waren, und Kate hätte schwören können, dass sie mindestens eine Stunde lang im Boot waren. Vielleicht sogar zwei. Es war, als ob der Nebel nicht nur ihren Augen einen Streich spielte, sondern auch ihrem Zeitgefühl. Einig waren sie sich lediglich darüber, dass irgendwann einmal eine dunkle Küstenlinie aus dem Nebel auftauchte und dass sie, als sie näher kamen, ein Dock und die Gestalt eines Mannes erkennen konnten, der dort auf sie wartete.

Der Bootsführer warf dem Mann ein Seil zu. Kate sah, dass er alt war, einen ordentlich gestutzten weißen Bart hatte, einen ordentlichen, wenn auch abgetragenen braunen Anzug und ordentlich gepflegte kleine Hände. Selbst sein kleiner Schädel hatte das Haupthaar vermutlich nur aus dem Grund abgeworfen, weil eine Glatze ordentlicher aussah. Er verschwendete keine Zeit für Begrüßungen. Er nahm Michaels und Emmas Taschen, sagte: »Hier entlang«, und humpelte davon.

Michael und Emma kletterten aus dem Boot. Kate wollte ihnen schon folgen, als sie eine Hand auf ihrer Schulter fühlte. Es war der Bootsführer.

»Seid auf der Hut an diesem Ort. Pass auf deine Geschwister auf.«

Noch ehe sie fragen konnte, was er damit meinte, hatte er das Boot schon losgebunden, stieß sich ab und zwang sie so, an Land zu springen.

»Beeilung!«, kam eine Stimme durch den Nebel.

»Komm schon!«, rief Emma. »Das musst du dir ansehen.«

Kate rührte sich nicht. Sie stand da und sah zu, wie das Boot mit dem grauen Nebel verschmolz.

Sie widerstand dem Verlangen, es zurückzurufen, ihre Geschwister zu nehmen, nach Baltimore zurückzukehren und Miss Crumley zu erklären, dass sie es mit der Schwanendame versuchen würden.

Jemand nahm sie am Arm.

»Wir müssen uns beeilen«, sagte der alte Mann. »Wir haben nicht viel Zeit.«

Und er nahm auch ihre Tasche und scheuchte sie zu Michael und Emma, die in einem Pferdekarren saßen und bis über beide Ohren grinsten.

»Guck mal«, sagte Emma und deutete vor den Karren. »Ein Pferd.«

Der alte Mann half Kate, sich neben ihre Geschwister zu setzen. Dann sprang er flink auf den Kutschbock, griff nach den Zügeln, und mit einem Ruck, der die Kinder fast von den Sitzen riss, setzte sich der Karren in Bewegung.

Die Straße verlief bergauf, und je höher sie durch den dünner werdenden Nebel fuhren, desto kälter und klarer wurde die Luft.

Sie waren erst wenige Minuten unterwegs, als Michael überrascht aufschrie.

Kate blickte auf, und wenn Michael und Emma nicht neben ihr gesessen hätten, hätte sie alles für Einbildung gehalten: Vor ihnen erhoben sich die zerklüfteten Gipfel eines mächtigen Gebirges. Aber das war unmöglich! Berge wie diese konnte man über eine Entfernung von mindestens hundert Meilen sehen.

Kate beugte sich vor, was bei der Neigung der Straße und dem Poltern und Schaukeln des Karrens gar nicht so einfach war. »Sir ...«

»Ich heiße Abraham, Miss. Ihr müsst mich nicht mit Sir ansprechen.«

»Also gut ...«

»Ihr fragt euch, warum ihr diese Berge von Westport aus nicht gesehen habt.«

»Ja, S... Abraham.«

»Das Licht über dem See ist nachmittags manchmal komisch. Es spielt den Augen Streiche. Jetzt setzt euch besser ordentlich hin. Wir haben noch eine Stunde Fahrt vor uns, und wir müssen uns beeilen, wenn wir vor Einbruch der Nacht dort sein wollen.«

»Was passiert bei Einbruch der Nacht?«

»Wölfe.«

»Wölfe?«

»Die Nacht bricht an. Die Wölfe kommen aus ihrem Versteck. Jetzt genießt die Fahrt.«

Emma murmelte: »Ich hasse Miss Crumley.«

Je höher sie kamen, desto einsamer und karger wurde die Landschaft. Anders als in der Gegend um Westport, gab es hier nur wenige Bäume. Das Land war felsig, öde und unfruchtbar.

Endlich, als die Sonne schon hinter den Bergen verschwunden und der Himmel über ihnen rot gestreift war und Kate glaubte, in jedem Schatten einen Wolf zu sehen, wölbte sich die Straße über einen Sattel zwischen zwei Gipfeln, und der alte Mann rief aus: »Cambridge Falls voraus!« Und da, vor ihnen, lag ein gewundenes, steil abfallendes Tal mit einem Fluss, der wie eine Ader längs hindurchfloss. Das Dorf kauerte sich an das diesseitige Flussufer und die Straße führte sie an einer Reihe von Geschäften und Wohnhäusern vorbei. Am Hang standen weitere Häuser, getrennt durch kurvige und abbröckelnde Steinmauern. Auffallend war, dass die meisten Fenster dunkel waren und nur aus etwa einem Dutzend Schornsteine Rauch drang. Die wenigen Leute, denen sie begegneten, eilten mit gesenkten Köpfen ihrer Wege.

»Was ist hier bloß los?«, murmelte Emma.

Abraham schnalzte mit den Zügeln und zwang das Pferd in einen Trab. Sowohl die Straße als auch die Ansiedlung endeten an dem breiten graugrünen Fluss, und der alte Mann lenkte den Karren zum Flussufer, wo Radspuren im Schnee einen frischen Pfad gegraben hatten.

»Wo ist das Waisenhaus?«, fragte Michael.

»Auf der anderen Seite des Flusses.«

»Und wie ist Dr. Pym so?«

Abraham antwortete nicht sofort. Dann sagte er: »Anders.«

»Wie anders?«

»Einfach anders. Aber er ist sowieso kaum da. Miss Sallow und ich kümmern uns um alles.«

»Wie viele Kinder leben dort?«, wollte Emma wissen.

»Mit euch?«

»Ja.«

»Drei.«

»Drei?! Was ist denn das für ein Waisenhaus?«

Das war eine berechtigte Frage und verdiente eine Antwort,

aber in diesem Augenblick fuhren sie am Rand eines Abgrunds entlang, der etwa fünfzig Meter tief zum Fluss abfiel – das Ufer war immer steiler geworden, seit sie die Siedlung verlassen hatten. Und gerade als Emma die Frage stellte, rutschte der Karren auf dem eisigen Untergrund aus und schlitterte in Richtung des Abgrunds.

»Müssen wir so schnell fahren?«, fragte Kate, die sich wie ihre Geschwister an den Seiten des Karrens festklammerte.

»Schaut nach oben«, sagte Abraham.

Das Rot war aus dem Himmel gewichen und ließ ein Violettblau zurück, das sich schnell schwarz färbte. Die Nacht war nur noch Augenblicke entfernt.

Der alte Mann bog auf eine schmale Brücke ein. Während die Hufe des Pferdes über die eisverkrusteten Pflastersteine klapperten, schauten die Kinder hinab in den reißenden Fluss, der durch die Schlucht rauschte. Dann waren sie am anderen Ufer und Abraham trieb das Pferd einen gewundenen Pfad hinauf.

»Wir sind fast da!«

Kate hatte ein ungutes Gefühl in der Magengrube. Mit diesem Ort stimmte etwas nicht. Etwas, das nichts mit dem Mangel an Menschen oder Bäumen zu tun hatte.

»Ist es das?«, rief Emma aus.

Sie hatten einen Hügel umrundet, und vor ihnen lag das größte Haus, das die Kinder je gesehen hatten. Es bestand aus dunkelgrauem, fast schwarzem Stein und wirkte irgendwie schief und schräg. Das unebene Dach war mit Schornsteinen förmlich gespickt. An allen Ecken befanden sich Türmchen und hohe, dunkle Zinnen. Nur im Erdgeschoss brannten ein paar Lichter. Es kam Kate so vor, als ob das Haus am Hang kauerte wie ein großes dunkles Tier.

Abraham schnalzte noch einmal mit den Zügeln und rief dem Pferd aufmunternd zu.

In diesem Moment hörten sie das Geheul. Andere Wölfe antworteten, aber sie waren weit weg, und der Karren fuhr eben vor dem Haus vor. Es war dasselbe Haus, das Kate in ihrem Traum gesehen hatte.

KAPITEL 3

Die königlichen Hoheiten von Frankreich

»Seid ihr noch nicht wach? Brauchen die königlichen Hoheiten von Frankreich ihren Schönheitsschlaf? Wollt ihr den ganzen Tag lang faulenzen, wenn andere Leute schwer arbeiten? Geht es so zu im fröhlichen Paris?«

Kate schlug die Augen auf. Miss Sallow, die alte bucklige Haushälterin und Köchin, zog mit einem Ruck die Vorhänge auf und ließ das Morgenlicht ein. Emma stöhnte leise. Michael zog sich die Decke über den Kopf.

Sie waren in einem Schlafzimmer im vierten Stock untergebracht. Durch die Fenster konnte Kate das Dorf Cambridge Falls auf der anderen Seite des Flusses sehen. Die alte Frau riss im Vorbeigehen Michael die Decke weg.

»Frühstück in fünf Minuten, Herrschaften.«

Seit sie gestern Abend angekommen waren, hatte Miss Sallow ihnen schon gut und gerne zwanzigmal vorgeworfen, sich so zu benehmen wie die königlichen Hoheiten von Frankreich.

Wie sie auf die Idee kam, dass die drei Geschwister derart von sich überzeugt waren, war ihnen ein Rätsel. Sie waren kaum durch die Tür getreten, als sie schon herbeigeeilt kam und ihnen vorwarf, zu spät zu kommen.

»Ihr habt euch ja wahrlich Zeit gelassen. Vielleicht haben die jungen Damen und der junge Herr einen Vierspänner erwartet, ja? Und Pralinen und Kuchen für unterwegs?« Sie trug ein altes rotes Sweatshirt mit Löchern an den Ellbogen und schwere Arbeitsschuhe ohne Socken. Ihr graues Haar war von einer gehäkelten Kappe bedeckt. Ohne auf eine Antwort zu warten, nahm sie Kate und Emma die Taschen ab.

»Ich habe Essen gekocht. Ich bezweifle zwar, dass es den Ansprüchen der königlichen Hoheiten von Frankreich genügt, aber was anderes gibt's nicht. Schlagt mir ruhig den Kopf ab, wenn es euch nicht schmeckt. Mir egal. Hier entlang, Majestäten.«

Sie aßen an einem Holztisch in der Küche. Miss Sallow schlurfte herum, klapperte mit Töpfen und Pfannen und zählte murmelnd alle Charakterschwächen auf, die die Kinder mit der französischen Königsfamilie gemein hatten. Aber trotzdem setzte sie ihnen die beste Mahlzeit vor, die sie seit Jahren gegessen hatten. Gebratenes Hühnchen, Kartoffeln, eine (sehr) kleine Portion grüne Bohnen und warmen Milchreis. Wenn man sich als Gegenleistung für ein solches Essen »königliche Hoheiten von Frankreich« nennen lassen musste, waren Kate, Michael und Emma nur zu gerne bereit, diesen Preis zu bezahlen.

Als sie sich satt gegessen hatten, rief Miss Sallow: »Abraham!«

Kurz darauf humpelte der alte Mann in die Küche. »Sie

haben also gegessen«, sagte er mit einem Blick auf die leeren Teller und die trägen, zufriedenen Gesichter.

»Nein, was bist du doch für ein kluger Kopf, Abraham«, sagte die alte Frau. »Dir entgeht wohl nichts, was?«

»Ich habe nur eine Beobachtung angestellt, Miss Sallow.«

»Na, was für ein Glück, denn wo kämen wir denn hin ohne deine begnadete Auffassungsgabe? Glaubst du, du könntest den königlichen Hoheiten ihr Schlafgemach zeigen, oder musst du noch mehr von diesen welterschütternden Beobachtungen anstellen?«

»Hier entlang, ihr Küken«, sagte Abraham.

Er führte sie vier Treppen hinauf und dunkle, gewundene Flure entlang. Das Licht in seiner Gaslampe flackerte im Rhythmus seines Humpelns. Emma stützte sich schwer auf Kate, und Michael, der schon halb schlief, stieß unterwegs gegen zwei Beistelltische, eine Lampe und einen ausgestopften Bären. In ihrem Schlafzimmer angekommen, schichtete Abraham Holz im Kamin auf und entzündete ein Feuer, das groß genug war, um die ganze Nacht lang zu brennen.

»So, jetzt hört mir mal zu«, sagte er warnend. »Kommt bloß nicht auf die Idee, nachts hier herumzuschleichen. Die Flure und Gänge können euch so durcheinanderbringen, dass ihr eure eigenen Nasenspitzen nicht mehr findet. Dann müsst ihr Miss Sallow rufen, damit sie euch holen kommt, und dann, ihr Küken, würdet ihr euch wünschen, dass ihr nie geboren worden wärt.«

Er wollte schon hinausgehen, zögerte aber und wandte sich noch einmal um.

»Das hätte ich fast vergessen. Ich habe etwas für euch.«

Er zog eine alte Schwarz-Weiß-Fotografie aus seiner Westentasche und reichte sie Kate. Das Foto zeigte einen großen ruhigen See und in der Ferne die mit Schornsteinen bestückten Dächer eines Hauses hinter einer Baumgruppe. Sie reichte Michael das Foto, der es, ohne die Augen zu öffnen, in sein Notizbuch steckte.

»Das habe ich vor beinahe fünfzehn Jahren aufgenommen. Könnt ihr euch noch an die Schlucht erinnern, an der wir entlanggefahren sind? Da war früher ein Damm, der den Fluss staute, sodass dieser einen See bildete, der sich von dem großen Haus hier bis zum Dorf erstreckte.«

»Ein Damm?« Michael gähnte. »Wozu braucht denn das Dorf einen Damm?«

»Langweilig«, murmelte Emma und rollte sich auf die Seite.

Unbeirrt fuhr Abraham fort: »Natürlich um einen Kanal zum unteren Tal zu bauen. Cambridge Falls lebt vom Bergbau; die Menschen graben Erz aus den Bergen. So war's jedenfalls früher. Heute ist das vorbei, aber damals war das hier ein anderer Ort. Es war ein anständiges Dorf. Die Männer hatten Arbeit in den Minen. Die Leute waren freundlich. Alle Hügel waren bewaldet. Die Kinder ...« Er verstummte.

»Was ist mit den Kindern?«, fragte Kate.

Und trotz ihrer Müdigkeit dämmerte ihr plötzlich, dass sie auf ihrem Weg durch das Dorf kein einziges Kind gesehen hatten.

Mit einer Handbewegung wischte Abraham die Frage beiseite. »Nichts. Es ist schon spät und ich bin ein bisschen durcheinander. Das Foto soll euch nur daran erinnern, dass euer neues Zuhause nicht immer der finstere und verfluchte Ort war, der es heute ist. Jetzt wünsche ich euch eine gute Nacht: Und nicht herumschleichen!«

Dann war er weg, zur Tür hinausgeschlurft, ehe sie noch eine weitere Frage stellen konnten. Michael und Emma schliefen fast sofort ein, aber Kate lag noch lange wach, betrachtete den Widerschein des Feuers an der Zimmerdecke und fragte sich, was für ein Geheimnis Abraham wohl hütete. Das ungute Gefühl, das sie beim Anblick des Hauses empfunden hatte, setzte sich wie kaltes Metall in ihrem Herzen fest.

Doch schließlich forderten die lange Reise, das ausgiebige Mahl und die Wärme des Feuers ihren Tribut und sie fiel in einen unruhigen Schlaf.

Auf dem Weg zur Küche verirrten sich die Kinder. Sie landeten in einem Raum im zweiten Stock, der früher einmal eine Ahnengalerie oder aber ein überdachter Tennisplatz gewesen war. Sie waren hungrig und entmutigt.

»Zwerge haben einen ausgezeichneten Orientierungssinn«, bemerkte Michael. »Sie verirren sich niemals.«

»Ich wünschte, du wärst ein Zwerg«, sagte Emma.

Michael fand ebenfalls, dass das eine gute Sache wäre.

»Riecht ihr auch gebratenen Speck?«, fragte Kate.

Sie folgten dem Geruch und stolperten zehn Minuten später in die Küche, wo Miss Sallow erklärte, sie fühle sich geehrt, dass der Kaiser und die Kaiserinnen von China sich herablassen würden zu erscheinen und dass sie das nächste Mal, wenn die Kinder zu spät kämen, ihr Essen an die Hunde verfüttern würde. Keiner verlor ein Wort darüber, dass die drei Geschwister anscheinend über Nacht von königlichen Hoheiten zu kaiserlichen Majestäten befördert worden waren.

»Wir müssen das Haus erkunden, damit wir uns zurechtfinden«, erklärte Michael, während er nach einem hohen Stapel

Pfannkuchen griff. Kate und Emma waren derselben Meinung, und nach dem Frühstück gingen sie zunächst in ihr Zimmer, wo Michael in seiner Tasche kramte, bis er zwei Taschenlampen, seine Kamera, Papier und Bleistift für das Erstellen von Karten, ein kleines Messer, einen Kompass und ein Päckchen Kaugummi auf einen Stapel gelegt hatte.

»Also gut. Es ist wohl offensichtlich, dass ich diese Expedition leiten werde.«

»Wohl kaum. Kate sollte die Anführerin sein. Sie ist die Älteste.«

»Aber ich habe bei Erkundungsgängen die meiste Erfahrung.«

Emma schnaubte. »Du meinst wohl, es reicht, wenn man im Dreck buddelt und sagt: ›Oh, schaut mal, der Stein da! Tun wir mal so, als ob er einem Zwerg gehören würde. Er ist ja so süüüüüüß!‹«

Kate erklärte, sie hätte nichts dagegen, wenn Michael der Anführer wäre, und Michael meinte, Emma könne den Kompass tragen, was sowieso alles war, was sie hatte erreichen wollen.

In den nächsten Stunden entdeckten sie ein Musikzimmer mit einem alten Klavier, das dringend hätte gestimmt werden müssen; einen Ballsaal mit von Spinnweben überzogenen Kronleuchtern, die man von der Decke abgelassen hatte und die nun wie abgehackte Köpfe auf dem Boden lagen; ein Hallenbad mit einem leeren Becken; eine zweistöckige Bibliothek mit einer Schiebeleiter, die krachend in sich zusammenstürzte, als Emma sie anschubste; ein Spielzimmer mit einem Billardtisch, in dessen Taschen eine Mäusefamilie lebte, und ein Schlafzimmer nach dem anderen.

Sie schafften es gerade noch rechtzeitig zum Mittagessen in die Küche, wo ihnen Miss Sallow Truthahnsandwiches vorsetzte, Pommes Frites und – damit sich die königlichen Hoheiten von Frankreich auch zu Hause fühlten – gebackenen Camembert mit Preiselbeeren. Nach dem Mittagessen beschlossen die Kinder, sich den Wasserfall anzusehen, der dem Dorf seinen Namen gegeben hatte. Und so verließen sie gut gelaunt und gesättigt das Haus und marschierten über die schmale Brücke und durch den Schnee am Rand der Schlucht. Es dauerte nicht lange, da hörten sie ein Rumpeln, und als sie über eine kleine Anhöhe kamen, endete der Weg vor ihnen urplötzlich an einer steilen Klippe. Die Kinder schauten über ein ausgedehntes Becken. In der Ferne sahen sie die blaugraue Fläche des Lake Champlain. Westport wirkte von hier aus wie ein dunkler Knoten, der sich an die Küste schmiegte. Und da, gerade unter ihnen, schoss der Fluss aus der Schlucht und stürzte in die Tiefe. Es war schwindelerregend, hier über dem donnernden Wasser zu stehen und die kalte Gischt auf dem Gesicht zu spüren.

Michael beugte sich vor und machte ein Foto von dem sprudelnden Wasser unter ihnen.

Lange Zeit lagen die Kinder bäuchlings im Schnee und schauten zu, wie der Fluss über die Klippe stürzte. Kate fühlte, wie der Schnee schmolz und ihren Mantel durchnässte, aber sie hatte keine Lust, sich zu bewegen. Das Gefühl einer drohenden Gefahr, das sie bei ihrer Ankunft verspürt hatte, war nicht verschwunden. Sie hatte so viele Fragen. Was war hier passiert? Warum gab es keine Bäume mehr? Warum waren die Menschen so abweisend? Warum hatten sie die Berge von Westport aus nicht sehen können? Wer war dieser geheimnisvolle Dr. Pym? Und vor allem: Warum gab es hier nirgends Kinder?

»Also gut, Team.« Michael stand auf und fegte sich den Schnee vom Mantel. »Wir sollten heimgehen.« Seit er der Anführer geworden war, redete er Kate und Emma nur noch mit »Team« an. »Ich will mir vor dem Abendessen noch ein paar Räume anschauen. Und ich habe gehört, wie Miss Sallow etwas von einer Hackfleischpastete gesagt hat.«

Zurück im Haus, entdeckten sie noch einen Raum voller Uhren, einen anderen ohne Zimmerdecke und einen dritten, der keinen Boden hatte. Und dann stießen sie auf den Saal mit den Betten.

Er befand sich im Erdgeschoss, am südwestlichen Ende des Gebäudes. In dem Saal standen mindestens sechzig alte Bettgestelle aus Metall, fein säuberlich in Reihen. »Das ist ein Schlafsaal«, sagte Michael. »Wie in einem echten Waisenhaus.« Aber als sie die Vorhänge zurückzogen, sahen die Kinder, dass die Fenster vergittert waren. Sie blieben nicht lange in diesem Raum.

Es war schon fast Zeit für das Abendessen, als sie eine Treppe hinuntergingen und durch eine halb verfaulte Holztür in einen Weinkeller kamen. Die Luft war kalt und muffig. Die Strahlen ihrer Taschenlampen zuckten über unzählige leere Weinregale.

Michael entdeckte an der hinteren Wand des Kellers einen schmalen Gang und folgte ihm, bis er an einer Backsteinmauer endete. Er wandte sich gerade um, als Kate und Emma hinter ihm auftauchten.

»Was hast du da gefunden?«, fragte Emma.

»Nichts.«

»Wo führt die hin?«

»Wo führt was hin?«

»Bist du blind? Die da!«

Michael drehte sich um. Wo eben noch eine massive Mauer gestanden hatte, war nun eine Tür. Er merkte, wie ihm der Atem stockte und sein Herz anfing, schneller zu schlagen.

»Was ist los?«, fragte Kate.

»Nichts, bloß …« Er bemühte sich um eine ruhige Stimme. »Die Tür war eben noch nicht da.«

»Was?!«

»Er will uns auf den Arm nehmen«, sagte Emma. »Das gehört zu diesem Entdeckerquatsch, von wegen Zwerge gibt es wirklich und der ganze andere todlangweilige Mist. Traurig, aber wahr.«

»Stimmt das?«, fragte Kate. »Hast du dir das bloß ausgedacht?«

Michael machte den Mund auf und wollte ihr versichern, dass er die Wahrheit sagte. Da sah er den Blick in ihren Augen und wusste, dass sie ihm und Emma befehlen würde, umzukehren, wenn er das tat. Und was sollte er auch sagen? Dass die Tür aus dem Nichts aufgetaucht war? Das war doch unmöglich. Er musste sie irgendwie übersehen haben.

Aber das hatte er nicht. Da war er sich ganz sicher …

»Michael?«

»Ja, ich habe bloß Quatsch gemacht.« Und er lächelte, um ihr zu versichern, dass alles in Ordnung war.

»Ich habe ja immer gesagt, dass er nicht alle Tassen im Schrank hat«, sagte Emma. »Guck doch, wie er grinst!«

Die Tür ließ sich leicht öffnen. Dahinter kam eine Treppe zum Vorschein, die nach unten führte. Michael ging voraus, wobei er die Stufen laut mitzählte. Zwanzig, einundzwanzig, zweiundzwanzig … dreiundvierzig, vierundvierzig, fünfundvierzig … fünfzig … sechzig … siebzig. Bei der achtundachtzigsten Stufe kamen sie wieder an eine Tür.

Michael blieb stehen und drehte sich zu seinen Schwestern um.

»Ich muss euch was sagen. Ich habe gelogen. Die Tür war nicht da.«

»Was?!«

»Tut mir leid. Anführer sollten ihr Team niemals anlügen. Ich wollte nur herausfinden, was hier unten ist.«

Kate schüttelte wütend den Kopf. »Wir müssen gehen … sofort.«

Emma stöhnte. »Der spielt sich doch bloß auf! Das ist doch alles nicht wahr. Sag's ihr!«

»Kommt jetzt, alle beide!«

»Kate …« Michael ging eine Stufe nach oben, ganz nah an Kate heran. »Bitte.«

Hinterher dachte Kate manchmal an diesen Moment – an diesen einen, ganz besonderen Moment – und fragte sich, was passiert wäre, wenn sie nicht nachgegeben hätte, wenn sie sich nicht um Michaels Erregung, seine Vorfreude und das verzweifelte Flehen in seinen Augen gekümmert hätte …

»Also schön«, seufzte sie und redete sich ein, dass er die Tür in dem schwach beleuchteten Keller einfach übersehen hatte, dass es keinen Grund zur Sorge gab. »Fünf Minuten.«

Schon hatte Michael die Hand auf dem Türgriff. Hinter der Tür war es dunkel.

Sie traten ein. Kate und Emma wandten sich zur einen Seite des Raumes, Michael zur anderen. Die Strahlen ihrer Taschenlampen enthüllten eine Art Labor oder einen Arbeitsraum. Die Decke war gewölbt, was dem Raum etwas Höhlenartiges verlieh, und sie konnten sich nicht darüber klar werden, ob er sehr groß, sehr klein oder ganz gewöhnlich groß war. Denn jedes Mal, wenn sie sich umdrehten, schienen sich die Wände verschoben zu haben. Überall waren Bücher und Papiere, auf dem Boden, auf den Tischen und auf den Regalen. In Vitrinen standen dicht an dicht Flaschen in verschiedenen Größen sowie lange Messinginstrumente mit Skalen und Schrauben. Kate entdeckte einen Globus, aber als sie ihn drehte, schienen die Landmassen ihre Form zu verändern. Sie erkannte nichts darauf wieder.

Wenn die Lampen angezündet gewesen wären oder im Kamin ein Feuer gebrannt hätte, hätte Kate das Arbeitszimmer aus ihrem Traum eher erkannt. Aber so stolperte sie nur durch die Dunkelheit und zählte die Sekunden, bis sie es wieder verlassen konnte.

»Schaut euch das mal an«, sagte Emma. Sie stand vor einer Reihe von Glasgefäßen. Kate beugte sich vor. In einer goldfarbenen Flüssigkeit schwamm eine winzige Echse mit langen Klauen. Zusammengefaltet auf dem Rücken der Echse lagen zwei durchscheinende Flügel.

Auf der anderen Seite des Raums hob Michael die Kamera. Es blitzte auf. Gerade als er das Foto schoss, hörte er Kate hinter sich etwas sagen, das so klang wie »Oh nein!«.

Die Kamera spuckte das Foto aus, und Michael wedelte es trocken, wobei er blinzelte, um die roten Punkte zu vertreiben, die vor seinen Augen tanzten. Er hatte ein altes Buch fotografiert, das er auf dem Schreibtisch gefunden hatte. Es war in grünes Leder gebunden und alle Seiten waren leer.

Kate hastete herbei und zerrte die protestierende Emma hinter sich her.

»Wir müssen hier raus!«

»Guck mal.« Mit einer Hand blätterte er durch das Buch. »Alle Seiten sind leer. Als ob es sauber gewischt worden wäre.«

»Michael, wir sollten nicht hier sein. Das meine ich ernst.«

Das Foto war getrocknet und Michael steckte es in sein Notizbuch. Dabei fand er das Foto, das Abraham ihnen gestern Abend gegeben hatte, das Foto von dem See mit dem Dorf dahinter.

»Hörst du mir überhaupt zu?«, fragte Kate. »Wir sollten nicht hier sein.«

»Lass mich los!« Emma versuchte, sich aus Kates Griff zu befreien.

»Du sagtest fünf Minuten. Es ist doch bloß irgendein Arbeitszimmer. Und das ist vermutlich ein altes Fotoalbum. Siehst du?«

Michael wollte Abrahams Foto auf die Buchseite legen. Kate packte ihn am Arm. Sie sagte etwas. Etwas über einen Traum, den sie gehabt hatte. Aber in dem Moment, in dem Abrahams Foto die leere Seite berührte, verschwand der Boden unter ihren Füßen.

KAPITEL 4

Die Gräfin von Cambridge Falls

»Das ist … Junge, Junge … ich meine, wir sind …«

»Michael, alles in Ordnung?«

»… es gibt keine andere … ich meine, es ist einfach so … also, wir …«

»Michael …«

»Junge, Junge …«

»Michael!«

»Was?«

»Geht es dir gut?«

»Ob es mir … Ich meine, ja, mir geht's gut.«

»Emma?«

»Ganz okay. Glaube ich.«

Sie standen am Ufer eines großen, spiegelglatten Sees. In der Ferne erhoben sich Schornsteine und spitze Dächer über dem Kiefernwald. Es war ein wolkenloser Sommertag. Kate konnte den Duft der Blumen riechen.

»Was … was ist passiert?«, fragte Emma. »Wo sind wir?«

»Diese Frage kann ich beantworten.« Michaels Gesicht war rot vor Aufregung und seine Worte überschlugen sich fast. »Wir sind in Abrahams Foto! Na ja, nicht im Bild selbst, das wäre ja lächerlich.« Er kicherte leicht. »Aber wir sind an den Ort und in die Zeit transportiert worden, als das Foto entstand.«

Emma starrte ihn an. »Hä?«

»Kapiert ihr's nicht? Das ist Magie! Ganz bestimmt!«

»So was gibt es nicht.«

»Ach nein? Und wie sind wir dann hierhergekommen?«

Emma schaute sich um, und da sie selbst keine Erklärung fand, wechselte sie klugerweise das Thema. »Und wo sind wir überhaupt?«

»In Cambridge Falls natürlich!«

»Ha! Da ist ein riesengroßer See! Und Bäume und das alles. In Cambridge Falls sieht's doch aus wie auf dem Mond!« Sie war sehr mit sich zufrieden, weil sie ihn als Dummkopf entlarvt hatte.

»Ich meine doch früher! So sah es hier früher aus. Du hast das Foto ja nicht gesehen! Es ist genau dieselbe Landschaft. Ich habe es auf das Buch gelegt und jetzt sind wir hier. Warte mal … das Buch! Wo …?«

Das Buch, dessen Einband jetzt in der Sonne smaragdgrün schillerte, lag etwa einen halben Meter entfernt auf dem Boden. Michael hob es auf und blätterte es schnell durch.

»Das Bild ist weg! Aber es hat uns wirklich hierhergebracht!« Mit einem breiten Grinsen schob Michael das Buch in seine Tasche und klopfte leicht darauf. »Das ist echt. Alles ist echt.«

Kate war ein Stück weitergegangen und starrte auf ein großes Schiff, das in der Mitte des Sees trieb. Die Verantwortung für ihre Geschwister hatte sie zu einem sehr realistischen Mädchen gemacht. Sie hatte sich nie zu den fantasievollen Spielen hinreißen lassen, die Michael so gern mochte. Aber er hatte recht. Er hatte das Foto auf die Buchseite gelegt und jetzt waren sie hier. Aber was bedeutete das? War dies ein magisches Buch? Waren sie durch die Zeit gereist? Wie war das möglich?

»Da soll mich doch …«, sagte eine Männerstimme.

Kate wirbelte herum. Ein Stück weit entfernt stand ein kleiner Mann mit einem Fotoapparat in der Hand. Er trug einen braunen Anzug, war völlig kahl und hatte einen ordentlich gestutzten weißen Bart. Sein Mund stand vor lauter Überraschung weit offen.

»Es ist Abraham«, sagte Michael. »Das macht Sinn. Er musste ja da gewesen sein, um das Foto zu schießen. Er ist es, bloß jünger.«

»Aber immer noch kahl«, sagte Emma.

Kate holte tief Atem. Sie musste sich zusammenreißen. Aber genau in dem Augenblick schallte ein Schrei aus den Wäldern, ein Schrei, wie ihn die Kinder noch nie zuvor gehört hatten. Er fuhr durch sie hindurch wie ein eisiger Wind und kräuselte die Oberfläche des Sees.

Abraham stöhnte. »Oh nein …«

Eine Gestalt tauchte zwischen den Bäumen auf und rannte durch das hohe Gras auf sie zu. Sie trug dunkle Lumpen und eine Art Maske vor dem Gesicht. Während sie näher kam, sah Kate, dass die Kreatur mit eigenartigen, ruckartigen Bewegungen sprang, als ob sie bei jedem Schritt die Beine nach vorne werfen müsste.

»Lauft!«, zischte Abraham. »Ihr müsst fliehen!«

»Was ist das?!«, fragte Kate.

»Lauft einfach los! Macht schon!«

Aber Michael fummelte an seinem Fotoapparat herum und Emma hatte schon einen Stein aufgehoben. Kate wusste, dass es zu spät war. Die Kreatur zog ein langes gebogenes Schwert und schrie noch einmal. Diesmal war es noch viel schlimmer. Kate fühlte ihre Beine zittern und ihr Herz in der Brust verschrumpeln, als ob alles Blut, alles Leben aus ihr herausgepresst werden würde.

Die Kreatur stieß Abraham zu Boden.

Zitternd stellte sich Kate zwischen dieses Ding und ihre Geschwister.

»Halt!«

Erstaunlicherweise blieb die Kreatur tatsächlich stehen, direkt vor Kate. Trotz des schnellen Laufs atmete sie nicht schwer. Tatsächlich fragte sich Kate, ob sie überhaupt atmete. Aus der Nähe betrachtet, konnte man erkennen, dass es sich bei den Lumpen am Leib der Kreatur um die Überreste einer alten Uniform handelte. Auf der Brust war ein verblasstes Wappen zu sehen. Die Schwertklinge war fleckig und schartig. Aber was Kates Blick wie magisch anzog, war die Haut der Kreatur. Sie war von einer schlammigen grünen Farbe und hier und da mit Dreckkrümeln, Laub und sogar Moospolstern bedeckt. Und dann sah Kate einen dicken rosigen Wurm aus dem Brustkorb kriechen.

Sie zwang sich, der Kreatur ins Gesicht zu schauen. Was sie dort gesehen hatte, war keine Maske. Es waren schwarze Stoffstreifen, die das Gesicht einhüllten und nur die Augen freiließen. Diese Augen waren gelb und hatten schmale längliche Pupillen, wie die einer Katze. Die Kreatur roch wie etwas, das jahrhundertelang in einem Sumpf vor sich hin gemodert hatte, ehe man es wieder ausgrub.

Die Kreatur hob das Schwert und deutete in die Richtung, aus der sie gekommen war.

»Ihr geht besser mit«, sagte Abraham. »Ihr habt sowieso keine Wahl.«

Die Kreatur ging um Kate herum, packte Michael und warf ihn förmlich in Richtung des Waldes. Dann wandte sie sich Emma zu, aber wieder stellte Kate sich ihr in den Weg.

»Halt. Halt! Okay, wir kommen mit.«

»Nimm meinen Fotoapparat mit!«, rief Michael ihr zu.

Kate bückte sich, hob die Kamera auf und hängte sich den Riemen um den Hals. Emma hielt immer noch den Stein in der Hand und so nahm Kate ihre freie Hand und ging mit ihr zu Michael. Zu dritt schlugen sie die Richtung zum Wald ein, während die fremdartige, unheimliche Kreatur hinter ihnen hertrottete.

Der Wald, durch den die Kinder getrieben wurden, hatte wenig Ähnlichkeit mit der Landschaft, die sie vorhin erst erkundet hatten. Die Bäume waren groß und dick; Farne bedeckten den Boden und die Luft war erfüllt von Vogelgesang. Alles war üppig und voller Leben.

» … und ich wette mit dir, dieser Dr. Pym ist ein Zauberer«, flüsterte Michael aufgeregt. »Das war bestimmt sein Arbeitszimmer, meint ihr nicht auch? Ich frage mich, was er noch darin versteckt hat.«

Kate hatte die Tatsache akzeptiert, dass das, was sie erlebt hatten, etwas mit Magie zu tun hatte. Es erklärte eine ganze Menge, nicht nur das Buch, das Michael gefunden hatte, sondern auch, wie es möglich war, dass man eine mächtige Bergkette einfach so vor den Blicken verbergen konnte. Na gut, Magie gab es also doch. Im Augenblick war es ihr allerdings wichtiger, hier wieder herauszukommen.

»Wohin bringt er uns?«, fragte Emma.

»Wahrscheinlich will er uns hinrichten«, sagte Michael und schob seine Brille nach oben. Es war warm und die Luft war schwül. Sie fingen an zu schwitzen.

»Solange er dich zuerst hinrichtet, soll es mir recht sein. Das wird ein Spaß! Von wegen, altes Fotoalbum!« Sie wandte sich an die Kreatur. »Wohin bringst du uns, Stinker?«

»Hör auf damit«, befahl Kate.

»Ich habe keine Angst.«

»Das weiß ich«, sagte Kate, obwohl sie vom Gegenteil überzeugt war. »Lass es trotzdem sein.«

Nach einigen Minuten, in denen die Kreatur sie grunzend vorangestoßen hatte, kamen die Kinder über eine kleine Anhöhe und ließen den Wald hinter sich. Michael blieb stehen.

»Schaut mal!«

Er deutete auf den Fluss. Zunächst begriff Kate nicht, was sie da sah. Es war, als wäre das Wasser auf halbem Weg die Schlucht entlang plötzlich unter einer schmalen Steinbrücke hindurchgeflossen und kurz danach verschwunden, etwa eine Viertelmeile von der Stelle entfernt, wo normalerweise der Wasserfall in die Tiefe stürzte. Kate schaute das trockene Flussbett entlang bis dorthin, wo das Wasser aufhörte. Dort befand sich eine breite Holzbarriere, wie eine Mauer, die quer über die Schlucht verlief. Und dann begriff sie: Abrahams Damm.

Sie schaute hinunter zum Dorf, zu dem glänzenden See in der Ferne, und sah das Schiff auf dem glasigen Wasser dahintreiben. In dem anderen Cambridge Falls, aus dem sie gekommen waren, gab es keinen Damm, keinen See und kaum Bäume. Was war geschehen, das alles so verändert hatte? War jene zerfetzte Kreatur dafür verantwortlich?

»In *Alles über Zwerge*«, sagte Michael, »spricht G. G. Greenleaf darüber, dass Zwerge meisterhafte Dammbauer sind. Nicht wie die Elfen. Die wollen immer nur Schönheitssalons errichten.«

Emma stöhnte und meinte, dass sie und Kate nichts mehr über Zwerge hören wollten. »Wenn wir schon sterben müssen, dann musst du uns nicht auch noch foltern.«

Die Kreatur trat hinter ihnen zwischen den Bäumen hervor und fuchtelte mit dem Schwert.

»Kommt weiter«, sagte Kate.

Während die Kinder bergab stiefelten, stahl sich Kates Hand zu dem Medaillon ihrer Mutter. Es war ihre Aufgabe, ihre Geschwister aus dieser bedrohlichen Lage zu befreien, sie zu beschützen. Immerhin hatte sie es versprochen.

»Sind das …«, sagte Emma.

»Ja«, antwortete Kate.

»Und …«

»Ja.«

»Was machen sie mit ihnen?«

»Ich weiß nicht.«

Die Kreatur hatte sie aus dem Wald zu einer Lichtung neben dem Damm gebracht. Von Nahem gesehen war es tatsächlich eine riesige hölzerne Wand, vielleicht zehn Meter dick. Die Konstruktion war leicht gebogen und zog sich in einem sanften Schwung von einer Seite der Schlucht zur anderen. Auf der einen Seite erstreckte sich eine weite, stille Wasserfläche. Auf der anderen – nichts, bloß ein Abgrund.

Aber keiner von ihnen, weder Kate noch Emma oder Michael, schaute dorthin.

Und das hatte einen ganz einfachen Grund.

Sie hatten die Kinder von Cambridge Falls gefunden.

Mitten auf der Lichtung standen dicht gedrängt etwa vierzig oder fünfzig Jungen und Mädchen. Kate schätzte, dass das jüngste Kind etwa sechs Jahre alt war und das älteste etwa in Michaels Alter. Es gab kein Geschrei, niemand schubste oder lief herum. Niemand benahm sich so, wie Kinder sich normalerweise untereinander benehmen. Etwa fünfzig Kinder standen still und ruhig auf einem Fleck.

Und um sie herum liefen neun dieser schwarz gekleideten, faulig riechenden Kreaturen.

Ein raues Bellen ertönte und die Kreatur hinter ihnen stieß die drei Geschwister vorwärts.

»Emma«, flüsterte Kate, »wir brauchen Antworten von diesen Kindern. Also halte dich zurück, ja?«

»Was willst du damit sagen?«

»Sie will damit sagen, dass du dich nicht gleich wieder prügeln sollst«, erklärte Michael.

»Na gut«, grummelte Emma.

Die Kreatur trieb sie ans hintere Ende der Gruppe. Erleichtert sah Kate, dass die meisten Kinder zum Wald auf der anderen Seite der Schlucht schauten und nicht auf sie achteten. Aber ein Junge starrte sie geradewegs an. Er hatte ein rundes Gesicht, einen roten, wild gelockten Haarschopf und sehr lange Schneidezähne.

»Was glotzt du so…?«, setzte Emma an.

»Emma.«

Emma klappte den Mund zu.

»Ihr seid nicht von hier«, sagte der Junge.

Er sprach leise, und Kate kannte den Ausdruck, der auf seinem Gesicht lag. Sie hatte ihn auf den Mienen der Kinder gesehen, die Jahr um Jahr im Waisenhaus verbrachten und irgendwann einmal zu der Erkenntnis kamen, dass niemand sie adoptieren würde. Dieser Junge hatte keine Hoffnung mehr.

»Ich heiße Kate«, sagte sie, genauso flüsternd wie der Junge. »Das sind mein Bruder Michael und meine Schwester Emma. Wie heißt du?«

»Stephen McClattery. Woher kommt ihr?«

»Aus der Zukunft«, sagte Michael. »Etwa fünfzehn Jahre voraus, mehr oder weniger.«

»Michael ist unser Anführer«, sagte Emma fröhlich. »Also ist es seine Schuld, wenn wir alle sterben.«

Der Junge wirkte verwirrt.

»Das Ding hat uns im Wald aufgespürt und uns gezwungen, mitzukommen«, sagte Kate. »Was sind das für Kerle?«

»Du meinst die Kreischer?«, fragte Stephen McClattery. Ein kleines Mädchen hatte sich zu ihm gesellt. »So nennen wir sie, weil sie so schreien. Ihr habt sie ja gehört, nicht wahr?«

»Ich hör sie im Schlaf«, sagte das kleine Mädchen.

Kate schaute sie an. Sie war jünger als Emma, hatte Zöpfe und trug eine Brille mit Gläsern, hinter denen ihre Augen riesig wirkten. Sie umklammerte eine abgewetzte Puppe, die kaum noch Haare hatte.

»Ist das deine Schwester?«

Stephen McClattery schüttelte den Kopf. »Das ist Annie. Sie hat drüben am Ende des Dorfs gelebt.«

Das kleine Mädchen nickte heftig, um zu zeigen, dass er die Wahrheit sagte.

»Und wo lebt ihr jetzt?«, fragte Kate, obwohl sie die Antwort bereits wusste.

»Im großen Haus«, sagte Stephen.

Kate warf ihren Geschwistern einen Blick zu. Es war klar, dass sie alle an den großen Saal mit den vergitterten Fenstern und den Bettgestellen dachten.

»Seid ihr Waisen?«, fragte Emma. »Ihr alle?«

»Nein«, antwortete Stephen. »Wir haben Eltern.«

»Und warum wohnt ihr dann nicht bei denen?«, wollte Michael wissen.

Stephen McClattery zuckte mit den Schultern. »Das lässt sie nicht zu.«

Kate verspürte einen unheilvollen Schauer. Hier war die Antwort auf die Frage zu finden, was mit den Kindern von Cambridge Falls geschehen war. Aber noch ehe Kate nach dieser geheimnisvollen »Sie« fragen konnte, schrie eins der Kinder auf, und die ganze Meute geriet in Bewegung. Die Kinder sprangen, kreischten, kletterten übereinander und hatten ihre Angst vor den Kreaturen anscheinend vergessen. Stephen McClattery und das Mädchen waren in der Menge verschwunden.

»Was ist denn?«, fragte Emma. »Was ist da drüben?«

Kate strengte sich an, um über die Köpfe der weglaufenden Kinder blicken zu können. Auf der anderen Seite der Schlucht strömten Menschen aus dem Wald. Und da begriff sie, warum die Kinder riefen und schrien.

»Es sind ihre Mütter.«

Die Menschen auf der anderen Seite waren alles Frauen. Sie winkten und riefen die Kinder bei ihren Namen.

Kate schaute sich um. Die Kreischer, wie der Junge sie genannt hatte, standen vor der Gruppe von Kindern und hielten sie zurück. Das war ihre Chance zur Flucht. Aber wohin sollten sie gehen? Sie waren ja in der Vergangenheit gefangen!

Dann kam ihr eine Idee.

»Michael! Hast du noch das Foto?«

»Nein, es verschwand, als ich es in …«

»Nein, nicht das von Abraham. Das andere! Das du mit deinem Fotoapparat gemacht hast. Als wir in dem Arbeitszimmer waren. Bitte sag, dass du es hast!«

Michael bekam kugelrunde Augen, als ihm klar wurde, worauf sie hinauswollte. Abrahams Foto, auf die leere Buchseite gelegt, hatte sie hierhergebracht. Also konnte das Foto, das er in dem unterirdischen Arbeitsraum gemacht hatte, sie vielleicht wieder zurückbringen.

»Ja! Ja, hier hab ich's!«

Aber gerade als Michael in seine Tasche griff, ertönte ein neues Geräusch.

Arruuuggga – Arruuuggga!

Es kam zwischen den Bäumen hinter ihnen hervor, und Kate sah, wie die Kinder und die Mütter verstummten und in die Richtung schauten, aus der das Geräusch erklang. Ein paar Sekunden lang geschah gar nichts. Dann hörte sie das vertraute Stottern einer Maschine und aus dem Wald kam ein glänzendes schwarzes Motorrad gefahren. Die breiten, klobigen Reifen gruben sich durch den Schlamm. Der Fahrer war ein sehr kleiner, sehr merkwürdig aussehender Mann. Sein Kinn war lang und dünn und sein Schädel spitzte sich wie ein Kegel zu. Die Mitte seines Gesichts aber war breit und flach. Es war, als ob jemand sein Kinn und seine Schädeldecke gepackt und kräftig gezogen hätte. Er hatte helles, strähniges Haar und war in einen dunklen Nadelstreifenanzug gekleidet, zu dem er eine altmodische Fliege trug. Auf seiner Nase saß eine Motorradbrille mit dicken Gläsern. Er hupte.

Arruuuggga!

An dem Motorrad befand sich ein Beiwagen, aber Kate konnte nicht erkennen, wer darin saß. Wer auch immer es war, trug einen alten Staubmantel, einen Lederhelm und eine ähnliche Motorradbrille wie der Fahrer.

Arruuuggga!

Das Motorrad beschrieb holpernd einen Kreis um die Kinder und blieb am Rand des Damms stehen. Kate fiel auf, dass sich die Kreischer nicht gerührt hatten. Sie schienen auf etwas zu warten.

Der Fahrer stellte den Motor aus und rannte dann um das Motorrad herum, um seinem Passagier zu helfen. Dieser war jedoch bereits aus dem Beiwagen gestiegen. Die Gestalt entledigte sich des Mantels, der Brille und des Helms und ließ sie in die wartenden Arme des kleinen Mannes fallen. Vor ihnen stand ein Mädchen von etwa sechzehn oder siebzehn Jahren. Sie hatte makellose weiße Haut und goldenes Haar, das ihr in vollkommenen Locken auf die Schultern fiel. Sie trug ein zartes weißes, nostalgisch anmutendes Kleid und ihre Arme waren nackt und schlank. Sie hatte keinen Schmuck angelegt. Das hatte sie gar nicht nötig. Sie war das schönste Wesen, das Kate je gesehen hatte. Sie schien vor Leben zu sprühen. Beim Anblick einer gelben Blume vor ihren Füßen stieß das Mädchen einen Schrei des Entzückens aus, pflückte die Blume, wandte sich um und hüpfte leichtfüßig zum Damm.

»Wer ist das?«, fragte Michael.

»Das ist sie«, sagte Stephen McClattery, der wieder zu ihnen getreten war, leise. »Das ist die Gräfin.«

»Ich mag sie nicht«, sagte Emma. »Sie sieht hochnäsig aus.«

Das Mädchen erreichte den Damm und ging eine Treppe hinauf. Bis jetzt war Kate vom Anblick der Kinder zu sehr gefesselt gewesen, um zu bemerken, wie massiv dieser Damm wirklich war. Er überragte den Rand der Schlucht um etwa zwei Meter und bildete eine breite, gebogene Brücke zur anderen Seite. Kate sah, wie die Gräfin über die Brücke tänzelte, bis sie die Mitte erreichte. Dort blieb sie stehen, direkt über der tiefsten Stelle des Abgrunds, nur eingerahmt von dem Blau des Himmels und den baumbestandenen Hügeln des Tals.

Sie wandte sich von den Müttern zu den Kindern und stieß einen kleinen Entzückenslaut aus. »Oh, seht doch! Ihr seid alle gekommen! Ich freue mich so, euch zu sehen!«

»Sie scheint gar nicht so übel zu sein«, bemerkte Michael flüsternd.

»Ach, halt die Klappe«, zischte Emma.

Die Stimme des Mädchens war fröhlich und Kate bemerkte einen leichten Akzent.

»Ihr werdet euch sicher fragen, warum ich euch hergebeten habe. Nun, ihr könnt euch bei meinem Sekretär, Mr Cavendish, bedanken.« Sie deutete auf den kleinen Mann, der sich das Haar glattstrich. »Oh, er ist aber auch zu liebenswürdig! Er erinnerte mich daran, dass wir heute den zweiten Jahrestag meiner Ankunft in Cambridge Falls feiern dürfen. *C'est incroyable, n'est-ce pas?* Zwei volle Jahre sind wir schon zusammen! Wie herrlich!«

Wenn irgendjemand sonst diesen Umstand herrlich fand, behielt er es für sich.

»Aber Mr Cavendish erinnerte mich auch daran, dass eure Männer mit der Suche bislang keinen Erfolg hatten. Wir sind immer noch keinen Schritt weiter als damals, als ich hier eintraf.« Sie zog einen Schmollmund.

»Sie hat irgendwie eine nette Art, findet ihr nicht?«

Diesmal war es Kate, die ihren Bruder bat, den Mund zu halten.

Die Gräfin fuhr fort: »Aber verzweifelt nicht, *mes amis*. Eure kleine Gräfin hat so angestrengt nachgedacht, bis ihr der Kopf wehtat, und ich habe herausgefunden, was ich falsch gemacht habe! Ja, niemand anders hat Schuld. Es ist mein eigener Fehler. Wisst ihr, ich habe euren Männern gesagt: ›Findet, wonach ich suche, und ich werde weggehen. Ihr werdet wieder mit euren Familien vereint sein. Alles wird wieder so wie früher.‹ *Quelle imbécile!* Wie konnte ich nur so dumm sein? Ich habe eure Männer aufgefordert, das Gewünschte zu finden, und als Belohnung für ihren Erfolg werdet ihr meiner Gegenwart beraubt?! Ist es da ein Wunder, dass noch keine Fortschritte erzielt wurden? Ihr wollt mich nicht gehen lassen! Ich kann euch natürlich keinen Vorwurf machen, aber so geht das wirklich nicht. So schwierig das auch sein wird, ich muss einfach dafür sorgen, dass ihr mich weniger liebt.«

Auf ihr Handzeichen hin griff einer der schwarz gekleideten Wächter in die Menge der Kinder und eine Sekunde später hatte er die kleine Annie unter seinen Arm geklemmt und marschierte mit ihr zum Damm. Aus den Reihen der Kinder und der Mütter erhob sich ein Schrei. Die Kreatur trat zur Gräfin, hielt das Mädchen am Kragen seiner Jacke und ließ es über den Rand des Damms baumeln.

Annies Schreie schnitten Kate ins Herz. Die Beine des

kleinen Mädchens traten in die leere Luft. Eine Frau auf der anderen Seite der Schlucht fiel auf die Knie.

»Was macht er denn da?!«, schrie Emma und packte Kate so fest am Arm, dass es wehtat. »Er kann doch nicht ... er kann doch nicht ...«

Die Gräfin legte die Hände über ihre Ohren und tanzte im Kreis, wobei sie in einer komischen Manier rief: »Zu viel Lärm! Ich kann mich nicht denken hören!«

Endlich versiegten die Schreie und nur noch Annies Wimmern war zu hören.

Die Gräfin lächelte mitfühlend. »Ich weiß! Es ist schrecklich! Aber was soll ich machen? Es ist jetzt zwei Jahre her. Das stimmt doch, Mr Cavendish, nicht wahr? Zwei Jahre?«

Der Sekretär nickte mit seinem seltsam geformten Kopf.

»Und glaubt mir, *mes anges*, ich bin gar nicht gern der Spielverderber, aber ich muss euch eure maßlose Liebe für mich austreiben!« Die Gräfin hob die Puppe auf, die Annie fallen gelassen hatte, und glättete ihr das schüttere Haar. »Eure Männer wurden schon unterrichtet. Sie werden finden, was ich begehre, oder an diesem Sonntag – ich hasse Sonntage, sie sind so langweilig –, also an diesem Sonntag wird eure Stadt ein Kind verlieren. An diesem Sonntag und an jedem folgenden, den ich noch warten muss.«

Kichernd warf sie die Puppe über den Rand in die Tiefe. Als sie in den Abgrund segelte, erhoben sich Schreie zu beiden Seiten der Schlucht. Kate fühlte, wie der Schrecken durch die Kinder raste. Dann streifte etwas ihre Schulter. Sie schaute auf und sah eine zerschlissene, abgewetzte Uniform. Zuerst dachte sie, es sei einer der Kreischer. Aber irgendetwas war anders. Die Gestalt bewegte sich gleichmäßig, ohne das Rucken und Zucken der Kreaturen. Und sie war riesig. Größer als alle Kreischer und etwa zwei- bis dreimal so breit. Wenn es ein Mann war, war es der größte Mann, den Kate jemals gesehen hatte. Als er an ihr vorbeiging, schaute er sie an. Seine Augen waren von einem dunklen Steingrau. Dann war er vorbei, schob sich durch die Menge der Kinder geradewegs auf das schöne Geschöpf auf dem Damm zu.

»Wer ist das?«, fragte Emma. »Das ist kein Kreischer. Hast du seine Augen gesehen?«

Oben auf dem Damm nickte die Gräfin mit ihrem goldgelockten Kopf und der Kreischer zog Annie vom Abgrund zurück und warf sie in Richtung der Treppe. Schluchzend rappelte sich das Mädchen auf und rannte zu den anderen Kindern.

»Also ich muss schon sagen, das war ein ganz entzückender Besuch. Ihr seht alle ganz ausgezeichnet aus. Mir gefällt es, dass ihr auf euch achtet. Wie auch immer, ich muss ...«

»Sie hat ihn gesehen!«, sagte Emma.

»Wen?« Als der Mann vorbeigegangen war, hatte Michael gerade seine Brille geputzt und die Gläser abgerubbelt, als ob er so auslöschen könnte, was er gerade gesehen hatte.

»Wovon redest du?«

Die Gräfin starrte den großen Mann an, der gerade aus der Gruppe der Kinder trat. Kate sah, dass sie dem Kreischer neben sich etwas zuflüsterte, woraufhin die Kreatur den Mund öffnete und anfing zu schreien.

Michael und Emma hielten sich die Ohren zu, aber es half nichts. Die anderen Kinder reagierten, als ob man sie niedergeschlagen hätte, und fielen auf die Knie. Keuchend sah Kate, wie drei der Kreaturen ihre rostigen, schartigen Schwerter zogen und auf den Riesen zuschlichen. Wie durch Zauberei hielt der

Fremde plötzlich ebenfalls ein Schwert in der Hand. Die Kinder wichen zurück. Emma stolperte und fiel zu Boden. Kate und Michael halfen ihr wieder auf und taumelten rückwärts, damit sie nicht niedergetrampelt wurden. Über die Schreie der Kinder hinweg konnten sie das Grunzen der Kämpfenden und das Klirren der Schwerter hören, und dann, einer nach dem anderen, versiegten die Schreie der Kreischer abrupt.

Als sie sich aus der Menge gelöst hatten, sah Kate die drei Kreischer auf dem Boden liegen. Sie schienen mit einem grausigen Zischen im Schmutz zu schmelzen. Der Mann atmete schwer. Der schwarze Schal um seinen Kopf war weggerissen worden. Er hatte langes dunkles Haar und eine Narbe auf der Wange.

»Er hat sie getötet!«, keuchte Stephen McClattery fassungslos. »Er hat die Kreischer getötet! Das ist noch niemandem gelungen.«

Sechs weitere Kreischer kreisten den Mann ein.

Oben auf dem Damm hielt die Gräfin noch immer die Blume in der Hand, die sie gepflückt hatte, und blickte kokett darüber hinweg, wie eine junge Dame, die ihrem Tanzpartner entgegensieht. Kate bemerkte, dass Cavendish, der Fahrer mit dem eiförmigen Kopf, sich hinter seinem Motorrad verstecken wollte.

»Mit sechs von den Kerlen wird er nicht fertig«, meinte Michael. »Das sind zu viele.«

Augenscheinlich war der große Mann zu derselben Überzeugung gelangt. Als sich die Kreaturen zum Angriff bereit machten, wandte er sich zum Damm und wich gleichzeitig zurück.

»Stirb, Hexe!«

Aber noch ehe er sein Schwert werfen konnte, blies die Gräfin auf die Blume. Kate sah einen goldenen Wirbel auf den

Mann zurasen und ihn einhüllen. In der Wendung, die Muskeln noch angespannt, wurde er starr. Ein Kreischer trat ihm gegen die Brust, und der Mann kippte um, ohne seine Körperhaltung zu verändern. Er landete im Schmutz und wirbelte eine Staubwolke auf. Die Gräfin stieß ein kleines Lachen aus und hüpfte auf der Stelle auf und ab.

»Habt ihr das gesehen?«, sagte Michael. »Habt ihr gesehen, was sie gemacht hat?«

»Sie ist eine Hexe«, erklärte Emma. »Jemand sollte sie von diesem Damm schubsen. Oder sie verbrennen. Das macht man doch mit Hexen, oder?!«

Kate war klar, dass sie hier verschwinden mussten. Es war egal, wer sie dabei sah. Und sie wollte gerade Michael auffordern, das Buch herauszuholen, als sich die junge Frau umdrehte und sie direkt anschaute.

Kate fühlte sich, als hätte man ihr einen Dolch ins Herz gestoßen.

Die Gräfin streckte den Arm aus. Ihr Finger deutete auf Kate. Ihre Stimme war ein schrilles Kreischen. »Haltet sie auf!«

»Michael«, zischte Kate. »Das Buch! Schnell!«

»Jemand wird uns sehen …«

»Das ist egal.« Und sie griff selbst in die Tasche und zog das Buch heraus. Dunkle Gestalten kamen auf sie zu. Eine von ihnen schrie. Dann eine zweite. Und noch eine. Kate versuchte, es zu ignorieren, aber es war, als würde man unter Wasser versuchen, nach Luft zu schnappen. Sie konnte nicht mehr atmen.

»Wo … wo ist das Foto?«

Michael rührte sich nicht. Kate dämmerte, dass die Schreie der Kreaturen ihn hatten erstarren lassen. Da verpasste Emma ihm eine Ohrfeige.

»He – was soll das?!«

»Das Foto!«

Michael warf einen Blick auf die dunklen Gestalten, die sich rasch näherten und dabei rechts und links Kinder aus dem Weg schleuderten. Wieder schrie die Gräfin: »Haltet diese Kinder auf!« Er fummelte in seinen Taschen, zog das Foto heraus und ließ es gleich wieder fallen.

Kate fiel auf die Knie, legte das Buch auf ihren Schoß und öffnete es.

»Emma, nimm meinen Arm!«

Mit zitternden Fingern tastete sie nach dem Foto, aber Michael hatte seinen Fuß daraufgestellt.

»Wo ist es?«, fragte er. »Ich sehe es nicht!«

»Du stehst drauf! Rück zur Seite!«

Die Kreischer kamen näher. Ihre Schreie waren lauter als je zuvor. Sie musste sich konzentrieren, musste …

Und dann, nur für einen kurzen Augenblick, herrschte Stille. Es schien so, als müssten diese Kreaturen doch hin und wieder Atem holen. Kate spürte, wie die Luft in ihre Lungen zurückkehrte, wie ihr Herz Blut durch ihren Körper pumpte. Sie stieß Michael aus dem Weg und griff sich das Foto. Es war mit Schmutz von seiner Schuhsohle befleckt. Aus dem Augenwinkel sah sie, wie Stephen McClattery zur Seite geschleudert wurde.

»Schnell!«, brüllte Emma.

»Festhalten!«, schrie Kate.

Als die beiden dunklen Gestalten sich auf sie stürzen wollten, legte Kate das Foto auf die leere Seite. Sie fühlte einen Ruck in ihrem Magen und dann gab der Boden unter ihren Füßen nach.

Kate blinzelte. Alles war dunkel, die Luft kühl. Sie blinzelte noch ein paarmal, und dann schwappte Erleichterung über sie hinweg, als sich ihre Augen an das spärliche Licht gewöhnt hatten. Sie standen wieder in dem unterirdischen Raum im großen Haus. In ihrer Zeit. Sie kniete auf dem Boden und hatte das Buch auf dem Schoß. Auf der anderen Seite des Raums sah sie drei Gestalten – Michael, Emma und sich selbst – kurz im Taschenlampenlicht aufblitzen.

Und dann waren sie weg.

Kate spürte, wie etwas sich von ihr löste. Als ob eine höhere Macht sie zusammengehalten hätte.

»Kate.« Emmas Stimme war neben ihr. Kate wurde bewusst, mit welcher Heftigkeit ihre Schwester ihren Arm packte. »Kate, wo ist Michael?«

Kate schaute dorthin, wo Michael gestanden hatte. Besser gesagt: Wo Michael stehen sollte. Ihr Bruder war nicht da.

KAPITEL 5

Dr. Stanislaus Pym

Beim Abendessen erzählten sie Miss Sallow, Michael fühle sich nicht wohl und sei früh zu Bett gegangen. Sie selbst rührten kaum etwas von dem Essen an und beachteten die alte Frau auch nicht, die grummelnd meinte, ihre Kochkünste könnten sich wohl nicht mit dem Hof in Versailles messen und dass sie zweifellos gleich am nächsten Morgen auf die Guillotine gebracht werden würde. Abraham hatte schon ein Feuer gemacht, als sie in ihr Zimmer kamen, und die beiden Mädchen stiegen in das Bett, in dem sie gemeinsam schliefen, und hielten einander ganz fest.

»Es wird alles gut«, sagte Kate zu Emma. »Wir holen ihn zurück.«

Irgendwann in der Nacht spürte Kate, dass Emma eingeschlafen war. Aber sie selbst lag wach. Ihr Geist rotierte um die Ereignisse des heutigen Tages. Hatte einer der Kreischer Michael im letzten Moment zu fassen bekommen? Oder – schlimmer noch – hatte sie das Foto auf das Buch gelegt, bevor Michael sie hatte berühren können? Hatte er nach ihr gegriffen, in dem Moment, in dem sie vor seinen Augen verschwand? Sie stellte sich vor, wie Michael die leere Luft umarmte, wo sie und Emma eben noch gestanden hatten. Was für ein Schrecken musste über ihn gekommen sein, als ihn die kalten Krallen der Kreischer packten. Dort im Dunkeln, die schlafende Emma neben sich, flüsterte Kate immer wieder: »Es ist alles meine Schuld. Es ist alles meine Schuld.« Ihre Mutter hatte sie nur um eins gebeten: auf ihre Geschwister aufzupassen. Und sie hatte versagt. Was sollte sie ihr jetzt sagen? Wie sollte sie das erklären? Ihre einzige Hoffnung war das Buch, das unter ihrer Matratze versteckt lag. Sie würden es noch einmal benutzen. Sie würden sich ein anderes Foto besorgen, in der Zeit zurückreisen und Michael nach Hause bringen.

Der Himmel vor dem Fenster hatte gerade begonnen, sich zu erhellen, als Kate Emma wach rüttelte.

»Zieh dich an«, sagte sie. »Wir müssen mit Abraham reden.«

Abraham wohnte in einem Apartment im obersten Stock des Nordturms. Sie standen etwa eine Minute lang vor seiner Tür und klopften, aber niemand antwortete. In der Küche fragten sie Miss Sallow, die klappernd mit ihren Töpfen hantierte.

»Abraham ist nach Westport gefahren«, erklärte Miss Sallow und klatschte zwei Würstchen auf Kates Teller. »Um Dr. Pym abzuholen.«

»Was?«

»Bitte entschuldigt, wenn ich kein Französisch spreche, königliche Hoheiten, aber wenn ihr Englisch versteht, sage ich es gerne noch einmal: Er ist nach Westport gefahren, um Dr. Pym abzuholen. Ist schon frühmorgens los. Sollte bald wieder da sein.«

»Kate«, flüsterte Emma, »weißt du noch, was Michael sagte? Dass das Buch diesem Doktor gehört. Glaubst du wirklich, dass er ein Zauberer ist, oder ...«

»Wo ist euer Bruder?«, wollte Miss Sallow wissen.

»Im Bett«, erwiderte Kate. »Es geht ihm immer noch nicht besonders gut.«

»Hm. Wahrscheinlich ist er in einen Hungerstreik getreten, weil ihm mein Essen nicht schmeckt. Na, ihr könnt ihm trotzdem was hinaufbringen. Er kann's ja die Treppe hinunterwerfen, wenn es ihm nicht passt.«

Sie holte ein Tablett aus der Vorratskammer. Sobald sie weg war, beugte sich Emma über den Tisch und zischte: »Dieser Doktor Dingsbums kriegt bestimmt raus, dass wir das Buch genommen haben! Er wird uns in Kröten oder so etwas verwandeln! Wir müssen ...«

Sie brach ab, als sich von der Halle her unregelmäßige Schritte näherten. Eine Sekunde später humpelte Abraham in die Küche, immer noch im Wintermantel. »Guten Morgen, ihr Küken, guten Morgen.« Er ging zum Herd und rieb sich die Hände. »Da draußen ist es so kalt wie im Grab. Das hab ich auch dem Doktor gesagt, als wir über den See kamen. ›Du hast den Nagel auf den Kopf getroffen, Abraham‹, sagte er zu mir. ›Es ist so kalt wie im Grab.‹ Ah, wir hatten einen herrlichen kleinen Schwatz, der Doktor und ich.«

»Abraham?«

»Ja, Miss?« Er hatte sich Tee eingegossen und warf einen Zuckerwürfel nach dem anderen in die Tasse.

Kate schluckte. »Wir müssen Sie um einen Gefallen bitten. Wir brauchen noch ein ...«

»Seid ihr noch nicht fertig? Selbst schuld!« Miss Sallow war wieder in die Küche geschlurft gekommen, packte Kates und Emmas Teller und warf sie in die Spüle. »Ab mit euch in die Bibliothek, Hoheiten. Hab in der Diele mit dem Doktor gesprochen. Er will euch jetzt sehen.«

»Uns?«, sagte Kate. »Aber … warum?«

»Woher soll ich das wissen. Vielleicht will er euch um ein Autogramm bitten. Also, worauf wartet ihr noch? Auf Fanfaren und Zeremonienmeister, die euch ankündigen? Los! Und Sie …« Sie warf mit einer Zwiebel nach Abraham. »Sie hören auf, meinen Zucker zu stehlen!«

»Ich habe nur zwei Stück genommen, Miss Sallow.«

»Zwei Stück? Von wegen zwei Stück! Und noch zwei und noch zwei …«

Mit einem Kochlöffel bewaffnet, jagte Miss Sallow Abraham rund um den Tisch.

Kate seufzte.

»Komm, Emma.«

Kate und Emma blieben vor der Tür zur Bibliothek stehen.

»Denk dran«, wisperte Kate, »wir wissen nichts über ihn. Vielleicht ist er ein ganz normaler Heimleiter.«

»In einem Waisenhaus mit nur drei Kindern, unzähligen verstaubten Zimmern und einer Menge magischem Zeug. Na klar!«

Kate musste zugeben, dass das Argument ihrer Schwester nicht von der Hand zu weisen war, doch bevor sie etwas erwidern konnte, rief von drinnen eine Stimme: »Kommt rein, kommt rein! Steht nicht da draußen herum und flüstert!«

Sie hatten keine andere Wahl, also nahm Kate Emma bei der Hand und öffnete die Tür.

Sie waren gestern schon einmal in der Bibliothek gewesen, als Emma die Gleitleiter kaputt gemacht hatte, und daher kannten sie den Raum. Es gab zwei Etagen mit Büchern und – gegenüber der Tür – eine Wand voller schmaler eisengerahmter Fenster, die über die verfallenen Ställe blickten. Zu ihrer Linken befanden sich ein kleiner Kamin und vier außerordentlich abgewetzte Ledersessel. Ein weißhaariger Mann in einem Tweedanzug kniete mit dem Rücken zu ihnen und versuchte, ein Feuer anzuzünden. Reisemantel, Spazierstock und einen speckigen alten Lederbeutel hatte er auf einem der Sessel abgelegt.

»Setzt euch, setzt euch«, hallte seine Stimme hohl den Schornstein hinauf. »Ich bin gleich bei euch.«

Kate und Emma setzten sich jeweils in einen Sessel. Kate fragte sich, ob der Mann eine Ahnung hatte, was er da tat. Stöcke und Zeitungen lagen willkürlich im Kamin verteilt, dazu ein paar Steine, eine leere Limodose und einige alte Teebeutel. Er zündete vergeblich ein Streichholz nach dem anderen an.

»Hat keinen Sinn«, sagte der Mann. Kate hörte, wie er etwas murmelte, und plötzlich flackerte ein fröhliches Feuer im Kamin. »Ja, schon viel besser!«

Emma stieß Kate in die Seite und deutete auf den Mann, als wollte sie sagen: »Siehst du?«

Der Mann stand auf und drehte sich zu ihnen um, wobei er sich den Staub von den Händen klopfte. Er war sehr alt, hatte weiße Haare und dicke Augenbrauen, die wie Hörner abstanden. Das Gestell seiner Brille war verbogen und saß leicht schief auf seiner Nase, als ob er erst kürzlich einen Unfall gehabt hätte. Sein Anzug sah aus, als ob er unter demselben Unfall – und einigen Dutzend weiterer Unfälle – gelitten hätte. »Ein Feuer zu entfachen, ist eine vergessene Kunst. Nicht jeder ist dazu in der

Lage. Darf ich mich vorstellen? Ich bin Dr. Stanislaus Pym.« Er verbeugte sich sehr tief.

Kate und Emma starrten ihn an. Der Mann sah aus wie ein harmloser, ein wenig tütteliger alter Onkel. Aber trotzdem hatte Kate das Gefühl, dass er ihr merkwürdig vertraut vorkam. Als ob sie ihn schon einmal gesehen hätte. Aber das war ja unmöglich …

Dr. Pym schaute sie seinerseits mit erhobenen Augenbrauen erwartungsvoll an.

»Oh …«, stammelte Kate. »Ich … ähm, ich bin Kate. Und das ist meine Schwester Emma.«

»Und habt ihr auch einen Nachnamen?«

»Nein – ich meine, ja. Irgendwie schon. Er lautet P. Nur dieser eine Buchstabe. Mehr wissen wir nicht.«

»Ach ja, ich erinnere mich. Ich habe es in euren Akten gelesen. Und ihr habt auch einen Bruder, habe ich recht? Wo ist er denn?«

»Michael fühlt sich nicht besonders gut«, sagte Kate.

Dr. Pym schaute sie an, und Kates Eindruck, einen charmanten, harmlosen alten Mann vor sich zu haben, löste sich in Luft auf. Es fühlte sich so an, als ob er geradewegs bis in ihr Inneres schaute. Aber da lächelte er schon wieder. »Das tut mir leid. Sagt mir Bescheid, wenn ich irgendwie helfen kann. Ich habe noch andere Fähigkeiten, außer Feuer anzuzünden.« Er setzte sich ihnen gegenüber in einen Sessel und fuhr dann fort: »Also, dann legt mal los. Mit eurer Lebensgeschichte, meine ich. Lasst euch Zeit. Ich kann es gar nicht leiden, wenn sich jemand beim Geschichtenerzählen abhetzt. Im Kamin brennt ein schönes Feuer, Miss Sallow kann uns Tee und etwas zum Knabbern bringen. Wir haben überhaupt keine Eile.«

Er zog eine Pfeife aus seiner Westentasche, hielt ein brennendes Zündholz an den Pfeifenkopf, paffte ein paarmal und stieß dann eine mächtige Wolke blaugrünen Rauchs aus. Der Rauch dehnte sich aus, legte sich wie schützende Arme um Kate und Emma. »Fangt an, wann und wo ihr wollt.«

Kate schwieg eine Weile. Sie musste daran denken, wie sie nach ihrem Gespräch mit der Schwanenfrau Miss Crumley belauscht hatte, die am Telefon flehte, drohte, es mit Bestechung versuchte – bloß damit irgendjemand Kate und ihre Geschwister aufnahm. Dann war dieser Mann aus dem Nichts aufgetaucht. Warum? Was wollte er? Sie hatte keinen Zweifel, dass er sie aus einem besonderen Grund hierhergebracht hatte. Aber was für ein Grund war das?

»Ist irgendetwas nicht in Ordnung, meine Liebe?«

Kate gemahnte sich daran, dass im Augenblick Michaels Rettung ihr Hauptproblem war. Dr. Pym und seine Beweggründe konnten warten. Sie holte tief Luft; der Pfeifentabak roch leicht nach Mandeln.

»Am Heiligen Abend vor zehn Jahren wurden wir in das St.-Mary-Waisenhaus gebracht …« Sie hatte vorgehabt, ein paar trockene Fakten aufzuzählen und sich dann mit der Behauptung, sie müssten nach Michael sehen, zu entschuldigen. Aber etwas Merkwürdiges geschah. Bevor sie es wusste, hörte sie sich selbst dem Doktor ihr Leben in allen Einzelheiten darlegen – oft ergänzt von Emmas Kommentaren. Sie erzählte ihm, wie freundlich Schwester Agatha gewesen war, dass sie aber immer im Bett geraucht und eines Nachts sich selbst und das Waisenhaus in Brand gesteckt hatte, dass das nächste Waisenhaus, in dem sie landeten, von einem sehr dicken Mann geführt wurde, der das ganze gute Essen, das für die Kinder bestimmt war, für sich und seine fette Familie stahl, und dass sie manchmal nur altbackenes Brot und eine wässrige Suppe zum Abendessen bekamen. Und so ging es immer weiter: Sie und Emma erzählten abwechselnd von den vielen Waisenhäusern, in denen sie gelebt hatten, von den Kindern, die sie dort getroffen hatten, dass sie sich niemals als Waisen betrachtet hatten, weil sie wussten, dass ihre Eltern eines Tages zurückkommen würden. Sie merkten kaum, dass Miss Sallow eintrat und ein Tablett mit Tee, Toast und Marmelade vor sie hinstellte und irgendwann später die leeren Teller wieder abräumte. Kate und Emma erzählten und erzählten – Dinge, die sie noch niemandem erzählt hatten, wie zum Beispiel Kates Erinnerung an ihre Eltern, ihre Träume über das Haus, in dem sie leben würden, wenn ihre Familie wieder beisammen wäre. Emma redete lange über den Hund, den sie haben würde. Er müsste schwarz mit weißen Flecken sein und würde Mr Smith heißen. Mr Smith würde keinerlei Kunststücke vorführen, weil das erniedrigend war. Von Emmas Wunsch nach einem Hund hatte Kate keine Ahnung gehabt. Irgendwann kam wieder Miss Sallow herein, diesmal mit einem Tablett voller belegter Brote, und sie erzählten von Miss Crumley und der unseligen Begegnung mit der Schwanenfrau, von der Zugfahrt nach Norden, wie dicht der Nebel auf dem See gewesen war, wie Abraham mit dem Pferdekarren auf sie gewartet hatte – der erste Pferdekarren, den sie je im Leben gesehen hatten –, und plötzlich merkte Kate, dass Dr. Pym etwas sagte.

»Du meine Güte, was für eine Odyssee! Und es ist kaum zu glauben, aber der halbe Tag ist schon vorbei. Ts, ts! Nun, so anregend eure Erzählung auch war, ich möchte euch jetzt nicht länger aufhalten. Ihr habt bestimmt Wichtigeres zu tun, als einen alten Mann zu unterhalten.«

Kate fühlte sich, als ob sie aus einem Traum erwachte. Sie schaute auf den leeren Teller, wo die belegten Brote gelegen hatten. Hatten sie und Emma das alles gegessen? Sie konnte sich nicht daran erinnern. Das Feuer knisterte noch immer im Kamin, aber die Sonne war über das Fenster gewandert und dann verschwunden. Wie lange waren sie schon hier?

»Wir reden später weiter. Aber ich möchte euch noch einen guten Rat geben.« Er beugte sich in seinem Sessel vor. »Es gibt Orte auf dieser Welt, die anders sind als alle anderen. Fast wie eine andere Welt. Ein Wald hier, eine Insel da, ein Stadtteil…«

»Ein Gebirge«, sagte Kate.

»Ja«, sagte Dr. Pym. »Manchmal sogar ein ganzes Gebirge. Cambridge Falls ist ein solcher Ort, Cambridge Falls und seine Umgebung. In der Siedlung selbst – eine Stadt ist es ja kaum – seid ihr relativ sicher. Aber geht nicht tiefer in die Berge hinein. Dort lauern Gefahren, die ihr euch nicht einmal vorstellen könnt. Eines Tages werde ich euch das näher erklären, aber für heute bitte ich euch, mir einfach zu glauben.«

Er schaute Kate an, und wieder hatte sie das Gefühl, dass er bis in ihr Innerstes blicken konnte. Sie nickte, und er lehnte sich lächelnd zurück. »Ausgezeichnet. Übrigens habe ich Miss Sallow gebeten, morgen Abend etwas Besonderes zu essen zu kochen. Vielleicht eine Gans. Immerhin ist Heiligabend.«

»Was?!«, riefen Kate und Emma wie aus einem Mund.

»Aber ja! Wusstet ihr das etwa nicht?« Und dann, als ob ihm der Gedanke gerade eben gekommen wäre, murmelte er: »Ja, natürlich. Es war Heiligabend, als ihr im St.-Mary-Waisenhaus abgegeben wurdet, nicht wahr? Morgen«, sagte er, wobei er im Stillen nachzurechnen schien, »wird also der zehnte Jahrestag des Verschwindens eurer Eltern sein.«

Kate war sprachlos. War morgen wirklich Heiligabend? Wie hatte ihr das entgehen können? Es war fast so, als ob bei der Unterhaltung mit dem Doktor nicht nur Stunden, sondern Tage oder Wochen vergangen wären.

Dr. Pym stand auf. »Vielleicht geht es eurem Bruder morgen schon wieder besser und ich kann ihn endlich kennenlernen.« Er brachte die beiden Mädchen, denen immer noch etwas schwindelig war, zur Tür. »Sagt mal, wollt ihr zufällig zu Abraham?«

Kate fragte nicht, woher er das wusste. Sie nickte nur benommen.

»Bittet ihn, euch das letzte Foto zu zeigen. Das letzte, das er je aufgenommen hat. Das könnte euch interessieren.«

Und damit schob er sie aus dem Zimmer und schloss die Tür hinter ihnen.

Sobald Kate und Emma die Bibliothek verlassen hatten, verschwand der Nebel aus ihrem Kopf.

»Was ist passiert?«, fragte Emma. »Ich hatte irgendwie den Eindruck, dass mein Gehirn aufgeweicht wird.«

»Ich auch.«

»Glaubst du, er hat mit uns irgendwas Magisches angestellt? Ich habe Dinge gesagt, die ich noch nie jemandem erzählt habe. Glaubst du, es ist alles in Ordnung?«

Kate hörte die Sorge in Emmas Stimme. Sie erforschte ihre eigenen Gefühle. Sie wusste, wie man sich normalerweise fühlte, wenn man jemandem zu viel von sich selbst offenbart hatte. Man schämte sich, bereute die eigene Gutgläubigkeit und wünschte sich, man könnte das Gesagte zurücknehmen. Nach dem Gespräch mit Dr. Pym aber fühlte sie sich, als ob sie einen Teil der Last, die sie so lange mit sich herumgeschleppt hatte, hatte ablegen dürfen. Und während sie die Wendeltreppe zu Abrahams Apartment hinaufstieg, war ihr merkwürdig leicht ums Herz. Sie spürte den kalten Luftzug, der durch die Wände pfiff, hörte den Gesang der Vögel von irgendwo weit her, das Knarren der Stufen unter ihren und Emmas Füßen. Und obwohl die Aufgabe, die vor ihnen lag, ihr Angst einflößte – denn sie hatte keine Ahnung, wie sie und ihre elfjährige Schwester Michael aus den Klauen der Hexe und ihrer Dämonensoldaten befreien sollten –, fühlte sie sich hundertmal besser als heute Morgen.

»Ja«, sagte sie, »ich glaube, es ist in Ordnung.«

»Das glaube ich auch«, sagte Emma. Und Kate sah, dass sie lächelte.

Sie hämmerten wieder an Abrahams Tür, diesmal zwei volle Minuten lang. Aber auch jetzt blieb die Tür verschlossen.

»Er fängt langsam an, mich zu ärgern«, sagte Emma.

Im Erdgeschoss putzte Miss Sallow gerade den Boden in der Eingangshalle.

»Ich habe den alten Trottel einkaufen geschickt, um die Gans zu besorgen, die der Doktor haben will. Vermutlich ist er dafür wieder nach Westport gefahren. Aber er wird vor Einbruch der Nacht zurück sein.«

»Aber wir müssen jetzt mit ihm reden«, sagte Emma.

»Ach tatsächlich, königliche Hoheit? Nun, vielleicht solltest du dann in Zukunft Termine mit deinem Privatsekretär vereinbaren. Aber bis es so weit ist …« Sie drückte Emma einen Wischmopp in die Hand und Kate einen Putzeimer und eine Wurzelbürste. »Bis es so weit ist, könnt ihr zwei euch nützlich machen.«

Sie scheuchte sie in das große, elegante Speisezimmer, wo – so sagte sie – Dr. Pym am Heiligen Abend das Abendessen einzunehmen wünsche. Der Raum war riesig und mit kunstvoll geschnitzten hölzernen Wandpaneelen versehen. In der Mitte stand ein langer Eichentisch. Über dem Tisch hingen zwei schmiedeeiserne Kronleuchter, an denen Spinnweben baumelten wie Lametta. Der Kamin war so groß, dass Kates und Emmas Bett bequem darin Platz gehabt hätte. Im Augenblick lebte eine Fuchsfamilie dort. Zwei Steindrachen hielten den Kaminsims auf ihren Schultern, und auch sie waren – wie der Rest des Raums – von einer dicken Ruß- und Staubschicht bedeckt.

»Dr. Pym hat verboten, die Füchse zu vertreiben, aber der Rest soll so sauber werden wie ein Sonntagmorgen im Pariser Louvre.«

»Das ist so was von dämlich«, brummte Emma, als Miss Sallow gegangen war. »Wir müssen Michael helfen!«

»Ich weiß«, sagte Kate. »Aber wir können doch sowieso nichts machen, bis wir das Foto von Abraham haben.«

Emma murmelte etwas Unverständliches. Dann bückte sie sich und fing an, den Boden zu wischen. Kate befeuchtete ihre Bürste und schrubbte einen der Drachen sauber. Zwei Jungfüchse schauten ihnen vom Kamin aus interessiert zu.

Als es Zeit zum Abendessen war, war Abraham immer noch nicht zurückgekehrt. Kate und Emma aßen allein in der Küche. Sie erklärten Miss Sallow, dass sie Michael einen Teller nach oben bringen würden. Spätestens auf der Treppe wurde ihnen klar, dass die Leichtigkeit, die sie nach dem Gespräch mit Dr. Pym verspürt hatten, verschwunden war. Sie waren völlig erschöpft und ganz krank vor Sorge.

Es war die zweite Nacht, in der sie versuchten, einzuschlafen, während sie auf Michaels leeres Bett starrten. Die Geschwister waren noch nie so lange voneinander getrennt gewesen. Morgen, schwor sich Kate, morgen holen wir ihn zurück.

Mitten in der Nacht schreckte sie aus dem Schlaf. Ihr war eingefallen, dass sie nicht nachgesehen hatte, ob das Buch noch da war. Sie stand auf und griff unter die Matratze. Mit klopfendem Herzen tastete sie danach. Dann berührte ihre Hand den Ledereinband. Langsam zog sie das Buch heraus.

Der Mond war aufgegangen. Sein silbriges Licht fiel auf das Bett, verlieh dem smaragdgrünen Einband einen überirdischen Schimmer. Sie klappte das Buch in der Mitte auf. Die Seite war leer. Mit den Fingern strich sie über das Pergament; es war trocken und wellig vor Alter. Sie blätterte eine steife, knackende Seite um. Leer. Noch eine Seite. Auch leer. Und noch eine. Und noch eine. Alle leer. Dann, gerade als sie das Buch zuklappen wollte, passierte etwas.

Ihre Finger lagen auf der Seite, die sie zuerst aufgeschlagen hatte, und ihr war, als ob sie plötzlich ein Bild vor sich sähe. Sie sah ein Dorf am Ufer eines Flusses. Da war ein Turm. Frauen wuschen Wäsche im Fluss. Und das Bild war nicht starr: Sie konnte sehen, wie sich das Wasser kräuselte und sich die Zweige der Bäume im Wind wiegten. Sie glaubte sogar, das leise Läuten einer Kirchenglocke zu hören.

»Was machst du da?«, stöhnte Emma.

Kate klappte das Buch zu und schob es wieder unter die Matratze.

»Nichts«, sagte sie und schlüpfte wieder unter die Bettdecke. »Schlaf weiter.«

KAPITEL 6
Die schwarze Seite

Gleich am nächsten Morgen spannte Miss Sallow sie wieder zum Putzen ein, und über den Aufgaben, die sie von der Haushälterin bekamen, und ihren Versuchen, Dr. Pym aus dem Weg zu gehen, wurde es Nachmittag, bis Kate und Emma endlich vor Abrahams Kamin saßen, Apfelsaft tranken und seinen Ausführungen darüber lauschten, was für eine Mühe es ihn gekostet hatte, eine Gans aufzutreiben.

»Ich will mich ja nicht beklagen. Ich mag saftigen Gänsebraten genauso wie jeder anständige Mann, aber einen alten Kerl wie mich an einem so eisigen Tag durchs halbe Land zu schicken! Kalt war es, so kalt wie im Grab. So kalt wie in zwei Gräbern! Noch etwas Apfelsaft?«

Abrahams Zimmer im Turm war völlig rund. Die Fenster blickten in alle vier Himmelsrichtungen. Aber das Bemerkenswerte – abgesehen von der kreisrunden Form – waren die Fotografien, die jeden Zentimeter der Wände bedeckten. Und das war noch nicht alles: Stapelweise lagen die Fotos auf dem Boden, unter Stühlen, auf den Tischen. Es waren Hunderte, Tausende Fotos und alle waren sie gelb und verblasst vor Alter.

»Früher«, sagte Abraham, als sie sich sprachlos umschauten, »habe ich leidenschaftlich gerne fotografiert. Vielleicht weil ich mit diesem schlimmen Bein geboren wurde und nicht in den Minen arbeiten konnte. Aber die Zeiten ändern sich. Ich habe seit Jahren kein Foto mehr gemacht.«

Er beugte sich vor und goss ihnen Apfelsaft nach. »Ist auch bestimmt alles in Ordnung? Ihr wirkt ein wenig blass um die Nase. Ich hoffe, euer Bruder hat euch nicht angesteckt.«

»Uns geht's gut.«

Zwischen Kate und Emma hing die Gewissheit, dass es Heiligabend war und somit auf den Tag genau zehn Jahre her, seit ihre Eltern verschwunden waren. Als sie sich am Morgen ankleideten, hatte Emma Kate ganz unvermittelt und wortlos in den Arm genommen. Sie hatten mitten in ihrem Zimmer gestanden und einander festgehalten.

»Ihr habt also den Doktor kennengelernt. Er ist nicht aus Cambridge Falls. Ist eines Tages einfach hier aufgetaucht und hat das Haus gekauft, vor über zehn Jahren. Hat mich und die alte Sallow eingestellt.«

»Abraham …« Kate und Emma hatten entschieden, dass sie Klartext reden mussten. Sie brauchten Antworten, und der alte Mann war ihre größte Hoffnung, sie zu bekommen. »Können Sie sich an uns erinnern? Ich meine … von früher. Von einem Tag vor langer Zeit am See. Sind wir damals irgendwie einfach … aufgetaucht?«

Kate wusste, dass Abraham vor zwei Tagen keine Ahnung gehabt hätte, worüber sie redete. Aber seitdem hatte sich einiges verändert: Sie, Emma und Michael waren in die Vergangenheit gereist. Und diese Vergangenheit war jetzt eine andere. Folglich müsste auch Abrahams Erinnerung heute anders sein als vor zwei Tagen. Und tatsächlich fing der alte Mann an zu lächeln, noch bevor sie das letzte Wort ausgesprochen hatte.

»Ob ich mich erinnere? Drei Küken, die einfach – Plopp! – aus dem Nichts auftauchen? So was vergisst man doch nicht! Als ich euch vorgestern aus dem Boot steigen sah, dachte ich bei mir: Abraham, alter Junge, das sind dieselben Kinder, die vor fast fünfzehn Jahren plötzlich vor dir standen. Und schau sie dir an: Keinen Tag älter geworden sind sie!« Abraham beugte sich vor. »Ich vermute, ihr habt inzwischen alles herausgefunden, stimmt's? Die Wahrheit über Cambridge Falls, meine ich.«

Kate schüttelte den Kopf. »Deswegen sind wir hier.«

»Ihr wollt mich wohl auf den Arm nehmen! Zwei Kinder, die durch die Zeit reisen können, und ich soll glauben, dass ihr noch nicht begriffen habt, an was für einem Ort ihr gelandet seid?!«

»Wir dachten … ich meine, wir haben schon vermutet, dass hier irgendetwas seltsam ist …«

»Seltsam, oh ja. Und das ist noch maßlos untertrieben!«

»Und Dr. Pym … ist er …?«

»Ist er was, Miss?«

»Ist er ein …?« Kate schaffte es nicht, das Wort laut auszusprechen.

Glücklicherweise war Emma mit ihrer Geduld am Ende. »Ist er ein Zauberer?«

»Psssssst!« Abraham rückte seinen Sessel noch näher heran und bedeutete ihnen, leiser zu sprechen. »Wir wollen doch nicht, dass morgen ganz Westport Bescheid weiß.« Dann zwinkerte er und grinste. »Aber ihr habt völlig recht. Der Mann ist ein Zauberer, durch und durch.«

Kate stellte ihr Glas ab. Sie traute ihren Händen nicht mehr.

»Wie habt ihr es herausgefunden? Hat er einen Zauber gewirkt?«

»Er hat Feuer gemacht«, sagte Emma.

Abraham nickte wissend. »Ja, ein brillanter Mann, der Doktor. Aber ein Feuer anzünden, ist ganz und gar nicht seine Stärke. Sagt mal, was seid ihr denn? Seid ihr Hexen?« Ein besorgter Blick legte sich auf sein Gesicht. »Denn wenn ihr Hexen seid, möchte ich euch darauf hinweisen, dass ich immer freundlich zu euch war und dass es nicht nett wäre, wenn ihr mich in eine Ziege verwandelt oder mir ein zweiter Hintern wachsen würde…«

»Wir sind keine Hexen«, versicherte ihm Kate.

»Nein«, sagte Emma. »Wir dachten immer, dass Magie pure Erfindung wäre. Irgend so ein Quatsch, von dem Michael erzählt.«

»Tatsächlich?« Abraham strich sich über den Bart. »Ihr wusstet nicht, dass es Magie gibt?«

»Das geht den meisten Menschen so«, sagte Kate. »Kaum einer glaubt an Magie.«

»Nicht einmal Michael«, ergänzte Emma. »Und der ist ziemlich schräg drauf.«

»Aber wie um Himmels willen seid ihr dann…?«

»Wir werden Ihnen alles erzählen«, schnitt Kate ihm das Wort ab, »aber Sie müssen uns auch alles über Cambridge Falls erzählen. Die ganze Wahrheit.«

Er schaute sie eine Zeit lang nur schweigend an. Dann seufzte er. »Also schön. Ich vermute, die Katze ist wohl sowieso schon aus dem Sack. Aber dazu brauche ich etwas zu rauchen.« Er stopfte seine Pfeife und entzündete sie mit einem Holzspan, den er vorher ins Feuer gehalten hatte. »Also, das Erste, was ihr wissen müsst, ist die Tatsache, dass die magische Welt einst mit unserer Welt verbunden war.« Abraham verschränkte die knotigen Finger seiner Hände. »So etwa. So war es Tausende von Jahren lang. Bis die Menschen – ich rede hier von normalen Leuten – sich immer weiter ausgebreitet und sich vermehrt haben. Sie haben Dörfer und Städte erbaut. Schließlich erkannten die magischen Geschöpfe, dass die Menschheit nicht aufzuhalten war. Und so fingen sie an, Gebiete abzustecken und sie vor dem menschlichen Auge zu verbergen. Menschen konnten sie nicht sehen, und sie konnten sie auch nicht betreten, es sei denn, sie kannten den Weg. Ganze Landstriche verschwanden von der Landkarte. Das ging ungefähr ein Jahrhundert lang so. Etwa um 1870 war auch das letzte Gebiet weg. Puff!«

»Aber«, wandte Kate ein, »das ist doch noch gar nicht so lange her. Die Leute müssten sich doch daran erinnern!«

»Wir reden hier über Meistermagie, Mädchen. Die Menschen wurden verzaubert, damit sie vergaßen. Sie vergaßen die fehlenden Inseln und Wälder. Vergaßen, dass so etwas wie Magie überhaupt existiert. Die ganze Geschichte der Welt wurde neu geschrieben. Allerdings wurden hier und da auch menschliche Siedlungen von der Landkarte getilgt. Cambridge Falls ist eine solche Stadt. Ich, Miss Sallow, die Leute in der Stadt, wir alle haben unser ganzes Leben in der Nachbarschaft magischer Geschöpfe verbracht, hatten sogar in den guten alten Tagen regen Kontakt zu ihnen. Aber wir sind Menschen, genau wie ihr.

Nicht so wie die, die man da draußen findet.« Dabei gestikulierte er aus dem Fenster. »Es gibt Dinge in den Bergen, die würdet ihr nicht glauben.«

Der alte Mann beugte sich vor.

»Jetzt seid ihr dran, meine Lieben. Wenn ihr keine Hexen seid, wie kommt es dann, dass wir uns vor fünfzehn Jahren schon einmal begegnet sind und ihr euch seitdem kein bisschen verändert habt?«

Die Mädchen schauten sich an. Sie hatten Angst, dass er ihnen das Buch wegnehmen und Dr. Pym zurückgeben würde, wenn sie ihm verrieten, woher sie es hatten. Und wie sollten sie dann Michael zurückholen?

»Wir haben gelogen«, sagte Emma. »Wir sind doch Hexen. Wir wollten nur herausfinden, wie viel Sie wissen. Glückwunsch, Sie haben die Prüfung bestanden.«

Kate hielt das für eine völlig absurde Lüge, aber Abraham nickte bloß, als hätte er nichts anderes erwartet.

Bitte sehr, dachte sie.

»Abraham«, sagte Kate, »wir brauchen ein paar alte Fotos. Aus der Zeit, wo … sie hier war.«

Trotz des fröhlichen kleinen Feuers im Kamin schien die Luft im Zimmer plötzlich kälter geworden zu sein.

Abraham senkte die Stimme. »Ihr meint die Gräfin, nicht wahr? Was wollt ihr von ihr? Das waren üble Zeiten. Besser, man vergisst sie.«

»Bitte, wir brauchen die Fotos ganz dringend!«

»Und wenn Sie sie uns nicht geben, verwandeln wir Sie in eine Kröte.« Emma verengte die Augen zu schmalen Schlitzen, funkelte Abraham an und wackelte mit dem Zeigefinger. Der alte Mann sprang förmlich aus dem Sessel und hastete zu einer

Truhe an der Wand, riss den Deckel auf und fing an, den Inhalt zu durchwühlen.

Kate warf Emma einen vorwurfsvollen Blick zu.

Emma zuckte mit den Schultern. »Hat doch geklappt.«

Abraham kehrte mit einer dicken Ledermappe voller Fotos zurück.

»Sie hat mich zu ihrem offiziellen Fotografen ernannt, müsst ihr wissen. Ein eitles Geschöpf war sie. Hat ständig gesagt, ich müsse ihre Schönheit für die Nachwelt erhalten.« Er schnaubte und reichte Kate die Mappe. »Ihr könnt den Kram behalten. Ich bin froh, wenn ich ihn los bin.«

Kate warf einen Blick hinein. Es waren Hunderte von Fotos. Da musste doch eins dabei sein, das sie in die Zeit zurückbringen würde, in der Michael war.

»Abraham, wer war die Gräfin? Ist sie der Grund, dass Cambridge Falls so wurde, wie es ist?«

Abraham sah so aus, als hätte er die Antwort am liebsten verweigert, aber Emma verengte ihre Augen, und er hob abwehrend die Hände. »Gut, gut, ich sage euch, was ich weiß. Aber wer sie war und woher sie kam, weiß ich wirklich nicht. Sie tauchte mit fünfzig von diesen lebenden Leichen in Cambridge Falls auf. Kreischer, so nannten die Kinder sie. Ich weiß noch, dass einer von denen euch damals vor fünfzehn Jahren am See entdeckte, also wisst ihr, was für entsetzliche, grausame Kreaturen das sind.« Ein Holzscheit zischte und knackte, und Abraham wandte sich kurz um, um das Feuer zu schüren. Als er fortfuhr, war seine Stimme leise geworden.

»Es war Sommer. Ein herrlicher Tag. Keine Wolke am Himmel. Die meisten Männer waren in den Minen. Das ist ein zweistündiger Fußmarsch hinein in die Berge. Nur die Frauen und Kinder waren im Dorf. Und ich, dank meines schlimmen Beins.« Mit der Hand rieb er geistesabwesend darüber. »Ich war bei meinem Cousin zu Besuch, als ich diesen Schrei hörte. So etwas hatte ich noch nie gehört. Hat mir glatt den Atem geraubt. Ich bin hinausgerannt und sah, wie eins von diesen Ungeheuern einen Jungen die Straße entlanggehetzt hat. Hat ihn geschnappt und weggetragen, noch ehe ich etwas sagen konnte. Ich bin ihnen bis zum Marktplatz gefolgt. Und ich konnte nicht glauben, was ich da sah: Überall Kinder! Und diese Kreischer. Sie hatten die Schwerter gezückt und trieben die Mütter zurück, trennten sie von ihren Kindern. Und da sah ich das goldene Haar zwischen all der Schwärze leuchten. Sie sagte etwas zu den Kreischern, und die trieben die Kinder wie Schafe vor sich her, zur Schlucht und auf die andere Seite der Brücke. Ich folgte ihnen, gemeinsam mit den Frauen, die heulten und jammerten und ...«

Abraham verstummte. Er schaute Kate an.

»Geht es Ihnen gut, Miss?«

»Dein Gesicht ist ganz weiß«, bemerkte Emma.

»Alles ... alles in Ordnung«, stammelte Kate. »Bitte erzählen Sie weiter.«

Aber nichts war in Ordnung. Sie musste an die Kinder denken, wie verängstigt sie gewesen waren und dass sie Michael in der Hand dieser Kreaturen zurückgelassen hatten ...

»Bitte. Es geht mir gut.«

Abraham nickte und trank einen Schluck aus seinem Glas.

»Nun, damals wohnte der alte Mr Langford in dem großen Haus. Er war ein winziger Kerl, so wahr ich hier stehe. Und stinkreich noch dazu. Seiner Familie hatten die Minen seit Ewigkeiten gehört. Und er kommt aus dem Haus und stellt sich oben auf die Treppe, als sie mit diesen Ungeheuern und den ganzen weinenden Kindern ankommt. Er fragt sie, was sie sich einbilden würde, dies sei Privateigentum und so weiter, und ob sie wüsste, wer er sei, als sie plötzlich dieses kleine Kichern ausstößt, und bevor man noch ›Schokoladenpudding‹ sagen konnte, hatte einer von diesen Kreischern Mr Langford mittendurch geschnitten. Das war ein Anblick. Erst hat der Mann noch dagestanden und gewütet und im nächsten Augenblick war er in zwei Stücke zerlegt. Um die Wahrheit zu sagen, war Mr Langford nicht besonders beliebt. Er war ein hochnäsiger kleiner Kerl, aber trotzdem: Was für eine schreckliche Art zu sterben. Sein Mund bewegte sich noch, als der Oberkörper, vom Unterkörper getrennt, zu Boden fiel.«

Kate und Emma saßen ganz still und wagten kaum zu atmen. Abraham schürte noch einmal das Feuer; er war mit seinen Gedanken in der Vergangenheit. »Wir haben Boten zu den Minen geschickt. Aber es war Nacht geworden, ehe die Männer zurückkehrten. Wir nahmen Fackeln und so viele Waffen, wie wir in die Finger bekommen konnten, und gingen über die Brücke.« Abraham lachte freudlos. »Was haben wir uns nur dabei gedacht? Wir waren keine Kämpfer. Und sie war eine böse Hexe mit einer Horde Dämonenkriegern. Es war hoffnungslos.« Abraham schüttelte den Kopf. »Sie kam uns auf der Treppe vor dem Haus entgegen. Drei Kreischer waren bei ihr. Aber sie musste nur ihre kleinen Hände heben, so etwa« – Abraham hob die Hand, mit der Handfläche nach außen – »und alles stand still. Dann sagte sie mit dieser hohen, süßen Stimme: ›Ich habe eure Kinder da drinnen. An jeder kleinen Kehle sitzt ein Messer. Sie sind tot, noch bevor ihr das Haus betreten könnt.‹ Oh, ich sage euch, die Stille war entsetzlich. Keine Seele rührte sich. Die beiden Hälften von Mr Langford lagen immer noch auf der Treppe, und sie schaute uns an, so schön und so schrecklich im Licht der Fackeln. Dann sagte sie uns, dass es in den Bergen etwas gäbe, was sie haben wollte. Sie erklärte, wenn wir es fänden, würde sie uns die Kinder zurückgeben.«

»Was haben Sie gemacht?«, fragte Emma atemlos.

»Was glaubst du denn, Kind? Die Männer gingen in die Berge, begleitet von einem Trupp Kreischer, der sie bewachte. Die Frauen gingen wieder ins Dorf und sie blieb mit den Kindern im großen Haus.«

Eine volle Minute lang sagte niemand etwas. Das einzige Geräusch war das Zischen und Knacken der Holzscheite im Kamin. Kate merkte, dass sie die Mappe so fest umklammert hielt, dass sie ihre Hände kaum lösen konnte. Sie bewegte sie mühsam und streckte die Finger.

»Und niemand versuchte zu kämpfen?«, fragte Emma schließlich.

»Ein paar schon. Ein Mann kann vor Sehnsucht nach seiner Frau und seinem Kind verzweifeln und den Verstand verlieren.«

»Was passierte mit ihnen?«

»Sie hatte ein Schiff. Das benutzte sie als schwimmendes Gefängnis für alle, die sich ihr widersetzten. In der Nacht konnte man die Schreie über den See schallen hören.« Abraham erschauerte. »Man sagt, dass sie den Menschen dort schreckliche Dinge antat. Ganz schreckliche Dinge.«

Kate erinnerte sich, bei ihrer Reise in die Vergangenheit ein großes Schiff auf dem See gesehen zu haben. Das musste das besagte schwimmende Gefängnis gewesen sein.

»Wonach hat sie gesucht?«

»Das hat sie nie gesagt. Aber man munkelte so einiges.«

»Was munkelte man?«

Abrahams Stimme war zu einem Flüstern geworden. »Die Leute behaupteten, es sei eine Art Buch. Ein großes Buch der Magie, das vor langer, langer Zeit in den Bergen vergraben wurde. Stellt euch vor«, sagte er und sprach noch leiser, so leise, dass Kate und Emma sich anstrengen mussten, ihn zu verstehen, »stellt euch vor, dass es etwas so Schreckliches und Furchteinflößendes gibt, dass man es vor den Menschen verstecken muss.«

Kate warf Emma einen Blick zu. Die dunklen Augen ihrer Schwester waren kugelrund geworden. Beide dachten das Gleiche. War das Buch, das die Gräfin hatte haben wollen, *ihr* Buch? Aber sie hatten es im Haus gefunden. Es konnte unmöglich dasselbe sein.

»Wie ist die Sache ausgegangen?«, fragte Emma.

Abraham schüttelte den Kopf. »Mehr werde ich nicht sagen. Von mir aus könnt ihr mich in einen Molch verwandeln. Manche Dinge bleiben besser ungesagt.«

»Bitte«, flehte Kate. »Wir müssen wissen, was mit den Kindern geschah.« Und dann sprach sie aus, was ihr Innerstes erzittern ließ. »Sie hat unseren Bruder.«

»Was?!«

»Er ist nicht krank. Er ist dortgeblieben. In der Vergangenheit … Ich habe ihn im Stich gelassen.«

»Oh Gott …« Abraham fuhr sich mit seiner von Altersflecken übersäten Hand über das Gesicht. »Ja, jetzt weiß ich es wieder. Ich habe so viel verdrängt, aber an deinen Bruder erinnere ich mich.« Er schüttelte den Kopf. »Nein, ich kann's euch nicht sagen. Das könnt ihr nicht von mir verlangen. Ihr müsst zu Dr. Pym gehen. Er ist der Einzige, der euch helfen kann. Es tut mir leid …«

Er wollte aufstehen, aber Kate packte ihn am Ärmel.

»Zeigen Sie uns wenigstens Ihr allerletztes Foto. Bitte!«

Der alte Mann blinzelte ein paarmal überrascht. Dann humpelte er zu seinem Schreibtisch, schloss eine Schublade auf und zog eine einzelne alte Fotografie hervor. Mit zitternden Händen reichte er sie den Mädchen.

Das Foto war dunkel und verschwommen. Es schien eine Gruppe Frauen zu zeigen, die am Rand der Schlucht entlangliefen. Viele der Gestalten hatten Fackeln dabei. Und so schlecht das Foto auch war, konnten Kate und Emma in der Haltung der Frauen deutlich ihre Angst und ihre Sorge spüren.

Eine Tür schlug zu. Sie schauten auf und sahen, dass Abraham die Wendeltreppe zu seinem Schlafzimmer hinaufgegangen war und die Tür geschlossen hatte.

»Komm«, sagte Kate, steckte das Foto in ihre Tasche und ging mit Emma aus dem Turm.

Sie gingen hinunter in die Küche. Der Abend war angebrochen und sie hatten seit dem Frühstück nichts mehr gegessen. Im Ofen briet die Gans, und Miss Sallow war mit den Vorbereitungen für das Weihnachtsessen so beschäftigt, dass sie gar nicht auf die Idee kam, die Geschwister zu schelten, weil sie das Mittagessen verpasst hatten. Sie nahmen sich etwas Brot, Käse und Salami und gingen nach oben.

Abraham hatte mit einem recht gehabt. Die Gräfin war eitel. Sie mussten sich durch Dutzende von Schnappschüssen kämpfen, die sie in Abendkleidern zeigten. Mit ihren Juwelen. Im Ruderboot. Beim Federballspiel mit ihrem merkwürdig aussehenden Sekretär. Gewöhnlich blickte sie neckisch in die Kamera, als ob der Fotograf sie überrascht hätte. Und offensichtlich ließ sie sich am liebsten von links im Profil fotografieren.

»Schau dir das hier an.« Emma saß auf dem Boden, umgeben von Fotos, und hielt eins hoch, auf dem die Gräfin kokett unter einem Sonnenschirm aus Spitze hervorblickte. »Ich habe dir doch gesagt, die ist hochnäsig.« Sie warf das Bild auf einen größer werdenden Haufen in der Ecke.

Kate sortierte auf ihrem Bett Fotos aus, und wann immer sie auf das Bild eines Kreischers stieß, schob sie es schnell ganz unten in den Stapel. In den letzten beiden Tagen hatte sie den Gedanken daran, was Michael wohl durchmachen musste, in ihrem Kopf ganz nach hinten geschoben. Das war nötig, wenn sie weiterhin klar denken wollte. Aber jetzt, nachdem sie Abrahams Geschichte gehört hatte und die Bilder dieser Kreaturen mit ihren ausgefransten schwarzen Uniformen und den langen, schartigen Schwertern sah, überflutete die Angst ihr Herz. Angst um Michael. Sie kam zu dem Foto eines besonders gemein aussehenden Kreischers und schob unwillkürlich nicht nur das Bild, sondern den gesamten Stapel beiseite.

Emma schnaubte und warf ein weiteres Foto in die Ecke.

Das Buch lag neben Kates Knien. Sie fuhr kurz mit den Fingern über den smaragdgrünen Einband und dachte an ihre Vision von letzter Nacht. Hatte sie sich das bloß eingebildet? Sie öffnete das Buch und drückte ihre Finger auf eine leere Seite. Die Wirkung ließ nicht auf sich warten. So klar und deutlich, als wäre sie selbst dort, sah sie das Dorf am Ufer des Flusses. Aber es war größer geworden. Jetzt gab es gepflasterte Straßen, eine Stadtmauer. Einen Marktplatz. Sie sah Männer und Frauen, die alle geschäftig hin und her eilten. Sie hörte ihre drängenden Stimmen.

Sie blätterte die Seite um und legte wieder ihre Finger auf das Pergament. Eine riesige Armee marschierte eine Straße entlang und wirbelte eine gigantische Staubwolke auf. Sie hörte, wie die Soldaten mit den Speeren auf die Schilde hieben, hörte den rhythmischen Klang einer Trommel. Dahinter, in der Ferne, sah Kate das Dorf am Fluss. Es stand in Flammen. Sie keuchte auf und blätterte ein paar Seiten um. Die Armee verschwand. Sie sah eine Flotte von Segelschiffen auf dem Meer. Die Schiffe schaukelten auf den Wellen und die Segel knatterten im Wind. Sie hörte die Rufe der Matrosen, das Knallen der Seile, konnte fühlen, wie die Rümpfe der Schiffe schwer waren von der Last der Schätze von fernen Inseln. Sie blätterte wieder ein paar Seiten weiter. Jetzt sah sie Menschen, die flohen, während ein schwarzer Drache und ein roter Drache in der Luft über einer Stadt miteinander kämpften und dabei Feuer spuckten. Ineinander verschlungen stürzten sie herab, zerquetschten Gebäude und setzten andere in Brand. Die nächste Seite. Ein Ritter in einer Rüstung ging auf eine dunkle Höhle zu, aus der sich zischend ein Ungetüm mit langen, geschuppten Gliedmaßen schob. Sie blätterte weiter, sah einen Heißluftballon in die Luft steigen, während Frauen in langen Kleidern und Männer mit Strohhüten applaudierten. Wieder eine neue Seite: eine Stadt voller altmodischer Automobile. Sie klappte das Buch in der Mitte auf. Sie wartete. Nichts passierte. Sie starrte auf das leere Pergament. In der Mitte wurde ein winziger schwarzer Punkt sichtbar. Kate schaute zu, wie er sich ausbreitete wie ein Tintenfleck. Plötzlich war die gesamte Seite schwarz. Und dann sah sie voller Entsetzen, dass die Schwärze über ihre Finger kroch.

»Kate!«

Emma schaute zu ihr hinab. Kate merkte, dass sie auf dem Rücken lag.

»Was ist passiert?«

»Du hast geschrien.«

»Was redest du da? Ich habe nicht geschrien.«

»Oh doch, das hast du«, beharrte Emma. »Und du bist in Ohnmacht gefallen oder so was Ähnliches.«

Sie half Kate, sich aufzusetzen. Kate warf einen Blick auf das Buch. Die Seite war wieder leer.

»Was war denn los?«, fragte Emma.

»Nichts.« Kate streckte die Hand aus und klappte das Buch zu.

»Aha. Na ja, schau dir lieber mal an, was ich gefunden habe.« Emma reichte ihr eine Fotografie.

Ein Schrei verfing sich in Kates Kehle. In blassem Schwarzweiß starrte Michael sie aus der Vergangenheit an. Er war allein. Im Hintergrund war eine Hausecke zu sehen. Und er hielt ein handgeschriebenes Schild in der Hand, auf dem stand: HELFT MIR!

Jemand rüttelte an der Tür.

»Was soll das? Wer hat die Tür abgeschlossen?«

Es war Miss Sallow.

»Schnell«, zischte Kate. Hastig räumten sie einen Teil des Bettes frei und Kate zog das Buch zu sich heran. »Achte darauf, dass du mich festhältst.«

»Habt ihr Angst, dass sich jemand ins Zimmer schleicht und euch die Kronjuwelen klaut? Macht die Tür auf, aber dalli!«

Kate nahm das Foto von Michael und öffnete das Buch. Wieder waren alle Seiten leer. Ihr Herz schlug schneller. Sie wusste, sie musste es jetzt tun, und zwar rasch, bevor der Mut sie verließ. Sie senkte die Hand mit dem Foto ab.

»Warte!« Emma packte sie am Arm.

»Was machst du denn? Wir müssen…«

»Wir brauchen ein Foto, mit dem wir zurückkommen können!«

Kates Herz setzte einen Schlag aus. Sie hätte sich selbst und Emma beinahe ohne Rückfahrkarte in die Vergangenheit geschickt! Emma griff sich Michaels Kamera, zielte damit auf Kate und drückte ab. Einen Moment später spuckte der Fotoapparat das Bild aus.

»Sind die königlichen Ohren taub? Die Gans ist fertig, und Dr. Pym schickt mich, um euch zu holen, einschließlich des *Dauphins*, ob er gesund ist oder nicht. Also, *ouvrez la porte* oder ich schließe die Tür selbst auf!«

»Noch eine Sekunde!«, rief Kate und bemühte sich um einen entspannten Ton. »Wir kommen gleich.«

Emma blies das Bild trocken und steckte es in ihre Tasche. »Okay«, sagte sie und nahm Kates Arm.

Sie konnten hören, wie Miss Sallow missmutig murmelnd draußen mit ihrem Schlüsselbund rasselte.

Kate zögerte. Die Hand mit dem Foto hing über der leeren Seite. Sie fühlte wieder, wie die Dunkelheit aus dem Buch gekrochen kam und drohte, sie zu verschlingen.

»Was ist los?«, fragte Emma.

Kate holte tief Atem, konzentrierte sich auf Michael und legte das Foto auf die Seite.

KAPITEL 7

Gäste der Gräfin

»Es tut mir leid«, sagte Kate wohl zum sechsten- oder siebtenmal. »Es tut mir so leid …«

In dem Augenblick, in dem sie in der Vergangenheit auftauchten, waren Kate und Emma zu Michael gerannt und hatten ihn so heftig umarmt, dass sie ihn beinahe umgeworfen hätten. Sie fragten ihn, ob es ihm gut ginge, wie lange er gefangen gewesen sei, ob die Gräfin ihm etwas getan hätte. Emma meinte, sie würde diese Hexe umbringen, jetzt sofort, Michael müsse nur ein Wort sagen.

Es war früh am Abend. Sie befanden sich etwa zwanzig Meter vom Haus entfernt, am Rand eines dichten Kiefernwäldchens. Die ineinander verschlungenen Äste und Zweige ragten hoch in den dunkler werdenden Himmel.

»Mir geht's gut«, sagte Michael. »Ich war ja bloß ein paar Tage hier. He, Leute, ich kriege keine Luft mehr.«

Er schaffte es, sich aus ihren Umarmungen zu winden, aber

Kate hielt seine Arme mit einer Beharrlichkeit umklammert, die vermuten ließ, dass sie nicht die Absicht hatte, ihn in naher Zukunft loszulassen. In ihren Augen glitzerten Tränen. »Wir wollten dich nicht zurücklassen. Ich dachte, du würdest dich an mir festhalten. Ich würde niemals …«

»Hört mal«, sagte Michael und rückte seine Brille gerade, »dafür haben wir jetzt keine Zeit. Ich meine, klar, ich vergebe euch, kein Problem. Aber wir müssen hier weg. Vielleicht suchen sie schon nach mir. Gib mir das Buch.«

Kate zögerte nur eine Sekunde; warum, wusste sie selbst nicht. Dann tat sie, was er verlangte.

»Entschuldigung.«

Kate drehte sich um. Hinter ihnen stand Abraham und fummelte nervös an seiner Kamera herum. Sie hatte ihn gar nicht bemerkt. »Also, ich habe ja nichts dagegen, wenn ihr einfach so aus dem Nichts auftaucht und überhaupt. Scheint ja eure Gewohnheit zu sein. Aber wenn es euch recht ist, dann gehe ich jetzt mal. Einverstanden? Ich werde einfach …« Und noch ehe jemand etwas sagen konnte, verschwand er humpelnd im Wald.

Kate drehte sich wieder um und sah, dass Michael nicht einmal aufgeschaut hatte. Gebannt blätterte er durch das Buch. Eine Frage schob sich in ihr Bewusstsein.

»Wie bist du den Kreischern entkommen? Haben sie dich nicht zu den anderen Kindern gesperrt?«

»Und wie hast du Abraham wiedergefunden?«, fragte Emma. »Hast du ihn zufällig getroffen?«

Michael klappte das Buch zu.

»Ihr müsst mir vertrauen. Was immer geschieht, es wird alles gut werden.«

»Wovon redest du?«, fragte Kate. »Wir müssen hier weg.« Und sie wollte Emma gerade bitten, das Foto aus ihrer Tasche zu holen, das sie vor ein paar Minuten in ihrem Zimmer gemacht hatte, als plötzlich jemand kicherte.

Kate war, als würde ihr Eiswasser über den Rücken laufen.

Der Sekretär der Gräfin trat hinter einem Baum hervor. Er trug denselben Nadelstreifenanzug wie damals am Damm, aber jetzt – aus der Nähe – konnte Kate die Risse und die Fettflecken darauf erkennen. Er lächelte und entblößte schmale graue Zähne. Auf seiner Schulter hockte ein kleiner gelber Vogel.

»Oh ja, gut-gut-gut.« Seine Stimme war hoch, fast hysterisch schrill. Freudig rieb er sich die Hände. »Die Gräfin wird sehr glücklich sein, sehr glücklich.«

»Ich sagte doch, dass sie mich holen kommen würden«, sagte Michael.

Kate glaubte, sie hätte Halluzinationen. Das war doch nicht möglich. Michael würde sie niemals betrügen. Und sie redete sich das immer noch ein, als zwei schwarz gekleidete Kreischer aus dem Schatten traten.

Als sie das Haus erreichten, befahl der Sekretär dem Kreischer, der Wache stand, die Tür zu öffnen. Seine schrille Stimme durchschnitt die Luft. Aber die dunkle Gestalt beachtete ihn gar nicht und der Mann musste die Tür selbst aufmachen. Er grummelte etwas von mangelndem Respekt und dass die Gräfin davon erfahren würde.

Er führte sie durch eine Anzahl verschlungener Gänge. Ein paarmal setzte Michael zum Sprechen an, aber Emma funkelte ihn so böse an, dass er sich wieder abwandte.

Michaels Brillengestell war verbogen und er hatte eine feuerrote Schramme auf der Wange. In dem Moment, in dem die Kreischer aufgetaucht waren, hatte sich Emma auf ihren Bruder gestürzt und ihn zu Boden geschlagen. Sie hatte ihn mit beiden Fäusten bearbeitet, ihn als Verräter und Ratte beschimpft und gebrüllt, dass er nicht mehr länger ihr Bruder sei. Ihr Angriff sorgte dafür, dass er das Buch fallen ließ, und Kate und der Sekretär griffen gleichzeitig danach. Ein Tauziehen begann, das erst endete, als einer der Kreischer Kate einen brutalen Hieb mit der flachen Hand versetzte. Mit klingelnden Ohren lag sie auf dem Boden und musste zuschauen, wie der andere Kreischer die schreiende und um sich tretende Emma von Michael wegzerrte.

In Kates Kopf hämmerte es immer noch. Aber dennoch bemerkte sie, wie anders das Haus aussah. Fenster und Spiegel blitzten. Kerzenlicht wurde von gebohnerten Böden reflektiert. Kein einziges Möbelstück war verschrammt oder zerbrochen oder diente irgendwelchen Tieren als Heimstatt. Die Gräfin mochte eine böse Hexe sein, aber sie konnte Miss Sallow in Sachen Haushaltsführung noch einiges beibringen.

Kate nahm ihre Schwester an der Hand. Emmas Gesicht war eine erstarrte, tränenbefleckte Maske.

»Das ist nicht Michael«, flüsterte sie. »Das ist diese böse Gräfin. Sie hat ihn irgendwie verhext. Das ist nicht Michael. Vergiss das nicht: Das ist nicht er.«

Emma nickte, aber trotzdem rollten ihr weiter die Tränen übers Gesicht.

Der Sekretär blieb in einem spärlich erleuchteten Korridor vor einer doppelflügeligen Tür stehen. Kate wusste, dass sie vor dem Ballsaal standen. Sie sah die mit Spinnweben behangenen

Kronleuchter vor sich, die in ihrer Zeit auf dem Boden lagen, die verfallene Galerie, die zerbrochenen Fenster.

»Ihr bleibt hier«, befahl der Sekretär den Kreischern, deren gelbe Augen im Schatten glühten.

Cavendish beugte sich vor. Er war kaum größer als Kate und sein Atem stank nach Zwiebeln. Er war die widerwärtigste Person, der sie je begegnet war.

»Ich will euch einen guten Rat geben, meine Vögelchen: Verärgert die Gräfin nicht. Ihr wollt doch nicht aufs Schiff, oder? Kleine Vögelchen mögen das Schiff nicht.« Er verzog sein Gesicht zu einem grauzahnigen Lächeln.

»Sie müssten sich mal die Zähne putzen«, bemerkte Emma. »Und zwar ziemlich lange, sagen wir mal: ein Jahr lang.«

Cavendish zog die Lippen zusammen und runzelte die Stirn. Mit einer Kopfbewegung forderte er sie auf, ihm zu folgen, und stieß dann die Türen auf.

Es war, als würde man in einen Traum eintreten. Kate und Emma blinzelten ein paarmal, geblendet von dem Licht, und dann blinzelten sie noch einmal, weil sie nicht glauben konnten, was sie da sahen. Etwa hundert Paare schritten über den Tanzboden, drehten und wirbelten im Takt des Walzers, den ein dreißigköpfiges Orchester spielte. Kate sah, wie der Dirigent mit wedelnden Armen hin und wieder zu den Tanzenden blickte, wie ein stolzer Vater. Einige der Männer trugen einen Smoking mit langen Schößen, die hinter ihnen herflatterten, wenn sie sich mit ihren Partnerinnen im Kreis drehten. Andere waren in Uniform mit roten und blauen Schärpen und jeder Menge glänzender Orden an der Brust. Die Frauen trugen Kleider, die mit Rubinen, Smaragden und Perlen verziert waren. Und wohin Kate auch blickte, überall sah sie Diamanten auf nackten

Hälsen das Licht aus Tausenden von Kerzen brechen, die in den Kronleuchtern brannten. Ein Diener in grüner Livree und langen weißen Strümpfen ging mit einem Tablett voller Gläser vorbei und bot den älteren Herrschaften, die sich im Hintergrund aufhielten, Champagner an.

»Ihr Vögelchen wartet hier«, zischte Cavendish. »Die Gräfin wird kommen, wenn es ihr genehm ist.«

Und dann sah Kate sie. Das Gold ihrer Locken glänzte inmitten der tanzenden Menge. Ihre Haut war schneeweiß, ihr Kleid hatte die Farbe von Blut, und die Diamanten an ihrem Hals und auf ihrer Brust strahlten, als ob sie allein es wären, die den Raum erleuchteten. Sie tanzte mit einem athletischen jungen Mann in Uniform, der die mächtigsten Koteletten hatte, die Kate jemals gesehen hatte. Die Gräfin sagte etwas, und der junge Mann trat zurück und verbeugte sich. Sie erwiderte seine Respektsbezeugung mit einem kleinen Knicks und sprang, den Saum ihres Kleides graziös in die Höhe haltend, zwischen den Paaren hindurch dorthin, wo die Kinder neben dem eifrig hin und her zappelnden Cavendish standen.

Das Antlitz der Gräfin war von der Wärme und dem Tanz gerötet und ihre Augen funkelten lebhaft. Sie waren von einem tiefen, fast violetten Blau, und in dem Moment, in dem sie auf ihr zum Ruhen kamen, hatte Kate das Gefühl, der glücklichste Mensch auf Erden zu sein.

»Du bist da! Meine wunderschöne Katherine!« Die Gräfin nahm Kates Hände und küsste sie – noch ehe sie etwas sagen konnte – auf beide Wangen. Hinter ihr wirbelten die Tanzpaare im Gleichschritt über die Fläche. Es war ein schwindelerregender Anblick. »Und was für ein Glück, dass du gerade rechtzeitig für den Ball gekommen bist! Die *Creme* von St. Petersburg ist hier. Selbst der Zar hat sich für später angekündigt, obwohl ich nicht glaube, dass er kommt, der Langweiler. Jetzt sag mir, meine Liebe«, und damit rückte sie näher an Kate und flüsterte ihr ins Ohr, »was hältst du von dem feschen Herrn, mit dem ich gerade getanzt habe?«

Der besagte junge Mann hatte die Tanzfläche verlassen und sich zu zwei anderen Männern in Uniform gesellt. Er stand stramm, die eine Hand an seinem Gürtel, mit der anderen über die Koteletten streichend.

»Das ist Hauptmann Alexei Markov vom dritten Husarenbataillon«, sagte die Gräfin mit einem verschwörerischen Flüstern. »Er bildet sich ein bisschen zu viel auf seine Koteletten ein, aber er ist trotzdem ein hübsches Tierchen. Wir werden eine kurze Affäre haben, aber sie wird unglücklich enden.« Sie seufzte theatralisch. »Alexei muss unbedingt bei seinen Freunden damit prahlen, und ich werde keine andere Wahl haben, als ihn und seine ganze Familie abzuschlachten.«

Kate lächelte. Und dann sah sie, wie Emma sie mit schreckgeweiteten Augen anstarrte. Dieser Anblick brachte sie schlagartig wieder zur Besinnung. Sie riss ihre Hand aus dem Griff der Gräfin; das Herz klopfte ihr bis zum Hals.

Die Gräfin tat so, als hätte sie nichts bemerkt. Sie deutete mit ihrem Fächer auf einen sehr alten Mann mit einem weißen Backenbart, der in einem Sessel saß und schlief. Er trug so viele Orden an der Brust, dass er zur Seite gesackt war. Kate befürchtete, das Gewicht würde ihn gleich zu Boden plumpsen lassen.

»Darf ich euch meinen geliebten Gemahl vorstellen?«, sagte die Gräfin, und ihre Worte übertönten mühelos das Orchester. »Ich kann meinen Abscheu vor ihm nicht in Worte fassen. Und wisst ihr, dass ich, als ich ihn im Alter von sechzehn Jahren ehelichte, als die größte Schönheit in ganz Russland galt? Kommt, gehen wir ein Stück.« Sie setzte sich in Bewegung, und Cavendish, der immer noch das Buch an sich gedrückt hielt, versetzte Kate und Emma einen Stoß, damit sie ihr folgten.

»Ich gebe zu«, sagte die Gräfin, die hier und da nach rechts und links nickte, »dass es Leute gab, die Natasha Petrovski mit ihrer sauermilchfarbenen Haut und diesen wässrigen Kuhaugen mir vorzogen. Aber das war, bevor sie diesen entsetzlichen Unfall mit einer Säureflasche hatte. Die Ärmste, ich hörte, sie verschied in einer Irrenanstalt in Ungarn, so verrückt wie ein Märzhase und immer wieder etwas von einer Hexe plärrend.« Die Gräfin kicherte, bedeckte ihren Mund mit dem Fächer und warf Kate einen Blick zu, der besagen sollte: Was bin ich doch für ein böses Mädchen.

»Aber wo war ich doch gleich? Oh ja, mein Gemahl … Als ich den Grafen ehelichte, sagten alle, dass er kaum mehr als sechs Monate zu leben hätte. Ich muss euch wohl nicht sagen, dass ich nicht vorhatte, ihn diese Zeit ausschöpfen zu lassen. Aber was soll ich euch sagen? Der alte Esel schaffte es doch tatsächlich noch fast ein ganzes Jahr! Er muss etwa ein halbes Dutzend Giftanschläge überlebt haben. Heiratet niemals einen pingeligen Esser, meine Lieben. Die machen nichts als Ärger.«

Keiner der Gäste schien die Kinder zu bemerken. Wenn die Mädchen, Michael oder der Sekretär ihnen zu nahe kamen, gingen die prächtig gekleideten Menschen einfach zur Seite, ohne sie direkt anzuschauen.

Die Gräfin stieß ein glockenhelles Lachen aus. »Schließlich ging ich zu einer alten Vettel und erstand von ihr Bienenatem, Bernsteinwurz und Weidenmehl. Das musste er nicht schlucken.

Er hat es im Schlaf eingeatmet und am nächsten Morgen war er so tot wie ein Bauer im Winter und hinterließ mir den größten Besitz im ganzen Zarenreich.« Sie wandte sich zu ihnen um. Das Gesicht glühte im Schein der Erinnerung und sie knickste tief. »Gestatten? Gräfin Tatiana Serena Alexandra Ruskin, zu euren Diensten.«

Kate und Emma starrten auf den blonden Scheitel vor ihnen. Michael beugte sich vor und flüsterte: »Es wäre höflich, wenn ...«, aber Emma stieß ihm ihren Ellbogen in die Rippen. Kate dachte daran, wie sie die Gräfin das erste Mal gesehen hatten, wie sie ihnen fast zu schön vorgekommen war, zu strahlend, zu lebendig. Jetzt kannte Kate den Grund. Das alles war nicht wirklich. Die Gräfin war nicht sechzehn oder siebzehn. Wenn sie tatsächlich diejenige war, die sie zu sein behauptete, wenn sie schon gelebt hatte, als es noch einen Zaren in Russland gab, dann war sie gut und gerne hundert Jahre alt, wenn nicht noch älter. Die Magie hielt sie jung. Kein Wunder, dass es manchmal so schien, als würde sie die Rolle eines Teenagers nur spielen.

Die Gräfin erhob sich mit einem sanften Rauschen von Seide und schaute zu den Tanzenden.

»Ja«, sagte sie mit einem müden Seufzer, der einem Philosophen zur Ehre gereicht hätte, »dies war meine Welt. Ich hatte Reichtum, Einfluss, Schönheit. Einfaltspinsel, der ich war, dachte ich, dass ich tatsächlich etwas erreicht hätte. Aber ich hatte noch nicht begriffen, was wahre Macht bedeutet.« Sie klatschte in ihre Hände, die in Spitzenhandschuhen steckten, und alles verschwand: die Männer in Uniform und Smoking, die Frauen in ihren Ballkleidern, das Orchester, die Diener in der grünen Livree, das Licht von den Kronleuchtern – alles weg. Die Kinder standen allein mit der Gräfin und ihrem rattenzahnigen Sekretär in dem großen, stillen Saal. Nur ein paar Kerzen flackerten an den Wänden.

»So«, sagte sie lächelnd. »Gehen wir hinaus auf die Veranda, einverstanden? Ich möchte ein wenig frische Luft schnappen. Und ich denke, ihr habt etwas für mich.«

Kate und Emma standen wartend neben dem Sekretär, während Michael der Gräfin in einen schwarzen Seidenumhang half. Kate beobachtete den Sekretär, hoffte auf ein Zeichen der Unaufmerksamkeit, irgendetwas, das ihr die Chance geben würde, das Buch an sich zu bringen. Sie hatte Emma schon flüsternd aufgefordert, das Foto bereitzuhalten.

Doch am meisten wünschte sie sich, ihre Hände würden aufhören zu zittern. Sie ballte sie zu Fäusten, aber das half nichts, und so schob sie sie in die Taschen, damit Emma sie nicht sehen würde. Sie wollte nicht, dass ihre Schwester merkte, wie verängstigt und verzweifelt sie war.

Der Sekretär murmelte dem kleinen Vogel auf seiner Schulter etwas zu und packte das Buch noch fester.

Plötzlich fühlte Kate, wie Emma ihre kleine Hand in ihre schob. Sie schaute zu ihr hin und sah das Gesicht ihrer Schwester zu sich emporgehoben, die dunklen Augen voller Vertrauen und Liebe.

Mit einer Stimme, die so leise war, dass nur Kate sie hören konnte, sagte Emma: »Alles wird gut.«

Kate dachte, das Herz müsse ihr zerspringen. Sie hatte immer gewusst, dass ihre Schwester stark war, aber sie war drei Jahre jünger als sie selbst. Und doch war in diesem Moment, als alle Hoffnung verloren schien, Emma diejenige, die ihr Halt bot.

»Kommt mit«, sagte die Gräfin und rauschte an ihnen vorbei zur Tür.

Sie führte sie auf eine steinerne Terrasse an der Rückseite des Hauses. Die Nacht war warm, die Luft schwer und süß vor Blumenduft. Drachen aus Glas in allen möglichen Farben hingen an den Bäumen und in ihren offenen Mäulern brannten Kerzen. Ein Porzellankrug stand auf einem Terrassentisch und daneben eine Kristallkaraffe mit einer dunklen Flüssigkeit.

»Bitte«, sagte die Gräfin und deutete auf die Stühle, die um den Tisch standen. »Ich bin gerne an einem Sommerabend im Freien. Vielleicht liegt es an meinem russischen Blut, das mich immer wieder daran gemahnt, dass der Winter niemals fern ist. Möchtet ihr Limonade? Sie ist nicht vergiftet, versprochen.«

Ohne auf eine Antwort zu warten, goss der Sekretär einige Gläser ein, wobei er einen guten Teil der Flüssigkeit auf dem Tisch verschüttete.

So verängstigt und verwirrt Kate auch war, so konnte sie doch nicht umhin zu bemerken, dass ihr das alles schon vertraut war. Das Haus, die Ställe … Dies war der Ort, an dem sie wohnte, wenn auch erst seit kurzer Zeit. Und doch war sie sehr, sehr weit von zu Hause weg. Wieder warf sie dem Buch, das der Sekretär unter den Arm gesteckt hatte, einen Blick zu. Irgendwie musste sie es zurückbekommen.

Plötzlich wurde die Nacht von einem Schrei zerrissen. Kate spürte, wie Emmas Hand ihre eigene fester umklammerte. Der Schrei kam aus weiter Ferne, aus der Tiefe der Wälder.

Die Gräfin goss sich ein Glas der rubinroten, dicklichen Flüssigkeit ein, die sich in der Karaffe befand.

»Hin und wieder versuchen Frauen aus dem Dorf, zum Haus zu kommen. Zweifellos um ihre Bälger zu sehen. Man sollte doch glauben, dass sie es irgendwann einmal begreifen. Sie haben keine Chance, an meinen Wachen vorbeizukommen.« Die Gräfin ließ die rubinrote Flüssigkeit in ihrem zierlichen Glas kreisen. »Die Morum Cadi – die ihr Kreischer nennt – sind schon erstaunliche Kreaturen. Sie werden niemals müde. Sie kennen weder Schmerz noch Furcht oder Mitleid. Ihr einziger Antrieb ist ihr Hass auf alle lebenden Wesen.« Sie setzte das Glas an die Lippen und leerte es in einem Zug.

»Wie haben Sie sie genannt?«, fragte Kate und verwünschte das Zittern in ihrer Stimme.

»Morum Cadi, die todeslosen Krieger«, sagte die Gräfin. »Obwohl ich zugeben muss, dass Kreischer ein passenderer Name ist. Sie haben vor Hunderten von Jahren gelebt, waren Menschen wie ihr, aber sie haben ihre Seelen für übermenschliche Macht und ewiges Leben eingetauscht. Was sie auch bekommen haben, in gewisser Weise.«

»Sie sind gar nicht so schlimm«, sagte Emma, »sie riechen nur ein bisschen streng.«

Die Gräfin lächelte nachsichtig. »Du bist eine tapfere kleine Lügnerin.« Sie schenkte sich noch ein Glas ein. »Man sagt, dass der Schrei der Morum Cadi der Schrei einer Seele ist, die entzweigerissen wird, wieder und wieder, bis in alle Ewigkeit. Einer allein ist schlimm genug, aber stellt euch Tausende von ihnen auf einem Schlachtfeld vor. Ich habe selbst gesehen, wie ganze Armeen in heilloser Panik davor flohen.« Sie trank einen Schluck von der roten Flüssigkeit. »Ein großartiger Anblick.«

Kate stellte sich vor, wie eine Mutter durch den Wald rannte, wie ihre Beine schwer wurden und wie sie die Schreie hörte, die näher kamen …

»Au«, sagte Emma.

Kate hätte ihrer Schwester fast die Hand zerquetscht. Sie lockerte ihren Griff und flüsterte: »Entschuldige.«

»Welch eine Hingabe an deine Geschwister«, gurrte die Gräfin. »Doch ich erkenne die Wahrheit.« Sie beugte sich über den Tisch und legte einen Finger an den Ansatz von Kates Kehle. »Verlassen von den am meisten geliebten Menschen. Die Wunde hängt über dir wie ein Schatten. Ich könnte sie vertreiben. Es wäre so leicht …«

Sie zog ihre Hand weg. Ein fedriger grauer Schwaden hing an ihrer Fingerspitze. Sie schien ihn aus Kates Brust zu ziehen. Als er sich von ihrem Körper löste, keuchte Kate auf.

»Was haben Sie …?«

»Was ich getan habe? Meine süße kleine Kate, ich habe dich befreit! Oh, diese Last, die auf deinen Schultern ruhte! Hast du nicht gespürt, wie sie dich Tag für Tag immer heftiger niederdrückte, immer stärker auslaugte? Aber jetzt ist es fort – der ganze Schmerz, das Leid und die Angst. Ich habe es weggenommen. Stell dir vor, wie es wäre, von nun an ohne diese Last zu leben.«

Sie hat recht, dachte Kate. Es war, als ob sie das erste Mal seit Jahren wieder frei atmen konnte.

»Sag nur ein Wort und du wirst es niemals mehr spüren.«

Der graue Schwaden zog noch immer durch die Luft, klammerte sich immer noch an die Fingerspitze. Kate dachte daran, wie sich ihre Mutter über sie beugte und sie bat, auf ihre Geschwister aufzupassen, und obwohl die Erinnerung da war, war das Gefühl, das die Liebe ihrer Mutter in ihr auslöste, das Gefühl jenes letzten Kusses, verschwunden.

»Geben Sie es mir wieder.«

»Bist du sicher, *mon ange*? Das ist eine ganze Menge Schmerz und Leid.«

»Geben Sie es mir wieder.« Wenn dieser Moment ihrer Erinnerung nur zu dem Preis eines lebenslangen Schmerzes erkauft werden konnte, dann würde Kate diesen Preis zahlen.

Die Gräfin zuckte mit den Schultern und berührte ihre Brust. Kate fühlte, wie sich das Gewicht wie ein schwerer Mantel auf sie legte.

»Nun, dann wollen wir uns doch einmal anschauen, was ihr mir mitgebracht habt.«

Der Sekretär hatte im Hintergrund gewartet, beide Arme gierig um das Buch geschlungen. Jetzt hastete er herbei und legte es in die ausgestreckten Hände der Gräfin. Sie stieß ein leises Keuchen aus, als ihre Finger den smaragdgrünen Einband berührten.

Es war deutlich zu erkennen, dass sie Mühe hatte, nicht die Beherrschung zu verlieren. Ihre Finger zitterten, als sie das Buch aufklappte und durchblätterte. Nach etwa einer Minute legte sie es – augenscheinlich widerstrebend – zur Seite.

»Endlich!«, hörte Kate sie flüstern.

Die Gräfin schaute zu den Kindern. Ihre Augen strahlten heller als je zuvor. »*Alors, mes enfants*, wollt ihr wissen, was ihr da gefunden habt?«

Die Gräfin begann ihre Erzählung mit der Erklärung, um den Ursprung des Buches zu verstehen, sei es nötig zu wissen, dass in früheren Zeiten die Welt der Magie und die Welt der Menschen miteinander verbunden waren, bevor sich die magische Welt zurückzog und die Menschheit zum Vergessen verdammt wurde …

»Ja, ja«, unterbrach Emma sie unhöflich. »Das wissen wir alles.«

Mit nach wie vor süßer und weicher Stimme fuhr die Gräfin fort: »Nun, das Zentrum der magischen Welt, der Ort der höchsten Gelehrsamkeit und größten Macht, war Alexandria. Oder Rhakotis, wie es damals genannt wurde, an der Mündung des großen Nils. Die Stadt wurde von einem Rat aus Zauberern regiert, die ihre Ahnenreihen bis zu den Anfängen der Welt zurückverfolgen konnten. Ihr Wissen war uralt und ursprünglich, weitergegeben vom Meister zum Lehrling, jahrtausendelang. Aber so mächtig sie auch waren, sie begriffen doch, dass ihre Zeit sich dem Ende zuneigte. Das Zeitalter der Menschen begann, und sie fürchteten den Tag, an dem sie der Vergessenheit anheimfallen würden.«

Die Gräfin lächelte Kate und Emma an und fuhr fort: »Ihr müsst wissen, dass die Zauberer auch Menschen waren. Und wie alle Menschen konnten auch sie sich eine Welt, in der sie selbst keine Bedeutung mehr hatten, nicht vorstellen. Und was taten sie also, diese klugen, närrischen Menschen? Sie schrieben ihre Geheimnisse auf, jenes Wissen, das bei der Erschaffung der Welt geboren wurde, Worte, die vor Äonen in die Dunkelheit und die Stille gedrungen waren, um alles ins Dasein zu rufen – und das bloß, damit diese Menschen durch ihr Wissen und ihre Weisheit weiterleben würden.«

Die Gräfin lachte, aber es war nicht das glockenhelle, fröhliche Lachen von vorhin. Es war ein harter Ton, hart und zornig. »Die Vorfahren jener Menschen hatten es begriffen: Einige Dinge sind zu mächtig, um von einer einzelnen Person kontrolliert zu werden. Aus diesem Grund war das Wissen stets unter den Mitgliedern des Rates aufgeteilt, ohne dass einer von dem Kenntnis hatte, was die anderen wussten. Als bekannt wurde, dass die Geheimnisse an einem Ort zusammengefasst werden sollten, gab es Stimmen, die davor warnten, die meinten, dass eine solche versammelte Macht zu gefährlich sei, dass sie besser verloren ginge. Aber die Gegenstimmen behielten die Oberhand und so wurde große Magie einfachem Pergament anvertraut.

Jene Zauberer waren keine völligen Hohlköpfe; sie ergriffen Vorsichtsmaßnahmen. Ihr habt selbst gesehen, dass die Seiten leer sind. Man müsste ein Leben lang magisches Wissen anhäufen und Studien betreiben, um eine einzige Seite lesen und verstehen zu können. Darüber hinaus setzten sie noch einen Orden von Wächtern ein, dessen einzige Aufgabe es war, die Bücher zu beschützen.«

»Wollen Sie damit sagen«, ließ sich Kate vernehmen, »dass es mehr als ein Buch gibt?«

»Ja. Die Zauberer erschufen drei große Bücher, die sie *Die Chroniken vom Anbeginn* nannten. Und sie vergruben sie in einem geheimen Verlies tief unter der Stadt.«

»Und was passierte dann?«, fragte Emma gelangweilt, als ob es sie überhaupt nicht interessierte. Aber Kate sah, dass sie der Gräfin förmlich an den Lippen klebte.

Die Gräfin zuckte mit den Schultern. »Was mit jeder bedeutenden Zivilisation passiert. Davon überzeugt, dass sie die klügste und kultivierteste Gesellschaft auf Erden hatten, wurden die Menschen dekadent und faul. Der Rat der Zauberer verstrickte sich in interne Streitigkeiten und zerfiel. Sie hatten recht gehabt, müsst ihr wissen. Das Zeitalter der Magie war vorbei. Schließlich wurde die Stadt von Alexander eingenommen, dem ersten großen Feldherrn der Menschheit. Er brannte sie bis auf die Grundmauern nieder. Und als die Asche vom Wind verweht war, waren die Bücher verschwunden.

Von da an können wir nur noch Vermutungen anstellen. Einige glauben, dass Alexander die Bücher an sich nahm, dass sie bis zu seinem Tod in seinem Besitz blieben und dann von seinem wichtigsten Magier gestohlen wurden. Andere denken, dass der Wächterorden, den die Zauberer ins Leben gerufen hatten, die Bücher vor der Belagerung in Sicherheit brachte, sie aufteilte und in den entferntesten Winkeln der Welt versteckte. Manche sind der Meinung, dass die Bücher in dem Tumult, der auf den Untergang der Stadt folgte, von gewöhnlichen Menschen gestohlen wurden, die sich der Bedeutung ihres Fundes nicht bewusst waren, und dass sie seitdem durch unzählige Hände gegangen sind. Wenn jemand zufällig hinter das Geheimnis eines Buches kam, dann nutzte er die simplen, leicht zu entdeckenden Fähigkeiten des Buchs aus, wie ihr es bei eurer Reise durch die Zeit tatet. Natürlich gab es immer wieder Gerüchte, dass dieses oder jenes Buch ans Licht gekommen sei; aber nichts davon ließ sich je beweisen. Soweit ich weiß, kann niemand mit Fug und Recht behaupten, eine der *Chroniken vom Anbeginn* gesehen zu haben, seit Alexander vor dreitausend Jahren in Rhakotis einmarschierte. Das heißt, bis heute.«

Leicht wie eine Feder legte sie die Hand auf das Buch.

Ein paar Augenblicke sagte niemand etwas. Kate hätte zu gerne gefragt: »Na und?« Es war ihr egal, dass das Buch vor ewigen Zeiten von einem Haufen Zauberer geschrieben worden war. Sie wollte nur mit ihrem Bruder und ihrer Schwester heimgehen.

Dann sagte Michael: »Werden Sie es jetzt tun?«

Kate schaute ihn an. Er schien bleicher geworden zu sein und Schweißperlen glänzten auf seiner Stirn. Seine Brille rutschte ihm auf die Nasenspitze.

»Ich meine, Sie haben doch jetzt, was sie wollten, stimmt's? Also halten Sie Ihr Versprechen?« Seine Stimme klang flehend.

»Wovon redet er denn?«, wollte Emma wissen.

»Das ist ganz einfach, meine Liebe«, antwortete die Gräfin. »Ich hatte den Wunsch, dass du und deine Schwester zurückkehren und mir das Buch bringen würdet. Also habe ich eurem Bruder ein Angebot gemacht. Und als Gegenleistung hat er euch hierhergelockt und euch mir ausgeliefert.«

Emma schnaubte. »Sie denken doch nicht ernsthaft, dass wir Ihnen das glauben! Sie haben ihn verhext!«

»Ich fürchte, nein. Dein Bruder hat mir aus freien Stücken geholfen.«

Alles an der Haltung der Gräfin sprach dafür, dass sie eine einfache Tatsache darlegte. Kate spürte, wie ein Eiszapfen in ihrem Herzen wuchs.

Emma schien das Gleiche zu denken, denn sie widersprach heftiger: »Nein, das ist nicht wahr! Das würde Michael niemals tun! Wir sind doch seine Schwestern! Nicht wahr, Michael, das würdest du uns doch nicht antun?«

Forschend blickte sie ihm ins Gesicht. Aber Michael starrte nur auf die Tischplatte.

»Sag's ihnen, Michael«, forderte die Gräfin ihn mit leiser, aber fester Stimme auf. »Sag es deinen Schwestern.«

Kate hielt den Atem an. Nein, dachte sie. Bitte lass ihn unter einem Bann stehen!

Sehr leise sagte Michael: »Es stimmt.«

»Nein!« Emma packte ihn an den Schultern und schüttelte ihn mit aller Kraft. »Nein! Du stehst unter einem Zauberbann! Ich weiß es genau! Es muss so sein! Das würdest du uns nicht antun!«

»Sei nicht zu hart mit ihm, Liebes«, sagte die Gräfin. »Ich habe in sein Herz geschaut und gesehen, was er sich am meisten wünscht. Er konnte nicht widerstehen.«

Emma weinte. Große, dicke Tränen kullerten über ihre Wangen.

»Seien Sie still! Sie lügen! Es gibt nichts, was Sie ihm geben könnten, damit er uns betrügt! Er ist unser Bruder! Sie wissen doch gar nichts! Sie sind nur eine böse Hexe! Sie …«

»Emma …«, fiel Kate ihr ins Wort.

»Nein!«, schrie Emma. »Er würde niemals … niemals …« Sie brach ab, vergrub den Kopf an Kates Schulter und schluchzte. »Er ist unser Bruder. Er würde niemals … niemals …«

»Die arme Kleine«, schnurrte die Gräfin. »Sie hat ziemlich schwache Nerven, nicht wahr?«

Kate funkelte sie an. Ihre Angst war wie weggewischt. Ihr ganzer Körper wurde mit einem Mal von einer weißglühenden Wut verzehrt. Sie wäre am liebsten über den Tisch gesprungen und hätte sie angeschrien, dass in all den Jahren, in denen sie nichts hatten, nicht einmal ein eigenes Bett, in denen sie von einem Waisenhaus zum anderen gereicht wurden, Emma niemals aufgegeben hatte. Sie hatte immer gekämpft. Denn sie wusste, dass ihr Bruder und ihre Schwester bei ihr sein würden, komme, was wolle. Sie waren ihre Familie, der einzige Fixpunkt in ihrem Leben. Und jetzt hatte die Gräfin ihr diese Sicherheit geraubt.

Kate schmeckte Salz und merkte, dass auch sie weinte. Sie wischte sich die Tränen ab und betrachtete das wunderschöne Geschöpf mit den violetten Augen ihr gegenüber. Insgeheim schwor sie sich, dass sie die Gräfin für das, was sie angerichtet hatte, töten würde, wenn sie jemals die Gelegenheit dazu bekam.

»Sag ihnen, was ich dir geboten habe«, forderte die Gräfin Michael auf.

Michael weinte ebenfalls, und seine Stimme klang, als hätte er einen Schluckauf. »Sie sagte, sie würde … sie finden.«

»Wovon redest du?!« Emma wirbelte herum, immer noch in Tränen aufgelöst, aber auch voller Wut. »Wovon?!« Sie fing an, ihn zu schlagen. Michael wehrte sich nicht; er wich ihren Schlägen auch nicht aus. »Irgendwelche blöden Zwerge will sie für dich finden? Ich hasse dich!«

Aber Kate begriff. »Sie hat dir versprochen, dass sie Mom und Dad finden würde.«

Emma hielt inne, die Hand immer noch zur Faust geballt. Sie war sprachlos. Mit wildem Blick starrte sie ihren Bruder an.

»Aber warum?«, fragte Kate flehend. »Warum hast du …?«

»Weil …« Michael schaute auf. Sein Gesicht war vom Weinen aufgequollen und seine Nase lief wie ein Wasserfall. » … weil … was ist, wenn sie nicht zurückkommen?«

Und da war sie. Die Befürchtung, die keiner von ihnen jemals ausgesprochen hatte. Selbst die Luft schien vor lauter Anspannung zu vibrieren. Nichts rührte sich. Kate wollte Michael anschreien und ihm sagen, dass er sich irrte, dass ihre Mutter ihr – Kate – ein Versprechen gegeben hatte. Sie sah, wie Emma sie mit großen Augen anstarrte, Augen, die sie anflehten, etwas zu sagen. Aber Michael, der einen Augenblick lang genauso erschrocken gewirkt hatte wie seine Schwestern, fing an, sich zu rechtfertigen.

»Du sagst, sie kommen wieder, aber was, wenn nicht?! Es sind schon zehn Jahre! Sie kann sie finden. Sie hat's versprochen!« Er wandte sich zur Gräfin. Immer noch strömten ihm die Tränen über das Gesicht. »Tun Sie's. Jetzt gleich. Sie haben das

Buch. Sie sagten, Sie würden es tun, wenn Sie das Buch hätten. Finden Sie unsere Eltern. Bitte!«

Die Gräfin streckte die Hand aus und strich Michael übers Haar. »Mein lieber Junge, ich wünschte, ich könnte es. Aber weißt du, ich habe das Buch nicht.«

Sie nickte zu der Stelle, wo das Buch auf dem Tisch lag.

»Was … was passiert damit?«, fragte Kate.

Die Ränder wurden unscharf und verschwommen. Es sah so aus, als würde es im Nebel verschwinden.

»Das Universum ist eine seltsame Sache, meine liebe Kate. Es respektiert Individualität. Eine Person oder ein Gegenstand existiert nur ein einziges Mal in einem bestimmten Moment. Vervielfältigungen sind verboten. An dem Tag, an dem ihr Michael am Damm zurückgelassen habt und in eure Zeit zurückgekehrt seid, habt ihr vermutlich eine Sekunde lang euch selbst gesehen. Wisst ihr noch, wie sich das anfühlte?«

Kate erinnerte sich. Als sie in dem unterirdischen Arbeitsraum sich selbst, Emma und Michael gesehen hatte, hatte sie das Gefühl gehabt, als ob eine ungeheure Macht sie niederdrücken würde. Und dann, in dem Moment, in dem ihre Doppelgänger verschwanden, verschwand auch der Druck.

»Mit Magie kann man die Regeln ein wenig beugen«, fuhr die Gräfin fort, »besonders wenn es sich um Magie handelt, wie sie in diesem Buch eingeschlossen ist. Für einen kurzen Zeitraum können zwei Exemplare gleichzeitig existieren. Aber früher oder später korrigiert sich das Universum. Seit ihr in dieser Zeit angekommen seid, hat die andere Version des Buches – diejenige, die bereits vorher in dieser Zeit existierte – all ihre Macht genutzt, um sich gegen die Existenz der zweiten Version zu stemmen.«

Das Buch wurde immer unschärfer. Kate fühlte, wie Panik in ihr aufstieg.

»Tun Sie etwas!«

»Ich wünschte, ich könnte es. Bedauerlicherweise kann nicht einmal ich die Gesetze der Natur ändern. Obwohl ich dankbar bin. Ich wollte schon aufgeben. Zwei Jahre lang sitze ich schon in diesem Kaff fest und schien meinem Ziel keinen Schritt näher gekommen zu sein. Aber die Tatsache, dass ihr das Buch in diesem Haus gefunden habt, beweist mir, dass ich kurz davor stehe, es ebenfalls zu finden. Schaut jetzt gut hin.«

Und dann verblasste das Buch vor ihren Augen und verschwand.

Über den Himmel zuckte krachend ein Blitz und ein kalter Wind blies über die Terrasse. Ein Sturm zog auf.

»Aber...« Kate war fassungslos. »Wie sollen wir wieder nach Hause kommen?«

»Meine Lieben«, sagte die Gräfin und ihre Augen glänzten im Kerzenschein. »Ihr *seid* zu Hause.«

KAPITEL 8

Wölfe

Zwei Kreischer traten hinzu und zerrten Kate, Emma und Michael von ihren Sitzen, gerade als eine Regenwand auf das Haus zufegte. Kate hörte, wie Michael protestierte und die Gräfin anflehte.

Sie wurden kerzenbeschienene Gänge entlanggeschleppt, während der Sekretär sich beeilen musste, um mit ihnen Schritt zu halten. Emma krallte sich in die Hand, die ihren Arm gepackt hielt, und schrie die Kreatur an, sie solle sie gefälligst loslassen. Der Kreischer warf sie sich daraufhin über die Schulter, aber Emma fuhr unbeirrt fort, ihm ihre Fäuste auf den Rücken zu hämmern, obwohl er keinerlei Reaktion zeigte. Kate wusste, wohin man sie brachte.

Sie blieben vor einer doppelflügeligen Tür stehen und der Sekretär zog einen Schlüsselring aus der Hosentasche.

»Warten Sie …«, sagte Kate, aber schon öffnete sich die Tür, und ohne weitere Umschweife wurden sie hineingestoßen.

Hinter ihnen schnappte das Schloss ein, und Kate hörte, wie sich das schrille Kichern des Sekretärs allmählich entfernte.

Der Raum war still und ganz und gar nachtdunkel. Draußen hämmerte der Regen aufs Dach. Plötzlich waren ein Scharren und Schaben zu hören; jemand grunzte vor Schmerz: Emma hatte Michael in der Dunkelheit gefunden und sich auf ihn gestürzt.

»Emma, hör auf!« Nur mit Mühe gelang es Kate, ihre Schwester wegzuziehen, wobei sie einen Stoß mit dem Ellbogen gegen ihre Wange bekam.

»Ich hasse dich!«, brüllte Emma. »Ich wünschte, du wärst tot! Du bist nicht mein Bruder!«

»Nein!« Kate legte ihre Wange an die ihrer Schwester. Emmas Gesicht war tränennass. »Das darfst du nicht sagen! Hast du gehört? Sag so was nie wieder!«

Emma wurde schlaff in Kates Armen, und Kate hielt sie fest, während sie schluchzte. Michael lag schniefend auf dem Boden. Kate wusste, dass sie zu ihm gehen und ihn trösten müsste, dass sie ihm sagen müsste, dass sie verstand, warum er das getan hatte, aber sie brachte es nicht über sich. Noch nicht.

Ein paar Schritte entfernt ertönte ein dumpfer Schlag. Emma hörte auf zu weinen. Keiner der drei rührte sich. Lauschend starrten sie in die Dunkelheit.

»Wo sind wir?«, flüsterte Emma.

Wie zur Antwort flammte der Nachthimmel auf und einen kurzen Augenblick zuckte weißes Licht durch den Raum. Kate unterdrückte einen Schrei. Da standen etwa fünfzig Kinder und starrten sie an. Kate sah die Reihen von Betten, die Schatten der Gitter vor den Fenstern, die sich über den Boden erstreckten. Dann erschütterte ein Donnerschlag das Haus, und es wurde dunkel.

Eine Stimme fragte: »Hat jemand ein Streichholz?«

Ein Kratzen, dann flackerte ein Licht auf, und schließlich schimmerte eine Lampe im hinteren Teil des Raums.

»Gib her«, sagte die Stimme, und der kleine Lichtkegel wurde von Hand zu Hand gereicht, erleuchtete ein bleiches Gesicht nach dem anderen, bis es das des Sprechers erhellte.

»Du!«, sagte Emma.

Stephen McClattery trat zu ihnen und hielt die Lampe nah an ihre Gesichter. Er betrachtete sie lange, dann sagte er: »Packt sie.«

Ein Kinderschwarm umringte sie.

»Wartet!«, schrie Kate, als ihr die Arme auf den Rücken gedreht wurden. »Warum machst du das?«

»Wir haben ihn gesehen.« Stephen deutete auf Michael. »Er gehört zur Gräfin.«

»Na und?«, fuhr Emma auf. »Wir nicht!«

»Er ist euer Bruder, oder nicht? Ihr steckt da vermutlich alle mit drin.«

Kate sah, dass die meisten Kinder noch klein waren, nicht älter als sechs oder sieben Jahre. Ihre Gesichter waren wild vor Angst und Erregung.

»Er ist ein Verräter«, behauptete Stephen. »Er hilft ihr.«

»Nein!«, rief Kate. »Er hat einen Fehler gemacht. Das ist alles!«

»Er bleibt trotzdem ein Verräter. Jetzt seid still. Wir müssen uns bereden.«

Er wandte sich von Kate ab und fing an, sich flüsternd mit vier oder fünf Jungen und Mädchen zu unterhalten, die alle etwa in seinem Alter waren. Kate hatte genügend Waisenhäuser kennengelernt, um das Verhalten der Kinder deuten zu können.

Auf sich allein gestellt, erdachten sie sich ihre eigenen Gesetze. Bildeten ihre eigene Gesellschaft. Kate wusste, dass sie keine Angst zeigen durfte. Zeigte sie Angst, war alles verloren.

Stephen McClattery wandte sich wieder den Geschwistern zu.

»Wir haben entschieden. Wir werden ihn hängen.«

»Was?!«

Stephen nickte ernst. »Das macht man so mit Verrätern. Das habe ich in einem Buch gelesen.«

Augenscheinlich waren die anderen Kinder damit einverstanden. Sie fingen an, rhythmisch zu singen: »Hängt ihn auf! Hängt ihn auf!«

»Jemand muss ein Seil besorgen«, sagte Stephen McClattery.

»Wir haben kein Seil«, antwortete jemand.

»Ihr könnt Laken in Streifen reißen«, schlug Emma vor, »und sie dann aneinanderbinden.«

»Emma!«

Emma schaute Kate an und zuckte gleichmütig mit den Schultern.

»Danke«, sagte Stephen McClattery. »Ihr drei, reißt die Laken auseinander.«

Drei Jungen zerrten von einigen Betten die Laken und fingen an, sie in Streifen zu reißen.

»Ihr könnt ihn nicht aufhängen!« Kate wurde immer noch von einem Dutzend Händen festgehalten, und um mit Stephen reden zu können, musste sie quer durch den Schlafsaal schreien. Sie versuchte, nicht in Panik zu geraten, denn sie wusste, dass dies die anderen nur noch aufstacheln würde. Die Meute der Kinder hatte das Kommando übernommen. »Er hat einen Fehler gemacht. Jeder macht mal einen Fehler.«

»Wie wär's damit?« Ein Mädchen kam mit einer Samtkordel angerannt, die sie von einem der Vorhänge gezogen hatte.

»Ja, das dürfte gehen«, sagte Stephen und knüpfte mit überraschender Geschicklichkeit eine Schlinge. »Bringt ihn her! Und ihr drei könnt aufhören mit den Laken.«

Michael wurde nach vorne gezerrt, sodass er und Stephen in der Mitte standen, von Kindern umringt.

»He, warte mal …« Emma wurde langsam nervös.

»Du bist für schuldig befunden worden, ein Verräter zu sein«, sagte Stephen. »Hast du noch etwas zu sagen?«

Michael weinte. Er murmelte etwas Unverständliches.

»Wie bitte?«

Michael hob den Kopf und schaute Kate und Emma an. »Ich sagte … es tut mir leid.«

Kate wusste, dass ihr Bruder nicht aus Angst weinte. Sie bezweifelte, dass es ihn überhaupt kümmerte, was die anderen mit ihm vorhatten. Seine Tränen galten dem Verrat an seinen Schwestern.

»Tja, das ist nett«, sagte Stephen McClattery. »Aber Regeln sind und bleiben Regeln.« Wenn es um Hinrichtungen ging, war der Junge scheinbar in seinem Element. Er zog Michael die Schlinge über den Kopf, und wieder erhob sich der Sprechgesang: »Hängt ihn auf! Hängt ihn auf!« Die Kinder zerrten Michael mit sich. Kate war klar, dass sie würde kämpfen müssen. Sie würde gegen Stephen McClattery kämpfen müssen und ihn besiegen. Wenn sie das schaffte, würden die anderen Kinder von Michael ablassen. Sie wollte sich schon auf den Jungen stürzen, als sich eine Stimme erhob – eine Stimme, die sie kannte.

»Herrje noch mal! Hier wird niemand gehängt!«

Stephen schwang die Lampe herum und in den Lichtschein

humpelte Abraham. Hinter ihm sah Kate eine Tür in der Wand, wo eben noch keine gewesen war.

»Weg mit euch, ihr Rabauken«, sagte er und schob sich durch die Menge der Kinder, bis er die Schlinge von Michaels Hals nehmen konnte. Die Kinder, die Emma und Kate festgehalten hatten, zogen sich zurück. »Hängen! Wie kommt ihr nur auf die Idee?« Er versetzte Stephen einen leichten Schlag auf den Hinterkopf. »Wo ist dein Verstand geblieben, Junge?«

»Er ist ein Verräter«, sagte Stephen. »Vermutlich sind sie alle Verräter.«

»Diese beiden nicht. Das kann ich euch versichern.« Er deutete auf Kate und Emma. »Ich habe gesehen, wie sie von den Kreischern weggeschleppt wurden.«

»Na gut, aber der hier ist ein Verräter. Wir können ihn nicht einfach laufen lassen.«

Abraham hob die Lampe und beleuchtete Michaels Gesicht, das von dem Nass der Tränen glänzte.

»Ihr habt recht, was ihn betrifft. Aber jetzt hört mir mal zu, und zwar alle.« Trotz des laut prasselnden Regens senkte Abraham seine Stimme. »Das sind schlimme Zeiten. Jeder hat Dinge getan, für die man Verzeihung erflehen muss. Aber wenn wir anfangen, uns gegenseitig zu zerfleischen, dann hat sie gewonnen. Wir müssen zusammenhalten; das ist die Hauptsache. Das ist alles, was wir noch haben: einander. Das dürfen wir nicht vergessen.«

Eine Zeit lang sagte niemand etwas. Kate sah, dass Emma sich bückte und etwas vom Boden aufhob. Michaels Brille. Sie war ihm im Tumult von der Nase geschlagen worden. Emma drehte sie in den Händen hin und her und reichte sie dann schweigend ihrem Bruder.

»Danke«, sagte Michael mit erstickter Stimme.

Die anderen Kinder schienen Kate und ihre Geschwister vergessen zu haben. Eifrig umringten sie Abraham.

»Was bringst du uns mit, Abraham?«

»Was hast du für uns?«

Kate war erstaunt, wie schnell die Hysterie von den Kindern abgefallen war. Sie hatte so etwas schon früher erlebt, bei den Kindern im Waisenhaus. Aber nie war es so rasch und unvermittelt geschehen wie hier.

»Gebt Ruhe, ihr alle«, befahl Abraham. »Zuerst will ich Annie sehen.«

Ein Murmeln ging durch die Menge, und dann trat das kleine Mädchen mit den Zöpfen, das über dem Abgrund gebaumelt hatte, vor. Abraham kniete sich nieder. Er zog eine Stoffpuppe aus seiner Jacke. »Die habe ich selbst gemacht. Ich würde mich freuen, wenn du sie annehmen würdest.«

Das kleine Mädchen nahm die Puppe und drückte sie an sich, ohne ein Wort zu sagen.

Abraham förderte einen Stapel Briefe zutage. »Jetzt seid leise, während ich die hier austeile. Stephen und die anderen werden den Kleineren beim Lesen helfen.«

Eine ehrfürchtige Stille breitete sich aus. Während Abraham die Namen auf den Briefen vorlas, traten die Kinder eins nach dem anderen vor, nahmen die Umschläge in Empfang und trugen sie zu ihren Betten.

Als er fertig war, kam Abraham zu Kate, Michael und Emma. »Die Hexe weiß nichts von den Geheimgängen in diesem Haus. Ich versuche, wenigstens einmal in der Woche hierherzukommen. Ich bringe ihnen Essen, Briefe von ihren Eltern. Es tut mir leid, dass ihr Mädchen in die Falle getappt seid. Mir wurde nur gesagt, dass ich ein Foto von dem Jungen mit dem Schild machen sollte. Ich hatte keine Ahnung, was da vor sich ging. Aber ich sah, wie die Ungeheuer euch wegschleppten, und ich dachte mir schon, dass ihr hier landen würdet. Scheint so, als wäre ich gerade rechtzeitig gekommen.«

»Danke«, sagte Kate. »Ich weiß nicht, was ansonsten passiert wäre.«

Er winkte ab. »Es sind gute Kinder. Sie leben nur schon viel zu lange in Angst und Schrecken. Sie hätten deinen Bruder nicht gehängt. Vermutlich nicht ... Also, ihr drei kommt am besten mit mir. Die Gräfin hat etwas mit euch vor, und ich zittere bei dem Gedanken daran, was das sein könnte.«

»Aber wenn Sie kommen und gehen können, wie Sie wollen«, sagte Emma, »warum fliehen die Kinder dann nicht einfach – genau wie wir?«

Abraham lachte kurz auf. »Sie ist klug, die Hexe. Sie hält alle getrennt voneinander gefangen, die Kinder, Mütter und Väter. Diese Monster, die Kreischer, bewachen sie. Diese Küken wissen, dass ihre Eltern aufs Schiff gebracht und gefoltert werden, wenn sie fliehen. Vielleicht sogar getötet.«

Stephen trat vor und flüsterte Abraham etwas ins Ohr. Der nickte.

»Ich muss nach einem sehen, der krank ist. Dann gehen wir.«

Er folgte Stephen zu einem Bett ein paar Meter entfernt. Kate spürte, wie jemand an ihrer Hand zupfte. Annie stand neben ihr, die neue Puppe in der Hand. Das kleine Mädchen streckte die Arme aus. Kate begriff sofort. Die meisten Kinder hier waren in Emmas Alter oder jünger. Abgesehen von dem Tag am Damm hatten sie ihre Mütter vielleicht seit Jahren nicht mehr gesehen. Sie, Kate, kam einer Mutter am nächsten. Kate hob das Mädchen auf und Annie schlang ihre dünnen Arme um Kates Hals.

»Kate«, sagte Emma.

Sie drehte sich um. Etwa zwanzig kleine Kinder hatten sich um sie versammelt. Sie starrten Kate und Annie mit sehnsuchtsvollen Augen an. Kate fühlte, wie ihr Herz vor Schmerz heftig hämmerte, und sie wünschte, sie hätte sie alle trösten können.

Abraham kam mit Stephen zurück. »Alles klar. Gehen wir. Man kann nie wissen, wann sie eine von diesen lebenden Leichen schickt, um nach euch zu sehen.«

Kate setzte Annie ab.

»Gehst du weg?«, fragte Annie.

Ohne nachzudenken, sagte Kate: »Ich komme wieder, das verspreche ich.«

»Das meint sie nicht ernst«, sagte Stephen McClattery.

»Oh doch, das tut sie!«, widersprach Michael heftig. Alle schauten ihn überrascht an. »Wenn meine Schwester etwas sagt, dann meint sie es auch. Sie ist ja auch wegen mir zurückgekommen, stimmt's?« Er schaute Kate und Emma an. Seine Augen glänzten im Licht der Lampe. »Wenn sie sagt, dass sie zurückkommt, dann kommt sie zurück.«

»Das stimmt«, mischte sich Emma ein. »Und wenn irgendjemand von euch noch einmal versuchen sollte, meinen Bruder aufzuhängen, dann muss er mich zuerst hängen!« Sie nickte Michael knapp zu, und Kate wusste, dass alles vergeben war.

»Beeilt euch«, sagte Abraham, und er trat durch die Tür in den Geheimgang. Kate folgte Emma und Michael. Sie warf einen Blick zurück auf die geisterhaften Gesichter von Stephen und Annie und den anderen Kindern. Dann schloss Abraham die Tür mit einem leisen Klicken und alles war dunkel.

»Wartet einen Moment«, flüsterte Abraham. Sie hörten, wie er durch den Gang davonschlich.

Die Luft war modrig und abgestanden und sie drängten sich in dem engen Gang dicht aneinander. Kate fühlte Michael zittern, und sie wusste, dass er weinte. Als er sprach, klang seine Stimme belegt.

»Ich dachte … ich könnte auch mal etwas tun. Du hast dich all die Jahre um uns gekümmert, Kate. Ich dachte, nur ein einziges Mal könnte ich …«

»Schon gut.«

»Ich weiß, dass Mom und Dad zurückkommen. Ich hätte nicht …«

»Schon gut. Wirklich.«

»Ja«, sagte Emma. »Aber mach so was Blödes nie wieder!«

Und dort, in der Dunkelheit, fassten sie sich an den Händen.

Abraham kehrte zurück und brachte den Geruch nach Regen und Schlamm mit.

»Alles klar. Wir können kein Licht riskieren, also werden wir nur langsam vorwärtskommen. Der Regen ist ein Glück für uns, aber seid trotzdem so leise, wie ihr könnt. Unser aller Leben hängt davon ab.«

Er ging voraus, Emma hinter ihm, dann Michael und zum Schluss Kate.

Der Gang war recht schmal und niedrig, und Abraham raunte ihnen hin und wieder eine Warnung zu, wenn sie sich ducken oder über ein Loch oder ein auf dem Boden liegendes Brett steigen mussten. Hier und da stachen Nadeln aus Licht durch die Wände. Aber meistens konnte Kate nur gerade eben die Umrisse von Michaels Kopf erkennen. Abraham führte sie, links, rechts, eine Treppe hinauf und zwei wieder hinunter. Nach etwa zehn Minuten in diesen labyrinthartigen Gängen blieb er stehen. Es war heller geworden und sie konnten einander jetzt besser sehen. Abraham legte einen Finger an die Lippen und forderte sie auf, noch leiser zu sein.

Das war auch bitter nötig, denn als sie um die nächste Ecke bogen, wartete dort schon die Gräfin auf sie. Sie befand sich in einem der vielen Wohnzimmer des Hauses und starrte durch ein ovales Fenster, das in die Wand eingelassen war, die ihr Zimmer von dem Gang trennte. Emma stieß unwillkürlich ein leises Keuchen aus und Abraham legte ihr sofort die Hand auf den Mund. Aber es war zu spät. Die Hexe hatte sie bemerkt.

Oder nicht? Die Sekunden vergingen, und die Gräfin stand einfach nur da, wenige Zentimeter von der Scheibe entfernt, und wandte ruhig den Kopf erst in die eine, dann in die andere Richtung. Da erinnerte sich Kate: Sie war in diesem Zimmer gewesen. An der Wand befand sich ein Spiegel, und zwar genau dort, wo die Gräfin stand. Und als Kate noch mal hinschaute, strich sich die Gräfin übers Haar, drehte sich um und ging weg, augenscheinlich ohne die Kinder gesehen zu haben.

Abraham bedeutete ihnen, weiterzugehen, und sie wollten sich gerade in Bewegung setzen, als im Zimmer der Gräfin jemand zu reden begann.

»Und was wollen Mylady jetzt machen, wenn Eurem untertänigsten Diener die Frage erlaubt ist?« Der grauzahnige Sekretär stand mit gebeugtem Rücken an einem Servierwagen und schenkte eiskalten Wodka in ein Glas. Der gelbe Vogel hockte noch immer auf seiner Schulter.

Auf der anderen Seite des Zimmers ließ sich die Gräfin in einen bequemen Sessel nieder und hob die zierlichen Füße auf einen Schemel.

»Ich werde einen Bericht abliefern. Das hätte ich gleich tun sollen, als die Kinder das erste Mal auftauchten.«

»Ja, natürlich, zweifellos eine weise Entscheidung.« Mit einem tiefen Bückling reichte ihr der Mann das Getränk.

Das Glas, das in die eine Richtung als Spiegel, in die andere aber als Fenster funktionierte, befand sich an der Wand, die derjenigen gegenüberlag, an der die Gräfin saß. Das bedeutete, dass die Kinder im Geheimgang einen guten Blick auf alles hatten, was sich in dem Wohnzimmer abspielte. Es war aufregend, der Gefahr so nah zu sein, besonders weil Kate einfach nicht glauben konnte, dass sie unsichtbar waren. Jedes Mal wenn der Blick der Gräfin über die Wand glitt, musste Kate gegen den Drang ankämpfen, wegzulaufen. Sie war dankbar für das dröhnende Hämmern des Regens, weil sie überzeugt davon war, dass die Gräfin und der Sekretär ansonsten das Hämmern ihres Herzens vernommen hätten.

»Was ist los, du sabbernder kleiner Nager?«, fuhr die Gräfin ihren Sekretär an. »Ich merke doch, dass dir etwas im Kopf herumgeht.«

Händeringend verbeugte sich Cavendish drei- oder viermal schnell hintereinander. »Es ist nur … nein, es ist nicht an mir, das zu sagen …«

»Es ist an dir, zu tun und zu lassen, was ich dir befehle, du Wurm! Also, was geht in diesem eitrigen Gehirn vor?«

Allein mit ihrem Sekretär sah die Gräfin anscheinend keine Veranlassung, sich als charmante Verführerin oder fröhliches Mädchen zu geben. Sie sah so aus wie immer, aber ihr Verhalten, ihre Stimme, alles an ihr, sprachen von ihrer Macht, ihrer Bosheit und ihrem gierigen, wölfischen Hunger.

Cavendish zog den Kopf ein wie eine Schildkröte. Er sprach leicht keuchend und abgehackt: »Ja, Mylady, und vergebt mir bitte meine Unverfrorenheit. Ich habe mich nur gefragt, was genau Ihr berichten wollt. Dass Ihr eine der *Chroniken vom Anbeginn* in den Händen hattet und sie wieder verloren habt?«

»Es lag nicht in meiner Macht, das Buch zu kontrollieren. Das weißt du genau.«

»Zweifellos, ja, ganz zweifellos. Euch trifft keine Schuld. Und glücklicherweise« – hier verdrehte Cavendish seine Finger wie einen Korkenzieher und verzog sein Gesicht zu einem schmierigen, verlogenen Lächeln – »glücklicherweise ist unser Meister bekannt für sein Verständnis.«

Ihr Meister? Kate fragte sich unwillkürlich, ob sie sich verhört hatte. Aber nein. Gab es also noch jemanden? Jemanden, der noch schlimmer war als die Gräfin? War das überhaupt möglich? Sie schaute zu Emma und sah, wie diese den Kopf schüttelte und kaum hörbar »Na toll!« hauchte.

»Du denkst also, ich sollte ihm nichts davon sagen«, sagte die Gräfin langsam.

Cavendish trat einen eifrigen Schritt vor. »Das Buch muss ganz in der Nähe sein, Mylady. Das habt Ihr selbst vorhin gesagt. Und jemand, der so dumm und unverständig ist wie ich, weiß, wie viel besser es ist, wenn man sagen kann: ›Hier, Meister, ich habe es!‹, anstatt: ›Nun ja, ich hatte es, aber ich habe es wieder verloren. Hups!‹«

Ihren Wodka schlürfend, legte die Gräfin den Kopf gegen die Rückenlehne des Sessels. »Was du sagst, ist nicht von der Hand zu weisen, Wurm. Also gut. Ich werde warten.«

Der Mann verbeugte sich noch tiefer, als ob »Wurm« für ihn das höchste Kompliment bedeuten würde. Aber trotzdem beobachtete er sie die ganze Zeit scharf aus seinen kleinen, hinterlistigen Augen.

»Wie kann es sein«, fragte sie leise, »dass nach all diesen Jahrtausenden drei ganz gewöhnliche Kinder einfach so über eine der *Chroniken vom Anbeginn* stolpern?«

»Zufall vielleicht?«

Die Gräfin lachte verächtlich. »Zufälle gibt es nicht, wenn Magie im Spiel ist. Diese Kinder sind aus irgendeinem Grund wichtig. Aus einem Grund, den ich noch nicht begreife.«

Im Geheimgang zupfte Abraham Kate am Ärmel und signalisierte ihr, dass sie weitergehen müssten. Aber Kate schüttelte den Kopf. Da drin ging es um sie, Michael und Emma. Sie wollte hören, was gesagt wurde.

Die Gräfin trank ihr Glas aus und hielt es Cavendish hin, damit er es neu füllen konnte. »Und du hast den Keller wirklich gründlich durchsucht? Von der Kammer, die der Junge erwähnte – von diesem unterirdischen Arbeitszimmer, in dem sie das Buch fanden –, hast du keine Spur entdecken können?«

»Keine, Mylady. Und auch keine Spur von irgendwelchen Bannsprüchen, die das Zimmer den Blicken verbergen würden. Wenn der Junge die Wahrheit gesagt hat, muss das Zimmer in der Zukunft erst erschaffen worden sein. Glaubt Mylady immer noch, dass der alte Mann dahintersteckt?«

»Natürlich«, schnaubte die Gräfin. »Wer sonst?« Von plötzlicher Freude erfüllt, klopfte sie mit den Fingernägeln gegen ihr Glas. »Stell dir vor, wenn ich *ihm* erst das Buch gebracht habe, dann bin ich mächtiger als alle anderen. Ich werde an seiner Seite sitzen und herrschen.«

Cavendish ließ die Karaffe mit lautem Geklapper auf den Servierwagen fallen. Die Gräfin schaute auf und maß ihn mit einem scharfen Blick. »Sei vorsichtig, du Kröte.«

»Ja, Gräfin, sehr wohl! Ich bitte tausendmillionenmal um Entschuldigung.« Ungeschickt hantierte er mit den Flaschen und stieß sie ein ums andere Mal gegeneinander.

»Du bist wirklich ein Trottel, weißt du das? Wenn du etwas zu sagen hast, dann sage es. Und stottere nicht herum wie ein betrunkenes Stubenmädchen.«

Der Mann drehte sich um. Er riss sich so heftig an den Fingern, dass Kate glaubte, er würde sie sich jeden Moment von der Hand abreißen. »Es ist nur, Mylady, dass ich mir Sorgen um Euch mache. Ja, ich mache mir Sorgen um Euch, wirklich.«

Sie lachte. »Um mich? Und warum solltest du dich um mich sorgen, du wandelnder Dreckhaufen?«

Er schlurfte zu ihrem Sessel, die Finger immer noch verknotend und verdrehend. Er schien nicht in der Lage zu sein, ihr ins Gesicht zu schauen. »Frau Gräfin sind so schön und so stark, und unser Meister, so schrecklich und furchterregend er auch ist, hat den Ruf, nun … unberechenbar zu sein.«

Im Zimmer wurde es still. Die Gräfin starrte den schwitzenden und zuckenden Mann an.

»Du glaubst, er würde mir meine Belohnung verweigern?«

»Nein, nein«, sagte er und schaute kurz auf. »Das würde ich niemals behaupten. Niemals. Aber …« Er steckte sich die Finger in den Mund und biss nervös darauf herum.

Die Gräfin beugte sich in ihrem Sessel vor. »Was soll ich deiner Meinung nach tun? Sprich!«

»Es ist nur …« Er rückte näher. Seine Stimme war wie das Zischen einer Schlange. »Ihr seid bereits so mächtig, Frau Gräfin.

Und wenn Ihr erst einmal das Buch habt, frage ich mich, wer mächtiger ist. Ihr, Frau Gräfin, oder …«

Die Hand der Gräfin schoss vor und packte den kleinen Mann an seinen strähnigen Haaren. Erschrocken flatterte der Vogel von Cavendishs Schulter auf.

»Willst du damit andeuten, du elende Kreatur, dass ich unseren allerhöchsten Meister betrügen könnte, wenn ich im Besitz des Buches wäre? Dass ich die Macht des Buches für meine eigenen Zwecke gebrauchen würde?«

»Mylady, nein! Niemals! Ihr missversteht mich …«

»Ach ja?« Sie riss ihn heftig an den Haaren.

»Bitte, Herrin! Ich flehe Euch an! Ich würde niemals … niemals …«

Da lächelte sie, wunderschön und gefährlich. »Beruhige dich. Ich weiß, dass du mich nur beschützen willst. Außerdem«, und damit glättete sie das fettige Haar des Mannes, »habe ich das Buch noch nicht.«

In dem nasskalten Geheimgang verspürte Kate einen zusätzlichen Schauer, als sie sah, wie der Mann und die Frau einander anblickten, als ob sie ein Geheimnis austauschen würden.

Wieder zupfte Abraham sie am Ärmel. Beharrlich. Sie nickte. Es war zu gefährlich, auch nur einen einzigen Moment länger zu bleiben. Gerade als sie sich abwenden wollte, sagte die Gräfin:

»Ist dir aufgefallen, dass das Buch das älteste Mädchen gezeichnet hat?«

Kate erstarrte.

»Ich frage mich«, murmelte die Gräfin, »ob es wohl möglich ist, dass … nein, das kann nicht sein …«

Der Sekretär verzog das Gesicht zu einem widerwärtigen Grinsen. »Ich weiß, was Frau Gräfin denken. Unmöglich, ja, und doch – wenn es wahr wäre … Vielleicht möchtet Ihr das Kind noch einmal unter die Lupe nehmen? Bevor ich herkam, nahm ich mir die Freiheit, einen Morum Cadi zu schicken, um sie zu holen. Sie müsste jeden Moment hier sein.«

Emma und Michael schauten Kate aus panikgeweiteten Augen an. Sie mussten weg hier – und zwar sofort! Aber noch ehe sich einer von ihnen rühren konnte, ließ ein Schrei die Mauern des Hauses erzittern.

Sie rannten, ohne sich noch die Mühe zu machen, leise zu sein. Sie hörten die schrille Stimme des Sekretärs etwas brüllen, den gedämpften Tumult, der aus dem Schlafsaal der Kinder drang, und die Schreie der Kreischer.

Nach kurzer Zeit erreichten sie eine Sackgasse. So sah es zumindest aus. Draußen hörten sie weitere Kreischer, die das Haus umzingelten. Abraham atmete schwer.

»Ich gehe zuerst. Ihr drei wartet, bis ihr mich weggehen hört. Dann lauft zum Wald. Lauft so schnell und so weit ihr könnt. Sucht euch ein Versteck für die Nacht. Morgen früh geht am Fluss entlang nach Süden. Beobachtet den Himmel. Angeblich setzt die Hexe Vögel als Spione ein. Ein Tagesmarsch wird euch zum See führen. Ein Boot wird euch bis Westport bringen. Verzeiht, dass ich nicht mehr tun kann.«

»Sie haben doch schon so viel für uns getan«, sagte Kate. »Danke.«

»Noch eine Frage«, sagte Abraham. »Stimmt es, dass ihr aus der Zukunft kommt?«

»Ja.«

»Und ihr seid hier, um alles wieder in Ordnung zu bringen?«

»Was … nein, wir … wir wollten nur Michael holen.«

»Aber du hast den Kindern versprochen, dass du zurückkommst.«

»Und das werde ich auch. Ich weiß nur nicht, wie ich ihnen helfen soll.«

Einen Augenblick lang starrte Abraham sie nur an. »Vielleicht nicht«, sagte er schließlich. »Aber du hast gehört, was die Gräfin gesagt hat: Zufälle gibt es in der Magie nicht. Alles passiert aus einem besonderen Grund. Auch, dass du hier bist. Aber jetzt genug geredet.«

Kate und Emma umarmten ihn. Michael traute sich nicht, aber Abraham legte ihm die Hand auf die Schulter.

»Du hast einen Fehler gemacht, aber du bist ein guter Junge, und deine Schwestern lieben dich sehr.«

Michael nickte und schluckte schwer. Abraham packte einen Griff, der aus der Wand herausragte. Bei näherem Hinsehen konnte Kate die schwachen Umrisse einer Tür erkennen.

»Denkt dran: Lauft und schaut nicht zurück.« Und damit öffnete er die Tür. Ein Schwall kalter Luft trieb einen Regenguss herein. Dann war Abraham weg.

Wieder standen sie in der Dunkelheit. Sie warteten und lauschten auf die Schreie der Kreischer von draußen.

Emma zappelte herum. »Wer wohl dieser Meister ist, was meint ihr?«

»Ich habe da so ein paar Theorien«, sagte Michael.

»Zum Beispiel?«

Michael rückte seine Brille zurecht. »Darüber möchte ich zum jetzigen Zeitpunkt noch nicht sprechen.«

Emma schnaubte gereizt, aber es war offensichtlich, dass sie nicht wirklich verärgert war. Sie war froh, dass die Dinge zwischen ihr und Michael wieder so waren wie immer: Wie üblich brachte er sie zur Weißglut. »Ich wette, der alte Mann, den die Gräfin erwähnt hat, ist Dr. Pym. Du hast ihn ja noch nicht kennengelernt, Michael. Er ist wirklich ein Zauberer!«

»Ehrlich? Hat er gezaubert?«

»Na ja, Kate und ich haben gesehen, wie er ein Feuer herbeigezaubert hat, nicht wahr, Kate? Und ich glaube, er hat eine Zauberpfeife.«

»Was für eine Pfeife?«

»Woher soll ich das wissen? Eine verzauberte halt.«

»Ich meine, eine Pfeife zum Hineinblasen oder eine zum Rauchen?«

»Ach so. Eine zum Rauchen.«

Kate hatte das Ohr an die Tür gepresst und lauschte. Aber sie konnte sich nicht richtig konzentrieren. Sie musste immer wieder daran denken, was die Gräfin gesagt hatte.

Ist dir aufgefallen, dass das Buch das älteste Mädchen gezeichnet hat?

Sie dachte daran, was in ihrem Schlafzimmer geschehen war, als Emma und sie die Fotos durchgesehen hatten, wie sie ihre Hand auf die Seite gelegt und dann erlebt hatte, dass sich die Dunkelheit über das Pergament und ihre Finger ausgebreitet hatte. Was hatte das Buch mit ihr angestellt?

»Kate …« Michael berührte sie am Arm. »Ich glaube, Abraham hat sie weggelockt.«

Von der anderen Seite des Hauses erklangen Schreie und Lärm.

Kate packte den Türgriff. »Ich gehe vor. Lauft einfach weiter, egal was passiert.«

Nachdem der Kreischer, den der Sekretär geschickt hatte, Kate und ihre Geschwister nirgends finden konnte, war im Schlafsaal der Kinder der Teufel los. Kinder rannten schreiend durcheinander und sprangen auf den Betten herum. Ein paar der kleineren Kinder fingen an zu weinen. Ein paar Minuten lang herrschte heilloses Chaos. Dann öffnete sich die Tür und die Gräfin trat ein. Alles wurde mucksmäuschenstill.

Sie wedelte mit der Hand und sofort entzündeten sich die Kerzen entlang der Wände. Sie lächelte und die Kinder fühlten sich wie magisch von ihr angezogen.

»Wo sind sie?« Ihre Stimme war tröstend und lieblich.

Keiner antwortete.

»Ich will ihnen nichts tun. Himmel, nein! Ich will ihnen helfen! Sie sind in großer Gefahr. Bitte. Sagt mir, wo sie hingegangen sind.«

In ihrer Stimme und in ihrer Haltung lag etwas so Sanftes, dass die Kinder ihr alles erzählen wollten, über Abraham, den Geheimgang, über Kate, Michael und Emma. Die Gräfin war ihre Freundin.

»Wen meinen Sie?«

Die Gräfin schaute den Jungen an, der gesprochen hatte. Stephen hatte den Unterkiefer vorgeschoben und die Arme vor der Brust verschränkt. Sie beugte sich zu ihm vor und sorgte dafür, dass er ihr Parfüm riechen konnte.

»Die drei, die hierhergebracht wurden. Zwei Mädchen und ein Junge. Ach, du dummer Kerl.« Spielerisch strich sie sein Haar zurück. »Du weißt doch, wen ich meine.«

»Sie … sie sind nicht hier.«

»Ja, mein Lieber, so viel habe ich auch begriffen. Aber wo sind sie hingegangen?«

Stephen starrte in diese herrlichen Augen. Seine Finger krallten sich in seine Arme. Er kämpfte schwer gegen ihren Zauber an. Sie war der Feind. Wie Abraham gesagt hatte. Er musste den anderen zeigen, wie man sich ihr widersetzte. Er zwang sich zu einem Schulterzucken.

»Keine Ahnung. Sind einfach verschwunden.«

Eins der Kinder unterdrückte ein Lachen. Die Gräfin schaute mit blitzenden Augen auf.

»Sie sind verschwunden?«

»Ja. Durch Zauberei oder so etwas.«

»Stimmt«, sagte ein anderes Kind. »Und es gab einen Knall!«

»Und Rauch«, ergänzte ein drittes. »Mit Blitz und Donner!«

»Oh ja! Wir konnten gar nicht schnell genug aus dem Weg springen!«

»Ich verstehe.« Sie hatte sie verloren. Irgendwie hatten sie ihre Stärke in diesem Jungen wiedergefunden.

Der Sekretär kam hereingeeilt. Er atmete keuchend, war völlig durchnässt und sein Haar klebte an seinem Schädel.

»Habt ihr sie gefunden?«, fragte die Gräfin knapp.

Er schüttelte den Kopf. »Nur diesen verkrüppelten Narren von einem Fotografen. Der Tölpel war wieder betrunken.«

Die Gräfin sagte: »Lasst die Wölfe frei.«

Die Kinder keuchten auf. Selbst der Sekretär wirkte überrascht.

»Aber Mylady.« Er kicherte atemlos. »Bitte vergebt mir, aber diese Tierchen sind nicht so leicht unter Kontrolle zu halten. Wir lassen sie hungern. Was natürlich klug ist, werden sie doch dadurch zu noch eifrigeren Jägern. Aber was sollte sie davon abhalten, die Kinder zu zerreißen?«

»Nun, dieses Risiko müssen wir wohl eingehen, nicht wahr?«

Im Türrahmen blieb sie stehen und deutete auf Stephen. »Ach ja. Und der da kommt aufs Schiff.«

»Das ist so was von widerlich!«, schrie Emma, als sie mit dem Gesicht nach unten in der nächsten Pfütze landete. »Ich hasse diesen bescheuerten Regen!«

Nachdem sie das Haus verlassen hatten, waren sie die kurze Strecke zum Wald gerannt, ohne einem einzigen Kreischer zu begegnen, aber seitdem waren sie nur langsam vorangekommen. Das Unwetter hatte den Waldboden in einen Sumpf verwandelt und ihre Füße rutschten immer wieder in mit Regenwasser gefüllte Vertiefungen oder glitten auf dem glitschigen Laub aus.

Michael war bisher erst einmal hingefallen, aber sie hatten kostbare Zeit verschwenden müssen, um seine Brille zu suchen. Besonders Emma hatte vor Wut gekocht, weil sie ihre Hand in ein schlammiges, ekliges Loch gesteckt hatte, in dem es vor Würmern nur so wimmelte, und sich dann herausstellte, dass die Brille an Michaels rechtem Ohr hing.

Alle drei waren völlig durchnässt, von oben bis unten verdreckt und todmüde.

Während sie und Michael Emma auf die Füße zogen, fragte sich Kate, wie weit sie noch würden gehen müssen. Wann wären sie in Sicherheit?

Die Lage schien verzweifelt zu sein.

Dann hörten sie das Heulen.

Es war kein Kreischer. Aber es kam aus der Richtung des Hauses. Es dauerte nicht lange, da erhob sich ein Chor aus wildem Gejaule und Geheule. Und genauso schnell wie es gekommen war, verschwand es auch wieder.

Kate sagte: »Sie kommen.«

Die Kinder rannten, wie sie noch nie in ihrem Leben gerannt waren. Sie ignorierten ihre schweren Beine und das Seitenstechen. Emma, die schnellste der drei, lief voraus. Sie verschwand in einem Dickicht, und als Kate sich unter einem Ast duckte, hörte sie ihre Schwester aufkreischen. Eine Sekunde später waren sie und Michael durch das Unterholz gestürmt und sahen mit ihren eigenen Augen …

»Nein!«

… dass sie am Rande einer Klippe standen, die das nachtschwarze und nur von zuckenden Blitzen erhellte Tal überragte. Es waren bestimmt hundert Meter nach unten und rechts und links waren nur nackte Felsen zu sehen. Kate verfluchte sich; sie dachte an ihren ersten Tag im Waisenhaus, an dem sie die Gegend erkundet hatten und beim Wasserfall gelandet waren. Lange hatten sie den in die Tiefe stürzenden Fluten zugeschaut. Sie hätte wissen müssen, wo ihre Flucht enden würde …

Wieder erklang das Geheul aus dem Wald. Was immer diese entsetzlichen Geräusche von sich gab, kam näher.

»Was sollen wir tun?!«, schrie Emma verzweifelt.

»Da!« In etwa zwanzig Metern Entfernung schlängelte sich ein schmaler Pfad an der Felswand entlang in die Tiefe. Kate hatte keine Ahnung, ob er bis ganz nach unten führte, aber dort lag ihre einzige Hoffnung.

»Kommt!«

Der Pfad war steil und rutschig, nie breiter als einen Meter und an den meisten Stellen viel schmaler. Er verlief im Zickzack, und die Kinder klammerten sich aneinander, während ihre Sohlen auf dem schlammigen Boden hin und her schlitterten und Windböen sie in die Tiefe zu reißen drohten. Sie stiegen immer weiter hinab. Der Regen peitschte ihre Gesichter. Kate ging als Letzte und schaute immer wieder über die Kante nach unten, in der Hoffnung, einen Blick auf den Grund des Tals zu erhaschen. Wenn sie nur heil nach unten gelangen konnten, dann hatten sie eine Chance. Sie konnten sich eine Höhle suchen oder …

»Kate!«

Emma war stehen geblieben und deutete hinauf zur Klippe. Kate schaute gerade in dem Moment nach oben, als ein Blitz den Himmel zerschnitt und die Gestalt eines riesigen Wolfes beleuchtete, der oben am Rand der Schlucht stand. Die Bestie stieß ein Geheul aus, das von den Felswänden widerhallte.

»Lauft!«, schrie Kate.

Sie ließen jede Vorsicht fahren, rasten den Pfad entlang, während ihre Füße wundersamerweise die festen Stellen in dem Morast des Weges fanden. Wieder zwanzig Meter nach unten und noch einmal zehn … Kate wagte einen Blick nach oben. Etwa ein halbes Dutzend dieser Bestien kamen in halsbrecherischem Tempo über den Pfad gestürzt, die eigene Sicherheit nicht beachtend. Als Kate noch hinschaute, stießen mehrere Wölfe an einer Biegung zusammen; ein Jaulen erklang, und ein dunkler Körper löste sich aus der Masse und stürzte in den Abgrund.

»Zurück!«

Sie packte Emma, und die drei Geschwister pressten sich mit dem Rücken flach gegen die Felswand, als die wild um sich tretende, knurrende Bestie nur wenige Zentimeter vor ihnen in die Tiefe fiel.

»Okay«, keuchte sie. Das Herz schlug ihr bis zum Hals. »Alles in Ordnung.«

»Nein«, sagte Michael.

»Doch. Wir müssen uns nur beeilen.«

»Nein! Schau doch!«

Kate spähte an Emma vorbei. Als sie sah, wohin er deutete, hätten ihr beinahe die Beine den Dienst versagt. Der Pfad führte noch ein paar Meter weiter und verschwand dann im Nichts. Er hörte einfach auf. Kate empfand das unbändige Verlangen, einfach aufzugeben. Sich hinzusetzen und zu warten, bis alles vorbei war. Aber eine andere Stimme, eine stärkere, sprach in ihrem Inneren und versicherte ihr, dass es so nicht enden würde. Sie – Kate – würde es nicht zulassen. Durch den Regen und die Dunkelheit blinzelnd, sah sie, dass der Pfad doch weiterführte, aber erst nach etwa drei Metern. Rasch überdachte sie die Möglichkeiten. Der Boden des Tals war endlich sichtbar, aber er lag noch etwa dreißig Meter in der Tiefe. Nach oben konnten sie nicht; die Wölfe waren ihnen schon dicht auf den Fersen. Sie hatten keine andere Wahl.

»Wir müssen springen.«

»Bist du verrückt?«, gellte Michael.

»Es ist die einzige Chance.«

In diesem Moment stieß einer der Wölfe ein lang gezogenes, markerschütterndes Geheul aus.

»In Ordnung«, sagte Michael, drehte sich um, nahm drei Schritte Anlauf und sprang in die Dunkelheit.

Kate und Emma hielten den Atem an, als er in der Luft hing. Glücklicherweise lag der andere Teil des Pfades etwas tiefer und er landete sicher auf Händen und Knien.

Dann gab der Rand des Pfades nach.

Kate setzte zu einem Schrei an, aber Michael brachte sich bereits krabbelnd in Sicherheit. Keine weitere Sekunde verschwendend, wandte sie sich an Emma. »Du musst ein Stück weiter springen. Du schaffst das.«

»Aber sicher.« In Emmas Augen lag ein wilder, entschlossener Glanz. Sie duckte sich und fing an zu rennen, wobei sie Schlammklumpen in die Luft schleuderte. Mit einem mächtigen Satz sprang sie ab. Michael stand am Rand des Pfades, bereit, sie aufzufangen, wenn sie zu kurz sprang.

Emma landete geradewegs auf ihm.

Kate hörte den Aufprall und Michaels Grunzen, als ihm seine Schwester die Luft aus den Lungen presste. Kate war beeindruckt von Emmas Sprungvermögen. Unglücklicherweise war bei der Landung wieder ein Stück der Steinkante abgebrochen.

Aus dem Augenwinkel nahm Kate eine Bewegung wahr, und ohne genau hinzuschauen, ließ sie sich zu Boden fallen. Ein Körper glitt über sie hinweg; Kiefer schnappten zu und erwischten nur die Luft, wo sie eben noch gestanden hatte. Ein hektisches Kläffen ertönte, als der Wolf über die Kante rutschte, getragen von seinem eigenen Schwung. Kate stand auf und sah, wie er unter ihr in der Dunkelheit verschwand. Sie blickte auf und erkannte, dass die restliche Meute nicht weit dahinter war. Sie hatte keine Zeit zu verlieren.

Sie nahm ein paar Schritte Anlauf und sprang. Aber im Absprung rutschte ihr Fuß im Schlamm weg, und in dem Augenblick, in dem sie in der Luft hing, wusste sie, dass sie es nicht schaffen würde. Sie streckte die Arme aus, aber der Abstand war einfach zu groß. Emma und Michael schrien ihren Namen und griffen nach ihr. Vergeblich. Doch da kam wie durch Zauberhand ein mächtiger Wind auf, fuhr an der Felskante entlang nach oben und stieß sie vorwärts. Mit der Brust prallte sie gegen den Rand des Pfads. Sie grub ihre Hände in den Schlamm, auf der Suche nach einem Halt, aber schon rutschte sie wieder rückwärts.

Dann packten zwei Paar Hände zu und zogen sie in Sicherheit.

Einen Augenblick später lagen die drei Geschwister im Schlamm auf den Knien, klammerten sich aneinander und zitterten vor Erleichterung. Trotz des unbarmherzigen Regens und des Sturms wäre Kate am liebsten die ganze Nacht so hocken geblieben. Aber ihr war klar, dass sie sich noch lange nicht in Sicherheit befanden. Der Sprung, der sie beinahe das Leben gekostet hatte, würde einen Wolf nicht aufhalten können. Sie löste sich von den anderen beiden und schaute zur Klippe empor. Das Rudel kam gerade um die letzte Ecke. Die Tiere waren so nah, dass die Kinder ihr raues, animalisches Hecheln hören konnten.

»Wenn ich bloß ein Schwert hätte!«, sagte Michael.

Kate bezweifelte stark, dass ihnen ein Schwert irgendetwas nutzen würde, aber jetzt war nicht die richtige Zeit, um darüber zu streiten. »Helft mir mal.«

Sie fing an, am Rand des Pfades auf und ab zu springen. Der Untergrund war weich und nachgiebig, und der Regen hatte ihn fast zu Brei verflüssigt. Zweimal rutschte Kate ab, als die Erde abbröckelte, aber beide Male zogen ihre Geschwister sie in Sicherheit. In wenigen Sekunden hatten die Kinder die Lücke, die anfangs etwa drei Meter betragen hatte, auf vier, dann auf fünf und schließlich – als sich der erste Wolf von der Kante auf der anderen Seite des Pfades abstieß – auf acht Meter erweitert.

Und vielleicht war es die Angst, die Erschöpfung oder auch das Wissen, dass jede weitere Flucht sinnlos war, wenn der Wolf den Abgrund überspringen würde – jedenfalls liefen die Kinder nicht weg. Sie standen bloß da, völlig durchnässt und mit Schlamm bespritzt, und schauten dem riesigen Tier entgegen, das auf sie zugeflogen kam.

Es reicht nicht, dachte Kate. Er wird es schaffen.

Der Wolf kam auf dem Rand des Pfades auf. Instinktiv

wichen die Kinder zurück, aber das Tier griff nicht an. Kate sah, dass es den Sprung nicht ganz geschafft hatte. Der hintere Teil seines Körpers hing über dem Abgrund; mit allen vieren schlug der Wolf um sich und suchte in dem Geröll und dem Schlamm nach Halt. Der mächtige Kiefer schnappte knurrend in die Luft. Dann hievte sich die Kreatur vorwärts, zog den Körper nach, fand mit den Hinterbeinen Halt. Und gerade als Kate den Schrei in ihrem Hals emporsteigen fühlte, gab die Kante des Pfades nach. Etwa ein Meter brach ab und riss den Wolf mit sich in die Tiefe.

Kate atmete aus und merkte erst jetzt, dass sie die Luft angehalten hatte. Sie blinzelte durch den Regen zu den drei verbliebenen Wölfen hin. Sie hatten sich am anderen Ende des Pfades versammelt, eine knurrende, zitternde Masse in der Dunkelheit. Sie fühlte ihren Hunger, aber sie wusste, dass sie das Risiko eines Sprungs nicht eingehen würden.

»Was ist los, ihr Riesenfeiglinge?«, schrie Emma. »Kommt doch und holt uns!«

Die Wölfe drehten sich um und rannten den Weg zurück, den sie gekommen waren, verschwanden in der Dunkelheit.

»Seht euch das an!«, sagte Emma und wandte sich triumphierend zu Michael und Kate um. »Die geben auf!«

»Unwahrscheinlich«, kommentierte Michael. »Vermutlich suchen sie einen anderen Weg nach unten.«

»Kommt weiter«, sagte Kate.

Es waren nur noch etwa zwanzig Meter bis zum Fuß des Bergs und die hatten sie schnell zurückgelegt. Die Kadaver der Wölfe, die in die Tiefe gefallen waren, lagen zerschmettert auf den Felsen. Kate schaute hinauf, aber sie konnte den Rest des Rudels nicht mehr sehen.

Sie hörte Emma sagen, sie wette, dass Miss Crumley das alles geplant habe, und Michael erwiderte, dass er das stark bezweifle, und dann verglich Emma Michaels Kopf mit einem Kürbis.

Sie verdrängte die Stimmen ihrer Geschwister aus ihrem Geist und versuchte nachzudenken. Es regnete jetzt noch stärker als zuvor. Sie waren zu Tode erschöpft. Kate hatte keine Ahnung, wie lang es dauern würde, bis die Wölfe einen anderen Weg ins Tal gefunden hatten. Die Frage war, ob sie so weiterfliehen oder sich so schnell wie möglich ein Versteck suchen sollten.

»Kate …«

»Sei still. Ich muss nachdenken.«

»Kate.« Emma zupfte sie am Ärmel. Kate drehte sich um.

Etwa dreißig Meter entfernt schlich ein dunkler Schatten über die Felsen.

»Lauft!«

Sie rannten auf die Bäume zu. Hinter ihnen erhob sich ein Knurren. Die Geschwister kraxelten eine kleine Anhöhe hinauf. Jeden Moment erwartete Kate, das Gewicht eines Wolfs auf ihrem Rücken zu spüren. Lauf weiter, befahl sie sich, einfach weiterlaufen.

Gerade als sie einen Blick über ihre Schulter warf, brach sie durch die Baumlinie auf eine Lichtung auf dem Hügelkamm und prallte gegen Michael und Emma. Es fehlte nicht viel und sie hätte die beiden umgeworfen.

»Nicht stehen bleiben! Wir …«

Die Worte erstarben in ihrer Kehle. Direkt vor ihnen kauerte ein Wolf.

Eine kleine Ewigkeit, so schien es, rührte sich keiner. Der graue Pelz des Tiers war klatschnass vor Regen. Das Maul hatte sich zu einem widerlichen Grinsen verzogen und entblößte lange, scharfe Zähne. Aus seiner Kehle drang ein dumpfes Knurren. Emma und Michael standen wie erstarrt. Es war an Kate, etwas zu unternehmen. Wie wäre es, wenn sie auf das Tier zurennen würde? Das würde der Wolf sicher nicht erwarten. Damit könnte sie ihren Geschwistern Zeit erkaufen, sodass sie fliehen konnten. Die Tatsache, dass sie selbst diesen Angriff nicht überleben würde, störte sie dabei nicht im Mindesten. Kate machte sich bereit, als sie einen zweiten Wolf aus dem Regen treten sah. Er hatte den Kopf gesenkt und seine Augen fixierten sie mit einem mörderischen Blick. Dann verriet ihr ein Scharren hinter ihr, dass der dritte Wolf den Kreis geschlossen hatte. Und da begriff sie: Es gab nichts, was sic tun konnte. Sie würden sterben.

»Kate …«, sagte Emma mit zitternder Stimme.

»Fasst euch an den Händen«, sagte Kate. Sie taten es und bildeten, die Rücken zueinander gewandt, einen Kreis. »Jetzt schließt eure Augen«, befahl Kate. »Macht schon!«

Michael und Emma gehorchten. Aber Kates Augen blieben weit offen und beobachteten den Kreis aus Wölfen genau. Dies war ihre Verantwortung. Ihre Niederlage. Sie würde es sich nicht leicht machen. Sie wollte es sehen.

Sie kreuzte ihren Blick mit dem des größten Wolfs, ließ ihn wissen, dass sie keine Angst hatte. Den Regen, der ihr Gesicht peitschte, spürte sie nicht mehr, genauso wenig wie die Müdigkeit ihres Körpers. Das Bild ihrer Mutter zuckte durch ihren Geist. Es tut mir leid, dachte Kate. Ich habe getan, was ich konnte.

Der große Wolf duckte sich und machte sich zum Sprung bereit.

Kate drückte Emmas und Michaels Hände und flüsterte: »Ich

liebe euch«, als sich der Wolf mit seinen mächtigen Hinterläufen abstieß.

Das Tier erreichte nie sein Ziel.

Schnelle, schwere Schritte erklangen und etwas sauste zischend durch die Luft. Der Wolf sah es kommen und versuchte noch, die Richtung zu ändern, was ihm aber nicht gelang. Der Gegenstand, ein langer grauer Schemen, kam einen Moment lang in Kates Blickfeld, ehe er dem Wolf in den Kopf fuhr, sodass sie seinen Schädel bersten hörte.

Dann war ein Mann neben ihnen. Er war unglaublich groß, ein wahrhaftiger Riese. Langes dunkles Haar verbarg das Gesicht und von den Handgelenken hingen schwere Ketten. Mit lautem Knurren warfen sich die beiden verbliebenen Wölfe auf den Mann. Einen fing er mitten in der Luft auf und brach ihm mit einem trockenen Knacken das Genick. Der zweite verbiss sich im Arm des Manns, versenkte seine Zähne tief in sein Fleisch. Er riss das Tier von seinem Arm und warf es von sich, wie man eine Katze wegschleudern würde. Der Wolf prallte gegen einen Felsen und blieb benommen liegen. Mit zwei Schritten war der Mann bei ihm, stellte seinen Stiefel auf den Nacken des Tieres und trat zu. Ein ekelhaftes Knirschen war zu hören und dann lag der Wolf still.

Er ging zu den Kindern zurück. Michael und Emma hatten ihre Augen geöffnet und starrten den Mann verwundert an. Er überragte sie turmhoch und sein Gesicht lag im Schatten verborgen. Aber trotzdem erkannte Kate ihn: Es war der Mann, der an jenem Tag am Damm die Gräfin angegriffen hatte.

»Kommt mit«, sagte er.

KAPITEL 9

Gabriel

Es lief folgendermaßen: Kate suchte sich einen Baum oder einen Felsen, und dann sagte sie sich: So weit gehe ich noch. Und während sie dorthin ging, dachte sie nicht daran, wie nass und schwer ihre Kleider waren, wie sie bei jedem Schritt gegen ihre Haut scheuerten, und auch nicht daran, dass die Muskeln in ihren Beinen sich anscheinend in weichen Schlamm verwandelt hatten. Sie dachte nur: So weit. So weit gehe ich noch. Und dann, wenn sie diesen Baum oder Felsen erreicht hatte, blickte sie voraus, an dem riesigen Mann vorbei, durch den Regen und die Dunkelheit, und suchte sich wieder einen Baum oder einen Felsen aus. Dann fing das Spiel von vorne an.

Sie schaute zu Michael, der mit leerem, müdem Gesicht neben ihr herstapfte. Sein Kopf war beinahe bis auf die Brust gesunken, und das Wasser tropfte von seiner Nase, während er einen wackeligen Schritt nach dem anderen machte. Aber trotzdem ging es ihm noch besser als Emma. Sie war tatsächlich während des Gehens eingeschlafen. Nachdem sie das dritte Mal hingefallen und mit einem verdatterten »Hä? Wer war das …?« aufgewacht war, hatte sich der große Mann umgedreht und sie in seine Arme genommen. Kate hatte mit Widerstand gerechnet, denn Emma ließ sich nie von Erwachsenen anfassen. Aber ihre Schwester hatte sich nur zusammengerollt und war sofort eingeschlafen.

Und so war es Kate, die trotz ihrer Müdigkeit versuchte, sich den Weg einzuprägen, den der Mann sie führte. Sie hatte ihn natürlich gefragt, wo er sie hinbringen würde, aber der Riese hatte Kate nur grunzend befohlen, still zu sein. So blieb ihr nichts anderes übrig, als ihre Umgebung, so gut es im Regen und in der Dunkelheit ging, zu beobachten, was noch zusätzlich durch den Umstand erschwert wurde, dass jeder Baum und jeder Stein genauso aussah wie der nächste. Und so marschierten sie weiter, über verschlungene, schlammige, mit Baumwurzeln überwucherte Pfade. Sie kletterten über Felsen, sprangen über kleine Bäche, wobei sie stetig bergauf gingen, bis Kate schließlich glaubte, »Regen« und »Müdigkeit« seien bloß zwei andere Worte für »Qual«. Sie vergaß, nach Bäumen und Felsen Ausschau zu halten, die als Wegmarkierungen hätten dienen können. Sie ließ den Kopf hängen und stolperte stur dem Geräusch der Schritte des Mannes und dem Klirren der Ketten an seinen Handgelenken hinterher.

Und dann, ganz plötzlich, blieben sie stehen.

Kate hob den Kopf. Sie erkannte die Umrisse einer kleinen Hütte, die sich an eine Felswand schmiegte. Der Mann stieß die Tür auf, trat ein, und Kate und Michael taumelten hinter ihm her.

Die Luft in der Hütte war kalt und muffig. Hier hatte lange

Zeit niemand mehr gewohnt. Aber zum ersten Mal seit einer halben Ewigkeit standen die Geschwister im Trockenen. Es war stockdunkel, und sie lauschten auf die Geräusche des Mannes, der sich in der Hütte zu schaffen machte. Dann hörten sie das Schaben eines Streichholzes, und gleich darauf entzündete er eine Lampe, die in der Mitte der Hütte von der Decke herabhing. Wortlos drehte er sich um und widmete sich dem Kamin. Kate und Michael nahmen die Gelegenheit wahr und schauten sich um. In einer Ecke stand ein breites Bett mit einer Decke aus Bärenfell, auf dem Emma lag und schlief. Dann waren da der steinerne Kamin, wo der Mann Feuerholz aufschichtete, ein alter Holztisch mit Stühlen und zwei Bänken. An den Wänden hingen Schneeschuhe, Angeln, Eispickel, Bögen und Köcher mit Pfeilen, Messer und ein langer Speer, während an der Decke neben unterschiedlich großen Töpfen und Pfannen auch etliche Tierfallen aufgehängt waren. Die Hütte war klein, aber sauber und ordentlich. Alles, was man zum Leben benötigte, war vorhanden. Es dauerte nicht lange, und ein heller, warmer Feuerschein ergoss sich in den Raum, und als Kate nach Michael sah, entdeckte sie ihn auf dem Bett neben Emma. Er schnarchte leicht.

»Hängt eure Kleider am Feuer zum Trocknen auf. Und haltet die Vorhänge geschlossen. Ihr könnt das Bett haben.«

Dann war er fort.

Mit viel Mühe brachte Kate ihren Bruder und ihre Schwester dazu, aufzustehen und die nassen Schuhe und Kleidungsstücke abzustreifen. Ohne die Augen zu öffnen, ließen Emma und Michael alles auf einen Haufen auf dem Boden fallen, zogen trockene, knielange Hemden an, die der Mann für sie bereitgelegt hatte, und krabbelten dann wieder unter die Decke. Kate stellte die Schuhe auf den Kaminsims. Die Kleider wrang sie in einen Eimer aus und hängte sie über ein Seil, das sie gefunden und quer vor den Kamin gespannt hatte. Sie fühlte sich wie in einem Land jenseits der Müdigkeit, als ob sie niemals wieder Schlaf benötigen würde. Trotzdem kletterte sie zu ihren Geschwistern ins Bett, nachdem sie das letzte trockene Hemd angelegt hatte. Wohin war der Mann gegangen? Und wer war er? Sicher kein Freund der Gräfin – aber konnten sie ihm vertrauen? Er war ganz offensichtlich sehr gefährlich. Kate lag da, fühlte das Gewicht des Bärenfells und die Wärme und Trockenheit der Laken auf ihrer Haut. Der Regen vor der Tür klang weit entfernt. Sie beschloss, wach zu bleiben, bis der Mann zurückgekehrt war.

Sie riss die Augen auf. Wie lange hatte sie geschlafen? Es war immer noch Nacht und es regnete nach wie vor. Aber der Mann war wieder da. Er saß neben dem Kamin und sägte an den Metallmanschetten, die seine Handgelenke umschlossen. Die flackernden Flammen spielten mit der langen Narbe auf seinem Gesicht. Jetzt war die rechte Zeit, ihn zu fragen, wer er war und warum er die Gräfin töten wollte. Aber Kate lag nur da, lauschte auf die Atemzüge ihrer Geschwister, auf das Prasseln des Regens auf dem Dach, auf das leise Knistern und Knacken des Feuers und auf das stetige Schnarren der Säge, die durch Metall schnitt. Sie war so müde. Sie würde nur eine Minute die Augen zumachen. Dann wollte sie ihn fragen.

Kate wurde von einer ganzen Reihe übler Träume heimgesucht. Im letzten sah sie eine unterirdische Stadt. Sie erhob sich in dem ausgehöhlten Herzen eines riesigen Berges. Gebäude wie diese hatte Kate noch niemals gesehen. Sie sahen aus, als wären sie geradewegs aus dem Felsen gehauen worden, als ob die

Stadt nicht gebaut, sondern ausgegraben worden wäre. Die Gebäude wirkten übermächtig, auf eine merkwürdige Art roh und brutal und gleichzeitig wunderschön. Plötzlich fing die Erde an zu wanken und zu zerbrechen. Gebäude stürzten ein. Feuer brachen aus. Und dann schien die Erde sich zu öffnen und die gesamte Stadt zu verschlingen.

Kate erwachte schwer atmend und schweißgebadet. Das Feuer war erloschen. Tageslicht spähte durch die Vorhänge. Die Ketten, mit denen der Mann gefesselt gewesen war, lagen zusammengerollt neben dem Kamin. Kate war allein. Emmas und Michaels Kleider hingen nicht mehr auf der Wäscheleine. Sie betastete ihre eigenen. Sie waren trocken. Rasch zog sie sich an und ging nach draußen.

Der Schritt in das gleißende Sonnenlicht war wie ein Schock und sie musste mehrmals blinzeln und die Augen mit der Hand abschirmen. Die Hütte klebte an einem Berghang und blickte über das Tal. Es war ein herrlicher, wolkenloser Morgen. Die Luft schmeckte kühl und sauber. Wären nicht der schlammige Untergrund gewesen und die glitzernden Regentropfen auf den Bäumen, ihre zerrissenen und verschmutzten Kleider und das getrocknete Blut auf ihren Händen, hätte sie fast glauben können, dass sie die Nacht und alles, was passiert war – der Sturm, die Wölfe, das plötzliche Auftauchen des Mannes –, nur geträumt hatte.

»Guten Morgen!«

Michael saß auf einem Felsen, ein paar Meter von der Hütte entfernt, und hatte sein Notizbuch auf den Knien. »Ich bringe mein Tagebuch auf den neusten Stand. Bin gleich fertig.«

Kate schaute sich um. Sie konnte weder Emma noch den Mann irgendwo sehen.

»Michael …«

»Eine Sekunde.«

Kate kniff die Augen zusammen und legte die Fingerspitzen an die Schläfen. Sie musste nachdenken. Würden sie nach Westport gehen? Wo genau befanden sie sich im Moment? Wie weit waren sie in der Nacht gegangen? Der Mann konnte es ihnen sagen. Aber wo war er? Und wo war Emma? Kate wollte Michael gerade sagen, dass er sein Tagebuch später fertig schreiben konnte, als ihr Traum, der mit dem Aufwachen verblasst war, plötzlich zurückkehrte. Es waren nicht die unscharfen, zusammenhanglosen Bilder, die ein Traum normalerweise zurücklässt. Der Traum lief genauso noch einmal vor ihren Augen ab; sie sah alles ein zweites Mal: die unterirdische Stadt, das gähnende Maul der aufgerissenen Erde …

»Kate?!«

Michael schüttelte sie. Sie blinzelte und erkannte, dass sie auf dem Boden lag. War sie schon wieder in Ohnmacht gefallen?

»Was ist passiert?! Du …«

»Alles in Ordnung.«

Die Worte der Gräfin klangen ihr wieder in den Ohren. *Das Buch hat sie gezeichnet* … Nein, es war ganz und gar nicht in Ordnung. Aber sie sah, wie Michael sie anstarrte, und zwang sich zu einem Lächeln.

»Ich bin wahrscheinlich zu schnell aus dem Bett aufgestanden. Wo ist Emma?«

»Keine Ahnung«, sagte er und betrachtete sie weiterhin aufmerksam. »Sie war weg, als ich aufwachte.«

Als Emma die Augen aufschlug, brach gerade die Morgendämmerung an. Ein trübes graues Licht kroch in die Hütte. Kate und Michael schliefen noch. Der Mann trat das Feuer aus; schwarze Skelette aus verbrannten Holzscheiten zerbarsten knirschend und Asche blähte sich unter seinen Füßen auf. Wo der Wolf ihn gebissen hatte, war sein Arm verbunden. Sie schaute ihm zu, wie er ein Hemd hervorzog, ein Messer, einen Bogen und einen kleinen Köcher mit Pfeilen an sich nahm und mit einem Blick in ihre Richtung wortlos die Hütte verließ.

Mit einem Satz war Emma aus dem Bett, zog sich an und eilte nach draußen. Ein schwerer Morgennebel hing über dem Tal, und sie kam gerade noch rechtzeitig, um die große Gestalt des Mannes in dem grauen Dunst verschwinden zu sehen. Lautlos tapste sie ihm nach.

Warum sie dem Mann folgte, hätte Emma nicht sagen können. In der Regel fand sie Erwachsene alles andere als interessant. Ihrer Erfahrung nach musste man sie entweder stumm ertragen oder ihnen offen Widerstand leisten. Abraham war ganz in Ordnung, und Dr. Pym war faszinierend, weil er ein Zauberer war. Aber bis dieser Mann aufgetaucht war, hatte sich Emma noch nie von einem Erwachsenen wirklich angezogen gefühlt.

Emma duckte sich hinter einen Felsen, als der Mann stehen blieb und auf etwas zu lauschen schien.

Eine Erinnerung kehrte zu ihr zurück. Es war vor ein paar Jahren gewesen. Ein reicher alter Mann hatte allen Kindern des Waisenhauses einen Zoobesuch spendiert. Emma hatte angenommen, dass der Mann bald sterben würde und versuchte, etwas Gutes zu tun, damit er in den Himmel kam. Was für einen Beweggrund der alte Mann auch gehabt haben mochte – der

Ausflug in den Zoo erwies sich als der schönste Tag ihres Lebens. Dort gab es Pandas und einen Jaguar, langhalsige Giraffen und gefleckte Affen, die johlten und schnatterten, während sie halsbrecherisch in den Bäumen turnten, Krokodile aus Ägypten, die man dort früher verehrt hatte, Schneeleoparden aus dem Himalaja, smaragdgrüne Schlangen, die einen ganzen Mann verschlucken konnten. Wohin man auch blickte, überall gab es etwas zu sehen. Aber das Tier, das sie am meisten fesselte und in Erstaunen versetzte, war ein Löwe. Er war riesig, zweimal so groß wie die anderen Löwen. Sein Fell war von einem dumpfen Goldbraun, das Gesicht von vielen Kämpfen vernarbt und seine Augen von dem tiefsten, reinsten Schwarz, das Emma je gesehen hatte. Mit beiden Händen hatte sie sich an die Gitterstäbe des Käfigs geklammert und die Stärke und Klugheit unter der Ruhe gespürt, die er ausstrahlte, die unverfälschte animalische Kraft, die nur darauf wartete, herausgelassen zu werden.

Dieser Mann erinnerte sie an den Löwen.

Sie sah, wie er den Pfad verließ und mit dem Nebel eins wurde. Sie wartete einen Moment und ging ihm dann nach. Die Erde war nass und rutschig, und als sie sich an einem Baum abstützte, fiel eine Kaskade aus Regentropfen auf ihren Kopf und ihre Schultern. Sie trat durch den Nebel auf eine Lichtung und blieb stehen. Der Mann war nirgends zu sehen.

Während sie noch überlegte, in welche Richtung sie gehen sollte, stakste ein Hirsch zwischen den Bäumen hervor. Hinter dem Geäst versteckt, hielt Emma angesichts des unverhofften Anblicks und der Schönheit des Tieres den Atem an. Der Hirsch reckte den Hals und knabberte an einem Busch.

Sie wünschte, Kate und Michael wären hier, besonders Kate.

Michael hätte vermutlich alles verdorben mit seinem blöden Geschwätz über Zwerge.

Mit einem Mal hob der Hirsch den Kopf; der ganze Körper spannte sich an. Er wandte sich schon zur Flucht, da kam der riesige Mann aus dem Nebel geflogen und landete auf dem Rücken des Tieres, drückte es mit seinem Gewicht zu Boden. Ein Messer blitzte auf und im nächsten Moment lag der Hirsch mit aufgeschlitzter Kehle reglos auf der Lichtung.

Emma keuchte auf, fassungslos ob der Geschwindigkeit und der Gewaltsamkeit, mit welcher der Mann gehandelt hatte. Sie schaute zu, wie er sich neben den Hirsch kniete und seine Hand auf den Kopf des Tieres legte. Sie sah, wie sich seine Lippen bewegten, wie er etwas flüsterte. Dann schaute er auf. Ihre Blicke trafen sich.

Es war eine Aufforderung an Emma, näher zu treten.

Mit zitternden Beinen ging Emma zu ihm. Das Blut in der tödlichen Wunde am Hals des Tieres dampfte und ein metallischer Geruch hing in der Luft. Sie hatte keine Angst. In den letzten Tagen war zu viel passiert, als dass sie sich in diesem Moment gefürchtet hätte. Aber dieser Szene zwischen dem Mann und dem Hirsch, diesem Tod in den stillen Wäldern, haftete eine Unmittelbarkeit an, die ihr Herz erzittern ließ.

Neben dem Kadaver blieb sie stehen. Der Mann hatte sie die ganze Zeit lang unverwandt angeblickt.

»Hab keine Angst.«

Emma wollte ihm sagen, dass sie keine Angst empfand, aber sie brachte kein Wort heraus.

Die große Hand des Mannes ruhte noch immer auf dem Kopf des Hirsches. »Die Wölfe letzte Nacht waren böse. Ich habe sie mitleidlos getötet.« Seine Stimme war leise und kraftvoll. »Aber ein solches Geschöpf zu töten, ist etwas Heiliges. Es darf nur in allerhöchster Not geschehen. Und man muss den Geist um Verzeihung bitten.«

Sein Blick warb um Verständnis und Emma nickte. Wieder dachte sie an die tiefen, dunklen Augen des Löwen.

Der Mann schnitt dem Hirsch den Bauch auf und weidete ihn aus. Er wusste, was er tat, und er tat es rasch und respektvoll. Emma wurde ein wenig übel, als er die Organe entnahm und in einen Lederbeutel legte, aber sie wandte sich nicht ab. Sie sagte sich, dass sich Michael an ihrer Stelle vermutlich die ganze Zeit übergeben hätte, und das gab ihr Kraft.

»Hattest du letzte Nacht Angst vor den Wölfen?«

Emma überlegte, ob sie lügen sollte, sagte dann aber: »Ja.«

»Du hast es dir nicht anmerken lassen.« Emma glaubte, einen anerkennenden Ton in seiner Stimme zu vernehmen, und in ihrer Brust explodierte etwas Heißes.

»Ihr kommt nicht aus Cambridge Falls.«

Das war keine Frage – und doch erwartete er eine Antwort.

»Nein. Wir ... wir kommen ... nun ja, aus der Zukunft.« Jetzt ging es ihr besser. »Wissen Sie, wir haben dieses magische Buch gefunden, und wenn man ein Foto hineinlegt, kann man dahin gehen, wo das Foto aufgenommen wurde. Und das haben wir gemacht. Wir haben das Foto ins Buch gelegt und jetzt sind wir hier.«

Der Mann hatte mit seiner Arbeit innegehalten und starrte sie an. In einem einzigen Augenblick wurden Emma zwei Dinge klar. Das erste war der Grund, warum sie ihm gefolgt war. Sie wusste jetzt, dass sie sich gestern Nacht in seinen Armen sicherer gefühlt hatte als je zuvor in ihrem Leben. Und das zweite war der Umstand, dass sie sich jetzt, da sie mit ihm allein war und er sie anschaute, mit dem Blut an den Händen und dem Messer in der Faust, alles andere als sicher fühlte.

»Entschuldigung«, sagte sie leise. »Normalerweise kann ich besser erzählen.«

Sie unterdrückte den Impuls zur Flucht. Sie zwang sich, stillzustehen und seinen Blick über den noch warmen Körper des Hirsches hinweg zu erwidern. Der Augenblick ging vorbei. Der Mann nickte langsam, wischte das Messer am Fell des Hirsches ab und steckte es wieder in die Scheide.

»Mein Name ist Gabriel.«

»Ich heiße Emma.«

Er stand auf und wuchtete sich den Hirsch auf die Schultern. »Kehren wir um. Dein Bruder und deine Schwester werden erwacht sein. Wir haben viel zu bereden.«

Kate sah den Mann um die Biegung kommen. Er trug einen kleinen Körper über den Schultern.

Oh nein, dachte sie.

Dann tauchte Emma neben ihm auf. Sie grinste und winkte.

Während der Mann den Hirsch unter einem Vordach neben der Hütte aufhängte, erzählte Emma aufgeregt, was geschehen war, dass der Name des Mannes Gabriel war, dass er den Hirsch getötet hatte, dass Michael sich vermutlich unentwegt übergeben hätte …

»He!«

»Aber es stimmt doch!«, beharrte Emma.

»Du hättest nicht allein weggehen dürfen«, sagte Kate. »Es ist zu gefährlich.«

Emma nickte und gab sich alle Mühe, reumütig dreinzuschauen.

»Was hast du ihm über uns erzählt?«

»Ach, na ja … dass wir aus der Zukunft kommen, und auch … von dem Buch.«

Kate entging nicht, dass Emma nervös mit den Füßen scharrte.

»Was ist los?«

»Ach nichts. Nur, als ich ihm von dem Buch erzählte, da … benahm er sich merkwürdig.«

»Wie merkwürdig?«

»Ach …«, Emma trat gegen einen Schlammklumpen und zuckte mit den Schultern, »… irgendwie so, als ob er überlegte, ob er mich umbringen soll.«

»Was?!«

In diesem Moment kehrte der Mann, den Emma in Gedanken schon Gabriel nannte, zurück und rief sie zum Frühstück.

Sie aßen an dem Holztisch in der Hütte. Gabriel hatte sein Hemd gewechselt und sich in dem Bach hinter der Hütte das Blut von den Händen gewaschen. Er meinte, er könne tagsüber kein Feuer riskieren. Die Kreischer, die im Tal ausgeschwärmt waren und nach den Kindern suchten, würden den Rauch sehen. Zum Frühstück gäbe es daher nur Brot und Honig und die Beeren, die Emma und er auf dem Rückweg gepflückt hatten.

Kate und Emma hatten seit dem Morgen, an dem sie in die Vergangenheit gereist waren, nichts mehr gegessen, und Michaels Mahlzeiten mit der Gräfin waren zwar voll des Überflusses gewesen, aber mit magischen Mitteln erschaffen, sodass man sich nur scheinbar satt aß und bereits nach zehn Minuten wieder einen Bärenhunger hatte. Aber trotzdem merkten die Kinder erst als Gabriel das Essen auftrug, wie hungrig sie waren. Innerhalb weniger Sekunden bissen sie in riesige, dick mit Honig bestrichene Brotscheiben und stopften sich gleichzeitig ganze Hände voll Beeren in den Mund, deren pralle Haut zwischen ihren Zähnen zerplatzte. Irgendwann während der Mahlzeit stellte Gabriel einen Krug Milch auf den Tisch, aus dem er vier Becher eingoss. Michael griff nach seinem, leerte die Hälfte in einem Zug, wirbelte herum und spuckte die Milch quer durch die Hütte.

Der Mann wirkte unbeeindruckt. »Ziegenmilch«, erklärte er. »Schmeckt sauer, wenn man nicht daran gewöhnt ist. Trinkt, es ist gut für euch.« Und zu Michaels Entsetzen schenkte er ihm den Becher wieder voll.

Emma nahm einen Schluck und gab sich alle Mühe, nicht das Gesicht zu verziehen. »Schmeckt großartig«, sagte sie und zwang sich zu einem Lächeln. »Ganz toll.«

Obwohl sie genauso herzhaft zulangte wie ihre Geschwister, behielt Kate ihren Gastgeber im Auge. Er saß ihnen gegenüber und beanspruchte mit seiner mächtigen Gestalt eine gesamte Tischlänge. Er schien sich voll und ganz aufs Essen zu konzentrieren. Gesättigt leckte sich der Mann den Honig von den Fingern, trank seine Milch aus, fuhr sich mit dem Handrücken über den Mund und seufzte.

»Und jetzt«, sagte er, »müsst ihr mir alles erzählen.«

Normalerweise hätte sich Kate einem solchen Befehl widersetzt. Es war ihr zur zweiten Natur geworden, so wenig wie möglich über sich selbst und ihre Geschwister preiszugeben. Aber als der Mann seinen Blick auf sie heftete, fühlte Kate das Gleiche, was Emma vorhin gefühlt hatte. Irgendetwas an ihm forderte die Wahrheit ein.

Und so erzählte sie erneut ihre Geschichte, vom Verschwinden ihrer Eltern, von ihrer Odyssee durch etliche Waisenhäuser und wie sie schließlich hier, in Cambridge Falls, gelandet waren.

»Wie ist es in Cambridge Falls in eurer Zeit?«, wollte der Mann wissen.

Kate beschrieb das kahle, wüste Land, von dem die Bäume verschwunden waren, und die verängstigten und abweisenden Menschen. Sie erzählte, dass es keinen Damm mehr gab, der den Fluss aufhielt, und dass das Wasser ungehindert durch die Schlucht und über die Klippen strömte. Sie meinte, dass Wölfe die einzigen Tiere seien, die in der Nacht aus ihrem Versteck kamen. Und dass es keine Kinder gäbe.

»Was ist mit der Hexe?« Die Stimme des Mannes klang ruhig, aber der Hass stand ihm in seine dunklen Augen geschrieben. »Ist sie immer noch da?«

Kate schüttelte den Kopf. Von der Gräfin und ihren Kreischern hatten sie erst in der Vergangenheit erfahren.

»Erzählt mir von dem Buch.«

Mit Unterstützung von Emma und Michael, die hier und da Bemerkungen einflochten und Details erklärten, erzählte sie, wie sie zu dritt das Haus erkundet hatten und im Weinkeller auf die Tür gestoßen waren, die in den unterirdischen Arbeitsraum führte, in dem Michael das Buch entdeckt hatte.

»Wir hielten es für Dr. Pyms Arbeitszimmer oder etwas Ähnliches«, sagte Emma.

»Dr. Pym?«

»Ja. Er leitet das Waisenhaus. Er ist angeblich ein Zauberer. Aber mehr als ein Feuer hat er noch nicht herbeigezaubert.«

»Ist euer Dr. Pym vielleicht ein alter Mann mit dicken weißen Augenbrauen?«

»Ja!«, rief Emma aus. »Kennen Sie ihn?«

Der Mann überging die Frage. »Erzählt weiter.«

Und so berichtete Kate, wie sie das erste Mal in die Vergangenheit gereist waren und dabei erlebt hatten, wie er versuchte, die Gräfin zu töten. Sie erzählte, dass Michael versehentlich zurückgeblieben und sie und Emma sich ein neues Foto von Abraham besorgt hatten, um ihn zu retten.

»Und dann gingen wir wieder in die Vergangenheit…«

»Du hast etwas ausgelassen.«

»Nein, habe ich nicht.«

»Du lügst.«

»Das tut sie nicht«, sagte Emma. »Ich war da. Ich weiß, was passiert ist.«

»Dann gibt es etwas, das sie dir nicht erzählt hat.«

Kate sah, dass Emma sie verwirrt und fragend ansah. Sie hatte diesen Punkt übergehen wollen. Er machte ihr Angst, und sie wollte nicht, dass Michael und Emma von dieser Angst erfuhren. Aber der Mann ließ ihr keine andere Wahl. Und so erzählte Kate mit rasendem Herzen, wie sie ihre Hand auf die leere Buchseite gelegt und welche Visionen sie gesehen hatte. Sie erzählte auch von der Schwärze, die durch ihre Finger geglitten war.

Emma und Michael starrten sie mit offenen Mündern an.

»Du hast Drachen gesehen?«, fragte Michael nach Luft schnappend. »Kämpfende Drachen?«

»Was meinst du, was dieses schwarze Zeug war?«, fragte Emma. »Vielleicht so was wie Tinte? Magische Tinte? Und warum hast du uns nichts davon erzählt?«

Kate wollte erklären, dass sie nicht gewusst hatte, was das alles bedeuten sollte, dass sie ihren Geschwistern keine Angst hatte machen wollen…

Aber der Mann fiel ihr ins Wort und verlangte, sie solle weitererzählen. Er betrachtete sie nun sehr genau.

Kate merkte, wie Michael sich verkrampfte, als sie von ihrer Gefangennahme durch den Sekretär der Gräfin erzählte und seinem Verrat an den Schwestern. Und obwohl sie um seinetwillen die Sache so weit wie möglich beschönigte, blitzten die Augen des Mannes auf.

»Du hast der Hexe geholfen, deine Schwestern zu täuschen und gefangen zu nehmen?«

Kate sah, wie Michael den Mund aufmachte. Sie konnte die Argumente, die sich auf seinen Lippen sammelten, förmlich sehen, die Erklärung, warum ihm damals seine Handlungsweise als die einzig vernünftige erschienen war. Aber schließlich seufzte er nur und schaute auf die Tischplatte.

»Ja.«

Ein Geräusch, fast eine Art Knurren, entschlüpfte der Kehle des Mannes.

»Wir haben ihm vergeben«, sagte Kate schnell.

Sie fuhr fort, erzählte, dass das Buch verschwunden war, kurz nachdem es die Gräfin an sich genommen hatte, dass sie die Geschwister zu den anderen Kindern gesperrt hatte, wo sie von Abraham entdeckt und durch den Geheimgang ins Freie geschmuggelt worden waren. Nachdem sie von ihrer Flucht durch den Wald und dem Heulen der Wölfe berichtet hatte, verstummte sie. Den Rest kannte er.

Der Mann nahm eine Brotkruste und tunkte sie in den Honigtopf.

Kate fühlte sich völlig ausgelaugt. Die Schilderung der Ereignisse war nicht einfach gewesen. Sie schaute den Mann an. Er kaute und dachte über das Gehörte nach. Ihr Blick wanderte zu seiner Narbe. Sie setzte etwa zwei Zentimeter unterhalb seines Auges an und verlief in einer Zickzacklinie bis zu seinem Kiefer. Die Narbe verlieh seinem Gesicht etwas Brutales. Aber trotzdem fand Kate, dass er unfassbar gut aussah. Ihr Gesicht wurde heiß und sie starrte zu Boden. Was war los mit ihr? Hier saß sie, gefangen in der Vergangenheit, verfolgt von Gott weiß wie vielen Kreischern, und alles, woran sie denken konnte, war, wie attraktiv dieser Mann war!

»Erzählen Sie uns auch Ihre Geschichte?«, fragte Emma. »Bitte!«

Kate und Michael sogen hörbar den Atem ein.

»Was?«, fragte Emma.

»Du hast ›bitte‹ gesagt«, erklärte Michael.

»Ja und?«

»Du sagst niemals ›bitte‹.«

»Tue ich wohl.«

»Nein«, sagte Kate, »tust du nicht.«

»Ich habe gedacht, sie weiß überhaupt nicht, was das Wort bedeutet«, bemerkte Michael.

»Ach, seid doch still«, murmelte Emma.

»Also schön«, sagte der Mann und seine tiefe, polternde Stimme brachte sie zum Schweigen. »Ihr habt die Wahrheit gesagt. Ihr verdient den gleichen Respekt. Was möchtet ihr wissen?«

Kate hielt es für das Wichtigste, herauszufinden, wer dieser Mann war.

»Wie heißen Sie?«

»Gabriel Kitigna Tessouat.«

Michael kicherte. »Echt?«

Gabriel schaute ihn an.

»Das ist ein besonders schöner Name«, beeilte Michael sich zu sagen.

Kate fragte, ob er aus Cambridge Falls käme.

Er schüttelte den Kopf. »Vor etwa hundertfünfzig Jahren gab es in diesen Bergen zwei menschliche Siedlungen. Cambridge Falls. Und meine Leute. Die Anishinaabe. Es ist überliefert, dass eines Tages ein Zauberer in unser Dorf kam. Er erklärte uns, dass sich auf der ganzen Welt die magischen Reiche zurückziehen würden. Er meinte, dass der Rest der Welt nicht länger in der Lage sein würde, die Magie zu sehen – und uns. Man würde vergessen, dass wir je existiert hatten. Wir und die Menschen aus Cambridge Falls hatten die Wahl. Wir konnten umsiedeln und irgendwo in der wirklichen Welt noch einmal neu anfangen, oder wir konnten in unseren Bergen bleiben und wären für alle Zeit verborgen. Wir entschieden uns für Letzteres.«

Er schwieg und schenkte sich noch einen Becher Milch ein. Emma beugte sich vor und flüsterte Kate und Michael zu: »Ich wette, dieser Zauberer war Dr. Pym. Daher weiß Gabriel auch, wie er aussieht.«

Kate brachte sie mit einer Handbewegung zum Schweigen. Sie hatte schon die ganze Zeit den Eindruck gehabt, dass dieser Mann aus einer fremden, älteren Welt kam. Jetzt kannte sie den Grund. Sie fragte, warum er an jenem Tag am Damm gewesen war.

Gabriel erklärte, dass er regelmäßig nach Cambridge Falls kam, um die Gräfin auszuspionieren. Er hatte gesehen, wie die Hexe und ihr Sekretär das Anwesen verließen, war neugierig geworden und hatte einen Kreischer getötet und dessen Kleidung angelegt. Dann war er den beiden zum Damm gefolgt. Dort musste er miterleben, wie die Gräfin einem Kreischer befahl, ein kleines Kind über den Rand des Damms zu halten. Ohne zu überlegen, war er mit erhobenem Schwert auf sie zugestürmt.

»Und dann hat sie einen Zauber über Sie geworfen«, sagte Emma. »Ansonsten hätten Sie sie bestimmt getötet. Das weiß ich genau.«

»Als ich aufwachte, befand ich mich in einem Verlies«, sagte der Mann. Sein Gesicht wurde düster bei der Erinnerung. »Es gab nirgends Licht, und anfangs wusste ich nicht, wo ich war. Dann merkte ich, dass sich alles bewegte, und ich hörte das Klatschen des Wassers.«

»Das Schiff!«, rief Emma. »Abraham hat uns davon erzählt. Er sagte, es sei ein Gefängnis, in dem man Leute foltert und irgendwelche Experimente mit ihnen anstellt.«

»Es ist kein Gefängnis«, sagte Gabriel. »Es ist ein Käfig. Ein Käfig für ein Ungeheuer.«

Es wurde totenstill in der Hütte.

»Ich rief, um herauszufinden, ob noch jemand da wäre. Niemand antwortete. Aber ich glaubte, unter mir etwas zu hören. Der Gestank war unerträglich; es roch nach Tod.« Er schloss die Augen, als ob er den Geruch hinwegzwingen müsste. Nach ein paar Sekunden sprach er weiter. »Der Boden besteht aus einem Eisengitter, und ich konnte sehen, dass unter den Zellen auf meiner Ebene ein riesiger Käfig verlief. Wieder rief ich; wieder bekam ich keine Antwort. Dann schwieg ich und lauschte. Und dann hörte ich, tief unten in der Dunkelheit, ein rasselndes Atmen, das Schaben von Krallen und eine flüsternde Stimme: ›Bald … bald …‹ Und da wurde mir klar, was die Kreatur unter mir schon lange wusste: Ich war kein Gefangener. Ich war Futter.«

Wenn es vorher schon ruhig gewesen war, so war die Stille, die diesen Worten folgte, fast schmerzhaft zu nennen.

Endlich sagte Emma mit einem hoffnungsvollen Unterton. »Vielleicht war es ein Kreischer.«

»Nein, das war etwas anderes.«

»Aber warum sollte die Gräfin es in einem Schiff halten? Warum nicht unter dem Haus?«, überlegte Kate.

Der Mann zuckte mit den Schultern.

»Ich wette, es leidet an Hydrophobie«, sagte Michael.

Kate bat ihn zu erklären, was das bedeutete. Michael hüstelte und schob sich die Brille zurecht. Emma stöhnte auf. Bestimmt würde er ihnen gleich irgendetwas Todlangweiliges erzählen, das er einmal in einem Buch gelesen hatte.

»Es ist nicht ungewöhnlich für Hexen und böse Zauberer, ein Ungeheuer in ihrer Nähe zu halten. Sozusagen als Rückversicherung, falls mit ihren Plänen etwas schiefgeht. Zwerge haben so etwas natürlich nie gemacht. Sie sind viel zu ehrenvoll ...«

»Michael ...«

»Ja, schon gut. Aber die Sache mit dem Ungeheuer ist die: Ob es ein Werwolf ist, ein Drache, ein Schlammtroll oder sonst etwas – meistens wendet es sich am Ende gegen seinen Herrn oder seine Herrin. Also muss man dafür sorgen, dass man bestmöglich geschützt ist. Ich habe mir überlegt, dass dieses Ungeheuer vielleicht Angst vor Wasser hat – das bedeutet ›Hydrophobie‹ nämlich ...«

»Das bedeutet ›Hydrophobie‹ nämlich«, äffte Emma Michael leise nach.

Michael beachtete sie gar nicht. »Wenn das so ist, dann kann die Gräfin das Ungeheuer kontrollieren, indem sie es auf einem Schiff gefangen hält. Wenn sie es braucht, bringt sie es einfach an Land.«

Gabriel nickte. »Vermutlich hast du recht.«

»Wirklich?«, sagte Emma mit schlecht verhohlenem Ärger. »Sind Sie sicher?«

»Aber wie sind Sie entkommen?«, fragte Kate.

»Der Käfig, der mich halten kann, wurde noch nicht gebaut.« Er sagte das so, als ob keine weitere Erklärung nötig wäre. Und als Kate ihn so betrachtete, musste sie ihm zustimmen.

»Also werden Sie wieder versuchen, die Gräfin zu töten?«, fragte Emma. »Wir können Ihnen helfen. Ich würde nichts lieber tun, als ihr den Hals umzudrehen!«

»Nein«, sagte er. »Ich werde in mein Dorf zurückkehren. Ich muss dort berichten, was ihr gesagt habt. Darüber, was mit unserem Wald geschehen wird. Und unsere weise Frau muss von diesem Buch erfahren. Sie wird wissen, was es ist.«

»Was ist eine weise Frau?«, wollte Emma wissen.

»Eine Frau, die der Magie mächtig ist«, sagte Michael.

»Dich habe ich nicht gefragt«, knurrte Emma.

»Er hat aber recht«, sagte Gabriel.

Emma funkelte Michael an.

Kate schwieg. Sie hatte eine Idee. Sorgfältig hütete sie diese Idee in ihrem Geist, damit sie ihr nicht mehr entglitt. Dann sagte sie: »Bitte nehmen Sie uns mit.«

Der Mann schüttelte den Kopf. »Ich muss mich beeilen, und der Pfad, über den ich gehe, ist gefährlich. Hier seid ihr sicherer. Das Fleisch des Hirsches wird euch ernähren und aus dem Bach hinter dem Haus könnt ihr trinken. Entzündet erst in der Nacht ein Feuer. Sobald ich kann, schicke ich jemanden, der sich um euch kümmert.«

»Aber …«, sagte Kate.

»Wir …«, setzte Emma an.

»Nein!« Er schlug mit der flachen Hand so fest auf den Tisch, dass alle Teller und Becher wackelten. Damit war die Diskussion beendet. Er stand auf, nahm ein Messingfernrohr von der Wand und meinte, dass man von dem Felsvorsprung oberhalb der Hütte das ganze Tal überblicken könne. Er würde sich vergewissern, dass keine Kreischer in der Nähe waren, und dann aufbrechen.

In dem Moment, in dem sich die Tür hinter ihm geschlossen hatte, fiel Emma über Michael her.

»Du bist schuld, dass er uns nicht mitnimmt!«

»Was?«

»Er mag keine Besserwisser. Das hat er mir heute Morgen gesagt, nachdem er den Hirsch getötet hatte. Er sagte: ›Ich mag keine Besserwisser.‹«

»Na klar, bestimmt hat er das.«

»Ruhe!«, zischte Kate. »Wir müssen dafür sorgen, dass er uns mitnimmt. Er sagte, die weise Frau wüsste bestimmt über das Buch Bescheid. Vielleicht weiß sie sogar, wo es ist. Wir müssen es finden, bevor die Gräfin es findet. Das ist die einzige Möglichkeit für uns, nach Hause zu kommen.« Kate verstummte. Ein entsetzlicher Gedanke durchzuckte sie. »Emma, du hast doch noch das Foto, nicht wahr? Das Foto, das uns zurückbringt ...«

Einige angstvolle Augenblicke kramte Emma in ihren Taschen herum.

Schließlich zog sie das Foto hervor. Es war einmal geknickt und an der Seite ein wenig eingerissen, und auf der Rückseite klebte ein rosafarbener Kaugummi, aber da war Kate in ihrem Schlafzimmer und schaute sie aus der Zukunft heraus an.

Die Kinder stießen einen leisen, kollektiven Seufzer aus.

»Emma«, sagte Kate freundlich. »Vielleicht sollte ich das Foto nehmen.«

»Ja, bitte«, murmelte Michael.

»Kein Problem.« Emma pulte den Kaugummi ab und reichte ihrer Schwester das Foto. Kate glättete es, so gut es ging, und steckte es in die Innentasche ihrer Jacke.

»Nachdem das geklärt wäre«, sagte Michael, »bleibt nur noch ein Problem: Wie kriegen wir Gabriel dazu, uns mitzunehmen?«

Aber wie sich herausstellte, löste sich dieses Problem von selbst. Denn genau in diesem Moment näherten sich hastige Schritte, die Tür flog auf und Gabriel stürmte herein. »Wir gehen. Sofort.«

Ehe die Kinder noch fragen konnten, warum er seine Meinung geändert hatte, gellte der Schrei eines Kreischers durch das Tal.

»Es sind zwanzig«, sagte Gabriel, während er einen langen, in Leinwand gewickelten Gegenstand hervorholte, der auf den Dachsparren gelegen hatte. »Sie werden in drei Minuten da sein.«

»Was sollen wir machen?«, fragte Michael. »Wie sollen wir hier rauskommen?«

»Wir werden kämpfen«, sagte Emma mit einer Stimme voll leidenschaftlichen Zorns. »Nicht wahr, Gabriel?«

Aber Gabriel war zum Kamin gegangen, hatte die Hand auf einen Stein gelegt und drückte. Ganz langsam, mit einem knirschenden Schaben von Stein auf Stein, drehte sich der gesamte Kamin und legte einen dunklen Gang frei, der geradewegs in den Berg hineinführte.

»Hier entlang«, sagte er.

KAPITEL 10

Das Labyrinth

Nachdem sie den Gang betreten hatten, befahl Gabriel den Geschwistern, zu bleiben, wo sie waren. Dann schob er den Kamin wieder an seinen Platz, wo er mit einem dumpfen Krachen einrastete. Kate, Michael und Emma standen in der Dunkelheit, schmeckten die abgestandene Luft und lauschten auf Gabriel, der herumhantierte. Mit einem Streichholz entzündete er zwei verbeulte Gaslampen, die an der Wand gehangen hatten. Eine davon reichte er Kate.

»Wo sind wir?«, fragte sie.

Die Schatten, die das Lampenlicht warf, tanzten über Gabriels Narbe. Er sah angsteinflößender aus als je zuvor.

»Wir sind an einem Ort, an dem ihr leise sein müsst – und an dem ihr das tun müsst, was ich sage. Jetzt kommt.«

Er drehte sich um und ging in den Tunnel hinein.

Sie stiegen eine unebene Treppe hinab, an deren Fuß sich eine Eisentür mit etlichen Riegeln und Schlössern befand.

Gabriel öffnete sie, scheuchte die Kinder hindurch und verschloss und verriegelte die Tür hinter ihnen wieder. Jetzt standen sie in einem anderen Gang. Dieser war breit und hatte rau behauene Wände. Auf dem Boden verliefen zwei eiserne Schienen.

Nachdem sie etwa fünfzehn Minuten gegangen waren, versuchte es Kate noch einmal: »Also, wo sind wir?«

Einen Augenblick lang dachte sie, dass Gabriel ihr keine Antwort geben würde. Dann sagte er: »Wir sind in einem alten Minentunnel der Stadt. Er führt durch den Berg in das Tal, in dem mein Dorf liegt.«

Sie gingen weiter, Gabriel und Emma voraus – der Tunnel war breit genug, um zu zweit nebeneinander zu gehen – und Kate und Michael hinterher. Als sie ihren Geschwistern vorhin ihren Plan für eine sichere Heimkehr erklärt hatte, hatte Kate selbstsicher geklungen. Aber in ihrem Herzen befürchtete sie, dass die Chancen, das Buch vor der Gräfin und den Kreischern zu finden, sehr gering waren, selbst wenn Gabriels weise Frau ihnen irgendwelche Informationen geben konnte.

Nach einer Weile fing Gabriel zu Kates Überraschung an zu reden. Er erzählte ihnen von den Bergen und erklärte, dass diese voller tiefer, alter Magie steckten und deshalb respektiert werden müssten. Er meinte, dass die Männer aus Cambridge Falls wussten, dass es Orte gab, an denen man nicht graben durfte, Dinge, die nicht gestört werden sollten. Wie etwa die Hannudin, die Hoffnungstöter, wie man sie nannte. Das waren halb lebendige, halb tote Ghouls, die sich in der Dunkelheit anschlichen und einem einflüsterten, dass die schlimmsten Gedanken, die man jemals gehabt hatte, wahr geworden wären: dass die Freunde einen im Stich gelassen hätten, die Ehefrau untreu geworden sei und die Kinder den Vater verabscheuten. Man hatte Männer gefunden, die ihre Lampen gelöscht und sich in der Dunkelheit niedergesetzt hatten und dann einfach verhungert waren. Dann gab es noch die Salmac-Tar, eine uralte Rasse, kaum mehr als Tiere, aus denen vor Jahrhunderten die Kobolde entstanden waren und die tief unter den Wurzeln des Berges lebten. Sie hatten keine Augen, dafür aber riesige fledermausartige Ohren, und sie machten ständig Klickgeräusche und orientierten sich an den Echos, die von den Felsen zurückgeworfen wurden. Ihre rasiermesserscharfen Zähne und Krallen konnten Eisen und Knochen zerreißen.

»Aber selbst diese Geschöpfe«, sagte Gabriel, »sind Teil des Gleichgewichts. Als die Hexe kam, wurde alles anders.«

Er schwieg und eine Zeit lang war nur das Knirschen ihrer Schritte auf dem kiesigen Untergrund zu hören. Kate dachte an die zwanzig Morum Cadi, die Gabriel im Tal gesehen hatte. Sie stellte sich vor, wie sie die Hütte auseinandernahmen, die Geheimtür hinter dem Kamin fanden und dann einer nach dem anderen in den Gang traten und mit ihren gelben Augen die Dunkelheit absuchten …

Ihr war klar, dass solche Gedanken nicht besonders hilfreich waren, aber sie konnte sie einfach nicht verdrängen. Was sie schließlich aus ihren Grübeleien riss, war Gabriel, der weitersprach und etwas beschrieb, das wie unsichtbare Hände in die Brust der Menschen griff und Herz und Lungen zerquetschte. Kate erkannte, dass er von dem Schrei der Kreischer sprach.

»Aber es ist nur eine Illusion«, sagte er. »Der Schmerz kommt allein aus eurem Geist.«

»Was?!« Die Heftigkeit ihrer Wut überraschte sie selbst. »Wollen Sie damit sagen, dass wir uns das nur eingebildet haben? Dass sich die Kinder am Damm die Sache nur eingebildet haben?«

»Das habe ich nicht gesagt«, widersprach der Mann. »Der Schrei weckt Panik und Angst in deinem Geist. Und diese Angst ist so groß, dass dein Körper dir den Dienst versagt. Das ist der Schmerz, den du fühlst. Er ist wirklich, aber er kommt aus deinem eigenen Geist.«

»Wie kann man sich dagegen wehren?«, wollte Michael wissen.

»Indem man die Kreischer tötet«, sagte Emma. »Das ist doch logisch.«

»Ihr müsst euch darüber klar werden, dass der Schrei an sich keine Macht über euch hat«, erklärte Gabriel. »Dann müsst ihr lernen, eure Angst zu kontrollieren. Das ist die einzige Möglichkeit, über die Kreischer zu triumphieren. Außer, sie zu töten«, fügte er hinzu.

Kate wollte anmerken, dass es womöglich viel einfacher war, seine »Angst zu kontrollieren«, wenn man ein Schwert schwingender, Wölfe schlachtender Riese war, aber Michael machte sich bereits Notizen in seinem Tagebuch. »Angst … kontrollieren«, murmelte er. Und so ließ sie es bleiben. Stattdessen stellte sie die Frage, die ihr seit letzter Nacht keine Ruhe mehr ließ.

»Glauben Sie, dass es jemanden gibt, der hinter der Gräfin steht und die Fäden zieht? Wir haben sie von einem Meister sprechen hören.«

»Das stimmt«, sagte Michael. »Sie und dieser Sekretär haben beide von ihm geredet. Ich habe es mir notiert.«

Gabriel schüttelte den Kopf. »Von einem Meister habe ich noch nie gehört. Wir werden die weise Frau fragen. Es ist möglich, dass sie …«

Er verstummte und drehte sich um, spähte angestrengt in den Tunnel. Alles an ihm war wachsam, zitterte förmlich vor Anspannung. Auch Kate blickte in die Dunkelheit, aber der Tunnel lag so still und reglos da wie ein Grab.

»Vielleicht sind es diese Kobold-Fledermaus-Leute«, flüsterte Michael.

»Still.« Gabriel reichte Emma seine Laterne und schlug das Leinentuch auseinander, in das der lange Gegenstand gehüllt war, den er aus der Hütte mitgenommen hatte. Anders als Kate erwartet hatte, war es kein Schwert. Es war eher eine extrem lange Machete. Die Klinge war am Griff schlank und verbreiterte sich allmählich zu einer beachtlichen Ausdehnung. Die Waffe war aus einem dunklen Metall geschmiedet und die Ränder schimmerten im Lampenlicht.

Gabriel trat einen Schritt vor.

Immer noch rührte sich nichts.

Kate wollte gerade fragen, was er zu hören geglaubt hatte, als sich der Kreischer aus der Dunkelheit schälte. Er machte kein Geräusch, sondern griff einfach mit erhobenem Schwert und glühend gelben Augen an. Später dachte Kate, dass diese Stille am schlimmsten war, denn so schrecklich die Schreie der Kreischer waren, so waren sie doch eine Warnung und gaben ihnen die Gelegenheit zur Flucht. Jetzt war es zu spät. Sie konnten nur dastehen und warten, bis das Schwert sie niederstreckte.

Es gab ein lautes metallisches Klirren, das von den Felswänden widerhallte, als Gabriels Klinge den Schwerthieb abfing. Das Schwert zersplitterte. Und einen Moment später lag der Kreischer in zwei Hälften zerteilt am Boden. Es zischte und ein widerlich stinkender Rauch quoll aus dem Leichnam. Kate schaute zu Gabriel. Seine Machete rauchte ebenfalls. Er hatte den Kreischer samt seinem Schwert sauber mittendurchgeschnitten.

»Lauft«, befahl er ihnen.

Sie gehorchten und rannten so schnell wie noch nie in ihrem Leben. Durch gewundene Gänge, treppauf, treppab, um Ecken und Biegungen. Gabriel trieb sie unbarmherzig an. Immer wieder gabelte sich der Tunnel, aber Gabriel schien den Weg genau zu kennen.

»Links … rechts … durch diese Tür, macht schon!« Es dauerte nicht lang, da hörten sie den ersten Schrei. Weitere fielen mit ein und das unmenschliche Kreischen gellte durch die engen Tunnel. Kate spürte, wie die Schwäche durch ihren Körper strömte, und sie wäre beinahe gestolpert. Sie schaute zu Michael und Emma und sah, dass auch sie sich der Wirkung der Schreie nicht entziehen konnten. Sie versuchte, sich einzureden, dass der Schmerz nur in ihrem Geist existierte, dass die Schreie ihr nichts anhaben konnten, aber es nutzte nichts. Sie fühlte sich trotzdem, als ob sie mit einem Felsbrocken auf dem Rücken bergauf laufen würde.

Und das Kreischen kam immer näher.

Unvermittelt traten sie aus dem Tunnel, durch den sie gegangen waren, und standen am Rand einer riesigen Schlucht. Sie konnten weder die Höhlendecke sehen noch den Boden, ja nicht einmal die andere Seite. Eine Hängebrücke führte in die Dunkelheit und verschwand scheinbar im Nichts. Das Kreischen in den Tunneln hinter ihnen war ohrenbetäubend. Die Meute würde sie in wenigen Momenten erreicht haben.

»Geht«, befahl Gabriel. »Ich werde sie so lange wie möglich aufhalten. Folgt dem Tunnel am anderen Ende der Brücke. Dann gelangt ihr zu einer Kammer. Nehmt den zweiten Gang links. Geht immer weiter. Und wählt immer den zweiten Gang links. Wenn ihr den Berg verlasst, seht ihr einen Pfad, der zu meinem Dorf führt. Kommt ihr vom Weg ab, seid ihr für immer verloren. Jetzt geht. Ich folge euch, sobald ich kann.«

»Aber …«

»Macht schon! Wir haben keine Zeit mehr!«

»Komm!« Kate nahm Emma bei der Hand und zog sie zu der Brücke. Michael rannte bereits voraus. Die Brücke schwankte unter ihren Füßen, während sie über die hölzernen Planken liefen. Auf halbem Weg fühlte Kate einen eisigen Wind aus der Tiefe aufsteigen. Die Luft war kalt und feucht und fühlte sich uralt an. Ein Schauer überzog ihren Rücken.

»Seht doch!«, schrie Emma.

Kate drehte sich um. Zwei Kreischer waren aus dem Tunnel hinter ihnen aufgetaucht. Sie griffen an und Gabriel stürzte ihnen entgegen. Klingen blitzten und klirrten. Gabriel duckte sich unter einem Hieb, packte eine der Kreaturen und schleuderte sie in die Tiefe. Ihr Schrei wurde von der Schwärze verschluckt.

»Komm weiter!«, rief Kate und zerrte an Emmas Hand. Sie rannten die letzten zwanzig Meter über den Abgrund zur anderen Seite, wo Michael bereits auf sie wartete. Es war jetzt zu dunkel, um Gabriel zu sehen, aber der Kakofonie aus Schreien nach zu urteilen, waren noch mehr Kreischer aus den Tunneln gekommen. Metall schlug auf Metall, und die Kinder wussten, dass dort in der Dunkelheit eine wilde und tödliche Schlacht tobte.

»Wir können ihn nicht im Stich lassen!«, schrie Emma. In ihrem Blick lag Verzweiflung. »Wir müssen etwas unternehmen.«

»Es gibt nichts, was wir tun könnten«, sagte Kate. »Und er hat uns befohlen, weiterzugehen.«

»Hier ist der Eingang!«, rief Michael.

Emma hinter sich herziehend, führte Kate sie durch die Tür in einen Gang. Kurz darauf wurden die Kampfgeräusche schwächer, und nach etwa einer Minute erreichten sie die Kammer, von der Gabriel gesprochen hatte. Es war ein kreisrunder Raum mit einer hohen Decke und sechs völlig gleich aussehenden Bogenöffnungen.

»Wir hätten ihn nicht zurücklassen dürfen!« Emma hatte sich von Kate losgerissen. In ihren Augen standen Tränen der Trauer und der Scham. »Er hat uns geholfen, und wir sind weggerannt wie ein Haufen Feiglinge.«

»Wir hatten keine andere Wahl!«

»Wir müssen hier entlang«, sagte Michael und deutete auf den zweiten Torbogen von links.

»Können wir nicht warten?«, flehte Emma. »Nur für ein paar Sekunden, um zu sehen, ob er kommt. Bitte, Kate. Nur für ein paar Sekunden.«

Kate schaute auf das tränenüberströmte Gesicht ihrer Schwester. Sie wusste, dass sie die Bitte ablehnen sollte. Sie mussten so schnell wie möglich so weit wie möglich von den Kreischern fort. Sie seufzte. »Nur für ein paar Sekunden.«

Während sie Emma betrachtete, die sich umdrehte und in den dunklen Gang starrte, fühlte Kate Neid in sich aufsteigen. Emma ließ sich ganz und gar von ihren Gefühlen leiten. Wenn sie liebte, dann liebte sie bedingungslos, und wenn sie hasste, war ihr Hass unbarmherzig. Sie dachte nie an die möglichen Konsequenzen ihrer Handlungsweise. Kate wusste, dass sie ohne zu überlegen umgekehrt wäre, um Gabriel zu helfen, selbst wenn das für sie den sicheren Tod bedeutet hätte.

Michael trat zu ihr und hüstelte.

»Du müsstest lernen, auch mal Nein zu sagen.«

»Schon gut, Michael.«

»Ich meine ja nur. Denn, weißt du …«

Kate warf ihm einen Blick zu, den er offensichtlich sofort verstand, denn er ging ein paar Schritte weiter und fing an, leise vor sich hin murmelnd die beeindruckende Konstruktion des Raums zu bewundern, der sich auf einer anderen Ebene befand als der Rest der Mine, eine Kunstfertigkeit, die er unbedingt hier drüben in der Ecke untersuchen wollte …

Kate entschied, noch dreißig Sekunden zu warten. Dann würden sie weitergehen und wenn sie Emma würde tragen müssen. Ihr Blick fiel ganz zufällig auf eine Bogenöffnung rechts von ihr.

Die Vision kam ohne Vorwarnung.

Sie sah einen von Kerzen erleuchteten Raum. Zwei Gestalten saßen an einem Holztisch. Eine davon war ein Mann mit langen rotbraunen Haaren, der in einen dunklen Mantel gekleidet war. Die andere Gestalt befand sich im Schatten. Ein in Leinen gewickeltes Paket lag auf dem Tisch zwischen ihnen. Kate wusste sofort, dass es das Buch war.

Aus weiter Entfernung hörte Kate, wie Michael zu Emma sagte, dass sie jetzt weitergehen mussten.

Kate trat näher an die Bogenöffnung und die Vision wurde deutlicher. Sie konnte hören, dass ein Handel vereinbart wurde. Die Schattengestalt – offenbar ebenfalls ein Mann – war einverstanden, das Buch zu verstecken und zu beschützen.

Mit einer Stimme, die wie Stein knirschte, sagte er: »Mein Volk wird ein Gewölbe aus dem Stein schlagen.«

Noch ehe sie wusste, was sie tat, schrie Kate: »Folgt mir!« und rannte durch diese Bogenöffnung in den Gang, der dahinterlag.

Hinter ihr erhob sich eine protestierende Stimme. Sie

missachtete Gabriels Warnung! Sie würden alle für immer verloren sein! Sie musste stehen bleiben und zurückkommen …

Aber die Stimme in ihr, die ihr sagte, dass das Buch hier war, war stärker. Und wenn sie zögerte, wenn sie Michael und Emma erklärte, was sie gesehen hatte, würde die Vision verblassen. Sie würde die Verbindung verlieren, und damit auch das Buch …

Und so rannte sie weiter. Hinter sich hörte sie die Rufe, die sie aufforderten, stehen zu bleiben und zu warten, doch dann kam das Geräusch schneller Schritte.

Sie erreichte eine weitere Kammer, die genauso aussah wie die erste, ebenfalls mit sechs Bogenöffnungen. Sie wartete, bis die Schritte und Rufe sie fast erreicht hatten, und stürzte dann in den nächsten Gang. Aus irgendeinem Grund wusste sie genau, wohin sie laufen musste. Sie rannte fünf Minuten, zehn, fünfzehn, durch etwa ein Dutzend identischer Kammern und Bogenöffnungen, wobei sie jedes Mal nur so lange stehen blieb, bis die Schritte hinter ihr sie fast eingeholt hatten. Dann eilte sie weiter und vertraute darauf, dass ihre Geschwister dem Schein ihrer Lampe folgen würden.

Immer mehr Visionen brachen über sie herein. Sie sah, wie die Felsenkammer tief unten im Berg Gestalt annahm; sie sah den Mann mit den rotbraunen Haaren, das Buch aufgeschlagen vor sich, mit den Fingern über die leeren Seiten fahren, sodass Worte und Bilder auftauchten und wieder verschwanden; und dann sah sie, wie er in die fertige Kammer trat und das Buch auf einen Sockel in der Mitte legte …

Kate blieb stehen. Ihre Brust hob und senkte sich schnell. Der Gang endete abrupt vor einer Felswand. Da stimmte etwas nicht. Sie musste die falsche Abzweigung genommen haben. Aber wie war das möglich?

Eine Hand packte ihren Arm. Michael krümmte sich keuchend neben ihr.

»Michael! Hier muss es sein! Ich kann …«

Michael schüttelte den Kopf. »Emma …«

»Emma? Was …?«

»Ich dachte, sie wäre hinter mir, aber sie … ich musste … entweder zurück oder … Aber du bist nicht … stehen geblieben.« Er senkte den Kopf und versuchte, zu Atem zu kommen.

Durch den Tunnel kam kein weiteres Licht. Keine Schritte.

»Sie ist bestimmt umgekehrt«, keuchte Michael, »um … Gabriel zu helfen.«

Alle Gedanken an das Buch wurden aus Kates Geist geschwemmt.

»Wir müssen zurück.«

»Aber wie denn? Das ist … ein Labyrinth. Hast du das nicht begriffen? Eine Kammer sieht genauso aus wie die andere. Davor hat uns Gabriel doch gewarnt! Wir finden nie den Weg zurück!«

»Aber wir müssen! Wir …«

»Kate!«

Sie drehte sich um. Eine schwarze senkrechte Linie bildete sich in der Mitte der Felswand. Der Fels teilte sich. Eine Windböe fegte hindurch und die Flamme in ihrer Lampe flackerte und erlosch.

In der Dunkelheit ließ sich eine Stimme vernehmen, so hart wie Eisen.

»Packt sie.«

KAPITEL 11

Der Gefangene in Zelle 47

Gabriel stand mit dem Rücken zur Hängebrücke. Sein Brustkorb bebte und das Heft seiner Machete war schlüpfrig vor Schweiß. Er hatte ein halbes Dutzend Schnitte auf seinen Armen und eine tiefe Wunde in der Seite. Die Schwerter der Morum Cadi waren vergiftet. Jede dieser Wunden war tödlich. Aber daran dachte Gabriel nicht.

Er hatte schon sechs dieser Ungeheuer ausgelöscht; vier von ihnen hatte er mittendurch gehauen und zwei hatte er in den Abgrund geworfen. Aber es waren immer noch mehr als ein Dutzend Kreaturen übrig, die ihn in einem Halbkreis umringten, die Schwerter gezückt, die gelben Augen gierig glühend. Ihr Atem – oder was man dafür halten mochte – rasselte durch die Stoffbahnen, mit denen sie ihre verfaulten Schädel umwickelt hatten. Sie mussten nur angreifen; dann hatten sie ihn.

Warum also hielten sie sich zurück?

Die Antwort auf diese Frage bekam er, als eine Fackel im

Tunneleingang sichtbar wurde und sich von hinten auf die Kreischer zubewegte, die daraufhin zur Seite traten. Es war der Sekretär der Gräfin. Der kleine Mann atmete schwer und wischte sich die Stirn mit einem lavendelfarbenen Spitzentuch ab.

»Herrje«, keuchte er, »diese ganze Herumrennerei. Muss das denn sein?«

Er wedelte mit dem Taschentuch in Richtung der Kreischer.

»Sie haben sich hoffentlich mit meinen Gefährten gut amüsiert, oder? Ich darf mich vorstellen: Griddley Cavendish, zu Ihren Diensten.« Er verbeugte sich und zeigte sein widerliches Grinsen. »Und Sie, mein guter Herr, sind …?«

Gabriel schätzte die Chance ab, den Mann mit einem langen Schritt zu erreichen. Er konnte es vermutlich schaffen, hätte dann aber die Kreischer im Rücken.

»Aber, aber, Sir«, sagte Cavendish mit schlüpfriger und lockender Stimme, »Sie sind doch ein Mann von Format. Sie konnten vom Schiff flüchten und sind in der Lage, Kreischern und Wölfen ganz nach Belieben den Garaus zu machen. Ganz zu schweigen von dem raffinierten kleinen Geheimgang hinter Ihrem Kamin. Ich muss gestehen, dass er mir beinahe entgangen wäre. Beinahe, aber … der Gräfin hat es vor geraumer Zeit – glücklicherweise, möchte ich sagen – beliebt, meine armseligen Fähigkeiten mit ein paar einfachen Zaubersprüchen zu beleben, sodass mir beispielsweise keine geheimen Türen und Gänge verborgen bleiben. Solch eine Geschicklichkeit, solch eine Klugheit! Kein Wunder, dass Kinder Sie lieben! Also, wie heißen Sie, Sir?«

»Kommen Sie näher, dann sage ich es Ihnen«, versetzte Gabriel.

Der Sekretär kicherte und schlug sich ein paarmal auf den

Schenkel, als ob er sich prächtig amüsieren würde, während er gleichzeitig heftig den Kopf schüttelte. »Was für ein köstlicher Sinn für Humor! Ich bedanke mich herzlich für die Einladung, aber wir wissen doch beide, was Sie im Sinn haben, nicht wahr? Es hat etwas mit diesem langen, scharfen Ding da zu tun, richtig?« Er deutete mit dem gekrümmten Finger auf Gabriels Klinge, und dann, aus keinem ersichtlichen Grund, tippte er sich mit dem Finger an den Nasenflügel.

Gabriel begann zu glauben, dass der Mann verrückt war.

»Also schön, keine Namen. Wie wäre es dann, wenn Sie uns einfach verraten, wo die Kinder stecken? Ansonsten muss ich meinen verwesenden Freunden hier leider befehlen, Sie in appetitliche Häppchen zu zerkleinern.«

Gabriel ließ sich nichts anmerken. Aber seine Gedanken rasten. Die Gräfin wollte diese Kinder haben. Sie waren ihr so ungeheuer wichtig, dass sie sowohl ihren Sekretär als auch zwanzig Kreischer hinter ihnen hergeschickt hatte. Das war beinahe die gesamte Stadtwache. Ging es nur um ihre Verbindung zu dem Buch – oder war da noch etwas anderes? Waren die Kinder aus irgendeinem Grund bedeutsam? Er spürte, dass er einen schrecklichen Fehler begangen hatte; er hätte sie nicht allein lassen dürfen.

»Sie haben sie vermutlich über die Brücke geschickt, stimmt's? Geradewegs hinein ins Labyrinth. Finden Sie das nicht ein bisschen gefährlich? Man kann sich so leicht verlaufen.«

Der Sekretär trat vorsichtig einen Schritt näher.

»Vielleicht können wir uns auf einen Handel einigen. Diese Kinder sind für Sie ohne Bedeutung. Sie haben sie im Wald gefunden, sind ihnen zu Hilfe geeilt. Verständlich. Wo sie doch von diesen schrecklichen Wölfen verfolgt wurden. Jeder hätte so gehandelt. Jetzt aber sollten Sie uns helfen, sie zu finden. Dann«, schnaufte er, während ihm das Grinsen aus dem Gesicht zu rutschen drohte, »wird Ihnen die Gräfin geben, was Sie wollen. Reichtum. Macht. Sie kann sehr großzügig sein.«

Der Sekretär war so wagemutig gewesen, einen zweiten Schritt nach vorne zu treten. Mit einem einzigen Schlag hätte Gabriel ihm den Kopf von den Schultern trennen können. Aber er wusste, dass sich nach diesem Schlag die Kreischer auf ihn stürzen würden. Und was würde dann mit den Kindern passieren?

»Sagen Sie der Hexe ...«

»Ja?« Begierig beugte sich Cavendish vor.

»... dass ich sie holen komme.«

Er wirbelte herum und trennte mit einem einzigen Hieb seiner Machete die Seile der Hängebrücke, die daraufhin in den Abgrund fiel. Gabriel sprang und ließ die wütenden Schreie des Sekretärs hinter sich.

Er streckte die freie Hand aus und machte sich so lang es ging. Aber da war nichts. Nur kalte schwarze Luft. Und dann fiel er. Er hatte versagt. Er hatte alle im Stich gelassen. Die Kinder waren allein. Sein Volk ...

Seine Hand prallte gegen ein Holzbrett. Es rutschte ihm durch die Finger, aber Gabriel packte das nächste, gerade als die Brücke sich zum Zerreißen nach unten spannte. Dann schwang er vorwärts. Mit einer markerschütternden Wucht prallte er gegen die Felswand der Schlucht, hing einen Moment da und versuchte, Luft in seine Lungen zu saugen. Hoch oben auf der anderen Seite des Abgrunds sah er ein zitterndes Fackellicht. Die schrille Stimme des Sekretärs verfluchte ihn gellend.

Unvermittelt und aus einem Instinkt heraus zog er die Knie an, gerade in dem Moment, in dem ein Schwert in die Holzplanken fuhr, vor denen eben noch seine Füße gebaumelt hatten. In der Dunkelheit unter sich sah Gabriel die gelben Augen eines Kreischers glühen. Er war ihm offensichtlich nachgesprungen und hatte eins der Seile zu fassen bekommen, mit denen die Brücke gesichert gewesen war.

Gabriel steckte seine Waffe in die Scheide und fing an, nach oben zu klettern. An einer Brücke hängend, konnte er nicht kämpfen. Er musste erst mal nach oben kommen.

»Gabriel!«

Er schaute auf. Etwa dreißig Meter über ihm, beleuchtet vom Schein einer Laterne, hing das Gesicht des jüngeren Mädchens, Emma, über dem Abgrund.

Sein Bedauern, die Kinder allein weitergeschickt zu haben, wurde von Ärger abgelöst. Er machte den Mund auf, um sie zu tadeln, aber gerade in dem Augenblick hieb der Kreischer wieder mit dem Schwert zu und traf mit der Spitze Gabriels Schuhsohle. Er kletterte schneller. Dass Emmas Gesicht wieder verschwunden war, bemerkte er nicht.

Seine Füße waren zu groß, als dass sie in die schmalen Lücken zwischen den Planken gepasst hätten, und so musste er sich mit beiden Händen nach oben ziehen. Jede Planke, die er hinter sich ließ, riss er aus der Verankerung, um das Vorwärtskommen für den Kreischer zu erschweren. Aber anhand der Geräusche unter ihm musste er annehmen, dass sich die Kreatur davon nicht beirren ließ.

»Gabriel!«

Er schaute nicht hoch.

»Gabriel!«

Die Stimme klang angestrengt und drängend.

»Gabriel!«

Er riskierte einen Blick und wollte ihr schon sagen, dass weitere Gespräche bis später würden warten müssen. Da sah er sie am Rand des Abgrunds stehen, unter dem Gewicht eines Felsbrockens wanken, der etwa doppelt so groß war wie ihr Kopf. Als sie sah, dass er zu ihr hochschaute, ließ Emma ihre Last los. Gabriel schwang sich nach links. Der Felsen sauste an ihm vorbei und verfehlte ihn nur um wenige Zentimeter. Dafür traf er den Kreischer mit einem vernehmlichen Knirschen mitten ins Gesicht und warf die Kreatur von der Brücke.

Gabriel schaute dem Körper nach, der in der Tiefe verschwand. Dann wandte er sich wieder zu Emma.

Das Mädchen winkte ihm zu und strahlte. »Alles klar! Ich hab ihn erwischt!«

Kinder, dachte er.

Rasch kletterte er das letzte Stück nach oben und zog sich über die Kante auf festen Boden. Das Mädchen hielt die Laterne. Ihre Augen waren hell vor Erregung. Gabriel schaute sich um, immer noch schwer atmend.

»Wo sind deine Geschwister?«

»Irgendwo dahinten.«

»Ich habe euch doch gesagt, ihr sollt weitergehen. Du hättest nicht zurückkommen dürfen.«

Das Lächeln wich einem verletzten Ausdruck.

»Stehen bleiben!« Die dünne Stimme des Sekretärs wehte über den Abgrund. »Im Namen der Gräfin!«

»Komm«, sagte Gabriel, »wir müssen hier weg.« Er machte ein paar Schritte, aber das Mädchen drehte ihm den Rücken zu und verschränkte die Arme vor der Brust.

»Ich habe Ihnen das Leben gerettet. Sie könnten sich wenigstens bedanken.«

Gabriel war versucht, sie hochzuheben und wegzutragen. Wahrscheinlich suchten der Sekretär und die Morum Cadi bereits nach einer anderen Möglichkeit, den Abgrund zu überqueren. Aber trotz allem merkte er, dass er lächelte.

»Du hast recht«, sagte er. »Ich stehe in deiner Schuld.«

Emma warf ihm einen Blick zu, um sich zu vergewissern, dass er es ernst meinte. Dann nickte sie. »Gern geschehen. Aber Sie schulden mir nichts. Wir sind quitt. Und jetzt sollten wir wohl besser gehen.«

»Eine gute Idee«, bemerkte Gabriel, als hätte er nicht gerade eben das Gleiche vorgeschlagen.

»Worüber grinsen Sie so?«, wollte Emma wissen.

»Ach, nichts.«

»Aha. Na, dann sollten …«

Ein Zischen durchstieß die Luft, dann gab es einen leisen Aufprall. Emma keuchte auf und taumelte rückwärts. Gabriel fing sie auf, ehe sie fiel. Die Spitze eines schwarzen Pfeils ragte aus ihrem Rücken; der Schaft steckte in ihrem Bauch.

»Gabriel …« Ihre Augen waren riesengroß und angsterfüllt.

Mit einer Hand die Lampe greifend, nahm Gabriel das kleine Mädchen so schnell und behutsam wie er konnte in die Arme. Auf der anderen Seite der Schlucht kreischte der Sekretär. Es klang, als würde er seine Untoten beschimpfen.

»Sch-sch …«, sagte Gabriel sanft, als Emma vor Schmerzen wimmerte. »Ich hab dich.« Und damit trug er sie in den dunklen Gang hinein.

Sie waren an Händen und Füßen gefesselt. Kapuzen waren über ihre Köpfe gezogen und vor ihren Gesichtern verknotet worden. Alles hatte in völliger Dunkelheit stattgefunden, sodass Kate immer noch keine Ahnung hatte, wem sie da in die Hände gefallen waren. Aber nun wurden Fackeln entzündet. Sie konnte sie nicht deutlich sehen, aber sie fühlte die Hitze und hörte das Knistern der Flammen. Dann hob jemand sie hoch und warf sie sich über die Schulter. Ihr Träger marschierte los.

»Michael?«, rief sie. »Bist du da?«

»Ja, ich bin hier.« Es klang, als würde er sich ein Stück hinter ihr befinden. »Alles in Ordnung.«

»Ruhe!«, knurrte eine mürrische Stimme.

Eine Stunde verging. Vielleicht noch mehr. Es war unmöglich, in dieser Dunkelheit ein Gefühl für Zeit zu entwickeln. Kates Rippen rieben schmerzhaft an der Schulter ihres Trägers, und sie zappelte ein wenig, um den Druck zu mindern. Sie hatte es schon lange aufgegeben, herausfinden zu wollen, wohin sie gingen. Alles, was sie sicher wusste, war, dass jeder Schritt sie weiter von Emma wegführte – und von der Hoffnung, sie jemals wiederzufinden. Sie musste sich auf die Lippe beißen, um nicht loszuheulen. Sie wollte nicht, dass Michael sie hörte und erkannte, wie verzweifelt sie war.

Endlich befahl die mürrische Stimme der Truppe, anzuhalten.

Kate wurde auf den Boden gestellt. Sie spürte harten Stein unter ihren Füßen. Die Kapuze wurde gelöst und nach hinten geschlagen. Sie blinzelte, weil im gleißend hellen Licht der Fackeln alles vor ihren Augen verschwamm. Michael war neben ihr, ebenfalls ohne Kapuze.

»Michael«, flüsterte sie, »ist alles in Ordnung?«

»Ja. Meine Rippen tun weh, aber …«

Sein Mund klappte auf. Kate sah, wie sich seine Augen zu einer ungewöhnlichen, ja fast besorgniserregenden Größe weiteten.

»Z…«, stotterte er. »Z…«

»Michael? Was ist los? Was ist denn?!«

»Zwer…«

Kate drehte sich um, und da sich ihre Augen mittlerweile an das Licht gewöhnt hatten, sah sie etwa ein Dutzend untersetzter, kräftiger Männer mit Bärten, die sich um sie versammelt hatten. Die bärtigen Männer schenkten den Kindern nur wenig Aufmerksamkeit. Ein paar von ihnen hatten Essen ausgepackt. Andere unterhielten sich oder schärften ihre Waffen. Fast alle hatten lange, dünne Pfeifen hervorgezogen und zündeten sie an. Alle, so erkannte Kate, hatten kurze Schwerter und furchterregende Äxte in ihren Nietengürteln stecken.

»Das sind … Zwerge«, keuchte Michael, dem es endlich gelungen war, das Wort auszusprechen.

Und das waren sie tatsächlich. Es waren Zwerge, mit Bärten, Äxten und Kettenhemden, genau so, wie Michael sie immer beschrieben hatte. Kate wusste nicht, warum sie so überrascht war, dass es Zwerge tatsächlich gab. Von dem Moment an, als Michael, Emma und sie herausgefunden hatten, dass Magie Wirklichkeit war, hätte es auch an der Existenz von Zwergen nicht mehr den geringsten Zweifel geben dürfen. Ihre einzige Entschuldigung war der Umstand, dass sie in den letzten Tagen wirklich andere Dinge im Kopf gehabt hatte.

»Ich habe es gewusst«, hauchte Michael. »Ich meine, ich habe es nicht wirklich gewusst, sondern … gehofft.« Verträumt starrte er vor sich hin und sagte: »Zwerge …«

Einer der untersetzten Männer löste sich von der Truppe. Er

hatte ein wettergegerbtes Gesicht und einen langen rötlichen Bart, der zu ordentlichen Zöpfen geflochten war. Er kniete sich vor die Kinder, legte den Helm mit einem leisen Klirren auf den Boden und räusperte sich. »Also schön.« An seiner Stimme erkannten sie, dass er es war, der die Befehle gegeben hatte. »Lasst hören.«

Kate war verwirrt. »Wie bitte?«

»Eure Geschichte wollen wir hören«, sagte er und zog seine Kettenhandschuhe aus. »Wie es kam, dass ihr in unser Territorium eingedrungen seid. Unerlaubtes Betreten und so.«

Die letzten Worte riefen ein allgemeines Brummen und Murmeln unter den Zwergen hervor.

»Aber das stimmt nicht«, sagte Kate. »Wir ...«

»Sie sind ein Zwerg!«, platzte es aus Michael heraus.

Der rotbärtige Zwerg schaute Michael an. Er betrachtete das breite, etwas dümmliche Grinsen und die verschleierten Augen und entschied offensichtlich, diese Bemerkung zu übergehen. Er wandte sich wieder Kate zu. »Ach, das stimmt nicht? Habt ihr einen Passierschein? Dann zeigt ihn her.«

»Nun, nein ... wir ...«

»Kein Passierschein?«

»Nein.«

»Ein Visum? Eine Transiterlaubnis? Oder vielleicht einen magischen goldenen Ring, den dein Urahn vor Jahrhunderten von einem Zwergenkönig bekommen hat und der dir Zutritt zum Zwergenland gewährt?«

»Ähm ... nein.«

»Dann, mein Mädchen, bedeutet das: unerlaubtes Betreten!«

Wieder erhoben sich ein Brummen und Murmeln, diesmal noch lauter.

»Also«, sagte der Zwerg mit dem roten Bart augenscheinlich zufrieden, »da wir jetzt festgestellt haben, dass ihr nichts seid als gewöhnliche Landstreicher …«

»Ihr seid Zwerge!«, rief Michael aus. »Ihr alle!«

Der Rotbart hob eine Augenbraue und nickte zu Michael hinüber. »Ist er nicht ganz dicht oder so etwas?«

»Nein«, sagte Kate. »Er ist völlig normal. Er …« Sie zögerte, ihm zu erklären, dass Michael ganz versessen auf Zwerge war. Sie hatte das Gefühl, dass dieser rotbärtige Zwerg das womöglich als Beleidigung auffassen würde. Er schien etwas empfindlich zu sein. »Er … er hat noch nie einen Zwerg gesehen.«

»Nun«, sagte der Zwerg und strich sich über den Bart. »Dann ist heute wohl ein großer Tag für ihn, nicht wahr? Also, aus welchem Grund habt ihr unser Territorium unerlaubt betreten?«

Die anderen Zwerge mischten sich ein: »Aye, aye, aus welchem Grund, ihr Landstreicher?«

»Wir sind keine Landstreicher!«, wehrte Kate ab. »Wir haben uns verlaufen.«

»Hört ihr das, Jungs?«, rief der Zwerg über seine Schulter. »Es ist die alte Geschichte. Wir haben hier zwei verirrte kleine Lämmer!«

Die Zwerge brachen in brüllendes Gelächter aus.

Der rotbärtige Zwerg schüttelte den Kopf. »Oh, du musst dir schon was Besseres einfallen lassen, Mädchen, etwas viel Besseres. Der Letzte, der sich angeblich verirrt hatte, hat seinen Weg mühelos gefunden. Ganz recht – geradewegs vor meine Axt!«

Mit diesen Worten sprang der Zwerg auf, riss die Axt aus dem Gürtel und ließ sie in einem weiten Bogen knapp über den Köpfen der Kinder sausen, sodass Kate und Michael die Zugluft spürten. Kate hatte keine Ahnung, was für Gesichter sie und

Michael machten, jedenfalls ernteten sie eine erneute Lachsalve von den Zwergen.

Kate dachte, dass sie ein solches Benehmen von Zwergen nicht erwartet hätte.

»Hören Sie auf zu lachen«, verlangte sie. »Das ist nicht lustig.« Die Zwerge sahen das anders und lachten fröhlich weiter. »Die Kreischer waren hinter uns her!«

Stille. Der rotbärtige Zwerg beugte sich mit ernstem Gesicht vor.

»Kreischer sagt ihr? Im Zwergenland?«

Kate nickte.

»Na, dann lasst euer Ammenmärchen mal hören. Aber macht schnell und seht zu, dass ihr eure Lügen gut verkauft.«

»Wir erzählen keine Lügen«, sagte Kate, aber schon in diesem Augenblick dachte sie fieberhaft über ein paar strategische Auslassungen nach. Sie erzählte, dass sie Gefangene der Gräfin gewesen waren und hatten fliehen können. Während ihrer Flucht waren sie auf einen alten Minentunnel gestoßen. Eine Horde Kreischer war ihnen auf den Fersen gewesen, hatte sie über die Hängebrücke und hinein ins Labyrinth gejagt. (Michael hatte das Gewirr aus Gängen so genannt und es schien Kate ein passender Begriff zu sein.) Im Labyrinth hatten sie ihre kleine Schwester verloren. Gabriel, das Buch oder den Umstand, dass sie aus der Zukunft kamen, erwähnte Kate nicht.

»Eure Schwester«, sagte der Zwerg. »Also gibt es noch eine von euch.«

»Ja. Sie ist die Kleinste. Sie müssen uns gehen lassen, damit wir sie suchen können!«

»Nun, eure Geschichte ist voller Lücken und Lügen, so viel ist klar. Aber ich muss zugeben, dass ein Kind da draußen nicht herumwandern sollte, selbst wenn es ein nichtsnutziges, verbrecherisches Landstreicherkind ist. In unseren Verliesen ist es besser aufgehoben. Vermutlich haben die Salmac-Tar sie schon erwischt.«

»Die Salmac-Tar«, wiederholte Kate und dachte an die Kreaturen, von denen Gabriel ihnen erzählt hatte, diejenigen ohne Augen und mit Fledermausohren, deren Klauen durch Knochen schneiden konnten. »Ich dachte, ... die würden weiter unten leben ...«

»Sie sind frech geworden in letzter Zeit. Dringen in unsere Gebiete vor. Das ist der Grund, warum wir an den Grenzen patrouillieren.« Das Gesicht des Zwergs bewölkte sich. »Es ist alles *ihre* Schuld. Die Schuld der Hexe. Es ist eine Schande, die ganze elende ...« Seine Stimme wurde leiser, und sie hörten ihn noch etwas murmeln, das wie »König«, »Hexe« und »scheußlich« klang.

»Mylord«, sagte da plötzlich Michael und ließ sich auf die Knie nieder. »Ich fürchte, wir haben Euch gekränkt, indem wir uns nicht angemessen vorstellten. Mein Name ist Michael P. Das ist meine Schwester Katherine. Wir sind allein und in großer Gefahr, und wir bitten Euch im Namen von König Ingmar dem Freundlichen um Gnade und Hilfe in der Stunde unserer Not.«

Die Zwerge verstummten und schauten ihn an. Auch Kate war verblüfft. Und dann brachen die Zwerge wie ein Mann wieder in Gelächter aus.

»Habt ihr das gehört?«, rief der rotbärtige Zwerg den anderen zu, die allerdings zu sehr mit Lachen beschäftigt waren. »›Im Namen von König Ingmar dem Freundlichen‹«, imitierte er Michael, schüttelte den Kopf und wischte sich eine Lachträne aus dem Augenwinkel. »Aye, das ist einfach köstlich. Einfach köstlich!«

Michael schaute verwirrt und gekränkt drein.

»Aber, aber«, sagte der rotbärtige Zwerg und legte ihm eine plumpe Hand auf die Schulter. »Wir machen doch nur Spaß. Was du gesagt hast, war gut gesagt und in der richtigen Art und Weise, wenn auch ein bisschen veraltet. Es war nur so unerwartet, es aus dem Mund eines kleinen menschlichen Kerlchens zu hören. Du weißt also ein bisschen über unsere Geschichte Bescheid?«

»J… ja«, stammelte Michael. »Über Ihre Geschichte. Ihre Traditionen. Ich weiß, was man mitbringt, wenn man bei einem Zwerg zum Abendessen eingeladen wird. Ich kann Ihnen sagen, wie die Erbschaftsgesetze der Zwergengemeinschaft lauten. Ich kenne die Texte von siebzehn Zwergentrinkliedern auswendig. Ich weiß alles, was man über Zwerge wissen kann.«

»Ach tatsächlich?« Der Zwerg schob sein Gesicht ganz nah an Michaels heran. »Dann sag mir mal, Bürschlein, was ein Zwerg am allermeisten wertschätzt.«

Kate erwartete, dass Michael harte Arbeit oder Handwerkskunst nennen würde oder Pflichtbewusstsein oder irgendeine andere Tugend, über die er immer erzählte. Aber er sagte etwas, das sie ihn noch nie hatte sagen hören. Und als er es aussprach, war seine Stimme sehr leise.

»Das kann ich Ihnen sagen, denn das bewundere ich am meisten an Zwergen. Das Allerwichtigste für einen Zwerg ist… die Familie.«

Kate hatte das Gefühl, den Boden unter den Füßen zu verlieren.

»Der Clan«, fuhr Michael fort, »die Familie, ist die Basis

der Zwergengemeinschaft. Zwerge kümmern sich umeinander. Wenn jemand ein Teil eines Clans wird, dann bleibt er das ein Leben lang. Er wird niemals … niemals allein sein. Niemals.«

Kate fühlte die Tränen in ihren Augen. All die Jahre hatte Michael von kaum etwas anderem als von Zwergen geredet, und erst jetzt begriff sie: eine Familie, die einen nie im Stich ließ. Wären ihre Hände nicht gefesselt gewesen, hätte sie ihn in den Arm genommen und ihm versichert, dass sie und Emma immer und ewig seine Familie sein würden.

»Da hast du ins Schwarze getroffen«, sagte der Zwerg. Kate sah die anderen Zwerge im Hintergrund bestätigend nicken. »Aber wie kommt es, dass du so gut über uns Bescheid weißt? Du bist zwar selbst ein bisschen kurz geraten, aber ich kann nichts besonders Zwergenhaftes an dir erkennen.«

»Oh … wenn Sie einmal in meine Tasche …« Michael zappelte so lange, bis er seine Tasche vor seinen Körper geschoben hatte. Der Zwerg griff hinein und zog ein kleines, dickes Buch heraus, das Kate sofort erkannte.

»*Alles über Zwerge* von G. G. Greenleaf!«, rief der rotbärtige Zwerg aus. »Daran erinnere ich mich nur zu gut. Der alte G. G. war ein ziemlich cleverer Zwerg.«

»Moment mal … Wollen Sie damit sagen« – Michael geriet fast außer sich – »dass G. G. Greenleaf ein Zwerg war? Mein Buch ist von einem echten Zwerg geschrieben worden?!«

»Ob G. G. Greenleaf ein Zwerg war? Hört euch das an! Natürlich war er ein Zwerg. Dieses Buch hier ist die Pflichtlektüre eines jeden Zwergenkindes! Aber wie kommt ein Menschenjunge wie du an dieses Werk?«

»Es gehörte meinem Vater. Er hat es mir hinterlassen. Es ist das Einzige, was ich von ihm habe.« Im Tunnel war es plötzlich sehr still geworden. »Ich kann mich nicht an ihn erinnern. Nicht wirklich. Das Buch ist alles, was mir von ihm geblieben ist.«

Es dauerte eine ganze Weile, ehe der rotbärtige Zwerg wieder sprach. Seine Stimme war freundlich. »Dein Vater muss ein interessanter Mann gewesen sein. Ich fange an zu glauben, dass du doch kein Trottel bist, wie ich anfangs gedacht habe. Noch eine Frage: Was hältst du von Elfen?«

Kate sah, wie sich alle Zwerge vorbeugten und Michael erwartungsvoll anschauten.

»Nun, um ehrlich zu sein«, sagte Michael, »finde ich sie ... ein bisschen kindisch.«

Ein lautes Gebrüll erhob sich unter den Zwergen, und der Rotbart trat zu Michael, gefolgt von sechs oder sieben anderen, und klopfte ihm fest auf die Schulter. »Kindisch ist genau das richtige Wort für diese Brut!«, rief der rotbärtige Zwerg. »Nichts weiter als lächerliche Zirkuspferde sind sie!« Ein paar der Zwerge fingen an, Elfen nachzuäffen, taten so, als ob sie ihre Haare kämmen, ihre Augenbrauen glätten oder ihre Wimpern tuschen würden. Dazu trippelten sie auf Zehenspitzen umher.

Kate fand, dass sich die Zwerge womöglich noch kindischer aufführten als die Elfen.

»Du bist ein guter Junge«, sagte der Zwerg. »Mein Name ist Robbie McLaur und ich biete dir meine Hand. Schlag ein, wir wollen Freunde sein ... Oh, deine Hände sind ja gebunden, richtig. Tja ...«, und er klopfte Michael wieder auf die Schulter.

»Sie werden uns also gehen lassen?«, fragte Kate.

»Oh nein, Mädchen. Das kann ich nicht machen. Weißt du, der König hat eine Anordnung erlassen. Alle, die unser Land unbefugt betreten, müssen gefangen genommen und in den Kerker gesperrt werden, bis er sie selbst befragen kann.«

»Aber«, wandte Michael ein, »wir sind nicht gefährlich. Und wir haben Ihr Land nur betreten, weil wir uns verirrt haben.«

»Vielleicht«, sagte der Zwerg Robbie McLaur. »Vielleicht auch nicht. Ihr sagt, ihr seid an der Hängebrücke gewesen und von dort aus ins Labyrinth geraten. Und ein Labyrinth ist es wahrhaftig, erbaut vor Jahrhunderten von den größten Zwergenarchitekten. Man kann ein Leben lang dort drinnen herumwandern, sogar zehn Leben lang, ohne jemals den Weg hinaus zu finden! Aber ihr zwei geht hinein und kommt ohne Umschweife zu unserer geheimen Pforte. Wisst ihr, wie groß die Wahrscheinlichkeit ist, dass dies rein zufällig geschieht? Ich würde nicht einmal einen Holzscheit darauf wetten. Und trotzdem habt ihr es geschafft. Wie ist das möglich?«

Kate zuckte mit den Schultern. »Wir hatten einfach Glück.«

Der Zwerg wackelte mit dem pummeligen Zeigefinger. »Nein, Mädchen. Du verbirgst etwas.« Kate wollte protestieren, aber er hob die Hand. »Ich mag die Hexe und die Kreischer auch nicht, und ich denke, dass ein Bündnis mit solchen Kreaturen Verrat an unserer eigenen Tradition bedeutet ...«

»Was?!«, schrie Kate auf. »Ein Bündnis? Sie arbeiten für die Hexe? Aber wie ...?«

Der rotbärtige Zwerg hob die Axt und hieb das Heft mit einer solchen Wucht auf den Boden, dass die Steine Risse bekamen. Die Kinder fühlten den Aufprall in ihren Beinen, und die Zwerge, die sich unterhalten hatten, verstummten, während der Donner in den Tunneln verhallte.

»Ich sage das nur einmal«, knurrte Robbie McLaur. »ICH. ARBEITE. NICHT. FÜR. DIE. HEXE.« Seine Augen waren dunkel vor Zorn und einen Moment lang bekam es Kate mit der Angst zu tun. Aber genauso schnell wie sie gekommen war, verschwand seine Wut wieder, und er blickte seufzend zur Seite. »Aber … sie und der König haben … eine Art von Vereinbarung.«

»Er lässt sie graben, stimmt's?«, fiel Michael ein. »Nach … der Sache, die sie sucht. Er lässt sie im Zwergenland graben.«

Robbie McLaur nickte. »Aye.«

»Aber Sie müssen uns gehen lassen!«, beschwor Kate ihn. »Sie wissen, dass es falsch ist.«

Der Zwerg schüttelte den Kopf und senkte seine Stimme, sodass nur Kate und Michael ihn hören konnten. »Nein, Mädchen. Denn obwohl ich strikt gegen die Politik des Königs bin und ihn persönlich für einen Säufer und eine Katastrophe und die größte Schande für das Zwergenvolk seit tausend Jahren halte, sind seine Befehle für mich bindend. Ich werde nicht der erste Zwerg sein, der die Befehle seines Königs missachtet.«

»Aber …«, flehte Kate, »können Sie nicht wenigstens jemanden schicken, der nach unserer Schwester sucht? Wenn diese Salmac-Dingsdas tatsächlich da draußen unterwegs sind, ist sie in großer Gefahr!«

»Da hast du recht. Aber ich kann meine Soldaten nicht zu einer Rettungsaktion für irgendein Kind ausschicken. Was würde passieren, wenn zwei oder drei von ihnen einer Horde Salmac-Tar begegneten? Dann gäbe es Zwergen-Frikassee für diese Monster! Und was sollte ich dann in meinen Bericht schreiben? Tut mir leid, aber eure Schwester muss sich allein durchschlagen.«

Kate war rasend vor Zorn. Heiße Tränen strömten ihr über das Gesicht. »Wie können Sie behaupten, dass die Familie Ihnen wichtig ist? Die Familie ist Ihnen doch völlig egal!«

»Oh nein, Mädchen. Meine nicht.«

Dann steckte er *Alles über Zwerge* zurück in Michaels Tasche, zog seine Kettenhandschuhe an und nickte zwei Zwergen zu, die die Kinder daraufhin auf ihre Schultern wuchteten. Die Truppe marschierte weiter durch den Tunnel und um eine Ecke in eine große Kammer, an deren Ende sich eine eiserne Doppeltür befand. Zwei Zwerge standen daneben Wache. Kate verrenkte sich den Hals, um die Türen zu betrachten. Sie waren mit dem Relief eines sehr gut aussehenden Zwergs mit einem lang fließenden Bart verziert, der im Licht der Fackeln funkelte. Als sie näher kamen, sah Kate, dass das Funkeln von Hunderten von perfekt geschliffenen Diamanten herrührte.

Ohne stehen zu bleiben, rief der rotbärtige Zwerg aus: »Hauptmann Robbie McLaur mit zwei Gefangenen für König Hamish«, und die Wachen schlugen mit den Enden ihrer Speere, die doppelt so groß waren wie sie selbst, auf den Boden, woraufhin die mächtige Doppeltür aufschwang. Kate sah eine weitere Kammer vor sich, und am anderen Ende wiederum eine Doppeltür, die sich von selbst öffnete, und dahinter noch eine und noch eine; alle Türen zeigten das Bild des gut aussehenden Zwergs mit dem Diamantbart, und alle öffneten sich wie durch Zauberhand. Sie und Michael wurden durch eine Kammer nach der anderen getragen, an Zwergen vorbei, die vor Hauptmann Robbie McLaur salutierten. Und jede Tür fiel hinter ihnen wieder zu und wurde verriegelt. Als die Truppe durch die letzte Tür getreten war, sah Kate, dass sie vor einer breiten Steinbrücke standen, die von riesigen Statuen wild aussehender, axtschwingender Zwerge bewacht wurde. Die Brücke führte über einen mächtigen Abgrund, und von unten schien gleißend helles Licht, das alles um sie herum in grelles Weiß badete.

»Hauptmann!«, rief Michael leicht atemlos, weil er auf

den Schultern seines Trägers durchgeschüttelt wurde. »Woher kommt das Licht?«

»Vom Palast des Königs«, antwortete der Zwerg. »Das gesamte Dach ist mit Diamanten besetzt. Sein eigener Entwurf, darf ich betonen.« Er sagte das, als ob er nicht viel von diamantenbesetzten Dächern hielte. »Ihr seht es von Nahem, wenn er euch befragt. Ich denke, das wird so in etwa fünfzig Jahren sein.«

»Was?!«, schrie Kate auf.

»Zwerge leben Hunderte von Jahren«, erklärte Michael. »Sie denken in anderen Dimensionen als wir.«

»Na toll«, sagte Kate. »Das ist einfach toll.«

Am anderen Ende der Brücke betraten sie erneut einen Tunnel und wurden dann eine schier endlose, steile Treppe hinuntergetragen. Kate wurde auf der mit einem Kettenhemd bekleideten Schulter ihres Trägers tüchtig durchgerüttelt und fühlte jede einzelne Stufe, bis sie endlich einen steinernen Gang erreichten, der von Fackeln erleuchtet wurde, die entlang der Wände befestigt waren. Die Zwerge, an denen sie vorbeikamen, waren anders als die fröhliche Truppe von Hauptmann Robbie McLaur. Sie trugen Umhänge mit Kapuzen, die ihre Gesichter verbargen, und fast alle starrten zu Boden. Selbst Robbie McLaurs Zwergen schien der Umgang mit ihnen unangenehm.

»Wärter«, hörte Kate Robbie McLaurs Stimme. »Ich habe hier zwei Landstreicher, Gefangene des Königs.«

»Zelle 198 ist frei«, erwiderte der Wächter. »Der Insasse verstarb heute Morgen. Oder vielleicht auch schon letzte Woche. Uns ist eben erst der Geruch aufgefallen.«

»Hm, der Leichnam ist wohl noch drin, was?«

»Aye. Aber ich kann ihn in den nächsten Tagen wegbringen lassen. Ich glaube nicht, dass sich unsere neuen Gefangenen daran stören werden«, sagte der Wächter und kicherte höhnisch.

Kate warf Michael einen Blick zu. Wenn sie erst allein waren, würde sie ihm unmissverständlich klarmachen, was genau sie von Zwergen hielt.

»Und warum nicht in Zelle 47?«, fragte Robbie McLaur.

»In Zelle 47 sitzt schon jemand. Jemand, der ziemlich gefährlich ist. Die neuen Gefangenen sehen mir recht zart aus.«

»Nein, ich bestehe auf Zelle 47, Wächter. Ja, ja, das ist genau die richtige. Wenn der Bursche da drin sie ein wenig einschüchtert, umso besser. Dann werden sie beim Verhör recht zahm sein.«

»Selbstverständlich, Hauptmann. Hier entlang.«

Kate hörte, wie sich ein Schlüssel im Schloss drehte, und dann wurden sie und Michael durch eine niedrige Tür getragen, an Robbie McLaur vorbei, der sich über einen Tisch gebeugt hatte und ein wichtig aussehendes Dokument unterzeichnete.

»Hauptmann, bitte!«, rief Kate. »Wir nehmen Zelle 198! Bitte!« Aber Robbie McLaur schaute nicht auf und dann waren sie drin und die Tür wurde hinter ihnen zugeschlagen.

Der Wächter lotste sie durch einen feuchten, schwach beleuchteten Korridor. Rechts und links führten Eisentüren ab; Kate und Michael hörten Hämmern und Kratzen und Knurren aus den Zellen dringen. Sie stiegen eine Treppe hinunter, bogen um eine Ecke, nahmen dann noch eine Treppe, gingen durch einen noch schmaleren Korridor, und blieben endlich stehen.

»Hier«, sagte der Wächter. »Zelle 47.«

Die beiden Zwerge setzten Kate und Michael auf dem Boden ab und lösten die Seile, mit denen ihre Hände und Füße gefesselt waren. Der Wächter hieb mit einer Keule gegen die Tür.

»Du da drin! Bleib zurück und mach keine Mätzchen! Ich bringe zwei Neue rein!«

Der Wächter wartete, bekam aber nur Stille als Antwort. Er steckte den Schlüssel ins Schloss, drehte ihn schnell um, drückte die Tür auf und zischte »Jetzt!«, woraufhin die beiden Zwerge Kate und Michael in die Zelle stießen und die Tür hinter ihnen in Windeseile zugeschlagen wurde. Kate hörte, wie sie wieder verschlossen und verriegelt wurde.

Alles war still und vollkommen dunkel.

Sie waren auf einem Steinboden gelandet, der spärlich mit Stroh ausgelegt war. Kate streckte die Hand aus und tastete nach Michaels Arm.

»Michael«, flüsterte sie. »Geht es dir gut?«

»Hm-hm. Ich glaube schon.«

So leise wie möglich standen die beiden auf. Kate starrte in die Dunkelheit. Es war noch etwas hier drin. Etwas Gefährliches, hatte der Wächter gesagt. Aber was? Konnte es sie sehen?

»Was sollen wir machen?«, zischte Michael und Kate hörte die Panik in seiner Stimme.

Ein Geräusch erklang. Es hörte sich an, als ob jemand – oder etwas – sich erhob.

»Kommen Sie nicht näher!«, schrie Kate. »Ich warne Sie! Bleiben Sie, wo Sie sind!«

Aber was immer – oder wer immer – es war, kam doch näher. Sie hörten langsame Schritte über das Stroh schaben. Kate und Michael wichen zurück, bis sie mit dem Rücken an dem kalten Metall der Tür standen.

»Ich sagte, stehen bleiben! Oder ich … ich …«

Bevor Kate noch über eine glaubwürdige Drohung nachdenken konnte, sprach ihr Mitgefangener.

»Schauen wir doch einmal, was wir hier haben.«

Kate erstarrte. Diese Stimme … Woher kannte sie diese Stimme?

Eine Flamme durchstieß die Dunkelheit und die Gestalt eines Mannes schälte sich aus den Schatten. Zunächst dachte Kate, er hätte eine Laterne in der Hand. Doch dann, als er näher kam, sah sie, dass er die Flamme auf der bloßen Hand trug. Aber das war nicht der Grund, warum sie entgeistert aufkeuchte. Es war sein Gesicht.

»Hallo«, sagte Dr. Stanislaus Pym. »Wer seid denn ihr?«

KAPITEL 12

Das Abendfrühstück

Das Kind war so leicht wie eine Feder. Ganz behutsam legte Gabriel es auf den Boden der ersten Kammer, sodass es auf der Seite zu liegen kam. Das T-Shirt war vorne und hinten mit Blut durchtränkt.

»Gabriel …«

»Schließe deine Augen.«

Emma gehorchte und Gabriel packte das gefiederte Ende des Pfeils. Vielleicht zum ersten Mal in seinem Leben zitterten ihm die Hände. Er brach den Pfeil mit einem scharfen Knacken ab. Emma wimmerte, aber sie hielt die Augen geschlossen. Er tat das Gleiche mit der Pfeilspitze, die ihr aus dem Rücken ragte. Diesmal entschlüpfte ein leiser, zitternder Schrei Emmas Lippen. Ihre Hände waren wie zum Gebet ineinander verschränkt und Tränen sammelten sich in ihren Augenwinkeln. Gabriel hatte beschlossen, den blutbesudelten Pfeilschaft in ihrem Körper zu belassen. Er ragte nur noch jeweils ein kleines Stück aus

Bauch und Rücken und sorgte wenigstens dafür, dass sich die Blutung in Grenzen hielt. Das Gift allerdings hatte schon seinen Weg in Emmas Blut gefunden. Gabriel hob das Mädchen auf und wandte sich der zweiten Bogenöffnung von links zu. Er ging so schnell, wie er es wagte.

»Michael und Kate sind nicht zurückgekommen«, sagte Emma mit schwacher, zitternder Stimme, die gegen seine Brust gedämpft klang. »Ich dachte … ich dachte, sie würden mir zuliebe zurückkommen.«

»Du solltest nicht sprechen. Du brauchst deine ganze Kraft.«

Die Zeit war ihr größter Feind. Er wusste, dass er sie so schnell wie möglich aus dem Berg schaffen und in sein Dorf bringen musste. Granny Peet, die weise Frau des Stammes, konnte sie heilen. Aber würde Emma so lange überleben? Und was war mit ihm? Das gleiche Gift, mit dem der Pfeil präpariert war, hatte auch an den Schwertern der Kreischer geklebt. Gabriel hatte ein halbes Dutzend Wunden auf den Armen und einen langen Schnitt an seiner Seite. Er fühlte das Gift wie Eis in seinem Blut dem Herzen zuströmen.

Und wo waren die beiden anderen Kinder? Waren sie durch das Labyrinth gegangen, in der Annahme, dass Emma hinter ihnen war? Früher oder später hätten sie ihren Irrtum bemerkt und wären umgekehrt. Aber Kammern und Tunnel waren leer; nichts rührte sich, und Gabriel wurde klar, dass die Chancen, Kate und Michael wiederzufinden, immer geringer wurden. Hatten sie sich verlaufen? Oder hatte irgendjemand – oder etwas – sie aufgespürt? Diese Tunnel mochten leer wirken, aber es gab Leben in ihnen …

Gabriel schaute zu Emma hinunter. Ihre Augen waren geschlossen und sie atmete flach und schnell. Kleine Schweißperlen glänzten auf ihrem Gesicht. Sie würde es nicht bis ins Dorf schaffen. In einer der unzähligen Kammern blieb er stehen und legte sie ab. Es gefiel ihm gar nicht, dass er hier haltmachen musste, aber er hatte keine andere Wahl. Er zog ihr vorsichtig das T-Shirt hoch, um die Wunde freizulegen. Das Gift hatte sich ausgebreitet. Von der Wunde aus verliefen schwarze Linien sternförmig in alle Richtungen. Auf der bleichen Haut sahen sie aus wie eine große schwarze Spinne, die ihre Beine ausstreckte.

Er nahm einen kleinen Lederbeutel zur Hand und schüttete den Inhalt aus: verschiedene Arten von Blättern, eine knorrige Wurzel, ein Fläschchen mit einer gelblichen Flüssigkeit. Er legte den Beutel flach auf den Boden und zerkrümelte die Blätter darauf. Sie waren staubtrocken und zerfielen zu einem feinen Pulver.

»Was machen Sie da?« Emma hatte die Augen geöffnet.

»Ich muss deine Wunde behandeln. Der Pfeil war vergiftet.«

Mit seinem Messer schnitt Gabriel von der Wurzel zwei dünne Scheiben ab und zerkleinerte sie zu winzigen Stückchen, die er unter die gemahlenen Blätter mischte. Dann zog er den Stopfen aus dem Hals des Fläschchens und ließ vorsichtig drei Tropfen auf die Mischung fallen. Wurzeln und Blätter zischten und rauchten. Mit der Messerklinge zerdrückte Gabriel alles zu einem bräunlichen Brei.

»Sie haben sich wegen mir verlaufen, nicht wahr, Gabriel?« Ihre Stimme war nur noch ein Flüstern. »Ich hätte nicht weglaufen dürfen. Sie haben gemerkt, dass ich nicht mehr da war, und sind zurückgegangen, um mich zu suchen. Dabei haben sie sich verirrt. So war es doch, oder? Es ist alles meine Schuld. Sie müssen sie finden, Gabriel. Sie dürfen sich nicht um mich kümmern, sondern müssen sie suchen.«

»Ich werde sie suchen und ich werde sie finden, und wenn ich alle Frauen und Männer meines Dorfes mitbringen müsste.« Er tauchte den Finger in den braunen Brei. Er roch warm und torfig und klebte an seinem Finger. »Aber erst muss ich für dich sorgen.«

»Nein ...«

»Keine Widerrede.«

Gabriel strich die Paste auf die Wunde auf Emmas Bauch, und Emma hielt den Atem an, um nicht aufzuschreien. Wo der Brei die Wundränder berührte, warf er Blasen und zischte. Emma glaubte, er würde geradewegs durch ihre Haut brennen.

Nach einer Weile, als sie ihre Stimme wieder in ihrer Gewalt hatte, sagte sie: »Ich werde sterben, nicht wahr?«

»Dies hier wird die Ausbreitung des Giftes verlangsamen«, sagte er und verteilte den Rest der Paste auf der Wunde auf ihrem Rücken.

»Schon gut.« Es brannte immer noch, aber der Schmerz schien von weit her zu kommen, als ob sie sich von ihrem Körper gelöst hätte. »Ich habe keine Angst. Aber würden Sie bitte Kate und Michael sagen, dass es mir leidtut? Dass ich weggelaufen bin, meine ich. Und sagen Sie Michael, dass das, was er gemacht hat, in Ordnung war. Vermutlich hätte ich das Gleiche getan. Und sagen Sie ihnen, dass ich sie lieb habe. Das ist das Wichtigste; das müssen Sie unbedingt sagen.«

Gabriel verteilte noch den letzten Rest der Blätter-Wurzel-Mischung um die Wunde. Er hatte getan, was er konnte. Jetzt hing Emmas Überleben von ihrer eigenen Kraft ab – und davon, wie schnell er sie ins Dorf bringen konnte.

Er nahm sich einen Moment, um sie zu betrachten, wie sie da im Licht der Lampe vor ihm lag. Er war immer ein Einzelgänger gewesen. Aber mit diesem Kind fühlte er sich auf eine Art und Weise verbunden, wie er es noch nie bei irgendeinem Lebewesen empfunden hatte. Sanft legte er seine große Hand auf ihren Kopf. Sie hatte die Augen geschlossen. Trotz seiner Medizin entglitt sie ihm.

»Du hast ein großes Herz.« Er strich ihr das Haar aus der schweißnassen Stirn. »Du wirst heute nicht sterben.«

Und dann hörte er es. *Klick-klick*. Er schaute zu einer der Bogenöffnungen. Obwohl er nur Dunkelheit sah, wusste er, dass etwas da war. Gabriel kannte das Geräusch: Krallen auf Stein.

Er warf einen Blick auf Emma. Sie war bewusstlos. Ein Glück.

Er stand auf. Die Beine zitterten ihm von dem Gift, das durch seinen Körper pulsierte. Er nahm die Machete vom Rücken.

Eine Flucht war aussichtslos. Die Kreatur war schon zu nah.

Er stand da, der Bogenöffnung zugewandt, und wartete darauf, dass sie aus dem Schatten trat.

»Ich leite also ein Waisenhaus! Erstaunlich! Was für Überraschungen das Leben doch für einen bereithält!«

Kate und Michael saßen Dr. Pym gegenüber auf einem Strohhaufen. Die Flamme, die Dr. Pym zwischen ihnen auf dem Steinboden der Zelle abgestellt hatte, war zu einem fröhlich knisternden kleinen Feuer angewachsen.

»Na ja, um ehrlich zu sein«, sagte Michael, »ist es ein ziemlich jämmerliches Waisenhaus.«

»Michael!«

»Aber es stimmt doch: In welchem Waisenhaus gibt es nur drei Kinder?«

»Er hat recht«, sagte Dr. Pym. »Wie es aussieht, habe ich die

Sache nicht richtig angepackt. Besser gesagt: werde ich die Sache nicht richtig anpacken. In etwa fünfzehn Jahren, wenn ich es richtig verstanden habe.«

Als der alte Zauberer aus der Dunkelheit getreten war, hatte Kate ihn nur verblüfft anstarren können. Sie hatte keinen Zweifel, dass es Dr. Pym war. Dies war keine ihrer Visionen. Aber was machte der Leiter des Waisenhauses in einem Verlies der Zwerge? Sie blieb stehen, wo sie war, mit dem Rücken gegen die Tür. »Dr. Pym? Was … was machen Sie denn hier?«

Michael keuchte auf. »Das ist Dr. Pym? *Der* Dr. Pym?«

»Hallo«, sagte der Zauberer und lächelte sie über die auf seiner Handfläche tanzende Flamme an.

Kate musste sich an der Wand abstützen, um nicht umzufallen. Sie hatte das gleiche Gefühl wie damals in der Bibliothek, als sie den Mann kennengelernt hatte. Wie er da im Schatten stand, rührte er an etwas, das tief in ihrem Gedächtnis vergraben war.

»Sie sind Dr. Pym?«, fragte Michael.

»Der bin ich. Und wer bist du?«

»Das ist Michael«, sagte Kate. »Unser Bruder. Er war an dem Tag, an dem Sie Emma und mich kennenlernten, nicht da.« Kate gab sich alle Mühe, ruhig zu bleiben. Sie musste einen klaren Kopf bewahren. Emma war in Gefahr. Sie brauchten Hilfe, wenn sie sie wiederfinden wollten. Aber konnten sie Dr. Pym vertrauen? Nachdem der erste Schock verflogen war, kehrte ihr Misstrauen gegen den alten Zauberer zurück.

Er betrachtete sie: »Und wer bist du, meine Liebe?«

Kate konnte nur ein schwaches »W… was?« hervorbringen.

»Ich fragte, wer du bist. Ich freue mich immer, neue Bekanntschaften zu schließen. Aber deinen Worten entnehme ich, dass du mich bereits kennst.«

»Aber ja! Wissen Sie es nicht mehr? Wir haben uns …« Die Worte erstarben auf Kates Lippen, als ihr klar wurde, dass sie und Emma den Zauberer erst in fünfzehn Jahren kennenlernen würden. Der Mann, der da in einem Tweedanzug vor ihr stand – zweifellos demselben Anzug, den er noch anderthalb Jahrzehnte später tragen würde –, hatte keine Ahnung, wer sie war. Sie kam sich dumm und lächerlich vor. »Ich meine, wir werden uns kennenlernen … Es ist irgendwie kompliziert …«

»Der Grund, warum Sie mich nicht kennen«, fiel Michael ein, »ist der, dass ich bereits in der Vergangenheit gefangen war.«

»Ich verstehe«, sagte Dr. Pym. Dann schüttelte er den Kopf. »Nein, eigentlich verstehe ich gar nichts. Ich glaube, ihr solltet besser näher treten und mir die ganze Sache erklären.«

Er führte sie weiter in das Verlies hinein, das etwa so groß war wie ein bequemes Wohnzimmer, allerdings eins, das ganz aus Stein und Eisen gemacht war, ohne Fenster und nur mit Stroh als Möblierung. Dr. Pym schob das Stroh zu einem Haufen zusammen und forderte Kate und Michael auf, darauf Platz zu nehmen. Dann setzte er die Flamme auf dem Boden ab, blies sie leicht an, und schon flackerte ein Feuer auf. Dr. Pym setzte sich im Schneidersitz auf einen zweiten, kleineren Strohhaufen, wobei er Mühe hatte, seine langen Beine unter den Körper zu schieben, und zog eine Pfeife aus der Innentasche seiner Jacke.

»Also«, sagte er und fing an, die Pfeife zu stopfen, »fangt am besten ganz am Anfang an.«

»Moment …« Kate hatte beschlossen, ihn um Hilfe zu bitten. Was für eine andere Möglichkeit blieb ihnen denn? Sie hatte keine Ahnung, wo sie Emma suchen sollte. »Wir werden Ihnen alles erzählen. Aber zuerst …«

»Ja richtig. Du hast völlig recht: Wir müssen uns erst bekannt machen. Ich bin Stanislaus Pym. Aber das wisst ihr ja schon. Und dein Name ist Kate, nicht wahr? Ist das die Abkürzung für Katherine?«

»Ja, aber ...«

»Katherine und wie weiter?«

»P. Katherine P. Und das ist Michael. Aber ...«

»P? Ihr meint, nur dieser eine Buchstabe? Das ist ungewöhnlich.«

»Wir kennen unseren Nachnamen nicht. Hören Sie, ich sagte doch, dass wir Ihnen alles erzählen werden. Aber erst müssen Sie uns helfen, unsere Schwester Emma zu finden. Sie ist möglicherweise in schrecklicher Gefahr!«

»Sie ist weggerannt, um Gabriel zu helfen«, sagte Michael. »Obwohl Kate es ihr verboten hatte. Aber sie macht eigentlich nie das, was man ihr sagt.«

»Michael, bitte!«

»Entschuldige«, murmelte Michael. »Aber ich habe doch recht ...«

»Also ist eure Schwester bei Gabriel, richtig?«

»Sie kennen ihn?« Kate war verblüfft.

»Aber sicher«, sagte Dr. Pym. »Und wenn das stimmt, dann müsst ihr euch keine Sorgen machen. Gabriel ist eines der fähigsten Geschöpfe, die ich kenne.«

»Aber wir wissen gar nicht mit Sicherheit, ob sie bei Gabriel ist. Können Sie nicht irgendeinen Zauberspruch sagen ...«

»Katherine, zunächst einmal funktioniert Magie nicht auf diese Weise. Man sagt nicht einfach ›Hokuspokus‹ und bekommt, was man will. Na ja, manchmal schon, aber nicht in diesem Fall. Und zweitens darf ich euch versichern, dass ich, während ich hier mit euch zusammensitze, bereits versuche, eure Schwester zu lokalisieren.«

»Ach tatsächlich?« Kate konnte die Skepsis nicht aus ihrer Stimme verbannen.

»Oh ja.«

»Aber … Sie sitzen doch bloß da«, sagte Michael, »und kauen auf Ihrer Pfeife.«

»Ja.« Dr. Pym lächelte. »Erstaunlich, nicht wahr? Aber jetzt brenne ich darauf, eure Geschichte zu hören. Ich verspreche euch, dass alles, was ihr mir erzählt, mir ein klareres Bild von eurer Schwester vermittelt. Und das wird mir dabei helfen, sie ausfindig zu machen.«

Kate gab nach. Sie hatte ja keine andere Wahl. Und sie fing an zu erzählen, wenn auch in einer etwas verkürzten Form – denn er würde die Geschichte in fünfzehn Jahren ja noch einmal hören, und dann ganz ausführlich: das Verschwinden ihrer Eltern, die Odyssee von einem Waisenhaus zum anderen, ihre Ankunft in Cambridge Falls, Abrahams Behauptung, Dr. Pym sei ein Zauberer …

»Herrje, was für ein geschwätziger Kerl dieser Abraham doch ist«, sagte Dr. Pym.

… das Buch in dem unterirdischen Raum …

»Ist das Ihr Arbeitszimmer?«, fragte Michael.

Dr. Pym zuckte mit den Schultern. »Keine Ahnung. Das Haus gehört mir ja noch gar nicht. Ist es hübsch dort?«

»Ein bisschen unheimlich«, sagte Michael.

»Oh«, sagte Dr. Pym ein wenig enttäuscht. Doch dann bedeutete er ihnen mit einer Handbewegung, fortzufahren.

… und wie sie mit dem Buch in die Vergangenheit gereist waren und die Gräfin kennengelernt hatten. Wie Michael in der

Vergangenheit stecken geblieben und Kate und Emma zurückgekehrt waren, um ihn zu retten …

»Sehr mutig«, sagte Dr. Pym anerkennend. »Sehr edelmütig.«

… wie das Buch unter den Händen der Gräfin verschwand und sie den gefangenen Kindern begegneten, denen Kate Hilfe versprach, wie sie von den Wölfen verfolgt wurden und Gabriel sie durch die Tunnel führte, wie sie von Emma getrennt und von Hauptmann Robbie McLaur und seinen Zwergen gefangen genommen wurden.

»Na so was«, sagte Dr. Pym. »Das war ja wirklich ein Abenteuer. Kein Wunder, dass ihr so müde ausseht.«

»Hören Sie«, sagte Kate, deren Ungeduld die Oberhand über ihre Höflichkeit gewann. »Ich weiß ja, dass Sie ein Zauberer sind und vermutlich ganz genau wissen, was Sie tun, aber vielleicht sollten Sie einen anderen Spruch ausprobieren, denn es ist ja nicht zu übersehen, dass Emma nicht hier ist …«

»Meine Liebe, ich tue, was ich kann«, gab Dr. Pym zurück und zog die buschigen weißen Augenbrauen hoch. »Aber meine Kräfte sind im Augenblick etwas eingeschränkt.«

»Was soll das heißen? Sie können doch zaubern!«

»Nicht ganz – ich kann ein wenig zaubern. Diese Zelle …«

»Es ist das Eisen, stimmt's?«, rief Michael aus. »Das Zwergeneisen in den Wänden!«

»Aha!«, sagte Dr. Pym bewundernd. »Ich merke schon, du kennst dich mit Zwergen aus.«

»Ich halte Zwerge für die edelsten und …«

»Ja, Michael, das wissen wir. Dr. Pym, warum ist es von Bedeutung, dass Eisen in den Wänden ist?«

»Zwerge sind zwar selbst keine Magier, aber sie sind magische

Geschöpfe. Alles, was sie erbauen, ist von Magie durchdrungen. Je größer die Baukunst, desto stärker sind die magischen Eigenschaften des Gegenstands oder Bauwerks. Und was die Arbeit mit Eisen betrifft, sind Zwerge unübertroffen. Wenn sie also eine Zelle wie diese hier errichten, so ist das Eisen auf eine besondere Art und Weise eingearbeitet, die nur dazu dient, die Kräfte von Wesen wie mir einzudämmen.«

Kate wollte schon etwas sagen, was sie möglicherweise später bereut hätte – etwa: »Wozu sind dann Ihre Zauberkräfte überhaupt gut?« –, als sich die Zellentür öffnete und vier Zwerge eintraten. Einer trug einen kurzbeinigen viereckigen Tisch. Die anderen drei balancierten Tabletts, auf denen sich Teller und Platten mit dampfenden Köstlichkeiten stapelten.

»Ah!«, sagte Dr. Pym. »Abendessen.«

Aber es war kein Abendessen. Die Zwerge richteten gebutterte Pfannkuchen an, fetttriefenden, knusprig gebratenen Speck, dicke, cremige Fleischpasteten, Gläser mit Marmelade, Gelee und Honig, einen Stapel goldbrauner Toastscheiben, Schalen mit Müsli, schneeweißen Frischkäse, eine Pyramide aus runden, mit Marmelade gefüllten Donuts und schließlich einen Krug mit heißem Apfelsaft.

»Zwerge«, sagte Dr. Pym, »haben eine Vorliebe für Frühstück zum Abendessen, und ich muss sagen, dass ich mich daran gewöhnt habe. Besten Dank, meine Freunde.«

Die Zwerge, die das Essen hereingebracht hatten, verbeugten sich tief, wobei ihre Bärte auf dem Boden schleiften. Dann verließen sie die Zelle und schlossen die Tür ab.

»Jetzt kommt, ihr beiden. Ich weiß, dass ihr euch Sorgen um eure Schwester macht, aber ihr müsst bei Kräften bleiben. Müde und ausgelaugt nutzt ihr niemandem etwas. Und ich habe euch ein paar Dinge zu erzählen, die euch vermutlich interessieren werden. Also: Haut rein, ehe es kalt wird!«

Er beugte sich vor und schnitt sich ein dickes Stück von einer mit Schinken, Ei und Käse gefüllten Pastete ab. Michael schaute zu Kate. Sie nickte. Und so ließen sich die Geschwister am Tisch nieder und machten sich über das Essen her.

»Zunächst einmal möchte ich euch eine Frage stellen.« Dr. Pym verspeiste gerade einen Donut und versuchte – relativ erfolglos – zu vermeiden, dass ihm die Füllung auf den Anzug tropfte. »Gehe ich recht in der Annahme, dass auch ihr nach dem Buch sucht?«

»Ja«, sagte Kate, die sich einem Stapel Blaubeerpfannkuchen widmete. »Nur so können wir wieder nach Hause kommen. Aber wir haben keine Idee, wo sich das Buch befindet.«

»Tja …« Der alte Zauberer steckte sich das letzte Stück Donut in den Mund, wobei ein großer Klecks Marmelade unbeachtet auf seiner Krawatte landete. »Dann ist es ja gut, dass ich es weiß.«

Kate und Michael erstarrten.

Es dauerte eine Weile, bis Kate ihre Sprache wiederfand: »W… was?«

»Dann ist es ja gut, dass ich weiß, wo es ist«, wiederholte Dr. Pym. Er durchwühlte gerade einen Haufen Zimtschnecken nach der größten. »Aha, hab ich dich!« Er zog ein besonders reich gezuckertes goldfarbenes Gebäckstück heraus und bewunderte es ausgiebig.

Dann erzählte er den Geschwistern, dass das Buch unter der toten Stadt versteckt sei.

Und was war die tote Stadt?

Die tote Stadt, erklärte Dr. Pym, der die Zimtschnecke rundherum abfutterte wie eine Lakritzstange, war die alte Hauptstadt des Zwergenlandes. Sie war vor etwa fünfhundert Jahren aufgegeben worden, nachdem sie durch ein Erdbeben zerstört worden war.

»Ist alles in Ordnung, meine Liebe? Bekommen dir die Pfannkuchen nicht?«

»Mir geht's gut.« Kates Stimme klang gepresst. Sie erinnerte sich an ihren Traum von letzter Nacht, an die Stadt im Berg, wie die Erde aufgebrochen war, um sie zu verschlingen. War es dieselbe Stadt? Es musste so sein!

»Wie auch immer.« Dr. Pym leckte sich die Finger ab. »Das Buch liegt in einem Gewölbe unter den Ruinen.«

Kate spürte einen kalten Schauer auf ihrem Rücken. Warum hatte sie diese Visionen? Sie musste an die Worte der Gräfin denken, die behauptet hatte, das Buch hätte sie gezeichnet.

»Weiß … weiß die Gräfin darüber Bescheid?«

»Nun, sie weiß ganz offensichtlich irgendetwas, denn sie lässt die Männer von Cambridge Falls immerhin schon seit zwei Jahren dort graben.«

»Ahewohewihenhiehahon?«, fragte Michael mit dem ganzen Mund voller Bananenpfannkuchen.

»Eine gute Frage«, sagte Dr. Pym. »Ich sollte wohl etwas weiter ausholen.«

Er fegte sich Krümel von seiner Jacke, die wie ein goldener Regenschauer zu Boden fielen, nahm einen Donut und begann …

Wie die Kinder bereits wussten, gab es einstmals drei mächtige magische Bücher, die sogenannten *Chroniken vom Anbeginn*. Dr. Pym hielt es nicht für nötig, im Augenblick auf die verschiedenen Eigenschaften der Bücher einzugehen. Er erläuterte lediglich, dass vor 2500 Jahren zwei der Bücher verschwanden, nachdem die Stadt Rhakotis der Armee von Alexander dem Großen in die Hände gefallen war. Das dritte jedoch wurde von einem sehr klugen, sehr gut aussehenden Zauberer aus der Stadt geschmuggelt. Merkwürdigerweise ließ sich Dr. Pym ausführlich über das vorteilhafte Aussehen dieses Zauberers aus; es schien irgendeine Bedeutung für die Geschichte zu haben.

Jahrelang war der junge Zauberer unterwegs, schaffte das Buch von einem Versteck ins nächste. Er wusste, dass viele dunkle Mächte hinter der Magie des Buches her waren, die sie für üble und zerstörerische Zwecke missbrauchen wollten. Schließlich, nach etwa tausend Jahren, brachte der nicht mehr ganz so junge Zauberer das Buch übers Meer, bestieg diesen Berg und schloss mit dem Zwergenkönig einen Pakt. Der Zwergenkönig erklärte sich bereit, das Buch zu verbergen.

Wieder fühlte Kate Erkennen in sich aufsteigen. Dies war genau die Vision, die sie durch das Labyrinth geführt hatte. Wollte ihr das Buch Hinweise geben? War es darauf aus, von ihr gefunden zu werden?

»Isst du diese Waffel?«, raunte ihr Michael zu. »Da sind Schokoladenstückchen drin …«

Kate schob ihm die Waffel zu.

Der Zwergenkönig befahl seinen fähigsten Steinmetzen, ein Gewölbe tief unter der Stadt aus dem Fels zu hauen. Dort hinein wurde das Buch gelegt. Tausend weitere Jahre blieb alles ruhig. Dann erbebte die Erde, und das Beben zerstörte nicht nur die Stadt, sondern kostete auch einem Großteil der Bevölkerung das Leben, einschließlich denen, die von der Existenz des Buches wussten. Und so blieb es unter den Ruinen begraben und geriet in Vergessenheit, als die Zwerge weiter südlich eine neue Hauptstadt errichteten.

»Woher ich selbst von der Existenz des Buches und seinem Versteck weiß, ist nicht wichtig …«

»Aber woher wissen Sie's?«, fragte Michael. Dies war genau die Art von Information, die seinen Forscherdrang erregte.

»Mein Junge, ich sagte, das ist nicht wichtig.«

»Ich wette, Sie haben ein altes Manuskript in einer Bibliothek gefunden. Aber es lag ganz hinten in einem Haufen anderer Manuskripte und jahrelang hat niemand mehr einen Blick darauf geworfen. Dann haben Sie es entdeckt und erkannt, dass es das Tagebuch des jungen Zauberers war und …«

»Nein, so war es nicht.«

»Oh! Dann haben Ihnen die Bäume davon erzählt, nicht wahr? Die alten Eichen. Die waren damals vermutlich selbst erst junge Setzlinge, aber sie sahen, wie der junge Zauberer das Buch in die Berge brachte, und Sie haben sie verzaubert, damit sie Ihnen verraten …«

»Sei nicht albern. Niemand kann Bäume zum Sprechen bringen. Zumindest keine Eichen. Sie sind entsetzlich dumm.«

»Dann war es bestimmt so, dass …«

»Sie waren der Zauberer!«, rief Kate aus.

»Das ist doch Blödsinn«, sagte Michael. »Dann müsste er ja über zweitausend …«

Aber er verstummte, denn Dr. Pym lächelte Kate an. »Wie hast du es erraten, meine Liebe?«

Kate überlegte, ob sie die Wahrheit sagen sollte, dass sie plötzlich Dr. Pym in dem Mann mit dem kastanienbraunen Haar erkannt hatte, der in ihrer Vision das Buch dem Zwergenkönig übergeben hatte. Damals war er natürlich viel, viel jünger gewesen. Aber wenn sie ihm das sagte, würde Dr. Pym anfangen, Fragen zu stellen; er würde alles über ihre Visionen erfahren wollen.

Sie zuckte mit den Schultern. »Nur so eine Vermutung.«

Dr. Pym schaute sie an, ließ es aber dabei bewenden und sprach weiter.

Er erzählte, wie er anfangs alle paar Jahre hierher zurückgekehrt war. Aber die Zeit verging, und niemand erwähnte das Buch, erst recht nicht mehr nach dem Erdbeben. Er war der Einzige, der noch wusste, wo das Buch zu finden war. Seine Besuche wurden seltener. Das letzte Mal war er vor fünf oder sechs Jahren hier gewesen. Damals hatte er auch Gabriel kennengelernt und zu seinem Schrecken erfahren, dass man sich Geschichten über einen Gegenstand von großer Macht erzählte, der angeblich in den Bergen vergraben sein sollte. Es war, als ob diejenigen, die hier lebten, die Anwesenheit des Buches spürten. Dr. Pym wusste, dass diese Gerüchte früher oder später den falschen Personen zu Ohren kommen würden, und er begann, sich nach einem neuen Versteck umzusehen.

Er suchte den ganzen Erdball ab, verwarf eine unterseeische Höhle hier, eine Bergfestung da. Er war gerade am Amazonas und begutachtete ein Höhlensystem, als ihn die Nachricht von der Ankunft der Gräfin erreichte. Er machte sich umgehend auf den Weg hierher. Aber als er hier ankam, musste er feststellen, dass die Gräfin schon zwei Jahre lang am Werk war. Die Männer von Cambridge Falls hatten, von Peitschen und Knüppeln angetrieben, ein Tunnelsystem unter der toten Stadt aus dem Fels gehauen. Obwohl sie das Gewölbe mit dem Buch noch nicht entdeckt hatten, wusste Dr. Pym, dass dieser Tag nicht mehr fern war. Das Buch musste sofort in Sicherheit gebracht werden.

»Was ist mit den Männern?«, wollte Kate aufgebracht wissen.

»Und mit den Kindern? Warum haben Sie die nicht zuerst befreit?«

»Katherine, deine Gefühle ehren dich, aber die Sicherheit des Buches hat absolute Priorität. Wenn es in die Hände der Gräfin fiele, stünden viel mehr Leben auf dem Spiel.«

Kate legte das Brötchen, an dem sie geknabbert hatte, wieder auf den Tisch. Ihre Hände zitterten vor Wut. Wenn sie dafür sorgen könnte, dass auch nur ein einziges Kind wieder zu seiner Familie kam, würde sie der Gräfin das Buch überlassen, selbst wenn das bedeuten würde, dass sie, Michael und Emma in der Vergangenheit bleiben müssten.

Die Frage, so Dr. Pym weiter, war, wie er an das Buch gelangen sollte. Die Soldaten der Gräfin hatten in der toten Stadt ein Gefangenenlager errichtet. An den Wachen vorbeizukommen, würde nicht einfach werden. Aber noch schwieriger war der Weg zu dem Gewölbe selbst. Das Erdbeben hatte den Gang dorthin unpassierbar gemacht.

»Aber ich wette, es gibt noch einen Geheimgang, nicht wahr?«, sagte Michael.

»Was bist du doch für ein kluger Junge!«, strahlte Dr. Pym. »Gut, dass du nicht für die Gräfin arbeitest; ansonsten wären wir das Buch wohl schon los.«

»Oh, ich würde niemals für sie arbeiten«, erklärte Michael großspurig, doch nach einem Blick zu Kate murmelte er: »Ich meine … nie mehr.«

Dr. Pym erklärte, dass der Zwergenkönig eine Art Hintertür hatte konstruieren lassen, für den Notfall. Und genau ein solcher Notfall war jetzt eingetreten.

»Brave Zwerge«, grinste Michael. »Immer einen Schritt voraus.«

Zu dem geheimen Eingang gelangte man durch eine Höhle weit unterhalb des Thronsaals. Die Wände der Höhle waren mit einer seltenen Flechtenart bedeckt, die in der Dunkelheit golden leuchtete. Wenn man in diese Höhle gelangte, war man schon so gut wie in dem Gewölbe.

»Aber wie kommt man in die Höhle?«, fragte Kate.

»Genau das ist das Problem, mein Kind. Das Erdbeben hat alles durcheinandergebracht. Tunnel. Eingänge. Obwohl ich bis zur toten Stadt vorgedrungen bin, habe ich den richtigen Weg nicht finden können. Du meine Güte! Habt ihr die schon probiert?« Er hielt einen dicken, mit Vanillesoße gefüllten Donut in die Höhe, von dem er gerade ein großes Stück abgebissen hatte.

»Sie haben den letzten genommen«, brummte Michael, der schon geraume Zeit mit dem Donut geliebäugelt hatte.

»Oh, ich bitte um Verzeihung.« Dr. Pym brach ihn in zwei Hälften und reichte Michael die eine Hälfte. Es war eine ziemlich klebrige Angelegenheit, aber Michael wusste die Geste zu schätzen.

»Und was haben Sie dann gemacht?«, fragte Kate ungeduldig.

»Nun, mir war klar, dass ich einen Führer brauchte, jemanden, der die Tunnel unter der toten Stadt kannte und der die Höhle, die ich zu beschreiben wusste, finden würde. Ich ging zu dem einzigen Ort, an dem eine solche Person zu finden ist: an den Hof des Zwergenkönigs. Sind alle satt geworden? Ausgezeichnet. Dann ist es jetzt Zeit für eine Tasse Tee.«

Aus einem kleinen eisernen Kessel goss Dr. Pym eine goldbraune, dampfende Flüssigkeit in drei Tassen. Er warnte sie, sich nicht die Zunge zu verbrennen, und erklärte, dass man aus Zwergeneisen ganz hervorragende Kessel schmieden konnte, wenn es auch andernorts zu einem wahren Ärgernis wurde. Er lehnte sich zurück, stopfte seine Pfeife, zündete ein Streichholz an und saugte an dem Pfeifenstiel, bis die kleine Flamme den Tabak erfasst hatte. Dann stieß er eine dicke Wolke nach Mandeln duftenden Rauchs aus.

»Jetzt kommen wir zum zweiten Teil meiner Erzählung. Zu der Sache mit Hamish.« Dr. Pym nahm einen kleinen Schluck aus seiner Teetasse. »Bis vor Kurzem wurden die Zwerge dieser Region von einer Königin regiert, von einer gerechten und klugen alten Dame, die eine gute Freundin von mir war. Während meines letzten Besuchs vor etwa fünf Jahren versicherte sie mir, dass ihr jüngerer Sohn – sie hatte zwei – nach ihrem Tod den Thron besteigen würde. Ihr jüngerer Sohn hatte alle Eigenschaften eines guten Königs: Treue und Wahrhaftigkeit und die ganzen anderen Tugenden. Ihr anderer Sohn, der ältere, war ein Trottel, ein Sklave seiner Leidenschaften und kein Freund übermäßiger Körperhygiene. Allen war klar, dass er ein erbärmlicher König sein würde. Aber kurz nachdem ich ihr Lebewohl gesagt hatte, starb die Königin, ohne ein Testament zu hinterlassen. Besser gesagt …« – hierbei warf Dr. Pym den Kindern einen bedeutungsschwangeren Blick zu – »… es wurde kein Testament gefunden. Und so wurde Hamish statt Robbie König.«

»Was? Meinen Sie etwa Hauptmann Robbie?«, fragte Kate.

»Richtig, ihr habt den guten Hauptmann Robbie ja kennengelernt. Er und Hamish sind Brüder. Allerdings so unterschiedlich wie Tag und Nacht, wie …« Er schwieg und suchte nach einem passenden Vergleich, gab es dann aber schulterzuckend auf. »Nun, Tag und Nacht trifft es recht gut. Hamish war noch nicht lange König, als die Gräfin mit ihren Morum Cadi auftauchte. Sie schmeichelte ihm mit Geschenken, machte ihm

Versprechungen und bat ihn untertänigst, ihr zu gestatten, in der toten Stadt zu graben. Sie sagte ihm nicht, wonach sie suchte. Sie tat so, als wüsste sie es selbst nicht so genau, behauptete, sie würde einem Gerücht folgen, einer Legende, die von einem verlorenen magischen Artefakt erzählte. Aber sie versprach ihm, ihren Fund mit ihm zu teilen, falls sie den geheimnisvollen Gegenstand aufspüren würde. Schließlich gab er ihr die Erlaubnis.«

»Ist er denn blöd?«, fragte Kate.

»Worauf du dich verlassen kannst«, sagte Dr. Pym.

»Aber selbst ihm dämmerte bald, dass er sich aufs Glatteis hatte führen lassen, dass die Gräfin genau wusste, wonach sie suchte, und keinesfalls die Absicht hatte, es mit ihm zu teilen. Ihr fragt euch jetzt vermutlich, warum Hamish sie nicht einfach mit Gewalt aus der toten Stadt vertrieben hat. Immerhin sind seine Soldaten bei Weitem in der Überzahl. Im Augenblick möchte ich nur so viel verraten. Er hatte einen Grund, einen guten Grund, um einer offenen Konfrontation mit der Gräfin aus dem Weg zu gehen. Und so saß er einfach auf seinem Thron und kochte vor sich hin – und er muss viele Tage bewegungslos dort gesessen haben, dem Gestank nach zu urteilen, der mir entgegenschlug.

Er feierte gerade ein rauschendes Fest, als ich vorgelassen wurde. Ich glaube, der Esel bildete sich tatsächlich ein, ich wollte ihm zu seiner Thronbesteigung gratulieren. ›Was hast du mir mitgebracht, Zauberer?‹, waren seine ersten Worte. Ich erwiderte, dass ich kein Geschenk für ihn hätte, sondern im Gegenteil eins von ihm erbitten würde.

›Oh tatsächlich?‹, schnaubte er. ›Habe ich vergessen, dass Weihnachten ist? Warum hat mich niemand daran erinnert? Hä?‹

Ich erklärte, dass ich einen Führer bräuchte. Dass ich beabsichtigte, der Gräfin ein Schnippchen zu schlagen und das Gesuchte vor ihr zu finden. Ich hatte geplant, mir eine fantasievolle Geschichte auszudenken, um mein Vorhaben zu verschleiern, aber ich merkte wohl, dass Hamishs Misstrauen so übermächtig war, dass er den Braten sofort gerochen hätte. Jedenfalls zeigten meine Worte sofort Wirkung. Hamish sprang wie ein Tiger darauf an – wie ein dreckiger, stinkender, ungebildeter Tiger, wohlgemerkt.

›Du weißt, wonach sie sucht?‹, brüllte er.

›Das tue ich‹, erwiderte ich.

Er verlangte, dass ich ihm alles erzählte. Ich weigerte mich. Er drohte mir. Ich weigerte mich immer noch. Er wurde wütend. Er schrie. Er spuckte. Er warf mit Tellern. Kippte Tische um. Er boxte seinen Kultusminister in den Bauch. Einen derartigen Aufruhr hatte ich noch nie erlebt, und die ganze Zeit plärrte er, dass der Gegenstand im Zwergenland verborgen sei, dass er den Zwergen gehörte, was bedeutete: ihm und niemandem sonst.«

»Irgendwie hat er ja recht«, murmelte Michael.

»Ich sagte Hamish«, fuhr Dr. Pym fort, »dass die Zwerge lediglich die Hüter des Gegenstands seien. Dass er ihnen nicht gehöre.

›Du weigerst dich also, mir zu helfen?‹, kreischte er. ›Du glaubst, ich könne dir nichts anhaben, Zauberer? Denkst du das, du Schurke? Du großer weißhaariger Trottel?‹

Ich erwiderte, ich wüsste genau, dass er mir schaden könne, dass ich ihm aber trotzdem nicht verraten würde, was unter der toten Stadt vergraben liegt. Und so«, schloss Dr. Pym seine Erzählung und breitete die Arme aus, »endete ich in dieser Zelle. Das war vor vier Tagen.«

Die Kinder schwiegen, hielten ihre dampfenden Teetassen in den Händen und dachten über Dr. Pyms Worte nach.

Michael wollte wissen, ob Dr. Pym einen Schlüssel für das Gewölbe hätte.

Der alte Zauberer lächelte. »So eine Art Schlüssel, ja. Aber ich habe genug geredet für einen Abend. Ihr seid müde und müsst jetzt schlafen. Ich habe so eine Ahnung, dass ihr morgen eure ganze Kraft brauchen werdet.«

»Aber was ist mit Emma?« Kate hatte sich geduldig angehört, was Dr. Pym gesagt hatte, über das Buch, das Gewölbe, Hamish … Aber jetzt reichte es ihr. »Sie sagten, Sie würden nach ihr suchen! Wo ist sie? Geht es ihr gut? Lebt sie überhaupt noch? Können Sie uns das sagen?«

»Sie war in großer Gefahr«, sagte Dr. Pym leise. »Aber das ist nun vorbei. Sie befindet sich in Gabriels Dorf, wo sie von der weisen Frau des Stammes versorgt wird. Ich versichere dir, meine Liebe, dass deine Schwester in Sicherheit ist.«

Einen Augenblick lang waren Kate und Michael zu verblüfft, um zu sprechen.

»Wirklich?«, fragte Kate dann.

»Ja. Möchtest du es selbst sehen?«

Kate nickte.

Dr. Pym lächelte. »Also schön.«

Und plötzlich war es Kate, als ob ihr ganzer Körper mit Sand gefüllt wäre. Ihre Arme und Beine wurden unsagbar schwer. Ihre Augenlider sanken herab. Instinktiv kämpfte sie gegen die Müdigkeit an. Sie fühlte, wie Michael gegen sie sackte.

»Aber …«, murmelte sie, »… wir …«

Sie war eingeschlafen, noch ehe ihr Kopf das Stroh berührte.

Und sie träumte, sie sei wieder im Labyrinth, schwebte durch einen der dunklen Gänge. Vor ihr war ein Licht; es kam aus einer Kammer. Sie bewegte sich darauf zu, kam aus dem Tunnel, und die Szene, die sie vor sich erblickte, war schlimmer als der schlimmste Albtraum. Emma lag bewegungslos auf dem Boden. Die untere Hälfte ihres T-Shirts war schwarz vor Blut. Kate sah einen Pfeilstumpf aus ihrem Rücken ragen. Gabriel stand über ihr, die furchterregende Machete mit beiden Händen gepackt. Die Kanten der Klinge schimmerten im Licht der Lampe. Und ihm gegenüber stand die entsetzlichste Kreatur, die Kate sich nur vorstellen konnte.

Ihre Haut war von einem durchscheinenden Weiß, das an Kleister erinnerte, und gesprenkelt mit grünlichem Grind. Arme und Beine waren grotesk verlängert, der Rücken zu einem krummen Buckel mutiert, nachdem Generationen sich gebeugt durch die niedrigen Tunnel fortbewegt hatten. Die Krallen klackten und klickten auf dem Steinboden; die Augen waren milchig und blind, und die Ohren riesig groß, wie bei einer Fledermaus. Der Salmac-Tar stieß ein gurgelndes Zischen aus, das tief aus seiner Kehle zu dringen schien, und stürzte sich mit ausgestreckten Krallen auf Gabriel. Kate wollte schreien, aber kein Laut kam aus ihrem Mund. Gabriel machte einen Schritt vorwärts, schwang seine Waffe in einem weiten, schimmernden Bogen über dem Kopf. Mann und Monster trafen sich in der Mitte der Kammer, und Kate spürte, wie ihr die Brust vor Angst eng wurde. Aber dann flog der Kopf des Monsters körperlos durch die Luft, prallte gegen die gegenüberliegende Wand und rollte noch ein paarmal hin und her, ehe er mit dem Gesicht nach unten liegen blieb.

Eine halbe Ewigkeit rührte sich nichts. Selbst der kopflose Körper stand da, als ob er noch nicht begriffen hätte, wie ihm geschehen war. Dann sank er langsam auf die Knie, kippte vornüber und lag still. Gabriel wischte das Blut von der Klinge und wollte sich gerade zu Emma umdrehen, als er erstarrte und lauschte.

Da hörte Kate es auch: *Klick-klick … klick-klick …*

Das Geräusch drang aus einer der dunklen Bogenöffnungen. Dann aus einer zweiten. Aus einer dritten. Das Klicken verstärkte sich, wie das Summen von Insekten, die näher kamen. Immer lauter und bedrohlicher wurde es. Gabriel steckte die Machete in die Scheide, hob Emma und die Lampe vom Boden auf und rannte los.

Kate fühlte sich, als würde sie neben ihm rennen, während er durch die nachtdunklen Tunnel hetzte. Sie hörte seinen Atem und roch seinen Schweiß. Hinter ihm wurde das Klicken immer lauter und lauter. Emmas Augen blieben geschlossen. Gabriel rannte durch einen Tunnel nach dem anderen, von einer Kammer in die nächste. Kate riskierte einen Blick zurück und sah geisterhafte Schemen in der Dunkelheit, die auf sie zujagten und dabei die Wände emporkletterten. Sie kamen schnell näher.

Plötzlich waren sie nicht länger im Labyrinth. Sie rannten durch eine riesige, leere Höhle aus natürlichem Gestein und Kate sah die weißen Schemen aus der Tunnelöffnung hinter sich strömen. Gabriel stolperte und wäre beinahe hingefallen. Wäre das geschehen, hätten sie ihn in Sekundenschnelle eingeholt und wären mit ihren Klauen und Zähnen über ihn hergefallen, aber er fand sein Gleichgewicht wieder, lief platschend durch einen Bach und stolperte dann einen weiteren Tunnel entlang. Dann waren sie draußen, hatten die Tunnel und Kammern und Höhlen hinter sich gelassen. Sie waren nicht länger im Berg, sondern im Freien, und die Nachtluft strich Kate kühlend über das Gesicht. Der volle Mond erhellte die Nacht, und obwohl es nur ein Traum war, atmete sie tief die saubere, frische Luft ein.

Gabriel blieb stehen und schaute zurück. Obwohl sie die Salmac-Tar nicht sehen konnte, hörte Kate den Zorn der Kreaturen hinten im Berg. Aus irgendeinem Grund schienen sie ihn nicht verlassen zu können. Gabriel folgte einem Pfad entlang des Berggrats. Kate konnte im Tal unterhalb eine Ansammlung von flackernden Feuern erkennen: Gabriels Dorf. Emma war in Sicherheit.

Kate erwachte mit dem Geruch von Dr. Pyms Tabak in der Nase.

»Guten Morgen«, sagte der Zauberer. »Ihr habt fast neun Stunden lang geschlafen. Ihr müsst sehr erschöpft gewesen sein.«

Kate rieb sich die Augen. Das Feuer knackte und knisterte. Michael lag immer noch schlafend auf dem Stroh.

»Ich hatte einen sehr merkwürdigen Traum.«

»Tatsächlich? Den musst du mir unbedingt erzählen.« Dr. Pym schenkte ihr ein freundliches Lächeln. Sein Gesicht war in Tabakrauch gehüllt. »Übrigens habe ich dich und deinen Bruder genau betrachtet. Entsinne ich mich recht? Ihr kennt eure Eltern gar nicht?«

»Ich habe ein paar Erinnerungen an sie. Aber ich kenne ihre Namen nicht und weiß auch sonst nichts über sie. Warum?«

Dr. Pym klopfte den Pfeifenkopf auf dem Steinboden aus, sodass die Asche herausfiel, und steckte sie wieder in seine Tasche. »Oh, darüber können wir später reden. Du solltest jetzt Michael wecken. Sie werden jeden Moment hier sein.«

»Wer denn?« Kate war benommen, als würde sie immer noch in ihrem Traum stecken. War es überhaupt ein Traum gewesen? Es war ihr so wirklich vorgekommen. Und warum hatte Dr. Pym nach ihren Eltern gefragt?

Ein Riegel wurde zurückgeschoben. Die Tür schwang auf und herein trat Hauptmann Robbie McLaur.

»Also schön, hoch mit euch. Der König will euch sehen!«

KAPITEL 13

Hamish

Vier Wachmänner, angeführt von Hauptmann Robbie McLaur, geleiteten Dr. Pym und die Kinder durch eine Reihe von Gängen und über etliche Treppen zum Thronsaal von König Hamish.

»Nicht dass ich besonderes Interesse an dir hätte, Zauberer«, sagte Robbie McLaur, während sie einen von Fackeln erleuchteten Korridor entlanggingen, »aber um das Wohl dieser Kinder willen möchte ich dich warnen: Mein Bruder ist kein Zwerg, der sich ungestraft den Bart zupfen ließe.«

»Wir wissen Ihre Sorge zu schätzen, Hauptmann«, erklärte Dr. Pym, »aber wir kommen, glaube ich, gut allein zurecht.«

»Soll mir recht sein. Es geht ja nicht um meinen Hals. Ich möchte nur nicht mit ansehen, wie diese Kinder in Stücke gehauen werden. Nicht wenn es sich vermeiden lässt. Da bin ich vermutlich etwas altmodisch.«

Kurz darauf kamen ihnen Zwerge entgegen, die Tabletts mit den fettigen Überresten eines Festmahls schleppten. Einer trug ein Joch, an dem ein Dutzend leerer Krüge baumelte und schepperte. An einer Kreuzung mussten sie sich eng an die Wand pressen, als zwei Zwerge ein Holzfass durch den Gang rollten und dabei brüllten: »Der König verlangt noch mehr Bier! Bier für den König!«

»Oh je«, sagte Dr. Pym. »Ich hoffe, er ist nicht zu betrunken.«

»Darauf würde ich kein Butterbrot wetten«, murmelte Robbie McLaur.

Als sie sich einer riesigen goldenen Doppeltür näherten, rief der Zwergenhauptmann mit laut dröhnender Stimme: »Hauptmann Robbie McLaur in Begleitung der Gefangenen, die der König zu sehen wünscht!« Und die beiden Zwerge, die rechts und links der Tür Wache hielten, stießen beide Flügel auf, um sie einzulassen.

Kate griff nach Michaels Hand.

»Bleib dicht bei mir.«

Michael nickte, sagte aber nichts. Er hatte Angst, dass Kate an seiner Stimme hören würde, wie aufgeregt er war, weil er den Thronsaal eines echten Zwergenkönigs betrat.

»Und vielleicht wäre es besser, wenn du nicht ganz so breit grinsen würdest«, schlug Kate vor.

»Ruhe!«, bellte Robbie McLaur, denn sie traten jetzt über die Schwelle. Doch er hätte gar nichts sagen müssen; der Anblick des Thronsaals genügte, um die Kinder zum Schweigen zu bringen.

Es war der größte Saal, den sie je gesehen hatten. Er erstreckte sich schier bis in die Unendlichkeit. Die Decke war so hoch, dass die mächtigen Steinsäulen, die sie trugen, in einem Himmel aus Dunkelheit zu verschwinden schienen. Aber abgesehen von den Dimensionen des Saals, war es der überbordende

Reichtum, der die Kinder sprachlos machte. Die Diamanten in der Saaldecke funkelten wie Sterne am Nachthimmel. Der Boden war mit kostbaren Edelsteinen besetzt, die wie Steinfliesen Kante an Kante lagen. Wandgemälde aus Gold- und Silberintarsien erzählten von ruhmreichen Siegen der Zwerge über Trolle, Kobolde, Drachen und Horden von Salmac-Tar. Alles an diesem Thronsaal war dazu angetan, den Besucher zu überwältigen.

Kate und Michael standen da und starrten.

Dann sagte Kate: »Was für ein Schweinestall.«

Überall standen stapelweise schmutzige Teller und Schüsseln herum, dazu verfaulende Essensreste und halb leere Bierkrüge und zwischen alledem lagen bewusstlose, schmutzstarrende Zwerge. Erschöpfte Dienstboten eilten am Rand des Thronsaals hin und her und ersetzten leere Teller und Krüge durch volle. Robbie McLaur ließ ein dumpfes, missbilligendes Knurren hören.

»König Hamish ist berüchtigt für seinen Appetit«, raunte Dr. Pym. »Ein Festmahl dauert oft Tage, manchmal sogar Wochen.«

»Das ist nicht richtig«, ließ sich Michael vernehmen. »So etwas sollte ein Zwerg nicht tun.«

»Aye, mein Junge«, knurrte Robbie McLaur. »Du sprichst die Wahrheit.«

»Na, guck mal einer an!«, ertönte eine Stimme vom anderen Ende des Saals. »Wenn das nicht der Taschenspieler ist. Und er hat ein paar Gören dabei! Her mit ihnen! Nix wie her mit ihnen!«

Die Wachleute schoben die Gefangenen vorwärts. Vorsichtig wichen die Kinder schnarchenden Zwergen aus und stiegen über Pfützen sauer riechenden Biers.

»Zu gütig, dass du Zeit für mich hast, Zauberer. Ha! Du Angeber!«

Hamish saß mitten an einem langen Tisch. Rechts und links wurde er von Zwergen mit fettglänzenden Gesichtern flankiert. Ein paar von ihnen aßen und tranken noch missmutig, aber die meisten waren bewusstlos und lagen entweder mit dem Oberkörper auf dem Tisch oder seitlich an ihren jeweiligen Tischnachbarn gelehnt. Hamish war der Einzige von ihnen, der noch einen munteren Eindruck machte.

Er war mit Abstand der größte Zwerg, den die Kinder bislang gesehen hatten. Obwohl er nicht größer als ein klein gewachsener Menschenmann war, besaß er eine ganz enorme Ausdehnung. Kate fand, dass er aussah wie ein riesiges, bärtiges Warzenschwein.

»Ich hoffe, ihr hattet es recht gemütlich da unten im Kerker. Wir möchten doch, dass unsere Gäste sich wohlfühlen. Dass mir ja keine Klagen kommen!« Er lachte gemein und trank schlürfend einen mächtigen Schluck Bier, von dem das meiste über seinen Bart lief. Kate musste beim Anblick dieses Bartes, der sich wie ein Fächer über seine Brust ausbreitete, unwillkürlich an eine Küchenschürze aus blondem Fell denken. Sie erkannte, dass sich in den verfilzten Barthaaren Etliches verfangen hatte: Käse- und Pastetenkrümel, ein Stück Brotkruste, ein Hühnerknochen, eine Gabel. Der König war das genaue Gegenteil von Hauptmann Robbie McLaur, der in Habachtstellung neben den Kindern stand, mit sorgfältig geflochtenem Bart und einer makellosen Uniform.

Während Hamish sein Bier austrank, entfernte ein Diener still und leise einen leeren Teller und wollte davoneilen.

»He!«, brüllte Hamish und schleuderte seinen Becher, der den Diener am Kopf traf. »Ich war noch nicht fertig!«

Katzbuckelnd und Entschuldigungen murmelnd, stellte der

Zwerg den Teller wieder ab, und Hamish schob die letzten Krümel, die sich darauf befanden, zusammen und stopfte sie in seinen Mund.

»So!«, brummte er und warf den Teller über seine Schulter nach hinten, wo er scheppernd zu Boden fiel. »Jetzt kannst du ihn abräumen.« Dann wischte er sich die Finger an seinem Bart ab – wobei er ein halbes Dutzend kleiner Würstchen ablöste, die in dem Bartgeflecht hingen – und rülpste. Das Geräusch hallte im ganzen Saal wider, wurde von den Wänden hin und her geworfen und belebte die Zwerge am Tisch, die allesamt auffuhren und sich befleißigt fühlten, ebenfalls zu rülpsen, als ob sie die schlechten Manieren ihres Königs zu vertuschen suchten. Innerhalb weniger Sekunden erzitterte der Thronsaal in einer Symphonie aus Zwergenrülpsern.

Brrrraaaappfft …

Errrapphh …

Grrapppffhaaaa …

Bllllluuupppgggg …

Ugggrrraapphhhh …

»Das *reicht*!«, brüllte Hamish und ließ donnernd seine Faust auf die Tischplatte fallen. Sofort senkte sich Stille über die anwesenden Zwerge und eine Sekunde später war das letzte *Eerrrpppptt* verstummt.

»Also wirklich!«, sagte Dr. Pym. »Er ist ein katastrophales Vorbild.«

»Dr. Pym.« Kate zupfte den alten Mann am Ärmel. »Was sollen wir tun?«

Aber der Zauberer bedeutete ihr bloß zu schweigen und sah weiter den König an.

Plötzlich klatschte Hamish in die Hände. Erst einmal geschah nichts. Dann hörten die Kinder in der Ferne ein rhythmisches Donnern, das lauter und lauter wurde. Und dann öffneten sich die mächtigen Türen und zwei Reihen Zwergensoldaten in Rüstungen marschierten in den Saal. Die beiden Reihen lösten sich voneinander, und die eisenbewehrten Füße der Zwergenkrieger hämmerten auf den Boden, während sie rasch näher kamen. Innerhalb kürzester Zeit waren Hunderte von Zwergen einmarschiert. Ihre Helme schimmerten und die rasiermesserscharfen Klingen ihrer Streitäxte funkelten im Fackellicht.

»So, Zauberer.« Hamish spickte seine Worte mit so viel Verachtung, wie er nur konnte. »Jetzt kann ich dich angemessen empfangen. Aber ehe wir mit dem ganzen Tamtam anfangen, will ich von dir wissen, Zauberer, wie diese Gören heißen, die glauben, dass sie einfach nach Belieben in meinem Land herumspazieren können. Na? Sag's mir.«

»Es geschah nicht mit Absicht«, setzte Kate an. »Wir ...«

»Ha!« Hamish donnerte mit der Faust auf den Tisch. »Habe ich dir befohlen zu sprechen? Hä?! Habe ich gesagt: ›Ich will, dass mir eins von diesen Bälgern sagt, wie sie heißen?‹ Habe ich verlangt, dass eins von diesen Bälgern den Mund aufmacht?!« Seine Höflinge schüttelten heftig die Köpfe. »Nein! Ich sagte ›Zauberer‹. Und damit ist er gemeint.« Er deutete mit einem Hähnchenschenkel auf Dr. Pym. »Also, Fräulein, halte deine Zunge im Zaum. Was für Manieren!«

»Darf ich vorstellen?«, sagte Dr. Pym ruhig. »Katherine und Michael. Der Nachname lautet P.«

Kate versuchte es mit einer Art Knicks, aber Michael starrte nur mit glasigen Augen auf Hamish. Er schien in eine Art Schockstarre verfallen zu sein.

»Und wie Katherine Euch gerade erklären wollte, Majestät,

geschah es rein zufällig, dass die beiden ins Zwergenreich gerieten. Sie mussten vor der Gräfin fliehen …« Bei der Erwähnung der Gräfin erhob sich allerorten ein missmutiges Räuspern. »Und auf der Flucht gerieten sie in Euer Land.«

»Eine hübsche Geschichte«, sagte Hamish. »Sehr nett und gut erzählt.«

»Während sie im Labyrinth herumirrten, wurden sie von ihrer jüngsten Schwester getrennt. Wenn Eure Majestät gestatten, möchten Katherine und Michael möglichst bald wieder mit ihr vereint sein.«

»Ihre jüngste Schwester, sagst du? Wie alt ist sie?«

»Elf«, antwortete Kate. »Ihr Name ist Emma.«

»Die kleine Emma, ganz allein da draußen. Das ist ja entsetzlich. Da kommen mir ja die Tränen! Kommen dir da nicht auch die Tränen?« Hamish schlug dem Zwerg zu seiner Rechten auf den Rücken. Der nickte und wischte sich Bratensoße vom Kinn.

»Nun denn«, sagte der König. »Weil ihr so ehrlich und aufrichtig erzählt habt, wie und warum ihr hierhergeraten seid, habe ich wohl keine andere Möglichkeit, als euch gehen zu lassen, euch vielleicht noch eine Eskorte mitzugeben, die euch zu eurer Schwester bringt. Wie klingt das, hm?«

Dr. Pym lächelte liebenswürdig. »Das wäre wirklich zu freundlich, Majestät.«

»Ganz besonders«, sagte Hamish, bohrte seine Faust mitten in eine Pastete und schaufelte eine Ladung Fleisch und Käse heraus, »weil diese Kinder ganz und gar unschuldig sind und es ganz bestimmt nicht auf dasselbe magische Buch abgesehen haben, hinter dem du und die Hexe her seid, dasjenige, das irgendwo in einem verdammten Gewölbe unter der toten Stadt vergraben ist und daher rechtmäßig den Zwergen gehört. Ist es nicht so?«

Hamish stopfte sich den Pastetenklumpen in den Rachen und lächelte, wobei ihm die Brocken aus dem Mund fielen. Kate merkte, dass sie weiche Knie bekam. Sie steckten bis zum Hals in der Patsche.

»Eure Majestät …«, sagte Dr. Pym.

»Halt den Mund!« Hamish sprang auf und fegte mit einer schwungvollen Armbewegung Teller und Becher vom Tisch. Sein Gesicht war krebsrot und beim Sprechen ergoss sich eine Fontäne aus Essensresten aus seinem Mund. Mit dem dicken Finger zeigte er auf Dr. Pym. »Lüg mich nicht an! Was glaubst du, mit wem du es zu tun hast? Hä?! Glaubst du, Hamish ist irgend so ein einfältiger Einfaltspinsel? Glaubst du, nur weil ich ein Zwerg bin und mein Körper kleiner ist als deiner, ist auch mein Gehirn kleiner? Denkst du das? Denkst du, es ist so einfach, mich zum Narren zu halten?! Weißt du denn nicht, dass mir jedes Wort zur Kenntnis kommt, das in meinen verdammten Verliesen gesprochen wird?! Dass ich Schreiber abgestellt habe, die jedes Schnarchen, jedes geflüsterte Wort aufzeichnen?! Dass ich jeden Morgen einen vollständigen und korrekt abgeschriebenen Bericht von allem bekomme, was jeder einzelne Gefangene des Nachts von sich gegeben hat?!« Er griff unter seinen Bart, vermutlich in sein Hemd, und zog ein Pergament hervor, das er auf den Tisch warf. »Und dann kommst du und versuchst, mich anzulügen! Mich! Versuchst, den Schatz zu stehlen, der den Zwergen gehört. Die verdammte Chronik vom verdammten Anbeginn! Oh-oh! Da liegst du aber mächtig falsch! Mächtig falsch!«

Dr. Pyms Stimme blieb ruhig. »Nein, Majestät. Das Buch gehört nicht den Zwergen. Sie haben es lediglich gehütet.«

»Es liegt unter einer Zwergenstadt vergraben! In einem

Gewölbe, das von Zwergen aus dem Stein gehauen wurde! Es gehört den Zwergen! Punkt! Aus! Ende!«

Dr. Pym lächelte die Kinder an. »Keine Angst.«

»Keine Angst?«, zischte Kate. »Wie, bitte schön, sollen wir denn da keine Angst kriegen?«

»Na ja«, sagte Dr. Pym, »also schön, kriegt ein *bisschen* Angst.«

Hamish tobte immer noch. »Ich werde dich lehren, dich mit einem Zwerg anzulegen, mein werter Herr Zauberer!«

»Mein König ...«

Hamish wedelte abwehrend mit der Hand. »Neinneinnein, hör bloß auf damit. Um mir Honig ums Maul zu schmieren, ist es jetzt viel zu spät!« Hamish erhob sich und fing an, auf und ab zu marschieren, wobei er sich ein ums andere Mal über den Bart strich und vor sich hin murmelte. »Die Sache läuft folgendermaßen: Wir schlüpfen ganz leise zu dieser Hintertür rein, schlüpfen ganz leise wieder raus, und die Hexe erfährt nie und nimmer, dass wir das Buch haben. Sie findet lediglich das leere Gewölbe und denkt: ›Oh, leer! Wieso das denn?‹«

»Ja, aber wie Ihr zweifellos von Euren Schreibern erfahren habt, kann ich mich nicht mehr erinnern, wo ...«

»... die verdammte goldene Höhle ist, ich weiß, ich weiß.« Hamish drehte den Kopf und brüllte: »FERGUS!«

Ein uralter Zwerg, der so gebückt ging, dass sein langer weißer Bart auf dem Boden schleifte, tauchte aus den Schatten an der Wand auf und schlurfte vorwärts. Langsam. Sehr langsam.

Hamish stöhnte. »Oh, um Himmels willen – würdest du dich bitte beeilen, Fergus? Du krepierst sonst noch, ehe du angekommen bist!«

Und tatsächlich sah Kate, dass die Zwerge Wetten darauf abschlossen, ob der alte Fergus es bis zum Tisch schaffen würde.

Aber dann trat Hauptmann Robbie McLaur nach vorn und stützte den greisen Zwerg.

»So, Fergus«, sagte Hamish. »Du kennst diese« – und dabei schnippte er mit den Fingern, woraufhin ein Diener mit tiefer Verbeugung dem König das Pergament reichte, das dieser auf dem Tisch ausbreitete – »diese goldene Höhle unter der toten Stadt, von der dieser Hanswurst, der sich für so unglaublich clever hält, redet.«

Die Stimme des alten Zwerges war ein leises, zitterndes Krächzen. »Oh ja … ja … goldene Höhle. Tote Stadt … Geheimgang unter dem … dem … dem …« Kate glaubte schon, er würde es nie über dieses Wort hinwegschaffen, aber schließlich ließ er es hinter sich. »… dem Thronsaal.«

»Ganz genau, Fergus, ganz genau. In der toten Stadt. Ein Geheimgang unter dem Thronsaal. Du sagtest, du wüsstest, wie man in diese Höhle hineingelangen könnte. Stimmt's?«

Fergus gab keine Antwort.

»Fergus?«

Kate glaubte schon, der alte Zwerg hätte tatsächlich das Zeitliche gesegnet, und augenscheinlich waren auch einige Zwerge dieser Ansicht, denn hier und da wechselte Geld den Besitzer.

»FERGUS!«

»Hm? Wa…?« Der alte Zwerg war lediglich eingeschlafen.

»Du sagtest, du kennst den Weg in diese goldene Höhle?«

»Oh ja, es gibt einen Weg. Ziemlich gefährlich. Ein dunkler Gang …«

»Sehr schön«, sagte Hamish und wirkte außerordentlich zufrieden. »So machen wir's: Du«, und er deutete auf Dr. Pym, »wirst uns den Schlüssel zu diesem Gewölbe übergeben, und vielleicht, aber nur vielleicht, schlage ich dir nicht den Kopf ab, falls meine Leute mit dem magischen Buch zurückkommen. Wie hört sich das an, hm?«

»Ich fürchte, das wird nicht möglich sein, Majestät«, sagte Dr. Pym liebenswürdig. »Ihr müsst wissen, dass ich der Schlüssel bin.«

»Was?«

»Weder der Haupteingang noch die Hintertür haben ein Schloss im üblichen Sinne. Die Zugänge wurden durch einen Zauber gesichert. Und dieser Zauber kann nur von einigen wenigen Eingeweihten gelöst werden.«

Kate und Michael sahen, wie sich Hamishs Gesicht von einem bierseligen Rosa über ein zorniges Rot zu einem wutentbrannten Lila verfärbte und dann einen Ton annahm, der an einen Bluterguss erinnerte. Dann fing er an zu brüllen.

»Hältst du mich für einen Idioten?! Glaubst du, dass ich dich mitnehmen werde, damit du irgendeinen Hokuspokus veranstalten und mit dem Buch verschwinden kannst?! Glaubst du …« Hamish verstummte. »Warte mal. Du sprachst von wenigen Eingeweihten. Wer außer dir kann das Gewölbe öffnen?«

Dr. Pym machte den Mund auf, zögerte aber.

»Ha! Hab ich dich! Wer noch?«

»Das möchte ich lieber nicht sagen«, erklärte Dr. Pym.

»Ach nein? Das möchtest du lieber nicht sagen?« Hamish deutete auf Michael. »Schlagt dem da den Kopf ab.«

»Wartet!«, rief Dr. Pym. Dann seufzte er. »Also schön. Das Gewölbe wird sich unter meinen Händen öffnen … oder unter den Händen dieser Kinder.«

Kate und Michael starrten ihn fassungslos an. Er dagegen hielt den Blick unverwandt auf Hamish gerichtet.

Michael flüsterte: »Wovon redet er da?«

»Ich habe keine Ahnung.« Kate war sich nicht sicher, ob Dr. Pym log, ob er irgendeinen Plan verfolgte, von dem er ihnen nichts erzählt hatte, oder ob er tatsächlich die Wahrheit sagte. Und wenn das so war – *wie* konnten sie das Gewölbe öffnen? Was bedeutete das?

Hamish seinerseits schien Dr. Pyms Behauptung fraglos zu akzeptieren. Er kratzte sich am Kinn – besser gesagt: er kratzte sich am Bart; sein Kinn lag irgendwo darunter verborgen – und runzelte nachdenklich die Stirn. »Aye, ich habe mir schon gedacht, dass die Gören irgendwas damit zu tun haben. Da wandern sie im Labyrinth herum und kommen mir nichts dir nichts an die geheime Tür. Das war mir schon die ganze Zeit verdächtig. Also!« Er klatschte in die Hände. »Jemand soll diesen Zauberer einsperren und die Gören herbringen. Wir machen einen Ausflug.«

Kate hörte die Worte, ehe ihr klar war, dass sie es war, die sie ausgesprochen hatte. »Ich werde Ihnen nicht helfen.«

Im Saal wurde es totenstill. Hamish beugte sich vor und legte seine Fingerknöchel wie ein Gorilla auf die Tischplatte. Seine Stimme war langsam und voller Bosheit. »Was hast du gesagt?«

»Ich werde Ihnen nicht mit dem Gewölbe helfen.« Kate wusste nicht genau, warum sie sich Hamish widersetzte. Anscheinend wollte sie nicht, dass er das Buch in die Finger bekam. Aber hauptsächlich war es wohl, weil sie ihn einfach für einen Widerling hielt. Sie ließ Michaels Hand los und verschränkte die Arme vor der Brust in dem Glauben, dass sie so entschlossener wirkte.

»Dasistjaeinfachunglaublich!« Hamish schaute zu den Zwergen rechts und links von ihm. »Habt ihr schon mal so eine Frechheit erlebt? Wessen verdammter Thronsaal ist das hier eigentlich? Wer ist denn der verdammte König über das verdammte Zwergenreich? Oh, du wirst mir helfen, Fräulein. Glaub mir, du wirst mir helfen. Was soll das Ganze überhaupt? Hast du heute Morgen beim Aufstehen gedacht: ›Heute ist ein guter Tag zum Königeärgern?‹ Denn wenn das so ist …« Er zögerte, unsicher, wie er fortfahren sollte, » … dann lass dir gesagt sein, dass dafür nie ein guter Tag ist!«

»Mir egal«, sagte Kate und wandte hochnäsig den Kopf ab.

Hamish stand da, schnaubte vor Wut und funkelte sie böse an. »Du hast Mut, Mädchen, das muss ich dir lassen. Schade nur für dich, dass ich dich gar nicht brauche, sondern – wenn man diesem dummdreisten Zauberer glauben darf – bloß deine Hände.« Er warf mit der Gabel nach einem seiner Soldaten, um seine Aufmerksamkeit zu erregen. »He! Du da! Bring mir die Hände dieser jungen Dame. Den Rest von ihr kannst du lassen, wo er ist. Ich werde ihr zeigen, wer hier der König ist!«

»Sie sind kein Zwerg!«

Die versammelten Zwerge im Saal, einschließlich des Königs, drehten sich um und schauten zu Michael. Hamish hob die Hand und bedeutete dem Zwerg, der auf Kate hatte zugehen wollen, zu bleiben, wo er war.

»Was hast du gesagt, Junge?«

Michaels Gesicht war rot angelaufen und vor Zorn verzerrt. Seine Hände waren zu Fäusten geballt. »Ich sagte, Sie sind kein Zwerg. Und das stimmt auch!«

Kate begriff sofort, worauf Michael hinauswollte. Ihr war klar, wie tief Hamish, ein echter, wahrer Zwergenkönig, ihren Bruder enttäuscht hatte.

»Ich weiß mehr über Zwerge als irgendjemand sonst«, fuhr Michael wütend fort. »Mein ganzes Leben lang habe ich alles über sie gelesen, was ich in die Finger bekommen konnte. Sie waren die tapfersten Soldaten, die treusten Freunde. Die Leute haben sie stets unterschätzt, aber die Zwerge haben immer gesiegt, weil sie die Klügsten waren und weil sie am härtesten gearbeitet haben.«

Die Zwerge, die sich am Tisch lümmelten, horchten auf. Kate sah, dass Hauptmann Robbie McLaur ihren Bruder anstarrte. Sein stoischer Soldatenblick war einem verblüfften Ausdruck gewichen.

»Aber Sie«, sagte Michael, »Sie sind eine Schande!«

»Ach, tatsächlich?«, sagte Hamish kalt.

»Michael«, flüsterte Kate und griff nach seinem Ärmel. Aber Michaels ganze Aufmerksamkeit lag auf dem Zwergenkönig, und er trat einen Schritt vor, weg von seiner Schwester.

»Ja, tatsächlich. Und wenn Sie nur über die Hälfte von dem Bescheid wüssten, was meine Schwester getan hat, dann würden Sie vor ihr niederknien müssen, und nicht umgekehrt. Sie ist zweimal so tapfer, wie Sie jemals sein könnten! Wir wollen das Buch nur, damit wir wieder nach Hause können. Sie wollen es, weil Sie gierig sind. Wenn Sie jemandes Hand abschneiden wollen, dann schneiden Sie meine ab!« Und damit trat er vor und legte sein schmales Handgelenk auf den Tisch.

Eine ganze Weile sagte niemand etwas. Alle Zwerge im Thronsaal, sowohl die am Tisch versammelten als auch diejenigen, die entlang der Wände strammstanden, waren wie erstarrt. Kate hatte schreckliche Angst um Michael, aber sie war auch unsagbar stolz auf ihren Bruder. Michael, der kleine Junge, den man in jedem Waisenhaus gehänselt hatte, der immer und immer wieder von seiner jüngeren Schwester herausgepaukt hatte werden müssen, dessen Brille regelmäßig gestohlen und in der Toilette versenkt worden war – dieser kleine, schwächliche Junge stellte sich jetzt einem axtschwingenden Zwergenkönig entgegen, noch dazu einem, der augenscheinlich nicht ganz bei Verstand war. Er wirkte so klein und dünn. Aber die Hand, die auf der Tischplatte lag, zitterte nicht, und er hielt Hamishs Blick stand. Kate hatte immer gewusst, dass Emma mutig war, aber jetzt sah sie auch Michael in einem ganz anderen Licht. Sie schwor sich, dass sie ihn nie mehr der Feigheit bezichtigen würde.

Hamish zuckte mit den Schultern und wedelte abschätzig mit der Hand. »Mir soll's recht sein. Schlagt ihm die Hand ab … und danach die des Mädchens.«

Verzweifelt wandte sich Kate an den Zauberer. »Dr. Pym, tun Sie etwas!«

»Auf geht's!«, schrie Hamish und hieb mit der Faust auf den Tisch. »Fangt an mit dem Schnippeln!«

Ein Soldat trat vor und zog die Axt aus dem Gürtel. Aber er kam bloß zwei Schritte weit, ehe er rücklings auf dem Boden landete und seine Axt klappernd neben ihn fiel. Hauptmann Robbie McLaur hatte ihn mit einem Schlag vor die Brust zu Fall gebracht.

»Was …«, setzte Hamish an. Aber Hauptmann Robbie wandte sich ihm zu und schnitt ihm mit wutentbrannter Stimme das Wort ab.

»Nein, Bruder. Das werde ich nicht zulassen.«

Es schien kaum möglich zu sein, aber die Anspannung im Saal wurde noch größer.

Hamish richtete sich zu voller Größe auf, was angesichts der Tatsache, dass er ein Zwerg war, nicht weiter bemerkenswert war. Seine kleinen Augen brannten vor Ärger, aber er hielt seine Stimme im Zaum. »Ich glaube, du hast vergessen, wer hier der König ist, Bruder.«

»Ich bin kein Verräter«, sagte Hauptmann Robbie. »Und vielleicht sollten wir dieses Buch an uns nehmen, um es vor dem Zugriff der Hexe zu schützen. Aber wir sollten diesen Kindern helfen, anstatt aus Eigennutz zu handeln. Der Junge hat recht. Du entehrst unser Volk, und ich tue dir einen Gefallen, wenn ich dich davon abhalte, einen unwiderruflichen Fehler zu begehen. Du hast dich selbst verloren, Bruder. Korruption und Müßiggang liegen schon zu lange wie ein schweres Gewicht auf unserem Volk. Das muss ein Ende haben. Was würde unsere Mutter sagen, wenn sie erleben würde, was aus dir geworden ist.« Mit einer Armbewegung schien er den ganzen Thronsaal zu umfassen, das opulente Festgelage, die betrunkenen Zwerge …

Einen kurzen Augenblick schien Hamish unsicher zu werden und Kate gestattete sich ein Fünkchen Hoffnung. Doch dann hob er die Hand, deutete mit seinem pummeligen Finger auf Hauptmann Robbie und rief: »Packt den Verräter!« Drei Zwerge stürzten vor. Hauptmann Robbie machte keine Anstalten, sich zu wehren.

»Majestät«, sagte Dr. Pym, »wenn Ihr erlaubt: Es stimmt, dass ich das Buch lieber selbst in meine Obhut genommen hätte, aber wenn ich die Wahl habe, ob Ihr es findet oder die Gräfin, dann seid Ihr mir noch lieber. Aber ich warne Euch: Eine abgeschlagene Hand wird das Gewölbe nicht öffnen. Nur ein lebendes Kind kann diese Tat vollbringen. Wenn Ihr für die Sicherheit der Kinder sorgt, werden sie Euch helfen.«

Es sah ganz so aus, als wollte Hamish widersprechen, doch dann grunzte er, nahm sich ein Stück Schokoladenkuchen, wedelte damit in Richtung Dr. Pym und Hauptmann Robbie und sagte: »Also schön, also schön. Sperrt sie zusammen. Ich werde mich um sie kümmern, wenn ich zurückkomme. Wir brechen sofort auf.«

Wie ein Mann drehten sich die Soldatenzwerge um und marschierten in zwei ordentlichen Reihen wieder aus dem Thronsaal.

Dr. Pym kniete sich neben Kate und Michael. »Die ganze Sache tut mir leid. Ihr werdet allein zurechtkommen müssen.«

»Moment mal!«, rief Kate. »Haben Sie die Wahrheit gesagt? Stimmt das mit dem Gewölbe?«

»Oh ja, es wird sich für euch öffnen.«

»Aber woher wollen Sie das …?«

»Meine Liebe, in dem Augenblick, in dem ihr in meine Zelle kamt, sah ich, dass das Buch dich gezeichnet hatte. Und das war nur möglich, wenn du und dein Bruder die Kinder seid, auf die ich gewartet habe.« Dann lächelte er, und er schaute sie an, als ob er in ihrem Gesicht die Bestätigung für etwas finden würde, das er schon lange vermutet hatte. »Und dass ausgerechnet ihr es sein würdet, von allen Kindern. Ich habe die Zeichen richtig gedeutet …«

»Was meinen Sie? Ich verstehe nicht …«

»Wir haben jetzt keine Zeit für Erklärungen. Aber«, und jetzt senkte er seine Stimme zu einem Flüstern, »sorge dafür, dass du und nur du allein das Buch aufnimmst. Nicht Hamish. Hast du mich verstanden? Ich kann dir nicht sagen, wie du das anstellen sollst, aber du musst das Buch als Erste berühren. Du musst es an dich nehmen. Das ist ungeheuer wichtig.« Dann legte er seine Hand auf Kates Kopf und murmelte etwas. Sie verspürte ein merkwürdiges Kitzeln am ganzen Körper.

»Was haben Sie da gemacht?«

»Das Buch hat dich auserwählt, Katherine. Du allein kannst seine ganze Macht zum Einsatz bringen. Aber es wird dir nicht folgen, bis dein Herz geheilt ist. Ich hoffe, ich habe dir das gegeben, was dazu nötig ist.«

Ehe Kate noch fragen konnte, was das zu bedeuten habe, schleppten die Wachen ihn weg.

»Bringt mir die Gören«, knurrte Hamish. »Und irgendjemand soll Fergus wecken.«

KAPITEL 14

Granny Peet

»Komm schon, wach auf, wach auf! Tu nicht so, als ob du noch schlafen würdest…«

Emma stöhnte und vergrub sich in den steifen, schweren Decken. Sie lag in einer Art Halbdämmer, während eine Frauenstimme sie vorwurfsvoll aufforderte, endlich aufzustehen. Ihr erster Gedanke war, dass die Stimme Miss Sallow gehörte, der zänkischen Haushälterin in Dr. Pyms Waisenhaus. Allerdings hatte die Stimme sie nicht mit »Eure Majestät« angesprochen. Abgesehen davon würde das bedeuten, dass alles nur ein Traum gewesen war: dass sie das Buch gefunden hatten und in die Vergangenheit gereist waren, dass sie der Gräfin und Gabriel begegnet waren – alles nur ein Traum. Aber es war so wirklich gewesen! Es war … Was war denn das für ein Geruch?

Sie öffnete die Augen und sah, dass sie im Dämmerlicht einer Holzhütte lag. Die Luft war rauchgeschwängert und stickig, der Boden bestand aus festgetretener Erde, und was sie für Decken gehalten hatte, waren in Wirklichkeit Tierfelle. Sie drehte den Kopf. In der Mitte des Raums hockte ein dürrer Junge mit dem Rücken zu ihr am Feuer und rührte in einem Eisentopf. Aus dem Topf stieg ein Duft nach gekochtem Fleisch und Gemüse.

Okay, dachte Emma, also war es kein Traum.

»Na, sieh mal einer an. Setz dich auf. Du bist nicht tot. Noch nicht, jedenfalls.«

Die Person, die gesprochen hatte, trat hinter dem Bett hervor, auf dem Emma lag. Es war eine sehr dicke, sehr alte Frau mit einer Flut zerzauster grauer Haare und einem Gesicht, in das sich mehr Falten und Furchen eingegraben hatten, als Emma je gesehen hatte. Die Hände der Frau waren vor Arthritis krumm und verkrampft und unter ihren gelben, klauenartigen Fingernägeln klebte Dreck. Sie trug ein altes schwarzes Kleid, einen schwarzen Schal und mindestens ein Dutzend langer Halsketten mit Talismanen – Federn, Perlen, winzige Tiegel und Fläschchen und einige kleine, wunderschöne Holzkästchen. Als sich Emma erhob, fiel ihr Blick auf die ausgelatschten Hirschledermokassins, in denen die Füße der Alten steckten. Die Halsketten klingelten leise. Wenn Emma die Frau auf der Straße gesehen hätte, hätte sie sie für eine verrückte Landstreicherin gehalten. Und wenn sie ehrlich war, hielt sie die Frau auch jetzt für so etwas Ähnliches.

Sie zuckte zurück, als die Greisin die Hand nach ihr ausstreckte. »Wer sind Sie? Wo bin ich? Wo ist Gabriel? Rühren Sie mich nicht an!«

»Du bist aber eine Zimperliese.«

»Passen Sie bloß auf, oder Gabriel macht Sie platt, wenn er zurückkommt!«

»Gabriel, Gabriel! Er hat mir gesagt, dass du eine Kämpferin bist, oh ja, das hat er.« Die alte Frau sprach in einer Art murmelndem Singsang.

»Gabriel hat mich hergebracht?«, fragte Emma und entspannte sich ein bisschen.

»Glaubst du, du wärst sonst noch am Leben und könntest mit mir streiten? Ach, du erinnerst dich nicht mehr? Dann denk nach.«

Und wie ein Blitz war Emmas Gedächtnis wieder da.

Sie stand am Rand des Abgrunds ... fühlte den plötzlichen heißen Schmerz ... schaute nach unten und sah das gefiederte Ende des Pfeils in ihrem Körper ... spürte das Fieber durch ihre Adern rasen, während Gabriel sie durch das Labyrinth trug. Instinktiv griff sie sich an den Bauch.

»Aber, aber«, sagte die alte Frau. »Lass Granny das machen.«

Sie zog Emmas Hemd nach oben. Emma bemerkte erst jetzt, dass man ihr frische Sachen angezogen hatte, die sich fremdartig anfühlten. Ein paar Zentimeter seitlich von ihrem Bauchnabel klebte ein hart gewordener Schlammklumpen. Mit ihren gelben Nägeln kratzte die alte Frau am Rand und der Schlamm löste sich in kleinen Bröckchen. Emma starrte auf ihren Bauch, entsetzt und fasziniert zugleich. Sie erwartete halb, ein riesiges Loch in ihrem Leib zu sehen. Aber als die letzte Schicht Schlamm abgekratzt war, sah sie lediglich eine kleine rosafarbene Narbe.

»Hm«, sagte die alte Frau. »Gute Arbeit, wirklich gute Arbeit.«

Emma war sprachlos. »Aber wie ...?«

»Ich weiß so dies und das, oh ja; die alte Granny Peet weiß so dies und das«, murmelte die Frau. Sie schlurfte davon und kicherte dabei leise vor sich hin.

»Ich will … oh!« Ein Schwindelgefühl packte Emma und sie musste sich wieder hinlegen.

»Essen, das brauchst du jetzt. Grannys Eintopf. Der macht dich stark.«

»Ich muss mit Gabriel reden. Meine Geschwister sind noch im Berg. Wir müssen sie suchen, sonst sind sie verloren.«

»Nicht verloren, oh nein, ganz und gar nicht verloren.« Die alte Frau mischte und rührte etwas in einer Schüssel. Ihre Bewegungen waren ruhig und sicher. Sie fügte eine Prise von diesem und jenem hinzu, öffnete etliche Fläschchen und Döschen an ihren Halsketten, ließ ein paar Krümel eines silbrigen Puders und drei Tropfen einer grünen Flüssigkeit in die Schüssel fallen, in der sie die ganze Zeit rührte. »Nicht verloren. Gefunden.«

»Was meinen Sie damit? Sind sie etwa hier? Wo denn?«

»Nicht hier, nein. Immer noch im Berg. Gefunden haben sie einen Freund. Immer dann, wenn man es am wenigsten erwartet.« Sie schaute zu dem Jungen vor dem Feuer. »Beeil dich mit dem Eintopf.«

»Was soll das? Einen Freund? Wo?«

Die alte Frau schabte die Mixtur aus der Schale in einen hölzernen Becher, goss Wasser darauf, rührte um und hielt Emma den Becher hin. »Trink das.«

Anfangs schmeckte Emma nur Erde, aber dann spürte sie das Aroma von Minze und Rosmarin, von Honig und von etwas, das sie an Sonnenlicht und Vogelgesang erinnerte. Sie senkte den Becher. Sie spürte, wie sich eine weiche goldene Welle in ihrem Blut ausbreitete, in ihre Fingerspitzen und in ihre Zehen wanderte, geradewegs bis in ihre Haarwurzeln, und sie von innen her wärmte. »Wow!«

Die alte Frau lächelte, woraufhin sich die Anzahl der Runzeln in ihrem Gesicht verdoppelte. »Die alte Granny weiß so dies und das, nicht wahr?«

»Wen haben Kate und Michael gefunden?«

»Den Zauberer.«

»Wie bitte? Doch nicht etwa Dr. Pym? Sie haben Dr. Pym gefunden?! Woher wissen Sie das?«

»Ich hab's gesehen, was sonst? Dumme Frage.«

»Tja, wir müssen trotzdem zu ihnen. Dr. Pym muss diese böse Hexe töten. Sie ist schrecklich! Wo sind sie denn? Wir müssen jetzt gleich los!«

Die alte Frau schüttelte den Kopf und hob einen Korb vom Boden auf. Emma hörte Geschirr darin klappern. »Dir ist ein anderer Weg bestimmt.« Sie schlug die lederne Plane zurück, die vor dem Eingang der Hütte hing, und ließ kurz das strahlende Morgenlicht ein. Dann wandte sie sich an den Jungen am Feuer. »Sorg dafür, dass sie isst. Ich gehe zu Gabriel.«

»Warten Sie!«, rief Emma. »Ich will …« Aber als sie aufstehen wollte, verließen sie ihre Kräfte, und sie brach auf dem Boden zusammen.

Der Junge kam zu ihr und half ihr, sich wieder ins Bett zu legen. Da sah sie, dass es gar kein Junge war, sondern ein Mädchen, vielleicht ein Jahr jünger als Kate, aber dünn und drahtig und mit kurz geschorenen Haaren.

Das Mädchen ging ziemlich grob mit Emma um, schob sie ohne Umstände ins Bett und wandte sich dann wieder zum Feuer. Sie schaufelte Eintopf in eine Holzschale, brachte sie Emma und wischte einen Löffel an ihrem Hemd sauber. »Du kannst doch gewiss selbst essen, oder? Du bist ja kein Baby mehr.«

»Natürlich kann ich selbst essen«, erwiderte Emma empört, die sich trotz des Tranks der alten Frau immer noch schwächer fühlte als je zuvor in ihrem Leben. Sie nahm dem Mädchen Schale und Löffel aus der Hand. In dem gelblichen Eintopf schwammen Stücke von Fleisch, Gemüse und Kartoffeln. Er duftete himmlisch.

Das Mädchen setzte sich auf einen Schemel, verschränkte die Arme vor der Brust und starrte Emma an, bis diese aufgegessen hatte.

Emma wollte den unbeugsamen Blick des Mädchens erwidern, aber sie hatte einen Bärenhunger, und so begnügte sie sich damit, dem Mädchen zwischen zwei gierigen Bissen böse Blicke zuzuwerfen.

»Ich dachte, du wärst tot, als dich Gabriel letzte Nacht gebracht hat. Noch fünf Minuten, meinte Granny, und es wäre zu spät gewesen.«

»Ist sie deine Großmutter?«

»Nein. Alle hier nennen sie Granny. Granny Peet. Sie ist eine weise Frau. Kennt sich mit Magie aus. So hat sie dich geheilt. Und jetzt gehört ihr deine Seele.«

Emma erstarrte.

Das Mädchen schenkte ihr ein schiefes Lächeln. »Ich mache bloß Spaß. So ist sie nicht. Aber du hast's geglaubt.«

»Habe ich nicht.«

»Klar hast du. Du dachtest, Granny Peet hätte deine Seele in einen Krug oder so was Ähnliches gesperrt.«

Emma beschloss, dieses Mädchen nicht zu mögen und mit Missachtung zu strafen.

»Gabriel meinte, die Hexe hätte dich eingesperrt, aber du wärst entkommen. Stimmt das?«

Emma zuckte mit den Schultern, als ob das eine Kleinigkeit gewesen wäre.

»Sie zwingt die Männer, in der toten Stadt unter dem Berg zu graben. Ich bin dort hingeschlichen. Habe sie gesehen.«

Emma hörte auf zu essen. Ihre Neugier gewann die Oberhand. »Was ist die tote Stadt?«

»Dort haben früher die Zwerge gelebt, vor langer Zeit, unter dem Berg. Dann gab es ein Erdbeben.« Das Mädchen erzählte die Geschichte mit leuchtenden Augen. »Und dann war alles futsch. Die halbe Stadt stürzte ein. Hunderte und Aberhunderte von Zwergen wurden getötet. Deshalb gingen sie weg und haben eine andere Stadt gebaut. Die Leute glauben, dass es in der alten Stadt spukt. Niemand traut sich hin. Aber ich habe keine Angst.« Sie schaute Emma an. »Weißt du, wonach die Hexe die Männer graben lässt?«

Emma starrte in ihren Eintopf. »Nein.«

»Ich verrate es niemandem.«

»Ich sagte Nein. Wie kommt's, dass die Gräfin dich nicht auch eingesperrt hat?«

Das Mädchen lachte. »Mit uns legt sie sich nicht an. Nur mit den Leuten in der Stadt. Wenn du mich fragst, haben die es nicht anders verdient. Lassen sich einfach so überrumpeln! Ich hätte gekämpft! Es wäre mir egal, ob sie mich töten! Die Stadtleute sind ein Haufen Feiglinge!«

Emma schob die letzte Karotte auf ihren Löffel, hob dann die Schale an die Lippen und trank die Suppe aus. Sie dachte an die Kinder, die in dem großen Haus gefangen waren; sie dachte daran, dass bei jedem ihrer Fluchtversuche ihre Eltern dafür büßen mussten. »Wie heißt du?«

»Dena.«

»Nun, Dena, du hast keine Ahnung, wovon du redest. Also solltest du besser deinen verdammten Mund halten.«

Das Mädchen sprang auf und ballte die Hände zu Fäusten. »Wenn du nicht krank und außerdem noch kleiner wärst als ich, würde ich dafür sorgen, dass du das zurücknimmst.«

Emma warf die Schale weg und war mit einem Satz aus dem Bett. In dem Eintopf der alten Frau musste noch etwas anderes außer Fleisch und Gemüse gewesen sein, denn mit einem Mal hatte Emma ihre alte Stärke wiedergewonnen.

»Dann versuch's doch!«

Eine Sekunde später wären die beiden wohl wild um sich tretend und schlagend über den Boden gerollt, aber genau in dem Augenblick wurde die Plane am Eingang zurückgeschlagen und ein Mann trat ein. Er hatte langes dunkles Haar wie Gabriel. Aber er war kleiner, schlanker und sein Gesicht war jung und ohne Narben. Es war schwer zu sagen, ob er durchschaute, was hier in der Hütte vor sich ging, denn sein Gesicht blieb unbewegt. Mit einem Blick auf Emma sagte er zu dem anderen Mädchen: »Sie braucht Schuhe.« Dena zögerte nur einen Moment. Dann bückte sie sich mit einem ärgerlichen Schnauben und zog ein Paar abgetragene Mokassins unter dem Bett hervor, die sie Emma in die Hand drückte.

»Komm mit«, sagte der Mann, zu Emma gewandt, und hob die Plane über dem Eingang.

»Ich will zu Gabriel.«

Der Mann warf einen Blick über seine Schulter. »Gabriel schickt mich.« Als er hinausging, zog Emma die Mokassins an, und mit einem letzten, trotzigen Blick zu Dena rannte sie ihm nach.

Das Dorf lag am Hang, zwischen zwei mit Kiefern bestandenen Bergrücken. Die heiße, stickige Hütte verlassend, blieb Emma vor dem Eingang stehen und holte tief Atem. Die Luft war kühl und frisch und duftete nach Sommer. Emma entdeckte etwa zwei Dutzend Holzhütten, einige etwas abseits zwischen den dicken Stämmen der Bäume, andere eng an eine Art Straße gedrängt, die sich den Hang hinaufzog – wenn ein fünf oder sechs Meter breiter Trampelpfad die Bezeichnung Straße überhaupt verdiente. Emma folgte dem jungen Mann und fragte sich, wo die Einwohner des Dorfes waren. Dann kamen sie um eine Biegung, und da sah sie es: Alle Menschen des Dorfes – zumindest vermutete sie, dass es sich um die Dorfbewohner handelte – hatten sich vor einer einzelnen Hütte versammelt. Die Leute lauschten einer Gruppe von sechs oder sieben alten Männern. Emma war zu weit weg, um etwas zu verstehen, aber es schien eine Art Ratsversammlung zu sein. Als Emma und der junge Mann sich näherten, verstummten die alten Männer und richteten ihre Augen auf sie. Emmas Begleiter nickte respektvoll und hielt das Ledertuch beiseite, das vor der Hütte hing, damit Emma eintreten konnte.

In der Hütte war es dämmrig, und es wurde noch dunkler, als der Eingang wieder verschlossen war. Der junge Mann war nicht mit Emma hereingekommen. Sie stand da und wartete, bis sich ihre Augen an das funzelige Licht gewöhnt hatten. In der Luft lag ein widerlicher, pestartiger Gestank. Ein großer, dunkler Schemen kam auf sie zu. Emma blinzelte und wollte schon weglaufen, als sie Granny Peet erkannte. Die weise Frau nahm Emma am Arm und zog sie weiter in die Hütte hinein.

»Wo ist Gab…?«

Die Frage erstarb in ihrer Kehle. Die alte Frau hatte sie zu einem Bett im hinteren Teil der Hütte gezogen, auf dem Gabriel lag. Seine Augen waren geschlossen und er war bis zur Hüfte nackt. Ein halbes Dutzend tiefer Schnitte überzog seine Arme und in der Seite prangte eine hässliche, klaffende Wunde. Aber es war nicht der Anblick des bloß liegenden Fleischs und des Bluts, der Emma den Atem stocken ließ: Von jeder Wunde breiteten sich wie ein Spinnennetz dicke schwarze Tentakel aus.

»Gift«, bemerkte Granny Peet. »Wenn es sein Herz erreicht, ist es vorbei.«

»Dann tun Sie etwas!«, forderte Emma. »Retten Sie ihn! Tun Sie etwas! Sie müssen!«

»Das ist nicht so einfach, Kind. Die Zutaten für das Gegengift sind schwer zu finden. Hab alles, was ich hatte, für dich gebraucht. Gabriel wollte es so.« Sie nahm eine Schale mit einer fettigen gelben Paste und fing an, darin herumzurühren. »Ich weiß nicht, ich weiß nicht ...«

Emma schaute auf den riesenhaften Mann. Er hatte ihr das Leben gerettet und jetzt lag er selbst im Sterben. Das war nicht gerecht. Man musste doch etwas ...

Emma warf den Kopf zurück. Unvermittelt hatte Granny Peet nach ihrem Gesicht gegriffen.

»Was ...?«

Aber die alte Frau schaute Emma gar nicht an. Sie starrte auf den dicken gelben Nagel ihres Zeigefingers, mit dem sie eine einzelne von Emmas Tränen aufgefangen hatte. Granny Peet murmelte gedankenverloren vor sich hin und schüttelte dann die Träne von ihrem Finger in die Schale. Sie befahl Emma, stillzuhalten, sammelte noch mehr Tränen ein und fügte sie der gelblichen Paste zu.

»Hm«, murmelte sie und wanderte mit der Schale in der Hand, in der sie unablässig rührte, um das Bett herum.

»Du ...« Gabriel hatte die Augen aufgeschlagen. »... wollte dich sehen ...«

Emma zwang sich zu einem Lächeln und legte so viel Fröhlichkeit und Zuversicht in ihre Stimme, wie sie nur konnte. »Mir geht's gut. Dank Ihnen. Und Sie kommen auch bald wieder auf die Beine. Granny macht Sie gesund, genau wie mich. Sie sagt, dass sie es kann. Dann sind Sie wieder so gut wie neu.« Auf der anderen Seite des Bettes fing die alte Frau an, die gelbe Paste auf die Wunden zu schmieren. Emma konnte hören, wie es blubberte und zischte.

»Ich … freue mich, dass … es dir gut geht«, sagte Gabriel und schloss die Augen.

Bitte, dachte Emma, bitte mach ihn wieder gesund …

Sie legte ihre kleinen Hände in seine mächtige Pranke. Die Medizin brannte wohl ganz schrecklich, denn er ballte seine Hand zur Faust und zerquetschte Emmas Hände dabei fast. Aber sie ließ nicht los. Sie würde ihn nicht loslassen.

KAPITEL 15

Die tote Stadt

Kate und Michael gingen in der Mitte der Gruppe, direkt hinter dem Zwerg, der den weißbärtigen, laut schnarchenden Fergus auf seinem Rücken trug. Hamish marschierte vorneweg. Insgesamt waren sie zu siebt.

Keine Fanfaren hatten ihren Auszug aus der Zwergenstadt begleitet. Hamish hatte behauptet, dass sein Volk auf einer Parade bestanden hätte, wenn bekannt geworden wäre, dass er die Stadt verließ, und dann hätte er wieder tagelang Babys küssen müssen. Kate entging nicht, dass die anderen Zwerge einander anschauten. Fergus schnaubte sogar, was er sogleich mit einem Hüsteln tarnen wollte – woraufhin er prompt einen Hustenanfall bekam, der beinahe eine Minute lang andauerte.

Sie verließen die Stadt durch ein kleines, abgelegenes Tor und gingen durch eine Reihe von gut ausgeleuchteten, sauber gefegten Tunneln. Die ganze Zeit plapperte Hamish über die Geschichte der toten Stadt, rezitierte etliche Legenden, die man sich über sie erzählte, und bemerkte außerdem, wie viele Armbeugen er an diesem Morgen bei seinem Hanteltraining absolviert hatte.

Kate schob sich näher an Michael und nahm seine Hand. »Du hättest gegen Hamish nicht so aufbegehren sollen«, raunte sie ihm zu und drückte dann seine Hand. »Aber es war sehr mutig von dir.«

Michael wirkte verlegen. »Ach, das war doch keine große Sache.«

»Doch, das war es. Emma wäre derselben Meinung.«

Ihr Gespräch wurde von dem Klappern der Zwergenrüstungen übertönt, von dem Scheppern von eisenbeschlagenen Stiefeln auf dem Stein, Fergus' Schnarchen und dem unablässigen Redestrom des Zwergenkönigs. Als Michael etwas erwiderte, musste Kate ihn mehrmals auffordern, seine Worte zu wiederholen.

»Meinst du, es geht ihr gut?«

»Oh ja«, sagte Kate im Brustton der Überzeugung – obwohl sie in Wahrheit keineswegs überzeugt war. »Und wie Dr. Pym uns ja sagte: Gabriel ist bei ihr. Er wird nicht zulassen, dass ihr etwas geschieht.«

»Glaubst du, dass wir sie wiedersehen?«

»Aber natürlich! Daran darfst du nie zweifeln.«

Michael nickte. Dann wechselte er schnell das Thema und sagte: »Ich begreife nicht, warum der König seine Zwerge nicht mobilisiert. So viele Kreischer hat die Gräfin bestimmt nicht; Hamish könnte eine Armee aufstellen und sie einfach vertreiben.«

»Es ist wegen der Salmac-Tar.«

Der Zwerg, der gesprochen hatte, ging hinter ihnen. Er hatte schwarzes Haar, einen schwarzen Bart und dicke, buschige Augenbrauen. Er wirkte jünger als die anderen Zwerge, und es entging Kate nicht, dass er sich Mühe gab, leise zu sprechen. »Vor etwa einem Jahr hat der König herausgefunden, dass die Hexe sich mit diesen schleimigen, mörderischen Biestern abgibt. Ihr wisst über sie Bescheid, oder?«

Kate nickte und erinnerte sich an ihren Traum im Verlies … an die bleiche, blinde Kreatur, die auf Gabriel zuschlich … an die Krallen, die diese unheimlichen Klickgeräusche auf dem Steinboden machten …

»Na ja, sie hat ihnen Versprechungen gemacht. Sie sucht sich Verbündete, um ihre Interessen zu wahren. Wenn also Hamish, ich meine, wenn der König versuchen würde, die Kreischer anzugreifen, geht sie zu den Salmac-Tar und bittet sie um Hilfe. Das würde Krieg bedeuten. Und das will der König nicht.«

»Wie heißen Sie?«, fragte Kate.

»Wallace«, sagte er, und dann fügte er – völlig überflüssigerweise – hinzu: »Wallace, der Zwerg.«

Die Gruppe war schon seit fast einer Stunde unterwegs, als sie aus einem Tunnel kamen und am Rand einer tiefen Felsspalte standen. Kate und Michael konnten hören, dass am Grund der Spalte Wasser rauschte, sehen konnten sie den Strom in der Dunkelheit jedoch nicht.

»Der Cambridge«, benannte Hamish den Fluss und schob mit dem Fuß einen Stein über die Kante in den Abgrund. »Er fließt durch die Berge, an Cambridge Falls vorbei und geradewegs zum Damm. So haben wir früher mit diesen Hinterwäldlern Handel getrieben. Bis die Hexe kam. Diese Frau hat kein Verständnis für die Feinheiten des Geschäftemachens. Kommt weiter. Die Brücke ist unten. Wir können das alte Königreich betreten.«

»Hamish wäre ein guter Fremdenführer«, sagte Michael, während sie am Rand der Schlucht entlanggingen. »Er weiß wirklich eine ganze Menge über diese Gegend.«

»Das war er tatsächlich«, erwiderte Wallace. »Wenn ausländische Würdenträger kamen, hat er sie früher, bevor die Königin starb, überall herumgeführt. Er hat das immer gut gemacht. Wenn er nüchtern war, meine ich.«

Als sie sich ihrem Ziel näherten, musste Kate wieder an das denken, was Dr. Pym gesagt hatte. Warum sollte ein Gewölbe, das vor mehr als tausend Jahren versiegelt worden war, ein magisches Gewölbe, das nur wenigen Menschen zugänglich war, sich ausgerechnet für sie und Michael – und vermutlich auch für Emma – öffnen? Wie war das möglich? Und was hatte der Zauberer damit sagen wollen, als er meinte, dass sie etwas Besonderes sei? Was war mit ihr? Und wie hätte das Buch sie »auserwählen« sollen, und was hatte es mit dem geheilten Herzen auf sich? Je mehr Kate nachdachte, desto verwirrter und verängstigter wurde sie.

Sie erreichten eine gebogene Steinbrücke, die von einem einzigen Zwerg bewacht wurde. Beim Anblick des Königs ließ er sich auf ein Knie sinken.

Hamish erkundigte sich nach Neuigkeiten aus der toten Stadt.

»Nichts, mein König. Aber was immer die Hexe suchen mag – sie sollte es möglichst schnell finden. Die Männer sind am Ende ihrer Kräfte. Kein Wunder: ständig unter der Peitsche der Kreischer und einem einzigen Stück Brot und einem Krug Wasser als Tagesration. Und das bei dieser Arbeit! Wenn Ihr mich fragt, Majestät, dann sollten wir sie aus dem Berg treiben und…«

»Aye, aber wer hat dich gefragt? Hm? Du bleibst schön hier stehen und hältst nur die Ohren offen, du Tölpel!« Hamish schüttelte den Kopf, starrte über die Brücke und murmelte: »Heutzutage muss wohl jeder seinen Senf dazugeben.«

Auf der anderen Seite der Brücke befahl Hamish seinen Zwergen, die Rüstungen abzulegen. Er wollte nicht, dass sie mehr Lärm machten als nötig. Dann rüttelte er Fergus wach.

»Na los, du alte Krähe, dann sing uns mal was vor.«

Fergus klappte die Augen auf. Sie waren wässrig und ausdruckslos. »Hm?«

»Wir haben die Steinbrücke überquert. Wie kommen wir von hier aus in die goldene Höhle?«

»Die goldene Höhle ...« Er schien überhaupt nicht zu wissen, wovon Hamish sprach.

»Aye, die goldene Höhle. Die goldene Höhle! Wenn du gelogen hast und nicht weißt, wo ...« Der König packte den alten Zwerg am Bart.

»Durch das Tor«, murmelte Fergus. »Westlich am Grat entlang. Da ist eine Tür mit dem Zeichen der gekreuzten Hämmer, und dann Stufen, viele Stufen ...«

»Na gut«, sagte Hamish und wandte sich seinen Leuten und den Kindern zu. »Und ihr seid mucksmäuschenstill, verstanden?«

Sie schlichen durch einen dunklen, staubigen Gang, der abrupt an einem großen Eisentor endete. Hamish kramte unter seinem Bart herum und zog einen schweren Schlüssel hervor. Er steckte ihn in das Schloss, holte tief Atem und drehte ihn um. Der Verschlussmechanismus rastete mit einem Klacken ein, das so laut war, dass es im ganzen Gang widerhallte. Kate fühlte, wie die Zwerge zusammenzuckten.

Hamish warf ihnen einen verlegenen Blick zu. »'tschuldigung.«

Der Tunnel führte hinter dem Tor nach etwa zwanzig Metern in eine Art riesige, hell erleuchtete Höhle. Mit Gesten befahl Hamish der Gruppe, auf dem Bauch weiterzukriechen. Die fünf Zwerge und die zwei Kinder ließen sich nieder und schoben sich bäuchlings weiter. Kate hörte Hämmern und Geräusche von brechendem Stein, gebrüllte Befehle und das Knallen und Zischen von Peitschenschnüren. Dann hatten sie und Michael die Mündung der Höhle erreicht und schauten in den Abgrund, der sich jenseits davon auftat.

Sie befanden sich etwa achtzig Meter oberhalb der toten Stadt, die scheinbar das ganze ausgehöhlte Zentrum des Berges einnahm, jedenfalls soweit Kate und Michael es beurteilen konnten, denn die Grenzen der Stadt verloren sich in der Dunkelheit. Kate fühlte sich an eine Schneekugel erinnert, an eine gigantische Schneekugel, die man so lange geschüttelt hatte, bis die Türme einstürzten, die Häuser zerfielen und das Pflaster auf den Straßen zerbrach. Es war der Leichnam einer Stadt, der seit Jahrhunderten verrottete.

Bis jetzt.

Direkt unter ihnen badeten Dutzende zischender Gaslampen die Ruinen in gelbes Licht. Die meiste Arbeit schien in einem riesigen Gebäude stattzufinden, dem das Dach fehlte. Kate konnte die Menschen, die sich dort unten bewegten, gerade so erkennen. Sie waren jedoch zu weit weg, und es lag zu viel Staub in der Luft, um zu sehen, was dort unten genau vor sich ging. Nicht dass es eine Rolle spielte. Ihr war klar, dass dies der alte Thronsaal war. Das Brüllen und das Peitschenknallen sprachen Bände.

»Calmartia«, sagte Hamish leise. »Die tote Stadt.«

»Ich kann es nicht glauben«, flüsterte Michael und rückte seine Brille zurecht, die ihm von der Nase zu rutschen drohte. »Eine alte Zwergenstadt. Ich wünschte, ich hätte meine Kamera dabei.«

Kate verriet nicht, dass sie diese Stadt schon einmal gesehen hatte. Zwei Nächte zuvor hatte sie im Traum miterlebt, wie Calmartia zerstört worden war.

Hamish bedeutete ihnen, sich zurückzuziehen.

»Bleibt unten und seid leise«, zischte er, »oder wir sind alle tot.«

Irgendwann scheuchte Granny Peet Emma aus der Hütte.

»Aber ... aber ... aber ...«, stammelte Emma, während die alte Frau sie aus der Tür schob. Die schwarzen Gifttentakel unter Gabriels Haut waren verblasst, aber er war noch immer nicht erwacht. Emma wollte bei ihm sein, wenn er zu Bewusstsein kam.

»Ich brauche ihn allein«, sagte die weise Frau. »Ich rufe dich, sobald es geht.«

Der Vormittag war schon fast vorüber, und die Menge, die sich vorhin vor der Hütte versammelt hatte, war verschwunden. Emma stand da und schaute die schmutzige Straße entlang in beide Richtungen. Nur ein paar Hunde liefen schnüffelnd herum und wühlten in Abfall.

»Wird er sterben?«

Emma drehte sich um. Dena stand neben der Hütte. Emma vermutete, dass sie versucht hatte, durch eins der Fenster zu gucken.

»Natürlich nicht«, gab Emma verächtlich zurück. »Es braucht mehr als ein paar Kreischer, um Gabriel umzubringen.«

Dena sagte nichts. Sie stand bloß da und schaute Emma an.

»Was ist?«, fragte Emma. »Er wird wieder gesund!«

Dena schwieg und rührte sich nicht.

Emma wandte sich ab und setzte sich auf ein Holzscheit. Sie hob eine Handvoll Kiesel auf und fing an, sie einen nach dem anderen auf einen Eisentopf zu werfen. Nach einer Weile setzte sich Dena neben sie. Auch sie hob ein paar Steine auf, aber anstatt damit ebenfalls auf den Topf zu zielen, ließ sie sie nur von einer Hand in die andere gleiten und siebte dabei die Erde aus.

»Meine Eltern wurden letztes Jahr getötet.«

Emma schaute sie an, aber Denas Blick lag auf den Kieseln, die von einer Hand in die andere wanderten.

»Sie waren in der Nähe von Cambridge Falls. Ein paar Kreischer haben sie erwischt. Vermutlich dachten sie, sie wären aus dem Dorf. Auf der Flucht oder so etwas.«

»Oh … wirklich?«

Das Mädchen nickte.

Da sagte Emma: »Meine Eltern sind verschwunden. Seit zehn Jahren.«

»Sind sie tot?«

»Nein. Ich meine … ich weiß nicht.«

Beide schwiegen eine Weile.

Dann sagte Emma: »Was mit deinen Eltern passiert ist, tut mir leid.«

»Gabriel hat die anderen beschworen, gegen die Hexe zu kämpfen, aber sie wollten nicht. Sie wollen immer noch nicht. Ein Haufen Feiglinge!« Und das Mädchen schleuderte all die Steine in ihrer Hand von sich, sodass sie klappernd gegen den Eisentopf prallten.

»Wovon redest du?«, fragte Emma.

»Darüber sprechen sie doch gerade«, sagte Dena und deutete den Hang hinauf zu einem großen zweistöckigen Gebäude. »Letzte Nacht hat Gabriel das ganze Dorf aufgeschreckt, weil er brüllte, dass man die Hexe bekämpfen müsse. Er konnte des Gifts wegen kaum noch aufrecht stehen. Jetzt reden sie darüber und reden und reden und werden nichts tun. Sie … he! Wohin gehst du?«

Emma war aufgestanden und stapfte die Straße entlang. Sie fühlte das Blut in ihren Wangen und vor ihren Augen zuckten wütende Sterne. Gabriel hatte ihnen befohlen zu kämpfen. Und sie, Emma, würde dafür sorgen, dass sie es auch taten.

Sie schob sich durch den Eingang hinein in die warme, verräucherte Luft. Das Innere der Hütte bestand aus einem einzigen großen, rechteckigen Raum. Die alten Männer, die Emma vorhin schon gesehen hatte, saßen um ein Feuer in der Mitte herum, während der Rest der Dorfbewohner auf Bänken entlang der Wände Platz genommen hatte oder von einer erhöhten Galerie aus zuschaute.

Einer der alten Männer sprach gerade.

»Wir wissen nicht, wie mächtig die Hexe wirklich ist. Wir haben eine Verantwortung, das stimmt. Aber nicht den Menschen von Cambridge Falls gegenüber! Wir müssen unser Blut schützen! Unsere Traditionen, unser Erbe!« Mit dem Stock klopfte er auf den Boden, sodass kleine Staubwolken aufwirbelten. »Was ist, wenn wir sie bekämpfen und den Kampf verlieren? Wie würde sie sich an uns rächen? Das wissen wir nicht. Wir wissen nicht, wozu sie fähig ist! Das Risiko können wir nicht eingehen.«

Unter allgemeinem Gemurmel in den Reihen der Zuhörer ließ er sich wieder nieder. Wie der Blitz sprang Emma auf eine Bank.

»Ihr werdet alle sterben!«

Die gesamte Versammlung – die alten Männer in der Mitte, die Leute auf den Bänken und diejenigen auf der Galerie –, alle hielten inne und schauten sie an.

»Glaubt ihr, dass sie euch in Frieden lässt, wenn ihr einfach stillhaltet und nichts tut? Seid ihr so dämlich?« Eine kleine Stimme in Emmas Kopf riet ihr zu einer anderen Wortwahl, aber sie beachtete sie nicht. »Denn das ist wirklich das Dämlichste, was ich je in meinem Leben gehört habe!«

Der alte Mann, der eben gesprochen hatte, hob seinen Stock und deutete damit auf Emma.

»Schafft dieses Kind raus.«

Emma sah eine Frau auf sich zukommen. Sie wünschte, Kate wäre hier. Die Menschen hörten auf Kate. »Es stimmt! Ich habe es gesehen! Alles ist tot – die Bäume, die Tiere ... Alles ist tot! Ich habe es gesehen! Dieser Ort wird verflucht sein!«

»Schafft sie raus!«, krächzte der alte Mann und hieb mit dem Stock auf den Boden.

»Nein.«

Alle erstarrten und drehten sich um, einschließlich Emma. Granny Peets mächtige, etwas schäbig wirkende Gestalt stand im Türrahmen. Sie ließ die Lederplane fallen und trat zu Emma.

»Sie kommt aus der Zukunft zu uns. Wenn sie sagt, dass diese Berge ein Ödland sein werden, dann glaube ich ihr.«

»Aber Granny«, sagte der alte Mann, diesmal voller Respekt, »wenn das, was das Kind sagt, die Wahrheit ist ...«

»Natürlich ist es die Wahrheit! Seid ihr taub oder was ...?«, wütete Emma, aber ein Blick der weisen Frau brachte sie zum Schweigen.

»Woher sollen wir wissen, was diese Zerstörung verursacht?«, fuhr der alte Mann fort. »Vielleicht wird sie ja gerade durch den

Kampf hervorgerufen, zu dem uns dieses Kind aufstacheln will. Vielleicht kämpfen und verlieren wir. Vielleicht ist das, was das Kind gesehen hat, die Rache der alten Hexe.«

»So ein alter Angsthase«, zischte Emma.

Granny Peet beachtete sie nicht. »Dann müssen wir dafür sorgen, dass wir nicht verlieren.«

Sie nahm Emmas Hand und führte sie nach vorn, bis sie neben dem Feuer standen, inmitten des Kreises der alten Männer.

»Ich bin schon länger die weise Frau des Dorfes, als die meisten von euch am Leben sind. Ja, wenn wir uns gegen die Hexe stellen und gegen sie verlieren, bedeutet es unseren Untergang. Alles, was wir sind – unsere Geschichte, unsere Geschichten –, wird aus der Erinnerung der Welt verschwinden. Aber«, sagte sie und wandte sich langsam im Kreis, hielt die Versammlung mit ihrem Blick fest, »wir haben keine andere Wahl. Wir müssen kämpfen.«

Emma merkte, wie etwas Seltsames passierte: Die Runzeln im Gesicht der alten Frau schienen sich zu glätten. Ihre Augen funkelten und strahlten, der krumme Rücken streckte sich. Die alte Granny Peet, gebückt und faltig, war immer noch da, aber während sie sprach, erhob sich auch diese andere Frau, groß gewachsen, stolz und schön. Es war, als ob beide gleichzeitig existierten.

»Wir alle kennen die Geschichten über einen Gegenstand von großer Macht, der in diesen Bergen versteckt ist. Viele von uns glauben, dass es diese Geschichten waren, welche die Hexe zu uns geführt haben. Aber was ist das für ein Gegenstand, den sie sucht? Worin liegt seine Macht? Das erzählen uns die Geschichten nicht.«

Granny Peet schwieg. Emma sah, wie sich die Männer und Frauen unwillkürlich vorbeugten. Über sich hörte sie die

Galerie knarren und knacken, als sich auch die dort Sitzenden nach vorne lehnten, um besser hören zu können.

»Es ist ein Buch.«

Nach einer kurzen Pause fuhr sie fort: »Es waren einmal drei mächtige magische Bücher, die mächtigsten Zauberbücher, die je verfasst worden waren. Aber sie gingen verloren, vor Jahrtausenden schon. Trotzdem wissen alle Zauberer und alle Weisen über sie Bescheid und kennen ihre Macht. Jedes einzelne von ihnen kann unsere Welt verändern.

Vor langer Zeit schon begann ich zu ahnen, dass eines dieser Bücher hier vergraben liegt. Nur welches? Jetzt, dank dieses Kindes, weiß ich es.«

Sie legte Emma ihre Hand in den Nacken. Emma fühlte die verdrehten und knorrigen Finger der alten Frau – und gleichzeitig die weiche Handfläche der jungen.

»Das Buch, das in diesen Bergen vergraben liegt, das Buch, das die Hexe mehr begehrt als alles andere, birgt die Geheimnisse von Zeit und Raum. Es wird ›Emerald‹ genannt, es ist eine der *Chroniken vom Anbeginn*.«

Ein Murmeln zog durch den Raum, und obwohl sie direkt neben dem Feuer stand, fühlte Emma, wie ein kalter Schauer über sie hinwegglitt. Granny Peet hob eine Hand. Stille kehrte ein.

»Die Chronik gestattet demjenigen, der sie aufschlägt, durch die Zeit zu reisen, sich quer durch die Geschichte zu bewegen. Das allein sollte unsere Herzen vor Angst erbeben lassen. Aber da ist noch mehr.« Emma hatte den Eindruck, dass sich die Versammlung noch näher an sie herandrängte. Alle hingen an den Lippen der alten Frau. »Wenn es einer Person gelingt, die Macht des Buches ganz und gar zu beherrschen, dann ist diese Person, dieser Zauberer, nicht nur in der Lage, durch Zeit und Raum zu reisen, sondern kann sogar *beides kontrollieren*. Das Wesen unserer Welt wird sich vor diesem Zauberer beugen, wird seiner Willkür unterworfen sein. Von dem Moment an wird unser Leben, das Leben all jener, die wir lieben, das Leben aller Menschen auf diesem Planeten, von seiner Gnade abhängig sein. Das Buch Emerald darf niemals in die Hände der Hexe fallen.«

Sie verstummte. Aus dem Augenwinkel sah Emma, wie die wunderschöne Geisterfrau in sich zusammenfiel und verblasste, bis nur noch die alte, verschrumpelte Granny Peet neben ihr stand. Eine ganze Weile herrschte Totenstille. Dann stand ein großer, muskulöser Mann im hinteren Bereich des Raums auf.

»Ich werde kämpfen.«

Und einer nach dem anderen erhob sich von seinem Platz auf den Bänken und trat vor, bis jeder Mann zwischen sechzehn und sechzig aufgestanden war und seine Bereitschaft zum Kampf erklärt hatte.

Der alte Mann seufzte. »Also schön, wenn wir kämpfen müssen, dann müssen wir kämpfen. Aber wer soll uns anführen?«

»Ich.«

Gabriel stand in der Tür, eine Decke um seine Schultern gewickelt. Wie der Blitz war Emma bei ihm, warf sich ihm in die Arme und vergrub ihr Gesicht an seiner Brust, um ihre Tränen zu verbergen.

KAPITEL 16

Der schwarze See

Immer dicht an der Felswand und so leise wie möglich huschten Kate, Michael und die kleine Gruppe von Zwergen am Rand der alten Stadt entlang bis zu einer Bogentür, über der zwei gekreuzte Hämmer in den Stein gemeißelt waren. Sie gingen hindurch und standen in einer dunklen Kammer. Wieder kramte Hamish unter seinem Bart herum und zog einen faustgroßen Kristall hervor, den er leicht gegen die Wand schlug. Weißes Licht erstrahlte und beleuchtete eine Wendeltreppe, die in der Dunkelheit verschwand. Hamish stupste den alten Fergus so lange an, bis der aufwachte.

»He da! Du kannst immer noch schlafen, wenn du tot bist, und darauf brauchst du wohl nicht mehr lange zu warten. Sind wir hier auf dem richtigen Weg?«

Fergus blinzelte und spähte mit seinen wässrigen Augen die Treppe hinab. »Aye, das ist der richtige Weg. Hinunter, hinunter, bis ganz nach unten. Links, rechts, noch mal rechts, die dritte links, sechste rechts, achte links und wieder nach unten. Ihr müsst bloß eurer Nase folgen und …« Und damit war er wieder eingeschlafen.

»He! Haltet ihn wach, wir brauchen ihn noch. Verflixt und zugenäht!«

Die Treppe war schmal und steil und wand sich in geradezu halsbrecherischen Biegungen nach unten. »Als ob derjenige, der sie erbaut hat, es darauf angelegt hat, dass man sich den Hals bricht«, flüsterte Michael und fügte dann hinzu: »Ich wette, es war kein Zwerg; die Zwerge haben vermutlich einen auswärtigen Architekten beschäftigt.« Glücklicherweise verfügten die anderen Zwerge über ähnliche Kristalle wie Hamish, sodass Kate und Michael wenigstens sehen konnten, wohin sie traten. Was Kate mehr als alles andere beunruhigte, war der Umstand, dass Fergus jedes Mal, wenn sich die Treppe gabelte, aufgeweckt werden musste, um die Richtung anzugeben. Sie bat Hamish, die Wegbeschreibung des alten Zwerges aufzuschreiben, damit sie ihn nicht jedes Mal wecken mussten, aber Hamish runzelte nur verächtlich die Stirn.

»Das könnte dir so passen! Aufschreiben! Ha! Solange ich in der Nähe bin, wird hier gar nichts aufgeschrieben. Darauf kannst du wetten! Ha!«

Je tiefer sie kamen, desto kälter wurde es; bald schon hingen Eiszapfen an den Höhlendecken, und Kates und Michaels Atem stand ihnen in kleinen Wölkchen vor dem Mund. Kate bemerkte, dass die Zwerge sich nervös umschauten.

»Angeblich spukt's hier«, flüsterte Wallace ihnen zu. In seiner rechten Hand hielt er einen funkelnden Kristall; mit der linken umklammerte er den Griff seiner Streitaxt. »Das ist der Grund, warum die Zwerge so selten hierherkommen. Zu viele starben hier eines schrecklichen Todes. Es gibt Geschichten über Zwerge, die sich im Dunkeln verirrten und plötzlich eisige Hände auf sich spürten …«

»Vielleicht kannst du uns später davon erzählen«, schlug Kate hastig vor.

Wallace schaute zu Michael, dessen Augen beinahe so groß geworden waren wie seine Brillengläser. »Aye«, grunzte er. »Kein Problem.«

»Halt!«

Es war Fergus, der diesen Ruf ausgestoßen hatte. Kate hatte geglaubt, dass er immer noch, an den Rücken seines Trägers gelehnt, schlief. Sein Schrei ließ die Kinder aufschauen – sie hatten auf ihre Füße gestarrt, weil sie Angst hatten zu stolpern und die Treppe hinunterzufallen. Und da sahen sie, dass kurz unter ihnen die Treppe endete. Sie hatten eine Höhle erreicht. In etwa fünf Metern Entfernung befand sich eine weitere Öffnung und von dort aus kreiselte eine weitere Wendeltreppe in die Tiefe.

»Hier ist es«, sagte der alte Zwerg.

»Hier?«, sagte Hamish. »Das kann nicht sein.«

Kate musste ihm beipflichten. Die Höhle war ein Raum aus unbehauenem Stein und lockerer Erde. Das einzig Bemerkenswerte waren die beiden Zugänge und ein kleiner dunkler See an einem Ende.

»Oh doch«, sagte Fergus, stieg vom Rücken seines Trägers und lehnte sich an die Wand. »Hier ist es.«

»Ach tatsächlich?«, schnaubte Hamish. »Das hier soll die goldene Höhle sein, von der du gaaaaaaanz genau weißt, wo sie sich befindet?!« Er packte Fergus am Bart und zog gehässig daran. »Wenn du uns in die Irre geführt hast, du altes Knochenbündel, dann sorge ich dafür, dass du deinen Bart verspeist.«

Fergus kicherte. »Natürlich ist das hier nicht die goldene Höhle. Man muss erst da durch.« Er deutete auf den dunklen See. »Am Grund des Wassers liegt ein Gang, durch den man schwimmen muss. Dann taucht man auf, und – was soll ich sagen? – ist in der goldenen Höhle. Aber Vorsicht.« Fergus zog eine lange Tonpfeife aus der Tasche und fing an, sie zu stopfen. »Irgendwas haust dort unten. Irgendwas Dunkles und Zappelndes.«

Er strich ein Zündholz an und zog dreimal fest an seiner Pfeife, wobei seine Wangen nach innen gesaugt wurden. Dann lehnte er sich zurück und ließ einen großen, trägen Rauchkringel emporsteigen. Keiner der anderen Zwerge sagte etwas.

»Das ist nicht gut«, flüsterte Wallace und rückte zu Kate und Michael. »Gar nicht gut.«

»Was soll das heißen, irgendwas haust da unten?«, wollte Hamish wissen. »*Was* haust dort unten?«

Der alte Zwerg zuckte mit den Schultern. »Keine Ahnung. Bin selbst nie da unten gewesen. Ich bin doch nicht blöd.«

»UND WOHER WEISST DU DANN VERDAMMT NOCH MAL, DASS DIES DER WEG ZU DER VERDAMMTEN GOLDENEN HÖHLE IST?!?!«

So tief unter der toten Stadt sie auch waren, so fragte sich Kate trotzdem unwillkürlich, ob die Kreischer der Gräfin Hamishs Gebrüll hören konnten.

Fergus blies gelassen einen weiteren Rauchkringel in die Höhe. »Mein Bruder ist mal hindurchgetaucht. Hat mir alles darüber erzählt.«

»Und warum rede ich dann nicht mit deinem Bruder anstatt mit dir nutzlosem Klappergestell? Hä?!«

»Vermutlich weil er tot ist. Ich weiß es noch wie heute. Ich saß genau hier, wo ich jetzt stehe, und rauchte meine Pfeife. Es geht nichts über eine anständige Pfeife. Dennis – das war mein Bruder – verschwand im Teich und ich wartete und wartete. Ich wartete schrecklich lange, bis er wieder auftauchte. Sein Kopf tanzte dort drüben auf der Wasseroberfläche, und er sagte: ›Fergus, alter Knabe, da ist ein Tunnel und der führt zu einer wundervollen goldenen Höhle!‹ – ›Zu einer goldenen Höhle?‹, fragte ich. – ›Aye‹, sagte er. ›Und es ist echtes Gold?‹, fragte ich. – ›Kein echtes Gold‹, sagte er. ›Es ist – Argh!‹«

»Argh?«, spie Hamish hervor. »Was zum Donner soll ›Argh!‹ bedeuten?«

»Gar nichts. Das ist das Geräusch, das er von sich gab, als das Monster ihn auffraß. Hat ihn geradewegs am Hals gepackt und in die Tiefe gezogen. Argh.«

Eine ganze Weile sagte niemand etwas.

Dann ging Hamish in die Luft. Er hüpfte herum, brüllte und spuckte und schlug mit seiner Axt wütend auf Boden und Wände ein. Eine Sekunde lang befürchtete Kate, er würde damit auf Fergus losgehen, der dasaß und seine Pfeife rauchte und sich keine Mühe gab, das belustigte Grinsen auf seinem Gesicht zu verbergen.

»Zwerge sind keine besonders guten Schwimmer«, flüsterte Michael. »Das waren sie noch nie.«

»Ich denke nicht, dass Schwimmen das Problem ist«, erwiderte Kate.

Geräuschvoll in seinen Bart prustend, schob Hamish sein Gesicht nah an das des alten Zwerges heran. »Das also ist dein verdammter geheimer Weg? Du willst uns durch das Wohnzimmer von irgendeinem Unterwasserungeheuer schicken?!«

Fergus zuckte mit den Schultern. »Das ist nicht mein Weg. Das ist *der* Weg. Der einzige Weg.«

Hamish funkelte ihn an, und Kate sah, wie er seine Axt fester packte, als ob er überlegte, ob er dem alten Zwerg damit den Kopf abschlagen sollte, aber dann drehte er sich um. »Also schön! Rein in den Teich!« Er lächelte Kate und Michael höhnisch an. »Und das gilt auch für euch beide!«

Fergus blies einen dritten Rauchkringel in die Luft und kicherte leise. »Argh.«

Die Gruppe trat zu dem dunklen See. Die Zwerge mussten ihre schweren Stiefel ausziehen und auch ihre Waffen ablegen. Nur die einfachen, schmalen Dolche, die sie bei sich trugen, behielten sie. Kate und Michael entledigten sich ihrer Jacken und Schuhe. Kate steckte die beiden Fotos, die sie bei sich hatte – das von ihr in ihrem Schlafzimmer und dasjenige, das Abraham ihnen gegeben hatte, das letzte, das er jemals gemacht hatte –, in die Gesäßtasche ihrer Jeans. Der Anblick von Abrahams Foto brachte die Erinnerung an jenen Morgen zurück, den sie mit Emma bei ihm verbracht hatte. Obwohl nur ein paar Tage seitdem vergangen waren, kam es Kate so vor, als ob diese Erinnerung zu einem anderen Leben gehörte.

»Schaffst du das?«, fragte Michael.

»Aber klar doch.« Von den Geschwistern war Kate bei Weitem die schlechteste Schwimmerin. In den ersten Waisenhäusern, in die man sie gebracht hatte, hatte man sich nicht die Mühe gemacht, ihnen Schwimmunterricht zu geben. Als Kate es schließlich lernte, war sie fast neun, und sie hatte ihre Angst und Unsicherheit im Wasser nie ganz ablegen können. Sie hatte immer das Gefühl, dass sie jeden Moment ertrinken könnte. Und während sie jetzt ihre zusammengerollten Socken in die Schuhe stopfte, zitterten ihre Hände.

Die Zwerge tauchten vorsichtig ihre Zehen ins Wasser und

zogen sie blitzschnell wieder heraus. »Vielleicht ist es tot, was immer es auch war«, hörte Kate einen von ihnen murmeln. Fergus saß immer noch kichernd und rauchend hinten in der Höhle. Der schwarzbärtige Wallace kam mit zwei glühenden Kristallen zu den Kindern.

»Die werdet ihr brauchen. Sieht so aus, als sei es stockdunkel da unten.«

»Vielen Dank«, sagte Kate. Trotz des Lichts, das er abstrahlte, lag der Kristall kühl in ihrer Hand.

»Los geht's.« Hamish trat an den Rand des Sees. »Verschwenden wir keine Zeit.« Und damit packte er einen Zwerg und warf ihn ins Wasser.

Es gab ein lautes Platschen und dann tauchte der Zwerg wieder auf. Sein Kopf wippte auf dem Wasser, während er mit den Armen um sich schlug, um oben zu bleiben. »Unter Wasser mit dir!«, brüllte Hamish und hob einen großen Stein auf. Weil er sah, dass er keine andere Wahl hatte, holte der Zwerg tief Atem und tauchte unter. Kate sah, wie sich das Schimmern des Kristalls langsam entfernte und dann ganz verschwand. Wieder platschte es auf: Hamish hatte einen zweiten Zwerg in den See geworfen.

Einer aus dem Gefolge wich zurück. »Ich kann nicht schwimmen, Majestät.«

»Dann wird's höchste Zeit, dass du's lernst!«

Und auch dieser Zwerg landete im Wasser und tauchte unter.

Hamish wandte sich zu Kate und Michael. »Geht ihr freiwillig rein oder muss ich euch auch hineinwerfen? Nass werdet ihr so oder so!«

»Komm mit«, sagte Kate.

Sie und Michael wateten in das dunkle Wasser. Es war so

kalt, dass Kates Füße und Fußknöchel nach wenigen Augenblicken wehtaten. Sie kamen zu einem Absatz auf dem Grund des Sees. Das Wasser reichte Kate kaum zu den Knien. Aber der nächste Schritt würde sie in die Tiefe ziehen.

»Michael, deine Brille.«

»Oh, danke.« Er setzte die Brille ab und steckte sie in die Brusttasche seines Hemdes, wobei er darauf achtete, dass er den Kristall nicht fallen ließ.

»Geh du zuerst rein. Du kannst schneller schwimmen als ich. Ich will dich nicht aufhalten.«

»Kate …«

»Ich schaffe das schon.«

Obwohl er nickte, fragte sie sich, ob sie so wenig überzeugend klang, wie sie sich fühlte. Und einen kurzen Augenblick lang wurde ihr der Irrsinn ihrer Situation in aller Deutlichkeit bewusst. Sie waren mitten in einem Berg, unter den Ruinen einer uralten Zwergenstadt, und würden in einen schwarzen See tauchen, wo möglicherweise ein hungriges Ungeheuer lebte, nur um ein verloren gegangenes Zauberbuch auszugraben. Was hatte sie sich bloß dabei gedacht? Sie wollte schon zurückweichen und Michael mit sich ziehen, als eine grobe Hand ihr von hinten einen Stoß versetzte.

»Rein mit euch!«

Das eiskalte tiefschwarze Wasser verschluckte sie. Kate sah, wie sich Michaels Kristalllicht langsam und stetig von ihr wegbewegte. Er schwamm nach unten. Sie folgte ihm, voller Panik bei der Vorstellung, dass sie ihn aus den Augen verlieren könnte. Nach ein paar Schwimmzügen hatte Michael seinen Rhythmus gefunden. In diesem Moment sah Kate ein zweites Licht vor ihm in der Dunkelheit, und dann, noch weiter entfernt, ein drittes, schwach und verschwommen. Sie erkannte, wie weit sie schwimmen musste.

Keine Panik, beschwor sie sich. Nur keine Panik.

Sie schwammen jetzt in einer schmalen Rinne, rechts und links von ihnen Felswände und über ihren Köpfen die steinerne Decke. Und unter ihnen … Kate schaute nicht nach unten. Sie konzentrierte sich auf das Licht von Michaels Kristall und auf ihre eigenen, schwächlichen Schwimmzüge. Sie konnte nicht einschätzen, wie viel Zeit vergangen war. Ihre Arme wurden schwer. Ihr Herz hämmerte in ihrer Brust. Am schlimmsten aber war der Druck auf ihren Lungen; sie hatte das Gefühl, dass sie in sich zusammenfielen, dass auch das letzte Quäntchen Atemluft aus ihnen herausgepresst wurde. Sie versuchte, sich einzureden, dass sie Schritt halten konnte, dass sie nicht zurückfiel, obwohl das Schimmern von Michaels Kristall immer schwächer wurde.

Dann stieß etwas gegen ihren Fuß.

Eisiger Schrecken durchfuhr sie und sie wirbelte herum. Sie sah etwas im Wasser um sich schlagen und treten und dachte einen Augenblick lang, es sei das Ungeheuer. Dann erkannte sie einen der Zwerge. Mit wilden Gesten bedeutete er ihr, ihn vorbeizulassen. Sie tat es, und er schwamm an ihr vorbei, mit Schwimmzügen, die noch ungeübter und zappeliger waren als ihre eigenen. Er war noch keine zwei Meter weit gekommen, da schoben sich drei lange Finger aus der Dunkelheit und packten ihn am Bein. Die Finger waren von einem kränklichen gelblichen Grün. Jeder einzelne war gut und gern einen Meter lang und so dick wie der Arm eines Mannes. Der Zwerg hackte mit seinem Messer auf die Finger ein. Luftblasen explodierten um ihn herum, aber er wurde unbarmherzig in die Tiefe gezogen. Kate versuchte zu schreien und ihre Lungen füllten sich mit

Wasser. Keuchend und würgend schwamm sie zur Felsendecke, hämmerte auf den Stein ein, suchte nach einem Ausweg, nach Luft. Der Kristall entglitt ihren Händen. Sie griff nach ihm, fuhr mit den Fingern durch das Wasser, aber er sank in die Dunkelheit hinab, und dann gab es nichts mehr außer der Nachtschwärze, die sie einhüllte …

»Kate! Kate!«

Sie schlug die Augen auf. Unvermittelt wurde sie von einem heftigen Hustenanfall geschüttelt, wobei ihr das faulig schmeckende Teichwasser aus Mund und Nase drang. Michael klopfte ihr auf den Rücken.

»Ja, gut so! Raus damit!«

»Michael … Alles klar … Mir geht's … gut.«

»Ich dachte … Ich dachte …« Er umarmte sie fest.

»Nun mal langsam, lass das Mädchen erst zu Atem kommen.«

Kate fühlte, wie Michael weggezogen wurde. Wallace stand vor ihnen. Aus seinem langen schwarzen Bart floss das Wasser und sein klatschnasses Kopfhaar fiel ihm ins Gesicht. Rechts und links von ihm wrangen die Zwerge ihre Bärte aus und schüttelten das Wasser aus ihren Kleidern, und das alles wurde beleuchtet von einem weichen goldenen Licht, das seinen Ursprung in Tausenden von Punkten an den Wänden und der Höhlendecke hatte.

»Was ist passiert?«

»Wallace hat dich im Tunnel gefunden. Er hat dich herausgezogen. Er …« Michael senkte die Stimme. »Er hat uns erzählt, was geschehen ist.«

Der Zwerg half ihr, sich aufzusetzen. »Danke«, sagte Kate. »Sie haben mein Leben gerettet.«

Wallace errötete, schaute sich um und sagte dann leise: »Hauptmann Robbie hat mir aufgetragen, ein Auge auf euch zu haben. Aber das bleibt unter uns, klar?« Er blinzelte, für alle gut sichtbar.

»Ist wirklich alles in Ordnung mit dir?«, fragte Michael besorgt.

»Ja«, sagte Kate, obwohl sie am ganzen Leib zitterte und sah, dass ihre Fingerspitzen ganz blau waren.

»Also schön!« Hamish drehte gerade seinen Bart zu einem dicken Seil, um das Wasser auszuwringen. »Schwärmt aus, Jungs! Hier muss irgendwo eine Tür sein.« Er schaute zu Kate und Michael. »Ihr zwei helft mit.«

»Nein!«, widersprach Michael heftig. »Meine Schwester ist klatschnass und sie friert. Sie muss erst wieder warm werden.«

Es sah so aus, als wollte Hamish widersprechen, aber als er sah, wie Kate zitterte, schnippte er mit dem Finger, woraufhin Wallace einen Feuerstein und ein Stück schwarzes Holz hervorholte. Innerhalb von wenigen Augenblicken prasselte ein kleines Feuer. Michael und Kate rückten näher an die Flammen.

»Trink das.« Wallace reichte ihr eine lederne Flasche.

Kate nahm einen Schluck und fing an zu würgen, aber gleich darauf breitete sich eine herrliche Wärme in ihrem Körper aus. Sie hörte auf zu zittern und ihre Finger wurden wieder rosig.

»Du auch«, sagte Wallace zu Michael.

»Was ist da drin?«

»Whiskey. Meine Mutter setzt die Maische selbst an. Sie sagt immer, das Zeug könnte Tote wiedererwecken.«

Es dauerte nicht lange, da hatten Hamishs Zwerge die versteckte Tür gefunden. Ein Ruf ertönte, und Kate sah, wie sich alle um eine Stelle an der goldenen Wand drängten und in einen Tunnel starrten, der gerade eben noch nicht da gewesen war.

»So«, sagte der Zwergenkönig und winkte die Kinder, die sich immer noch am Feuer wärmten, mit einer energischen Handbewegung zu sich. »Das hier ist kein Picknick. Geht und holt mir mein Buch.«

Nach einem kurzen Marsch durch den Tunnel erreichten sie eine Tür. Kates erster Gedanke war, dass sie sich geirrt hatten. Dies war nicht der Eingang zu einem geheimen Gewölbe. Es sah eher wie eine Schlafzimmertür aus: weiß gestrichenes Holz und eine Messingklinke. Auf dem Türblatt prangte ein kleines verziertes Schild, auf dem *Privat* stand.

Kate dachte, dass sich da jemand wohl einen Scherz erlaubt hatte.

Hamish packte den Griff und zog.

Die Tür rührte sich nicht.

Er stemmte den Fuß gegen die Felswand und zog erneut.

Nichts.

»Dr. Pym meinte, dass sie sich nur öffnen ließe, wenn …«, fing Michael an.

»Halt den Mund!«, knurrte Hamish. Er befahl zweien seiner Zwerge, sich an ihm festzuhalten, und zu dritt zogen und zerrten sie an der Tür, bis Hamishs Hände vom Griff abrutschten und sie in einem grunzenden Haufen zu Boden purzelten. Hamish sprang auf und schaute wild um sich, ob irgendjemand es wagte, ihn auszulachen.

Die Mienen der Zwerge waren versteinert.

»Du da«, sagte Hamish und deutete auf den Zwerg, der die königliche Axt durch den Tunnel geschleppt hatte. »Hau zu!«

»Ich bezweifle, dass es sich um echtes Holz handelt«, sagte Michael. »Eine Axt wird nichts …«

»SOLL ICH DIR MEINE DRECKIGE SOCKE IN DEN MUND STOPFEN?! NEIN? DANN HALT ENDLICH DEINE KLAPPE! – Und jetzt los – hau zu!«

Kate und Michael traten zurück, als der Zwerg die Axt zog, zwei Schritte Anlauf nahm und mit aller Kraft zuschlug. Es klirrte, dann ertönte das Bersten von Metall und irgendetwas flog wie ein Geschoss rückwärts. Dieses Etwas war der Zwerg; bewusstlos blieb er am Boden liegen, die zerbrochene Axt neben sich. Die Tür dagegen hatte nicht einmal einen Kratzer.

»Na gut«, sagte Hamish. »Ich musste es wenigstens versuchen. Und jetzt wird sich wohl erweisen, ob ihr zu etwas nütze seid, ihr Gören. Los, macht schon, wir werden nicht jünger!«

»Ich mache es«, sagte Kate. Sie fürchtete, dass die Tür noch eine Falle für sie bereithielt, und in dem Fall wollte sie vermeiden, dass Michael etwas zustieß.

Aber als sie näher trat, war Kate nur von dem Wunsch beseelt, die Tür möge sich nicht öffnen. Wenn sie sich nicht öffnete, dann bedeutete das, dass sie, Michael und Emma nicht besonders wären. Dass sie nur drei ganz normale Kinder wären. Jeder würde es sehen und sie in Ruhe lassen.

Sie streckte die Hand aus und berührte den Türgriff. Bitte, dachte sie.

Es klickte leise und dann schwang die Tür auf.

KAPITEL 17

Im Gewölbe

Die Tür öffnete sich und gab einen hohen Raum preis, der von Kristallen in den Wänden beleuchtet wurde und in dessen Mitte ein Steinsockel stand, auf dem das Buch lag – ihr Buch, als ob es auf sie gewartet hätte. Das Erste, was Kate empfand, war pures Entsetzen: Nach allem, was in den letzten Tagen geschehen war, war der Umstand, dass sie in der Lage gewesen war, die Gewölbetür zu öffnen – sie und niemand sonst –, das Allerschlimmste, was passieren konnte.

Wir stecken in großen Schwierigkeiten, dachte sie.

Hamish stieß sie so heftig beiseite, dass sie zu Boden fiel, und hastete an ihr vorbei.

»Nein!«

Hamishs Finger waren nur noch wenige Zentimeter von dem ledernen Einband des Buches entfernt. Er wandte sich Kate zu, die gerade von Michael und Wallace auf die Füße gezogen wurde.

»Nein?!«

»Sie dürfen es nicht anfassen.«

»Oh, darf ich nicht? Dann hör mir mal genau zu, kleines Fräulein ...«

»Sie würden sterben.«

Kate sah, wie Michael ihr einen schnellen Blick zuwarf. Was sie da sagte, war aus der Luft gegriffen, aber etwas Besseres war ihr nicht eingefallen. Sie musste unbedingt verhindern, dass Hamish das Buch zuerst berührte; das hatte Dr. Pym ihr eingeschärft.

»Du lügst«, sagte der Zwergenkönig verächtlich.

»Michael und ich sind die Einzigen, die das Buch aufheben können. Das hat mir Dr. Pym gesagt. Aber wenn Sie mir nicht glauben, bitte sehr. Sie werden ja sehen, was passiert. Andererseits: Nein, Sie werden es nicht sehen, weil Sie ja tot sind. Aber machen Sie nur.« Sie verschränkte die Arme vor der Brust und bemühte sich um einen gleichgültigen Blick.

Hamish schaute von Kate zu dem Buch, wieder zu Kate und dann wieder zu dem Buch. Er konnte nicht verhehlen, wie sehr er nach dem Buch gierte. Aber schließlich murmelte er etwas in seinen Bart, spuckte aus und schnippte dann wütend mit den Fingern. Ein Zwerg packte Kate am Arm und zerrte sie nach vorn. Hamish beugte sich zu ihr. Sein warmer Atem roch faulig. »Wenn du irgendwelche Spielchen mit mir treibst, Mädchen, dann seid ihr beide tot, du und dein Bruder. Verstanden? Ich schneide euch die Kehle durch und verfüttere euch an das Ungeheuer im Teich. Und jetzt los – hol mir das Buch!«

Hamish stieß sie nach vorn und Kate kam stolpernd kurz vor dem Steinsockel zum Stehen. Das Buch schien zu glühen. Das Licht in dem Gewölbe verstärkte noch seinen natürlichen smaragdgrünen Schimmer. Und in diesem Moment, als das Buch vor ihr lag, als nichts mehr sie trennte, da hörte sie es.

Das Buch sprach zu ihr. Es sagte ihr, dass es tausend Jahre auf sie gewartet habe. Es sagte ihr, dass sie es für sich beanspruchen solle.

Sie streckte die Arme aus und hob es vom Sockel.

Und jetzt?, dachte sie.

Etwas zupfte an ihrem Magen und dann verschwand der Boden unter ihren Füßen.

»Hallo.«

Kate blinzelte. Sie befand sich wohl in einer Art Arbeitszimmer. Überall lagen Bücher und Manuskripte herum. Im Kamin prasselte ein Feuer. Durch das Fenster sah sie die Dächer der Autos, die draußen vorbeifuhren. Es schneite und der Schnee dämpfte die Geräusche der Stadt. Aber was ihren Blick auf sich zog, war der Mann, der vor ihr saß. Er hatte sich mit seinem Drehstuhl ihr zugewandt. Hinter ihm verschwand der Schreibtisch unter einem Wust aus Papieren und Büchern. Der Mann trug seinen üblichen Tweedanzug, der – ebenfalls wie üblich – zerknittert war. In der einen Hand hielt er seine Pfeife und in der anderen eine Tasse Tee, die er gerade zum Mund hatte führen wollen, als Kate auftauchte. Wie üblich lächelte er.

»Kann ich dir helfen?«, fragte Dr. Pym.

Einen Moment lang stand Kate nur da und starrte ihn an. Sie versuchte vergeblich zu begreifen, was gerade geschehen war.

»Dr. Pym …«, begann sie, erinnerte sich dann aber an die Szene im Verlies letzte Nacht, als sich herausgestellt hatte, dass er sie noch nie zuvor gesehen hatte. »Ähm … Wissen Sie … wissen Sie, wer ich bin?«

»Aber natürlich«, erwiderte er liebenswürdig. »Du bist die

junge Dame, die gerade aus dem Nichts in meinem Arbeitszimmer aufgetaucht ist.«

Ihr Herz wurde schwer. Sie war noch weiter in die Vergangenheit gereist, zurück in eine Zeit, die noch vor ihrer Begegnung im Verlies der Zwerge lag. Und nicht nur das: Sie befand sich auch an einem anderen Ort. Wenn sie aus dem Fenster schaute, sah sie Autos, Lampen, Häuser – alles wies darauf hin, dass es sich um eine ganz normale Stadt handelte. Es gab keinen Zweifel, dass sie weit, sehr weit, von Cambridge Falls entfernt war. Wie war das alles bloß möglich? Sie hatte doch gar kein Foto in das Buch gelegt. Sie hatte es nicht einmal geöffnet!

»Meine Liebe«, unterbrach der alte Mann ihre Gedanken und deutete mit seiner Pfeife auf das Buch, »ist es das, wofür ich es halte?«

»Ja – aber warum bringt es mich hierher? Ich habe es doch bloß berührt!«

»Ach, tatsächlich? Faszinierend!«

»Ich habe es an mich genommen, ehe Hamish es berühren konnte. Genau wie Sie mir gesagt haben.« Sie wusste, dass er nichts von dem begreifen würde, was sie sagte, aber sie konnte einfach nicht anders: Es sprudelte nur so aus ihr heraus.

»Hamish? Was hat dieser Trottel denn damit zu tun?«

»Moment mal! Sie müssen gewusst haben, was passieren würde. Darum haben Sie mir gesagt, ich solle das Buch zuerst berühren!«

»Habe ich das? Ich kann mich gar nicht erinnern …«

»Nein, nicht jetzt! In der Zukunft! Aber woher wussten Sie, dass das Buch mich hierherbringen würde? Es sei denn …« Kate spürte, wie die Antwort sich in ihrem Kopf bildete, dass sie einfach nur weiterreden musste. »Sie haben irgendwas mit mir angestellt! Im Thronsaal! Als Sie mir sagten, ich müsse das Buch vor Hamish berühren, haben Sie mir die Hand auf den Kopf gelegt und ich habe dieses Kribbeln gespürt! Sie haben mich mit irgendeinem Zauber belegt, damit mich das Buch genau hierherbringt!«

Dr. Pym lehnte sich auf seinem Stuhl zurück, stellte die Teetasse auf einem Papierstapel ab, steckte sich die Pfeife in den Mund und tastete seine Jackentaschen nach Streichhölzern ab. »Ich glaube, du erzählst am besten von Anfang an. Aber zuerst«, sagte er, zog die Streichholzschachtel hervor und schüttelte ein Zündholz heraus, »solltest du mir das geben.« Er deutete auf das Buch. »Ich vermute, dass die Magie, die dich hierhergebracht hat, nicht besonders stabil ist, und ich will nicht, dass du einfach wieder verschwindest.«

»Aber was ist, wenn das Buch verschwindet und ich nicht mehr zurückkehren kann? Es existiert doch bereits, nicht wahr? In *dieser* Zeit, meine ich.«

»Aha. Also ist das Buch bereits vorher verschwunden.«

»Ja.«

»Und wie viel Zeit ist vergangen, ehe es verschwand?«

Kate überlegte. Sie und Emma waren in die Zeit gereist, hatten Michael gefunden, waren von dem Sekretär gefangen genommen und zu diesem verrückten Fantasie-Ball geschleppt worden, und dann hatten sie sich mit der Gräfin auf der Veranda niedergelassen …

»Etwa eine halbe Stunde.«

»Also haben wir ein Weilchen. Komm.«

Er streckte die Hände aus und Kate gab ihm das Buch. Dr. Pym legte es auf den Schreibtisch hinter sich.

»Und jetzt«, sagte er, »von Anfang an.«

Wütend stampfte Kate mit dem Fuß auf. »Nein! Ich habe Ihnen alles schon zweimal erzählt. Sie erinnern sich bloß nicht daran, weil es noch nicht passiert ist!«

»Nun, das ist wohl kaum meine Schuld.«

»Aber wir haben keine Zeit. Hamish wird seinen Zwergen befehlen, uns zu töten, wenn wir …«

»Meine Liebe, was hast du bloß immer mit Hamish? Dieser Schurke wird niemals die Autorität haben, irgendjemanden töten zu lassen.«

»Aber er ist der König der Zwerge!«

Dr. Pym lachte. »Nein, nein. Das ist unmöglich, glaub mir. Ich bin mit der augenblicklichen Königin gut befreundet – Esmerelda, eine bewundernswürdige Frau. Und sie stimmt mir zu, dass Hamish ein katastrophaler König wäre. Robbie wird den Thron besteigen.«

»Aber sie starb, ohne ein Testament zu hinterlassen!« Kate schrie jetzt fast. »Und weil Hamish älter ist, wurde er König! Und er will das Buch! Er ist jetzt, in diesem Augenblick, zusammen mit Michael im Gewölbe. Nun … nein, nicht in diesem Augenblick, sondern in diesem Augenblick in der Zukunft.« Ihr war klar, dass ihre Worte kaum einen Sinn ergaben. Am liebsten hätte sie irgendetwas gepackt und an die Wand geworfen, um ihn dazu zu bringen, dass er ihr glaubte. »Und Sie können nichts tun, weil Sie immer noch im Verlies in der Zwergenstadt sitzen!«

»Oh, das ist aber gar nicht gut«, sagte Dr. Pym und blies eine Rauchwolke aus. »Überhaupt nicht gut. Aber ich fürchte, ich verstehe immer noch nicht. Wie konnte Hamish in das Gewölbe gelangen? Das ist unmöglich, ohne …« Er verstummte und blickte Kate an. Seine Stimme wurde weich. »Du. Du hast das Gewölbe geöffnet.«

Kate nickte.

Er beugte sich vor. »Du hast einen Bruder, sagst du?«

»Und eine Schwester! Michael und Emma. Und sie stecken beide in Schwierigkeiten. Sie müssen etwas tun!« Kate fühlte die Tränen in ihren Augen.

»Oh meine Liebe«, sagte Dr. Pym leise. »Jetzt muss ich darauf bestehen, dass du mir alles erzählst. Von Anfang an.«

»Stanislaus?« Es war die Stimme einer Frau. Kate drehte sich um und lauschte den Schritten, die durch den Flur näher kamen, gemeinsam mit der Stimme. »Richard ist noch im College. Ich denke, wir sollten schon mit dem Essen anfangen, was meinst du? Und mit wem redest du überhaupt?«

Die Tür öffnete sich und eine junge Frau trat ein. Sie trug Jeans und ein graues Sweatshirt. Sie hatte dunkelblonde Haare, haselnussbraune Augen und ein freundliches Gesicht. Die Frau war von einer lässigen, beiläufigen Schönheit. In dem Augenblick, in dem Kate sie sah, geschah zweierlei: Zunächst einmal wurde ihr klar, dass sie ihrer Mutter gegenüberstand. Und dann verschwand der Boden unter ihren Füßen.

»WO IST ES?!«

Kate stand vor dem Steinsockel, gebadet in grünliches Licht. Sie keuchte und das Herz hämmerte ihr in der Brust. Ehe sie noch begreifen konnte, was geschehen war, wurde sie am Arm gepackt und herumgerissen.

»Wo ist es?!«

Ihr Gesicht wurde mit Speichel besprüht. Sie merkte es

kaum, genauso wenig wie die Tatsache, dass jemand sie heftig schüttelte. Das Buch. Das war es, was er brüllte. Das Buch war verschwunden. Na und? Sie hatte ihre Mutter gesehen.

»Ihr habt mich hereingelegt! Du und dieser Zauberer!«

... ihre Mutter. Sie hatte ihre Mutter gesehen.

»Ich bring dich um!«

Kate sah etwas in Hamishs Hand aufblitzen, aber dann hörte sie Schritte hinter sich, wurde seinem Griff entrissen und zu Boden gestoßen. Sie hörte, wie Wallace auf den König einredete und ihn davon zu überzeugen versuchte, dass Kate das Buch zurückbringen müsste. Dafür müssten sie sie womöglich zu dem Zauberer bringen. Sie wusste, dass er versuchte, ihr das Leben zu retten.

»Kate, alles in Ordnung?« Michael kniete neben ihr. »Du bist verschwunden. Dann bist du zurückgekommen. Aber das Buch war weg. Was ist passiert?«

Kate packte ihren Bruder bei der Hand. »Ich habe ...«

Sie hörten einen Schlag, und dann sahen sie, wie Wallace rückwärts taumelte. Hamish atmete schwer, die eine Hand am Messer, die andere zur Faust geballt. Einen Moment lang durchbohrte der Zwergenkönig Kate mit seinem Blick, dann ließ er das Messer los und knurrte: »Also schön. Aber wenn dieser Zauberer mir das Buch nicht zurückbringt, dann werden sie sterben! Alle – der alte Mann und die Gören!« Und damit drehte er sich um und stolzierte aus der Kammer.

Ein Zwerg packte Michael am Kragen und schleppte ihn in den Tunnel. Sie hatte es ihm nicht sagen können. Ein zweiter Zwerg trat zu Kate, aber Wallace winkte ab. Sanft legte er ihr die Hand auf die Schulter und führte sie zur Tür.

»Alles in Ordnung?«, fragte er leise.

»Ja«, erwiderte Kate. Ihr Mund war staubtrocken. »Danke.«

Auf dem Weg den dunklen Gang entlang rief sich Kate wieder und wieder den Moment ins Gedächtnis, in dem ihre Mutter in das Zimmer getreten war. Sie sah ihr blondes Haar vor sich, ihre braunen Augen, ihr Gesicht, so klug, freundlich und überrascht, als sie ihr plötzlich gegenüberstand. Richard! Das war der Name, den ihre Mutter genannt hatte. Das musste ihr Vater sein. Kate fragte sich, wie so wenig – eine Stimme, ein Name, eine Frau, die durch eine Tür tritt – so viel bedeuten konnte. Aber – und bei diesem Gedanken wurde Kate wütend – warum hatte Dr. Pym ihnen nicht gesagt, dass er ihre Eltern kannte? Was verbarg er vor ihnen? Wusste er, wo sie im Augenblick waren? Und wie hatte sie einfach nur die Berührung des Buches in die Vergangenheit reisen lassen? Wie war sie ohne das Buch zurückgekehrt? In ihrem Kopf drehten sich die Fragen. Sie befahl sich, ruhig zu bleiben. Sie hatte ihre Mutter gesehen. Für den Augenblick war das genug.

Der Trupp erreichte die goldene Höhle und versammelte sich um den Teich. Nervös starrten die Zwerge in das dunkle Wasser. Kate merkte, dass Michael darauf brannte, mit ihr zu sprechen, aber der Wachmann hielt ihn eisern fest.

Hamish erging sich in Fantasien, was er mit Dr. Pym anstellen würde: »Ich reiße ihm das Rückgrat heraus. Ich lasse ihn seine eigenen Füße essen.« Und immer noch vor sich hin knurrend, warf er den ersten Zwerg in den Teich.

Das Ungeheuer tauchte nicht wieder auf und sie legten die Strecke unter Wasser durch den Tunnel ohne Zwischenfälle zurück. Während sie schwamm, sah Kate die Zwillingslichter von Michael und seiner Wache vor sich, und wenn sie zurückschaute, sah sie Wallace, der sich mit dem Messer in der Hand beständig umschaute, ob jemand wagte, sie anzugreifen. Aber nichts geschah.

Dann durchstieß ihr Kopf die Oberfläche und sie saugte gierig die abgestandene Höhlenluft ein. Gleich darauf vernahm sie eine Stimme, die ihr das Herz gefrieren ließ.

»Aha. Da ist sie ja.«

Kalte Hände hoben sie hoch. Nachdem sie sich das Wasser aus den Augen geschüttelt hatte, sah sie, dass alle Zwerge, einschließlich des alten Fergus, auf den Knien lagen, die Hände auf dem Rücken gefesselt. Ein Dutzend schwarz gewandeter Gestalten standen mit gezückten Schwertern über ihnen. Einer der Kreischer hatte Michael an den Schultern gepackt. Er wirkte verängstigt, aber unverletzt.

Kates Blick wanderte zu dem Sprecher, der kichernd und händereibend auf sie zukam.

»Meine Liebe«, gurrte der Sekretär und entblößte seine grauen Zähne zu einem Lächeln. »Wie schön, dich wiederzusehen.«

KAPITEL 18

Der Rabe

Emma und Gabriel, Dena und der Rest der Gruppe erklommen den Berg auf einem Pfad, den Emma nicht erkennen konnte, der Gabriel und den anderen aber vertraut zu sein schien. Gabriel erklärte, dass sie den Gipfel umrunden und durch einen Geheimgang in den Berg eindringen würden, den auch die Späher seines Dorfes benutzten, um die Arbeiten in der toten Stadt auszuspionieren. Der Weg war steil und felsig, und sie waren noch keine halbe Stunde gelaufen, als Gabriel sich unvermittelt bückte, Emma hochhob und auf seine Schultern setzte.

»Wir müssen schneller vorankommen.«

Gabriel hatte Emma nicht mitnehmen wollen. Aber Granny Peet hatte darauf bestanden.

»Das Mädchen ist mit dem Buch Emerald verbunden. Wenn du sie findest, wirst du Emma brauchen.«

»Das stimmt«, hatte Emma gesagt. »Und Dena müssen wir auch mitnehmen. Ansonsten gehe ich nicht.«

Und so hatte Emma neue Kleider, Stiefel und ein Messer bekommen, und eine Stunde nach dem Ende der Versammlung hatten sie, Dena und die kleine Gruppe von Männern den Segen von Granny Peet erhalten und waren losgezogen.

Gabriel ließ sie in einem Kiefernwäldchen kurz unterhalb des Gipfels anhalten, während er einen Späher zum Tunneleingang schickte. Die Männer setzten sich und prüften schweigend ihre Waffen.

Gabriel unterhielt sich leise mit zweien von ihnen und Emma spazierte unter den Bäumen umher. Nach zehn Metern fiel der Felsen in einer steilen Klippe in die Tiefe. Emma entdeckte einen Vorsprung und kletterte hinauf.

Auf dem Bauch liegend, konnte sie über das Tal blicken. Die blaue Fläche des Sees leuchtete in der Mittagssonne wie ein Edelstein, und auf der anderen Seite sah Emma eine dunkle Ansammlung von Häusern, die sie als Cambridge Falls erkannte.

Den Ort wiederzusehen, an dem alles begonnen hatte, ließ ihre Gedanken zu ihrem Bruder und ihrer Schwester wandern. Granny Peet hatte gesagt, dass Dr. Pym bei ihnen wäre. Das verlieh ihr Hoffnung. Vielleicht warteten Kate und Michael schon im Dorf, wenn sie und Gabriel zurückkehrten. Wäre das nicht toll? Mit den besiegten Kreischern der Gräfin im Triumphzug ins Dorf zu marschieren, an der Spitze der befreiten, dankbaren Väter … Michael würde jede Einzelheit des Kampfes wissen wollen, sie aber würde nur abwinken und sagen: »Ach, du weißt doch, wie Schlachten sind. Hat man eine gesehen, hat man alle gesehen.« Und wenn Kate sie tadelte, weil sie im Tunnel zu Gabriel zurückgegangen war, würde Emma sich entschuldigen und ihr in allem recht geben. »Allerdings«, würde sie nach einer Weile hinzufügen, »hätte ich Gabriels Leben nicht retten können, wenn ich nicht zurückgekehrt wäre. Aber du hast trotzdem recht, liebe Kate.« Emma lächelte, und einen Moment lang entspannte sie sich, genoss die Wärme des Steins unter sich, den kühlen Wind auf ihrem Gesicht und das Gefühl eines herrlichen, milden Sommertags.

»Komm bloß da runter.«

Emma erhob sich und schaute sich um. Dena stand zwischen den Bäumen.

»Es könnte dich jemand sehen.«

Emma lachte. »Wer soll mich denn hier oben sehen?«

»Das weiß man nie. Die Hexe hat viele Tricks auf Lager. Du solltest das Risiko nicht eingehen.«

Emma ahnte, dass das Mädchen recht hatte. Unglücklicherweise lag es in Emmas Natur, bei den Worten »Tu das« oder »Tu das nicht« automatisch das Gegenteil zu tun.

»Na wenn schon. Ich habe keine Angst vor ihr.«

Genau in dem Moment hallte ein lautes *Kraaaaaaaaah* über das Tal. Emma schaute auf und sah einen großen schwarzen Raben hoch über ihren Köpfen kreisen. Mit einem Mal verspürte sie ein komisches Gefühl in der Magengrube, weil sie daran denken musste, was Abraham gesagt hatte: dass die Gräfin Vögel als Spione benutzte. Emma überlegte gerade, was sie tun sollte, als sie hastige Schritte durch den Wald kommen hörte. Dann war Gabriel da und zischte ihr wütend zu: »Runter da! Sofort!«

Sie kletterte von dem Vorsprung, wobei sie sich die Handkanten aufschrammte.

Gabriel streifte sich das Gewehr von der Schulter und legte an. Der Vogel entfernte sich von ihnen, und obwohl er mit jedem Flügelschlag kleiner und kleiner wurde, schoss Gabriel nicht. Er verfolgte ihn nur durch den Sucher, als ob zwischen dem Raben und dem Mündungsrohr seines Gewehrs eine unsichtbare Schnur verliefe. Mit jeder Sekunde wuchs Emmas Angst; stumm flehte sie, er möge feuern, als ob der Tod des Vogels ihren Fehler auslöschen könnte. Als er schließlich den Abzug durchdrückte, war der Vogel nur noch ein winziger schwarzer Fleck vor dem Himmelsblau. Einen Moment lang geschah gar nichts, und Emma glaubte schon, er habe sein Ziel verfehlt. Doch dann rutschte der Vogel seitwärts und fiel in einer schier endlosen Spirale zu Boden.

Die anderen Männer hatten sich am Rand der Klippe versammelt.

»Einer ihrer Boten. Sie weiß Bescheid.«

»Vielleicht.« Gabriel schob sich den Riemen seines Gewehrs wieder über die Schulter. »Unsere beste Hoffnung ist Schnelligkeit. Wir brechen sofort auf.«

Wie ein Mann verschwand der Trupp zwischen den Bäumen.

Emma griff nach Gabriels Hand. Sie war den Tränen nah. »Gabriel. Es … es ist meine Schuld. Dena sagte mir, ich solle herunterkommen, aber ich war so dumm. Ich …«

Gabriel kniete sich vor sie hin. Sie glaubte, er würde zornig sein. Ihr Vorhaben war von Anfang an gefährlich genug gewesen und sie hatte die Gefahr noch vergrößert. Aber als er sie anschaute, lag nur Enttäuschung in seinem Blick. Aus irgendeinem Grund empfand sie dies als noch beschämender.

»Wenn der Rabe uns verfolgt hat, dann ist er uns schon seit unserem Aufbruch aus dem Dorf auf den Fersen. Dein Verhalten spielt keine Rolle. Komm.«

Er drehte sich um und ließ sie auf seinen Rücken klettern. Sie schlang die Arme um seinen Hals und vergrub ihren Kopf an seiner Schulter, als er sich erhob und den Berg hinaufstieg.

Heiße, stille Tränen strömten ihr über das Gesicht. Der Traum, in dem sie über Kate und Michael bei ihrer Rückkehr triumphiert hatte, kehrte zurück, um sie zu verspotten. Sie schwor sich, in Zukunft vernünftiger zu sein. Sie würde tun, was immer Gabriel sagte, koste es, was es wolle – wenn sie nur ihren Bruder und ihre Schwester wiedersehen durfte! Sie würde sich bessern.

Emma schloss die Augen und ließ sich schaukelnd den Berg hinauftragen.

KAPITEL 19

Die Schlacht in der toten Stadt

Hamish hatte sich geweigert, aus dem Teich zu kommen. Er stand bis zur Hüfte im schwarzen Wasser, das Messer in der Hand, und brüllte den Sekretär und seine Kreischer an, sie sollten doch kommen und ihn holen. Aber irgendetwas musste seine Beine gestreift haben, denn plötzlich schrie er auf und sprang außerordentlich behände aus dem Teich. Sofort stürzten sich die Kreischer auf ihn und fesselten ihn. Selbst dann noch, als ihm ein Kreischer einen Fuß in den Nacken setzte, ließ er nicht von seiner Schimpftirade ab.

Der Sekretär beachtete ihn gar nicht. Mit einem bösartigen Grinsen wandte er sich zu Kate und ruckte mit seinem eiförmigen Kopf in Richtung der Wendeltreppe, woraufhin die Morum Cadi die Zwerge auf die Füße rissen und sie hinauf zur toten Stadt zu treiben begannen.

Kate und Michael waren die Einzigen, die nicht gefesselt waren. Sie gingen nebeneinander in der Mitte der Gruppe.

Wallace und der weißbärtige Fergus waren vor ihnen und Hamish, der anscheinend von einer Stufe zur nächsten gezerrt werden musste und dabei heftig protestierte, hinter ihnen.

»Kate …«

»Ich weiß. Es wird schon gut gehen.«

»Das sagst du immer. Wie soll das hier denn gut gehen?«

Kate musste sich eingestehen, dass Michael recht hatte. »Ich weiß nicht. Aber es wird gut gehen. Ich lasse mir etwas einfallen.«

Sie nahm seine Hand, und eine Weile gingen sie schweigend nebeneinander her und lauschten auf Hamish, der die Kreischer ausgiebig verfluchte.

»Also, was hast du gesehen?«, fragte Michael leise. »Was wolltest du mir sagen?«

Kate machte den Mund auf, um ihm von ihrer Mutter zu erzählen, aber was herauskam, war: »Ich habe … Dr. Pym gesehen.«

»Du hast Dr. Pym gesehen?! In der Vergangenheit?«

Ängstlich bedeutete Kate ihm, leiser zu sprechen, und er fuhr mit einem erregten Flüstern fort: »Oh Kate, das kann kein Zufall sein. Nie im Leben! Die Wahrscheinlichkeit, dass so etwas passiert, liegt bei … ach, ich weiß nicht, ich bräuchte einen Taschenrechner. Auf jeden Fall ist es sehr, sehr, *sehr* unwahrscheinlich, dass das Buch dich zufällig zu Dr. Pym bringt. Du musst mir alles erzählen!«

Und während sie die korkenzieherartige Treppe hinaufstiegen, erzählte Kate Michael von Dr. Pym, dem Arbeitszimmer, der schneebedeckten Stadt vor dem Fenster. Aber obwohl sie mehrmals innerlich Anlauf nahm – *sag ihm, wen du gesehen hast, er hat ein Recht, es zu wissen* –, packte Kate bei jedem Anlauf eine unerklärliche Furcht. Und so sagte sie zu guter Letzt nichts, und verschloss die Erinnerung an ihre Mutter tief in ihrem Inneren.

»Erstaunlich«, sagte Michael. »Er hat bestimmt etwas vor. Irgendeinen Zaubertrick, das kann ich fühlen. Aber wie hast du es geschafft, ohne das Buch zurückzukehren? Man braucht es doch, um durch die Zeit zu reisen. Aber andererseits hat dich das Buch zu Dr. Pym gebracht und auch dafür brauchtest du kein Foto. Es ist alles sehr rätselhaft.«

»Ich w...«

Plötzlich hörte Kate etwas und schaute über ihre Schulter nach hinten. Der Sekretär, außer Atem von dem Anstieg, war zu ihnen aufgerückt. »Worüber redet ihr zwei Hübschen denn?«

»Über nichts.«

»Oh, aber sicher, sicher. Ich freue mich ja so, euch wiederzusehen. Ich war sehr traurig, weil ihr mir in den Tunneln abhandengekommen seid. Das konnte ich der Gräfin unmöglich erzählen. Ich habe mich gefragt, wohin ihr euch wenden würdet, zwei so kluge Köpfchen wie ihr. Natürlich in Richtung des Buchs. Und daher habe ich in der toten Stadt auf euch gewartet. Ich sah euch kommen, euch und die kleinen Zwerglein. Ich habe gesehen, wie ihr herumgeschlichen seid und versucht habt, leise zu sein.« Er kicherte, dann hustete er heftig und spuckte etwas Graues gegen die Wand. »Aber wo ist eure kleine Schwester? Seid ihr getrennt worden? Hat sie sich verlaufen? Ist sie vielleicht sogar tot? Wie schade!« Er schnalzte mit übertriebenem Mitgefühl mit der Zunge, und Kate musste an sich halten, um ihn nicht rückwärts die Treppe hinunterzuwerfen.

Fest packte sie Michael an der Hand. »Hör gar nicht auf ihn.«

Schweigend stiegen sie weiter nach oben und eine halbe Stunde später betraten sie die tote Stadt.

Die Kreischer brachten Michael, Kate und die Zwerge durch zerstörte, mit Schutt übersäte und kaum passierbare Straßen, die zu beiden Seiten von ausgehöhlten Häuserruinen flankiert waren. Über ihnen zischten die Gaslampen und badeten alles in einen gelblich-grünen Schimmer. Überall waren Kreischer. Es schien unendlich viele dieser schwarz gewandeten Untoten zu geben. Endlich blieb der Trupp an einem Abgrund stehen, wo sich Kates Vermutung nach früher einmal das Zentrum der Stadt befunden haben musste. Vier riesige Käfige waren errichtet worden, und die Kinder sahen, wie eine Anzahl hagerer, hohlwangiger Männer von einem Trupp Kreischer in einen davon getrieben wurden. In den anderen Käfigen befanden sich ebenfalls Männer, insgesamt etwa sechzig oder siebzig. Sie saßen oder standen teilnahmslos da, wie Geister, aber als sie sich der Anwesenheit der Zwerge und mehr noch – so kam es Kate jedenfalls vor – der Geschwister bewusst wurden, versammelten sie sich an den Gittern der Käfige und starrten die Kinder aus tief in Höhlen liegenden Augen an.

Cavendish, der Sekretär, zischte einen Befehl, woraufhin Michael und die Zwerge zu einem der Käfige gezerrt wurden, während sich Cavendishs kalte, feuchte Hand um Kates Handgelenk legte und sie zu einem der zerstörten Gebäude zog, die um den Platz standen.

Er brachte sie in ein Zimmer im zweiten Stock und schloss die Tür.

»Setz dich, meine Liebe.«

In dem Raum befanden sich lediglich zwei Stühle, ein Tisch und eine Gaslampe, die an einer Kette von der Decke herabhing. Die Art von Möblierung, verbunden mit der überaus ungemütlichen Atmosphäre, erinnerte Kate an Miss Crumleys

Büro im Waisenhaus. Wie lange war das her? Einen Monat? Ein Jahr? War es überhaupt schon geschehen? Natürlich fehlte in Miss Crumleys Büro keine Wand, wie hier. Kate trat an den Rand des Abgrunds, in der Hoffnung, Michael irgendwo da unten zu sehen.

Der Sekretär hieb mit der flachen Hand auf den Tisch und Kate zuckte zusammen.

»Brave Kinder tun, was man ihnen sagt. Also, bittebittebitte, *setz dich hin*!«

Zögernd trat Kate zu dem Stuhl und setzte sich. Der Mann ihr gegenüber verschränkte die Hände und machte den Versuch eines Lächelns. Erst da sah Kate den winzigen gelben Vogel aus seiner Jacke spähen. Eine Sekunde lang waren Kopf und Schnabel sichtbar, dann verschwand beides wieder. Der Mann schien nichts bemerkt zu haben. Er starrte Kate mit einem gierigen Ausdruck in den Augen an.

»So, meine Liebe, du hast also das Gewölbe geöffnet.«

Kate zuckte mit den Schultern.

»Und du hast keine Ahnung, was das bedeutet, nicht wahr? Aber ich weiß es. Ich habe es gleich gesehen. Ja, in dem Moment, in dem ich dich sah. Sogar noch vor der Gräfin habe ich es begriffen.« Während des Sprechens verknotete er die Finger. »Das Zwerglein, das wir zuerst gefangen nahmen, erzählte uns, du seiest als Einzige in der Lage gewesen, das Gewölbe zu öffnen. Und dass du das Buch berührt hast und – schwupps! – verschwunden bist. Dann kamst du zurück, aber ohne Buch. Nur du allein. Und der dämliche Trottel Hamish war nicht glücklich darüber, nicht wahr?« Er schnalzte mit der Zunge. »Gar nicht glücklich. Verständlich. Aber«, sagte er und warf Kate wieder dieses boshafte Lächeln zu, »kommen wir zur Sache: Was genau geschah, als du das Buch berührtest? Und bitte sei bei deiner Schilderung so präzise wie möglich.«

Kate blieb stumm.

»Wie? Du willst nicht reden? Aber natürlich. Du bist ja so tapfer. Was für ein Kämpferherz! Aber ...« Er wandte sich ab und stieß einen Pfiff aus. Ein paar Augenblicke später öffnete sich die Tür und ein Kreischer trat ein, bewaffnet mit einer gefährlich aussehenden Armbrust. Er bezog hinter Kate Stellung, genau dort, wo die Wand fehlte und man den gesamten Platz überblicken konnte. Entsetzt sah Kate zu, wie er einen Bolzen einlegte und die Sehne spannte.

»Was macht er denn da?!«

»Nun, er wird jemanden töten. Ich werde nicht so tun, als ob ich deinem Bruder Schaden zufügen wollte. Ihr beide seid viel zu wertvoll. Aber für jede meiner Fragen, die du unbeantwortet lässt, wird er einen Mann aus dem Dorf töten, zweifellos den Vater von irgendeinem jener liebreizenden Kinder, die du bei der Gräfin getroffen hast. Verstanden?«

Kate nickte niedergeschlagen.

»Ausgezeichnet. Du hast also das Buch berührt – und ...?«

»Ich ... bin in die Vergangenheit gereist.«

»Na siehst du, das war doch nicht so schwer. Wie weit in die Vergangenheit?«

»Ich weiß nicht genau. Ein paar Jahre, glaube ich.«

»Und dann?«

»Dann kam ich zurück.«

Der Sekretär wandte sich dem Kreischer zu und erschreckte Kate mit der plötzlichen Brutalität in seiner Stimme zu Tode: »Töte einen von ihnen!«

»Warten Sie! Warten Sie! Also gut ... Dr. Pym war da.«

»Aha. Also hat der alte Zauberer seine Hand im Spiel. Ein sehr mächtiger Gegner. Sehr mächtig, in der Tat. Und vielleicht war es nicht das erste Mal, dass du dem Zauberer begegnet bist, richtig? Du kanntest ihn bereits. Stimmt's?«

»Ja«, sagte Kate leise.

»Langsam nimmt das Bild Gestalt an. Und war noch jemand bei dieser Zusammenkunft alter Bekannter zugegen?«

Kate zögerte. Der Sekretär hob die Hand.

»Ja! Da war noch ... eine Frau.«

»Eine Frau. Und weißt du auch, wer das war?«

Kate schüttelte den Kopf.

»Also irgendeine Frau. Ohne Bedeutung. Hm.« Er kratzte sich mit einem gelben Fingernagel am Kopf. Dann schaute er zu dem Kreischer. »Ich habe meine Meinung geändert. Töte ihren Bruder.«

Mit einer fließenden Bewegung legte der Kreischer die Armbrust an.

»Nein! Bitte! Ich sag's Ihnen ja!«

Der Sekretär hob einen Finger. Die schwarze Gestalt zögerte.

»Es war ... meine Mutter.«

»Deine Mutter? Wie merkwürdig. Wie überaus merkwürdig ...« Kate sah, wie er in seine Jacke griff, den kleinen gelben Vogel herauszog und ihm über den Kopf streichelte, wobei er leise vor sich hin gurrte: »Was hat er vor, mein Liebling? Warum die Mutter des Mädchens? Wie ...« Der Sekretär fing an zu kichern. »Ja, ja, natürlich. Wie raffiniert. Und so elegant. Cleverer alter Mann.« Er stopfte den Vogel wieder in seine Jacke und schenkte Kate sein bislang breitestes und abscheulichstes Grinsen. »Nun, wenn sich das Buch in der Vergangenheit befindet, dann musst du zurückkehren und es holen. Nicht wahr, mein Herzchen?«

»Wovon reden Sie da? Das ist unmöglich! Das kann ich nicht!«

»Ach ja, wie kannst du in die Vergangenheit gelangen, um das Buch zu holen, wenn du das Buch nicht hast, das dich in die Vergangenheit bringt? Das ergibt keinen Sinn, nicht wahr? Es ist ein Rätsel, ein Puzzle. In der Tat. Soll ich dir die Lösung verraten?« Er sprang auf, huschte um den Schreibtisch zu Kate und packte sie fest an den Schultern, wobei er ihr in die Augen starrte. »Du hast in letzter Zeit Visionen, nicht wahr? Dinge, die du dir nicht erklären kannst. Der Grund dafür ist, dass das Buch in dich eingegangen ist. Du, dein Bruder und deine Schwester – ihr seid die auserwählten drei. Das Buch Emerald hat dich bereits gezeichnet!«

Kates Gedanken waren ein einziges Chaos. Das Buch Emerald. Es war das erste Mal, dass sie diesen Namen hörte.

»Was ... was soll das heißen: mich gezeichnet?« Kate konnte nicht verhindern, dass ihre Stimme zitterte.

»Das Buch Emerald ist ein unerschöpflicher Quell der Macht. Ein paar Tropfen dieser Macht fließen nun auch durch deine Adern. Kannst du es nicht fühlen?«

Sosehr sich Kate wünschte, sie könnte diesem schmierigen Kerl erzählen, dass sie ihm nicht glaubte, so wenig entsprach dies der Wahrheit. Seit der Nacht im Waisenhaus in Cambridge Falls, als diese Schwärze aus den Buchseiten gekrochen gekommen und in ihre Finger geflossen war, wusste sie, dass sich etwas in ihr verändert hatte. War dies auch der Grund, warum Dr. Pym behauptet hatte, das Buch habe sie auserwählt?

»Sie meinen, ich kann durch die Zeit reisen?«

Der Sekretär lachte rau auf und ließ sie los. Kate fühlte, wie das Blut in ihren Schultern wieder zu zirkulieren begann. Der Mann ging auf und ab und zerrte an seinen Fingern.

»Nein-nein-nein-nein! Nicht allein, das ist unmöglich, ganz und gar unmöglich! Aber mit der Hilfe einer mächtigen Hexe oder eines Zauberers? Oh ja. Begreifst du, was der alte Mann tat? Er wollte das Buch Emerald vor der Gräfin und ihrem Meister verstecken. Und wo wäre es sicherer als in der Vergangenheit? Also hat er dich, meine Hübsche, mit einem Zauber belegt und dich in die Vergangenheit geschickt. Dann hat er dafür gesorgt, dass du ihm das Buch überlässt, in dem Glauben, dass ihr beide es später jederzeit wieder holen könntet.«

»Aber es wird verschwinden!«, rief Kate. »Jetzt, während wir sprechen, ist es bereits verschwunden!«

»Richtig«, sagte der Sekretär mit übertrieben nachdenklicher Miene. »Das Buch existiert nicht mehr, hat sich bereits vor Jahren in Luft aufgelöst!« Er lächelte Kate an und dann tat er etwas ganz besonders Widerwärtiges: Er blinzelte ihr zu. »Aber was wäre, wenn der alte Mann das Mädchen in den Augenblick in der Vergangenheit zurückschickt, *nachdem* sie ihm das Buch gebracht hat? Hm? Was dann?«

Endlich begriff Kate. Ja, das Buch war verschwunden. Es hatte sich eine halbe Stunde, nachdem sie es in die Vergangenheit gebracht hatte, aufgelöst. Aber während dieser halben Stunde hatte es existiert, egal wie viele Jahre das her war. Dr. Pym musste einfach nur dafür sorgen, dass sie – später, wenn sie sich hoffentlich in Sicherheit befinden würde – in dieses Zeitfenster zurückkehrte.

»Aber wie sollte er mich in die Vergangenheit zurückschicken können? Ich verstehe immer noch nicht …«

Dem Sekretär riss der Geduldsfaden.

»Bist du taub, meine Hübsche?! Du besitzt jetzt die Macht des Buches! Der Zauberer kann diese Macht heraufbeschwören!«

Er fuhr mit seinem schmutzigen Zeigefinger über den Kopf des kleinen gelben Vogels, den dieser aus der Jacke streckte. »Er hat dich vermutlich mit dem gleichen Zauber am Haken, mit dem er dir die Erinnerung schenkte, hm? Dadurch war es einfacher, dich wieder zurückzuholen. Der alte Zauberer hält sein hübsches Hündchen an der kurzen Leine.«

Kate tat ihr Bestes, um alle Puzzleteile zusammenzufügen. Im Thronsaal hatte Dr. Pym etwas mit ihr angestellt, einen Zauber gewebt, der das Buch Emerald dazu veranlasste, sie zu einem bestimmten Moment in der Vergangenheit zu schicken. Und irgendwie bewirkte derselbe Zauber auch, dass sie mit dieser Zeit, in der sie sich augenblicklich befand, verbunden blieb. Nachdem sie Dr. Pym das Buch überlassen hatte, wurde sie wieder in diese Zeit zurückgerissen.

Der Sekretär rieb sich die Hände. »Genial. Einfach genial. Es in der Vergangenheit zu verstecken! Er glaubt wohl, er kann die Gräfin zum Narren halten. Sie soll suchen, so lange sie will, aber die Chronik wird sie nicht finden. Weg! Futsch! Verschwunden! Schade nur für ihn, dass die Gräfin ebenfalls die Macht besitzt, das Mädchen in die Vergangenheit zu schicken. Und das wird sie, mein Herzchen. Oh ja, das wird sie.«

»Aber …« Kate hasste die Vorstellung, diesen widerlichen Mann irgendetwas zu fragen, aber sie konnte nicht an sich halten. »Warum war meine Mutter dort?«

»Warum? Warum?! Das ist doch der Trick!«, kreischte er vergnügt. »Ja, ein brillantes Detail – dieser alte Fuchs. Begreifst du denn nicht? Er hat schon vorausgeplant. Er wusste, dass er dich eines Tages das Buch holen schicken muss, und trotz der Macht, die dir jetzt innewohnt, ist es keine einfache Sache, jemanden durch die Zeit reisen zu lassen. Beim ersten Mal konnte er sich noch auf die zusätzliche Kraft des Buches verlassen. Jetzt bist nur du allein da. Das ist viel schwieriger und verlangt nach einer starken Bindung zu dem Augenblick, in den man eintreten möchte. Eine Bindung, kapiert? Also hat dir der alte Mann eine Erinnerung geschenkt, die alle anderen überragt. Eine, die wie Feuer in deinem Herzen brennt. Er gab dir deine Mutter.«

Kate wagte nicht, sich zu rühren. Sie hatte sich durch reine Willenskraft aufrecht gehalten, aber jetzt hatte sie das Gefühl, dass sie zerbrechen müsste.

Genau in diesem Moment kam etwas Großes, Schwarzes mit einem Aufkreischen von der offenen Seite des Raums hereingeflattert und stürzte zu Boden. Der Kreischer wirbelte mit der Armbrust im Anschlag herum, aber der Sekretär schrie auf: »Nein!«

Es war ein riesiger schwarzer Vogel. Er war verwundet, hopste im Kreis herum und gab verzweifelte Kreischlaute von sich.

»Etwas stimmt nicht«, sagte der Sekretär. »Ruf das Heer zusammen. Verstärkt die Wachen an den Eingängen …«

Sein Befehl wurde durch das unvermittelte dumpfe Geräusch eines Aufpralls jäh abgeschnitten. Aus der Brust des Kreischers ragte mit einem Mal ein dunkler Pfeilschaft. Die Kreatur sank auf die Knie. Ein ekelhaft stinkender Rauch erhob sich zischend aus der Wunde.

»Angreifer!«, brüllte der Sekretär. »Wir werden angegriffen!«

Gabriels Truppe war im Norden in die Stadt eingedrungen, wo die Schatten tiefer waren als sonst und sich niemand aufhielt außer den beiden Kreischern, die Wache standen. Einer war durch Pfeile ausgeschaltet worden, der andere durch

Gabriels Machete. Emma war erstaunt, wie leise sich diese großen, schwer bewaffneten Männer bewegten. Sie waren wie tödliche Schemen, die durch die Ruinen huschten, und es versetzte sie in Erregung, an ihrer Seite zu sein.

Gabriel ließ sie an einer verfallenen Mauer, etwa einen Block vom Stadtzentrum entfernt, anhalten. Sie waren jetzt den Gaslampen nahe genug, um gut sehen zu können, und Emma konnte die Schreie und das Peitschenknallen hören. Sie spähte die Mauer entlang und sah die Männer einen nach dem anderen in Gassen und Gebäuden verschwinden und so dem Ort, wo sich die Käfige und die Kreischer befanden, näher rücken.

Dena war neben ihr. Gabriel hatte die beiden Mädchen in die Obhut eines jungen Kriegers gegeben, der nur wenige Jahre älter war als sie, und ihm die strikte Anweisung gegeben, sie aus jeglicher Gefahr herauszuhalten.

Dena stieß Emma in die Seite, und gemeinsam mit ihrem Aufpasser, Gabriel und einem halben Dutzend Männer schlüpften sie durch eine Lücke in der Mauer ins Erdgeschoss eines Gebäudes am Rande des Platzes.

Emma musste an etwas denken, was vor ein paar Monaten geschehen war. Sie, Kate, Michael und die anderen Kinder vom Edgar-Allan-Poe-Waisenhaus hatten sich ein Baseballspiel in Baltimore anschauen dürfen. Emma konnte sich nicht mehr an das eigentliche Spiel erinnern. Woran sie sich aber erinnerte, waren die Dunkelheit, der lange Tunnel, den sie entlanggehen mussten, die gedämpften Geräusche der Menschenmenge und dann die Explosion aus Licht, als sie das Stadion betraten. So war es auch jetzt, als sie mit Dena an der leeren Fensterhöhle kauerte und in das grelle Licht blickte, das die Szene vor ihnen beleuchtete.

Auf dem Platz befanden sich mindestens drei Dutzend Morum Cadi. Die meisten standen in der Nähe der vier großen Käfige. In den Käfigen kauerten nach Emmas Schätzung etwa sechzig Männer. Ihr Herz floss über vor Mitleid. Sie dachte an die Gräfin, an ihre feinen Kleider und die geisterhaften, prächtigen Gesellschaften in dem großen Haus in Cambridge Falls. Jemand sollte *sie* in einen Käfig sperren! Mal sehen, wie ihr das gefiel!

Emma machte nie halbe Sachen und so sperrte sie in Gedanken Miss Crumley gleich mit ein. Sie wusste zwar, dass die Leiterin des Waisenhauses der Gräfin an Bosheit nicht das Wasser reichen konnte, aber wenn sie schon Leute in Käfige sperrte – und sei es nur in ihrer Fantasie –, dann konnte sie gleich reinen Tisch machen.

Emmas Blick blieb an einer Gruppe in dem am weitesten entfernten Käfig hängen. Die Gestalten waren nur halb so groß wie die Männer, und einen Augenblick lang dachte sie, es seien Kinder. Dann entdeckte sie die Bärte und die kräftigen Arme und Beine und erkannte, dass sie eine Gruppe von Zwergen vor Augen hatte. Emma dachte, dass Michael vermutlich neunzehn Herzanfälle auf einmal bekommen würde, wenn er hier wäre. Sie konnte seine Faszination für die Angehörigen dieses Volkes nicht ganz nachvollziehen: Sie waren klein und ihre Bärte sahen irgendwie lustig aus, aber sie würde jetzt keinen Ohnmachtsanfall bekommen und auch keinen Fanclub gründen. Und gerade als sie das dachte, rückte der größte der Zwerge, derjenige mit dem schmutzigen blonden Bart, der die ganze Zeit die Kreischer beschimpfte, ein Stück zur Seite – und Emma keuchte auf.

Die gezischte Warnung des jungen Kriegers nicht beachtend, sauste Emma an Dena vorbei zu der Spalte in der Mauer, wo Gabriel kniete. Er hatte den Bogen in der Hand und legte gerade einen mächtigen schwarzen Pfeil an. Emma packte ihn am Arm und deutete nach unten. Sie musste sich beherrschen, um nicht laut zu schreien. In dem Käfig, in dem auch die Zwerge eingesperrt waren, stand eine kleine Gestalt, die sie kannte. Selbst aus der Entfernung konnte sie die Kleidungsstücke erkennen, die ihr so vertraut waren, und den Ausdruck von Verwirrung und Angst auf dem Gesicht ihres Bruders. Es war Michael. Neben ihm stand ein schwarzbärtiger Zwerg und hatte ihm die Hand auf die Schulter gelegt.

Gabriel nickte und gab ihr zu verstehen, dass er Michael bereits gesehen hatte. Dann deutete er zu einem Gebäude auf der anderen Seite des Platzes.

Die gesamte Front des Gebäudes fehlte. Emma konnte geradewegs in die Zimmer hineinsehen. Und da, im zweiten Stock, zwischen einem Kreischer und einer kurz gewachsenen Gestalt in einem Anzug, die sie sogleich als den Sekretär der Gräfin erkannte, saß Kate.

Fragen wirbelten durch Emmas Kopf. Wie waren ihre Geschwister hierhergekommen? Waren sie unverletzt? Wie hatte der Sekretär sie gefunden?

Ein schmerzerfülltes Krächzen durchschnitt die Luft, und ein schwarzer Schemen tauchte aus der Dunkelheit auf und taumelte in das Zimmer, in dem man Kate festhielt. Neben Emma sirrte etwas, und als sie hinschaute, sah sie, dass Gabriel seinen Pfeil abgeschossen hatte. Der Kreischer neben Kate taumelte und fiel zu Boden. Und dann – alles geschah jetzt so schnell – stieß der Sekretär einen erstickten Schrei aus; Gewehrfeuer knatterte auf, Dutzende von Pfeilen flogen durch die Luft; mit leisem Aufprall fanden sie ihr Ziel. Überall herrschten Chaos und Geschrei. Gabriel warf seinen Bogen zur Seite, zog die Machete von seinem Rücken, stieß ein mächtiges Gebrüll aus und sprang durch die Lücke in der Wand.

Die Schlacht hatte begonnen.

Kate lag auf dem Bauch neben der bewegungslosen Gestalt des Kreischers. Eine dunkle, sirupartige, stinkende Flüssigkeit quoll aus der Wunde.

»Herzchen!«

Der Sekretär kauerte hinter dem Schreibtisch. Gleich beim ersten Anzeichen des Angriffs war er dort in Deckung gegangen.

»Komm her!«

Sie achtete nicht auf ihn. Auf Knien und Ellbogen robbte sie vorwärts, bis sie das Geschehen auf dem Platz überblicken konnte. Es war ein einziges Gewimmel aus dunklen, miteinander ringenden Gestalten. Schreie und Rufe vermischten sich mit knirschend brechenden Knochen und aufeinanderprallenden Klingen. Und alles wurde übertönt von dem unmenschlichen Geheul der Kreischer. Kate fühlte wieder diese Schwäche in ihren Körper hineinsickern. Sie hatte Mühe zu atmen, aber anstatt einfach aufzugeben, verspürte sie mit einem Mal eine unbändige Wut. Nein, sagte sie sich, das ist alles nicht wirklich! Ihre Wut verlieh ihren Gedanken Kraft und die Schwäche wich von ihr. Das Kreischen war immer noch entsetzlich anzuhören, aber wenigstens konnte sie wieder atmen. Gabriel hatte recht gehabt!

Sie starrte hinunter auf den Platz und versuchte, das Chaos mit den Augen zu entwirren. Wer kämpfte gegen wen? Wie schafften sie es, in diesem Gewimmel nicht versehentlich die eigenen Leute zu treffen? Gerade als sie erleichtert erkannte, dass die Angreifer Menschen waren und keine angsteinflößenden unterirdischen Kreaturen, sah sie Gabriel.

Er steckte im dichtesten Kampfgetümmel und schlug sich den Weg durch die Kreischer mit einer langen, blitzenden Machete frei. Er sah aus, als ob nichts ihn aufhalten könnte, und sein Anblick verlieh ihr Hoffnung. Aber nur einen Augenblick lang. Dann sah sie, dass immer mehr Morum Cadi auf den Platz strömten. Zu Anfang der Schlacht waren Gabriels Männer den schwarz gekleideten Kriegern der Gräfin zahlenmäßig ebenbürtig gewesen, aber mit jeder Sekunde, die verging, senkte sich die Waagschale zugunsten der Kreischer. Nicht mehr lange und Gabriels Männer wären eingekreist. Und das würde das Ende bedeuten.

»Kate!«

Michaels Stimme drang durch das Getöse zu ihr, und sie schaute nach links, zu den Käfigen. Michael und Wallace standen ein wenig abseits von der Gruppe aus Zwergen und Menschen, die sich eng ans Gitter drängte. Michael sprang auf und ab, deutete in Richtung des Kampfes und schrie etwas. Die Worte wurden vom Lärm verschluckt, aber Kate verstand ihn auch so. Er hatte Gabriel erkannt und dachte, dass sie gerettet werden würden. Er konnte nicht sehen, dass Gabriel und seine Leute verloren waren. Es sei denn, sie bekämen Hilfe. Sie brauchten zwei-, dreimal so viele Männer …

Eine Idee blitzte in Kates Kopf auf. Sie wandte sich zu dem toten Kreischer und tastete unter seinem Gewand herum. Der Leichnam war von einer unnatürlichen, kalten Härte; allein die Berührung verursachte Kate Übelkeit, aber sie zwang ihre Hand zwischen seinen Körper und den Boden, schob sie am Gürtel der Kreatur entlang. Vorhin, als er den Raum betreten hatte, hatte sie es dort leise klirren hören. Komm schon, dachte sie, komm schon … Dann schloss sich ihre Hand um einen Schlüsselring.

Etwas fiel wie ein Amboss auf sie nieder.

»Nein, nein! Böses Herzchen! Böse-böse-böse!«

Der Sekretär hatte sich mit seinem ganzen Gewicht auf sie geworfen. Feuchte Hände grapschten nach ihren Handgelenken. Er keuchte und sein warmer und saurer Atem streifte ihre Wange. Kate wehrte sich, aber der Mann war viel stärker.

»Musst bestraft werden. Oh ja! Ungehorsam muss bestraft werden. Die Gräfin weiß schon, wie. Sie hat viele Möglichkeiten, dir Gehorsam beizubringen. Böse Herzchen müssen bestraft werden …«

Er zischte Kate immer noch Drohungen zu, als diese den Kopf drehte und ihm mit aller Kraft ins Ohr biss. Es schmeckte widerlich und salzig nach Schweiß, und der Mann kreischte auf, aber sie ließ nicht locker, bis sie Blut schmeckte und er sie losließ. Und dann stieß sie ihn mit aller Kraft von sich. Sie hatte ihn sich nur vom Leib schaffen wollen, aber sie hörte, wie sich sein Schrei veränderte, und sah gerade noch rechtzeitig auf, um ihn durch die offene Seite des Raums nach unten fallen zu sehen. Erschöpft kroch sie zum Rand. Unten lag der Sekretär und rührte sich nicht mehr. Nun, dachte Kate, geschieht dir ganz recht. Und sie spuckte aus, um den widerlichen Geschmack in ihrem Mund loszuwerden. Dann drehte sie sich um, schob ihre Hand unter den Kreischer, packte den Schlüsselbund und zog ihn heraus. In Windeseile war sie die Treppe hinuntergesprungen, aus dem Gebäude und über den Platz gerannt.

Michael hatte sich durch die Menschen und Zwerge geschoben, und sie umarmten sich, obwohl das mit den Käfigstäben zwischen ihnen nicht einfach war.

»Gabriel ist hier!«, keuchte Michael. »Er …«

»Ich weiß. Aber er braucht Hilfe.«

Sie betrachtete den Schlüsselring. Daran hingen etwa ein halbes Dutzend Schlüssel. Sie würde sie alle nacheinander ausprobieren müssen.

»Der silberne! Mit dem Loch in der Mitte! Schnell!«

Es war ein Mann, der gesprochen hatte. Er war genauso dürr und schmutzig wie die anderen, aber seine tief liegenden Augen funkelten angriffslustig. Irgendwie kam er Kate bekannt vor.

»Beeil dich, Mädchen!«

Mit zitternden Fingern wollte Kate den silbernen Schlüssel ins Schloss stecken.

»He! Was fällt dir ein?«

Eine behaarte Hand fuhr zwischen den Gitterstäben hindurch und griff nach dem Schlüssel.

»Ich bin der König, klar? Es ist nur recht und billig, dass ich diese Tür aufschließe. Von wegen Protokoll und so.«

»Aufhören!«, schrie sie. »Dazu haben wir keine Zeit!«

»Aufhören?!«, schnaubte Hamish und zerrte immer noch an dem Schlüsselring. »Wer bist du, dass du mir Befehle erteilen willst, hä? Wer ist denn hier der König, bitte schön?!«

»Achtung!«, rief Michael.

Kate warf einen Blick über ihre Schulter. Ein Kreischer kam mit hoch erhobenem Schwert auf sie zugerannt. Kates Glieder waren wie Blei; sie konnte sich nicht rühren. Plötzlich wurde die Kreatur herumgerissen und kippte um. Zwei Pfeile ragten aus dem Rücken.

»Hast du das gesehen?! Jetzt sei brav und lass los, oder – uff!«

Die Schlüssel glitten aus seiner Hand. Wallace hatte seinem König ohne Umschweife in den Bauch geboxt.

»Los jetzt«, sagte Wallace. »Schließ die Tür auf.«

Kate steckte den Schlüssel ins Schloss, drehte ihn herum, und durch die offene Käfigtür strömte eine Flut von Männern. Derjenige, der ihr gesagt hatte, welcher Schlüssel ins Schloss passte, war einer der ersten.

»Befreie die anderen«, befahl er Kate, »und mach schnell!« Damit nahm er einem gefallenen Kreischer das Schwert aus der Hand, rief: »Mir nach!«, und stürzte sich in die Schlacht. Und die Männer, die eben noch schwach und kränklich gewirkt hatten, folgten ihm und griffen sich unterwegs jede Waffe, die sie finden konnten: Schwerter, Schaufeln und Äxte.

Hamish krümmte sich immer noch, deutete mit seinem Wurstfinger auf Wallace und keuchte: »Das zahl ich dir heim, Freundchen, keine Bange.« Dann richtete er sich auf, packte seine Axt, ließ seine Zwerge antreten und führte sie in den Kampf. Kate musste zugeben, dass Hamish – mochte er sein, wie er wollte – kein Feigling war.

Michael stürzte sich in ihre Arme und hätte sie dabei fast umgeworfen.

»Ich weiß«, flüsterte Kate, als sie ihn an sich drückte. »Ich weiß. Alles wird gut.«

Wallace stand ein Stück weit von ihnen entfernt. Er hob eine kurze Spitzhacke auf, und Kate konnte an seiner entschlossenen Miene erkennen, dass er sie nicht allein lassen würde. Sie küsste Michael auf den Kopf. Sein Haar war ungewaschen und fettig, aber das war ihr völlig egal.

»Komm mit. Wir müssen die anderen befreien.«

»Lass mich los!«

»Aber Gabriel hat gesagt …«

»Kate und Michael brauchen mich!«

In dem Augenblick, in dem Gabriel und die anderen Männer den Platz gestürmt hatten, war auch Emma losgerannt. Ihr Bruder und ihre Schwester steckten in Schwierigkeiten. Sie würde nicht hier herumhocken und Däumchen drehen. Sie würde Michael aus seinem Käfig holen, obwohl sie noch nicht wusste, wie sie das anstellen sollte. Dann würden sie beide Kate aus den Klauen des Sekretärs befreien, wobei Emma zugeben musste, dass sie auch diesen Teil ihres Vorhabens noch nicht bis ins Kleinste durchdacht hatte. Aber es würde gewiss so kommen, dass sie selbst unglaublich mutig sein musste, während Michael irgendeinen Unfug in sein Notizbuch schrieb. Und dann wären sie alle wieder beisammen. Daran hatte sie nicht den geringsten Zweifel. Es gab bei der Sache nur ein Problem: Der junge Krieger, der auf sie und Dena aufpassen sollte, hatte sich Emma in den Weg gestellt, als sie losgelaufen war, sie hochgehoben und hielt sie nun fest, während sie zappelte und um sich schlug.

»Lass mich los!«

»Gabriel will, dass du – HALT!«

Er packte Dena am Fußknöchel, gerade als sie – mit einem Messer in der Hand – aus dem Fenster klettern und sich dem Kampf anschließen wollte.

»Loslassen! Ich werde einen von diesen Kreischern kaltmachen!«

»Und ich muss meinem Bruder und meiner Schwester helfen!«

So ging das eine ganze Weile. Die beiden Mädchen zappelten und wanden sich, bettelten und drohten – Emma warnte den

Jungen (er war wirklich kaum mehr als ein Junge), dass sie bis fünf zählen würde, und wenn er sie dann nicht losließ, konnte er was erleben. Dann zählte sie bis fünf und verkündete, sie würde ihm noch eine Chance geben und bis zehn zählen, aber dabei blieb es. Emma wusste genau, dass der Junge nur tat, was Gabriel ihm befohlen hatte, und sie fand es nicht fair, ihn deswegen zu kratzen und zu beißen. Und deshalb waren ihre Drohungen bloß leeres Gerede. Dena ihrerseits versuchte, die Finger des Jungen, mit denen er sie umklammert hielt, aufzubiegen, wobei sie ihm ihre Nägel in die Hand bohrte, und der Junge fragte sich, was er angestellt hatte, dass Gabriel ihn so bestrafte. Da hörten sie ein leises, raues Zischen.

Alle drei wirbelten gleichzeitig herum. Der Kreischer stand da, das Schwert gezückt, und beobachtete sie.

Der junge Krieger ließ Dena und Emma los und griff nach seiner Machete. Aber die Zappelei der Mädchen hatte ihn aus dem Gleichgewicht gebracht. Er stolperte rückwärts und fiel über einen Schutthaufen, gerade als das Schwert des Kreischers an der Stelle durch die Luft sauste, an der er eben noch gestanden hatte. Ohne nachzudenken, hob Emma einen Stein auf. Der Kreischer holte gerade zum tödlichen Streich aus, als der Stein von seinem Kopf abprallte und seine Aufmerksamkeit auf das Mädchen lenkte. Gleichzeitig griff Dena von der anderen Seite an und bohrte ihr Messer tief in das Bein des Kreischers. Der stieß einen seiner markerschütternden, sinnesraubenden Schreie aus und versetzte Dena einen Schlag mit dem Handrücken, der sie etliche Meter wegschleuderte. Die Kreatur zog sich das Messer aus dem Bein und …

Ein dumpfes Geräusch, ein leises Knirschen.

Alles erstarrte. Der Blick der Kreatur wanderte nach unten.

Der junge Krieger hatte seine Machete seitwärts tief in den Leib des Kreischers gehauen. Der Junge stemmte sich gegen sein Opfer, riss die Klinge heraus und hieb noch einmal zu. Dieser Schlag schickte den Kreischer zu Boden, wo er rauchend liegen blieb. Das Ganze hatte nur wenige Sekunden gedauert.

Der Junge wischte seine Machete am Rücken des Kreischers ab und wandte sich dann Emma und Dena zu.

»Also schön, suchen wir deinen Bruder und deine Schwester.« Er schaute zu Dena. »Und du kannst mir helfen, jeden Kreischer kaltzumachen, der uns begegnet.«

Gemeinsam verließen sie das verfallene Haus und hasteten zum Platz. Immer mehr Morum Cadi tauchten aus den Schatten der toten Stadt auf, und der junge Krieger musste Emma und Dena mehr als einmal in Deckung schieben, während die Kreaturen an ihnen vorbeirannten. Einmal gab es einen lauten Knall, als eine der großen Gaslampen explodierte. Sie fiel in ein Gebäude und kurz darauf zuckten Flammen aus den Häusern. Die beiden Mädchen und der Junge konnten durch den Rauch und das Feuer nur hin und wieder einen Blick auf die Kämpfenden erhaschen, aber schon bald wurde ihnen klar, dass Gabriels Leute hoffnungslos in der Unterzahl waren.

Und dann geschah etwas Unerwartetes.

Emma, Dena und der Junge waren in einer Gasse zwischen zwei Häuserruinen stehen geblieben und blickten mit sinkender Hoffnung auf den Kampf, als plötzlich Männer aus der Richtung der Käfige gerannt kamen. Es dauerte eine Weile, bis Emma begriff, dass es die Gefangenen waren, die sich irgendwie hatten befreien können. Ihr nächster Gedanke galt Michael. War er auch frei? Frei und in Sicherheit? Von der Gasse aus, wo sie und ihre Gefährten kauerten, konnte man die Käfige selbst nicht sehen, aber immer mehr Männer rannten an ihnen vorbei. Es war ein denkwürdiger Anblick: Dünn und mit zerlumpter Kleidung, mit allem bewaffnet, was sie hatten finden können, kämpften sie mit einer Wildheit, die man nicht einmal mit der Kampfeslust von Gabriels Männern vergleichen konnte. Fast zwei Jahre lang waren sie gefangen gewesen. Jetzt war ihre Stunde gekommen.

Und sie waren nicht allein. Emma sah den korpulenten blonden Zwerg, flankiert von etlichen anderen, kleineren Zwergen, herbeistapfen, wobei er so heftig schnaufte, dass sein Bart nach oben geweht wurde. Er walzte eine Gruppe Kreischer nieder und machte sich dann ohne Umschweife daran, sich einen Weg durch die Armee der Gräfin zu hacken. Und statt Gabriels Trupp einzukreisen, wurden die Morum Cadi mit einem Mal von vorne und hinten angegriffen. Das Kriegsglück begann sich zu wenden.

Nachdem sie den letzten Käfig geöffnet und die letzten Gefangenen sich auf schwachen Beinen, aber nichtsdestoweniger entschlossen in den Kampf gestürzt hatten, führte Wallace Kate und Michael in den dritten Stock eines Gebäudes, von dem aus man den Platz überblicken konnte.

»Schaut mal!«, rief Kate, als sie sich an einer leeren Fensterhöhle versammelt hatten und nach unten schauten. »Sie werden gewinnen!«

Die zwei Truppen – Gabriels Männer und die befreiten Gefangenen – bedrängten die Morum Cadi immer stärker. Immer mehr der schwarz gekleideten Untoten sanken zu Boden. Über dem Schlachtfeld hing ein gelblicher Dunst, der Kate zunächst

Rätsel aufgab, bis sie sich an den stinkenden Rauch erinnerte, der den gefällten Kreischern entströmte.

»Sie schreien nicht mehr so laut«, sagte Michael.

Es stimmte. Immer seltener hallte das unmenschliche Kreischen durch die tote Stadt – wohl hauptsächlich weil es immer weniger dieser Ungeheuer gab. Dann brach einer dieser Schreie abrupt ab. Der Klang hallte noch von den Felswänden wider, bis er endgültig erstarb. Kate hielt den Atem an. Dann, nur wenige Sekunden später, ertönte der nächste Schrei. Dann noch einer und noch einer – aber dies war nicht das entsetzliche Kreischen der Morum Cadi, sondern das Freudengeheul der Männer. Die Schlacht war vorbei. Sie hatten gesiegt.

»Sie haben's geschafft«, sagte Kate fassungslos. »Sie haben es wirklich geschafft.«

»Nicht zuletzt dank dir, Mädchen.« Wallaces Augen unter den dunklen Brauen blickten sie voller Wärme an. »Wenn du nicht so schnell reagiert hättest, wäre die Sache wohl anders ausgegangen. Da gibt es gar keinen Zweifel.«

Michael schnalzte mit der Zunge. »Es ist wirklich schade.« Er sah, dass die anderen ihn anschauten, als hätte er den Verstand verloren. »Dass ich meinen Fotoapparat nicht dabeihabe, meine ich. Das ist doch ein historischer Moment!«

Schnelle Schritte näherten sich. Wallace wirbelte herum und hob die Spitzhacke. Kate konnte gerade noch eine kleine Gestalt sehen, die auf sie zugesaust kam, konnte noch denken: Das kann nicht sein!, da lag Emma schon in ihren Armen. Sie war es wirklich! Wirklich und wahrhaftig! Kate und Emma hielten sich fest, weinten, lösten sich voneinander, um sich zu betrachten, umklammerten sich wieder und weinten und weinten und weinten. Selbst Michael, der normalerweise stets Haltung bewahrte, weil er schließlich ein Mann war und nichts von Überschwänglichkeiten hielt, setzte die Brille ab und rieb sich die Augen, weil, so meinte er, Schmutz hineingekommen war.

»Emma, bist du es wirklich? Du bist es … oh Emma!« Wieder und wieder sagte Kate den Namen ihrer Schwester und drückte sie an sich, als ob sie sie niemals wieder loslassen wollte.

»Es tut mir so leid.« Emmas Gesicht war tränennass. »Ich hätte auf dich hören sollen. Du sagtest, ich solle nicht zurückgehen, aber …«

»Nein, schon gut, schon gut. Es ist alles gut. Jetzt bist du ja da.«

»Ja, aber sie hat trotzdem nicht auf dich gehört«, bemerkte Michael.

»Michael!« Kate schoss ihm einen warnenden Blick zu.

»Ach, ist ja auch egal«, sagte er großzügig. »Hauptsache, es ist alles gut ausgegangen, stimmt's?« Und er klopfte Emma brüderlich auf die Schulter.

»Ist wirklich alles in Ordnung?«, wollte Kate wissen. »Wirklich, wirklich in Ordnung?«

»Ja, mir geht's gut. Ich war bei Gabriel. Ich habe euch beide gesehen, bevor der Kampf losging. Oh, übrigens, das hier ist Dena und seinen Namen weiß ich nicht.« Emma deutete auf die zwei, die hinter ihr die Treppe hinaufgekommen waren und die Kate erst jetzt bemerkte. Das dunkelhaarige Mädchen mit dem ernsten Gesicht war kaum älter als Emma, und der Junge, ein Teenager, hielt die gleiche mörderische Waffe in der Hand, die auch Gabriel geschwungen hatte. »Gabriel meinte, er solle auf uns aufpassen, aber dann mussten wir ihm das Leben retten …«

»Wie bitte?!«

»Das ist Wallace«, platzte Michael hervor und deutete auf seinen Gefährten.

»Hallo«, sagte Emma und wandte sich wieder an Kate. »Du wirst nicht glauben, was mir alles passiert ist …«

»Wallace ist ein Zwerg!« Michael grinste breit.

»Ja«, sagte Emma, leicht verärgert, weil sie unterbrochen worden war. »Das ist mir schon aufgefallen.«

»Zwerge gibt es wirklich!«

Emma verdrehte die Augen und stöhnte. »Ich wusste, dass das kommen würde!«

»Erzähl einfach deine Geschichte«, bat Kate sie. »Ich will alles wissen. Was geschah, nachdem wir getrennt wurden?«

»Richtig! Also, ich kam zu der Brücke, du weißt schon, und da war Gabriel und kämpfte mit den Kreischern, und ich habe sein Leben gerettet! Aber dann wurde ich angeschossen.«

»Oh Emma! Ich hatte einen Traum. Ich sah dich verletzt daliegen …«

»Ich bin wieder ganz gesund. Gabriel brachte mich in sein Dorf – auf dem Weg dorthin musste er ein blutrünstiges Monster töten; ich habe gerade geschlafen, daher konnte ich ihm nicht helfen – und dann hat mich die weise Frau des Dorfes, Granny Peet, wieder gesund gemacht. Sie sagte mir, ihr hättet Dr. Pym gefunden! Stimmt das? Hoffentlich lernst du Granny Peet mal kennen; sie ist eine von den Guten, sie …«

Kate wollte sie gerade bitten, langsamer zu reden, aber noch bevor sie den Mund aufmachen konnte, ertönte vom Platz her ein schriller Schrei.

»IHR NARREN!«

Sie drehten sich um. Der Sekretär war auf einen hohen Schuttberg geklettert. Kate hätte nicht geglaubt, dass er den

Sturz überleben, geschweige denn, dass er ohne Hilfe wieder auf die Beine kommen würde. Sie sah, wie die Männer, die sich gerade um die Verwundeten kümmerten, innehielten und sich ihm zuwandten. Der Sekretär blutete am Kopf. Sein Anzug war zerrissen, und irgendetwas stimmte nicht mit seinem rechten Arm, den er eng an den Körper gepresst hielt. Der Mann bebte vor Hass und Wut. Kate sah, wie ihm der Speichel in Schaumflöckchen vor dem Mund stand.

»Ihr seid Narren! Glaubt ihr, dass ihr eine Chance habt? Dass ihr die Gräfin besiegen könnt? Ihr macht euch keine Vorstellung von ihrer Macht! Ihr werdet sterben! Ihr alle!«

»Ist er verrückt geworden?«, fragte Emma. »Er hat verloren! Jemand sollte ihm einen Schlag auf den Hinterkopf verpassen.«

»Was ist das für ein Geräusch?«

Zunächst hörte Kate nichts. Wovon redete Michael …? Dann erstarrte sie. Da war etwas: ein leises Klopfen in den Tiefen der toten Stadt. Es wurde lauter, und Kate erkannte, dass sich das Geräusch auf sie zubewegte. Ein Blick nach unten zeigte ihr, dass auch die Männer es gehört hatten.

»Ihr werdet sterben! Ihr alle!«

Aus dem Klopfen wurde ein Hämmern, ein Dröhnen. Sie fühlte es in ihren Fußsohlen. Der Fenstersims unter ihren Händen bebte. Und dann sah Kate, wie sich die Dunkelheit jenseits der Gaslampen bewegte und auf sie zugerollt kam.

»Nein«, flüsterte Wallace, »das ist unmöglich …«

»Was?« Kate packte ihn am Arm. »Was ist es?«

»Da!«, schrie Michael.

Die dunkle Flut hatte den Randbereich des Lichts der Gaslampen erreicht.

Kates Hoffnung erstarb in ihrem Herzen.

Der Sekretär kicherte hysterisch und hopste auf und ab. »Ja! Ja! Ja!«

Es waren Hunderte, eine graugrüne Masse aus gebückt gehenden Gestalten, die durch die Straßen, über zerborstene Mauern und Häuserruinen krabbelten. Sie waren jetzt so nah, dass die Kinder das Knurren und Grollen hören konnten, das schabende Geräusch der Krallen auf Stein, und über allem anderen das Dröhnen ihrer Füße auf dem Fels, wie das Brausen eines Sturms.

»Was ist das?«, schrie Emma entsetzt.

»Die Salmac-Tar«, antwortete Wallace. »Die Hexe hat ihre Verbündeten gerufen.«

Kate hatte solche Geschöpfe schon einmal gesehen. In ihrem Traum hatte Gabriel mit einem von ihnen gekämpft, während Emma bewusstlos auf dem Boden des Labyrinths gelegen hatte. Es waren jene blinden Ungeheuer mit den rasiermesserscharfen Krallen, die in den tiefsten Abgründen des Bergs lebten. Sie dachte an Wallaces Behauptung, dass sich die Gräfin mit ihnen verbündet hätte. Dies war ihr Werk. Die Hexe hatte dieses Übel herbeigerufen, um sie zu vernichten.

»ZU MIR!«, brüllte Gabriel. »ALLE ZU MIR!«

Nein!, dachte Kate. Nein! Sie mussten fliehen. Sie waren zu wenige. Sie waren müde. Verwundet. Der Sekretär hatte recht. Sie würden alle sterben.

Aber schon hatte sich eine Schlachtreihe formiert, mit Gabriel in ihrer Mitte. Männer und Zwerge hoben die Waffen, und dann trat Gabriel, groß gewachsen und furchterregend, aus mehreren Wunden blutend, hervor, sodass er in vorderster Front stand, bereit, den ersten Aufprall der feindlichen Linien auf sich zu nehmen.

»Was macht er denn da?!«, rief Michael entgeistert. »Er ist ja verrückt!«

»Sei still!«, rief Emma. Ihre Stimme zitterte und verriet ihre Furcht. »Er zeigt ihnen, was Tapferkeit bedeutet. Er … er …«

Verzweifelt warf sie sich in Kates Arme, vergrub ihr Gesicht an der Brust ihrer Schwester und schluchzte. Unter ihnen ergoss sich die Flut der Salmac-Tar zischend und knurrend auf den Platz. Gabriel hob die Machete. Kate drückte Emma ganz fest an sich.

In diesem Moment durchschnitt ein Ton die Luft, stieß durch Mauern und Fels und bohrte sich in die Köpfe aller.

Kate wirbelte herum, suchte nach dem Ursprung dieses Tons. Er war aus der Dunkelheit gekommen. Ein Horn, dachte sie. Das war ein Horn.

»Sie sind stehen geblieben!«, rief Emma.

Kate wandte sich wieder um. Die Salmac-Tar standen nur wenige Meter von Gabriel entfernt. Es waren so viele, dass sie den gesamten Platz ausfüllten. Aber die ganze keuchende und sabbernde Masse war erstarrt und hatte sich zu dem Ton umgedreht, der langsam verhallte.

»Stein und Bein«, sagte Wallace und Kate sah, dass der Zwerg grinste. »Das wurde aber auch Zeit.«

Wieder erschallte das Horn, näher und lauter, ohrenbetäubend in seinem Widerhall.

Plötzlich stieß Michael einen Jauchzer aus, sprang auf und deutete aufgeregt mit dem Finger: »Guckt mal! Guckt mal! Guckt mal! – Guckt mal, wer da kommt!«

Eine kleine Gestalt rannte durch die spärlich erleuchteten Straßen auf den Platz zu. Der Nahende trug eine Rüstung, sodass man nur das Gesicht und den geflochtenen Bart sehen konnte, der im Laufen gegen seinen Brustpanzer schlug. Er hatte eine mächtige, glänzende Streitaxt in der einen Hand und ein elfenbeinfarbenes Horn in der anderen. Trotz des dämmrigen Lichts und der Entfernung erkannte Kate ihn sofort.

»Das ist Hauptmann Robbie!«

»Wer?«, fragte Emma.

»Er ist unser Freund«, sagte Michael. »Na ja, eigentlich hat er uns erst mal eingesperrt, aber das musste sein. So sind die Regeln. Man kann ihm keinen Vorwurf machen, wenn er sich an die Regeln …«

»Warum ist er allein?«, unterbrach Emma Michaels Redeschwall. »Die werden ihn doch umbringen! Zwerge sind einfach zu dämlich.«

Noch ehe Michael widersprechen konnte, erreichte Hauptmann Robbie die Mitte des Platzes, stemmte die Beine fest auf den Boden und blies noch einmal in sein Horn.

Wieder brauste dieser ohrenbetäubende Ton durch den Berg, hallte von den Felswänden wider, wurde leiser und verstummte. Nichts rührte sich. Nicht die Salmac-Tar, nicht Gabriel und seine Männer, nicht Wallace oder Dena oder der junge Krieger, und auch nicht die Kinder. Dann versiegte die Stille, und ein neuer Klang brandete auf – ein rhythmisches, metallisches Hämmern, das lauter und lauter wurde, und dann trat eine Zwergenarmee aus der Dunkelheit und strömte in die Straßen. Ihre Äxte spiegelten das Licht der Gaslampen wider, ihre Rüstungen klirrten und klapperten, und ihr Atem klang wie das erregte Fauchen eines Drachen, der jeden Moment Feuer speit. Als die Armee ihren Anführer erreicht hatte, trat Hauptmann Robbie vor und brüllte einen Befehl. Die Zwerge blieben stehen.

»Was soll denn das?«, fragte Emma entgeistert. »Er muss angreifen. Er muss diese Biester umbringen. Zwerge sind ja so däm… He!«

Kate griff nach ihrer Schwester. Das gesamte Gebäude fing an zu schwanken. Dena stolperte gegen den jungen Krieger und sie beide verloren das Gleichgewicht und stürzten zu Boden. Mit einem Blick aus dem Fenster erkannte Kate, dass alles, die gesamte tote Stadt, in Bewegung war.

»Was ist das?«, schrie Emma in dem Tumult. »Was ist denn los?«

»Verdammt!«, brüllte Wallace. »Das ist ein Erdbeben, ein verdammtes Erdbeben! Haltet euch irgendwo fest!«

»Nein!« Michael hielt den Fenstersims umklammert wie die Reling eines Schiffs in einem Sturm. »Es ist Dr. Pym!« Er deutete hinaus, und Kate und Emma sahen den weißhaarigen Zauberer auf dem Dach eines Gebäudes stehen, die Arme zur Stadt hin ausgestreckt. »*Er* macht das!«

»Aber weswegen denn, verdammt noch mal!«, schrie Wallace. »Er wird uns alle umbringen!«

»Kate!«

Emma zupfte an ihrem Ärmel und Kate schaute wieder hinaus auf den Platz. Anfangs begriff sie nicht, was dort vor sich ging. Die gesamte Armee der Salmac-Tar schien einzusinken. Dann erkannte sie, dass sich die Erde unter ihren Füßen aufgetan hatte. Kaum hatte sie das gedacht, als die gesamte Horde von einem gähnenden Abgrund verschluckt wurde und kreischend in der Dunkelheit verschwand. Genauso schnell wie er sich geöffnet hatte, schloss sich der Spalt wieder und das Zittern und Beben hörten auf. Auch das Gebäude, in dem sich die Kinder befanden, stand wieder still. Kate schaute zu Dr. Pym.

Der alte Mann hatte die Arme gesenkt und zog nun ruhig seine Pfeife hervor. Kate schwor sich insgeheim, niemals mehr an der Macht des Zauberers zu zweifeln.

»Zwerge!« Hauptmann Robbie hob die Axt. »Zum Angriff!«

Die verbliebenen Salmac-Tar, die jenseits der Felsspalte gestanden hatten, drehten sich um und ergriffen die Flucht.

»Nein! Nein!« Aufgeregt rannte der Sekretär auf seinem Schutthaufen hin und her und zauste sich das dünne Haar. »Kämpft! Ihr müsst kämpfen!«

Aber all sein Schreien nutzte nichts. Die Salmac-Tar purzelten bei dem Versuch, zu entkommen, panisch übereinander. Gabriel und die Männer hatten den Zwergen den Vortritt gelassen, und über das Scheppern der Rüstungen, das Donnern der eisenbeschlagenen Stiefel und die panischen Schreie der Monster hinweg hörte Kate die Stimme des Zwergenhauptmanns, die durch die gesamte Höhle dröhnte: »Treibt sie an, Brüder! Treibt sie in den Abgrund! Treibt sie an!«

Und da wusste sie, dass die Schlacht endlich vorbei war.

KAPITEL 20

Kates Vision

»Wisst ihr, als Katherine das Buch berührte und in die Vergangenheit reiste – vier Jahre vor dem jetzigen Zeitpunkt, um genau zu sein, der für euch drei ja gar nicht die Gegenwart ist, sondern bereits fünfzehn Jahre in der Vergangenheit liegt – damals jedenfalls erzählte Katherine mir alles über das verschwundene Testament und dass Hamish König werden würde und so weiter, und so weiter. Beladen mit diesem furchtbaren Wissen, ging ich geradewegs zu Königin Esmerelda, Robbies und Hamishs Mutter und eine sehr gute Freundin von mir. Und auf der Stelle schrieb sie ihr Testament, erklärte Robbie zu ihrem Thronfolger, ließ das Dokument beglaubigen, versiegelte es und übergab es in meine Obhut.«

Dr. Pym erklärte den Kindern, wie er und Robbie aus Hamishs Verlies hatten entkommen können und mit einer Zwergenarmee in die tote Stadt gelangt waren. Sie alle – die Kinder, Dr. Pym, Robbie und Gabriel – drängten sich in dem Raum, in dem vor der Schlacht der Sekretär Kate verhört hatte. Jetzt befand sich hier eine Art Hauptquartier, wo Boten ein und aus gingen und Robbie und Gabriel sich mit einer Gruppe Zwerge und Menschen um einen Tisch drängten und angeregt diskutierten.

Die Kinder waren hierhergerufen worden, ohne dass man ihnen den Grund dafür genannt hätte. Nach der Schlacht selbst waren sie in dem Haus auf der anderen Seite des Platzes geblieben und hatten sich gegenseitig erzählt, was ihnen in der Zwischenzeit widerfahren war. Als Gabriel eintrat, hatte Emma sich ihm in die Arme geworfen und gerufen: »Du hast es geschafft!« Kate wünschte, man hätte einen anderen Treffpunkt gewählt, denn die Erinnerung an den Sekretär – besonders an sein Ohr und an den säuerlichen Geschmack von Schweiß und Blut in ihrem Mund – war in dem Augenblick zurückgekehrt, in dem sie über die Schwelle getreten war. Sie wünschte sich nichts sehnlicher als eine Zahnbürste und eine Tube Zahncreme.

»Ihr werdet euch vielleicht fragen«, fuhr Dr. Pym fort, nachdem er die Kinder ein Stück beiseitegeführt hatte, »warum ich so lange gewartet habe, bis ich das Testament der Königin enthüllte. Aber das war von immenser Bedeutung: Ich musste warten, bis Kate das Gewölbe betreten, das Buch berührt und zu mir gebracht hatte. Nur indem ich das Buch in der Vergangenheit versteckte, konnte ich es vor dem Zugriff der Gräfin beschützen. Und ich wusste, dass ich nur abwarten musste. Und das tat ich auch. Als mir der Augenblick schließlich gekommen schien, hat Robbie nach seinem Anwalt verlangt ...« Dann hatte Dr. Pym das Versteck des Testaments verraten. Es wurde geholt und von einem Komitee aus Advokaten und Experten für Handschriften und Fingerabdrücke auf seine Richtigkeit geprüft, da

Zwerge ja sehr pingelig sind, was das Protokoll angeht – eine Äußerung, die Michael mit einem ernsthaften Nicken bestätigte. Die Echtheit des Testaments wurde bestätigt. Hauptmann Robbie, der neue König, stellte eine Armee auf und marschierte in die tote Stadt.

»Ihr seht also«, schloss Dr. Pym seine Erklärung, »alles ist so klar wie Kloßbrühe.«

»Ich versteh's nicht«, sagte Emma.

»Was verstehst du daran nicht, meine Liebe?«

»Ich verstehe gar nichts.«

»Dr. Pym hat alles geplant«, sagte Kate. »Er wusste, dass Hamish uns im Verlies belauschte. Er hat ihn dazu gebracht, mich und Michael zu dem Gewölbe mitzunehmen, und er hat dafür gesorgt, dass ich das Buch zuerst berührte. Er hat alles geplant.«

»Aber ...« Michael hatte sich Notizen gemacht, doch jetzt blickte er auf und wandte sich an den Zauberer, »... wussten Sie davon, weil Kate in die Vergangenheit gereist war und Ihnen erzählt hatte, was geschehen war? Haben Sie nur so getan, als würden Sie uns im Verlies nicht erkennen?«

»Die Antwort auf diese Frage ist recht kompliziert«, sagte Dr. Pym und kratzte sich nachdenklich am Kinn, »weil es mittlerweile zwei Versionen der Vergangenheit gibt. In der ursprünglichen Version wusste ich nichts über die zukünftigen Ereignisse, und meine Handlung basierte wohl ausschließlich auf dem Umstand, dass ich die Verbindung zwischen deiner Schwester und dem Buch erkannte. Aber in der korrigierten Vergangenheit, die zustande kam, nachdem deine Schwester das Buch an sich genommen und vier Jahre zurückgereist war ...«

Kate betrachtete den Zauberer. Ihre Gefühle ihm gegenüber hatten sich verändert. Er hatte Hamish und den Sekretär ausgetrickst, hatte Robbie zu seinem rechtmäßigen Erbe verholfen und Gabriel und alle Männer gerettet. Kate war jetzt davon überzeugt, dass er auf ihrer Seite stand. Aber er verschwieg ihnen immer noch etliches. Kein Wort über ihre Eltern, kein Wort über die Rolle, die sie und ihre Geschwister in den Ereignissen spielten. Im Thronsaal hatte er gesagt, dass sie die Kinder waren, auf die er gewartet hatte. Und der Sekretär hatte sich so ähnlich ausgedrückt, als er meinte, sie, Michael und Emma seien die auserwählten drei. Was bedeutete das? Was verbarg der Zauberer?

»Ich wusste, wie sich die Dinge in der anderen, jetzt verworfenen Vergangenheit entwickelt hatten«, sagte Dr. Pym, »und da ich wollte, dass sich dieser Prozess möglichst genauso wiederholte, versuchte ich, mich so zu benehmen, als ob ich nichts über die Zukunft wüsste. Das ist die Version der Vergangenheit, Michael, an die wir beide, du und ich, uns erinnern. Kate, die Zeitreisende, ist die Einzige von uns, die sich an die ursprüngliche Vergangenheit erinnert. Um deine Frage zu beantworten: Soweit es deine Erinnerung betrifft, ja, da tat ich so, als ob ich euch nicht erkennen würde. In der Erinnerung deiner Schwester allerdings ist es anders. Da hatte ich tatsächlich keine Ahnung, wer ihr wart.«

Michael starrte ihn an. »Jetzt verstehe *ich* gar nichts mehr.«

»Dann muss dir genügen, wenn ich es folgendermaßen ausdrücke«, sagte Dr. Pym und seufzte. »Wenn Katherine nicht so geschickt gewesen wäre, würden König Robbie und ich immer noch im Verlies hocken, und alle Männer – Gabriels Leute und die Männer aus Cambridge Falls – wären tot.«

»Das stimmt.« Robbie hatte der Gruppe am Tisch den Rücken gekehrt. »Und wenn du jemals meiner Hilfe oder der

Stärke meines Volkes bedarfst, so musst du nur ein Wort sagen.« Und damit verbeugte sich der neue Zwergenkönig so tief vor Kate, dass die Spitze seines geflochtenen Bartes auf dem Boden schleifte.

»Oh, bitte«, sagte Kate und wurde puterrot, »tun Sie das nicht! Das ist mir wirklich peinlich. Außerdem hat Michael mindestens genauso viel Anteil an der Sache wie ich.«

Robbie richtete sich auf. »Aye, wie recht du hast!« Er räusperte sich und seine Stimme klang mit einem Mal formell. »Michael, als du Hamish vorgehalten hast, was für eine Schande er für sein Volk sei, erinnerte ich mich wieder daran, was es bedeutet, ein Zwerg zu sein. In Anerkennung deiner Dienste ernenne ich dich hiermit zum Königlichen Wächter über alle Zwergentugenden.« Er schnippte mit dem Finger, und ein Zwerg trat vor und überreichte dem König einen kleinen Orden, den dieser wiederum an Michaels Pullover heftete.

»Majestät, ich …«, stotterte Michael, »… ich … ich … wünschte, ich hätte … Gelegenheit gehabt, eine Dankesrede vorzubereiten.«

Robbie schlug ihm auf die Schulter. »Ah, mein Freund! Was für ein Zwerg wärst du geworden!«

Emma wirkte wenig erfreut, weil Michael so viel Aufmerksamkeit bekam, und als Robbie Michael einen bärtigen Kuss auf beide Wangen drückte, hörte Kate sie murmeln: »Immerhin bin *ich* angeschossen worden.« Emma war natürlich beeindruckt von Michaels Taten gewesen, wie er sich Hamish entgegengestellt und seine eigene Hand hatte opfern wollen – oder vielleicht auch nicht so sehr beeindruckt, dachte Kate plötzlich, als vielmehr erstaunt. Immer wieder hatte sie gefragt: »Wirklich? Michael hat das getan? Tatsächlich?« Kate wollte sie gerade ermahnen, Michael seinen Triumph zu gönnen, als er sich zu ihnen umdrehte, sie mit stolzgeschwellter Brust breit angrinste, einen Ausdruck reinen Glücks auf dem Gesicht, und noch ehe Kate wusste, wie ihr geschah, lagen sie, Emma und Michael sich in den Armen, und beide Mädchen versicherten ihm, wie stolz sie auf ihren Bruder waren – wobei Emma ihm ein bisschen zu fest auf den Arm boxte. Aber als Michael sich räusperte und verkündete, dass er gerne ein paar Worte sagen würde, mischte sich Kate hastig ein und schlug vor, dass ein späterer Zeitpunkt womöglich angemessener für eine Rede sei.

»Ja«, sagte Emma und wirkte ungeheuer erleichtert. »Wir hören gerne Reden über Zwerge und das alles, aber wir müssen zuerst über etwas anderes sprechen. Über … die Chroniken! Ja, wir sollten unbedingt über das Buch Emerald reden!«

»Meine Liebe«, sagte Dr. Pym, »woher hast du diesen Namen? Ich bin überrascht.«

Kate sah, wie Emma Michael einen raschen Blick zuwarf und mit gespielter Gleichmut mit den Schultern zuckte. »Oh, ich weiß eine ganze Menge. Wusstest *du*, wie das Buch heißt, Michael?«

Michael schüttelte den Kopf.

»Nun, das ist jedenfalls sein Name: das Buch Emerald. Du solltest ihn aufschreiben, damit du ihn nicht vergisst.«

Kate erwähnte nicht, dass sie den Begriff aus dem Mund des Sekretärs gehört hatte.

»Eure Schwester hat recht«, sagte Dr. Pym. »Jede der *Chroniken vom Anbeginn* hat einen eigenen, unverwechselbaren Namen. Korrekt heißt das Buch Emerald, um das es hier geht, die Chronik der Zeit …«

»So ist es«, sagte Emma und nickte ernst. »Das ist die korrekte Bezeichnung.«

»... aber es wird meistens nur Chronik genannt, ein passender Name, weil das Buch Karten und Informationen von jeder nur möglichen Zeit enthält: von Vergangenheit, Gegenwart und Zukunft. Und es erlaubt dem Benutzer, nicht nur durch den Raum, sondern eben auch durch die Zeit zu reisen. Aber jetzt ist nicht der richtige Zeitpunkt, nach dem Warum und Weshalb zu fragen.«

»Richtig«, sagte Emma, »darum können wir uns später noch kümmern. Um das ganze Warum und so.«

Kate hatte den Eindruck, als ob der Name des Buches etwas in ihr ausgelöst hätte. Ihr war so, als ob das Wort »Emerald« in ihr eingesunken und sich in einen Winkel ihres Herzens begeben hätte, der wie dafür geschaffen schien. Als ob es dort hingehören würde.

»Was ist mit Hamish?«, wollte Michael wissen. »Ist er wirklich nicht mehr König?«

»Nein, ist er nicht«, bestätigte Robbie. »Ich habe ihn zurück in den Palast geschickt und ihm befohlen, alles sauber zu machen, und zwar eigenhändig. Und sich den Bart zu stutzen. Das war ja ekelhaft!«

»Hamish war früher der König«, erklärte Emma Gabriel, der sich ebenfalls zu ihnen gesellt hatte. »Er hat versucht, Kates Hand abzuhacken. Michael hat ihn aufgehalten. Das sagt man wenigstens ...«

»He!«

»Also schön, du bist ein Held.« Emma verdrehte die Augen. »Polier doch deinen Orden.«

Robbie erzählte, dass Hamish versucht habe, sich umzubringen, als er hörte, dass er kein König mehr war. Er hatte versucht, sich selbst den Kopf abzuhacken, was aber nur dazu geführt hatte, dass er sich bewusstlos schlug und erst nach mehreren Eimerladungen voll Wasser wieder zu sich kam. So viel Wasser auf einmal hatte Hamish seit Monaten nicht mehr gesehen, erklärte Robbie.

Während die anderen noch redeten, trat Kate zu der Öffnung in der Wand und schaute hinunter auf den Platz. Die Schlacht war gewonnen, und die Zwerge hatten eine Feldküche aufgebaut und in riesigen Kesseln einen Eintopf aus Karotten, Zwiebeln, Tomaten und Fleisch gekocht, dessen Duft in Kürze den ranzigen Gestank der verendeten Kreischer überlagert hatte. Männer, die zwei Jahre lang keine anständige Mahlzeit bekommen hatten, schaufelten Schüsseln voller Eintopf in sich hinein, schneller als die Zwergendiener sie auf den Tisch stellen konnten.

Kate wandte sich den Käfigen zu.

Der Sekretär war der einzige Gefangene dort. Er saß in einem der Käfige, hielt sich den verletzten Arm und wiegte sich vor und zurück. Stimmte es, was er gesagt hatte? Beabsichtigte Dr. Pym, sie wieder durch die Zeit zu schicken, um das Buch Emerald zurückzuholen? Ihr Herz schlug schneller bei dem Gedanken, ihre Mutter wiederzusehen. Gleichzeitig empfand sie ein tiefes Schuldgefühl. Bereits zum zweiten Mal – das erste Mal, als sie Michael von den Begebenheiten im Gewölbe erzählt hatte, und jetzt, nach der Schlacht, als sie Emma von ihren Erlebnissen berichtet hatte – hatte sie die Begegnung mit ihrer Mutter verschwiegen. Warum? Weshalb wollte sie dieses Ereignis geheim halten?

Kate sah, dass der Sekretär sie direkt anstarrte.

»Genug! Wir müssen handeln!«

Kate riss sich von dem Blick des Mannes im Käfig los und wandte sich wieder der Versammlung in dem Raum zu. Der Sprecher war jener hagere Mann mit dem wilden Blick, der ihr gesagt hatte, welcher Schlüssel die Käfigtüren öffnete. Er hatte sich vorgebeugt und stützte sich mit den Händen auf der Tischplatte ab, und als Kates Blick auf seinen strubbeligen rotbraunen Haarschopf fiel, wurde ihr klar, warum er ihr so bekannt vorgekommen war.

»Wir kennen Ihren Sohn! Stephen McClattery!«, platzte sie heraus. »Wir sind ihm begegnet.« Und dann fügte sie schnell hinzu: »Es geht ihm gut. Wir haben ihn vor ein paar Tagen gesehen und er war gesund und munter.«

Die Wirkung ihrer Worte war erschreckend. Es war, als ob der Mann an einem straffen Seil gehangen hätte und dieses Seil jetzt plötzlich gekappt worden wäre. Sein Kopf sackte nach unten und sein ganzer Körper schien in sich zusammenzufallen. Kate war klar, dass dies seit zwei Jahren die erste Nachricht war, die der Mann von seinem Sohn bekommen hatte. Er hatte vielleicht nicht einmal gewusst, ob er tot oder noch am Leben war. Endlich fuhr sich der Mann übers Gesicht und schaute auf. Über seine schmutzigen Wangen verliefen Tränenspuren.

»Danke«, sagte er mit belegter Stimme. »Aber jeder Moment, den wir hier mit Gerede verschwenden, gibt ihr mehr Gelegenheit, sich an unseren Kindern zu rächen.«

»Sie haben recht«, sagte Robbie. »Doktor, sagen Sie diesen Kindern, was wir von ihnen brauchen.«

»Die Sache sieht folgendermaßen aus«, erklärte Dr. Pym und rückte seine Brille mit dem Schildpattrahmen gerade, was allerdings nicht viel nutzte. Sie saß jetzt genauso schief wie zuvor.

»Als Nächstes müssen wir in Cambridge Falls einmarschieren und die gefangenen Kinder befreien, einschließlich eures Freundes Stephen McClattery.«

»Mein Freund ist er jedenfalls nicht«, murmelte Emma. »Wenn ihr mich fragt, ist er eine echte Nervens… Autsch!« Sie funkelte Kate an. »Warum hast du mich gezwickt?«

»Aber«, fuhr Dr. Pym fort, »solange die Gräfin die Kinder als Geiseln festhält, können wir es nicht riskieren, sie direkt anzugreifen.«

»Sie sind doch ein Zauberer«, sagte Michael. »Sie haben ein Erdbeben herbeigezaubert. Können Sie denn nichts tun?«

»Unglücklicherweise hat die Gräfin rund um ihr Haus und das gesamte Dorf etliche Sicherheitsbarrieren angebracht, die meine Kräfte gehörig einschränken. Wir müssen uns etwas anderes einfallen lassen. Und hier kommt ihr ins Spiel. Mich würde interessieren …«

»Oh! Oh!« Emmas Hand schoss in die Höhe.

»Ja, meine Liebe?«

»Es gibt einen Geheimgang! Er führt von dem Zimmer, in dem die Kinder sind, nach draußen. Abraham hat uns hindurchgeführt. Aber wir würden ihn wiederfinden. Ein Kinderspiel!«

»Das haben wir ihm doch schon erzählt«, sagte Michael. »Im Verlies.«

»Stimmt«, sagte Dr. Pym. »Aber ich wollte euch gerade bitten, es auch allen anderen zu erzählen. Du hast eine rasche Auffassungsgabe, meine Liebe. Vielen Dank.«

»Gern geschehen«, sagte Emma und grinste Michael triumphierend an.

»Also dann!« König Robbie klatschte in die Hände. »Dann werden sich ein paar von uns zum Haus schleichen und die

Kinderchen durch den Geheimgang nach draußen führen, ganz, ganz leise. Danach kommt das große Tamtam und der Rest von uns greift das Haus an. Aye, ein brillanter Plan.«

Alles nickte und murmelte zustimmend.

Nur Michael fummelte nervös an seinem Orden herum. »Was ist, wenn die Gräfin bereits weiß, dass sie die Schlacht verloren hat? Wird sie uns dann nicht erwarten?«

»Vielleicht«, sagte Dr. Pym. »Aber wir haben keine Wahl. Wir müssen handeln und das Beste hoffen. Wie Mr McClattery so richtig bemerkte, hängt das Leben der Kinder nur noch an einem seidenen Faden. Gabriel, die Kinder und ich werden …«

In dem Moment ertönte ein dumpfer Aufprall. Alle drehten sich um. Kate lag bewusstlos am Boden.

»Geht es dir wieder besser, Kindchen?«

Kate blinzelte. Drei besorgte Gesichter starrten zu ihr hinunter. Mühsam setzte sie sich auf. Sie hatte auf einem sehr harten Sofa gelegen und jede einzelne Sprungfeder schien einen Abdruck auf ihrem Leib hinterlassen zu haben. Den Raum, in dem sie sich befand, kannte sie nicht. Emma, Michael und Dr. Pym zogen sich ein Stück zurück, um ihr Luft zu lassen.

»Was war los?«, fragte Emma. »Erst hast du dagestanden und … dann bist du einfach umgefallen.«

Kate legte die Finger an die Schläfen. Das Aufsetzen hatte ihr ein Schwindelgefühl verursacht. Vor der Tür hörte sie eilige Schritte.

»Ich glaube, ich bin bloß müde. Und hungrig.«

»Verständlich«, bemerkte Dr. Pym. »Immerhin hattest du

einen sehr anstrengenden Tag. Ich sehe zu, dass ihr alle etwas zu essen bekommt.«

»Und zu trinken«, sagte Michael. »Ich wette, wir sind schon ganz ausgetrocknet und wissen es nicht einmal.«

»Bei dir ist bestimmt das Gehirn ausgetrocknet«, sagte Emma.

»Vermutlich«, erwiderte Michael ungerührt. »Das Gehirn ist das sensibelste Organ des gesamten Körpers.«

Emma murmelte etwas Unverständliches.

Kate schaute sich um. Auf dem Boden stand eine einsame Gaslaterne und an einer Wand lehnten Körbe mit Rüben, Zwiebeln und Karotten und einige Säcke mit Kartoffeln. Augenscheinlich benutzten die Köche diesen Raum als Vorratslager.

»Du bist sicher, dass dies alles ist, meine Liebe? Dass es nur am Hunger liegt?« Der Zauberer starrte sie eindringlich an.

Kate schloss die Augen. Sie sah es immer noch vor sich ...

»Katherine?«

Sie wünschte, er würde sie nicht so bedrängen. Sie wusste, warum sie in Ohnmacht gefallen war, aber sie hatte nicht die Absicht, mit irgendjemandem darüber zu reden.

»Vielleicht kann ich dir helfen ...«

»Warum haben Sie uns nichts über unsere Eltern erzählt?«

Sofort erkannte Kate, was sie getan hatte. Sie hatte eigentlich nur ein Ablenkungsmanöver vorgehabt, hatte die anderen dazu bringen wollen, von etwas anderem als ihrem Ohnmachtsanfall zu reden, aber sie hatte zu hastig gesprochen, und jetzt ...

Sie schaute zu Emma und Michael, sah die Verwirrung in ihren Augen. Wie lange würde es dauern, bis sie zwei und zwei zusammengezählt hatten?

»Wann hätte ich dir davon erzählen sollen, Katherine?« Dr.

Pym hatte seine Brille abgenommen und wischte die Gläser an seiner Krawatte ab. »Im Verlies? Ich habe doch schon erklärt, warum es so wichtig war, so zu tun, als ob ich nicht wüsste, wer ihr seid. Und in der ursprünglichen Vergangenheit wusste ich es ja wirklich nicht.«

»Aber Sie haben mir diese Erinnerung geschenkt!« Jetzt da es draußen war, wollte Kate Antworten. »Sie haben mich zu diesem Augenblick zurückgeschickt! Sie müssen es gewusst haben!«

»Ich habe es geahnt, ja. Teilweise wegen der Dinge, die ihr mir erzählt habt. Aber auch, weil man auf den ersten Blick die Ähnlichkeit zwischen dir und deiner Mutter erkennt.«

Das machte Kate sprachlos. Sie sah ihrer Mutter ähnlich? Gegen ihren Willen empfand sie eine unbändige Freude.

»Moment mal!« Emma hatte ihre Stimme wiedergefunden. »Worum geht's hier eigentlich? Woher sollte Dr. Pym unsere Eltern kennen?«

»Eure Eltern«, sagte Dr. Pym und setzte sich die Brille wieder auf die Nase, »sind sehr gute Freunde von mir. Richard und Clare. Das sind ihre Namen.«

»Aber … nein! Das ist nicht … Das hätten Sie uns doch gesagt! Sie … Warum haben Sie es uns nicht gesagt?«

»Ich kann mich nur wiederholen, meine Liebe: Wann hätte ich es euch …?«

»Als wir Sie kennenlernten!« Emma schrie jetzt fast. »Als wir in Ihr dämliches Waisenhaus kamen!«

»Liebe Emma, das geschieht erst in fünfzehn Jahren. Ich kann schlecht erklären, warum ich etwas tat, was ich überhaupt noch nicht getan habe.«

»Aber wie …« Michael schaute Kate an.

Jetzt kommt's, dachte sie.

»Wie hast du herausgefunden, dass Dr. Pym unsere Eltern kennt?«

Kate schluckte. Ihre Kehle fühlte sich an wie mit Sandpapier ausgelegt.

»Unsere Mutter … war da. In der Vergangenheit. Als ich Dr. Pym traf. Ich … ich hab's euch nicht gesagt.«

Eine ganze Zeit lang starrten Michael und Emma sie nur an. Auf ihren Gesichtern lag ein ungläubiger Ausdruck. Nicht weil Kate ihre Mutter gesehen hatte. Sondern weil sie ihnen nichts davon gesagt hatte. Emma fing an zu weinen und der Anblick brach Kate fast das Herz.

»Emma …«

»Wo sind sie?!« Emma wandte sich zu Dr. Pym. »Bringen Sie uns zu ihnen! Bringen Sie uns sofort zu ihnen!«

»Emma …«

»Jetzt! Ich will sie sehen!«

»Mein Kind«, sagte Dr. Pym, »ich möchte dir versichern, dass ich nichts lieber täte. Aber ich fürchte, das ist nicht so einfach.«

»Warum nicht?!« Tränen strömten über Emmas Gesicht.

»Er kann uns jetzt nicht zu ihnen bringen«, sagte Michael leise. »Er muss sich erst um die Gräfin kümmern.«

»Halt den Mund!« Emma riss Michael den Orden ab, den er von Robbie bekommen hatte, und schleuderte ihn in eine Ecke. »So, da hast du's, du Held!«

»Emma, hör auf!«

Emma befreite sich aus Kates Griff.

»Fass mich nicht an! Du hast uns angelogen! Du hättest es uns sagen sollen, aber du hast uns angelogen!«

»Ich weiß. Es tut mir leid.« Wieder streckte Kate die Hand aus und wieder stieß Emma sie weg.

»Ich sagte: Fass mich nicht an!«

Emma stand vor ihr und Kate stand ebenfalls auf. Und als sie diesmal die Arme nach Emma ausstreckte, wehrte sich diese nicht, sondern ließ sich von ihrer großen Schwester in den Arm nehmen. Kate spürte, wie verkrampft und zornig Emma war, aber sie hielt sie einfach nur fest und flüsterte ihr beruhigende Worte ins Ohr. Langsam versiegte Emmas Schluchzen und ihr Körper entspannte sich.

Schließlich fragte Kate: »Wieder gut?«

Emma nickte, schniefte und wischte sich mit dem Ärmel übers Gesicht. Sie ging in die Ecke des Zimmers und hob Michaels Orden auf.

»Tut mir leid. Ich hoffe, er ist nicht verbeult.«

Michael zwang sich zu einem Lachen. »Glaubst du etwa, dass du etwas verbeulen kannst, was von Zwergenhand erschaffen wurde? Unwahrscheinlich.« Doch dann schaute er sie an und schenkte ihr ein wahrhaftiges Lächeln. »Schon gut.«

»Bitte glaubt mir«, wandte sich Dr. Pym an die drei Kinder, nachdem sie sich alle wieder gesetzt hatten und Michael wieder seinen Orden trug, »dass ich verstehe, wie verwirrend das alles für euch ist und dass ihr unbedingt eure Eltern wiedersehen wollt. Und sobald wir mit der Gräfin fertig und die Kinder in Sicherheit sind, werde ich alle eure Fragen beantworten. Das verspreche ich euch. Aber heute liegt eine große und wichtige Aufgabe vor uns und das Leben vieler Menschen hängt von unserem Geschick ab. Dieses Bewusstsein muss unser Handeln lenken.«

»Aber können Sie uns denn gar nichts sagen?«, flehte Kate. »Wo sind sie? Welche Berufe haben sie? Irgendetwas!«

Dr. Pym seufzte. »Also schön. Eure Eltern sind Akademiker. Professoren.«

»Unsere Eltern sind Lehrer?« Emma klang ernüchtert.

»Auf welchem Gebiet haben sie geforscht?«, fragte Michael.

Emma stöhnte auf. »Das muss wie Weihnachten für ihn sein! Unsere Eltern sind Professoren!«

»Sie erforschen die Geschichte der Magie. Ich darf euch versichern, dass dieses Forschungsgebiet in der akademischen Welt nicht besonders ernst genommen wird. Aber eure Eltern glauben an das, was sie tun. Und sie interessieren sich beide für die *Chroniken vom Anbeginn*. So haben sie sich auch kennengelernt: Auf einer Konferenz in Edinburgh. Eure Mutter hielt einen Vortrag mit der Behauptung, dass im 9. Jahrhundert nach Christus ein japanischer Shogun, genannt Rosho-Guzi – der Lebensfresser –, im Besitz eines der Bücher gewesen sei. Euer Vater sprach sie nach dem Vortrag an und sechs Monate später waren sie verheiratet. Ihr seht also, Kinder: Die Chroniken liegen euch im Blut.«

»Wie haben Sie die beiden kennengelernt?«, wollte Kate wissen.

»Bei meiner eigenen Recherche über den Verbleib der beiden verschollenen Bücher habe ich es mir zur Gewohnheit gemacht, die aktuelle akademische Forschung im Auge zu behalten. Ich habe die Artikel eurer Eltern gelesen und hatte das Gefühl, dass man ihnen vertrauen kann. Wir fingen an, zusammenzuarbeiten. Natürlich hätte ich mir nie träumen lassen, wer ihre Kinder sein würden. Rückblickend betrachtet gab es Hinweise, ja …« Er zuckte mit den Schultern. »Aber dann, vor vier Jahren, kurz nach Weihnachten, tauchte Katherine in meinem Arbeitszimmer auf. Den Rest kennt ihr ja.«

Durch die Erwähnung von Weihnachten löste sich eine Erinnerung in Kates Geist und trat vor sie hin. Sie sah einen groß gewachsenen, dünnen Mann im Türrahmen ihres Zimmers stehen. Es war die letzte Nacht mit ihren Eltern. Die Puzzleteilchen setzten sich plötzlich zusammen, und da war noch das Gefühl, das sie gehabt hatte – sowohl in der Bibliothek des Waisenhauses als auch im Verlies der Zwerge –, dass sie Dr. Pym schon früher begegnet war.

»Sie waren es! Sie haben uns von unseren Eltern weggebracht!«

»Vielleicht! Aber denke daran: Das, wovon du sprichst, ist noch gar nicht passiert.«

»Also schön«, sagte Kate. »Was meinen Sie damit: Sie hätten sich nie träumen lassen, wer ihre Kinder sein würden? Wer sind wir?«

»Ihr drei seid etwas ganz Besonderes. Und eines Tages, wenn wir Zeit haben, werde ich euch alles erklären.«

Kate widersprach: Sie verdienten eine ehrliche Antwort, fand sie.

»Und die werdet ihr bekommen. Zur rechten Zeit. Katherine, du musst lernen, mir zu vertrauen.« Er stand auf. »Jetzt werde ich nachsehen, wie weit Robbie und Gabriel sind.«

»Warten Sie«, sagte Michael. »Wie lautet unser Nachname?«

»Euer Nachname? Ja, ich denke, den kann ich euch jetzt verraten. Euer Nachname lautet Wibberly.«

Die Kinder schauten sich an.

»Wibberly?«, wiederholte Kate. »Sind Sie sicher?«

»Oh ja, ihr heißt Wibberly. Daran gibt es nichts zu rütteln.«

»Im Waisenhaus sagte man uns, unser Nachname finge mit einem P an.«

»Wirklich? Wie merkwürdig.«

»Aber das müssen die Nonnen doch von *Ihnen* gesagt bekommen haben!«, erklärte Kate. »Sie sind doch derjenige, der uns dort hingebracht hat! Warum haben Sie denen gesagt, sie sollen uns P nennen, wenn doch unser Name Wibberly ist?«

»Ich vermute, ich versuchte – werde versuchen –, euch zu beschützen. Es wäre zu offensichtlich gewesen, euch die Geschwister W zu nennen.«

»Warum dann keinen anderen Namen?«, fragte Michael. »Smith oder Jones. Irgendwas! Können Sie sich vorstellen, wie oft wir gehänselt wurden, weil wir bloß einen Buchstaben als Nachnamen hatten?«

»Hm, ich vermute, so weit habe ich nicht gedacht – besser gesagt: werde ich nicht denken. Ich bitte um Entschuldigung. Aber jetzt muss ich gehen. Wir reden später weiter.«

Noch lange Zeit, nachdem der Zauberer gegangen war, schwiegen die Kinder. Vor der Tür hörten sie, wie die Armee sich zum Abmarsch bereit machte.

»Wibberly«, sagte Kate nachdenklich. »Ja, das … fühlt sich richtig an.«

»Stimmt«, nickte Michael.

»Mir gefällt Penguin trotzdem besser«, sagte Emma, »obwohl Wibberly auch ganz okay ist.«

»Es tut mir leid«, sagte Kate. »Ich hätte euch gleich von Mom erzählen sollen. Ich glaube, ich … ich hatte einfach Angst, dass ich die Erinnerung verlieren würde, wenn ich davon reden würde. Dass ich sie verlieren würde. Noch einmal.«

»Das verstehe ich«, sagte Michael. »Das ist auch der Grund, warum ich so vieles aufschreibe. Man vergisst Dinge so leicht. Wenn man es aufschreibt, ist es immer da.«

Er strich mit der Hand über sein Notizbuch, und Kate sah ihn plötzlich mit anderen Augen: als einen Jungen, dem ein ganzes Leben geraubt worden war und der sich an das klammerte, was ihm blieb.

»Erzählst du es uns jetzt?«, bat Emma. »Bitte!«

Kate sah die beiden an, sah das Vertrauen, das sie immer noch in sie hatten, das sie immer in sie haben würden, und fragte sich, wie um aller Welt sie ihnen dieses bedeutsame Ereignis nur hatte verschweigen können. Es gehörte entweder allen oder keinem. Aber dann, als sie nach der Erinnerung griff, fühlte sie eine Welle aus Panik in sich aufsteigen: Schon jetzt waren einige Details unscharf und verschwommen geworden. Sie zwang sich, sich auf das zu konzentrieren, was sie noch wusste: auf die Kleidung, die ihre Mutter getragen hatte, ihre Haarfarbe, auf die Worte, die sie gesprochen hatte, und je mehr Kate erzählte, desto mehr Einzelheiten kehrten in ihr Gedächtnis zurück. Sie beschrieb die Wärme ihrer Stimme, das kleine Grübchen auf ihrer Wange, ihre Hand, die auf dem Türgriff geruht hatte. Sie erzählte von dem Zimmer, erwähnte das Kaminfeuer und das Muster aus roten und braunen Wirbeln auf dem Teppich, Dr. Pyms unordentlichen Schreibtisch und den Schnee, der sanft auf die Welt fiel, und plötzlich war es ihr, als würde sie wieder vor ihrer Mutter stehen, bloß dass diesmal Michael und Emma bei ihr waren. Jetzt war es auch ihre Erinnerung. Kate wusste, dass Emma und Michael mit der Zeit Einzelheiten verändern würden, um das Bild ihren Wünschen anzupassen – was ihre Mutter getragen und was sie gesagt hatte etwa, und aus dem Schnee würde vermutlich ein Sturm werden, aber sie fühlte sich besser, weil ihre Erinnerung jetzt ihnen allen gehörte, und gemeinsam würden sie sie bewahren, würden ihre Mutter bewahren und sie festhalten, fester, als sie es je alleine vermocht hätte.

Dann schwiegen sie wieder. Die Luft schien kühler geworden zu sein und durch die Wände drangen die Stimmen der Zwerge und Menschen im Nebenraum. Im Vergleich zu den Wirren der Schlacht, fühlte sich alles ruhig und behaglich an.

Dann sagte Kate: »Ich hatte eine Vision. Das ist der Grund, warum ich in Ohnmacht fiel. Nicht weil ich hungrig war.«

Sie erzählte, dass sie in ihrer Vision die Schlacht um die tote Stadt gesehen hatte. Aber alles war anders gewesen. Die Kreischer waren nicht so zahlreich gewesen und es waren weder die Horden der Salmac-Tar noch eine Zwergenarmee aus dem Berg gekommen. Nur Gabriels kleine Truppe. Und sie hatten gesiegt. Sie hatten die Kreischer geschlagen. Dann waren Gabriels Männer und die befreiten Gefangenen gemeinsam nach Cambridge Falls marschiert.

»Aber so ist es nicht passiert«, sagte Emma. »Du hast da wohl was falsch gesehen.«

Kate zuckte mit den Schultern. »Jedenfalls habe ich es so gesehen.«

»War das alles?«, fragte Michael.

»Nein.«

Kate sagte, dass in ihrer Vision die Gräfin über Gabriel und die anderen Bescheid gewusst und die Kinder auf das Gefangenenschiff in der Mitte des Sees gebracht hatte.

»Aber warum solltest du etwas sehen, was nicht passiert ist?«, fragte Emma beharrlich. »Das ergibt doch keinen Sinn!«

»Vielleicht ist es passiert«, sagte Kate. »Vielleicht wird es immer noch passieren. Kurz bevor ich ohnmächtig wurde, haben sich Robbie und Dr. Pym darüber unterhalten, in Cambridge

Falls einzumarschieren. Ich glaube, meine Vision war eine Warnung.«

»Eine Warnung wovor?«, fragte Emma. »Gabriel hat die Kinder doch gerettet! Das hast du doch auch gesehen, ja?«

Kate griff in ihre Tasche und zog die beiden Fotos aus der Gesäßtasche ihrer Jeans. Sie waren noch feucht von dem Tauchgang im dunklen See. Da waren das Foto von ihr selbst in ihrem Schlafzimmer – Kate bezeichnete es im Stillen als ihre Rückfahrkarte – und das letzte Foto, das Abraham je gemacht hatte. Sie betrachtete es genau, studierte die dunklen Gestalten, die mit brennenden Fackeln aus dem Wald kamen. Sie drehte es um.

»Nein. Der Damm brach und das Schiff stürzte über den Wasserfall in die Tiefe. Die Kinder starben. Und mit ihrem letzten Atemzug verfluchte die Gräfin das Land.« Sie reichte Michael das Foto. »Abraham hat es gemacht, als es geschah. Schau dir die Rückseite an.«

In winziger Schrift waren dort Dutzende Namen aufgelistet. Kate deutete auf einen.

»Stephen McClattery«, las Michael.

»Sie werden alle sterben.«

»Nein!« Emma sprang auf. »So wird es nicht geschehen! Das war die andere Vergangenheit! Diejenige, die du gesehen hast! Bevor wir überhaupt hierherkamen. Du hast selbst gesagt, dass Dr. Pym nicht bei der Schlacht dabei war, und auch nicht die Zwerge! Das muss doch etwas zu bedeuten haben! Sie werden die Hexe aufhalten. Diesmal wird es anders ausgehen! Beim ersten Mal waren wir nicht dabei; wir konnten nicht helfen. Diesmal ist es anders! Es muss anders sein! Wir werden die Kinder retten und dann bringt uns Dr. Pym zu unseren Eltern! Du hast es doch gehört – er hat's versprochen! Du hast es gehört, Kate!«

Die Tür wurde aufgerissen und Wallace kam hereinmarschiert.

»Auf geht's! Es geht los! Hopp-hopp-hopp! Links, rechts, links, rechts! Macht schon – wir brechen auf!«

»Geht schon vor«, sagte Kate. »Ich komme gleich.«

Michael schob Abrahams Foto in sein Notizbuch und er und Emma verließen mit dem Zwerg das Zimmer. Im letzten Moment rief Kate ihre Schwester zurück. Sie hielt ihr das andere Foto hin, das von sich selbst in ihrem Schlafzimmer. »Ich finde, du solltest das nehmen.«

»Wirklich? Warum?«

Damit du ein Bild von mir hast, hätte sie fast gesagt.

»Ach, ich weiß nicht ... einfach so. Geh jetzt.«

Und dann war sie allein.

Wenn sie nichts tat, wenn sie zuließ, dass Gabriel, Robbie und Dr. Pym ihren Plan durchführten, dann würden die Kinder sterben. Da war sich Kate absolut sicher. Trotz allem, was sie erreicht hatten – es würde den Ausgang der Ereignisse nicht ändern.

Kate hatte gelernt, dass die Zeit wie ein Fluss war. Man konnte ihn kurz aufhalten oder sogar umleiten, aber der Fluss hatte seinen eigenen Willen. Er wollte in eine bestimmte Richtung fließen. Man musste ihn zwingen, wenn man etwas verändern wollte. Man musste bereit sein, Opfer zu bringen. Kate dachte an das Versprechen, das sie Annie und den anderen Kindern gegeben hatte: dass sie zurückkommen würde.

Sie griff in ihre Tasche und zog den Schlüssel heraus, mit dem man die Käfige öffnete. Sie hätte ihre Eltern zu gerne wiedergesehen.

Zehn Minuten später bemerkte ein zufällig vorübergehender Mann, dass die Tür zu dem Käfig, in dem der Sekretär gesessen hatte, offen stand und der Gefangene verschwunden war. Gleichzeitig erkannte Emma, die ihre Schwester hatte holen wollen, dass auch sie nicht mehr da war.

KAPITEL 21

Ein Handel mit dem Teufel

Als Kate mit einem Mal nicht mehr die feuchte und abgestandene Luft in den Lungen hatte, die sie seit gestern Morgen geatmet hatte, sondern eine frische, saubere Brise spürte, wusste sie, dass sie schon ganz nah waren. Auch der Sekretär fühlte es.

»Wir sind fast da«, keuchte er und verstärkte den Griff um Kates Arm. Allerdings war es so, dass er sich eher auf sie stützte, als dass er sie kontrollierte. »Fast da …«

Vor dem Käfig hatten keine Wachen gestanden und Kate hatte unbemerkt heranschleichen und dem Gefangenen ihren Vorschlag ins Ohr flüstern können.

Wenn die Gräfin die Kinder befreien und abziehen würde, ohne jemandem zu schaden, würde ihr Kate das Buch Emerald überlassen. Aber der Sekretär musste sie nach Cambridge Falls bringen, bevor Robbies und Gabriels Armee dort auftauchte. War er dazu in der Lage?

»Ja«, kicherte der Mann. Es gab einen Weg, meinte er.

Jetzt, während die beiden durch den Tunnel stolperten, den Kate mit einer Laterne beleuchtete, dachte sie an Emma und Michael. Wenn ihr Aufbruch nicht so eilig gewesen wäre, hätte sie ihnen zu gerne gesagt, dass ihre Visionen nicht wie Filme waren. Sie war nicht bloß Zuschauerin; sie erlebte alles leibhaftig mit. Sie war dabei gewesen, als das Schiff in den Abgrund stürzte. Sie hatte gefühlt, was die Kinder gefühlt hatten, als es auf den Felsen aufprallte. Ihre Angst und ihr Schmerz waren in Kate gewesen, und sie würde alles dafür tun, ihnen das zu ersparen.

Sie und der Sekretär kamen um eine Biegung und zum ersten Mal seit zwei Tagen stand Kate im Freien.

Sie befanden sich hoch über dem Tal, auf einem Pfad, der an der Seite des Bergs nach unten führte. Es war Vollmond und das helle Licht überzog die ganze Welt mit einem friedlichen silbernen Schimmer. Die ungewohnte Weite und die Offenheit der Landschaft raubten Kate den Atem. Sie dachte, dies müsse das Schönste sein, was sie je erblickt hatte.

Der Sekretär ließ sich auf die Knie sinken und fing an, mit seinem Finger in der Erde zu bohren.

»Was machen Sie da?! Die anderen werden versuchen, uns einzuholen! Wir müssen …«

»Ruhe! Ich muss mich konzentrieren!«

Kate schaute hinter sich in die dunkle Tunnelöffnung. Sie erwartete, jeden Moment ihren Namen zu hören und das Licht sich nähernder Fackeln zu sehen.

»So.« Der Sekretär richtete sich auf und wischte seine Hände an seinem Jackett ab. »Fertig.«

»Fertig womit? Sie haben doch bloß einen Strich auf die Erde gemalt.«

»Ja, aber das ist ein ganz besonderer Strich.«

»Dr. Pym und Gabriel können jede Sekunde hier sein. Sie sagten, Sie wüssten, wie man auf dem schnellsten Weg nach Cambridge Falls kommt!«

»Das hier ist der Weg. Tritt über die Linie.«

Kate schaute auf den nicht ganz geraden, etwa einen Meter langen Kratzer im Erdreich. Wenn sie darüber hinwegging, landete sie jenseits der Klippenkante und würde in die Tiefe stürzen.

»Sie machen wohl Witze!«

»Ich werde dich zur Gräfin bringen. Das ist ein Teil der Magie, die sie mir zur Verfügung gestellt hat.«

»Ach ja? Tja, es muss einen anderen Weg geben. Wenn wir schnell rennen ...«

Der Sekretär sprang auf sie zu und rückte mit seinem Gesicht ganz nah an ihres.

»Es gibt keinen anderen Weg! Deine Freunde werden bald hier sein! Willst du die Kinder retten oder nicht? Dann musst du fliegen! Flieg, Vögelchen, flieg ...«

Er trat zurück und präsentierte die Linie mit einer höfischen Verbeugung. Kate bemerkte, dass er etwas in seiner Hand hielt. Es war der winzige gelbe Vogel, den er immer bei sich hatte, aber jetzt war sein Körper bewegungslos und schlaff.

»Und was ist mit Ihnen?«

»Nett, dass du fragst. Sehr nett. Aber dort ist nur Platz für dich, mein Vögelchen. Griddley Cavendish muss einen anderen Weg nehmen.«

»Woher weiß ich, dass Sie mich nicht umbringen wollen?«

Lächelnd entblößte er die grauen, fauligen Zähne. »Gar nicht. Jetzt – flieg!«

Ihre Eingeweide schienen zu Eis erstarrt. Mit zitternden Knien trat sie an die Linie heran. Vom Tal kam eine Brise herangeweht und spielte mit ihren Haaren. Sie schaute nach unten. Weit unter sich sah sie den felsigen Fuß des Berges. Und da hörte sie es – einen Ruf, weit entfernt, wie ein Echo. Und da – noch einmal! Es kam aus dem Tunnel. Jemand rief ihren Namen.

Kate schloss die Augen und trat über die Klippe.

Ihr Fuß traf auf etwas Festes. Sie hörte ein Geräusch wie Wasser, das gegen Metall klatscht, und das dumpfe Grollen eines Motors. Sie öffnete die Augen. Sie befand sich auf einem Boot. Der Mond spiegelte sich auf der Oberfläche des Sees. Die Magie des Sekretärs hatte funktioniert.

»Katherine …«

Kate wirbelte herum. Vor ihr stand die Gräfin, flankiert von zwei Morum Cadi. Fröhlich klatschte sie in die Hände.

»Du bist da! Wie ich mich freue!«

Nachdem sie ihre Schwester nirgends hatte entdecken können, war Emma zu Michael gerannt und hatte feststellen müssen, dass sich alles in hellem Aufruhr befand, weil der Sekretär aus dem Käfig ausgebrochen war. Emma nahm ihren Bruder beiseite.

»Du musst mir helfen. Kate ist weg. Sie war nicht in dem Zimmer.«

Dr. Pym hörte, was sie sagte, machte einen Satz vorwärts und packte Emma am Arm.

»Was hast du gesagt?«

Emma wiederholte ihre Worte und Dr. Pym stieß einen tiefen Seufzer aus. »Oh, das ist schlimm.«

In diesem Moment trat ein Mann vor, der zwei Gestalten am Ostrand der Stadt hatte entlanglaufen sehen.

»Folge ihr«, sagte Dr. Pym zu Gabriel. »Wir werden dich einholen.« Der riesenhafte Mann drehte sich um und verschwand. Dr. Pym bat Robbie, eine größere Gruppe zusammenzustellen und Gabriel so schnell wie möglich nachzugehen. »Kommt, Kinder. Ich fürchte, eure Schwester ist dabei, einen schrecklichen Fehler zu begehen.« Und zu dritt folgten sie Gabriel.

Während sie durch den dunklen Tunnel liefen, erfuhr Dr. Pym von Michael und Emma alles, was sie wussten. Er wirkte zutiefst besorgt und die Geschwister verschwiegen ihm nichts. Sie erzählten ihm von Kates Vision, dass die Gräfin die Kinder auf das Gefängnisschiff gebracht habe und sie alle sterben würden. Sie sagten, dass Kate diese Vision als Warnung verstand.

»Ich hätte besser aufpassen sollen«, murmelte Dr. Pym und seine Schritte wurden immer länger. »Ich hoffe nur, dass wir noch rechtzeitig kommen.«

Als sie aus dem Tunnel ins Freie traten, kniete Gabriel im Mondlicht und betrachtete aufmerksam die Erde.

»Ich verstehe das nicht. Die Spuren sagen, dass der Mann allein den Pfad entlanglief. Aber das Mädchen …« Er verstummte und warf Emma und Michael einen Blick zu. »Ihre Spuren führen geradewegs über den Rand der Klippe. Ich glaube nicht, dass sie gestoßen wurde. Aber ich sehe sie auch nicht auf den Felsen liegen.«

»Was?!« Emmas Stimme war schrill vor Panik. »Nein! Du musst dich irren! Gabriel, es ist dunkel und vermutlich hast du dich geirrt. Du hast die Spuren bestimmt nicht richtig gelesen!«

Dr. Pym blickte auf die Linie, die der Sekretär in die Erde geritzt hatte.

»Katherine ist nicht dort unten auf den Felsen«, sagte er, »sondern bei der Gräfin.«

Er erklärte, dass diese Linie ein magisches Portal war.

»Also können wir es auch benutzen?«, fragte Michael.

»Nein. Es wurde so eingerichtet, dass es nur eine einzige Person transportieren kann. Wenn du über diese Linie treten würdest, würdest du in den Abgrund stürzen.« Er wischte die Linie mit der Stiefelspitze weg. Hinter ihnen erklangen hastige Schritte und Robbie kam mit einer Gruppe von Zwergen und Männern aus dem Tunnel gelaufen. »Wir kommen zu spät«, sagte Dr. Pym. »Die Gräfin hat sie bereits. Gabriel, die Kinder und ich werden umgehend nach Cambridge Falls gehen. Wenn deine Armee bereit ist, Robbie, dann führe sie über diesen Pfad. Er wird euch ins Dorf bringen.«

»Du bist verrückt!«, keuchte der Zwerg. »Wenn das Mädchen bei der Hexe ist, ist unser Plan null und nichtig! Außerdem dauert es Stunden, bis wir Cambridge Falls erreichen.«

»Dann dürfen wir nicht trödeln. Geht einfach diesen Pfad entlang.«

Mit einem Nicken forderte Dr. Pym Gabriel und die Kinder auf, ihm zu folgen, und marschierte dann mit schnellen, langen Schritten den Berg hinab.

»Dr. Pym!« Michael und seine Schwester eilten ihm nach, wobei sie sich Mühe gaben, auf dem felsigen Pfad nicht zu stolpern. Gabriel war dicht hinter ihnen. »König Robbie hat recht. Wir brauchen Stunden bis ins Tal.«

»Ja!«, sagte Emma. »Warum machen Sie nicht auch so ein Portal-Ding?«

»Nicht nötig. Ich kenne eine Abkürzung. Bleibt jetzt dicht bei mir.«

Noch während er das sagte, bemerkten die Kinder, dass sie in eine Art Nebel oder eine Wolke hineinmarschierten, was merkwürdig war, weil der Himmel eben noch vollkommen klar gewesen war. Es dauerte nicht lange, da war der Nebel so dick, dass Dr. Pym Michael und Emma befahl, sich an den Händen zu fassen, damit niemand über den Rand der Klippe stürzte. Sie folgten dem Zauberer, die Augen fest auf seinen Rücken geheftet, und als der nicht mehr sichtbar war, leitete er sie mit seiner Stimme: »Passt auf, hier ist es ein bisschen holprig. Vorsichtig …« Dann, als wäre es nicht schon genug, dass sie rein gar nichts sehen konnten, fingen auch noch ihre anderen Sinne an, ihnen Streiche zu spielen. Sie rochen Bäume, von denen sie wussten, dass sie gar nicht da waren. Sie hörten nicht vorhandenes Wasser an ein Ufer klatschen, und sogar der felsige Hang des Berges schien sich zu ebnen und weich zu werden, als würden sie über Gras laufen. Michael nahm sich gerade vor, bei der nächstbesten Gelegenheit die unterschiedlichen Wirkungen von Nebel zu erforschen, als Dr. Pym verkündete: »Wir sind da.«

Michael stockte der Atem.

»Wie …?«, stotterte Emma.

»Ich habe euch doch gesagt«, lächelte Dr. Pym, »dass ich eine Abkürzung kenne.«

Sie waren aus dem Nebel getreten und befanden sich am Ufer des Sees in Cambridge Falls, das Gesicht dem mondbeschienenen Wasser zugewandt. Michael drehte sich um und sah Gabriel aus dem Nebel zwischen den Bäumen auftauchen.

Nachdem er zu ihnen gekommen war, fuhr Dr. Pym fort: »Meine Freunde, vor uns liegt der schwierigste Teil unserer Aufgabe. Ich muss euch nicht daran erinnern, was auf dem Spiel steht. Katherine und die Kinder befinden sich auf dem Schiff, zusammen mit der Gräfin. Um diese Sache werde ich mich kümmern. Du, Gabriel, wirst so schnell wie möglich nach dem Damm sehen. Ich fürchte, die Gräfin hat ein Unheil damit angestellt. Tu, was du kannst.«

»Ich gehe mit Gabriel«, verkündete Emma. »Vielleicht braucht er mich.« Sie schaute zu dem großen Mann hoch. »Vielleicht brauchst du mich wirklich.«

»Also schön«, sagte Dr. Pym. »Michael, mein Junge, du bleibst bei mir. Jetzt beeilt euch und möge uns das Glück hold sein!«

Kate schloss die Augen und stellte sich das mit Büchern überladene Arbeitszimmer vor, das fröhlich prasselnde Feuer im Kamin, den Schnee auf den Häuserdächern, Dr. Pym mit seiner Pfeife in der einen und der Teetasse in der anderen Hand am Schreibtisch, ihre durch die Tür tretende Mutter, die erklärte, dass Richard noch am College sei ... Jedes Detail stand ihr noch klar und deutlich im Gedächtnis.

Sie öffnete die Augen und sah die roten Satinvorhänge, die mit Samt überzogenen Lehnsessel, den goldverzierten Mahagonitisch. Aus der Musikbox in der Ecke erklang immer noch diese säuselnde, geisterhafte Melodie. Die Gaslampen an den Wänden flackerten und das Licht brach sich in einem verzierten Kristalllüster. Kate seufzte. Sie war immer noch auf dem Schiff. Immer noch in der Kajüte der Gräfin.

»Katherine, meine Geduld ist langsam erschöpft.«

Die Gräfin trug ein schwarzes Abendkleid, das ihre weiße Haut fast durchscheinend anmuten ließ, und in dem flackernden Licht kam es Kate so vor, als ob sich die Farbe ihrer Augen in Sekundenschnelle von Violett zu Tiefblau und dann wieder zu Lavendel veränderte. Die Gräfin schenkte sich ein Glas Wein ein und betrachtete Kate mit gelangweiltem Blick.

Seit sie auf das Schiff gekommen war, war nichts mehr nach Plan gegangen. Angefangen mit Kates Forderung, die Kinder sehen zu dürfen …

»Meine Liebe, das ist ganz und gar unmöglich. Aber ich bewundere deine Sorge für deine Mitmenschen. In dieser Beziehung sind wir uns sehr ähnlich.«

»Wenn Sie auch nur einem von ihnen ein Haar gekrümmt haben, werde ich Ihnen nicht helfen, das Buch Emerald zu bekommen!«

»Oh-oh, du hast den wahren Namen des magischen Buchs erfahren! Bravo, *ma chérie*!«

»Ich meine es ernst!«, hatte Kate geschrien und vergeblich versucht, das Zittern in ihrer Stimme zu unterdrücken. »Ich werde mich als Erste von dem Ungeheuer fressen lassen. Ich weiß, dass es hier ist!«

»Wie klug du bist! Aber weißt du, ich habe das ekelhafte Vieh freigelassen, ehe ich an Bord kam. Ich dachte, es wäre nett, wenn es die Männer bei ihrer Ankunft begrüßt.«

»Was? Das können Sie nicht! Sie …«

»Nur die Ruhe, bist du hier, um die Kinder zu retten oder diese Tölpel aus der Stadt? Beides geht nicht.«

»Na gut«, antwortete Kate knapp, die sich damit beruhigte, dass Dr. Pym und Gabriel das Wesen schon aufhalten würden. »Lassen Sie die Kinder gehen, dann gebe ich Ihnen das Buch.«

Die Gräfin schnalzte mit der Zunge. »Du bringst die Reihenfolge durcheinander. Erst bringst du mir das Buch Emerald. Dann lass ich meine Schützlinge gehen.«

»Das ist nicht –«

»Schätzchen, sei doch vernünftig. Du musst wissen, dass die Kinder mein einziger Schutz sind. Nicht dass ich mich vor dir schützen müsste, nein. Du bist ein Engel! Aber ich vermute, dass du dich kürzlich mit einigen zweifelhaften Gestalten eingelassen hast – Zwergen und Zauberern und ähnlichem Abschaum. Ist es nicht so? Ich vergebe dir natürlich. Wir machen alle Fehler, wenn wir jung sind. Ich könnte dir eine Geschichte über einen italienischen Tanzlehrer erzählen … Nein, nein, erst das Buch, dann die Kinder!«

»Aber …«

»In dem Augenblick, in dem ich das Buch in Händen halte, werde ich sie freilassen. Ich gebe dir mein Wort.«

Die Gräfin hatte sie mit einem höhnischen Gesichtsausdruck angeschaut, und in diesem Augenblick war Kate klar geworden, dass sie sich auf Gedeih und Verderb der Hexe ausgeliefert hatte. Unwillkürlich umklammerte sie die Armlehnen des Sessels, dachte an die Kinder, die irgendwo im Bauch des Schiffs eingesperrt waren. Dann riss sie sich zusammen und fragte die Gräfin, was sie tun sollte.

»Meine Liebe, es ist ganz einfach!«

Augenscheinlich musste sich Kate nur in ihrem Kopf den entsprechenden Moment vorstellen. Dann, wenn sie ihn vor sich sah, würde sie – mithilfe der Gräfin – durch Raum und Zeit zu diesem Moment reisen. Die Gräfin wollte wissen, ob Kate sich daran erinnern konnte, wie sie und ihre Geschwister das erste Mal in die Vergangenheit gereist waren. Wie sie das Foto auf die leere Seite gelegt hatten.

»Was hat das denn damit zu tun?«

»Nun, du denkst doch wohl nicht, dass man bei der Erschaffung der Chronik vor vielen Tausend Jahren schon an Fotografien gedacht hat, oder? Das Foto stellte nur ein klares, deutliches Bild dar. Wenn die Chronik einen solch klaren Befehl erhält – sei es durch ein Foto, eine Zeichnung, ein Bild in deinem Kopf oder sogar den Befehl, dich genau dort hinzubringen –, würde sie gehorchen. Ein Befehl wäre das Einfachste, dazu fehlt dir allerdings unglücklicherweise die Kontrolle über deine Fähigkeiten. Wir haben zwar die Chronik nicht, aber ein Teil ihrer Macht befindet sich jetzt in dir, und du funktionierst nach dem gleichen Prinzip, wenn ich das so sagen darf.«

Und so hatte Kate wieder und wieder ihre Augen geschlossen, sich Dr. Pyms Arbeitszimmer vorgestellt, und wieder und wieder hatte sie versagt.

Verzweiflung ergriff sie.

»Es geht nicht! Sie haben gesagt, Sie würden mir helfen!«

»Ich helfe dir ja«, seufzte die Gräfin, »auf eine Art und Weise, die du nicht verstehen kannst. Aber kannst du wirklich und wahrhaftig die Vergangenheit vor deinem geistigen Auge sehen? Kannst du dich in den genauen Moment hineindenken, in dem du das Buch zurückgelassen hast?«

»Ja! Ich gebe mein Bestes! Aber vielleicht kann ich doch nicht …«

»Sch-sch!« Die Gräfin kam zu ihr und legte ihr die Hand in den Nacken. In der Kajüte war es sehr warm und die Hand der jungen Frau angenehm kühl. »Du musst dich entspannen oder die Magie wird nicht zu dir kommen. Wie weit in die Vergangenheit musst du reisen?«

»Vier Jahre.«

»Vier Jahre. Und wo bist du? Beschreibe es.«

»Es ist eine Art Arbeitszimmer. Mit einem Feuer im Kamin. Draußen schneit es. Dr. Pym ist da.«

»Noch jemand?«

Kate überlegte kurz, ob sie lügen sollte, aber was hätte das für einen Sinn? Sie brauchte die Hilfe der Gräfin.

»Meine … Mutter. Sie kommt ins Zimmer.«

Die Gräfin seufzte hörbar auf, als ob Kate ihr gerade etwas Wunderschönes gezeigt hätte. »Und was empfindest du für deine Mutter?«

»Ich liebe sie.«

»Natürlich. Aber ist das alles? Immerhin hat sie dich und deine Geschwister im Stich gelassen.«

»Das musste sie tun. Sie wollte uns beschützen.«

»Tatsächlich? Woher weißt du das?«

Kate schwieg.

»Ich verstehe.« Die Gräfin strich Kate übers Haar. »Und wer musste sich um deine Geschwister kümmern, als sie weg war?«

»Sie hat mich gebeten, dass ich mich um sie kümmere.«

»Aber du warst doch bloß ein Kind!«

Kate wusste, dass die Empörung nur gespielt war, aber sie konnte nicht verhindern, dass ein Teil von ihr darauf reagierte – derselbe Teil, der es satthatte, ständig auf Michael und Emma aufzupassen, der Teil, der sich so sehr danach sehnte, dass jemand kommen und sagen würde: »Jetzt ist es gut. Du kannst jetzt loslassen. Ich bin da. Ich werde mich um euch alle kümmern.«

»Vielleicht geht es ohne das besser.«

Kate sah die Hand der Gräfin vorschnellen, ein goldenes Aufblitzen und als sie aufblickte, musste sie einen Schrei unterdrücken. Die Gräfin hielt das Medaillon ihrer Mutter in der Hand.

»Sie hat es dir geschenkt, vermute ich mal.«

»Das ist meins –«

»Shhh. Es geht bei der Erinnerung um deine Mutter. Darum hat der Zauberer sie ausgewählt. Deine Gefühle sind der Schlüssel. Du empfindest Liebe, ja, und Trauer. Aber das ist nicht alles.« Sie schloss ihre Hand um den Anhänger. »Magie wie diese erfordert absolute Offenheit. Deine Eltern haben dich verlassen. Sag mir nicht, dass du nicht wütend bist, verzweifelt, maßlos zornig. Wenn du die Kinder retten möchtest, darfst du das nicht leugnen.«

»Das tue ich nicht!«

»Belüg dich weiter und die Kinder werden sterben.«

Kate hielt den Blick der Frau nicht länger aus. Sie merkte, dass sie zitterte.

»Ich weiß, dass du Angst hast, aber es ist der einzige Weg.«

Kate konnte das herabbaumelnde Ende der Kette sehen, sie könnte einfach danach greifen.

»Katherine.«

Eine lange Pause verstrich. Kate lauschte der Melodie der Musikbox und beobachtete die flackernden Lichter der Gaslaternen an den Wänden. Dann nickte sie.

»Sehr gut, schließ jetzt deine Augen.«

Wieder versetzte Kate sich in das Arbeitszimmer, stellte sich die Schneeflocken vor dem Fenster vor, den Geruch von Dr. Pyms Pfeifentabak, das Feuer im Kamin. Sie stellte sich vor, wie ihre Mutter das Zimmer betrat. Und dann, weil immer noch nichts passierte, ließ sie los, und all die Wut und Verzweiflung, die sie so lange zurückgehalten hatte, überfluteten ihr Herz. Warum hatten ihre Eltern sie verlassen? Was für einen Grund konnte es geben, drei kleine Kinder sich selbst zu überlassen? Zehn Jahre lang hatte Kate ihre Familie zusammengehalten und wäre an der Aufgabe beinahe zerbrochen. Sie fragte sich, ob ihre Eltern jemals den Versuch unternommen hatten, sie zu finden. Oder waren sie einfach verschwunden? Hatten ein neues Leben angefangen, vielleicht mit …

Etwas zog an ihren Eingeweiden, und Kate wusste, dass es passiert war.

Sie öffnete die Augen und da war sie, ihre Mutter, genau wie sie sie zurückgelassen hatte, die Hand auf dem Türknauf und den Mund überrascht geöffnet. Kate sah zu Dr. Pym. Er saß an seinem Schreibtisch und lächelte.

»Du lieber Himmel!« Ihre Mutter trat einen Schritt zurück. »Eben warst du noch da und dann … Oh mein …«

Emma und Gabriel kauerten hinter einem umgestürzten Baumstamm am Rande des Waldes, etwa vierzig Meter vom Damm entfernt. Drei Morum Cadi mit Fackeln in den Händen standen dort Wache. Gabriel hatte seinen Bogen von der Schulter genommen und einen Pfeil angelegt. Zwei weitere Pfeile steckten schussbereit in der Erde vor ihm. Er wartete darauf, dass eine Wolke den Mond verdecken würde.

Emma schaute die Schlucht entlang bis zu dem großen, dunklen See. Sie versuchte, sich vorzustellen, was passieren würde, wenn der Damm brach. Die schwarzen Wassermassen würden sich über die Klippe in die Tiefe ergießen und dabei alles mit sich reißen – die Kinder, ihre Schwester, einfach alles. Das durfte nicht sein.

»Gabriel …«

»Pst!«

Er drehte sich um und starrte in die Bäume hinter ihr.

»Was ist?«

»Ich weiß nicht. Irgendwas…«

Ein Schatten glitt über sie hinweg. Emma schaute auf und sah gerade noch den silbrigen Rand des Mondes aus ihrem Blickfeld verschwinden. Etwas zischte leise neben ihr, dann noch einmal, und zwei brennende Fackeln fielen zu Boden. Gabriel legte den dritten Pfeil an und dann sah Emma auch die letzte Fackel erzittern und schließlich in der Schlucht verschwinden.

»Jetzt leise!«, mahnte Gabriel. »Vielleicht sind im Wachhäuschen noch mehr.«

Sie rannten über die Ebene. Emma wich den rauchenden Leichen der Kreischer aus, und Gabriel blieb kurz stehen, um eine Fackel vom Boden aufzuheben. Die Kuppe des Damms stieg vor ihnen auf, erhob sich zwei Meter über die Felskante. Aus der Nähe betrachtet, war der Damm ein Ehrfurcht gebietendes Bauwerk, ganz anders als Emma es sich vorgestellt hatte. An der Seite befand sich eine Tür, die Gabriel jetzt öffnete. Dahinter führte eine Treppe nach unten. Er ging vor und winkte Emma zu sich, als er sich davon überzeugt hatte, dass keine Gefahr drohte. Sie stiegen zwei Treppenabsätze nach unten und landeten auf einer Art Balkon. Gabriels Fackel zischte in der feuchten Luft.

»Wow!« Emma blieb stehen und starrte.

Entlang des Damms waren schwache, orange glühende Lampen angebracht und beleuchteten eine Konstruktion aus Holzstämmen, die sich von einer Seite der Schlucht zur anderen erstreckten, wie die Rippen eines gigantischen Tiers. Es war ein merkwürdiges Gefühl, hier zu stehen, oberhalb der Schlucht und mit dem gewölbten Leib des Damms vor Augen. Man hatte den Eindruck von einem riesigen Raum. Andererseits lagen die Vorder- und Rückseite des Damms bloß drei Meter auseinander, sodass man das Gefühl hatte, das Wasser, das mit einer ungeheuren Wucht gegen den Damm presste, würde ihn jeden Moment durchbrechen. Emma packte das Geländer, weil ihr schwindelig wurde.

»Komisch, dass der ganz hohl ist, nicht wahr?«

Gabriel antwortete nicht.

»Was ist das für ein Geräusch?«, wollte Emma wissen.

Ein unheimliches, dumpfes Stöhnen und Quietschen stieg von dem Damm auf.

»Durch den Druck des Wassers reiben die Stämme aneinander.«

Emma versuchte, sich das Wasser vorzustellen, das gegen die Wölbung des Damms anstürmte. Sie hatte den Eindruck, im Bauch eines riesigen hölzernen Wals zu stehen.

»Da!«

Sie schaute in die Richtung, in die Gabriel deutete. Weit unter ihnen konnte sie in dem funzeligen orangefarbenen Glühen ein halbes Dutzend grüner Lampen ausmachen, die in Abständen über die Breite des Damms verteilt waren.

»Gasminen. Wir haben nur wenig Zeit. Wenn das Licht rot wird, werden sie explodieren.«

Dutzende von Fragen gingen Emma durch den Sinn: Wie viel Zeit genau blieb ihnen? Wie entschärfte man eine Gasmine? Was war eine Gasmine überhaupt? … Aber noch ehe sie eine davon stellen konnte, stieß Gabriel sie zu Boden, und etwas flog mit einem entsetzlichen Aufkreischen an ihr vorbei.

Gabriel war sofort wieder auf den Füßen und nahm den Bogen zur Hand. Immer noch flach auf dem Boden liegend, verrenkte sich Emma den Hals, um nach oben sehen zu können.

Ein dunkler Schemen flog durch die Balken an der Oberkante

des Damms und wendete gerade wieder, kam zu ihnen zurück. Sie sah zu, wie Gabriels Pfeil wirkungslos am Körper der Kreatur abprallte. Auch den nächsten beiden Pfeilen erging es nicht besser, und die Kreatur landete ungehindert auf einem Querbalken ein paar Meter über ihnen, wo sie wie ein Geier hocken blieb.

Kein Geschöpf, dem Emma bislang begegnet war – nicht die Kreischer der Gräfin und auch nicht die blinden, krallenbewehrten Salmac-Tar –, hatte sie auf diesen Anblick vorbereitet. Das Monstrum hatte den Körper eines Mannes, hatte Arme, Schultern und Beine, aber Emmas erster Gedanke galt einer riesigen Fledermaus. Die Kreatur besaß ledrige Flügel, lange Krallen, mit denen sie sich an das Holz klammerte, und eine grauschwarze Haut, aus der struppiges dunkles Fell wuchs. Der Schädel war extrem schmal und die Augen waren kaum mehr als schwarze Schlitze. Der Unterkiefer trat grotesk nach vorn und war mit unzähligen nadelspitzen Zähnen bestückt. Emma konnte förmlich fühlen, wie sie in ihr Fleisch drangen.

Gabriel ließ den Bogen fallen und hob Emma auf.

»Was … was ist das?«

Gabriel zückte seine Machete. Die Kreatur beobachtete sie und zischte. »Dieses Ungeheuer war auf dem Gefängnisschiff der Gräfin eingesperrt. Ich hatte schon vorhin im Wald das Gefühl, dass es uns auf der Spur ist.« Er wandte sich zu Emma und schaute ihr in die Augen. »Du musst die Minen entschärfen. Alles hängt von dir ab. Hast du verstanden?«

»Was ist mit …?«

»Mach dir um mich keine Sorgen. Und was immer geschieht: Schau nicht hoch. Jetzt geh!«

Er schob sie in Richtung der Stufen. Sie blieb stehen und

blickte sich um, sah, wie die Kreatur sich mit ausgebreiteten Schwingen und weit aufgerissenem Schnabel in die Luft erhob. Die langen, spitzen Zähne schimmerten im fahlen Licht des Mondes. Sie sah, wie Gabriel die Machete fester packte.

Dann rannte sie los, mit dem furchterregenden Kreischen der Kreatur im Nacken.

Michael und der alte Zauberer fuhren über den See zum Schiff der Gräfin. Das Boot – das Michael verächtlich als Nussschale bezeichnete – hatten sie am Ufer des Sees vorgefunden.

»Ah, die Vorsehung!«, hatte Dr. Pym ausgerufen.

Die Ruder hatten sie nicht gebraucht. Dr. Pym hatte nur ein paar Worte geflüstert und das kleine Gefährt war munter übers Wasser geschossen.

»Aber wird man uns nicht kommen sehen?« Michael hatte die Seiten des Bootes gepackt.

»Keine Sorge«, erwiderte der Zauberer. Er musste schreien, weil ihm der Fahrtwind die Worte von den Lippen riss. »Für alle übelwollenden Augen sind wir nur ein zarter Nebelschleier. Still jetzt! Wir sind gleich da!«

Ihr Boot wurde langsamer und Michael konnte zwei dunkle Gestalten an Bord des Schiffes erkennen. Dr. Pym murmelte etwas, und zu Michaels Überraschung legten die beiden dunklen Schemen mit einem Mal die Hände auf die Reling, schwangen sich darüber und sprangen ins Wasser. Er wartete darauf, dass sie wieder auftauchten, aber nach ein paar Augenblicken beruhigte sich das Wasser. Die Gestalten blieben verschwunden.

Dr. Pym band das Boot an eine Leiter, die an der Seite des Schiffs nach unten führte.

»Schnell, mein Junge. Der Lärm könnte andere aufschrecken.«

Sie hatten kaum das Deck betreten, als Michael trampelnde Stiefelschritte vernahm und vier Morum Cadi aus der Dunkelheit stürzten und sie angriffen, zwei von jeder Seite aus. Dr. Pym nahm Michael am Arm und raunte: »Rühr dich nicht.« Die Kreaturen zogen die Schwerter. Sie waren jetzt nah genug, dass Michael die Todesblässe ihrer Haut erkennen konnte, und er versteifte sich unwillkürlich, während die Klingen um ihn herum aufzuckten. Dann klirrten die Schwerter, und Michael erkannte, dass die Kreischer gegeneinander kämpften und ihn oder Dr. Pym überhaupt nicht beachteten. Es dauerte nicht lange und alle vier sanken rauchend und leblos zu Boden.

Mit offenem Mund starrte er den Zauberer an. »Wie haben Sie das gemacht?«

»Durch Täuschung und Ablenkung, die beiden wichtigsten Kunstgriffe eines jeden Zauberkünstlers. Jetzt komm.« Und damit marschierte er über das Deck.

Sie begegneten noch zwei weiteren Wachen der Gräfin. Mit dem einen stießen sie beinahe zusammen, als sie um eine Ecke bogen. Noch ehe er angreifen konnte, wedelte Dr. Pym mit der Hand, und der Kreischer ließ das Schwert fallen, setzte sich hin und starrte in die Luft.

»Schon besser«, sagte Dr. Pym. »Hier entlang, glaube ich.«

Er führte Michael durch eine Tür und über zwei schmale Metalltreppen nach unten in einen Gang tief im Bauch des Schiffes, wo ein einziger Morum Cadi vor einem halben Dutzend Türen Wache stand. Dr. Pym murmelte wieder etwas Unverständliches, und der Kreischer senkte sein Schwert und verzog das Gesicht zu einem, wie Michael fand, ziemlich grauenhaften

Lächeln. Dr. Pym streckte die Hand aus und berührte die Lippen der Kreatur.

Das Ding, das einstmals ein Mann gewesen war, schluckte zweimal, lockerte den Kiefer und sprach: »Wie kann ich Ihnen helfen, Sir?«

Die Stimme war unbeholfen und krächzend, als ob sie seit Hunderten von Jahren nicht benutzt worden wäre.

»Wie viele Ihrer Sorte sind auf dem Schiff?«

»Zehn.«

»Also noch einer. Wahrscheinlich auf der Brücke. Und die Gräfin ist vermutlich mit der jungen Dame in ihrer Kajüte, nicht wahr?«

»Ja, Sir.«

»Sehr gut. Ich gehe davon aus, dass Sie die Schlüssel zu den Zellen der Kinder haben, richtig?«

Da endlich nahm Michael die verängstigten, gedämpften Stimmen der Kinder wahr. Sie hallten von beiden Seiten des Gangs wider. Sie riefen, schrien, weinten, hämmerten mit den Fäusten gegen die Wände. Der Lärm war so konstant, so allgegenwärtig, dass Michael ihn versehentlich für das Dröhnen und Heulen der Motoren gehalten hatte.

Die Kreatur zog aus ihrem Gewand einen Schlüssel hervor.

»Ich möchte, dass Sie die Türen öffnen und die Kinder ruhig und gesittet nach oben führen und sie in das Boot des jungen Mannes setzen. Ist das klar?«

»Ja, Sir.«

Dr. Pym wandte sich an Michael. »Ich kümmere mich um den letzten Morum Cadi. Dann gehe ich deine Schwester holen. Bring so viele Kinder wie möglich ans Ufer. Du wirst mehrmals fahren müssen.«

»Okay.«

»Ich bin sehr stolz auf dich, mein Junge.« Er drückte leicht Michaels Schulter und sagte dann zu dem Kreischer: »Dieser junge Mann hier hat das Kommando. Sie tun, was immer er verlangt.« Mit diesen Worten hastete er davon und stieg über die Metalltreppe nach oben.

Michael betrachtete das unförmige grüne Gesicht des Kreischers. Er holte tief Atem, rückte den Orden von König Robbie zurecht und bemühte sich um eine selbstbewusste Haltung.

»Also schön, schaffen wir sie raus. Aber hören Sie auf zu grinsen. Das ist unheimlich.«

»Clare, ich möchte dir Katherine vorstellen ...«

Während er ihrer beider Namen aussprach, wanderten die Augen des Zauberers zwischen Kates Gesicht und dem ihrer Mutter hin und her. Sie merkte, dass er die Verbindung erkannte, dass ihm klar wurde, wer sie war.

»... Katherine, das ist Clare ...«

Es schien Kate, als würde die Zeit langsamer vergehen. Das lag nicht an irgendeiner Magie. Das lag an der Tatsache, dass sie ihrer Mutter gegenüberstand.

Ihre Mutter lächelte und sagte etwas, aber Kate konnte den Sinn ihrer Worte nicht aufnehmen.

Ihre Mutter streckte die Hand aus.

Kate schaute nach unten. Ihre eigene Hand war schmutzig und schmierig, und dort wo sie sich an den Felsen aufgeschnitten hatte, war getrocknetes Blut. Ihr wurde plötzlich bewusst, wie sie aussah. Immerhin hatte sie sich seit Tagen weder gewaschen noch umgezogen; sie war durch ein Unwetter gelaufen, hatte in einem Verlies geschlafen, war durch einen unterirdischen Tunnel geschwommen, hatte einem widerwärtigen Mann fast das Ohr abgebissen und eine Schlacht zwischen Zwergen, Menschen und anderen unglaublichen Kreaturen erlebt. Sie fühlte den Schmutz in ihren Haaren, die Risse in ihrer Kleidung, die Müdigkeit in ihren Augen. Und sie begriff, dass in dem Lächeln ihrer Mutter Mitleid für die armselige Kreatur lag, die vor ihr stand.

»Meine Hände sind schmutzig.«

»Aber ich bitte dich!« Sie nahm Kates dreckverkrustete Hand in ihre beiden Hände. »Ich freue mich sehr, dich kennenzulernen, Katherine. Du siehst aus, als hättest du eine lange Reise hinter dir. Kann ich dir irgendetwas bringen? Wasser? Tee? Ich könnte auch etwas heiße Schokolade zubereiten. Und Katherine klingt so formell. Darf ich dich Kate nennen?«

In Kate stieg ein mächtiges Schluchzen auf. Sie hatte jahrelang auf diesen Moment gewartet; warum also wollte sie jetzt nichts weiter, als das Buch nehmen und wieder verschwinden? Sie zog ihre Hand aus der ihrer Mutter und schüttelte steif den Kopf.

»Nein, danke.«

Dr. Pym hüstelte. »Ich glaube, die junge Dame ist deswegen hier.« Er nahm das Buch und hob es hoch.

»Was ist …?« Ihre Mutter verstummte und starrte den smaragdgrün schimmernden Band an. »… das … das kann nicht sein …«

»Es ist so.«

»Aber Stanislaus, du hast gesagt, es sei gut versteckt! Du sagtest, es sei absolut sicher!«

»Im Augenblick stimmt das auch. Aber offensichtlich werden

die Dinge sich ändern. Diese Version des Buchs hier kommt aus der Zukunft. Und Katherine hat es unter großen Anstrengungen hierhergebracht, damit ich es aufbewahre. Ich kann nur vermuten, dass sie jetzt zurückgekehrt ist, um es wieder mitzunehmen. Bevor«, fügte er hinzu, »es sich in Luft auflöst.«

»Ja, aber … sie ist doch bloß ein Kind …«

»Clare …«

»Du hast doch wohl nicht dieses arme Mädchen in die Sache hineingezogen!«

»Es sind schwere Zeiten, Clare. Und außerdem war ich es nicht, nicht direkt. Eher mein zukünftiges Ich …«

»Sie ist ein Kind, Stanislaus! Schau sie dir an! Sie kann kaum noch aufrecht stehen! Gott weiß, was sie alles durchgemacht hat!«

»Schon gut!«, mischte sich Kate ein. »Ich schaffe das schon. Es ist schon gut. Wirklich.«

»Meine Liebe«, sagte Dr. Pym und beugte sich leicht vor, »ich muss dich fragen: Ist das Buch Emerald in Sicherheit?«

Es war eine logische Frage. Natürlich wollte Dr. Pym wissen, ob die Gefahr, vor der Kate das Buch in Sicherheit gebracht hatte, vorbei war. Aber sie traf Kate unvorbereitet, und in diesem Augenblick spürte sie, wie sich sein Blick schärfte. Glücklicherweise fing sie sich gleich wieder, seufzte und tat so, als würde ihr eine Last von ihren Schultern genommen werden. »Alles ist gut. Endlich.« Sie schenkte ihm sogar ein kleines Lächeln.

»Sehr gut«, sagte der Zauberer und reichte ihr die Chronik.

Sie erwartete, umgehend wieder dieses Ziehen in ihrem Körper zu verspüren und in die Kajüte der Gräfin zurückzukehren, aber sie hielt das Buch fest, das sich schwer und vertraut in ihre Hände schmiegte, und nichts passierte.

»Und jetzt«, sagte Dr. Pym und stand auf, »werde ich euch zwei alleine lassen.« Und ohne Kate einen Hinweis darauf zu geben, was sie nun tun sollte – ihrer Mutter sagen, wer sie war oder nicht? –, verließ er den Raum.

»Es tut mir leid«, sagte ihre Mutter in dem Moment, in dem sich die Tür hinter ihm schloss, »aber ich bin sehr, sehr verärgert. Natürlich nicht über dich. Ich bin wütend über denjenigen, der dich in diese Sache hineingezogen hat. Du bist viel zu jung.«

Kate sagte nichts. Sie stand bloß da, das Buch an ihre Brust gedrückt.

»Ich weiß, dass ich nicht an Stanislaus zweifeln sollte. Wenn er meint, dass du dieser Aufgabe gewachsen bist, dann muss ich ihm glauben. Er ist ein großer Mann, weißt du? Abgesehen davon, dass er ein Zauberer ist. Richard und ich – Richard ist mein Mann – würden ihm unser Leben anvertrauen.«

Es war so friedlich in dem Zimmer. Das Feuer prasselte; draußen fiel der Schnee. Kate hätte sich auf den Teppich vor den Kamin legen und zehn Jahre lang schlafen mögen.

»Soll ich dir wirklich nichts zu trinken holen?«

Kate schüttelte den Kopf.

»Wo ist Stanislaus denn hingegangen? Muss er dich wieder dorthin zurückschicken, wo du hergekommen bist? Oder besser gesagt: *Von wann* du gekommen bist?«

»Das letzte Mal ist es einfach passiert. Ich weiß nicht, warum es diesmal anders ist.«

»Richard und ich suchen seit Langem nach den *Chroniken vom Anbeginn*, weißt du? Gemeinsam mit Stanislaus, natürlich. Sag mal, ist das wirklich das Buch Emerald?«

Sie beugte sich vor und Kate roch ihr Parfüm. Sie erkannte

es sofort. Die Jahre schienen von ihr abzufallen, und Kate konnte wieder die Stimme ihrer Mutter hören, die sie bat, auf ihren Bruder und ihre Schwester aufzupassen, die ihr versprach, dass sie eines Tages zurückkehren würde. Kate fühlte, wie etwas in ihr zerbrach.

»Mein … Bruder, meine Schwester und ich haben sie gefunden.«

»Du hast einen Bruder und eine Schwester? Wie heißen sie?«

Kate blickte zu Boden. Sie konnte ihrer Mutter nicht in die Augen schauen.

»Du steckst in Schwierigkeiten, nicht wahr? Steht dir Dr. Pym bei? In der Zukunft, meine ich. Oh je, das ergibt irgendwie keinen Sinn, nicht wahr? Was ist mit deinen Eltern? Du bist noch so jung!«

Kates Augen quollen über vor Tränen, und sie biss sich auf die Unterlippe, um nicht zu weinen.

»Ach, meine arme Kleine …«

Und noch ehe Kate wusste, wie ihr geschah, trat ihre Mutter vor und nahm sie in den Arm. Jetzt gab es kein Halten mehr. Das Schluchzen schüttelte sie, als ob all die Tränen, die sich in einem ganzen Jahrzehnt aufgestaut hatten, plötzlich freigelassen worden wären. Kate weinte um all die Male, die sie eine schluchzende Emma oder einen heulenden Michael im Arm gehalten und ihnen versprochen hatte, dass ihre Eltern wiederkommen würden. Sie weinte um all die verpassten Weihnachtsfeste und die Geburtstage, um die Kindheit, die sie niemals gehabt hatte. Sie sank in die Arme ihrer Mutter, ließ sich von ihr halten und weinte, denn die Frau, die ihr übers Haar strich und murmelte: »Es wird alles gut. Alles wird gut …«, war ihre eigene Mutter.

Dann hörte ihre Mutter ganz plötzlich auf. Kate rührte sich nicht. Sie wusste, dass etwas geschehen war. Ihre Mutter trat zurück und hielt Kate an den Armen, während sie ihr tief in die Augen blickte.

»Oh nein … bist du … du bist …«

Kate verspürte das Ziehen in ihrer Magengrube und die Szene verschwand. Sie würde niemals hören, was ihre Mutter hatte sagen wollen. Aber trotzdem wusste Kate, dass ihre Mutter in diesem Moment ihre Tochter erkannt hatte.

»Siehst du, meine Liebe?«, sagte die Gräfin und nahm ihr das Buch aus der Hand. »Ich wusste, dass du es schaffen würdest.«

KAPITEL 22

Der grässliche Magnus

»Hast du geweint? Ganz ehrlich, du siehst entsetzlich aus. Da ist ein Spiegel, wenn du dich ein bisschen herrichten willst.«

Kate spürte, wie ihr das Medaillon in die Hand gedrückt wurde. Mechanisch legte sie sich die Kette um. Vor ihren Augen verschwamm alles und sie schmeckte das Salz ihrer Tränen. Sie schob den Gedanken an ihre Mutter, das Gefühl, in ihren Armen zu liegen, beiseite. Sie war wieder auf dem Schiff der Gräfin und die Kinder brauchten sie.

»Lassen Sie … lassen Sie sie frei.«

»Hm?«

»Lassen Sie sie frei.«

»Wen soll ich freilassen?« Die Gräfin hatte das Buch zu einem Tisch auf der anderen Seite der Kajüte gebracht und blätterte durch die Seiten. Auf ihrem Gesicht lag ein gieriger Ausdruck, der sie hässlich machte.

»Die Kinder! Sie haben es versprochen! Sie …!«

Die Gräfin wedelte kurz mit der Hand und Kates Körper wurde starr. Sie versuchte, den Mund zu öffnen, aber es war, als hätte man ihn zugeklebt.

»Man stelle sich vor: Jetzt gehört sie mir, die Chronik der Zeit! Und sie kam zu mir, als ich schon die Hoffnung aufgegeben hatte, als ich mich mit diesen elenden Bälgern ins Vergessen stürzen wollte! Mein Meister toleriert keine Fehlschläge. Ich hätte nicht mit der Nachricht zu ihm zurückkehren können, dass die Männer des Dorfes sich gegen mich aufgelehnt haben. Aber jetzt besitze ich das Buch und jetzt ist alles anders.« Sie liebkoste eine leere Seite und ihre Stimme sank zu einem Flüstern. »Und diese Macht werde ich nicht mehr hergeben. Auch nicht für ihn. Das weiß ich jetzt. Das Buch Emerald ist meine Bestimmung. Es hat mich gefunden.« Sie lächelte Kate an. »Natürlich werden die Kinder sterben. Aber sie kriegen nur das, was sie verdienen. Cambridge Falls ist ein sterbenslangweiliger Ort.«

Sie hat gelogen, dachte Kate. Sie hatte nie die Absicht, die Kinder gehen zu lassen, und jetzt hat sie auch noch das Buch. Mit einem elenden Gefühl im Herzen verfluchte Kate sich selbst. Warum hatte sie Dr. Pym nichts von ihrer Vision erzählt? Warum dachte sie immer, sie sei für alles verantwortlich?

Bitte, dachte sie, bitte …

»Loyalität ist auch nicht mehr das, was es einmal war.«

Der alte Zauberer stand im Türrahmen, im Tweedanzug und mit leicht schief sitzender Brille. Auf seinem Gesicht lag eine Maske aus stillem Zorn. Er schaute kurz zu Kate und einen Sekundenbruchteil trafen sich ihre Augen. Kate wusste, dass er ihre Beweggründe verstand und dass er ihr verzieh. Die Erleichterung, die sie empfand, war so allumfassend, dass sie am liebsten in Tränen ausgebrochen wäre.

Die Gräfin lachte. Es war ein hartes, grelles, freudloses Lachen.

»Ich wusste gar nicht, dass wir Besuch erwarten. Gehe ich recht in der Annahme, dass Sie der große Dr. Pym sind?«

»Dr. Stanislaus Pym, zu Diensten.«

»Es ist mir eine Ehre, Sie kennenzulernen, Sir.« Sie knickste und ein spöttisches Lächeln umspielte ihre Mundwinkel. »Welchem Umstand verdanke ich das Vergnügen?«

»Ich bin hier, um die Kinder zu befreien und mir das Buch wiederzuholen, das Sie gestohlen haben.«

»Oh. Oh-oh-oh. Ich fürchte, das wird schwierig sein. Sie müssen wissen, dass die Kinder in wenigen Minuten tot sein werden. Sie können natürlich ihre Leichen aufsammeln, wenn Sie wollen. Ganz wie Sie belieben. Was das Buch Emerald betrifft: Nein, das geht ganz und gar nicht. Darf ich Ihnen stattdessen ein Glas Wein anbieten?«

»Ich bin nicht gekommen, um Spielchen zu spielen. Ich werde Ihnen eine letzte Chance geben.«

Die Gräfin kicherte und vollführte einen kleinen Hopser. »Was haben Sie vor? Was haben Sie vor?! Oh bitte, sagen Sie es mir! Was haben Sie vor?!«

»Ich würde mich gezwungen sehen, Sie zu vernichten.«

Die Gräfin machte ein entsetztes Gesicht und schlug die Hände vor den Mund.

»Katherine, hast du das gehört? Hast du gehört, was dieser böse Mann gesagt hat? Nun, Doktor, Sie sind ein harter Brocken. Ich habe vermutlich keine andere Wahl.«

Die Gräfin hob das Buch mit ihren kleinen Händen hoch und hielt es ihm hin. »Hier, nehmen Sie. Sie böser Mensch!«

Dr. Pym hob eine Hand und das Buch schob sich auf ihn zu.

Aber da sprangen schattenhafte Krallen aus den dunklen Ecken des Zimmers, umklammerten seine Arme und Beine und hielten ihn so an der Wand fest. Instinktiv wollte Kate weglaufen, aber eine unsichtbare Macht hielt sie wie angewurzelt an der Stelle, an der sie stand. Sie sah, wie Dr. Pym vergeblich versuchte, sich zu wehren.

»Oh wie schade! War das schon alles? Nach all den Geschichten, die man sich über den großen Zauberer erzählt, von wegen geheimnisvolle Kräfte und das ganze Trallala, muss ich zugeben, dass ich ein bisschen mehr erwartet hätte. Aber ich vermute, dass nichts im Leben hält, was es verspricht. Man wird immer wieder enttäuscht, nicht wahr?«

Kate konnte es nicht fassen. War dies das Ende? Hatte Dr. Pym die Schlacht wirklich verloren?

Die Gräfin wandte sich wieder dem Tisch zu, legte das Buch ab und schenkte sich ein Glas Wein ein. Sie summte vor sich hin. Augenscheinlich hatte sie vor, ihren Triumph in vollen Zügen auszukosten.

»Ich weiß, was Sie denken, mein lieber Doktor: Wie wird mein Meister reagieren, wenn er erfährt, dass ich ihm seine Beute stehlen will? Nun, er wird nicht erfreut sein, das kann ich Ihnen versichern. Aber keine Sorge: Wenn ich diesen Seiten erst einmal ihr Geheimnis entrissen habe, werde ich so mächtig sein wie er.«

»Sie sind eine Närrin, Sie alte Vettel!«

Die Gräfin machte einen Schmollmund. »Das war aber gar nicht nett.«

»Sie haben keine Vorstellung von seiner Macht. Oder – wenn ich so sagen darf – von meiner.«

»Ach Alterchen, wenn Sie versuchen, mich so wütend zu

machen, dass ich Sie schnell töte, dann kann ich Ihnen versichern: Es funktioniert nicht.«

Zu Kates Verblüffung lächelte Dr. Pym. »Glauben Sie wirklich, dass er nicht weiß, was Sie vorhaben? Glauben Sie, dass Sie auch nur einen einzigen Gedanken denken können, den er nicht vorausgesehen hat? Sie waren von Anfang an verdammt.«

Ein Anflug von Angst zuckte über das Gesicht der Gräfin. Aber sie schüttelte ihn ab.

»Meine Güte, was sind Sie komisch! Ist er nicht komisch? Aber ich glaube, Sie kleiner Komiker mit den komischen Augenbrauen – die Sie wirklich einmal stutzen könnten, *quelle horreur*! –, Sie vergessen wohl, dass ich mehr habe als die Chronik. Ich habe das Mädchen. Schon bald werde ich auch ihren Bruder und ihre Schwester haben. Und mit ihnen die anderen Bücher und dann wird sich sogar mein Meister vor mir verneigen. Die Prophezeiung erfüllt sich, *mon oncle*, und es gibt nichts, was Sie oder er dagegen tun könnten.«

Sie hob ihr Glas und prostete ihm zu. Dann leerte sie es in einem Zug.

Kates Gedanken rasten. Eine Prophezeiung? Was für eine Prophezeiung? Und was meinte die Gräfin damit, sie würde schon bald ihren Bruder und ihre Schwester haben – und mit ihnen die anderen Bücher? Ihr war plötzlich schwindelig, als ob sie – trotz des Zaubers der Gräfin – jeden Moment zu Boden fallen würde.

»Ach, mein Lämmchen, ich sehe, wie verwirrt du bist! Hat der böse alte Zauberer dir nicht verraten, was das Schicksal mit dir vorhat?« Tadelnd drohte sie Dr. Pym mit dem Zeigefinger. »Schämen Sie sich, das arme Mädchen so im Unklaren zu lassen.«

»Hexe, ich verbiete …!«

»Sie verbieten mir?! Das ist doch wohl nicht Ihr Ernst! Nein, nein, es wird höchste Zeit, dass Katherine erfährt, warum sie und ihre Geschwister Kinder des Schicksals sind. Ich wette, Sie haben ihr noch nicht einmal erzählt, wozu das Buch in der Lage ist! Nun, mein Täubchen«, sagte sie, tänzelte durch den Raum und beugte sich zu Kate vor, als ob sie zwei Schulmädchen wären, die Geheimnisse austauschten, »kannst du dich an das erinnern, was ich dir über die Geschichte der *Chroniken vom Anbeginn* erzählte? Dass es drei Bücher gab, in denen ein Rat aus Zauberern die Geheimnisse verewigte, denen unsere Welt ihre Existenz verdankt? Versuche erst gar nicht zu nicken, das könntest du sowieso nicht. Ich sehe es in deinen Augen, dass du dich erinnerst.

Nun, *mon ange*, lassen wir unserer Fantasie einmal freien Lauf: Wenn mit dieser Magie einstmals die Welt erschaffen wurde, könnte man sich doch mit Fug und Recht fragen, warum man sich diese Magie nicht erneut zunutze machen könnte. Und stell dir vor: Man kann! Das ist das Reizvolle an der Sache! Mit der Macht, die den *Chroniken vom Anbeginn* innewohnt, kann man einfach alles, was existiert, ausradieren, wie eine schlechte Zeichnung, und noch einmal ganz von vorne anfangen!«

»Und nur ein Wahnsinniger käme überhaupt auf diese Idee!«, rief Dr. Pym.

Die Gräfin verdrehte die Augen. »War er schon immer so nervtötend?«, fragte sie, zu Kate gewandt. »Natürlich würde niemand die Welt einfach aus Jux zerstören! Obwohl man es könnte. Wenn man sich zum Beispiel eine Welt wünscht, in der alle Menschen rote Hüte tragen, dann könnte man mit der Macht der Bücher einfach die existierende verschwinden lassen und eine neue erschaffen, wo rote Hüte der letzte Schrei sind. Oder grüne Hüte oder blaue oder welche Farbe man auch immer vorzieht!«

»Ganz und gar wahnsinnig«, sagte Dr. Pym.

»Oder man könnte eine Welt erschaffen, in der alle Lebewesen nur eine einzige Aufgabe haben: dem Schöpfer dieser Welt zu dienen. Ich glaube, du begreifst langsam, meine süße Kate, warum die Suche nach den *Chroniken vom Anbeginn* schon so viele Leben gekostet hat. Es ist das Versprechen von absoluter Macht. Und deshalb«, fuhr sie fort und schob ihr Gesicht ganz nah an das von Kate heran, »seid ihr drei – du und deine Geschwister – von so immenser Bedeutung.«

Aus dem Augenwinkel sah Kate, dass Dr. Pyms Lider nach unten gesackt waren und sich seine Lippen bewegten.

»Vor langer, langer Zeit«, flüsterte die Gräfin, »wurde geweissagt, dass eines Tages drei Kinder die Bücher finden und zusammenbringen würden. Ja, drei Kinder! Eins für jedes Buch! Verstehst du? Du, Michael und die kleine Emma, ihr seid die Schlüssel.« Sie legte ihre weiche Hand auf Kates Wange. »Ich fürchte, du hast noch einen weiten Weg vor dir.«

Kate brauchte keine Bestätigung von Dr. Pym; tief in ihrem Innern wusste sie, dass die Gräfin die Wahrheit sprach. Das würde alles erklären: warum sie in der Lage gewesen war, das Gewölbe unter der toten Stadt zu öffnen – ein von Zwergen geschmiedetes Tor, mit Zaubersprüchen gesichert, das sie, ein gewöhnliches Menschenmädchen, mühelos hatte öffnen können. Wie sollte das möglich sein, es sei denn, die Person, die das Tor versiegelt hatte – nämlich Dr. Pym –, hatte gewusst, dass sie kommen würde? Und woher hätte er das wissen sollen, wenn nicht durch eine Prophezeiung? Und das würde auch erklären, warum sie von ihren Eltern getrennt worden waren. Jemand, der nach den Büchern suchte – vielleicht sogar der Meister der Gräfin –, hatte vermutlich herausgefunden, wer sie, Michael und Emma waren! Kate konnte sich vorstellen, welche Angst und Sorge ihre Eltern empfunden haben mussten. Natürlich hatten sie ihre Kinder Dr. Pym anvertraut. Kate konnte förmlich hören, wie der Zauberer ihren Eltern versprochen hatte, sie zu verstecken und auf sie aufzupassen. Plötzlich ergab alles einen Sinn.

»Aber genug davon«, sagte die Gräfin jetzt. »Es ist Zeit, diesen dummen alten Zauberer ins Jenseits zu schicken …«

Sie drehte sich um und hob die Hand.

In dem Augenblick fegte ein eisiger Wind durch die Kajüte. Er brachte das Porzellan zum Klappern und ließ den Kronleuchter hin und her schaukeln. Er schnitt durch jeden Fetzen Kleidung, den Kate am Leib trug.

»Was tun Sie da?« Die Gräfin trat auf Dr. Pym zu. »Aufhören! Ich befehle es!«

»Meine Liebe, das bin ich nicht.« Und noch während er sprach, flackerte das Licht und erlosch. Einen Augenblick lang war alles ruhig. Totenstill. Dann hörte Kate durch die Dunkelheit leises Geigenspiel dringen. Das Lied war wunderschön, uralt, entsetzlich – und es wurde lauter.

»Er kommt«, sagte der Zauberer. »Der grässliche Magnus kommt.«

Emma schaute nicht nach oben. Gabriel hatte ihr eine Aufgabe übertragen, und das war alles, was sie wissen musste. Alles andere – die Schreie, das Grunzen, die Kampfgeräusche – klammerte sie aus, genauso wie die Gewissheit, dass Gabriel schon eine Schlacht hinter sich hatte und erschöpft war. Gabriel hatte ihr eine Aufgabe übertragen und sie würde ihn nicht enttäuschen.

Die Treppe war in den Fels gehauen, und Emma rannte die Stufen hinunter, immer weiter, bis sie auf einer Höhe mit den sechs grünen Kugeln war, die eine schimmernde gepunktete Linie entlang der Vorderseite des Damms bildeten. An der Holzwand war ein schmaler Laufsteg angebracht, auf den sprang Emma und rannte ihn entlang. Überdeutlich spürte sie die Leere oberhalb und seitlich, und von der anderen Seite drängte sich ein Berg von Wasser gegen das Holz, wollte durchbrechen. Verzweifelt versuchte sie, die Geräusche des Kampfes, der sich über ihr abspielte, zu ignorieren. Genau in der Mitte des Damms blieb sie stehen.

Aus der Nähe erkannte sie, dass die Minen aus zwei Teilen bestanden. In einem gläsernen Behälter von der Größe einer Grapefruit wirbelte und schimmerte das gelblich grüne Gas, und diese Glaskugel saß auf einem runden Metallsockel, der wiederum mit einer Art grauem Kitt an der Holzwand befestigt war. Emma starrte die erste Mine an und fragte sich, was sie tun sollte. Warum hatte Gabriel ihr nicht wenigstens einen Hinweis gegeben? Woher sollte sie wissen, wie man eine Mine entschärft? Das hatte sie nicht in der Schule gelernt. Dort war es immer nur um so nutzlose Dinge wie Mathematik oder Erdkunde gegangen. Während sie noch dastand, schien es ihr, als ob das Gas die Farbe veränderte und langsam einen dunklen orangefarbenen Ton annahm. Das, so sagte sie sich, war gar nicht gut. Sie überlegte kurz, ob sie den Glasbehälter einfach zerschmettern sollte, aber gemessen an der Tatsache, dass sich darin ein hochexplosiver Stoff befand, schien ihr das keine gute Idee zu sein. Unwillkürlich dachte sie, dass Michael wissen würde, was zu tun war. Er hatte vermutlich alles gelesen, was zum Thema Minenentschärfung jemals geschrieben worden war, und hatte vielleicht sogar eine ausführliche Zeichnung davon in seinem blöden Notizbuch. Sie verschwendete ein paar Momente mit der Vorstellung, wie Michael mit einem zweiten Zwergenorden vor ihr herumstolzierte, bis sie ihren Ärger beiseiteschob und in Ermangelung einer anderen Idee einfach die Hand ausstreckte und sie auf den Glasbehälter legte.

Er fühlte sich warm an. Das Glas kam ihr hauchdünn vor. Ein bisschen zu viel Druck und es würde zerbrechen. Emma schloss die Augen und zog leicht daran. Der Behälter rührte sich nicht. Sie zog fester, aber das Glas blieb unbeirrt mit dem Metallsockel verbunden, der sich nicht von der Wand wegrührte. Emma holte tief Atem und machte sich bereit, mit ganzer Kraft zu ziehen, als plötzlich etwas geschah: Instinktiv nach einem besseren Griff suchend, verschob sich ihre Hand leicht – und mit ihr der Behälter.

Vorsichtig drehte Emma das Glas entgegen des Uhrzeigersinns. Es schabte, als das Glas über das Metall rutschte, aber dann sah Emma, dass in den unteren Teil des Behälters Rillen geschnitten waren, und sie drehte schneller. Gleich darauf hielt sie den Behälter in der Hand. Und in dem Moment, in dem sich das Glas von dem Metall löste, kühlte es ab. Das Gas im Inneren wurde erst wieder gelb, dann grün und schließlich klar, ehe es gänzlich verschwand.

Der Metallsockel heizt die Mine auf, dachte Emma.

Sie betrachtete die anderen Minen, die jetzt orangerot

pulsierten. Gabriel hatte gesagt, dass sie explodieren würden, wenn sie ganz rot geworden waren. Die Zeit lief ihr davon. Sie legte den Glasbehälter auf den Laufsteg und rannte zur nächsten Mine.

In der Zwischenzeit kämpfte Gabriel um sein Leben. Nachdem er Emma weggeschickt hatte, war er auf einen der etwa dreißig Zentimeter breiten Holzbalken gesprungen, die zwischen den Außenwänden des Damms verliefen, hatte mit beiden Händen die Machete gepackt und damit auf die Seite der Kreatur gezielt. Der Schlag hätte einen Mann in zwei Stücke gehauen, aber die Klinge prallte wirkungslos an der Haut der Kreatur ab. Einen Augenblick später flog Gabriel rückwärts, getroffen von einer Kraft, die ihm die Luft aus den Lungen presste. Er prallte von einem Balken ab, fiel drei Meter tief, griff nach einem anderen Balken, verfehlte ihn und packte schließlich einen dritten. Mit einem Blick nach oben erkannte Gabriel, dass die Kreatur ihren Angriff nicht fortsetzte. Sie blieb oben und grinste zu ihm hinunter. Gabriel verstand: Das Untier machte ihm klar, dass es ihn töten konnte, wann immer es Lust dazu hatte. Da wusste Gabriel, dass dies die letzte Schlacht seines Lebens sein würde. So sei es, dachte er. Er musste nur lange genug überleben, damit Emma die Minen entschärfen konnte.

Die Kreatur flog auf ihn zu, und Gabriel versuchte, auszuweichen, aber die Krallen rissen tiefe Wunden in seine Seite. Das Untier kehrte um und flog mit atemberaubender Geschwindigkeit erneut auf ihn zu, packte ihn und hob ihn hoch. Mit dem Griff der Machete hämmerte Gabriel auf den Kopf und den Rücken des Monstrums ein, fühlte, wie er nach oben gezerrt wurde, suchte verzweifelt irgendwo Halt und wurde schon im nächsten Moment in die Tiefe geschleudert. Sein Körper durchschlug die dünneren Streben der Innenkonstruktion des Damms, als wären es Streichhölzer, und er dachte schon, er würde bis auf den Grund fallen, als er mit einem knochenbrecherischen Knacken auf einem breiten Balken aufprallte. Mühsam richtete er sich auf. Er spürte, wie seine gebrochenen Rippen aneinanderscheuerten. Die Machete war fort. Er schaute nach unten und sah Emma. Drei Minen hatte sie bereits entschärft. Noch eine kleine Weile.

Flügelschläge erklangen, und er konnte gerade noch rechtzeitig ausweichen, als das Untier sich von oben auf ihn stürzte. Die Krallen rissen an dem Holzbalken. Als die Kreatur sich wieder in die Höhe schrauben wollte, sprang Gabriel ab und landete auf ihrem Rücken. Gemeinsam sackten sie einige Meter ab, ehe sich die Kreatur mit dem zusätzlichen Gewicht zurechtfand. Sie kreischte und griff mit den Armen hinter sich, um ihn zu packen, aber Gabriel zog sein Messer und fing an, in die weiche Haut der Flügel zu schneiden. Und jetzt war das Kreischen des Untiers schmerzerfüllt. Panisch flog es durch das Gitterwerk aus Balken und Streben, buckelte und bockte, um den Mann auf seinem Rücken abzuwerfen. Gabriel prallte mit dem Kopf gegen einen Holzbalken und musste darum kämpfen, bei Bewusstsein zu bleiben, während er durch den Muskel des Flügels schnitt. Die Kreatur verlor das Gleichgewicht und rutschte zur Seite. Wieder stieß Gabriel mit dem Kopf an und diesmal wurde ihm schwarz vor Augen.

Emma hatte gerade die letzte Mine erreicht, als sie etwas durch die Streben über sich donnern hörte. Sie schaute auf und sah einen dunklen Schemen auf sich zustürzen. Einen Moment später krachte ein Körper auf den Steg.

»Gabriel!«

Er war über und über mit Blut bedeckt. Sein linker Arm stand in einem merkwürdigen Winkel vom Körper ab und auf seiner Stirn befand sich eine böse Prellung. Aber er lebte. Sie sah, wie sich seine Brust hob und senkte.

Dann hörte sie ein Kreischen und schaute wieder nach oben. Die Kreatur hopste von Balken zu Balken, von Strebe zu Strebe, immer nach unten – auf sie zu.

»Gabriel! Wach auf! Gabriel!«

Der riesige Mann rührte sich nicht.

Etwa drei Meter unter ihnen befand sich ein weiterer Laufsteg. Emma schob mit ihrer Schulter gegen Gabriels Körper, aber es war, als ob er aus Stein bestünde. Unbeirrt schob sie weiter, fester und fester, wobei sie versuchte, die Geräusche, die das Ungeheuer beim Näherkommen machte, auszublenden. Langsam, ganz langsam, bewegte sich Gabriels Körper. Dann rollte er über die Kante nach unten und landete mit einem Schlag auf dem Laufsteg unter Emma.

Emma spürte eine Vibration unter ihren Füßen und wirbelte herum. Da stand das Monstrum, das Maul zu einem grotesken Grinsen verzogen. Der eine Flügel hing nur noch an einem dünnen Streifen aus Muskeln und Sehnen. Sie wusste, dass sie Entsetzen verspüren müsste – das wäre die einzig vernünftige Reaktion –, aber statt Angst zu haben, merkte sie, dass sie wütender war als je zuvor in ihrem Leben.

»Das geschieht dir recht! Weißt du, wie jämmerlich du

aussiehst? Du hättest dich nicht mit Gabriel anlegen dürfen! Du hast Glück, dass er dir nicht den Garaus gemacht hat! Was willst du jetzt mit dem Flügel anstellen, hm?«

Wie zur Antwort griff das Untier nach hinten, riss den verwundeten Flügel ab und schleuderte ihn in die Tiefe. Dann packte es auch den gesunden Flügel, drehte und drehte ihn unter viel Gekreische und ekelerregendem Knirschen und riss auch ihn ab. Den blutigen Flügel mit einer Faust gepackt, machte das Untier einen Schritt auf Emma zu und stieß einen Schrei aus.

Emmas Mund öffnete sich erschrocken und jetzt kam auch die Angst. Dieses Monstrum würde sie töten. Sie befahl sich, tapfer zu sein, oder wenigstens so zu tun als ob. Das war sie Gabriel schuldig.

»Du bist … du bist …«

Aber sosehr sie es auch versuchte, die Worte wollten nicht kommen. Das Untier machte noch einen Schritt und war jetzt so nah, dass Emma seinen warmen Atem auf ihrem Gesicht spürte.

Bloß nicht weinen, ermahnte sie sich. Wage es nicht, zu weinen!

Dann sah sie die Mine zur Linken der Kreatur, die sich gerade blutrot verfärbte, und ohne nachzudenken, sprang Emma von dem Laufsteg. Der Fall schien ewig zu dauern. Als sie neben Gabriel landete, durchzuckte ein heftiger Schmerz ihren Knöchel, aber ihr Schrei ertrank in dem Getöse, mit dem die Mine explodierte.

Der Rand des Bootes lag nur wenige Zentimeter oberhalb der Wasserlinie. Michael hatte so viele Kinder wie möglich an Bord gebracht, hauptsächlich die Kleinsten, obwohl er auch drei Jungen seines Alters mitgenommen hatte, die ihm beim Rudern helfen sollten. Es waren immer noch mindestens dreißig Kinder auf dem Schiff der Gräfin, denen er hoch und heilig versprochen hatte zurückzukehren. Von Dr. Pym oder Kate war nichts zu sehen, und Michael hatte überlegt, ob er die Jungen mit dem Boot allein zurückschicken und sich auf die Suche nach seiner Schwester machen sollte.

Aber er konnte die Kinder nicht im Stich lassen.

Als das überfüllte Boot langsam über den dunklen See glitt, musste Michael daran denken, wie der Kreischer die Zellentüren geöffnet hatte und sechzig verängstigte Kinder auf den Gang geströmt waren. Einige Sekunden lang lag Aufruhr in der Luft, während Michael versuchte, sich Gehör zu verschaffen.

»Bitte, ihr müsst leise sein, bitte …«

Wenn nicht der Kreischer um Ruhe gebrüllt hätte, hätte Michael vollends die Kontrolle über die Kinder verloren. Aber die Kinder waren so erschrocken, Worte aus dem Mund eines Morum Cadi zu hören, dass sie umgehend verstummten.

»Gut«, sagte Michael, »und jetzt …«

»Du!«

Er wirbelte herum und stand Stephen McClattery gegenüber.

»Was machst du denn hier? Und wieso kann dieses Biest plötzlich sprechen?«

Ein paar Sekunden lang starrte Michael ihn bloß an. Erst kürzlich hatte dieser Junge ihn hängen wollen. Michael fühlte fast noch den Strick um seinen Hals.

»Also?«

Die Erinnerung abschüttelnd, erklärte Michael in so kurzen Worten wie möglich die Situation: dass er und Dr. Pym gekommen waren, um sie zu retten, dass Dr. Pym ein Zauberer war und den Kreischer zum Sprechen gebracht hatte, dass Kate von der Gräfin gefangen gehalten wurde und dass sie die Kinder so schnell wie möglich vom Boot bringen mussten …

»Ihr müsst mir glauben«, stammelte Michael. »Wir haben keine Zeit, um …«

»Alles klar«, sagte Stephen McClattery, »dann nichts wie weg.«

Der rothaarige Junge scheuchte die stummen, immer noch furchtsamen Kinder an Deck, wo er Michael half, die zwanzig jüngsten auszuwählen. Gemeinsam schafften Stephen und der Kreischer die Kinder über die Leiter zu Michael ins Boot. Michael hoffte die ganze Zeit, dass Kate und Dr. Pym an der Reling auftauchen würden – Kate lächelnd und unversehrt, Dr. Pym mit der Nachricht, dass die Gräfin erledigt und alles in Ordnung sei. Aber dann war das Boot voll und seine Schwester war immer noch nicht aufgetaucht. Stephen erklärte, er würde zurückbleiben und auf die anderen aufpassen, bis Michael mit dem leeren Boot zurückkäme.

»Ich weiß, dass du wiederkommst. Ich hätte dir gleich glauben sollen. Du und deine Schwestern, ihr seid in Ordnung.«

»Da ist noch etwas«, sagte Michael. »Dein Vater ist auf dem Weg hierher.«

Stephen McClattery hing an der Leiter, einen Fuß auf dem Bug von Michaels Boot. Wie ein Fisch klappte er den Mund auf und zu.

»Meine Schwestern und ich haben ihn in der toten Stadt

getroffen«, fuhr Michael fort. »Er weiß, dass du am Leben bist. Er ist mit den anderen Männern aus Cambridge Falls auf dem Weg hierher.«

Eine ganze Weile rührte sich niemand. Nur das Boot schaukelte sanft auf dem Wasser.

»Ähm, tut mir leid«, sagte Michael, »aber wir müssen los.«

Der Junge schluckte und nickte, aber noch immer sagte er nichts. Aber den Ausdruck in seinen Augen würde Michael niemals vergessen. Stephen stieß das Boot ab, und als es davonglitt, sah Michael, wie sich der Junge mit der Hand über das Gesicht fuhr und dann die Leiter wieder nach oben kletterte.

Annie, das Mädchen, das die Gräfin damals über den Abgrund hatte baumeln lassen, saß neben Michael im Boot.

»Keine Sorge«, sagte er zu ihr. »Wir kriegen sie alle da raus.«

Sie nickte ihm zu und umklammerte mit beiden Händen ihre Puppe.

Es dauerte einen Moment, bis die Ruderer ihren Rhythmus gefunden hatten. Anfangs platschten die Ruder nutzlos auf das Wasser und das kleine Boot kam so gut wie gar nicht voran. Einmal drehte es sich gar im Kreis. Aber Michael übernahm das Kommando und brachte die Ruderer mit einem stetigen »Eins – zwei, eins – zwei …« dazu, sich zu organisieren. Es dauerte nicht lange, bis sie sich in einem guten Tempo vorwärtsbewegten.

Auf halbem Weg ans Ufer schmerzte Michaels Rücken dermaßen, dass er gerade Dr. Pym verfluchen wollte, weil der darauf bestanden hatte, das Boot wieder zu entzaubern, als ein Donnerschlag über das Wasser rollte und eine riesige Fontäne neben dem Damm in die Luft schoss. Er packte Annie und schrie allen zu, sich irgendwo festzuhalten; nur Sekunden später rollte die Schockwelle über sie hinweg.

Dann packte Michael die Ruder und schrie: »Los! Los! Los!«

»Er kommt, er wird gleich hier sein … Wie kann das sein? Was soll ich bloß tun?«

»Ich hätte vermutet, dass Sie sich auf diese Möglichkeit vorbereitet haben, bevor Sie anfingen, Ihren Meister zu betrügen.«

»Schweigen Sie!«

Das Licht war zurückgekehrt, aber die Geigenmusik wurde mit jeder Sekunde lauter. Die Gräfin lief in der Kajüte auf und ab, das Buch an die Brust gedrückt. Ihr Anblick ließ Kate erschauern. Wie schrecklich musste dieser grässliche Magnus sein, wenn die Gräfin, der eine Armee von untoten Soldaten zur Verfügung stand und die trotz ihrer Erregung immer noch in der Lage war, mit ihrer Zauberkraft Dr. Pym und Kate in diesem Zustand der Erstarrung zu halten, allein schon bei dem Gedanken an ihn zu zittern begann.

»Es will mir scheinen«, sagte Dr. Pym freundlich, »dass Sie wohl besser über die ganze Sache hätten nachdenken sollen.«

»Ich sagte, schweigen Sie, Sie Narr!« Die Gräfin war jetzt ein Raubtier, das man in die Enge getrieben hatte. Verängstigt wie sie war, war sie noch gefährlicher.

»Ach, bin hier tatsächlich ich der Narr? Immerhin habe ich nicht ein Wesen betrogen, das zehnmal mächtiger ist als ich, und dann noch erwartet, davonzukommen.«

Die Gräfin wirbelte zu ihm herum. »Sie waren es, nicht wahr? Sie haben es ihm verraten! Sie haben ihm eine Nachricht geschickt!«

In der Hand der Gräfin glänzte plötzlich ein Messer auf. Kate bemühte sich nach Kräften, sich zu bewegen, aber es hatte keinen Sinn. Die Musik schraubte sich zu einem Crescendo empor, wurde schneller und schneller, lauter und lauter. Die Gräfin kam auf Dr. Pym zu.

»Wenn ich sterbe«, zischte sie, »dann nicht allein!«

Kate wollte schreien, wollte Dr. Pym anflehen, doch etwas zu tun, irgendeinen Zauber zu weben, sie wenigstens anzuspucken, wenn gar nichts anderes half…

Doch dann verstummte die Musik schlagartig.

Und die Gräfin, den Dolch zum Stoß erhoben, erstarrte. Ihr Gesicht war eine Maske aus Angst und Wut.

»Meine Liebe«, sagte Dr. Pym, »ich fürchte, Ihr letztes Stündlein hat geschlagen.«

Wortlos sackte die Gräfin zu Boden.

Kate fühlte, wie sich die unsichtbaren Fesseln um ihren Körper lösten. Sie wäre beinahe zusammengebrochen, so unvermittelt kam die Befreiung. Auch Dr. Pym befand sich nicht länger in der Gewalt der Gräfin, aber er bedeutete Kate zu bleiben, wo sie war. Er starrte auf den reglosen Körper der Gräfin. Das Buch Emerald lag neben ihr auf dem Boden. Worauf wartete er denn? Das war ihre Chance! Sie mussten das Buch nehmen und fliehen, bevor…

Der Körper auf dem Boden bewegte sich.

Langsam kam die Gräfin auf die Füße. Aber etwas hatte sich verändert. Ihr blondes Haar hatte eine dunkelgrüne Farbe angenommen und ihre Augen glitzerten wie Diamanten. Sie war noch schöner, noch zauberhafter als zuvor. Einen kurzen Moment ruhten die glitzernden Augen auf Kate; dann wandte sie sich zu Dr. Pym und lächelte.

»Stanislaus, wie lange ist das her?«

Und Kate begriff, dass dies nicht die Gräfin war.

»Also wollte mich meine entzückende Gräfin betrügen und die Chronik für sich behalten. Ts, ts, Loyalität ist wahrhaftig eine seltene Tugend!«

Die Kreatur streckte die Arme der Gräfin aus, als wollte sie bewundern, wie lang und schlank sie waren. Es war seltsam, zu sehen, wie jemand seinen eigenen Körper so betrachtete, als würde er ihn zum ersten Mal sehen.

»Vielleicht liegt der Fehler nicht bei dem Untergebenen«, sagte Dr. Pym, »sondern an der mangelnden Motivationsfähigkeit des Herrschenden.«

Das grünhaarige Wesen lachte. Verblüfft registrierte Kate, dass dieses Lachen anders war als das schrille und leere Kichern der Gräfin. Es war lässig, fröhlich und echt.

»Touché, Stanislaus! Du hast zweifellos recht. Wie immer, mein alter Freund. Und diese junge Dame, vermute ich, ist dir treu ergeben?«

Kate versteifte sich, als sie – er? – sich ihr näherte. Von Nahem sah Kate, dass die Haare nicht grasgrün waren wie eine Sommerwiese, sondern smaragdgrün wie der Dschungel. Die Farbe schien sich zu verändern, zu verdunkeln und hin und her zu zucken, als ob sie lebendig wäre, und in den glitzernden Augen lag ein Hunger, der Kate erschreckte. Wieder hörte sie die Geigenmusik. Anfangs nur schwach, rief sie nach ihr, lud sie zum Tanz ein, verkündete das Ende der Welt und forderte sie auf, zu tanzen, solange noch Zeit dazu war; sie erzählte von brennenden Städten, panischen Menschen, von Dunkelheit, Zerstörung, von Chaos und Verderben – *komm*, lockte die Musik, *tanz mit mir, tanz mit mir*. Tief in ihr Inneres drangen die Klänge, und zu ihrem Entsetzen merkte Kate, dass ein Teil von ihr gehorchte; sie hätte sich am liebsten im Takt der Musik gewiegt und im Kreis gedreht, nur für den Augenblick gelebt, ehe alles zu Ende war. Keine Sorgen, keine Ängste mehr … und dann starrte sie in die glitzernden Augen eines Totenschädels. Sie zuckte zurück, als ob sie sich plötzlich am Rand eines Abgrunds wiedergefunden hätte. Die Musik verstummte.

Vor ihr stand die Gräfin, jenes grünhaarige, diamantenäugige Wesen, das nicht die Gräfin war – aber auch kein Skelett.

»Stanislaus, es scheint mir, als ob dein Schützling nicht mit mir tanzen möchte. Aber das ist nur eine Frage der Zeit, meine Liebe. Wir alle tanzen am Ende. Welche Tapferkeit! Das ist gut. Du wirst sie brauchen. Du bist eins von ihnen, nicht wahr? Eins der Kinder der Prophezeiung. Es steht dir ins Gesicht geschrieben.« Das Wesen streckte die Hand aus und streichelte Kate übers Haar. Sie hörte die Gier in seiner Stimme und fühlte die Hand vor Erregung zittern. »Weißt du, wie lange ich schon auf diesen Moment warte? Ich habe Berge aus dem Ozean aufsteigen sehen. Ich habe erlebt, wie Reiche entstanden und zerfallen sind. Ganze Völker starben aus und gerieten in Vergessenheit, und währenddessen habe ich gewartet. Dein Dr. Pym spricht von Loyalität; ich war loyal, mein Kind. Eine solche Treue wirst du nie wieder erleben. Denn ich wusste, dass wir uns eines Tages begegnen würden.«

Kate starrte in diese uralten glitzernden Augen und sah es. Sie sah die Jahrhunderte des Wartens. Sie sah, wie die Welt sich um das Wesen verändert und es doch nie sein Ziel aus den Augen verloren hatte. Wie konnte sie sich einer solchen Entschlossenheit widersetzen? Dies war ihr Schicksal. Es gab kein Entrinnen.

Von der anderen Seite der Kajüte sagte Dr. Pym: »Du kannst nicht hierbleiben.«

»Hm?«

»Schau auf deine Hand.«

Das Wesen, das Dr. Pym den grässlichen Magnus genannt hatte, hielt die Hand der Gräfin in die Höhe. Zu Kates Entsetzen waren die Knöchel dick und knotig geworden; die Adern schoben sich durch die perlweiße Haut nach oben. Der grässliche Magnus schien weder überrascht noch sonderlich besorgt zu sein.

»Sehr clever, Stanislaus. Du hast mich eingeladen, um meine eigene Dienerin zu vernichten, und wusstest doch die ganze Zeit, dass ich nicht verweilen darf. Du hast nichts verlernt, mein Freund. Aber das spielt keine Rolle.« Er schaute Kate an. »Ich habe gesehen, was ich sehen wollte.«

Das Wesen drehte sich um und nahm das Buch an sich. Es alterte nun immer rascher, kam in die Jahre, wurde gebeugt und war bald eine Greisin, die durch die Kajüte schlurfte und Kate das Buch reichte. Das einstmals schöne Gesicht verbarg sich hinter einer Landschaft aus Furchen und Kratern, umrahmt von trockenem und schütterem grünen Haar. Es lächelte Kate an und zeigte dabei zwei Reihen zersplitterter gelber Zähne. Seine Worte waren ein raues Krächzen.

»Das Ende ist nah, mein Kind. Ich werde zu dir kommen. Unser Schicksal ist eins. Ich werde kommen, und wenn ich dich finde, wird die ganze Welt tanzen …«

Mit diesen Worten verschwand das Wesen. Kate fühlte, wie seine Gegenwart aus dem Raum entwich. Der Körper der Gräfin fiel zu Boden und rührte sich nicht mehr. Das Buch Emerald lag neben der erschlafften Hand.

Dr. Pym taumelte.

»Dr. Pym!«

»Schon gut, meine Liebe. Aber die Anstrengung … er ist so mächtig …«

»Was ist mit ihm geschehen?«

»Der grässliche Magnus ist an sein eigenes Land gebunden … er kann es nicht für lange Zeit verlassen … ich werde es dir später erklären … wir müssen uns beeilen … keine Zeit … wir …«

Er brach zusammen. Kate rannte zu ihm. Sie schüttelte ihn und rief seinen Namen, als sie die Explosion hörte.

KAPITEL 23
Die Kinder von Cambridge Falls

Emmas Ohren klingelten. Ihr Knöchel pochte und sie war von Kopf bis Fuß klatschnass. Rechts und links von ihr schossen Wasserfontänen waagerecht durch Risse im Damm. Der Lärm war unglaublich. Sie schaute sich um, aber sie konnte das Untier nirgends sehen. War es möglich, dass die Explosion es getötet hatte?

Der Damm stöhnte und ächzte. Immer mehr Holz knackte und splitterte.

»Gabriel! Du musst aufwachen! Gabriel!«

Er schlug die Augen auf; er lebte.

Danke, dachte Emma, obwohl sie nicht wusste, wem sie da dankte. Danke, danke, danke.

Gabriel setzte sich auf und umklammerte seinen gebrochenen Arm. »Wie komme ich hierher?«

»Du hast gegen dieses Monstrum gekämpft, aber das Vieh hat vermutlich unfaire Tricks angewendet. Jedenfalls bist du da draufgefallen.« Sie deutete auf den Laufsteg über ihnen. Dann dachte sie einen Moment nach und fügte hinzu: »Aber du bist abgerutscht und hier gelandet.« Wenn er sich nicht mehr daran erinnerte, dass sie ihn über die Kante geschubst hatte, musste sie ihm das ja nicht unbedingt auf die Nase binden.

»Die Minen …«

»Ja, eine von ihnen ist explodiert. Das Ungeheuer stand direkt daneben! Wir müssen hier weg! Beeil dich!«

Sie humpelten über den Laufsteg. Von der Seite strömte der Fluss heran und ergoss sich in den hohlen Zwischenraum im Inneren des Damms. Als sie die Treppe erreichten, leckte ihnen das Wasser bereits an den Fersen. Emma wusste, dass der Druck den Damm zum Bersten bringen würde, wenn sich der gesamte Hohlraum mit Wasser gefüllt hatte. Und dann würde jeder, der sich noch auf dem Schiff der Gräfin befand, über die Klippe in den Tod gerissen werden.

Aber Dr. Pym hatte Kate und die anderen bestimmt längst gerettet! Was nutzte einem ein Zauberer, wenn er nicht einmal ein paar Kinder von einem Schiff zaubern konnte?

Ihr Unmut über ein mögliches Versagen von Dr. Pym lenkte sie von dem Schmerz in ihrem Knöchel ab, was beim Treppensteigen sehr hilfreich war. Sie hatten schon die Hälfte der Strecke hinter sich gebracht, als Gabriel plötzlich stehen blieb.

»Gabriel, was ist denn los? Wir …«

Und dann sah sie es: Das Untier kletterte durch die Rippen des Damms, sprang von einem gesplitterten Balken zum nächsten. Ihr Herz wurde schwer. Wie konnte man dieses Biest bloß vernichten?

»Dein Bruder hatte recht. Es hat Angst vor Wasser.«

Es dauerte einen Moment, bis Emma begriff, was er meinte,

und sich an ihr Gespräch in Gabriels Hütte erinnerte, das erst zwei Tage zurücklag, sich aber anfühlte, als habe es in einem anderen Leben stattgefunden. Michael hatte gesagt, dass die Gräfin das Untier womöglich auf dem Schiff hielt, weil es Angst vor Wasser hatte. Und als sich jetzt ein neuer Spalt in der Vorderseite des Damms auftat und eine weitere Wasserfontäne durch das Loch spritzte, heulte die Kreatur auf und brachte sich schnell vor dem Wasser in Sicherheit.

Aber trotzdem kletterte sie unbeirrt weiter.

»Wir müssen uns beeilen!«, schrie Emma. »Ansonsten ist es vor uns an der Tür!«

Gabriel nickte und hob Emma mit seinem gesunden Arm auf seine Schultern. Er nahm drei Stufen auf einmal.

Je höher sie kamen, desto stärker zitterte und schwankte der Damm. Höher und höher hasteten sie, begleitet von Knacken und Stöhnen und Knirschen, von dem Donnern des Wassers, dem Geräusch berstenden Holzes. Aber so schnell Gabriel auch hinaufstieg, das Untier hielt mit ihnen Schritt. Wieder und wieder schloss es auf, aber jedes Mal zwang ein neuer Wasserstrahl es zurück.

In Gedanken trieb Emma Gabriel zu noch größerer Eile an.

Endlich hatten sie den obersten Treppenabsatz erreicht. Die Tür lag vor ihnen. Gabriel setzte Emma ab. Er keuchte und seine Kleider waren mit frischem Blut durchtränkt.

»Komm weiter!«, schrie Emma. »Wir müssen uns beeilen!«

»Ich komme nicht mit.«

»Was soll das? Der Damm bricht gleich auseinander!«

»Das Untier darf nicht entkommen. Wenn der Damm bricht, muss es ebenfalls vernichtet werden. Wasser ist die einzige Möglichkeit, es zu töten.«

»Dann schließen wir die Tür ab! Wir sperren es ein!«

Gabriel schüttelte den Kopf. »Ich muss ganz sicher sein.«

Emma geriet in Panik. Sie zitterte und fühlte die Tränen kommen. Wieder knackte und knirschte es bedrohlich. Der Absatz, auf dem sie standen, sackte ein Stück in die Tiefe.

»Nein! Du ... das ist verrückt! Das lasse ich nicht zu!«

Gabriel kniete sich hin, sodass ihre Gesichter auf einer Höhe waren. »Ich muss es tun. Oder jedes Lebewesen, das in Zukunft von diesem Untier getötet wird, lastet mir auf der Seele. Das Leben stellt uns vor verschiedene Aufgaben und dies hier ist meine Verantwortung.«

»Aber du ... du ...« Sie weinte jetzt hemmungslos, aber es war ihr egal. Sie musste ihn dazu bringen, zu begreifen, dass er Unsinn redete, dass er mit ihr kommen musste, aber aus irgendeinem Grund stammelte sie bloß: »Das kannst du nicht ... das darfst du nicht ...«

Gabriel legte ihr die Hand auf die Schulter und schaute ihr fest in die Augen.

»Ich weiß nicht, was mit deinen Eltern passiert ist oder warum sie taten, was sie taten. Aber was mich betrifft, so hätte ich mir keine bessere Tochter wünschen können als dich.«

Schluchzend fiel Emma Gabriel um den Hals. Sie sagte, dass sie ihn liebte, dass sie ihn niemals loslassen würde, dass ihr egal war, was er sagte. Sie liebte ihn.

»Und ich liebe dich. Aber du musst gehen.« Und damit löste er ihre Arme von seinem Hals und schob sie auf die Tür zu. »Geh! Sofort!«

Zitternd gehorchte Emma, wobei sie sich für jeden Schritt hasste. An der Tür angekommen, schaute sie zurück. Gabriel hatte sich zu dem Untier umgewandt. Er besaß keine Waffen.

Als das Monstrum ihn angriff, sprang er ebenfalls vor und packte seinen Gegner. Gemeinsam stürzten sie in die Tiefe und verschwanden in der Dunkelheit.

Nur Sekunden später taumelte Emma am Rand des Abgrunds entlang. Die Tränen strömten ihr über das Gesicht, und sie sagte sich ein ums andere Mal: Er ist Gabriel, er kommt zurück, er ist Gabriel, er ist Gabriel …

Als Michael mit den Kindern das Ufer erreichte, wurden sie von einer Gruppe von Männern und Zwergen erwartet, die die gleiche »Abkürzung« wie Dr. Pym genommen hatten.

»Los doch, zieh das Boot an Land!«, rief eine vertraute Stimme. »Pass doch auf! Ach, verdammt, ich mach es selbst!«

König Robbie packte das Heck des Boots und zog es mit der Hilfe von einigen Zwergen und Männern an Land. Erst als die Männer die Kinder eins nach dem anderen aus dem Boot hoben, ließ Michael die Ruder los. Er war noch nie in seinem Leben so müde gewesen. Der Schmerz zog sich über seine Schultern bis hinunter zu seinem Rücken und er konnte kaum noch die Arme heben. Er wollte aus dem Boot steigen und fiel prompt bäuchlings auf das Kiesufer.

»Immer langsam, Junge, du bist ja ganz erledigt!«

Es war Wallace. Er stellte Michael auf die Füße und stützte ihn, als ob er Angst hätte, dass er ein zweites Mal umkippen würde. Robbie und Stephen McClatterys Vater traten zu Michael.

»Da drüben … sind noch mehr Kinder.«

»Wie viele?«, wollte Robbie wissen. »Nun rede schon!«

»Mindestens dreißig. Und … Dr. Pym und Kate. Dr. Pym hat die Kreischer erledigt. Was mit der Gräfin ist, weiß ich nicht.«

Immer mehr Männer und Zwerge versammelten sich am Ufer.

»Wir müssen sie holen!«

»Lasst das Boot zu Wasser!«

»Ruhe, verdammt noch mal!«, brüllte Robbie. »Ihr habt doch alle die Explosion gesehen. Und ihr könnt den Damm knacken und knarren hören. Er wird brechen, noch ehe ihr die Hälfte des Wegs zurückgelegt habt!«

»Was sollen wir denn tun? Die Kinder sterben lassen?«

»Natürlich nicht! Aber wir müssen unsere Köpfe benutzen! Wie kommen wir rechtzeitig dort hinüber, ohne dass wir alle in die Tiefe gerissen werden, wenn der Damm bricht? Das ist die Frage, verflixt noch mal!«

Männer und Zwerge fingen an, zu schreien und durcheinanderzureden. Einige hatten irgendwelche Ideen, andere verfluchten die Gräfin, wieder andere erklärten, es sei ihnen egal, ob sie in die Schlucht gespült würden, sie wollten nur ihre Kinder retten; der Tumult ging hin und her, während Robbie und Stephen McClatterys Vater wieder und wieder um Ruhe baten.

Michael betrachtete das Schiff der Gräfin, das ruhig und friedlich auf dem See lag. Vom Damm erklangen ein Ächzen und Stöhnen, wie von einem riesigen Tier, das Schmerzen litt.

Und dann dämmerte es ihm. Er sah, wie es gemacht werden musste, und ihm war klar, dass er der Einzige war, der die Kinder retten konnte. Und er rannte los.

»He! Junge!«, rief Wallace. »Wo willst du denn hin?«

Aber Michael rannte einfach weiter.

Vor der Kajüte schrien die Kinder. Drinnen lag Dr. Pym und wachte nicht auf. Egal wie oft Kate ihn schüttelte und rief, er lag einfach reglos da. Schließlich legte sie ihm das Buch auf die Brust, packte ihn unter den Achseln und schleppte ihn nach einem letzten Blick auf den leblosen Körper der Gräfin durch die Tür hinaus und von da aus aufs Deck, wobei sie sich jedes Mal im Stillen entschuldigte, wenn er sich irgendwo den Kopf stieß.

An Deck war die Hölle los.

Verängstigte Kinder rannten schreiend durcheinander. Zweimal wurde Kate einfach umgeworfen. Das Kind, mit dem sie zusammengestoßen war, stand jedes Mal auf und rannte in die Richtung davon, aus der es gekommen war. Zu beiden Seiten des Sees loderten Fackeln und viele der Kinder standen an der Reling und riefen in die Dunkelheit hinein nach ihren Müttern und Vätern.

Kate blickte sich entgeistert um. Wie waren die Kinder freigekommen? Wo waren die Kreischer? War Dr. Pym dafür verantwortlich? Aber gleich darauf sagte sie sich, dass nichts davon eine Rolle spielte. Das einzig Wichtige war die Frage, wie sie all diese Kinder von Bord schaffen konnte.

»He!« Stephen McClattery hastete auf sie zu. »Ist das der Zauberer?«

»Ja«, sagte sie verblüfft. »Aber woher weißt du …?«

»Von deinem Bruder.«

»Michael?! Er ist hier?« Angst stieg in ihr auf. Sie hatte gedacht, er sei in Sicherheit. Wenn er gekommen war, um sie zu retten, und er befand sich nun selbst in Gefahr …

»Nein, er hat schon eine Bootsladung Kinder ans Ufer gebracht. Er sagte, er käme zurück. Hast du die Explosion am Damm gehört? Eine riesige Wassersäule ist in die Luft gespritzt.«

»Ja«, sagte Kate und flehte innerlich – begleitet von einem leichten Schuldgefühl –, dass Michael nicht zurückkehren möge.

»Es knackt und knarrt die ganze Zeit. Das macht den Kleinen Angst.« Er nickte zu Dr. Pym. »Ist er tot?«

»Nein. Er will einfach nicht aufwachen.«

»Was ist mit der Hexe?«

»Die ist da drin. Tot, glaube ich.«

Das Gesicht des Jungen verzog sich zu einem breiten Grinsen. »Echt? Dann wird wohl alles gut, was?«

Kate zögerte. Sollte sie ihm erzählen, was das für eine Explosion war? Was das Knacken und Knarren bedeuteten? Konnte sie ihm vertrauen oder würde er die Kinder nur noch mehr in Panik versetzen?

Sie bekam keine Gelegenheit mehr, eine Entscheidung zu treffen.

Emma hatte einen Plan. Und der ging ungefähr so: Sie musste Dr. Pym finden und ihn zwingen, alles in Ordnung zu bringen. Von diesem einen Gedanken beseelt, rannte sie in einer Art Humpelschritt am Rand der Schlucht entlang. Ihr Knöchel schmerzte unbändig.

Sie tat ihr Bestes, um die infernalischen Geräusche des berstenden Damms zu ignorieren, und schob auch ihre Angst um Gabriel beiseite, der – verwundet und geschwächt wie er war – gegen das Ungeheuer kämpfte, das die Gräfin auf die Welt losgelassen hatte.

Tief in ihrem Herzen wusste sie, dass er immer noch am Leben war. Und wenn sie Dr. Pym fand, würde alles gut werden.

Es gab nur ein Problem. Als sie sich der Mündung der Schlucht näherte, hörte sie das Schreien und Klagen, das über den See schallte. Entsetzt erkannte Emma, dass die Kinder noch immer auf dem Schiff waren. Das bedeutete, dass Kate auch noch dort war. Vielleicht auch Michael. Ganz sicher aber Dr. Pym.

Also musste auch sie dorthin.

Im Dorf gab es bestimmt Boote, und so machte sie sich auf den Weg über die schmale Brücke, die über die Schlucht verlief. Sie hastete mit gesenktem Kopf voran und schaute nicht, wohin sie lief.

Plötzlich prallte sie mit voller Wucht gegen etwas Weiches und landete mit einem Rums auf dem Rücken. Sie rappelte sich auf, voller Furcht, mit einem Kreischer zusammengestoßen zu sein, als sie plötzlich eine Stimme hörte.

»Alles in Ordnung? Ich habe dich nicht gesehen.« Eine Hand half ihr auf. »Ich habe die Explosion gehört und dachte mir, ich mache ein paar Fotos. Tut mir leid, aber ich habe gerade in die andere Richtung geschaut.«

Es war Abraham. Um seinen Hals hing der Fotoapparat. Er starrte sie an.

»Du bist eins der Kinder, denen ich zur Flucht verholfen habe. Was machst du denn hier?!«

Die Worte sprudelten nur so aus ihr heraus. »Gabriel steckt im Damm und kämpft gegen ein Ungeheuer. Das ganze Ding kann jeden Moment auseinanderbrechen! Ich muss zu Dr. Pym. Die Kinder sind immer noch auf dem Schiff…«

»Immer langsam! Wer ist Gabriel? Wer ist Dr. Pym? Und was für ein Ungeheuer?«

»Nein, hören Sie zu! Die Kinder sind immer noch auf dem Schiff! Wir müssen…«

»Warte mal – du sagst, die Kinder sind auf dem Schiff der Hexe?«

»Ja! Verstehen Sie doch endlich! Sind Sie taub oder was?«

»Wir müssen sie da rausholen. Wenn der Damm bricht…«

»Was Sie nicht sagen! Genau das wollte ich doch gerade tun, als Sie mir in den Weg gekommen sind! Dafür brauche ich doch Dr. Pym!«

»Also, ich kenne keinen Dr. Pym, aber wir müssen Rettungsboote zu Wasser lassen. Wir müssen die Kinder in Sicherheit bringen.«

Bitte schön, dachte Emma, tun Sie das. Aber sie brauchte sofort ein Boot! Und sie hatte schon den Mund aufgemacht, um Abraham genau das zu sagen, als hinter ihr ein kreischendes Knirschen und Bersten ertönten, wie sie es noch nie vernommen hatte.

Emma drehte sich um.

Abraham keuchte auf. »Lieber Gott!«

Der Damm faltete sich nach außen, brach in der Mitte auf, und als das dunkle Wasser mit Macht hindurchschoss, löste sich eine ganze Hälfte und wurde davongerissen. Emma stürzte zum Geländer und schrie den Namen ihres Freundes in die Nacht. Für Abraham, der nicht begriffen hatte, was sie ihm von Gabriel, Dr. Pym oder dem Ungeheuer im Damm erzählt hatte, der aber mit menschlichem Leid bestens vertraut war, hörte es sich an, als würde dem kleinen Mädchen das Herz brechen.

Sie fuhren vorwärts. Es war keine Minute vergangen, seitdem Kate und Stephen das unmissverständliche Getöse des brechenden Damms gehört hatten. Jetzt gewann das Schiff mit jeder Sekunde an Fahrt.

Kate erschien die Schlucht als riesiges Maul, das den gesamten See verschlucken wollte, sie alle eingeschlossen.

Immer noch versuchte sie, Dr. Pym wach zu rütteln, aber es war zwecklos. Und während sie Stephen zuschaute, der herumrannte und den Kindern zuschrie, sie sollten sich an allem festhalten, was sie zu packen bekämen, dachte sie, dass sie genau das hatte verhindern wollen. Wie hatte sie nur so entsetzlich versagen können?

Trotz allem hatte sich eine merkwürdige Ruhe über sie gelegt. Immerhin war sie schon einmal hier gewesen. In ihrer Vision hatte sie an Deck gestanden, als das Schiff über den Rand der Schlucht in die Tiefe gerissen wurde. Damals hatte es sich wirklich angefühlt. Jetzt kam es ihr vor wie ein Traum.

»Halt dich fest!«, schrie Stephen.

Kate schaute auf und sah den Abgrund auf sie zukommen. Der Aufprall traf sie unvorbereitet und sie segelte durch die Luft und schlug schwer gegen eine Holzkiste. Der Schmerz riss sie aus ihrer Starre. Sie sah Dr. Pyms Körper auf den Rand des Decks zurutschen, den Arm immer noch schlaff über das Buch auf seiner Brust gelegt. Kate war mit einem Sprung bei dem Zauberer und warf sich über ihn, als das Schiff im Uhrzeigersinn zu kreiseln begann. Ihr ganzer Leib verkrampfte sich, als sie die Felswand auf sich zukommen sah.

Sie waren in der Schlucht. Jetzt gab es kein Entrinnen mehr.

Sie durfte nicht an Gabriel denken. Kate und Michael. Michael und Kate. An die beiden musste sie denken. Sie waren noch am Leben.

Aber für wie lange noch? Von der Stelle aus, wo sie und Abraham standen, hatten sie das Schiff in die Schlucht stürzen sehen. Es war förmlich in den engen Spalt eingesaugt worden und wurde jetzt wie ein Spielball von einer Felswand zur anderen geworfen, während es immer schneller und schneller wurde. Als ob das nicht schlimm genug wäre, war auch die zweite Hälfte des Damms weggespült worden, sodass das Schiff jetzt ungehindert auf den Wasserfall zutrieb. Und alles, was sie tun konnte, war zuschauen. Emma hatte sich noch nie so hilflos gefühlt, noch nie so hoffnungslos.

»Emma!«

Michael kam keuchend über die Brücke zu ihr gerannt. Schluchzend warf sie ihre Arme um ihn.

»Michael, du lebst! Ich dachte, du wärst auf dem Schiff!«

Michael war so außer Atem, dass er kein Wort herausbekam, und Emma wiederholte immer wieder: »Du lebst! Du lebst!«

»Kate ... und ... Dr. Pym. Sie ... sind auf dem Schiff. Mit ... den Kindern.«

»Ich weiß! Was sollen wir tun? Oh Michael ... Gabriel, er ... er ist ...« Aber sie konnte es nicht aussprechen, konnte nicht sagen, dass ihr Freund tot war. Noch nicht.

»Das ist ja Abraham!« Michael starrte den Mann an. »Das ist gut.«

»Ich weiß, dass das Abraham ist. Na und? Kate ist auf dem Schiff! Warum tut Dr. Pym nichts? Er sollte ...«

Ein markerschütterndes Knirschen ließ sie herumfahren. Das Schiff war keine fünfzig Meter von ihnen entfernt gegen die Felswand geschleudert worden. Es war so nah, dass sie die Kinder sehen konnten, die panikerfüllt über das Deck rannten. Noch wenige Sekunden und das Schiff würde unter der Brücke hindurchfahren.

»Sorg dafür, dass er das Foto macht!« Michael kletterte auf das Geländer.

»Was?! Was hast du vor?! Michael!«

»Schießen Sie bloß das Foto!«, schrie Michael Abraham an.

»Immer langsam, mein Junge…«

»Michael, komm da runter!«

Auf dem Geländer der Brücke balancierend, schaute Michael vorsichtig in den Abgrund. Dann wandte er sich um und blickte seine Schwester an. Etwas an seiner Haltung ließ Emma verstummen. Sie konnte nicht sagen, was es war, aber zum ersten Mal wurde ihr bewusst, dass Michael ihr älterer Bruder war.

»Ich hab dich lieb«, sagte Michael und sprang.

»MICHAEL!«

Emma stürzte zum Geländer, gerade noch rechtzeitig, um ihren Bruder durch die Dunkelheit fallen zu sehen, als das Schiff unter ihnen auftauchte. Es wirkte riesig, verzweifelt, verdammt… Emma sah, wie Michael auf dem Deck aufschlug und zur Seite rollte. Dann war er ihren Blicken entschwunden. Das Schiff kreiselte weiter in Richtung Wasserfall und nichts und niemand konnte es noch aufhalten.

»Michael! Michael!«

Sie schrie so laut, dass sich ihre Stimme überschlug, und sie hätte noch weitergeschrien, aber dann hörte sie andere Stimmen: Aus den Schatten der Bäume entlang der Schlucht tauchten die Frauen der Stadt auf. Das Haar offen, mit wehenden Schals und Umhängen, mit Fackeln und Laternen in den Händen, rannten sie herbei und riefen nach ihren Kindern. Die Szene hatte etwas so Vertrautes und Unheimliches, dass Emma nur stumm zuschauen konnte. Dann blitzte es auf – Abrahams Fotoapparat. Er hielt ihn an die Brust gedrückt und schaute überrascht drein, als ob der Apparat sich selbst ausgelöst hätte. Und Emma begriff, was Michael gemeint hatte.

… Sorg dafür, dass er das Foto macht …

Er hatte das Foto gemeint, das Abraham ihr und Kate an jenem Tag in seinem Zimmer gegeben hatte, das Foto, von dem Abraham behauptet hatte, es sei sein letztes gewesen. Das Foto mit den Namen der Kinder auf der Rückseite. Aber warum war es Michael so wichtig gewesen, dass Abraham dieses Foto schoss?

Ein Jammern und Klagen erhob sich am Rand der Schlucht, und Emma drehte sich wieder zu dem Schiff um, das um die eigene Achse kreiselte und dann mit dem Heck zuerst zum Rand des Wasserfalls schoss; einen Herzschlag lang hing es da, und Emma umklammerte das Geländer der Brücke und sprach noch einmal den Namen ihres Bruders aus. Es war nur ein Flüstern. Michael. Dann stieg der Bug in die Höhe, das Heck sank ab, und das Schiff mitsamt seinen Passagieren kippte über den Rand der Klippe.

Michael war auf einer Taurolle gelandet. Es dauerte ein paar Sekunden, bis er sich zurechtfand, denn das Schiff raste immer schneller und schneller auf den Abgrund zu, prallte erst gegen die eine Felswand, dann gegen die andere. Überall an Deck klammerten sich Kinder schreiend und weinend an die Reling, an Seile, aneinander. Er schaute zurück und sah die Silhouette der Bogenbrücke. Er betete, dass Abraham das Foto machen würde, dass Emma die Bedeutung seiner Worte verstanden hatte. Dann schob er diese Gedanken beiseite.

Wie ein Betrunkener rannte er schwankend an einer Seite des Schiffs entlang und rief immer wieder nach Kate. Da packte ihn jemand am Arm. Es war Stephen McClattery. Er hielt ein kleines Kind an der Hand und schaute Michael entgeistert an.

»Du bist zurück! Aber wie …?«

»Wo ist meine Schwester?«

Stephen deutete nach vorn.

Michael schrie: »Wir müssen alle Kinder zusammentreiben!«

»Bist du verrückt? Sie können sich bei diesem Schlingern nicht rühren!«

»Es muss sein! Das ist unsere einzige Chance!«

»Aber …«

»Tu es einfach! Bring sie zu meiner Schwester! Mach schon! Wir haben keine Zeit!«

Einen Moment lang starrten die beiden Jungen einander an. Michael war jünger als Stephen, hagerer, einen halben Kopf kleiner, aber es bestand kein Zweifel, wer im Augenblick das Sagen hatte. Stephen nickte, wandte sich an zwei Jungen in seiner Nähe und schrie Befehle. Michael rannte weiter.

Als er den Bug erreichte, fand er zwei Dutzend heulende, panische Kinder und Kate, die sich alle zu einem Kreis um Dr. Pym und das Buch zusammengekauert hatten. Dr. Pym war bewusstlos.

»Michael! Was machst …«

Er kniete sich neben sie. »Kate, hör zu …«

»Nein! Du hättest nicht zurückkommen sollen!« Sie fing an zu weinen und auf ihn einzuschlagen. »Wer wird sich jetzt um Emma kümmern?! Du hättest nicht zurückkommen sollen!« Dann hörte sie mit dem Schlagen auf und lehnte sich nur noch schluchzend an ihn. »Du hättest nicht zurückkommen sollen …«

»Nein! Schau mal, was ich mitgebracht habe!«

Er griff in seine Jacke und zog sein Notizbuch hervor. Dann öffnete er es vorsichtig, weil der Wind ihnen um die Ohren pfiff, und zeigte ihr das Foto. Kate erkannte sofort die dunklen Gestalten, die mit Fackeln und Laternen in den Händen durch den Wald liefen. Es war das Bild, das Abraham ihr und Emma gegeben hatte.

»Wir können es benutzen! Wir können es in das Buch legen!«

Aber Kate schüttelte den Kopf. »Was ist mit den anderen?«

»Die habe ich hier!« Stephen zog einen ganzen Schwanz Kinder hinter sich her. »Einige jedenfalls. Die beiden da haben den Rest!«

Er winkte zur gegenüberliegenden Seite des Schiffs, wo zwei ältere Jungen eine Gruppe Kinder vor sich hertrieben. Jetzt hatten sich nach Michaels Schätzung etwa dreißig panikerfüllte Kinder im Bug des Schiffes versammelt.

»Sie sollen sich an den Händen fassen!«, schrie Michael. »An den Händen!«

Stephen und seine Gefolgsleute nahmen den Ruf auf und gaben ihn weiter, rannten umher, schoben Kinder zusammen und brüllten ihnen ins Ohr, aber entweder verstanden die Kinder sie nicht oder sie waren einfach zu verängstigt, jedenfalls gehorchten sie nicht.

»Wir brauchen Dr. Pym!« Kate schüttelte den alten Zauberer mit aller Macht.

Michael dachte kurz nach. Dann befahl er Kate, mit dem Schütteln aufzuhören, und kramte in Dr. Pyms Taschen herum, bis er den Tabak gefunden hatte. Er schob dem Zauberer eine Prise davon unter die Nase und sogleich schnaubte Dr. Pym und schlug die Augen auf.

»Hm«, sagte er benommen. »Was ist das?«

»Dr. Pym«, stammelte Kate. »Wir sind auf dem Schiff! Wir

werden über die Klippe den Wasserfall hinunterstürzen! Wir haben ein Foto, aber die Kinder wollen sich einfach nicht an den Händen halten!«

Dr. Pym nickte, schien nachzudenken und fragte dann wieder: »Was ist das?«, als ob er kein einziges Wort verstanden hätte.

Während Kate wiederholte, was sie gesagt hatte, schaute Michael auf und sah, dass das Wasser verschwunden war. Vor ihnen war nur noch leere Luft.

»Kate …«

Weiter kam er nicht. In dem Augenblick kollidierten sie mit einer solchen Wucht mit einem Felsen, dass das Schiff herumgewirbelt wurde, sodass es nunmehr mit dem Heck nach vorne schoss.

Und immer noch nahm die wilde Jagd kein Ende.

»Zu spät!«, schrie Stephen. »Wir fallen!«

Das Deck des Schiffs legte sich schräg und jetzt erst nahm Michael das Brüllen des Wasserfalls wahr.

»Kate«, sagte Michael. »Es tut mir leid. Ich dachte …«

»Schon gut«, sagte sie und drückte seine Hand. »Schon gut. Wir sind zusammen.«

»Nimm das Foto, Katherine. Halte dich bereit.«

Es war Dr. Pym. Seine Stimme war klar und scharf und duldete kein Zaudern.

Kate nahm Michael das Foto aus der Hand und öffnete das Buch. Dr. Pym flüsterte etwas, und plötzlich hatte Michael Stephen an der Hand gepackt, der wiederum Kates Hand nahm. Und dann – gerade als das Schiff nach vorne kippte und immer mehr in Schräglage geriet – legte sich eine sonderbare Ruhe über die Kinder. Alle streckten die Hände aus und fanden in der

Dunkelheit die Hand eines anderen Kindes. So bildeten sie eine lange Kette, die sich um Dr. Pym und die Geschwister wand. Dr. Pym flüsterte immer weiter, bis jedes Kind ein Glied der Kette geworden war und das Schiff so schief lag, dass Michael sich mit aller Macht nach hinten lehnen musste, um nicht umzufallen. Er schaute nach unten und sah am Schiff vorbei in den Abgrund, und dann fielen sie. Sie fielen, alle miteinander, und Dr. Pym schrie: »JETZT!«

Und dann schlug das Wasser über dem Schiff zusammen.

»Es wird gut gehen«, wiederholte Emma, vielleicht zum vierten oder fünften Mal, vielleicht aber auch zum neunten. »Es wird gut gehen.«

Ein paar Sekunden, nachdem das Schiff über den Rand gekippt war, hatte eine schreckliche, fassungslose Stille geherrscht. Dann hatten sie das Krachen gehört, weit unten auf den Felsen, und die Frauen am Rand der Schlucht waren auf die Knie gefallen und hatten geweint. In das Schreien und Jammern mischten sich andere Stimmen, die Stimmen der Männer, die hinter ihr die Schlucht entlangrannten. Aber sie drehte sich nicht um. Genauso wenig wie sie zur Klippe rannte, um in die Tiefe zu blicken oder auf die Stelle zu starren, wo das Schiff verschwunden war. Nein. Ihre Augen blieben fest auf den Wald hinter den Frauen geheftet. Und sie wartete.

Bitte, dachte sie und packte das Brückengeländer fester. Bitte …

Und dann erklang ein anderer Schrei. Einer, der die Frauen am Rand des Abgrunds zum Schweigen brachte. Es war die Stimme eines kleinen Mädchens, das nach seiner Mutter rief.

Das Mädchen kam zwischen den Bäumen hervorgerannt, und eine der Frauen stöhnte laut, sprang auf und rannte zu ihr, schloss sie in ihre Arme. Und dann kamen immer mehr Rufe und Schreie und die Kinder strömten zu zweit oder zu dritt aus dem Wald und überall entlang der Schlucht spielten sich Szenen fassungslosen und freudigen Wiedersehens ab. Und Emma spürte, wie sich der feste Knoten der Angst in ihrem Inneren löste. Dann rannte auch sie auf den Wald zu. Vergessen war der Schmerz in ihrem Knöchel. Sie wusste, sie würden da sein. Sie wusste, sie würden sie nie im Stich lassen. Und voller Glück rannte sie in die wartenden Arme ihres Bruders und ihrer Schwester.

KAPITEL 24
Rhakotis

»Ihr dürft keinesfalls vergessen«, sagte Dr. Pym, »dass ihr drei den Verlauf der Geschichte verändert habt, indem ihr in die Vergangenheit gereist seid. Wir müssen uns deshalb überlegen, was geschehen wäre, wenn ihr das nicht getan hättet.«

Kate, Michael und Dr. Pym saßen auf einem umgefallenen Baumstamm. Es war noch keine zehn Minuten her, seit das Schiff über die Klippe gestürzt war und sie zu dritt aus dem Wald aufgetaucht waren. Immer noch feierten ringsum Eltern und Kinder, die zwei Jahre lang voneinander getrennt gewesen waren, ein Wiedersehen. Familien, die eben noch geglaubt hatten, alles verloren zu haben, umarmten einander fassungslos und weinten vor Glück.

Dr. Pym war gerade dabei, Michaels Frage zu beantworten. Michael wollte wissen, wie das Buch Emerald aus dem Gewölbe unter der toten Stadt in das unterirdische Arbeitszimmer von Dr. Pyms Waisenhaus gekommen war. Es war genau die Art von wissenschaftlicher, im Grunde genommen aber bedeutungsloser Frage, die ihn so faszinierte. Kate hörte nur mit halbem Ohr hin. Sie beobachtete Emma, die zum Rand der Schlucht gegangen war. Im Augenblick hielt es Kate für das Beste, ihre Schwester allein zu lassen.

»Also«, fuhr der Zauberer fort, »in der sogenannten ursprünglichen Vergangenheit – vor all euren Zeitreisen – suchte die Gräfin nach der Chronik, fand sie aber nicht. Angeführt von Gabriel, rebellierten die Männer aus Cambridge Falls gegen ihre Unterdrücker. Die Gräfin, die wusste, dass ihr Meister einen Fehlschlag nicht akzeptieren würde, tötete sich selbst und die Kinder. Die Stadt wurde verflucht.

In jeder möglichen Version der Ereignisse befand ich mich in Hamishs Verlies. Nehmen wir einmal an, dass es mir schließlich gelang, mich zu befreien, aber nicht mehr rechtzeitig, um die Gräfin aufzuhalten. Aus Angst, dass der Meister der Hexe dort weitermachen würde, wo die Gräfin scheiterte, holte ich das Buch Emerald aus dem Gewölbe. Ich kann mir gut vorstellen, dass ich dann das Haus der Gräfin übernahm und einen versteckten Kellerraum als neues Refugium für die Chronik erschuf. Das sähe meinem Sinn für Ironie ähnlich – das Buch dort zu verbergen, wo die Gräfin gehaust hatte. Dann webte ich einen neuen Zauber, der die Tür nur dann sichtbar werden ließ, wenn einer von euch dreien auftauchen würde. Und so war es dann auch, nicht wahr?«

Michael nickte.

»Nun, da hast du deine Antwort.«

Sie schwiegen. Michael schienen die Fragen ausgegangen zu sein. Es war Kate, die schließlich wieder sprach.

»Es ist Zeit, nicht wahr?«

»Ja«, antwortete Dr. Pym. »Ihr habt getan, weswegen ihr gekommen seid. Es ist Zeit.«

Kate stand auf und ging zur Schlucht, wo Emma noch immer stand. Der Wind peitschte über den Rand und brachte die Gischt des Wasserfalls mit.

»Ist dir kalt?«, fragte Kate.

»Nein.«

»Emma, wir haben etwas Großartiges vollbracht.«

Emma sagte nichts.

»Es tut mir leid wegen Gabriel.«

»Er ist da unten irgendwo.«

Kate erwiderte nichts, sondern legte ihrer Schwester bloß den Arm um die Schulter. Gemeinsam schauten sie auf das dunkle Wasser, das in den Abgrund stürzte.

»Dr. Pym will, dass wir gehen, nicht wahr?«

»Ja.«

»Okay.«

Sie kehrten zu Michael und Dr. Pym zurück. Ringsum zogen die glücklich vereinten Familien in Richtung Cambridge Falls. Emma zog aus ihrer Jackentasche das Foto von Kate, das sie gemacht hatte, bevor sie in die Vergangenheit gereist waren, um Michael zu befreien. Sie reichte es ihrer Schwester.

»Werden Sie dort sein?«, fragte Kate Dr. Pym. »Wenn wir zurückkommen, meine ich.«

»Glaub mir, ich habe die feste Absicht, euch willkommen zu heißen.«

»Dr. Pym …«, sagte Emma.

»Liebes, Robbie und seine Zwerge sind bereits auf der Suche nach Gabriel. Wenn sie ihn finden, dann wird bestens für ihn gesorgt werden.«

»Zwerge sind ausgezeichnete Spurensucher«, sagte Michael. »Ich habe einmal gelesen, dass …«

»Michael«, sagte Kate.

»Ja?«

»Halt die Klappe.«

»Okay.«

Emma und Michael fassten sich an den Händen und Michael nahm Kates Arm. Kate schlug das Buch auf. Sie erstarrte.

»Dr. Pym …«

Zwischen den Seiten steckte etwas. Kate zog es hervor. Es war Abrahams Foto, auf dem die Frauen am Rand der Schlucht entlangrannten. Das Foto, das Michael ihr gegeben hatte, als sich das Schiff dem Abgrund näherte. Kate war verwirrt. Sie hatte dieses Foto benutzt, um sie zu retten. Es hätte verschwinden sollen!

»Aha«, sagte Dr. Pym leise. »Es ist also passiert.«

»Was meinen Sie?«, stotterte Kate. »*Was* ist passiert? Wieso ist das Foto immer noch hier?«

»Katherine, weißt du noch, was ich dir im Thronsaal der Zwerge gesagt habe? Als Hamish noch König war?«

»Nein, aber …«

»Versuche, dich zu erinnern. Dann wird dir vieles klarer. In jedem Fall werde ich es dir in der Zukunft erklären. Im Augenblick musst du nur das andere Foto ins Buch legen. Warten wir ab, ob es verschwindet. Ich denke nicht.«

Er sah, dass sie zögerte. »Bitte«, sagte er, »vertraue mir.«

»Ich vertraue Ihnen«, sagte Kate. Und sie meinte es ernst.

Kate gab Michael Abrahams Foto, der es in sein Notizbuch legte, und prüfte dann noch einmal sorgfältig, ob sie und ihre Geschwister einander auch gewiss berührten. Aus dem

Augenwinkel bemerkte sie etwas in den Schatten der Baumlinie. Sie schaute genauer hin, aber was immer es war, verschmolz mit der Dunkelheit. Jetzt mach schon, ermahnte Kate sich selbst, und damit legte sie das Foto von sich auf eine leere Buchseite. Sie verspürte das mittlerweile vertraute Ziehen in der Körpermitte, die Szene vor ihnen verschwand, und dann waren alle drei wieder in ihrem Schlafzimmer. Auch diesmal blieben sie in einer Art Starre, während sie zuschauten, wie die andere Kate und die andere Emma gerade in der Vergangenheit verschwanden. Dann löste sich die unsichtbare Fessel.

»Oje«, murmelte Emma, »die haben ja keine Ahnung, was ihnen bevorsteht.«

»Ist das Foto verschwunden?«, fragte Michael.

»Nein«, sagte Kate und hielt es hoch. »Es ist immer noch da.«

In dem Augenblick öffnete sich hinter ihnen die Zimmertür.

»Die Hoheiten sind also doch anwesend!«

Die Kinder drehten sich um. Im Türrahmen stand die alte Haushälterin.

»Miss Sallow«, sagte Kate, »wir haben nicht …«

»… gehört, wie ich geklopft habe? Zehn Minuten lang habt ihr nichts gehört? Ihr glaubt wohl, ihr könnt der alten Miss Sallow auf der Nase herumtanzen? Habt euch wahrscheinlich königlich amüsiert, was? Ich wusste gar nicht, dass ich neuerdings bei der *Comédie Française* mitspiele!«

»Miss Sallow …«

»Dr. Pym wartet unten auf euch und wünscht das Vergnügen eurer Gesellschaft. Werdet ihr euch herablassen zu erscheinen, oder soll ich ihm ausrichten, dass die königlichen Hoheiten lieber auf ihrem Zimmer zu bleiben geruhen und sich auf Kosten einer alten Frau einen Spaß erlauben wollen?«

Kate flüsterte Michael und Emma zu: »Geht schon vor. Ich komme gleich nach. Ich will noch das Buch verstecken.«

Sobald die beiden und die Haushälterin die Tür hinter sich geschlossen hatten, drehte sich Kate um und stopfte das Buch unter ihre Matratze. Ihre Hände zitterten. Dass die Fotos nicht verschwanden, hatte einen Grund. Aber welchen? Was hatte Dr. Pym ihr in Hamishs Thronsaal erzählt? Wenn sie sich nur konzentrieren, wenn sie nur eine einzige Sekunde einen klaren Kopf bekommen könnte! Aber sie musste an so vieles denken – an die Prophezeiung und alles, was damit zusammenhing, an die beiden anderen *Chroniken vom Anbeginn*, an den grässlichen Magnus (der immer noch irgendwo auf sie lauerte), an ihre Mutter …

Ihre Mutter hatte sie erkannt, hatte gewusst, wer sie war. Kate ergötzte sich immer noch an diesem Gedanken, oder besser gesagt an der Wärme, die ihr diese Erinnerung spendete, als sie die Decke glatt strich und aufstand. Und da fiel es ihr wieder ein. Dr. Pym hatte ihr erklärt, dass sie die Einzige war, die das Buch beherrschen konnte. Er meinte damit, dass ich durch die Zeit reisen kann, dachte Kate, dass ich kein Foto brauche.

Aber er hatte noch etwas gesagt. Was war das bloß?

Sie musste mit dem Zauberer sprechen.

»Katherine …«

Kate wirbelte herum. Eine uralte Frau, eine bucklige Greisin in zerlumpten Kleidern und einem zerschlissenen, schmutzigen Schal, stieg aus einem Geheimgang, der hinter einem Paneel neben dem Kamin verborgen gewesen war. Sie war hager und knochig, und die Haut – faltig und mit Geschwüren übersät – baumelte wie ein zu großes Kleid an ihrem Leib. Fettige Haarsträhnen hingen an ihrem Schädel. Ihre schwarzen, geschwollenen Füße lugten durch die Löcher in ihren Schuhen. Sie grinste und zeigte ihre braunen, gesplitterten Zähne. Kates Augen zuckten zur Tür, aber Emma, Michael und Miss Sallow waren längst fort.

»Fünfzehn Jahre«, krächzte die Gräfin. »Fünfzehn Jahre habe ich gewartet. Für dich war es bloß eine Sache von wenigen Sekunden. Du bist über die Zeit gestiegen wie über eine Pfütze auf dem Boden. Aber ich habe gewartet, *mon ange*, jeden Tag, jede Stunde. Fünfzehn Jahre lang habe ich darauf gewartet, dass wir uns wiedersehen.«

Sie schob sich zwischen Kate und die Tür und versperrte ihr so den Fluchtweg. Nicht dass es eine Rolle gespielt hätte. Kate konnte sich nicht rühren. Die Angst hatte sie zu Eis erstarren lassen. Die Gräfin lebte. Aber wie war das möglich? Kate musste nicht fragen, was die Frau von ihr wollte. Sie war immer noch hinter dem Buch Emerald her.

»Du kannst nicht fassen, dass deine alte Freundin noch unter den Lebenden weilt, nicht wahr? Du hast wohl gedacht, mein alter Meister hätte mich getötet, was? Nein, er ist nur aus mir gewichen und hat mich leer und schwach zurückgelassen. Ein elendes Bündel Haut und Knochen! Ich kam wieder zu mir und schleppte mich an Deck. Dort sah ich, was ihr vorhattet, der Zauberer und du. Und ich habe mich eurer kleinen Bande angeschlossen, buchstäblich im letzten Moment. Als du die Kinder gerettet hast, meine liebe Kate, hast du auch mich gerettet.« Sie lachte und ihr Lachen verwandelte sich in einen Hustenanfall. Sie hustete in ihre Faust und wischte den Schleim dann an ihrem Schal ab.

»Danach versteckte ich mich im Wald und schaute mir die rührende Familienzusammenführung an. Ich konnte es nicht riskieren, dass der Zauberer mich entdeckte. Aber ich sah dich und deine Geschwister mit dem Buch, und ich wusste, dass meine Zeit kommen würde. Alle glaubten, ich sei tot. Selbst mein alter Meister dachte wohl, ich sei mit dem Schiff in den Tod gestürzt. Ich wusste, dass ich die Chronik trotz allem noch gewinnen konnte!«

Sie packte Kate am Arm. Ihre Nägel waren schwarz und eingerissen.

»Jahr um Jahr habe ich gewartet. Die Leute aus dem Dorf erkannten mich nicht. Dieselben Kinder, die ich eingesperrt hatte, brachten mir aus Mitleid Essen und Wasser. Ich war geduldig. Dann, eines Tages, hörte ich von drei Kindern, die in das Haus auf der anderen Seite des Flusses gekommen waren. Ich hatte schon vor langer Zeit die Geheimgänge des Hauses entdeckt und so schlich ich mich ein. Ich sah dich, meine wunderschöne Katherine, keinen Tag, keine Stunde älter ...«

Sie war jetzt so nah, dass ihr saurer Atem über Kates Gesicht glitt.

»Gib mir das Buch Emerald.«

Kate zögerte. Sollte sie schreien? Würde irgendjemand sie hören?

»Ich weiß, was du denkst, mein Täubchen. Aber dein Dr. Pym kann dich nicht hören. Er ist zu weit weg. Weißt du, wer dich hören wird? Michael und Emma, die lieben Kleinen! Sie werden angerannt kommen. Und du wirst zuschauen, wenn ich die beiden töte! Ich habe schon zu lange gewartet – gib mir die Chronik!«

Aus den Falten ihres Schals zog die alte Vettel ein langes,

rostiges und schartiges Messer. Kates Blick wanderte von der Klinge zu den Augen der Hexe.

»Versprechen Sie mir, dass Sie Michael und Emma nichts tun.«

»Also bitte!« Die Alte grinste höhnisch. »Ich bin doch kein Unmensch!«

»Und Sie werden das Haus sofort verlassen.«

»Es wird so sein, als ob ich niemals da gewesen wäre.«

»Also gut.«

Kate drehte sich um und griff unter die Matratze. Sie hatte natürlich keineswegs die Absicht, der Hexe das Buch zu überlassen. Sie wollte sie nur glauben machen, dass sie gewonnen hätte, damit ihre Wachsamkeit nachließ. Kate umklammerte den Einband des Buchs, sprang auf, wirbelte herum und schlug mit dem schweren Band nach dem Kopf der Gräfin …

Die Hand der alten Frau schoss hoch und packte das Buch. So standen sie da, Kate mit der einen Seite des Buchs in der Hand, die Gräfin mit der anderen. Ihre Nägel bohrten sich in den smaragdgrünen Einband.

Die Hexe kicherte. »Raffiniertes kleines Ding. Du bist wohl nicht mehr so vertrauensselig, was? Glücklicherweise bin ich um einiges stärker, als ich aussehe. Und jetzt – LASS LOS!«

Die Gräfin riss mit aller Macht an dem Buch und Kates Hände rutschten ab. Aber durch ihren eigenen Schwung verlor die Alte das Gleichgewicht und ließ das Buch los, das aufgeschlagen auf dem Boden landete. Kate und die Hexe stürzten sich gleichzeitig darauf.

Die Gräfin grapschte keifend nach dem Buch, stieß mit dem Messer nach Kates Gesicht. Kate lehnte sich weit zurück, ihre Finger umklammerten eine leere Seite. Sie weigerte sich, loszulassen, weigerte sich, diese Frau siegen zu lassen, und so tat sie das Einzige, was ihr noch einfiel. Sie schloss ihre Augen, tastete mit ihrem Geist nach der Magie des Buches und betete, dass Dr. Pym recht behalten würde.

Sie spürte das Ziehen. So seltsam es auch scheinen mochte, Kate hatte das Gefühl, dass die Chronik mit all ihrer Macht die ganze Zeit nur auf sie gewartet hatte. Aber die Erregung wich sofort einer großen Ernüchterung: Ihr war, als wäre sie inmitten eines endlosen Ozeans gelandet, ohne Land in Sicht. Die Gräfin war immer noch bei ihr, aber nur als Vision. Kate merkte, dass sie sank, und sie erkannte, dass sie möglicherweise einfach verschwinden, einfach in die Tiefen der Zeit abtauchen würde. Vielleicht war das gut so. Vielleicht war dies ihre Bestimmung. Aber dann, genauso wie eben noch in ihrem Schlafzimmer, erinnerte sie sich an ihre Mutter, die sie im Arm gehalten und sie erkannt hatte, und eine Flamme aus reiner Liebe entzündete sich in ihrem Inneren. In diesem Moment fiel ihr wieder ein, was Dr. Pym noch zu ihr gesagt hatte.

Ehe sie die Macht des Buches zum Einsatz bringen konnte, musste ihr Herz heilen.

Okay, dachte sie. Stell dir vor, du hättest ein Foto. Sag dem Buch, wo du hingehen willst.

Im nächsten Moment blinzelte sie ins grelle Sonnenlicht. Sie stand auf dem Dach eines Gebäudes in einer braunen, sonnenüberfluteten Stadt. Roter Staub hing in der Luft, während unten auf der Straße Schreie ertönten. Die Gräfin war auf die Knie gesunken und rang nach Atem. Das Messer lag auf dem Boden und Kate trat es vom Dach.

»Wie … wie hast du das gemacht?«

»Ich brauche kein Foto mehr. Die Chronik tut, was ich ihr befehle.«

»Nein, das ist nicht möglich.«

»Ach nein? Na, dann schauen Sie sich doch mal um.«

»Aber du kannst nicht …«

»Ich glaube, ich konnte es schon immer. Ich war nur noch nicht bereit. Dr. Pym hat das erkannt. Er sagte mir, das Buch würde erst dann auf mich hören, wenn mein Herz geheilt wäre.« Kate sprach mehr zu sich selbst als zur Gräfin. Sie musste laut hören, was sie wusste. »Stellen Sie sich vor, Ihr ganzes Leben würde sich um eine einzige Frage drehen, und solange Sie die Antwort auf diese Frage nicht haben, sind Sie verloren. Bei mir war es die Frage, ob unsere Eltern uns wirklich geliebt hatten. Wie konnten sie uns lieben, wo sie uns doch im Stich gelassen hatten? Aber als sie mich in die Vergangenheit zurückschickten, hat mich meine Mutter erkannt. Sie erkannte ihre Tochter. Ich werde niemals wieder ihre Liebe infrage stellen. Von nun an ist dies so sicher wie das Amen in der Kirche. Und was immer geschieht: Diese Gewissheit wird mich leiten.«

Die Gräfin kämpfte sich auf die Füße. Ihre früher so herrlichen violetten Augen waren schwarz vor Hass. Kate hatte keine Angst mehr. Im Gegenteil: Eine bemerkenswerte Ruhe war über sie gekommen.

»Es ist schon komisch: Wenn Sie mich nicht in die Vergangenheit zurückgeschickt hätten, hätte ich das niemals herausgefunden. Obwohl ich das Gefühl habe, dass Dr. Pym genau das vorausgesehen hat, als er mir die Erinnerung an meine Mutter schenkte. Ich werde ihn fragen, wenn ich ihn sehe.«

»Kind, ich reiße dir gleich …«

Die Drohung wurde jäh abgeschnitten durch eine Explosion in einer Nebenstraße. Die Gräfin wirbelte herum.

»Wo sind wir?! Wohin hast du uns gebracht?«

Kate zuckte mit den Schultern. »Ich habe den Namen der Stadt vergessen. Es ist dieselbe, von der Sie mir erzählt haben, dort wo der Rat der Zauberer die Bücher schrieb. Sie meinten, sie sei von Alexander dem Großen zerstört worden. Ich befahl der Chronik, uns hierherzubringen.«

»Du hast uns nach Rhakotis geschickt?«

»Sieht so aus.«

»Du dummes Mädchen! Schau!«

Die Gräfin deutete mit ihrem langen, krummen Finger auf etwas hinter Kate. Kate drehte sich um. Hinter ihr lag die endlose blaue See glitzernd unter der gleißenden Sonne und auf dem Wasser lagen Tausende und Abertausende von Schiffen. Kate konnte Trommeln hören, und während sie noch hinschaute, flogen Feuerbälle von den Schiffen auf die Stadt zu. Die Geschosse schlugen überall ein und innerhalb weniger Sekunden waren Dutzende von Feuern ausgebrochen. Kate hörte die Menschen schreien und sah, wie sie versuchten, sich in Sicherheit zu bringen.

»Wir müssen hier weg! Hilf mir und ich werde dir helfen! Du hast die Macht! Das ist mir jetzt klar! Das Buch Emerald hat dich auserwählt. Aber du hast keine Ahnung, was dir bevorsteht! Hilf mir und ich werde dir helfen!«

»Wozu sollte ich Ihre Hilfe brauchen?«

»Weil ich meinen Meister kenne. Der grässliche Magnus sucht die Bücher. Er sucht nach dir und deinen Geschwistern. Er ist seit Jahrtausenden auf der Suche! Und er wird euch finden!«

Bei der Erwähnung dieses Namens war es Kate, als würde sie wieder die Geigenmusik hören. Sie wusste, dass sie sich das bloß einbildete, aber trotzdem lief ihr bei der Erinnerung ein kalter

Schauer über den Rücken. Die Gräfin schob sich näher an sie heran.

»Du hast ihn erlebt! Du weißt, dass er deinen Zauberer wie einen trockenen Zweig zerbrechen kann. Und dann seid ihr drei seine Sklaven, du und deine Geschwister. Ich kann euch helfen! Ich kann euch helfen, die beiden anderen Bücher zu finden! Begreifst du denn nicht, dass dies eure einzige Hoffnung ist? Er wird die Suche niemals aufgeben. Ihr müsst die Bücher vor ihm finden!«

»Wir werden uns verstecken ...«

Die alte Frau zischte und winkte verächtlich ab. »Verstecken? Für wie lange? Euer ganzes Leben lang? Er wird euch trotzdem finden. Er wird euch finden und durch euch wird er auch die Bücher finden und dann wird er aus dieser Welt ein Schlachtfeld machen. Ich habe dir gesagt, wozu die Bücher in der Lage sind! Und außerdem«, fügte sie hinzu und kicherte, »hätte ich gedacht, dass dir deine Eltern etwas bedeuten.«

Kates Herz machte einen Satz in ihrer Brust. Ihr Atem stockte.

»Was ... was meinen Sie damit?«

Die Gräfin lächelte in dem Bewusstsein, Oberwasser zu bekommen. »Der Zauberer hat dir also nichts gesagt? Schade, wirklich schade. Aber ich habe immer noch meine Quellen ... Besonders wenn es um mein *petit oiseau* geht. Vor zehn Jahren hat der grässliche Magnus dich und deine Geschwister aufgespürt.«

»Aber wie ...?«

»Natürlich durch die Prophezeiung! Es gab Hinweise. Aber der Zauberer war schneller. Er hat euch weggeschafft. Aber eure lieben Eltern hatten nicht so viel Glück. Nein, nein.« Sie rückte noch näher. »Seit zehn Jahren sind eure lieben Eltern die Gefangenen des grässlichen Magnus.«

»Sie lügen!«

»Ja, das wünschst du dir wohl! Aber du weißt genau, dass ich die Wahrheit spreche. Der grässliche Magnus hat eure Eltern in seiner Gewalt, und um sie zu befreien, müsst ihr die anderen beiden Bücher finden. Und dafür brauchst du meine Hilfe!«

Ihre Eltern waren gefangen. Deshalb waren sie nie zurückgekommen. So schrecklich dieser Umstand auch war, so fühlte Kate doch eine merkwürdige Erleichterung. Endlich ergab alles einen Sinn.

Ein Dröhnen erklang und dann ein Sirren, und als Kate und die Gräfin aufschauten, sahen sie eine zweite feurige Salve von den Schiffen aus auf die Stadt zufliegen. Diese war sogar noch heftiger als die erste.

Die Stadt war dem Untergang geweiht. Die Gräfin packte Kate am Arm.

»Bring mich zurück! Sofort! Ich bin deine einzige Hoffnung.«

Aber Kate schüttelte den Kopf und sagte: »Nein. Sie bleiben hier.«

Sie riss sich aus dem Griff der Gräfin los und suchte in ihrem Geist gleichzeitig nach der Magie. Das Letzte, was sie sah, war die Gräfin, die durch die Luft flog, als die ganze Stadt um sie herum explodierte.

Eine Sekunde später stand Kate wieder in ihrem Zimmer. Sie war allein. In ihren Armen lag das smaragdgrüne Buch.

»He! Was machst du da? Ich dachte, du wolltest das Buch verstecken!« Emma stand im Türrahmen. »Ist alles in Ordnung?«

Kate merkte, dass sie die Luft anhielt. Langsam atmete sie aus.

»Alles klar. Ich wollte nur … Emma, was ist los? Was ist passiert?«

Ihre Schwester hatte Tränen in den Augen.

»Komm, Kate! Komm und sieh dir das an!«

KAPITEL 25

Die Geister der vergangenen Weihnacht

Obwohl es dunkel war und Kate Mühe hatte, mit Emma Schritt zu halten, entging ihr nicht, in welch armseligem Zustand sich das Haus befand: Die Spiegel waren blind und mit einem feuchten Staubfilm überzogen. Überall in den Ecken hingen Spinnweben und mottenzerfressene Teppiche bedeckten die knarrenden, schmutzverkrusteten Bodendielen. Kurz gesagt: Das Haus sah genauso aus wie damals, bevor sie in die Vergangenheit gereist waren. Emma wollte ihr nicht sagen, warum sie sich so beeilten und wohin sie gingen, und Kate musste ohnehin darüber nachdenken, was die Gräfin über ihre Eltern gesagt hatte: dass der grässliche Magnus sie gefangen hielt und sie nur gerettet werden konnten, wenn Kate, Michael und Emma die restlichen zwei Bücher fanden. Kate brannte darauf, ihren Geschwistern davon zu erzählen. Aber erst wollte sie mit Dr. Pym reden.

Vor der Tür zum Ballsaal blieben sie stehen.

»Bist du bereit?«

Ohne auf eine Antwort zu warten, stieß Emma die Tür auf, und Kate wehte ein Sturm aus Licht und Musik entgegen. Der Ballsaal war voller Menschen, die aßen, tranken und sich unterhielten, und einen Augenblick lang glaubte Kate, sie wären wieder auf einem der geisterhaften Feste der Gräfin gelandet. Aber dies hier war nicht das alte St. Petersburg mit der steifen Walzermusik. Dies hier war ein fröhliches Fest. In der Mitte des Saals stand ein riesiger Tannenbaum. An den Wänden hingen Girlanden und Stechpalmenzweige. Die Gäste waren zwar gut gekleidet, aber definitiv nicht von altem russischen Adel. Und dann die Kinder: Sie rannten hin und her, sausten zwischen den Erwachsenen hindurch und kreischten vor Vergnügen.

»Was ist denn hier los?«, fragte Kate.

Emma antwortete nicht, und Kate sah, dass man sie bemerkt hatte. Einer der Partygäste schaute zu ihr hin, flüsterte etwas zu einem zweiten, der es wiederum einem dritten weitersagte. Und innerhalb weniger Sekunden hatte sich Schweigen über den gesamten Saal gelegt.

»Emma, was ist …?«

Der Rest ihres Satzes ging in tosendem Applaus und lautstarkem Jubel unter.

»Ähm«, sagte Kate, »das wird jetzt aber langsam unheimlich …«

»Da bist du ja! Willkommen! Willkommen!«

Dr. Pym, gekleidet in denselben Tweedanzug, den sie bereits vor fünfzehn Jahren an ihm gesehen hatte, löste sich aus der applaudierenden Menge. Er strahlte sie an. »Fröhliche Weihnachten, meine Liebe. Fröhliche, fröhliche, fröhliche Weihnachten!«

Und er verbeugte sich tief vor ihr.

»Dr. Pym«, sagte Kate, »... wer sind die ... was ist hier ... los?«

»Nun, das ist eine Party!« Dann senkte er seine Stimme, sodass nur Kate ihn hören konnte. »Hab keine Angst. Der grässliche Magnus kann dir hier nichts anhaben. Dafür habe ich gesorgt.«

Kate nickte benommen. Sie starrte auf die Gäste, die langsam näher rückten.

»Okay, aber ...«

Michael trat hinter dem Zauberer hervor. »Schon gut, Kate. Es ist alles in Ordnung.«

Und tatsächlich wollten die Menschen nur Kate die Hand schütteln, ihr danken und ihr Frohe Weihnachten wünschen. Es waren Männer und Frauen allen Alters, und Kate sah, dass viele von ihnen Tränen in den Augen hatten. Sie hielten ihre Hand, als ob sie jahrelang auf diesen Moment gewartet hätten und sie gar nicht mehr loslassen wollten.

»Dr. Pym«, sagte sie, als sie sich aus der Umarmung einer rundlichen Frau geschält hatte, die schluchzend an ihrer Schulter gehangen hatte, »wer sind all diese Leute?«

»Das sind die guten Menschen von Cambridge Falls. Hier im Haus findet alljährlich eine Weihnachtsfeier statt. Meiner Meinung nach ist das die beste Möglichkeit, um böse Geister abzuwehren. Obwohl ich Miss Sallow nach all den Jahren immer noch nicht dazu bringen kann, hier ordentlich sauber zu machen. Sie ist wirklich eine erbärmliche Haushälterin.«

»Verstehst du denn nicht?!«, rief Emma. »Es sind die Kinder! Diejenigen, die wir gerettet haben! Sie sind alle erwachsen geworden.«

In diesem Moment kam ein junges Paar mit einem Baby auf

sie zu. Sowohl der Mann als auch das Kind hatten rotes lockiges Haar.

»Du bist es wirklich«, sagte der Mann. »Wir konnten es kaum glauben, als Dr. Pym uns sagte, dass du heute Abend hier sein würdest. Du hast dich kein bisschen verändert. Allerdings kommst du mir kleiner vor, aber das ist wohl verständlich.«

Kate hatte das Gefühl, den Mann zu kennen, aber sie wusste nicht, woher.

Die Frau lächelte. »Sie erkennen dich nicht, Liebster.«

»Ach ja, natürlich. Ich bin Stephen McClattery. Ich bin ein bisschen gewachsen. Und das hier ist Annie, meine Frau. Wisst ihr noch, wer sie ist?«

»... oh ...«, sagte Kate, »... OH!«

»Früher hatte ich eine Brille«, sagte Annie.

»Ich weiß.« Kate dachte daran, wie sie das kleine Mädchen, das heute eine Frau war, in den Armen gehalten hatte.

»Wir möchten dir gerne unsere Tochter vorstellen«, sagte Annie. »Wir haben sie Katherine genannt. Wir verdanken dir alles. Wir alle.«

Kate schaute das Baby an und fühlte, wie Tränen in ihre Augen traten. Mit einem dicken Kloß im Hals konnte sie nur murmeln: »Sie ist entzückend.«

»Heda!«, rief da eine dröhnende Stimme. »Lasst mich gefälligst durch! Ich will ihnen auf die Schulter klopfen!«

Der Zwergenkönig Robbie McLaur schob sich mit einem breiten Grinsen durch die Menge. Er trug eine rotgrün karierte Weste, und sein Bart war zu vier ordentlichen Zöpfen geflochten, in die smaragdgrüne Bänder gewunden waren. Kate musste unwillkürlich an ein Zirkuspony denken; er wirkte stolz, aufgeräumt und sah einfach grandios aus.

Michael rief aus: »Majestät! Man hat mir gar nicht gesagt, dass Ihr hier seid!« Er kniete nieder.

Emma stöhnte auf. »Du bist einfach nur peinlich!«

»Nichts da, hoch mit dir!« Robbie zog Michael auf die Füße und umarmte ihn fest. »Wie schön, euch zu sehen! Dass ich das noch erleben darf!«

Dann erblickte Kate einen anderen Zwerg, der sich etwas zurückhielt. Er trug eine rotgoldene Weste und grinste breit durch seinen schwarzen Bart.

»Wallace!«, rief sie aus und rannte auf ihn zu.

Lachend schloss er sie in seine kräftigen Arme und trat dann ein Stück zurück, um sie besser anschauen zu können. »Das letzte Mal sah ich dich in der toten Stadt vor fünfzehn Jahren. Mir scheint, du hast immer noch dieselben Kleider an!«

»Wallace, was ich getan habe, tut mir so leid …«

»Du musst dich nicht entschuldigen. Es ist ja alles gut ausgegangen.«

»Jawohl«, mischte sich Robbie ein. »Und wir sind mit den Leuten aus Cambridge Falls gut Freund geworden. Feine Leute sind das, mächtig feine Leute! Oh, und ehe ich's vergesse: Hamish lässt sich entschuldigen. Er wäre so gerne gekommen.«

»Wirklich?«, fragte Kate.

»Wirklich?«, fragte Michael.

Robbie brach in schallendes Gelächter aus und versetzte Michael einen heftigen Klaps auf die Schulter, der ihn beinahe umgeworfen hätte.

»Aber nein! Ich habe ihn in den Palast zitiert, wo er die Geschenke verteilen muss. Jedes Jahr an Weihnachten stecke ich ihn in ein Nikolauskostüm und er muss die kleinen

Zwergenkinder auf den Knien reiten lassen. Stein und Bein, wie sehr er das verabscheut!«

Kate sah, dass sich ihre Schwester auf die Zehenspitzen gestellt hatte und versuchte, über die Menge hinwegzuspähen. Ihr Herz wurde schwer, als ihr klar wurde, nach wem Emma Ausschau hielt. Kate wusste, dass jetzt die Zeit gekommen war, zu ihr zu gehen. Aber genau in dem Moment stellten sich ihr zwei weitere, jetzt erwachsene Kinder in den Weg, die ihr danken wollten. Als sich Kate wieder umwandte, war Emma weg.

Sie fand ihre Schwester draußen, auf der gleichen Veranda, wo sie vor fünfzehn Jahren mit der Gräfin gesessen und diese ihnen die Geschichte der *Chroniken vom Anbeginn* erzählt hatte. Damals war die Nacht warm gewesen, die Luft mild und spätsommerlich. Jetzt war es Winter. Eine harte Kruste aus gefrorenem Schnee lag über dem Steinboden und Kate sah ihren Atem vor ihrem Gesicht. Sie schloss die Verandatüren hinter sich, schloss den Lärm der Party aus und ging zu ihrer Schwester. Emma starrte auf die dunkle Baumlinie, die Arme eng um ihren Körper geschlungen. Kate fragte sich, ob sie die Kälte überhaupt spürte.

»Ich dachte, er würde da sein«, sagte Emma. »Ich dachte … Ich meine, alle anderen sind da. Die Zwerge und die Kinder und … Ich dachte, er würde auch da sein. Dumm, was?«

Kate legte ihrer Schwester die Hand auf den Rücken.

»Es tut mir leid.«

Sie standen vielleicht eine halbe Minute lang so da. Keine von beiden rührte sich oder sagte etwas. Kate überlegte, ob sie Emma überreden sollte, wieder hineinzugehen. Es war zu kalt hier draußen, wenigstens ohne Mantel, und sie wollte ihr und Michael erzählen, was sie über ihre Eltern erfahren hatte. Sie wollte gerade etwas sagen, als Emma einen Schrei ausstieß und wie eine Verrückte die Stufen hinunter und in den Schnee rannte.

»Emma! Warte! Was machst …?«

Dann sah Kate den dunklen Schemen, der sich aus den Bäumen gelöst hatte und langsam auf sie zukam.

Nein, dachte Kate, das kann nicht sein …

Emma kämpfte sich durch die kniehohen Schneeverwehungen, schrie seinen Namen, und als sie die Gestalt erreichte, warf sie sich in seine ausgestreckten Arme.

Kate hörte ihre gedämpfte Stimme: »Ich wusste es! Ich wusste es!«

Ein paar Augenblicke später trat der Mann, der immer noch Emma im Arm hielt, auf die Veranda. Er trug einen langen Bärenfellmantel und in seinem Haar und auf seinen Schultern lag Schnee. Emmas Gesicht war an seinem Hals vergraben.

»Hallo«, sagte Gabriel.

Kate nickte ihm, immer noch sprachlos, zu.

»Ihr beide friert. Wir sollten reingehen.« Und damit öffnete er die Tür.

»Ah!«, sagte Dr. Pym, als Gabriel mit den beiden Mädchen hereinkam. »Du hast es geschafft. Wie schön!«

Michael riss die Augen auf, und Kate vermutete, dass sein Gesicht ein Spiegelbild ihres eigenen war. »Aber ich dachte, er wäre … warte mal … wie …?«

Der Zauberer lächelte, genoss die Verwirrung und sagte nichts.

»Es ist schön, euch zu sehen«, sagte Gabriel mit seiner tiefen, ernsthaften Stimme.

»Es tut mir leid«, sagte Kate. »Aber was Michael und ich zu gerne wissen möchten: Wie kommt es …«

»… dass ich nicht tot bin?«

»Ähm … ja.«

»Weil Gabriel zu stark und zu klug ist, um sich von so einem blöden Ungeheuer umbringen zu lassen!«, sprudelte Emma hervor. »Stimmt doch, oder?« Sie wischte sich die Freudentränen aus dem Gesicht.«

»Das habe ich dir zu verdanken«, sagte Gabriel zu Michael.

»Mir?«

»Ihm?!«, rief Emma. »Er hat doch gar nichts gemacht! *Ich* bin diejenige, die diese Minendinger entschärft hat! *Ich* bin diejenige, die dich vom Laufsteg gestoßen hat!«

Gabriel schaute sie fragend an.

»Ich meine«, sagte Emma hastig, »die dich auf dem Laufsteg gefunden hat. Auf den du gefallen warst, nachdem du von dem ersten abgeprallt warst.«

»Wenn dein Bruder nicht gewesen wäre«, fuhr Gabriel fort, »wäre ich nie auf die Idee gekommen, dass das Ungeheuer sich vor Wasser fürchtet. Aber so konnte ich es schließlich besiegen. Als das Wasser stieg, gelang es mir, diese Höllenkreatur zu ertränken.«

»Und zu entkommen!«, sagte Kate staunend.

»Das Letzte, woran ich mich erinnere, ist, dass ich die Treppe hinaufrannte, während der Damm um mich herum in Stücke zerbrach. König Robbie und seine Zwerge fanden mich bewusstlos am Rand der Schlucht.«

»Das stimmt.« Der Zwergenkönig hakte die Daumen in seine Weste und wippte auf den Fersen vor und zurück. »Und es war kein leichtes Stück Arbeit, ihn von da wegzuschaffen, das kann ich euch sagen. Der Bursche wiegt mehr als ein Ochse!«

»Zwerge sind also doch für etwas gut!«, sagte Emma fast ehrfürchtig.

Dann zog sie Gabriels Kopf zu sich und flüsterte ihm etwas ins Ohr. Gabriel antwortete: »Ich weiß, ich auch …«

Kate schaute zu Dr. Pym. »Also ist jetzt alles in Ordnung? Alle sind gesund und munter?«

»Es ist mehr als nur ›in Ordnung‹. Schau dich um: Das ist dein Verdienst!«

Und Kate betrachtete die Familien rings um sich herum, und sie dachte: Das haben wir geschafft. Egal was noch kommt. Das haben wir geschafft.

»Und jetzt«, sagte Dr. Pym, »müsst ihr mich entschuldigen. Ich habe schon den ganzen Abend lang ein Auge auf den Punsch ge…«

»Nein! Ich muss Ihnen etwas sagen!«

»Ja, meine Liebe?«

»Ich …«

Der alte Zauberer wartete. Genauso wie Michael und Emma. Emma hielt Gabriels Hand. Michael stand neben König Robbie und Wallace. Beide wirkten glücklicher, als Kate sie je erlebt hatte.

»Ja, Katherine?«

Kate wusste, dass in dem Augenblick, in dem sie erzählte, was sie von der Gräfin erfahren hatte – dass sie ihre Eltern aus der Gewalt des grässlichen Magnus retten mussten –, das Fest vorbei sein würde. Sie dachte daran, was für eine lange, anstrengende Reise hinter ihnen lag – und dass diejenige, die sie noch vor sich hatten, vermutlich noch viel mühseliger werden würde. Michael und Emma brauchten dieses Fest.

»Ich … wollte nur allen Frohe Weihnachten wünschen.«

Und so nahm der Abend seinen Lauf, mit Singen und Tanzen und Scherzen und Gelächter am Feuer. Stephen McClattery entschuldigte sich, weil er versucht hatte, Michael zu hängen, und sie versicherten ihm, sie hätten ihm längst verziehen. Die Kinder sahen Abraham mit seiner Kamera herumhumpeln und sie umarmten ihn und dankten ihm für alles. Wallace und König Robbie brachten den Kindern Zwergenweihnachtslieder bei, die sich allerdings nur am Rande mit Weihnachten beschäftigten, dafür umso mehr mit verschiedenen Techniken des Bergbaus – worüber sich Michael eifrig Notizen machte. Auf einer langen Tafel waren alle möglichen Leckereien aufgetischt: Schweinebraten mit Honigkruste, Lammsülze mit Minze, goldene Röstkartoffeln, eine Weihnachtsgans mit Kastanienfüllung, Schüsseln voller dampfendem Gemüse und würzigem Eintopf. Und die Desserts nahmen zwei weitere Tische in Anspruch, wovon einer unter der Last der unterschiedlichen Krapfen fast zusammenbrach: Schoko-Krapfen, Zimt-Krapfen, Schoko-Zimt-Krapfen, Krapfen mit Puderzucker und Himbeerfüllung, mit Brombeerfüllung, Erdbeer- und Heidelbeerfüllung. Da standen Schüsseln mit Punsch und Kannen mit heißer Schokolade, Krüge mit würzigem Glühwein und natürlich auch ein Fass Zwergenbier, das König Robbie mitgebracht hatte und das sich großer Beliebtheit erfreute. Je weiter der Abend fortschritt, desto öfter geschah es, dass Leute, die sich schon bei den Kindern bedankt hatten, ein zweites und drittes Mal kamen, einige mit Abraham im Schlepptau, der sie gemeinsam ablichten sollte. Sie lernten Kinder kennen, die Kate und Michael und Emma hießen. Es waren so viele, dass sich Kate fragte, ob das nicht ein heilloses Durcheinander gäbe, wenn die Eltern ihre Kinder abends ins Haus riefen. Die Kinder aßen und tranken zu viel, und die einzige Person, die ein mürrisches Gesicht zog, war Miss Sallow, und das war nun einmal ihre Natur.

Kate gab sich Mühe, an dem munteren Treiben ihre Freude zu haben, aber sie konnte die Gedanken an das, was geschehen war und was ihr die Gräfin erzählt hatte, nicht beiseiteschieben. Wer war der grässliche Magnus? Warum konnte sie die Chronik benutzen, ohne dafür ein Foto zu benötigen? War mehr an der Prophezeiung dran, als ihnen die Gräfin verraten hatte? Und was war mit den anderen beiden Büchern? Welche Macht und welches Geheimnis wohnten ihnen inne? Es gab so vieles, was sie nicht verstand.

Und dann waren da noch ihre Eltern.

Die Vorstellung, was sie erlitten hatten, was sie immer noch erleiden mussten, machte Kate schwindelig vor Angst und Traurigkeit.

Aber eins wusste sie ganz genau: Wenn ihre Eltern am Leben waren, dann würden sie, Michael und Emma sie finden. Es war ihr egal, wie mächtig der grässliche Magnus war oder dass sie zwei magische Bücher finden mussten, die seit Tausenden von Jahren verschwunden waren. Sie und ihre Geschwister würden diese Familie wieder zusammenbringen und nichts konnte sie davon abhalten.

»Kate!« Emma kam angerannt und Michael gleich hinterher. Ihre Gesichter strahlten vor Glück. »König Robbie will ›Stille Nacht‹ durch seine Nase pfeifen! Was sagst du dazu? Zwerge! – Das wird ein Spaß!«

»Nasenpfeifen hat bei den Zwergen eine lange Tradition«, klärte Michael sie großspurig auf, aber dann fügte er hinzu: »Emma hat recht. Das wird bestimmt lustig.«

»Komm mit, Kate! Das darfst du nicht verpassen!«

»Wirklich – das solltest du dir nicht entgehen lassen.«

»Robbie will Weihnachtslieder durch die Nase pfeifen?« Kate lachte. »Worauf warten wir noch?« Und mit einem Lächeln auf den Lippen ließ sie sich von ihren Geschwistern mitziehen.

Und so geht es weiter …

Der Junge war klein, und er war neu im Waisenhaus, was bedeutete, dass er das schlechteste Bett im Schlafsaal nehmen musste, durchgelegen und in einer Nische hinten im Raum. Als der Schrei ertönte – ein Schrei, der in seine Brust zu greifen und sein Herz zu zerquetschen schien – war er das letzte der verängstigten, kreischenden Kinder, das zur Tür hinausrannte.

Am Fuß der Treppe trafen die Kinder auf einen dichten Nebel. Der kleine Junge wollte ihnen folgen, als zwei Gestalten aus dem Nebel traten. Sie waren schwarz gewandet und hielten lange, gezackte Schwerter in der Hand. Sie hatten glühend gelbe Augen und stanken nach Moder und Fäulnis.

Der Junge wartete, bis sie weg waren und floh dann in die andere Richtung so schnell er konnte, mit Angst in der Kehle. Er gelangte ins Büro des Heimleiters, und duckte sich hinter den großen Schreibtisch, die Beine eng an den Körper gezogen.

Die Tür zum Büro wurde aufgestoßen. Licht ging an. Zwei grüne Hausschuhe kamen ins Blickfeld des Jungen, und er hörte den Heimleiter winseln: »Bitte … bitte tun Sie mir nichts …«

Dann kam die kalte, leicht lispelnde Stimme eines Fremden. »Aber, aber, wofür halten Sie mich denn? Ich will nur drei Kinder.«

»Nehmen Sie sie! Nehmen Sie drei Kinder! Nehmen Sie zehn, wenn Sie wollen! Nur tun Sie mir nichts!«

»Das ist aber großzügig von ihnen. Allerdings bin ich auf drei ganz bestimmte Kinder aus. Geschwister, ein Junge und zwei Mädchen. Sie hören auf die liebreizenden Namen Kate, Michael und Emma.«

»Aber … sie sind nicht … nicht mehr hier. Wir haben sie weggeschickt, schon vor mehr als einem Jahr …«

Der kleine Junge hörte ein ersticktes Gurgeln und sah, wie die Füße in den grünen Hausschuhen in die Höhe schwebten. Sie zuckten und zappelten.

»Und wo haben Sie sie hingeschickt? Wo kann ich sie finden?«

Der Junge hielt sich die Ohren zu, aber immer noch hörte er das erstickte Keuchen und die mörderische, lispelnde Stimme: »Wo sind die Kinder …?«

Kate steckte den Brief in einen Umschlag und ging dann zu dem alten Baum. Sie hob die Hand und ließ ihn in den ausgehöhlten Stamm fallen.

Er kommt bestimmt, dachte sie.

Sie hatte ihm von ihrem Traum geschrieben, der sie seit einer Woche jede Nacht aus dem Schlaf riss. Aber der Traum war kein Traum, das wusste sie genau.

Sie stand immer noch neben dem Baum und spielte gedankenverloren mit dem Medaillon, das an ihrem Hals hing.

Aber was, wenn er nicht kommt?, fragte sie sich. *Was dann?*

Sie hörte gedämpfte Musik und blickte den Hügel hinab zu dem großen gelben Zelt auf dem Rasen vor dem Edgar Allen Poe Waisenhaus für schwer erziehbare Kinder. Heute fand die Party statt, aber weder Kate, noch ihre Geschwister und auch keins der anderen Kinder waren eingeladen.

»Tja, sie hat's mal wieder geschafft!«

Kate drehte sich um und sah ihren Bruder Michael schwer atmend den Hügel hinaufstapfen.

Kate zwang sich zu einem Lächeln.

»Was hat sie geschafft?«

»Sich in Schwierigkeiten zu bringen«, sagte Michael mit übertriebener Verzweiflung. »Miss Crumley hat sie dabei erwischt, wie sie Eiscreme gemopst hat, die für die Party bestimmt war.«

»Okay. Danke, dass du mir Bescheid gesagt hast.«

»Das ist alles? Du bist nicht sauer?« Michael hatte eindeutig mehr erwartet. »Kate, du weißt, dass ich das nicht gern sage«, fuhr er belehrend fort, »aber du siehst ihr zu viel nach. Dr. Pym hat uns hierher geschickt, damit wir uns bedeckt halten. Wie soll das gehen, wenn Emma sich ständig Ärger einhandelt? Du musst mal ernsthaft mit ihr reden.«

Innerlich seufzte Kate. »Worüber reden?«, fragte sie.

»Darüber, dass sie sich vernünftiger benehmen muss! Ich glaube nicht, dass ich in ihrem Alter so sorglos war.« Er sagte das, als ob er von einer lange zurückliegenden Zeit sprach, dabei war er gerade einmal ein Jahr älter als Emma. Genauer gesagt, *fast* ein Jahr. Was bedeutete, dass sie jedes Jahr ein paar Wochen gleich alt waren. Und das war für Michael immer die schlimmste Zeit des Jahres.

»Ich werde darüber nachdenken.«

Er nickte zufrieden. »Was hast du Dr. Pym geschrieben?«, wollte er wissen. »Ich habe gesehen, wie du einen Brief in den Baum gesteckt hast.«

Auf diese Art blieben sie mit ihrem Freund, dem Zauberer, in Kontakt. Jeder Brief, der in den hohlen Baum gelegt wurde, kam im nächsten Moment bei ihm an.

Kate zuckte mit den Schultern. »Ich habe ihn gefragt, wie lange wir noch hier bleiben müssen.«

»Glaubst du, dass er diesmal antwortet?«

»Ich weiß nicht.«

»Es ist fast acht Monate her.«

»Ich weiß.«

Sieben Monate und dreiundzwanzig Tage, dachte Kate. Sieben Monate und dreiundzwanzig Tage, seit sie am Weihnachtsmorgen erwacht waren und erfahren hatten, dass es in Cambridge

Falls nicht mehr sicher war und sie nach Baltimore zurückkehren mussten, wo niemand ihre wahre Identität kannte. Kate hatte noch die Worte von Abraham, dem alten Hausmeister, in den Ohren, der ihnen versicherte, dass Dr. Pym sich sobald wie möglich bei ihnen melden würde.

Ich habe noch die Chronik der Zeit, dachte Kate. *Wenn er nicht auftaucht, kann ich sie mit Hilfe des Buchs retten.*

Sie blickte zu Michael, der immer noch neben ihr stand, und dachte, dass sie ihm die Wahrheit hätte sagen sollen. Die Wahrheit über diese Träume. Manchmal fragte sich Kate, ob sie ihre Geschwister nicht zu sehr behütete.

»Michael, kann ich mich auf dich verlassen?«

»Was meinst du?«

»Wenn ich nicht hier wäre, könnte ich mich doch darauf verlassen, dass du auf Emma aufpasst, nicht wahr? Dass du Geduld mit ihr hast. Dass du der Anführer bist.«

»Kate ...«

»Bitte versprich's mir. Bitte.«

Michael gab keine Antwort, und Kate sah, dass er an ihr vorbei in Richtung Baumlinie schaute. Sie folgte seinem Blick.

Den ganzen Sommer lang hatte die Sonne fast jeden Tag von einem wolkenlosen Himmel geschienen. Aber dort hinten, am Horizont, türmte sich ein wahres Gebirge aus schwarzen, dicken Wolken auf. Sie kamen auf die Kinder zugerollt, wurden mit jeder Sekunde größer und dunkler. Es kam Kate so vor, als ob ein riesiger schwarzer Vorhang vor den Himmel gezogen würde. Sie wich zurück.

»Wir müssen Emma finden.«

Aus: **John Stephens:**
Das Buch Rubyn,
cbj-verlag,
ISBN 978-3-570-15393-2